예수복음

O Evangelho segundo Jesus Cristo
by José Saramago

Copyright ⓒ José Saramago e Editorial Caminho, S.A., Lisboa-1997
Korean Translation Copyright ⓒ 2010 by Hainaim Publishing Co. Ltd.
All rights reserved.

This Korean edition is published by arrangement with Literarische Agentur
Dr. Ray-Güde Mertin Inh. Nicole Witt e.K., Frankfurt am Main, Germany
through Imprima Korea Agency.

이 책의 한국어판 저작권은 Imprima Korea Agency를 통한
Dr. Ray-Güde Mertin Inh. Nicole Witt e.K., Frankfurt am Main, Germany와의 독점계약으로
(주)해냄출판사에 있습니다.
저작권법에 의해 한국 내에서 보호를 받는 저작물이므로 무단전재와 무단복제를 금합니다.

예수복음

주제 사라마구 장편소설 | 정영목 옮김

우리 가운데서 일어난 여러 가지 일에 관하여 차례대로 이야기를 엮어 내려고 손을 댄 사람이 많이 있었습니다. 그들은 이 이야기를, 처음부터 그 일의 목격자요 말씀의 전파자가 된 이들이 우리에게 전해준 대로 엮어냈습니다. 그런데 존귀하신 데오빌로님, 나도 모든 것을 처음부터 정확하게 조사하여 보았으므로, 귀하께 이 이야기를 차례대로 엮어드리는 것이 좋겠다고 생각하였습니다. 이는, 이미 들으신 일들이 확실하다는 것을 귀하께 알려드리려는 것입니다.

—누가복음 1:1-4

내가 쓸 것을 썼다.
―본디오 빌라도

해는 사각형의 위쪽 구석에 나타난다. 그림을 바라보는 사람의 왼쪽이다. 해가 표현하는 것은 남자의 머리, 환한 빛살과 일렁이는 불길을 내뿜는 머리다. 마치 올바른 방향을 찾으려고 흔들거리는 나침반 같다. 이 머리에는 눈물이 흐르는 얼굴이 있다. 조금도 줄어들 줄 모르는 아픔으로 인한 경련 때문에 일그러진 얼굴이다. 벌어진 입에서는 외침이 터져 나오지만 우리는 그것을 영원히 들을 수 없다. 이 모든 것이 현실이 아니기 때문이다. 우리가 지금 보고 있는 것은 종이와 잉크일 뿐, 그 이상이 아니기 때문이다. 해 아래에는 벌거벗은 남자가 우리가 음부 또는 생식기라고 부르는 곳을 가리기 위해 허리에 천 하나만 두른 채 나무줄기에 묶여 있다. 두 발은 나무줄기와 직각으로 교차하는 나무토막 위에 놓여 있다. 그의 무게를 지탱하고 발이 미끄러져 내리는 것을 막으려는 것이다. 두 발은 못 두 개로 나무에 단단히 고정되어 있다. 남자의 얼굴의 괴로운 표정과 하늘로 들어 올린 눈으로 보아 이 남자는 선한 도둑이 틀림없다. 고수머리도 또 하나의 분명한 증거다. 천사와 대천사의 머리카락이 이런 모양이라는 것은 널리 알려진 사실이기 때문이다. 따라서 이 회개하는 범죄자는 이미 천상의 존재들이 있는 세상으로 올라가는 것처럼 보이기도 한다. 나무줄기가 여전히 뿌리로 땅의 양분을 빨아들이고 있는데, 그것을 그냥 멋대로 고문 도구로 바꾸어놓은 것일까. 그것은 알 수가 없다. 그림의 아랫부분이 턱수염을 길게 기른 남자 때문에 가려서 안 보이기 때문이다. 헐렁하게 늘어진 긴 옷을 잘 차려입은 이 남자는 위를 보지만, 하늘을 보는 것은 아니다. 이 엄숙한 자세와 슬픈 표정의 주인공은 아리마대 사람 요셉이 틀림없다. 유일하게 떠오르는 다른 후보는 구레네 사람 시몬인데, 그는 이런 처형의 관행에 따라 어쩔 수 없이 죄인이 십자가를 지고 가는 것을 돕기는 했지만, 곧 십자가형을 당할 불쌍한 사람의 고난보다는 급하게 결정을 내려야 할 업무상의 거래에 마음을 빼앗겨 자기 일을 보러 가버렸기 때문이다. 그러나 이 아리마대 요셉은 모든 범죄자들 가운데 가장 위대한 범죄자를 위해 무덤을 희사한 그 부유하고 선량한 남자다. 그러나 이런 관대한 행동을 했음에도 나중에 시성(諡聖)은 물론이고 시복(諡福)도 받지 못했다. 그가 머리에 쓰고 있는 것이 밖에 나갈 때 늘 쓰고 나가는 터번

뿐인 것을 보면 그것을 알 수 있다. 반면 그림의 전경에 있는 여자, 몸을 앞으로 기울이고 머리카락을 등까지 늘어뜨리고 있는 여자는 최고의 명예를 표현하는 후광으로 드높여지고 있다. 이 여자의 후광 가장자리에는 아름다운 수가 놓여 있다. 무릎을 꿇은 이 여자는 마리아가 틀림없다. 우리가 알다시피, 여기에 모인 여자들은 모두 마리아라는 이름을 갖고 있기 때문이다. 한 명만 예외인데, 그녀는 막달라라고도 부른다. 이 그림을 보는 사람들 가운데 초보적인 성 지식만 있는 사람이라면 모두 이 여자가 바로 막달라라고 즉시 맹세라도 할 것이다. 그녀처럼 평판이 나쁜 과거를 지닌 여자만이 이런 엄숙한 자리에 짧게 자른 드레스와 푸짐한 가슴을 강조하는 꼭 끼는 보디스 차림으로 나타날 것이기 때문이다. 지나가는 남자들이 그 죄 많은 육신을 음탕한 눈길로 바라보다 영혼이 지옥으로 끌려갈 심각한 죄를 저지를라. 그러나 그녀의 얼굴 표정은 깊은 회환에 젖어 있다. 늘어진 몸은 슬픔에 사로잡힌 영혼 외에는 아무것도 보여주지 않는다. 그 영혼이 유혹을 하는 몸에 감추어져 있다 해도 우리는 그 영혼을 무시할 수가 없다. 설사 화가가 그녀를 완전히 벌거벗은 몸으로 그렸다 해도, 그녀는 우리의 존경과 숭배를 받을 수 있을 것이다. 막달라 마리아, 그것이 그녀의 이름이 맞다면, 이 막달라는 다른 여자의 손에 입술을 갖다 대고 있다. 마치 힘을 다 빼앗긴 듯, 치명상을 입은 듯 땅에 쓰러져 있는 여자의 손이다. 그녀의 이름 또한 마리아다. 등장 순서로 보자면 두 번째이지만, 그녀가 그림 하단의 중심을 차지하고 있다는 사실에 의미를 부여한다면, 모든 마리아 가운데 단연 가장 중요한 마리아라고 할 수 있다. 슬프디슬픈 표정과 축 늘어진 두 손 외에 그녀의 육체는 전혀 보이지 않는다. 여러 겹을 이루는 풍성한 옷과 대충 짠 끈으로 허리에서 질끈 묶은 튜닉에 덮여 있기 때문이다. 그녀는 다른 마리아보다 나이가 많다. 또 그녀의 후광은 다른 마리아의 후광보다 더 정교한데, 나이가 그것을 설명하는 유일한 이유는 아니겠지만 충분한 이유는 될 것이다. 어쨌든 당시에 서열과 나이가 높은 사람이 어떤 특권을 누렸는지 더 정확히 알 수 없는 상태이므로 그 정도의 결론으로 만족할 수밖에 없다. 그러나 이 도상(圖像)이 이런저런 방식으로 끼친 엄청난 영향력을 고려할 때, 이런 드라마가 펼쳐진 적이 없는 다른 행성의 거주자가 아니라면, 이 고통에 사로잡힌 여자가 요셉이라는 이름을 가진 목수와 사별한 부인이자 여러 아들딸의 어머니라는 사실, 그리고 그 여러 아들딸 가운데 딱 한 명만이 운명에 의해서, 누가 운명을 관장하는지는 몰라도 어쨌든 운명에 의해서, 살아서는 약간 이름을 얻지만 죽은 뒤에는 훨씬 큰 이름을 얻게 된다는 사실을 모를 수가 없을 것이다. 마리아, 즉 예수의 어머니는 왼쪽으로 모로 누워 또 다른 여자의 엉덩이에 팔뚝을 올려놓고 있다. 무릎을 꿇은 이 세 번째 여자 또한 이름이 마리아다. 그녀의 튜닉이 가슴께를 얼마나 깊이 팼는지 보이지도 않고 상상할 수도 없지만, 사실은 이 마리아가 막달라 마리아일 수도 있다. 이 여자도 이 세 여자 가운데 첫 번째 여자와 마찬가지로 긴 머리채를 등 아래로 늘어뜨리고 있는데, 여러모로 보아 머리카락이 금발인 듯하기 때문이다. 여기에서 화가의 펜의 움직임이 유난히 더 섬세해져 머리 타래 사이에 빈 공간을 남겼고, 이 때문에 조판공(彫版工)이 이 여자의 머리를 전체적으로 더 밝게 찍어내게 된 것이 우연이 아니라면 말이다. 우리는 지금 막달라 마리아가 실제로 금발이었다는 사실을 증명하려는 것이 아니다. 다만 염색을 한 것이건 타고난 것이건 금발의 여자가 죄의 가장 효과적인 도구라는 대중적 믿음을 지적하려는 것뿐이다. 따라서 모두가 알다시피 누구 못지않게 사악한 여자였던 막달라 마리아는, 좋든 나쁘든 인류의 반이 갖고 있는 의견을 받아들이자면, 틀림없이 금발이었을 것이다. 그러나 우리가 첫 번째 마리아의 드러난 가슴이라는 빼도 박도 못할 증거에도 불구하고 이 세 번째가 막달라라고 주장하는 것은 세 번째 마리아가 첫 번째 마리아보다 살결이 희고 머리가 금발이라서가 아니다. 그녀의 정체를 확인해 주는 것은 이 세 번째 마리아가 괴로운 표정으로 예수 어머니의 늘어진 팔을 붙들고 있으면서도 위를 보고 있다는 사실이다. 그리고 그 도취된 듯한 눈이 강력한 힘으로 위로 올라가는 바람에 그녀의 존재 전체가 위로 올라가는 것처럼 보인다는 사실이다. 이 눈빛은 이미 그녀의 머리를 둘러싸고 있는 후광보다 더 빛난다. 모든 사고와 감정을 압도하는 빛이다. 막달라 마리아만큼 사랑을 했던 여자만이 그런 표정을 지을 수 있다. 따라서 이 여자이지 다른 여자일 수가 없다. 이것이 우리가 그녀 옆에 서 있는 여자를 배제한 이유이기도 하다. 서 있는 여자는 네 번째 마리아다. 그녀는 경건한 느낌으로 두 손을 반쯤 들어 올리고 있으며 표정은 모호하다. 판화의 옆쪽에 있는 그녀는 막 사춘기에 이른 듯한 소년과 함께 있다. 그는 힘없이 무릎을 꿇고 있지만 연극을 하는 듯 부자연스러운 오른손으로 전경에서 이 가슴 아린 드라마를 펼치고 있는 네 여자를 소개한다. 이 남자는 요한이다. 아주 어려 보인다. 고수머리에 입술은 떨리고 있다. 아리마대 요셉과 마찬가지로 요한도 그림의 일부를 가리고 있다. 다른 나무의 밑동을 몸으로 가리고 있는 것이다. 이 나무에는 새가 깃들여 있지 않다. 꼭대기에 보이는 것은 공중에 내걸린 두 번째 벌거벗은 남자다. 첫 번째 도둑과 마찬가지로 나무에 묶이고 못 박혀 있다. 그러나 이 남자는 머리카락이 곱슬거리지 않는다. 눈은 내리깔고 있다. 어쩌면 아직도 밑의 땅을 볼 수 있는 것인지도 모른다. 여윈 얼굴은 그의 반대편에 있는 도둑과는 달리 우리의 동정심을 자극한다. 이 도둑은 마지막 단말마 속에서도 도전적으로 얼굴을 드러내고 있는데, 그 얼굴이 늘 그렇게 창백했던 것은 아니다. 도둑질로 그동안 꽤 잘살았기 때문이다. 여위고 머리가 매끄러운 이 남자는 자신을 삼킬 땅을 향해 고개를 숙이고 있다. 죽어 지옥으로 갈 운명인 이 애처로운 피조물은 틀림없이 악한 도둑일 것이다. 그러나 결국은 정직한 사람이라고 할 수 있다. 신의 법이나 인간의 법에서 자유로운 이 사람은 평생 악을 저지르고 살다가 갑자기 회개를 한다고 해서 구원을 얻을 수 있을 것이라고는 생각하지 않았다. 그의 위쪽에 달이 왼쪽의 해처럼 흐느끼고 있다. 달은 여자의 모습인데, 한쪽 귀에 정말 어울리지 않는 귀걸이를 달았다. 어떤 화가도 시인도 되풀이하기 힘들 만큼 전례 없는 파격을 보여준 것이다. 해와 달은 똑같이 땅을 비춘다. 빛은 원형으로 비추어 그림자가 없다. 그래서 멀리 지평선에 있는 모든 것이 분명하게 도드라져 있다. 첨탑과 벽, 반짝거리는 물이 흐르는 해자를 가로지르는 도개교, 고딕 아치, 가장 먼 언덕 꼭대기에는 풍차의 움직이지 않는 날개. 이 기만적인 원근법에서 조금 가까운 곳에는 갑옷을 입고 투구를 쓰고 창을 든 기병 넷이 당당하게 말을 타고 놀랄 만큼 기민한 모습으로 지나가고 있다. 그러나 그들의 활약은 이제 끝이 나, 보이지 않는 청중에게 작별 인사를 하고 있는 것처럼 보인다. 오른손에 천 같은 것, 망토나 튜닉으로 보이는 것을 들고 자리를 뜨려고 하는 보병도 그와 비슷하게 축제가 끝난 듯한 인상을 준다. 다른 병사 두 명은 화가 나고 짜증이 나는 표정이다. 멀리서 그들의 작디작은 얼굴이 어떤 표정인지 알아보기는 어렵지만, 어쨌든 그들은 도박에서 진 듯하다. 이 하급 병사들 위, 넓게 보면 담으로 둘러싸인 도시 위에는 천사 네 명이 공중에 떠 있다. 그 가운데 둘은 전신을 드러내고 있다. 그들은 울며 슬퍼한다. 창에 찔린 상처에서 흘러나오는 마지막 피 한 방울까지 받으려고, 십자가에 달린 남자의 오른쪽 옆구리에 엄숙하게 잔을 들이대고 있는 천사만 예외다. 골고다라고 알려진 이곳에서는 많은 사람들이 이들과 똑같은 잔인한 운명을 맞이했으며, 다른 많은 사람들이 그 뒤를 이을 것이다. 그러나 벌거벗은 이 남자, 손과 발이 못으로 십자가에 박힌 남자, 요셉과 마리아의 아들, 예수라는 이름을 가진 남자만을 후대는 기억할 것이다. 대문자로 그의 이름 첫 글자들을 새겨 기념을 할 것이다. 따라서 아리마대 요셉과 막달라 마리아가 올려다보고 있는 사람도 이 남자다. 해와 달을 울게 만든 사람도 이 남자다. 조금 전에 선한 도둑을 칭찬하고 악한 도둑을 경멸한 사람도 이 남자다. 그러나 그는 그런 칭찬을 함으로써 그들 사이에 차이가 없다는 것, 설사 차이가 있다 해도 다른 데 있다는 것을 이해하지 못한다는 사실을 드러냈다. 선과 악은 사실 그 자체로 존재하는 것이 아니라, 각각 그 반대의 것이 없는 상태에 불과하기 때문이다. 그의 머리 위에서 해와 달을 다 합친 것보다 훨씬 찬란하게 빛나는 것은 로마 문자로 쓴 명패다. 거기에는 이 남자가 유대인의 왕이라고 적혀 있다. 머리에는 상처를 주는 가시 면류관을 쓰고 있다. 자기 자신의 몸의 주권자가 되는 것이 허락되지 않은 모든 사람들이 심지어 쓰고 있다는 것을 알지도 못하면서, 눈에 띄는 피의 흔적을 드러내지도 않으면서 쓰고 다니는 것과 같은 것이다. 예수는 다른 두 도둑과는 달리 어디에도 발이 받쳐져 있지 않다. 구부러진 다리 위로 몸을 곧추세울 만한 생명이 그에게 남아 있지 않다면, 몸의 무게 전체를 나무에 못으로 박힌 두 손으로 지탱하는 셈이다.

앞서 말한 상처에서 피가 계속 흐르기 때문에 사실 생명은 거의 끝이 났다. 십자가를 똑바로 받쳐주는 쐐기 두 개, 어두운 땅을 파고 들어가는 바람에 여느 인간의 무덤과 마찬가지로 그곳에 뻥 뚫린, 치유 불가능한 상처를 남기는 쐐기 두 개 사이에 두개골이 보인다. 정강이뼈와 어깨뼈도 보인다. 그러나 우리의 관심을 끄는 것은 두개골이다. 골고다의 뜻이 바로 그것, 두개골이기 때문이다. 누가 이 인간의 유해를 여기에 갖다 놓았는지, 무슨 목적으로 갖다 놓았는지 아무도 모른다. 어쩌면 그저 이 가엾은 사람들에게 그들이 마침내 흙, 먼지, 무(無)로 변하기 전에 무엇이 그들을 기다리고 있는지 음흉하게 일깨워주려는 것인지도 모른다. 그러나 이것이 아담의 두개골이라고 주장하는 사람들도 있다. 고대의 지층의 깊은 어둠으로부터 올라왔다는 것이다. 이제 그곳으로 다시 돌아갈 수 없기 때문에, 유일하게 가능한 낙원이자 이제는 영원히 잃어버린 낙원인 이땅을 언제까지나 보고 있어야 할 운명이라는 것이다. 저 멀리, 기병들이 마지막으로 멋진 모습을 보여주는 곳에, 한 남자가 걸어가면서 이쪽을 돌아보고 있다. 왼손에는 물통을, 오른손에는 막대를 들고 있다. 막대 끝에는 해면이 달려 있을 테지만, 여기서는 보기가 쉽지 않다. 그러나 통에는 식초를 탄 물이 담겨 있다고 장담할 수 있다. 언젠가, 그리고 그 뒤로 영원히, 이 사람은 악의 때문에 물을 달라고 하자 조롱을 하면서 예수에게 식초를 주었다고, 심한 비방과 비난을 듣게 될 것이다. 그러나 사실 그가 예수에게 식초

섞인 물을 준 것은 당시에는 그것이 갈증을 해소하는 가장 좋은 방법이었기 때문이다. 남자는 끝을 기다리지 않고 걸어간다. 사형수 세 사람의 타는 갈증을 덜어주기 위해 자기 할 일을 다했기 때문이다. 그는 예수와 도둑들 사이에 차별을 하지 않았다. 이것은 이 땅의 일이고, 계속 이 땅에서 지속될 것이며, 여기에서부터 유일하게 가능한 역사가 기록될 것이기 때문이다.

밤이 끝나려면 아직 멀었다. 문 옆에 기름등잔이 타오르고 있지만, 빛을 발하는 작은 아몬드처럼 깜빡거리는 불길은 불안정한데다가 바들바들 떨고 있어 어둠에 거의 영향을 주지 못한다. 어둠은 집의 위부터 아래까지 가득 채우고 가장 먼 구석까지 침투해 있다. 구석의 어둠은 너무 짙어 고체가 되어 버린 느낌이다. 요셉은 화들짝 놀라며 깨어났다. 누가 거칠게 어깨라도 흔들어댄 것 같았다. 하지만 꿈을 꾸고 있었던 것이 분명했다. 그는 이 집에서 아내와 단둘이 살고 있는데, 아내는 지금 푹 잠이 들어 미동도 하지 않기 때문이다. 그가 한밤중에 잠을 깨는 것은 드문 일이다. 사실 동이 트기 전, 차가운 회색의 아침 빛이 문의 틈새로 스며들기 전에는 거의 눈을 뜨는 법이 없다. 문을 고쳐야겠다는 생각을 몇 번이나 했는지 모른다. 목수에게 다른 일을 하다 남은 나뭇조각으로 그 틈을 덮어버리는 것보다 쉬운 일이 어디 있겠는가. 하지만 지금은 아침에 눈을 뜰 때 그 수직의 빛의 띠를 보는 것에 너무 익숙하여, 그것이 보이지 않으면 잠의 어둠에, 자신의 몸의 어둠과 세상의 어둠에 영원히 갇혀 있게 될 것이라는 터무니없는 생각을 하고 있다. 문의 틈은 벽이나 천장과 마찬가지로, 화덕과 흙바닥과 마찬가지로 이 집의 일부가 된 것이다. 요셉은 아직 잠들어 있는 아내를 방해하지 않으려고 작은 소리로 감사 기도문을 외웠다. 매일 아침 신비한 꿈의 나라로부터 돌아올 때마다 외는 말이었다, 전능하신 하나님, 우주의 왕이시여, 자비롭게도 제 영혼을 다시 생명으로 되돌려주신 당신께 감사드립니다. 아직 오감, 그러니까 당시에 사람에게 다섯 가지 감각이 있다는 것을 아직 깨닫지 못한 것이 아니라면, 또는 거꾸로 요즘에는 쓸모가 없어 사라진 감각까지 갖추고 있어 다섯 가지 이상이 있었던 것이 아니라면 지금과 마찬가지로 다섯 가지였을 감각들의 힘이 아직 완전히 회복되지 않았기 때문인지, 요셉은 멀리서 자신의 몸을 지켜보고 있었다. 영혼이 서서히 돌아와 천천히 몸을 차지하고 있었다. 마치 작은 강이나 내를 졸졸 흐르던 물이 땅으로 스며들어 가지와 잎에 수액을 밀어 올리는 것 같았다. 요셉은 옆에 누운 마리아를 보다가 이렇게 잠을 깬 상태로 돌아오는 것이 매우 힘겨운 일일 수 있다는 것을 깨달았다. 그러다가 푹 잠들어 있는 자신의 아내가 사실은 영혼이 없는 몸이라는 곤혹스러운 생각에 사로잡혔다. 자고 있는 몸에는 영혼이 들어가 있지 않기 때문이다. 그렇지 않다면 매일 아침에 잠을 깰 때 하나님한테 우리의 영혼을 돌려주어 고맙다는 말을 할 필요가 없지 않은가. 그 순간 그의 내부에서 어떤 목소리가 물었다, 우리가 꾸는 꿈은 우리 안의 어떤 것, 어떤 사람이 꾸는 것인가. 요셉은 생각해 보았다, 꿈은 혹시 영혼의 몸에 대한 기억이 아닐까. 그것이 합당한 설명처럼 보였다. 마리아가 몸을 움직였다. 그녀의 영혼이 가까이 와 있는 것일까, 이미 여기 집 안에 들어와 있는 것일까. 하지만 마리아는 깨어나지 않았다. 어떤 괴로운 꿈 안에 있는 것이 틀림없었다. 그녀는 마치 툭툭 끊어지는 흐느낌처럼 깊은 숨을 쉬더니 남편에게 바짝 붙었다. 깨어 있을 때라면 감히 엄두도 내지 못할 관능적인 동작이었다. 요셉은 두껍고 거친 담요를 어깨까지 끌어 올리고 마리아에게 바짝 다가갔다. 마른 약초를 채워 넣은 아마포 서랍 같은 향기가 밴 그녀의 온기가 그의 튜닉의 직물을 서서히 파고들어 이윽고 그의 몸의 열과 합쳐지는 것이 느껴졌다. 그는 천천히 눈을 감고 생각을 멈추었다. 자신의 영혼을 까맣게 잊고 다시 깊은 잠으로 가라앉았다.

요셉이 다시 잠을 깼을 때는 닭이 울고 있었다. 문의 갈라진 틈으로 침침한 회색빛이 스며들었다. 시간은 밤의 어둠이 흩어지기를 끈질기게 기다렸다가 이제 또 다른 하루가 세상에 다가올 길을 닦고 있었다. 우리는 이제 우리에게 많은 은혜를 베푸는 해가 여호수아에게 기브온을 공격한 다섯 왕을 제압할 시간을 충분히 주기 위하여 너그럽게도 그 도시 위에서 여행을 잠시 멈추어주는 그런 전설적인 시대에 살지 않기 때문이다. 요셉은 매트에 일어나 앉아 시트를 잡아당겼다. 그때 닭이 두 번째로 울어, 다른 감사 기도를 해야 한다는 사실을 일깨워주었다. 오, 주여, 우리 하나님이시여, 우주의 왕이시여, 닭에게 밤과 낮을 구분할 머리를 주신 당신을 찬양합니다, 요셉이 그렇게 기도하자 닭이 세 번째로 울었다. 보통 동이 트면 동네의 모든 닭이 함께 울어댔다. 그러나 오늘은 조용했다. 마치 밤이 아직 안 끝났거나, 이제 막 시작된 것 같았다. 요셉은 아내의 깊은 잠에 어리둥절하여 얼굴을 보았다. 보통 아내는 마치 새처럼, 조그만 소리에도 잠에서 깼기 때문이다. 어떤 신비한 힘이 마리아의 위를 맴돌며, 약간 움직일 여지는 주면서 그녀를 지그시 누르고 있는 듯했다. 어둠 속에서도 그녀의 몸이 가볍게 떨리는 것이 보였기 때문이다. 마치 바람에 잔물결이 이는 물 같았다. 혹시 아픈 걸까, 요셉은 궁금했다. 하지만 갑자기 오줌이 마려워 그런 걱정은 흩어지고 말았다. 이 또한 드문 일이었다. 이런 이른 시간에 요의를, 게다가 이렇게 다급한 요의를 느낀 일은 거의 없었기 때문이다. 기록된 바, 남자는 자존심을 유지하기 위해 가능한 모든 일을 하라, 했기 때문에 요셉은 아내를 깨우지 않으려고 살며시 시트에서 몸을 빼낸 다음, 삐걱거리는 문을 조심스럽게 열고 마당으로 나섰다. 아침 이 시간에는 모든 것이 재와 같은 색깔이었다. 요셉은 당나귀를 묶어두는 낮은 헛간으로 가서 오줌을 누며 오줌 줄기가 바닥에 흩어진 건초 위로 쏟아지며 내는 폭발음에 귀를 기울이다가 꿈결 같은 만족감을 느꼈다. 당나귀가 고개를 돌렸다. 어둠 속에서 커다란 두 눈이 반짝거렸다. 당나귀는 털이 덮인 귀를 힘차게 흔들다가 다시 구유에 코를 박고 두툼하고 관능적인 입술을 남은 먹이에 들이댔다. 요셉은 몸을 닦을 때 쓰는 커다란 물주전자를 가져다 옆으로 기울여 손을 씻은 다음 저고리에 닦고, 인간이 살아갈 수 있도록 필수적인 구멍과 관을 주신 무한한 지혜의 하나님을 찬양했다. 그런 구멍이나 관 가운데 어느 것 하나라도 필요할 때 닫히거나 열리지 않는다면 그 결과는 죽음이었기 때문이다. 요셉은 하늘을 올려다보다 압도당하는 느낌을 받았다. 해가 느릿느릿 나타나는 바람에 하늘에 새벽의 심홍색은 비치지도 않는다. 장밋빛이나 버찌 빛도 보이지 않는다. 그가 선 곳에서는 구름밖에 보이지 않는다. 아주 작고 납작한 털실 뭉치 같은 낮은 구름들이 거대한 지붕을 이루고 있다. 모두 똑같은 모양에 똑같은 보랏빛이다. 해가 뚫고 나오는 곳 주변에서는 보랏빛이 더 짙은 색으로 빛을 발한다. 그러다 하늘을 가로지르며 점점 어두워져 반대편에서 남은 밤과 합쳐진다. 요셉은 그런 하늘은 본 적이 없었다. 물론 노인들은 하나님의 힘을 증언하는 하늘의 징조에 관한 이야기를 자주 했다. 둥근 하늘을 반이나 덮은 무지개라든가, 하늘과 땅을 연결하는 높다란 사다리라든가, 하나님이 내려주시는 만나라든가. 하지만 이런 신비한 색깔 이야기는 들어본 적이 없었다. 이런 색깔은 세상의 끝을 의미할 수도, 또 시작을 의미할 수도 있었다. 땅 위에 둥둥 떠 있는 이 지붕은 수많은 작은 구름으로 이루어져 있었으며, 이 구름은 서로 닿을 듯 늘어서서 황무지의 돌들처럼 사방으로 뻗어 있었다. 요셉은 공포에 사로잡혀 세상이 끝나고 있다고 생각했다. 자신이 하나님의 최후의 심판의 유일한 목격자라고 생각했다. 유일한 목격자. 하늘이나 땅이나 정적이 지배하고 있다. 주변 여러 집에서도 소리가 들리지 않는다. 사람 목소리조차 없다. 아이 우는 소리나 기도하는 소리나 저주를 내뱉는 소리도 없다. 심지어 바람 소리도, 염소가 우는 소리나 개가 짖는 소리도 없다. 왜 닭이 울지 않지, 요셉이 중얼거렸다. 이어 불안한 표정으로 그 질문을 되풀이했다. 마치 닭이, 닭이 우는 것이 구원의 마지막 희망이라도 되는 것처럼. 이윽고 하늘이 바뀌기 시작했다. 분홍색이 번지면서 서서히 줄무늬를 그리더니, 거의 느낄 수 없는 속도로 구름들의 배에 올라타 보라색 속으로 기어들었다. 그러자 마침내 보라색은 빨간색으로 바뀌며 사라졌다. 이어 예고도 없이 하늘이 빛으로 폭발했다. 수많은 황금 빛살이 구름을 꿰뚫었다. 이제 작은 구름이 아니었다. 타오르는 돛을 내걸고 마침내 해방된 하늘을 바쁘게 움직이는 엄청나고 거대한 바지선 같은 구름이었다. 요셉의 두려움은 가라앉았다. 이제는 경이로워 눈을 크게 떴다. 그럴 만했다. 그 혼자서 이 놀라운 광경을 지켜보았기 때문이다. 요셉은 하늘의 영원한 장엄을 보며 큰 목소리로 만물을 창조하신 주를 찬양했다. 그러나 그 이루 말할 수 없는 영광에 압도된 인간들은 간단한 고마움의 말도 제대로 하지 못한다. 오, 주여, 이것에, 저것에, 또 저것에 감사를 드립니다. 요셉이 그런 말을 하는 동안 그의 목소리가 소환을 하기라도 한 것처럼, 아니면 누군가 부주의하게 열어놓은 문으로 갑자기 몰려나오기라도 한 것처럼, 생명의 소란이 조금 전까지 정적이 차지했던 공간을 침공하여, 거의 빈틈을 남기지 않고 메워버렸다. 웅얼거리는 숲이 삼켜 시야에서 감추어버린 아주 작은 늪 같은 곳만 여기저기 남았을 뿐이다. 해가 올라와 빛을 펼쳤다. 감당할 수 없는 아름다운 광경이었다. 거대한 두 손이 희미하게 반짝거리는 낙원의 새를 날려 보내자, 새는 천 개의 무지갯빛 눈이 달린 커다란 꼬리를 펼쳤다. 그러자 근처에 있던 이름 없는 새가 갑자기 노래를 부르기 시작했다. 바람이 한 줌 불어와 요셉의 얼굴을 치더니 턱수염과 저고리를 낚아채고, 사막을 가로지르는 아주 작은 회오리처럼 그의 몸 주위를 맴돌았다. 그냥 그의 상상일까. 머리로 갑자기 솟구치는 피 때문일까. 그 순간 불의 혀가 등뼈를 따라 올라가듯 몸이 부르르 떨리며 다른, 더 집요한 충동이 깨어났다.

 요셉은 소용돌이치는 공기 기둥 속에 갇혀서 움직이듯 집안으로 들어가 문을 닫았다. 그는 잠시 발을 멈추고 눈이 어둠에 익숙해지기를 기다렸다. 등잔은 거의 빛을 내보내지 못했다. 완전히 잠을 깬 마리아는 누운 채 귀를 기울이며 허공을 물끄러미 바라보고 있었다. 마치 기다리듯이. 요셉은 조용히 다가가 천천히 시트를 걷었다. 그녀는 눈을 다른 데로 돌리면서 자신의 튜닉 가두리를 들어 올리기 시작했다. 그녀가 그것을 배꼽께까지 들어 올리자마자 요셉은 그녀의 몸 위로 올라갔다. 자신의 튜닉은 이미 급하게 허리까지 끌어 올린 상태였다. 마리아의 다리는 벌려져 있었다. 어쩌면 꿈을 꾸면서 저절로 벌려졌는데 갑작스러운 나른함 때문에 미처 닫지 못한 것인지도 모른다. 아니면 자신의 의무를 아는 결혼한 여자로서 어떤 예감이 있었기 때문에 닫지 않은 것인지도 모른다. 하나님은 모든 곳에 존재하기 때문에 여기에도 존재했지만, 순수한 영이기 때문에 요셉의 살이 마리아의 살과 닿는 것을, 정해진 대로 그의 살이 그녀의 살 속으로 들어가는 것을 볼 수 없었다. 아니, 어쩌면 요셉의 거룩한 씨가 마리아의 거룩한 자궁으로, 생명의 샘과 그릇이므로 당연히 둘 다 거룩하지 않겠는가, 쏟아져 들어가는 순간 거기 없었는지도 모른다. 사실 하나님이 그들을 창조하기는 했지만, 하나님 자신도 이해하지 못하는 일들이 있으니까. 바깥의 마당에 있던 하나님은 요셉이 절정에 이르는 순간 그의 입에서 나오는 헐떡거림도, 마리아가 억누르지 못한 낮은 신음도 듣지 못했다. 요셉이 아내의 몸 위에 있었던 시간은 일 분이나 될까. 어쩌면 그 이하인지도 모른다. 마리아는 튜닉을 끌어 내리고 시트를 끌어 올리며, 팔로 얼굴을 가렸다. 요셉은 방 한가운데 서서 두 팔을 들어 올리고 천장을 보며 남자가 바칠 수 있는 가장 진심 어린 감사를 바쳤다, 전능하신 하나님, 우주의 왕이시여, 저를 여자로 만들지 않은 것에 감사를 드립니다. 그러나 하나님은 이미 마당을 떠난 것이 틀림없었다. 그렇다고 벽이 흔들리거나 무너지지도 않았고, 땅이 갈라지지도 않았다. 들리는 것이라고는 마리아가 여자에게서 예상할 수 있는 그 유순한 목소리로 이날 처음 말하는 소리뿐이었다, 오, 주여, 저를 당신 뜻대로 만들어주신 것에 감사를 드립니다. 자, 이 말과 천사 가브리엘에게 한 말 사이에는 아무런 차이가 없다. 저는 주의 여종이오니 말씀대로 내게 이루어지이다, 하고 말할 수 있는 여자라면 분명히 이 말 대신 그런 기도를 할 수도 있었을 것이기 때문이다. 어쨌든 목수 요셉의 부인은 매트에서 일어나 자신의 매트를 남편의 매트와 함께 둘둘 만 뒤, 함께 덮는 시트를 갰다.

요셉과 마리아는 나사렛이라고 부르는 마을에 살았다. 갈릴리 지역에 있는, 인구도 얼마 안 되는 한미한 곳이었다. 그들의 집은 다른 집들과 다를 것이 전혀 없었다. 벽돌과 진흙으로 만든 균형이 안 잡힌 입방체로, 가난하기로는 이루 말을 할 수가 없었다. 어디에나 똑같이 재미없는 모양이 반복되는 이곳에서는 상상력이 풍부한 건축의 예가 눈에 띄지 않았다. 집은 재료를 아끼려고 비탈에 지었다. 비탈은 뒷담 역할을 했고, 그곳을 이용하면 평평한 지붕에 쉽게 올라갈 수 있었다. 이 지붕은 테라스 역할도 했다. 요셉은 우리가 알다시피 목수일로 먹고살았으며, 상당히 유능했다. 그러나 높은 수준의 일을 할 만한 기술이나 재능은 없었다. 하지만 이런 비판은 너무 심각하게 받아들일 필요가 없다. 경험을 쌓고 기술을 얻으려면 시간이 필요한데, 요셉은 이제 갓 이십 대에 접어들었으며, 자원이 부족하고 기술은 더 부족한 곳에 살고 있다는 사실을 잊으면 안 된다. 또 사람을 단순하게 직업적 능력으로만 측정해서도 안 된다. 이 요셉이라는 사람은 비록 젊지만 나사렛에서 가장 정직하고 경건한 사람으로 꼽혔으며, 회당에 열심히 가고 자신의 의무는 바로바로 처리했기 때문이다. 또 특별한 웅변 능력을 타고나지는 못했지만, 자신의 주장을 펼치고 빈틈없이 의견을 개진할 수 있었다. 특히 자기 일인 목공과 관련된 적절한 이미지나 비유를 사용할 기회가 생기면 그런 능력이 더욱 돋보였다. 그렇다고 그에게 창조적인 상상력이라고 부를 만한 것이 있다고 말할 수는 없었다. 사실 그는 짧은 생애 동안 후손에게 전해 줄 기억에 남을 만한 우화 하나 떠올린 적이 없었다. 하물며 아주 분명하여 더 보탤 말이 없으면서도, 동시에 아주 모호하고 흐릿하여 오랜 세월 동안 학자나 지식인들의 흥미를 끌 수 있는 뛰어나고 기발한 비유를 떠올린 적도 없었다.

마리아의 재능은 요셉보다 더 드러나지 않은 상태였지만, 사실 열여섯 살의 소녀에게서 무엇을 더 바랄 것인가. 결혼을 했다 하지만, 말하자면 아직 아기다. 그 시절에도 사람들은 그런 표현을 사용했던 것이다. 그러나 그 연약해 보이는 외모에도 불구하고, 그녀는 다른 여자들과 똑같이 열심히 일을 한다. 양털에 빗질을 하고, 실을 잣고, 천을 짜고, 매일 아침 가족이 먹을 빵을 굽고, 우물에서 물을 길어 커다란 물동이는 머리에 이고 다른 물동이는 등에 진 채 가파른 골짜기를 올라온다. 늦은 오후에는 샛길과 주의 들판을 돌아다니며 나무를 모으고 그루터기를 베고, 다른 바구니에는 쇠똥을 담고 나사렛의 위쪽 비탈에서 많이 자라는 엉겅퀴와 가시나무도 채워 넣는다. 이런 식물은 하나님이 불을 피우거나 가시 면류관을 만들 때 쓰라고 만들어준 최고의 재료다. 그런 짐들을 당나귀의 등에 다 실으면 훨씬 편하겠지만, 당나귀는 요셉이 목재를 운반하는 데 써야 한다. 마리아는 맨발로 우물에 가고, 맨발로 들에 나간다. 늘 더러워지고 찢어지는 옷, 계속 빨고 수선을 해야 하는 옷을 입고 간다. 새 옷이나 약간의 여벌 옷은 남편이나 입는 것이기 때문이다. 마리아 같은 여자들은 그냥 있는 것만 가지고 대충 살아간다. 회당에 갈 때는 옆문으로 들어간다. 율법이 여자들에게 그럴 것을 요구하기 때문이다. 또 회당 안에 여자가 서른 명이 있다 해도, 나사렛 여자가 다 모여 있다 해도, 갈릴리의 여자가 전부 와 있다 해도, 적어도 남자가 열 명은 와야만 예배를 시작할 수 있다. 게다가 여자들은 예배에 수동적으로만 참여할 수 있다. 남편 요셉과는 달리 마리아는 올곧지도, 독실하지도 않다. 하지만 마리아 탓을 할 수는 없다. 그녀가 말하는 언어를 탓하든가, 그 언어를 만든 사람들을 탓해야 한다. 이 언어에는 올곧고 독실하다는 말의 여성형이 없기 때문이다.

어느 갠 날, 요셉은 집에 있었다. 하늘의 구름들이 신비하게 보라색으로 변한 그 잊을 수 없는 아침으로부터 넉 주가 지났을 때였다. 해는 막 지려는 참이었고, 요셉은 방바닥에 앉아 당시 관습대로 손가락으로 음식을 먹고 있었다. 마리아는 서서 요셉이 식사를 끝내기를 기다리고 있었다. 요셉이 끝내야 자신도 식사를 할 수 있었기 때문이다. 둘 다 아무런 말이 없었다. 요셉은 할 말이 없었고, 마리아는 마음에 있는 이야기를 표현할 수가 없었다. 그때 갑자기 대문 밖에 거지가 나타났다. 이 마을에서는 드문 일이었다. 이곳 사람들은 워낙 가난했는데, 먹을 것이 있는 곳의 냄새를 맡는 코가 매우 발달한 구걸 공동체는 이런 사실을 착각하는 일이 거의 없었기 때문이다. 어쨌든 그것은 지금 여기에 온 거지에게는 해당되지 않는 일이었다. 마리아는 자기가 먹으려고 남겨두었던, 렌즈콩에 썬 양파와 으깬 병아리콩을 버무린 것을 거의 다 퍼서 사발에 담아 들고 거지에게로 갔다. 거지는 땅바닥에 앉아 있었다. 남편의 입에서 허락이 떨어지기를 기다릴 필요는 없었다. 그냥 고개만 끄덕이는 것으로 끝이었다. 다들 알다시피 이때는 말이 드물고, 고대 로마 경기장에서처럼 엄지를 올리고 내리는 것만으로도 죽이고 살리는 문제를 결정할 수 있을 때였으니까. 석양은 얼마 전 아침과는 완전히 달랐지만 그 나름으로 장관이었다. 장밋빛, 자갯빛, 연엿빛, 버찌빛이 뒤섞여 얼룩진 하늘에는 무수한 구름 다발이 흩어져 있었다. 지금 빛깔을 나타내느라 쓴 말들은 지상의 우리가 서로 이해를 하려고 쓰는 말들이다. 우리가 아는 한 하늘에는 이런 색깔을 가리키는 이름이 없기 때문이다. 거지는 사흘은 굶은 듯, 그만하면 진짜 굶주렸다 할 수 있을 텐데, 허겁지겁 사발 바닥까지 깨끗하게 핥아 먹더니, 사발을 돌려줄 겸 고맙다는 인사를 할 겸 다시 돌아온다. 문을 연 마리아는 거기 선 남자가 왠지 아까보다 어깨도 넓어 보이고 키도 커 보인다고 생각한다. 과연 먹기 전과 먹은 뒤는 차이가 크다는 말은 사실인 모양이다. 남자의 얼굴과 눈도 빛을 발하고 있다. 그 순간 남자의 누더기가 이상한 바람에 펄럭이면서 마리아의 시야가 흐려진다. 갑자기 누더기가 고급 옷처럼 보인다. 보지 않으면 믿을 수 없는 장면이다. 마리아가 질그릇 사발을 받으려고 손을 내미는데, 무슨 이상한 눈의 착각이 일어난 것인지, 아마 하늘의 은은한 빛 때문이겠지만, 사발이 순금 그릇으로 변했다. 사발이 그의 손에서 그녀의 손으로 건네지는 순간 거지는 울림이 큰 목소리로 말했다. 거지의 목소리마저 변한 것이다. 주께서 그대를 축복하시기를 빌겠소, 선한 여인이여, 또 그대에게 남편이 바라는 대로 자식을 다 주시기를 빌겠소, 더불어 주께서 나를 나의 슬픈 운명으로부터 보호해 주시기를, 슬프게도 나는 이 비참한 세상에서 머리를 뉠 곳도 없으니 말이오. 마리아는 두 손으로 사발을 받쳐 들고 있었다. 꼭 성배를 들고 있는 듯했다. 마치 거지가 그것을 채워주기를 기다리는 것 같았다. 실제로 거지는 그렇게 했다. 갑자기 거지는 허리를 굽혀 흙을 한 줌 쥐더니 팔을 들어 올려 흙을 손가락 사이로 흘리며 낮은 목소리로 말했다, 흙은 흙으로, 재는 재로, 먼지는 먼지로, 끝나지 않고는 아무것도 시작되지 않으니, 모든 시작은 끝남에서 나온다. 마리아가 어리둥절한 표정으로 물었다, 그게 무슨 말이에요. 하지만 거지는 간단하게 대답했다, 선한 여인이여, 그대의 자궁에는 아이가 있소, 그것이 인간의 유일한 운명이오, 시작하고 끝이 나고, 끝이 나고 시작하지요. 나한테 아이가 있다는 건 어떻게 아세요. 배가 부르지 않아도 아이는 그 어머니의 눈을 통해 빛나기 때문이라오. 그 말이 사실이면 내 남편도 이미 내 눈에서 자기 아이를 보았겠네요. 아마 그대가 남편을 볼 때 남편은 그대를 보지 않을 거요. 누구신데 내 입에서 나오는 말을 듣지 않고도 그렇게 많은 것을 아시는 거예요. 나는 천사요, 하지만 아무에게도 말하지 마시오.

그 순간 그의 빛나던 옷이 다시 넝마로 돌아갔다. 불이 핥고 지나간 것처럼 몸이 쪼그라들었다. 이런 놀라운 변신은 다행히도 딱 때를 맞추어 일어났다. 거지가 조용히 사라지자마자 요셉이 문간에 나타났기 때문이다. 그는 마리아가 오랫동안 눈에 보이지 않고 소곤거리는 목소리만 들리는 것을 수상쩍게 여겼던 것이다. 거지가 또 뭘 원해, 요셉이 물었다. 당황한 마리아는 거지의 말을 되풀이할 수밖에 없었다, 흙은 흙으로, 재는 재로, 먼지는 먼지로, 끝나지 않고는 아무것도 시작되지 않으니, 모든 시작은 끝남에서 나온다. 그게 거지가 한 말이야. 네, 또 아버지의 자식은 어머니의 눈을 통해 빛난다고 했어요. 나를 봐. 보고 있어요. 당신 눈에서 빛이 보여, 요셉이 말했다. 마리아가 말했다, 당신 자식일 거예요. 저녁 하늘이 파란색에서 밤의 어두컴컴한 색조로 바뀌면서 사발의 내용물이 어두운 광채를 발했고, 그 광채가 마리아의 얼굴을 바꾸어놓았다. 그러자 그녀의 눈이 훨씬 더 나이 든 여자의 눈처럼 보였다. 당신 임신했어, 요셉이 마침내 마리아에게 물었다. 네, 했어요, 마리아가 대답했다. 왜 나한테 말하지 않았어. 오늘 말하려고 했어요, 당신이 저녁을 다 먹기를 기다리고 있었어요. 그런데 거지가 나타난 거로군. 그래요. 또 뭐라고 했어, 시간을 꽤 끌던데. 당신이 원하는 자식들을 주께서 모두 내게 주실 거라고 했어요. 그 사발에 뭐가 들었기에 그렇게 빛이 나. 그냥 흙이에요. 흙은 검은색이고 진흙은 녹색이고 모래는 흰색이지, 이 셋 가운데 오직 모래만 낮에 빛이 나, 하지만 지금은 밤이야. 미안해요, 나는 여자일 뿐이에요, 이런 건 설명할 수가 없어요. 그러니까 거지가 땅에서 흙을 집어 사발에 넣으면서 흙은 흙으로 어쩌구 하는 말을 했다는 거야. 네, 바로 그런 말을 했어요.

요셉은 가서 대문을 열고 좌우를 보았다. 안 보이는데, 사라졌어, 요셉이 말했다. 마리아는 안심을 하고 집으로 돌아왔다. 거지가 정말로 천사였다면 사람 눈에 보이지 않게 자신의 모습을 감출 수도 있을 터였기 때문이다. 마리아는 사발을 노(爐)의 돌판에 내려놓고, 잉걸불을 꺼내 기름등잔에 불을 붙였다. 작은 불꽃이 올라올 때까지 입으로 바람을 불었다. 요셉은 어리둥절한 표정으로 안으로 들어와 의심을 감추려고 가장처럼 엄숙한 표정과 자세로 움직였다. 그러나 너무 젊은 사람이 그러고 있으니 외려 이상해 보였다. 그는 슬쩍슬쩍 빛이 나는 흙이 담긴 사발 쪽으로 곁눈질을 했다. 의심하고 비꼬는 표정이었다. 그러나 자신이 남자로서 윗사람이라는 점을 내세우려는 것이었다면 사실은 시간을 낭비하는 셈이었다. 마리아는 눈을 내리깔고 있었고, 생각은 다른 데 가 있었기 때문이다. 요셉은 작은 막대기로 사발의 흙을 찔렀다. 흙은 방해를 받자 어두워졌다가, 곧 다시 빛을 발했다. 칙칙한 표면을 덮으며 사방으로 빛을 발산하기 시작한 것이다. 도무지 이해할 수 없는 신기한 일이로군, 그 거지가 처음부터 이 흙을 가져온 것인데 당신이 우리 집 앞에서 집었다고 잘못 생각했는지도 몰라, 아니면 이게 무슨 마법인지도 몰라, 나사렛에는 빛나는 흙을 본 사람이 없으니까. 마리아는 입을 다물고 있었다. 마리아는 기름에 찍은 빵과 함께 남은 렌즈콩을 먹고 있었다. 빵을 떼면서 거룩한 율법에 따라 여자에게 어울리는 겸손한 목소리로 감사 기도를 드렸다, 땅에서 이 빵을 내신 당신을 찬양합니다. 아도나이(헤브라이어로 하나님을 가리키는 말-옮긴이), 주 하나님, 우주의 왕이시여. 마리아는 말없이 계속 먹었고, 요셉은 오래 생각에 잠겨 있었다. 마치 회당에 앉아 토라의 한 구절을 해석하고 있는 것 같았다. 아니면 예언자들의 말 한 구절을, 아니면 마리아가 한 말을, 아니면 그 자신이 빵을 떼면서 한 말을. 그는 빛이 나는 흙에서 어떤 곡식이 자랄지 상상해 보려 했다. 거기서는 어떤 빵이 나올지, 그런 빵을 먹으면 우리가 어떤 빛을 속에 넣고 다니게 될지. 거지가 땅에서 이 흙을 집은 게 확실해, 요셉이 마리아에게 두 번째로 물었다. 마리아가 대답했다, 네, 확실해요. 어쩌면 땅에서도 빛이 나고 있었는지 몰라. 아뇨, 분명히 땅에서는 빛이 나지 않았어요. 여자 일반, 특히 자기 여자의 말이나 행동과 정면으로 맞서게 된 어떤 남편의 공포라도 누그러뜨릴 만한 차분한 말이었다. 그러나 요셉은 그 시대 그 지역의 다른 모든 남자와 마찬가지로 진정으로 지혜로운 남자는 여자의 간계와 기만을 경계해야 한다고 믿었다. 랍비 요세파트 벤 요하난의 지혜로운 조언에 관심을 기울이는 신중한 남편이라면, 여자들과는 대화를 삼가는 것이 좋고, 여자들의 말에는 아예 주의를 기울이지 않는 것이 좋다는 말을 좌우명으로 삼아야 했다. 죽음의 시간에 모든 남자는 아내와 나눈 모든 잡담을 해명해야 했기 때문이다. 요셉은 방금 마리아와 나눈 이 대화가 꼭 필요했던 것인지 자문해 보았다. 이윽고 오늘 일어난 일의 특별한 성격을 고려하여 필요했다고 판단을 내리면서도, 앞으로 자신과 이름이 같은, 왜냐하면 요세파트는 요셉과 똑같았으니까, 그 랍비의 거룩한 말을 절대 잊지 않겠다고 속으로 맹세했다. 죽음의 시간에 가책으로 고생하고 싶지 않았기 때문이다. 하나님의 뜻이라면, 그 시간이 평화롭기를 바랐기 때문이다. 잠시 후 요셉은 수수께끼의 거지와 빛나는 흙이라는 기묘한 사건을 회당의 장로들에게 말을 할 것인지 자문해 보고, 자신의 양심의 부담을 덜고 가정의 평화를 지키기 위해 그렇게 하기로 결정했다.

마리아는 저녁을 다 먹었다. 그녀는 설거지를 하러 밖으로 나갔으나, 거지가 사용한 사발은 그냥 놓아두었다. 이제 집 안에는 빛이 두 개 있었다. 하나는 밤의 어둠에 대항하여 용감하게 싸우는 기름등잔의 빛이었다. 또 하나는 사발의 은은한 빛이었다. 이 빛은 뒤늦게 나타나는 해처럼 미세하게 떨리면서도 꾸준했다. 마리아는 바닥에 앉아 남편이 대화를 계속 이어가기를 기다린다. 그러나 요셉은 그녀에게 더 할 이야기가 없다. 그는 지금 머릿속으로 내일 장로들의 모임 앞에 나아가 할 이야기를 연습하고 있다. 아내와 거지 사이에 벌어진 일을 정확히 모른다는 것, 그들이 서로 나누었을 또 다른 말이 무엇인지 모른다는 것은 얼마나 약이 오르는 일인지. 하지만 아내에게 더 묻지 않기로 결정한다. 그녀가 더 털어놓을 것 같지 않기 때문이다. 아내가 두 번이나 말해 준 것을 믿는 쪽이 낫다. 거짓말을 하는 것이라 해도 그는 알 도리가 없는 반면 아내는 다 알 것이고, 틀림없이 옷으로 얼굴을 가리고 비웃을 것이기 때문이다. 하와가 아담을 비웃었듯이. 하지만 그때 그들은 옷을 안 입었기 때문에 아담의 등 뒤에서 비웃었을 것이다. 생각이 생각을 낳기 시작했다. 요셉은 곧 그 거지를 사탄이 보낸 것이 틀림없다고 확신하게 되었다. 유혹자 사탄은 이제 시대가 변하여 사람들이 더 조심한다는 것을 알고 자연의 과일들 가운데 하나를 먹어보라고 권한 것이 아니라 다른 약속, 빛나는 흙의 약속을 보여주면서 여자들의 남을 잘 믿는 약한 면을 다시 한 번 이용한 것이다. 요셉의 마음은 혼란에 빠져 있다. 그러나 자신과 자신이 내린 결론에 만족한다. 마리아는 남편이 그녀가 관련된 사탄의 음모라는 괴로운 생각에 사로잡혀 있다는 것을 까맣게 모르는 채, 임신 사실을 말해 버리고 난 직후부터 생겨난 묘한 공허감에 시달리고 있다. 물론 내적인 공허감은 아니다. 자신의 자궁이 말의 엄격한 의미 그대로 충만하다는 것을 잘 알기 때문이다. 외적인 공허감이다. 세상이 갑자기 멀리 물러나버린 것 같다. 마리아는 저녁 식사 뒤에 자려고 매트를 펴기 전에 늘 몇 시간 동안 해야 할 일이 있다는 것을 기억한다. 그러나 마치 다른 생을 불러내는 듯한 느낌이다. 도무지 앉은 자리에서 일어나고 싶지가 않다. 그냥 사발 테두리 너머에서 반짝이며 자신을 마주보는 빛을 바라보며, 그냥 그 빛만 바라보며 아이가 나오기를 기다리고 싶다. 사실을 말하자면, 그녀의 생각이 그렇게 분명한 것은 아니다. 전체적으로 보아, 생각이란, 다른 사람들이, 또 우리 자신이 전에 말했듯이, 우리 머릿속에 둘둘 말린 커다란 실 뭉치 같아서 어디는 느슨하고 어디는 팽팽하다. 그 전체 길이를 아는 것은 불가능하다. 그것을 다 풀어서 재봐야 하니까. 하지만 아무리 열심히 노력해도, 또는 노력하는 척해도, 이것은 도움을 받지 않으면 불가능한 일이다. 언젠가 누군가 나타나 우리에게 사람을 배꼽과 묶고 있고, 생각을 그 기원과 연결하고 있는 줄을 어디에서 자르면 된다고 말해 주어야 할 것이다.

다음 날 아침, 마치 별이 빛나는 하늘에서 떨어지듯이, 뒤집힌 거대한 사발 안에서 떨어지고 또 떨어지는 자신의 모습을 보는 똑같은 악몽에 계속 시달리며 편치 못한 밤을 보낸 요셉은 장로들의 조언을 구하러 회당으로 갔다. 그의 이야기는 특이했다. 물론 우리가 알다시피 그는 이야기를 다 들은 것이 아니기 때문에, 실제 있었던 일은 더 특이했지만. 어쨌든 그가 아는 것만으로도 특이했기 때문에 그가 나사렛의 노인들에게 매우 신임을 받는 사람이 아니었다면, 집회서에 나오는 책망의 말을 들으며 꼬리를 내리고 집으로 쫓겨 가야 했을 것이다. 사람을 성급하게 믿는 사람은 마음이 천박하도다. 아마 이 가엾은 남자는 혼비백산하여 같은 집회서에 나오는 말로 밤새 자신이 시달린 꿈을 변명할 생각도 하지 못했을 것이다. 꿈에 보이는 것은 비친 것, 거울에 비친 얼굴이로다. 그가 이야기를 마치자 장로들은 서로 마주 보다가 요셉을 보았다. 이윽고 가장 나이 많은 장로가 모인 사람들이 차마 입 밖에 내지 못하는 불신의 태도를 직접적인 질문으로 번역했다, 방금 그대가 한 말이 진실, 온전한 진실이고 오로지 진실뿐인가. 그러자 목수는 말했다, 진실입니다, 온전히 진실이고 오로지 진실뿐입니다, 하나님이 제 증인이십니다. 그러자 장로들은 자기들끼리 오래 토론을 했다. 요셉은 신중하게 거리를 두고 기다렸다. 마침내 장로들은 요셉을 불러, 일 처리 방식에 관한 해소되지 않은 견해 차이 때문에 사람 셋을 보내 마리아에게 그 신비한 사건에 관해 물어보겠다고 말했다. 그 거지가 어떻게 생겼는지, 정확히 무슨 말을 했는지 물어서, 다른 누구도 보지 못한 거지의 정체를 확인하려는 것이었다. 그 거지가 나사렛에서 구걸을 하는 것을 본 적이 있는 사람, 그 거지에 관해 무엇이든 정보를 제공할 수 있는 사람이 있는지도 확인해 볼 생각이었다. 요셉은 만족했다. 절대 스스로 인정하지는 않겠지만, 혼자서 아내를 다그치고 싶지 않았기 때문이다. 최근 며칠 동안 눈을 내리깔고 있는 습관이 아내에게 새로 생기면서 요셉은 마음이 복잡했다. 겸손한 태도라고 볼 수도 있었지만, 뭔가 도발적인 면도 분명히 있었다. 드러낸 것, 남들에게 알려준 것 이상을 알고 있는 여자의 표정 같았다. 내가 진실로 여러분에게 이르노니, 여자들의 교활함은 한계를 모른다. 특히 아무것도 모르는 체하고 있을 때는.

그래서 사람들은 요셉을 앞장세우고 출발을 했다. 이 세 사람은 아비아달, 도단, 삭개오였다. 이 이름들을 여기 기록해두는 것은 다른 출처에서 그들 나름으로 이 이야기를 들은 사람들이 혹시 내가 하는 이야기가 역사적으로 부정확한 것이 아닌가 의심하는 것을 막으려는 것이다. 그들이 들은 이야기가 전승과 더 가까울지 모르지만, 그렇다고 해서 그것이 반드시 사실과 더 가까운 것은 아니다. 이렇게 이름들을 공개했고 그 이름을 사용한 사람들의 존재를 입증했으니, 이제 의심은 남아 있지 않을 것이다. 세 장로가 바람에 옷자락과 턱수염을 날리며 엄숙한 행렬을 이루어 거리를 걸어가는 흔치 않은 광경은 곧 동네 개구쟁이들의 눈길을 끌었다. 개구쟁이들은 그들 주위에 모여 아이들이 흔히 그러듯이 그들의 걸음걸이를 흉내 냈으며, 놀리고 소리를 지르면서 회당에서 요셉의 집까지 그들을 쫓아갔다. 요셉은 사람들의 이목을 끄는 이 떠들썩한 행렬이 몹시 짜증이 났다. 이웃집들에서 여자들이 시끄러운 소리를 듣고 문간에 나타나기 시작했다. 그들은 뭔가 문제가 생긴 것을 알고 자식들을 보내 왜 장로들이 마리아의 집에 왔는지 알아보게 했다. 그러나 소용이 없었다. 오직 장로들만 집 안으로 들어갈 수 있었기 때문이다. 그들이 들어가자 문은 단단히 닫혔다. 나사렛의 어떤 여자도, 아무리 호기심이 많은 여자라 해도 요셉의 집 안에서 무슨 일이 일어났는지 알지 못했고, 오늘날까지도 알지 못하고 있다. 호기심을 채우기 위해 어쩔 수 없이 뭔가를 꾸며내야 했던 사람들은 한 번 보지도 못한 그 거지가 평범한 도둑이라고 비난을 했다. 이것은 엄청나게 부당한 일이다. 천사, 그가 정말 천사라면, 이 천사는 자기가 먹은 것을 훔치지 않았다. 심지어 먹은 대가로 거룩한 예언을 해 주기까지 했다. 나이가 많은 두 장로가 마리아에게 질문을 하는 동안, 셋 가운데 가장 나이가 아래인 삭개오는 집 주변을 돌아다니며 목수의 부인이 말하는 인상착의의 거지를 기억하는 사람들에게서 정보를 얻으려 했지만, 이웃 가운데 한 사람도 그에게 도움을 주지 못했다, 아니오, 어제는 거지가 이 길로 지나가지 않았는데요, 설사 지나갔다 해도 어쨌든 우리 집 문은 두드리지 않았어요, 그냥 지나가는 도둑이었나 봐요, 집에 사람이 있으면 거지인 척하며 서둘러 떠나는 그런 도둑 말이에요, 아주 오래된 속임수죠.

삭개오가 거지에 관해 아무런 정보를 얻지 못하고 요셉의 집으로 돌아갔을 때 마리아는 우리가 이미 알고 있는 사실을 네 번째 이야기하고 있었다. 사람들은 모두 집 안에 들어가 있었다. 마리아는 죄를 지은 사람처럼 서 있었고, 사발은 바닥에 놓여 있었다. 그 안에는 고동치는 심장 같은 이상한 흙이 변함없이 담겨 있었다. 요셉은 한쪽 옆에 앉아 있었고, 장로들은 앞쪽에 재판관들처럼 앉아 있었다. 서열 이 위인 도단이 말했다, 우리가 그대의 이야기를 믿지 못하는 게 아니오, 그 사람과 말을 한 사람은 그대뿐이라는 거요, 그게 사람이라면 말이야, 그대 남편은 그 사람 목소리만 들었을 뿐이오, 여기 삭개오는 그대 이웃들 가운데 그 사람을 본 사람이 없다잖소. 저는 맹세코 진실을 말하고 있어요, 하나님이 제 증인이셔요. 그래, 진실이겠지, 하지만 그게 온전한 진실이냐는 거요. 저는 주의 물을 마실 것이니, 주께서 제 결백을 증명하실 거예요. 쓴 물의 재판은 배신을 했다고 의심되는 여자들에게 하는 거요, 하지만 그대가 남편에게 충실하지 못한 행동을 했을 리는 없잖소, 남편이 그럴 만한 시간을 주지 않았으니까. 거짓도 배신과 다를 바 없다고 하던데요. 그건 다른 종류의 배신이오. 제 말은 제 나머지와 마찬가지로 진실해요. 그러자 셋 가운데 연장자인 아비아달이 말했다, 더 질문하지 않겠소, 그대가 우리에게 진실을 말했다면 주께서 일곱 배로 상을 주실 것이고, 그대가 우리를 속였다면 일곱 배로 벌할 것이오. 아비아달은 잠시 입을 다물더니, 삭개오와 도단을 돌아보며 물었다, 이 빛나는 흙은 어쩔까, 신중하게 처리하려면 여기다 그대로 두어서는 아니 되오, 사탄의 잔꾀일지도 모르니까. 도단이 말했다, 이 흙을 왔던 데로 돌아가게 하지요, 전에 있던 어둠으로 돌려보냅시다. 삭개오가 말했다, 우리는 그 거지가 누구인지, 왜 그가 마리아에게만 모습을 보여주었는지, 사발에서 빛나는 흙의 의미가 무엇인지 모릅니다. 도단이 제안을 했다, 이걸 사막으로 가져가 거기 뿌려봅시다, 사람들 눈에서 멀리 떨어진 곳에 말입니다, 그러면 바람이 흩어놓을 것이고 비가 지워버릴 겁니다. 삭개오가 말했다, 이 흙이 하나님의 선물이라면 옮기면 안 됩니다, 반대로 악의 전조라면 이것을 받은 사람이 결과를 감당하면 되지요. 아비아달이 물었다, 그래서 어쩌자는 거요. 삭개오가 대답했다, 보통의 흙과 섞이지 않도록 사발을 뭘로 덮어서 여기에 묻자는 거지요, 이게 하나님의 선물이라면 그렇게 묻어도 사라지지 않을 것이고, 악의 권세를 보여주는 거라면 눈에 보이지 않을 경우에 그 권세도 많이 줄어들 테니까요. 아비아달이 물었다, 어떻게 생각하시오, 도단. 도단이 대답했다, 삭개오 말이 옳은 것 같습니다, 이 사람 말대로 하지요. 아비아달이 마리아에게 말했다, 우리가 나아가게 물러나시오. 제가 어디로 갈까요, 마리아가 아비아달에게 물었다. 그때 요셉이 흥분해서 말했다, 사발을 묻을 거면 집에서 떨어진 데 묻지요, 제 밑에 빛이 묻혀 있으면 절대 편히 쉴 수가 없을 것 같습니다. 아비아달이 순순히 응했다, 그렇게 하겠네. 이어 그는 마리아에게 말했다, 그대는 여기 그냥 있으시게. 남자들은 마당으로 나갔다. 삭개오가 사발을 들고 있었다. 요셉이 바로 일을 시작하여 곧 삽으로 땅을 파는 소리가 들리기 시작했다. 몇 분 뒤에 마리아는 아비아달의 목소리를 들었다. 이제 그만 파도 되네, 그만하면 충분해. 마리아는 문틈으로 남편이 둥근 질그릇 조각으로 사발을 덮은 다음 그의 팔이 다 내려갈 정도로 깊은 구멍에 사발을 내려놓는 것을 보았다. 요셉은 일어서서 삽을 쥐고 구멍을 메우더니, 발로 흙을 단단하게 다졌다.

남자들은 잠시 마당에 그대로 남아 자기들끼리 이야기를 하며 새로 덮인 흙을 물끄러미 바라보았다. 마치 보물을 묻은 뒤 그 정확한 장소를 기억하려고 노력하는 사람 같았다. 하지만 그들의 화제는 그것이 아니었다. 갑자기 삭개오가 큰 소리로 장난스럽게 책망하는 소리가 들렸다, 이보게, 요셉, 도대체 무슨 목수가 이 모양인가, 애를 가진 아내를 위해 침대도 만들어주지 못하다니. 다른 장로들은 웃음을 터뜨렸다. 요셉은 화를 내서 체면이 깎이는 대신 함께 웃는 쪽을 택했다. 마리아는 그들이 대문으로 걸어가는 것을 보고, 노의 돌판에 앉아 방을 둘러보았다. 요셉이 침대를 만들면 어디다 놓을까 생각해 보았다. 질그릇 사발이나 빛나는 흙은 생각하지 않으려 했다. 그 거지가 정말로 천사였는지, 아니면 그냥 농담이나 내뱉고 다니는 사람인지도 고민하지 않으려 했다. 자신의 집에 침대가 들어온다는 희망이 생기면 어디에 놓는 것이 가장 좋을까 하는 생각부터 해야 하는 것이 여자이니까.

담무스 달과 압 달 사이에 포도밭에서 포도를 거두고 무화과가 짙은 녹색 덩굴 잎들 사이에서 익기 시작할 때 사건들이 일어났다. 어떤 사건들은 정상적이고 평범했다. 예컨대 한 부부가 살로 만나고, 얼마 뒤에 여자가 남자에게, 나 당신 아이를 가졌어요, 하고 말하는 것 같은 사건이다. 또 어떤 사건들은 특별하다. 예컨대 지나가는 거지에게 맡겨진 고지(告知) 같은 것이다. 이 거지의 유일한 죄는 빛나는 흙이라는 그 독특한 현상뿐이었던 것 같은데, 이제 이 흙은 요셉의 불신과 장로들의 신중함 덕분에 살피는 눈들로부터 안전하다. 무더위가 빠르게 다가오고 있다. 들판은 헐벗어, 그루터기와 바싹 마른 흙 말고는 아무것도 없다. 매일 더위로 숨 막힐 듯한 몇 시간 동안 나사렛 마을은 정적과 고독 속으로 가라앉는다. 밤이 내려앉고 별이 나타나고 나서야 사람들은 어둠에 싸인 풍경의 존재를 느끼거나 서로를 지나쳐 미끄러져가는 천체들의 음악을 들을 수 있다. 요셉은 저녁을 먹은 뒤 바람을 쐬러 마당에, 문 오른쪽에 나와 앉아 있었다. 얼굴과 턱수염에 닿는 시원한 저녁 바람의 느낌이 얼마나 좋은지. 마침내 밤이 완전히 깔리자 마리아도 밖에 나와 남편처럼 마당에 쭈그리고 앉았지만, 문 반대편이었다. 그들은 거기 그렇게 조용히 앉아, 이웃집들에서 들려오는 소리, 가정생활의 시끌벅적함에 귀를 기울이고 있었다. 그들에게도 자식이 생기면 겪어야 할 일이었다. 우리에게 아들을 주십시오, 요셉은 하루 종일 그렇게 기도했다. 마리아도 이유는 달랐지만 계속, 아들이 되게 해주세요, 사랑하는 하나님, 하고 생각했다. 그녀의 배는 서서히 부풀어 올랐다. 그녀의 몸 상태가 눈에 띄려면 몇 주, 몇 달이 흘러야 할 것 같았다. 그녀는 겸손과 신중함 때문에 이웃을 거의 만나지 않았다. 따라서 그녀가 하룻밤 새에 풍선처럼 부풀어 오른 것 같은 몸으로 나타나자 동네 사람들이 다들 놀랐다. 아마 그녀가 그렇게 비밀스럽게 구는 것은 사실 누군가 그녀의 임신을 수수께끼의 거지의 등장과 연결시킬지도 모른다는 걱정 때문이었을 것이다. 우리가 보기에는 그런 생각이 터무니없는 것 같지만, 마리아는 지쳐서 생각이 제멋대로 흘러갈 때면, 어떻게 이 모든 일이 생겼을까, 자신의 자궁에 들어 있는 이 아이의 진짜 아버지가 누구일까, 하는 생각을 하지 않을 수 없었다. 모두가 알다시피, 여자들은 임신을 하면 이상한 욕구에 사로잡히고 희한한 공상을 하기도 한다. 어떤 경우는 마리아의 경우보다 더 심하기도 하다. 어쨌든 마리아의 공상은 혹시 어머니가 될 이 여자의 평판을 더럽힐까 우려가 되기 때문에 밝히지 않을 생각이다.

세월이 흘렀다. 몇 주가 천천히 지나갔다. 이제 용광로처럼 뜨거운 엘룰 달이었다. 남쪽 사막에서 오는, 불이 붙은 듯한 바람이 대기를 짓눌렀다. 대추야자와 무화과가 꿀처럼 뚝뚝 듣는 철이다. 티슈리 달에는 가을의 첫비가 내려, 땅을 갈고 씨를 뿌릴 수 있도록 흙을 촉촉이 적신다. 그다음 헤슈반 달에는 올리브를 거두고, 마침내 날이 선선해진다. 굉장한 물건을 만들 수는 없는 노릇이기 때문에 요셉은 마리아가 마침내 부풀어 오른 거추장스러운 몸을 쉴 수 있는 소박한 침대를 만들기로 결정했다. 기슬르 달의 마지막 며칠 동안 심한 비가 쏟아지더니 데벳 달 거의 내내 쏟아져, 요셉은 마당에서 일을 할 수가 없었다. 잠깐 날이 갠 틈을 이용해 커다란 나무판들을 조립하기는 했지만, 대개 안에서 침침한 빛을 받으며 일을 해야 했다. 그곳에서 마무리되지 않은 틀에 대패질을 하고 광택을 냈다. 그 바람에 바닥 사방에 대팻밥과 톱밥이 덮였다. 그것은 나중에 마리아가 쓸어서 마당으로 내갔다.

스밧 달에는 아몬드 나무에 꽃이 피었다. 아달 달에 부림 잔치를 벌이고 있는데 나사렛에 로마 군인들이 나타났다. 이것은 갈릴리 전역에서 흔히 볼 수 있는 일이었다. 이들이 작은 부대를 이루어 마을에서 도시, 도시에서 마을로 돌아다녔기 때문이다. 어떤 부대는 헤롯의 왕국의 시골 깊숙이 들어갔다. 그들은 집정관 푸블리우스 술피키우스 퀴리누스가 통치하는 속주들에 거주하는 모든 가족은 인구조사에 참여해야 한다는 아우구스투스 황제의 명령을 백성에게 전했다. 다른 인구조사와 마찬가지로 아직 로마에 세금을 안 낸 사람들을 염두에 두고 기록을 갱신하는 작업이었다. 모든 가구가 예외 없이 자신의 출신지에서 등록을 해야 했다. 광장에 모인 사람들은 대부분 그 포고를 듣고도 황제의 칙령에 별 관심을 갖지 않았다. 오래전부터 나사렛에 살아온 토박이들로서 그들은 그냥 나사렛에서 등록을 하면 끝이었기 때문이다. 그러나 몇 가족은 왕국의 다른 곳, 골란이나 사마리아에서, 유대, 베레아, 이두매에서, 여기저기에서, 먼 곳에서 왔기 때문에 로마의 고집과 탐욕에 심한 불만을 내뱉으며, 그럼 내 작물은 어떻게 되는 거냐고 한탄하며 긴 여행을 할 준비를 시작했다. 이제 곧 아마와 보리를 수확할 철이었기 때문이다. 식구가 많은 사람들, 품에 안을 아이에 나이 든 부모나 조부모가 있는 사람들 가운데 자신의 운송 수단이 없는 경우에는 누구한테서 나귀를 빌릴 수 있을지, 아니면 싼값에 세를 낼 수 있을지 알아봐야 했다. 길고 힘든 여행을 하려면 먹을 것이 아주 많아야 했다. 사막을 건너려면 물 부대도 있어야 했다. 잠을 자기 위한 매트와 망토도 있어야 했고, 조리 기구, 여벌의 옷도 있어야 했다. 아직 추운 우기가 끝나지 않았는데 한데에서 밤을 보내야 할지도 몰랐기 때문이다.

요셉은 병사들이 기쁜 소식을 다른 곳으로 전하러 떠난 뒤에야 이 칙령을 알게 되었다. 바로 옆집의 아나니아가 갑자기 부산스럽게 나타나 알려준 것이다. 다행히도 아나니아는 나사렛에서 등록을 할 수 있었다. 또 올해에는 추수 때문에 유월절을 보내러 예루살렘에 가지 않을 생각이었다. 따라서 두 여행의 부담을 모두 벗어버린 셈이었다. 아나니아는 이웃에게 안 좋은 일을 알리러 왔지만, 마치 좋은 소식을 전하듯이 아주 점잔을 빼며 이야기를 했다. 안타깝게도 아무리 좋은 사람이라도 얼굴이 둘일 수가 있는 법인데, 우리는 아나니아를 잘 모르기 때문에 이 사람이 잠시 타락한 것인지 아니면 시간이 남아도는 사탄의 악한 천사들 가운데 하나의 영향권 안으로 완전히 들어간 것인지 판단을 할 수가 없다. 요셉은 나무판에 망치질을 하고 있었기 때문에 처음에는 아나니아가 문에서 부르는 소리를 듣지 못했다. 귀가 더 밝은 마리아가, 요셉, 하고 부르는 소리를 들었다. 그러나 그것은 어디까지나 남편을 부르는 것이었다. 그녀는 남편의 소매를 잡아끌면서, 귀가 멀었어요, 대문에서 누가 당신을 부르는 소리가 안 들려요, 하고 물어볼 여자가 아니었다. 아나니아는 더 큰 소리로 불렀다. 망치질이 멈추었다. 요셉은 이웃이 무슨 일로 왔는지 보러 갔다. 아나니아는 안으로 들어오자 의례적인 인사를 나눈 뒤 자신을 안심시켜 주기를 바라는 사람의 목소리로 물었다, 자네 어디 출신인가, 요셉. 요셉은 놀라서 그에게 대답했다, 유대 땅 베들레헴 출신이지요. 거기가 예루살렘과 가까운

가. 네, 아주 가깝지요. 그럼 유월절을 기념하러 거기 갈 생각인가, 아나니아가 물었다. 요셉이 대답했다, 아뇨, 올해에는 안 가기로 했습니다, 집사람이 당장이라도 애를 낳을지 모르거든요. 아, 그래. 그런데 왜 물으십니까. 그러자 아나니아는 두 팔을 하늘로 들어 올리더니 슬프게 울부짖었다, 가엾은 요셉, 고생길이 훤하구먼, 정말 짜증나겠어, 여기 할 일이 이렇게 많은데 연장을 내려놓고 그 먼 길을 가야 하다니, 모든 것을 살피고 도우시는 하나님, 저를 굽어 살피소서. 요셉은 왜 아나니아가 이렇게 갑자기 감정을 폭발시키는지 영문도 모른 채로 이웃의 경건한 정서를 그대로 받아주었다, 저도 굽어 살피소서. 그러자 아나니아는 목소리를 낮추지도 않고 대꾸했다. 그래, 하나님은 못하시는 일이 없지, 모든 것을 알고 살피시지, 하늘이나 땅에서, 하나님을 영원토록 찬양하라, 하지만, 내 불경함을 용서하게, 이번만큼은 하나님도 자네를 잘 도와줄 수 없을 게 틀림없네, 자네는 로마 황제의 손아귀에 있거든. 무슨 말씀을 하시려는 겁니까. 그저 병사들이 여기 와서 니산 달이 끝나기 전에 이스라엘의 모든 가족이 자기 출생지에 가서 등록을 하라는 칙령을 전하더라는 얘기일 뿐이야, 그러니까 요셉, 자네는 여행깨나 해야 한단 얘기지.

요셉이 어떤 반응을 보이기도 전에, 아나니아의 부인 수아가 나타나 곧장 문간에 서 있던 마리아에게로 가더니, 남편과 똑같이 슬픈 목소리로 마리아를 동정하기 시작했다, 가엾은 것, 이렇게 약하니 어찌 될꼬, 이제 당장이라도 아기가 나올지 모르는데 어딘지도 모르는 곳으로 여행을 해야 하다니. 유대 땅 베들레헴이라는데, 수아의 남편이 알려주었다. 맙소사, 그 먼 데를, 수아가 소리쳤다. 그것은 빈말이 아니었다. 수아는 실제로 예루살렘 순례 길에 라헬의 무덤에 기도를 하러 근처 베들레헴에 들른 적이 있기 때문이다. 마리아는 아무런 반응 없이 남편이 먼저 말하기를 기다렸다. 요셉은 이 심각한 소식을 마리아에게 자신의 입으로 조용히 차근차근 전하지 못하고, 히스테리에 사로잡힌 이웃들이 요령 없이 불쑥 내뱉게 된 것에 격분하여 엄숙한 목소리로 말했다, 하나님이 늘 황제가 휘두르는 힘을 휘두르지 않는다는 것은 사실이지요, 하지만 하나님에게는 황제에게 없는 힘이 있습니다. 그는 자신이 방금 한 말의 심오함을 음미하려는 듯 말을 멈추었다가 다시 이어갔다, 우리는 여기 나사렛에서 유월절을 보낸 뒤에 베들레헴으로 갈 겁니다, 하나님의 뜻이라면 마리아가 집에 돌아와 출산을 하게 되겠지요, 물론 하나님이 우리 조상의 땅에서 아이가 태어나게 하시겠다고 판단하면 이야기가 다르지만. 길에서 나올 수도 있는데, 수아가 중얼거렸다. 요셉은 그 말을 듣고 얼른 대꾸했다, 이스라엘의 많은 아이들이 길에서 태어났습니다, 우리 애가 길에서 나온다 해도 특별한 일이 아닙니다. 아나니아 부부는 그 말에 담긴 지혜에 동의할 수밖에 없었다. 그들은 예루살렘까지 먼 길을 가야 하는 불운한 이웃을 동정할 겸, 자신들의 염려를 즐길 겸 이곳에 왔지만 별 재미를 못 본 셈이었다. 하지만 마리아는 수아를 안으로 초대하여 자신이 빗질해야 하는 어떤 양털에 관해 조언을 구했다. 요셉도 심한 말을 한 것을 보상하려고 아나니아에게 말했다, 선한 이웃이여, 제가 없는 동안 저희 집을 좀 봐주실 수 있나요, 우리는 적어도 한 달은 나가 있어야 할 것 같거든요, 여행에 걸리는 시간을 셈해 보고, 거기에 애를 낳고 은둔해 지내야 하는 이레를 포함하면요, 운이 없어 딸이 태어나면 그보다 더 길어지겠지요. 아나니아는 요셉의 집을 자기 집처럼 봐주겠다고 약속했다. 그러다 갑자기 요셉에게 묻고 싶은 말이 떠올랐다, 우리 가족, 친구들과 함께 유월절을 보내는 영광을 내게 베풀어주지 않겠나, 자네나 자네 부인이나 여기 나사렛에는 친척이 없잖은가, 마리아의 부모가 돌아가신 뒤로는 말이야, 그분들은 마리아가 태어날 때 아주 나이가 많아서 지금도 사람들은 요아킴이 어떻게 안나에게서 딸을 얻었나 궁금해하잖나. 보세요, 아나니아, 요셉이 장난스럽게 이웃을 책망했다, 주께서 아브라함에게 후손을 주시겠다고 했을 때 아브라함이 믿지 못하겠다고 중얼거렸다는 걸 잊으셨나요, 전능하신 하나님이 백 살 먹은 남편과 아흔 살 먹은 부인에게도 자식을 허락하셨는데, 아브라함과 사라만큼 늙지도 않은 제 장인 요아킴과 장모 안나가 왜 자식을 못 낳겠습니까. 그때는 시대가 달랐지, 아나니아가 대답했다, 하나님이 언제나 임재하시고 당신을 나타내시던 때였지, 당신이 만드신 것 안에만 계신 것이 아니라. 그러자 교리에 해박한 요셉이 반박했다, 하나님은 시간 자체입니다, 나의 이웃 아나니아여, 하나님에게는 시간이 나눌 수 없는 것이죠. 아나니아는 말을 하지 않았다. 지금은 동체(同體)이건 위임된 것이건 하나님과 로마 황제의 권세에 관한 오랜 논쟁을 끄집어낼 때가 아니었기 때문이다. 요셉은 실천 신학을 멋지게 전개하면서도, 자기네 가족과 유월절을 보내자는 아나니아의 갑작스러운 초대를 잊지 않았다. 그러나 너무 빨리 받아들이고 싶지는 않았다. 모두가 알다시피 지나치게 감정을 드러내지 않고 호의를 받아들이는 것이 예의범절의 표시이기 때문이다. 그렇게 하지 않으면 호의를 베푼 사람은 우리가 그런 호의를 기다리고 있었다고 생각할 것이다. 그래서 요셉은 뜸을 좀 들였다가 마침내 아나니아에게 그의 배려에 감사했다. 여자들이 집에서 다시 나타났다. 수아가 마리아에게 말하고 있었다, 새댁은 빗질의 전문가야. 마리아는 수아가 요셉 앞에서 자신을 칭찬하자 얼굴을 붉혔다.

마리아는 이 상서로운 유월절에 음식 하는 것을 돕거나 식탁의 남자들 시중을 들 필요가 없었다는 것을 즐거운 기억으로 소중히 간직하게 된다. 다른 여자들은 마리아의 몸을 고려하여 그런 일을 면제해 주어야 한다는 데 동의했다. 피곤하면 안 돼, 그들은 마리아에게 주의를 주었다, 피곤하면 잘못될 수도 있어. 그들의 말이 맞을 것이다. 그들 대부분이 어린 자녀를 둔 어머니였기 때문이다. 그녀가 해야 할 일은 남편을 돌보는 것뿐이었다. 남편은 다른 남자들과 함께 바닥에 앉아 있었다. 마리아는 약간 힘겹게 허리를 굽혀 남편의 잔을 채우고, 남편의 접시에 집에서 만든 별미, 누룩이 들어가지 않은 빵, 뭉근한 불로 끓인 양고기, 쓴 나물, 메뚜기를 말려 빻아 만든 과자를 담아주었다. 이 과자는 아나니아 집안에 전통적으로 내려오는 것으로 그가 무척 좋아하는 것이었다. 손님 몇 명은 사양하면서 역겨움을 감추려고 안간힘을 쓰고 있었다. 그들은 메뚜기를 만나처럼 먹은, 사실 무슨 대단한 일을 하려고 했던 것이 아니라 부득이해서 그랬을 뿐일 텐데, 어쨌든 그렇게 메뚜기를 먹은 사막의 선지자들의 교훈적인 예를 자신이 따르지 못하는 것을 내심 괴로워하고 있었다. 저녁 식사가 끝나갈 무렵, 가엾은 마리아는 따로 앉아 있었다. 얼굴에서 땀이 줄줄 흘러내렸다. 그녀는 커다란 배를 엉덩이에 올려놓고 쉬었다. 웃음소리, 농담, 이야기, 계속 경전을 읽는 소리에는 거의 귀를 기울이지 않았다. 당장이라도 이 세상을 떠날 것 같은 기분이었다. 목숨이 마지막 실 한 가닥에 매달려 있는 것 같았다. 그 실이란 순수한, 말로 표현할 수 없는 생각이었다. 그러나 그녀가 아는 것이라고는 자신이 무엇을 생각하는지 모르면서, 또는 왜 생각하는지도 모르면서 그냥 생각을 하고 있다는 것이었다. 마리아는 화들짝 놀라며 깨어났다. 그녀는 꿈에서 그 거지의 얼굴이 크나큰 어둠으로부터 어렴풋이 나타나는 것을 보았다. 그의 거대한 몸은 누더기에 덮여 있었다. 천사는, 그가 정말로 천사인지 모르겠지만, 그녀가 전혀 그의 생각을 하지도 않는 때에 예고도 없이 그녀의 잠으로 슬며시 기어 들어와 그녀를 유심히 바라보고 있었다. 마리아는 그의 표정에서 희미한 호기심을 느꼈지만, 그녀가 잘못 안 것일 수도 있었다. 그는 너무 빨리 왔다가 가버렸기 때문이다. 마리아의 심장은 이제 예민한 작은 새의 심장처럼 퍼덕이고 있었다. 깜짝 놀란 것인지, 아니면 누가 그녀의 귀에 창피한 이야기를 속삭인 것인지 알 수가 없었다. 남자와 소년들은 여전히 바닥에 앉아 있었고, 여자들은 땀을 흘리며 허둥지둥 왔다 갔다 하면서 그들에게 먹을 것을 더 내놓고 있었다. 남자들은 이제 배가 불렀다. 포도주가 힘을 발휘하기 시작하면서 그들의 대화는 더 활기를 띠어갔다.

 마리아는 다른 사람들이 눈치 못 채게 일어섰다. 이미 밤이었다. 맑은 하늘에는 달이 없었다. 반짝이는 별들뿐이었다. 그 별들이 어떤 메아리 같은 것을 내려보냈다. 간신히 들을 수 있는, 막힌 듯이 웅웅거리는 소리였다. 그러나 요셉의 아내는 피부와 뼈로 그것을 느낄 수 있었다. 도저히 설명할 수 없는 일이었지만, 몸을 떠나지 않고 미적거리는 은밀하고 관능적인 떨림 같았다. 그녀는 마당을 가로질러 밖을 내다보았다. 아무도 보이지 않았다. 문은 닫혀 있었다. 그러나 공기는 떨리고 있었다. 누가 사람을 당황하게 만드는 덧없는 흔적만 남기고 막 옆을 스치며 달려가거나 날아간 것 같았다.

사흘 뒤 목수 요셉은 고객들에게 돌아와서 일을 마무리해 주겠다고 약속하고, 회당에서 작별 인사를 하고, 집과 그 안에 담긴 재산을 이웃 아나니아에게 맡기고, 아내와 함께 나사렛을 떠나 베들레헴으로 향했다. 로마가 하라는 대로 등록을 하려는 것이었다. 소통에 약간 지체가 있거나 동시통역에 문제가 생겨 소식이 아직 천국에 도착하지 않았다면, 주 하나님은 이스라엘의 풍경이 완전히 바뀐 것을 보고 놀랐을 것이다. 사람들이 무리를 지어 사방으로 여행을 하고 있었기 때문이다. 보통의 경우에는 유월절이 지나고 나서 첫 며칠 동안 사람들은 말하자면 원심력에 따라 이동했다. 예루살렘이라고 알려진 지상의 태양, 빛나는 중심으로부터 집으로 돌아가는 여행을 시작했기 때문이다. 그런 경우라면 비록 높은 곳에 있다 해도 하나님도 습관의 힘, 아무리 오류가 생기기 쉬워도 그것도 하나의 힘이기 때문에, 또 절대적이라고 일컬어지는 통찰력, 이 두 가지의 도움을 받아 이들이 자신의 도시나 마을로 천천히 돌아가는 순례자들임을 틀림없이 인식했을 것이다. 그러나 로마 황제의 세속적 명령을 따르는 사람들이 낯익은 경로를 무작위로 가로지르는 바람에 생겨난 이 당혹스럽고 혼란스러운 움직임은 어떨까. 물론 아우구스투스 황제가 자기도 모르게 하나님의 뜻을 따랐다는 해석도 가능하다. 하나님이 거룩한 지혜로 요셉과 마리아가 이 시기에 베들레헴에 가야 한다고 정해 놓았다는 이야기가 사실이라면 말이다. 이런 이야기들이 언뜻 보기에는 자의적이고 관련이 없는 것 같더라도 가볍게 취급해서는 안 된다. 요셉과 마리아가 친한 얼굴 하나 보이지 않는 상태에서 오로지 하나님의 자비와 천사들의 보호만 믿고 단둘이 황량한 사막을 건너는 그림을 떠올리게 하는 주석가들이 틀렸다는 것을 증명하는 데 도움을 주는 역할은 하기 때문이다. 이 부부가 나사렛 외곽에 이르자마자 그들이 외롭지 않다는 것은 분명해진다. 요셉과 마리아는 두 대가족과 만난다. 어른, 조부모, 어린아이들까지 포함하여 약 스무 명이나 되니 거의 씨족이나 다름없다. 물론 이들이 모두 베들레헴까지 여행하는 것은 아니다. 한 가족은 반정도 거리만 가서 라마 근처의 마을에 머물 것이다. 또 한 가족은 남쪽으로 멀리 브엘세바까지 간다. 하지만 그들이 베들레헴까지 가기 전에 헤어진다 해도, 여행을 하다 보면 속도가 빠른 사람들이 늘 있기 마련이므로, 이 부부는 또다른 여행자들과 함께 가게 될 것이고, 반대 방향에서 오는 사람들, 즉 이 부부가 떠나온 나사렛으로 등록을 하러 오는 사람들도 만날 것이다. 남자들은 자기들끼리 무리를 지어 앞서 걸어간다. 여기에는 열세 살이 넘은 소년들도 포함된다. 여자들, 소녀들, 모든 연령대의 할머니들은 뒤에 처진다. 여기에는 열세 살이 안 된 소년들도 포함된다. 출발을 할 때 남자들은 이 행사에 어울리는 기도문을 엄숙하게 합창한다. 여자들은 그냥 중얼거리기만 한다. 아무도 들어줄 것 같지 않은데 목소리를 올려 보았자 소용이 없다고 생각하는 것이다. 그렇다고 뭘 요구하는 것은 아니고, 모든 것에 감사하기만 하는 내용이지만.

여자들 가운데 오직 마리아만 배가 많이 부른 상태다. 마리아는 몸이 너무 힘들었기 때문에 섭리가 나귀에게 무한한 인내심과 더불어 그에 못지않은 정력을 주지 않았다면, 오래전에 포기를 하여 다른 사람들에게 자신을 두고 가라고 간청하고 길가에서 그녀의 때를 기다렸을 것이다. 우리 모두 그때가 가까웠다는 것을 알지만, 언제 또는 어디서 낳을지야 누가 알겠는가. 사실 이들은 요셉의 아들이 언제 또는 어디에서 태어날 것인지에 관해 내기를 하거나 예언을 하는 것을 좋아하는 민족도 아니다. 도박을 금지하다니 얼마나 분별력 있는 종교인가. 어쨌든 그때가 올 때까지 불안한 기다림은 지속될 것이며, 그동안 이 임신한 여자는 다른 남자들과 대화를 나누느라 여념이 없는 요셉의 산만한 관심에 의지하기보다는 나귀의 믿을 만한 지원에 의지하게 될 것이다. 짐을 나르는 짐승들도 예민하다면, 이 나귀는 틀림없이 사람들이 왜 채찍을 자주 사용하지 않고 그 자신의 느긋한 속도대로, 그가 속한 종(種)의 속도대로 가도록 내버려두는지 의아해하고 있을 것이 틀림없다. 느긋하게 움직이는 여자들은 종종 뒤처진다. 그래서 한참 멀리 가 있는 남자들은 어쩔 수 없이 발을 멈추고 여자들이 가까이 다가오기를 기다린다. 그러나 너무 가까이 다가오게 하지는 않는다. 남자들은 자신들이 그저 쉬려고 멈추었다는 인상을 주는 것을 더 좋아한다. 길이야 모두가 이용할 수는 있는 것이지만, 길에서 수탉이 울 때 암탉은 꽥꽥거리면 안 되기 때문이다. 고작해야 알을 낳을 때나 꼬꼬댁거릴 수 있기 때문이다. 그러한 것이 우리가 사는 세상을 지배하는 자연 법칙이기 때문이다. 어쨌든 마리아는 나귀의 부드러운 박자에 흔들리며 계속 여행을 한다. 여자들 가운데 여왕이다. 그녀 혼자만 나귀에 타는 것이 허용되었고, 다른 나귀들은 다 짐을 싣고 가기 때문이다. 마음의 부담을 덜려고 마리아는 일행 가운데 있는 갓난아기 세 명을 번갈아 안고 간다. 아기 어머니들에게 쉴 기회를 주는 것이지만, 스스로 어머니가 될 준비도 하는 것이다.

여행 첫날은 곧 피곤을 느껴 짧은 거리밖에 가지 못했다. 그들의 다리는 몇 시간씩 계속 걷는 것에 익숙하지 않았다. 또 노인과 어린아이 들도 이 여행에 많이 참여했다는 사실을 잊지 말아야 한다. 노인은 오랜 삶 동안 에너지를 다 써버렸기 때문에 이제 에너지가 많이 남은 척할 수가 없다. 아이들은 힘이 점점 늘지만 아직 그 힘을 보전하는 방법을 배우지 못해 짧게 왕성한 활동으로 분출한 뒤에 피곤해한다. 마치 인생이 곧 끝나기 때문에 남은 시간을 최대한 즐기려는 것 같다. 그들은 이스르엘이라고 부르는 큰 마을에 도착하여 대상(隊商)이 머무는 숙박소로 갔지만, 그곳은 사람들이 너무 많아 혼란과 소란의 도가니였다. 정확하게 말해서 혼란보다는 소란이 더 심하다. 눈과 귀가 적응하면서 네 벽 안에 있는 수많은 사람과 동물로부터 어떤 질서가 나타났기 때문이다. 혼란에 빠졌다가 각자 자신의 위치를 찾아 재조직을 시도하는 개밋둑 같았다. 일행이 많았음에도 세 가족은 운 좋게 아치 밑에서 쉴 곳을 찾아냈다. 남자들은 한쪽에 한데 웅크리고, 여자들은 다른 쪽에 웅크렸다. 어둠이 내리면서 사람 동물 할 것 없이 숙박소의 모두가 자리를 잡고 밤을 맞이했다. 그러나 여자들은 그전에 먼저 음식을 준비하고 우물에서 물 부대를 채워야 했다. 남자들은 나귀에서 짐을 내리고, 낙타들 뒤에서 차례를 기다렸다가 나귀도 물을 마시게 해야 했다. 낙타는 두 번만 크게 들이켜면 물통이 비어버렸기 때문에, 그들의 갈증을 채우려면 물통을 계속 다시 채워야 했다. 여행자들은 나귀에게 물과 먹이를 준 뒤에 마침내 배를 채우려고 앉았다. 물론 남자가 먼저였다. 우리가 알다시피, 여자는 늘 두 번째다. 하와는 아담 뒤에 창조되었고, 그것도 아담의 갈빗대로 창조되었다는 사실을 우리는 우리 자신에게 몇 번이나 일깨워야 할까. 어떤 것들은 그 기원까지 거슬러 올라가는 수고를 해야만 이해할 수 있다는 사실을 언젠가는 과연 배울 수 있을까.

남자들은 다 먹고 자신들의 모퉁이 자리로 돌아갔다. 여자들은 남자들이 남긴 것을 먹고 있었다. 그때 노인들 가운데 가장 나이가 많은 사람으로, 베들레헴에 살지만 라마에서 등록을 해야 하는 시므온이 나이가 부여하는 권위와 흔히 나이에 따라온다고 여기는 지혜를 이용하여, 만일 인구조사 마지막 날이 지나갈 때까지도 마리아가, 물론 시므온은 마리아의 이름을 언급하지는 않았지만, 어쨌든 그녀가 여전히 출산을 기다리고 있으면 어떻게 할 것이냐고 물었다. 이 질문은 분명히 학문적인 것이었다. 그런 표현을 지금 이 자리에서 사용하는 것이 적절한지는 모르겠지만. 로마법의 아주 세밀한 내용까지도 꿰고 있는 인구조사 관리들만이 등록을 하러 나타나, 우리는 등록을 하러 왔습니다, 하고 말하는 임신한 여자를 어떻게 처리하는지 알 터였기 때문이다. 아무도 이 여자가 아들을 낳을지 딸을 낳을지 몰랐다. 물론 동성이든 이성이든 쌍둥이일 수도 있었다. 어쨌든 간단한 서양식 논리를 이용하여, 법의 결함을 방어하는 일은 법을 지키는 사람의 의무가 아니며, 로마가 어떤 곤란한 상황을 예측하지 못했다면 그것은 로마의 입법자들이나 법의 해석자들이 일을 제대로 못한 것이라고 지적할 수도 있었을 것이다. 그러나 목수 요셉은 자신이 이론에서나 실천에서나 모범적인 유대인이라고 믿고 있었기 때문에 그렇게 대답하는 것은 꿈도 꾸지 못했다. 요셉은 이

까다로운 문제를 앞에 두고 오랫동안 열심히 생각하며, 모닥불 주위에 모인 사람들에게 자신의 웅변과 타고난 논쟁 기술을 과시할 섬세한 주장을 머릿속에서 찾아보려 했다. 목수는 한참을 생각한 끝에 깜빡이는 불에서 눈을 들어 올리고 그들에게 말했다, 만일 인구조사 마지막 날까지 우리 아이가 태어나지 않는다면, 그것은 로마인들에게 우리 아이의 존재를 알리고 싶지 않다는 하나님의 뜻이 나타난 것이라고 봅니다. 시므온이 대꾸했다, 대단히 주제넘은 생각이로군, 하나님의 뜻이 이것인지 저것인지 안다니. 요셉이 물었다, 하나님이 내 길을 살피지 아니하십니까, 내 걸음을 다 세지 아니하십니까. 욥기에서 찾을 수 있는 이 말을 요셉은 이곳에 참석하거나 참석하지 않은 모든 사람들 앞에서 자신의 겸손과 주님에 대한 복종을 보여주기 위해 사용하고 있었다. 요셉이 하나님의 헤아릴 수 없는 뜻을 탐사해 보려 했을 때 시므온이 꼬집었던 악마적인 뻔뻔스러움과는 완전히 반대되는 태도였다. 실제로 이 노인이 입을 다물고 요셉이 말을 계속하기를 기다린 것을 보면 그의 대답을 그렇게 해석한 것이 틀림없다. 요셉은 말을 이어나갔다, 각 사람이 나고 죽는 날은 세상이 시작된 이래로 봉인되어 있으며 천사들의 보호를 받고 있습니다, 오직 주만이 언제든 당신이 원하실 때 그 봉인을 뜯을 수 있습니다, 오른손과 왼손으로 먼저 출생의 봉인을, 그다음에 사망의 봉인을 뜯으시지요, 물론 둘을 함께 뜯는 경우도 많지만요, 또 죽음의 봉인을 너무 늦게 뜯으시는 바람에 어떤 살아 있는 영혼의 존재를 잊으신 것처럼 보일 때도 있지만요. 요셉은 숨을 쉬려고 잠시 말을 멈춘 다음, 짓궂은 미소를 지으며 시므온에게 말했다, 우리가 이런 대화를 나누는 것을 듣고, 주께서 그간 잊고 있던 어르신의 존재를 기억해 내지 않았으면 좋겠네요. 턱수염을 기른 남자들은 너털웃음을 터뜨렸다. 노인이 노쇠하여 판단이 흐리기는 했지만, 목수는 노인에게 합당한 존경심을 보여주고 있지 않았다. 시므온도 신경질적으로 소매를 잡아당겨 자신의 분노를 있는 그대로 드러내면서 요셉에게 말했다, 자네보다 세상도 많이 보고 지혜도 더 많이 얻은 연장자를 이렇게 건방지게 멸시하는 것을 보니 주께서 자네의 출생의 봉인을 너무 서둘러 뜯는 바람에 자네는 정해진 때보다 일찍 태어난 모양이로군. 그러자 요셉은 대답했다, 제 말을 들어보십시오, 어르신은 저에게 만일 인구조사 마지막 날까지 제 아이가 태어나지 않으면 어떻게 할 거냐고 물으셨습니다, 하지만 저는 대답을 할 수가 없었지요, 저는 로마법을 잘 알지 못하니까요, 아마 어르신도 마찬가지일 겁니다. 맞네, 나도 잘 몰라. 그래서 저는 말했습니다. 자네가 뭐라고 말했는지는 알아, 그걸 되풀이할 필요는 없네. 시작은 어르신이 하신 겁니다, 제가 감히 하나님의 뜻이 분명해지기도 전에 그것을 아는 척한다고 비난을 하셨지요, 따라서 제가 어르신의 자존심을 건드렸다면 용서해 주시기 바랍니다만, 어르신이 먼저 공격을 하신 겁니다, 하지만 제일 연장자이자 저보다 나은 분으로서 어르신은 모범을 보여주셔야 합니다. 모닥불 주위에서 중얼중얼 맞장구를 치는 소리가 들렸다. 목수 요셉이 논쟁에서 이긴 것이 분명했다. 다른 사람들은 시므온이 어떻게 나올지 보려고 기다렸다. 그는 기백과 상상력이 부족했기 때문에 성마르게 말했다. 자네가 할 일은 내 질문에 예의 바르게 대답하는 것뿐이야. 그러자 요셉이 대꾸했다. 원하시는 답을 제가 드렸다면, 어르신의 질문이 어리석다는 것이 우리 모두에게 분명해졌을 것입니다. 따라서 아무리 괴로우시더라도, 우리 모두가 알고 싶어 하는 것, 즉 주께서 당신의 백성을 적의 눈으로부터 감출 것이냐 아니냐 하는 문제를 놓고 토론할 기회를 드림으로써 제가 사실은 더 큰 존경심을 보여드렸다는 사실은 인정하셔야만 합니다. 이제 하나님의 백성이 자네의 태어나지 않은 자식이기라도 한 것처럼 이야기를 하는군. 제가 하지 않았고 하지도 않을 말을 제 입에 넣지 마십시오, 어르신, 대신 오직 한 가지 의미로만 이해되어야 할 말에 귀를 기울이십시오. 시므온은 그 말에 대답을 하는 대신 벌떡 일어나 가족의 다른 남자들과 함께 한쪽 구석으로 가버렸다. 가족의 남자들은 가장이 이 토론에서 형편없는 모습을 보인 것에 실망을 했지만, 피와 친족의 유대 때문에 그와 함께 가야 한다고 느낀 것이다.

밤에 그곳에 머물려고 자리를 잡은 여행자들의 중얼거림과 소곤거림 뒤에 이어진 정적은 숙박소의 숨죽인 대화들, 날카로운 비명, 동물들의 헐떡거림과 쿵쿵대는 소리, 이따금씩 더위 먹은 낙타가 질러대는 끔찍한 울음 때문에 가끔씩 깨졌다.

그때 나사렛에서 온 일행이 모든 불화를 잊고 입을 모아 하루를 마칠 때 주에게 드리는 감사 기도의 마지막 가장 긴 부분을 중얼거리는 소리가 들렸다. 오, 하나님, 우주의 왕이시여, 빛을 빼앗지 않고 우리 눈을 닫아주시는 당신께 감사드립니다. 오, 주여, 우리가 이제 평화롭게 잠이 들고 내일 깨어나면 행복하고 고요한 삶을 맞이할 수 있도록 해주소서, 우리가 당신의 계명을 따르도록 도와주소서, 우리를 시험에 들지 말게 하옵시며 다만 악에서 구하옵소서, 우리를 덕의 길로 이끄시고, 나쁜 꿈, 사악한 생각, 치명적인 병에서 보호해 주소서, 우리가 죽음의 장면들을 보지 않게 해주소서. 몇 분이 안 되어 일행 가운데, 얼마나 피곤한가에 관계없이 더 정의로운 사람들이 먼저 곤하게 잠이 들었다. 일부는 영적이 아닌 모습으로 코를 골고 있었다. 곧 다른 사람들도 그들을 따라갔다. 대부분은 튜닉밖에 걸칠 것이 없었다. 약한 이유는 다르지만 약하다는 사실은 똑같은 노인과 아주 어린아이 들만 거친 담요나 다 떨어진 망토의 온기와 보호를 누릴 수 있었다. 나무가 다 타버린 불은 죽기 시작했다. 오는 길에 집어온 마지막 장작에 약한 불꽃 몇 개만 계속 깜빡거릴 뿐이었다. 나사렛의 일행은 모두 아치 밑에서 곤하게 자고 있었다. 마리아를 제외한 모두가. 그녀는 거인이라도 들어 있는 것 같은 배 때문에 몸을 뻗을 수가 없어 아픈 등을 쉬려고 안장 가방에 기대 누워 있었다. 그녀도 다른 사람들과 마찬가지로 요셉이 늙은 시므온과 논쟁하는 소리를 들었고, 남편의 승리를 기뻐했다. 아무리 무해하고 하찮은 갈등이라 해도 어느 부인이나 남편이 이기면 그럴 것이다. 하지만 그녀는 그것이 무엇에 관한 논쟁이었는지 기억할 수가 없었다. 그 기억은 이미 욱신거리는 몸속으로 가라앉아버렸다. 몸의 통증은 바다의 조수처럼 왔다가 사라졌다. 물론 그녀는 그런 조수를 본 적이 없고, 남들이 하는 이야기를 듣기만 했을 뿐이다. 어쨌든 아이가 자궁에서 꿈틀거리면 쉴 새 없이 밀물과 썰물이 생겼다. 정말 이상한 느낌이었다. 그녀 속의 살아 있는 생물이 그녀를 자신의 어깨에 들어 올리려고 하는 것 같았다. 오직 마리아만 눈을 뜨고 누워 있었다. 그 눈이 어둠 속에서 빛났다. 마지막 불길이 사라졌음에도 여전히 빛이 났다. 놀랄 일은 아니었다. 이런 일은 모든 어머니에게 일어나니까. 목수 요셉의 아내도 예외가 아니었다. 천사가 거지로 가장하고 나타난 뒤로는.

숙박소에도 아침을 맞이하는 닭들이 있었다. 그러나 여행자, 상인, 가축상, 낙타 모는 사람들은 일찍 출발해야 하기 때문에 동이 트기 전부터 다음 여행길을 준비하기 시작했다. 그들은 짐승에게 짐과 상품을 실으면서 전날 저녁보다 훨씬 시끄럽게 굴었다. 그들이 출발하고 나면 숙박소는 해를 받으며 몸을 뻗고 있는 갈색 도마뱀처럼 몇 시간 동안 잠잠하게 평화를 되찾을 것이다. 이제 남은 손님들은 하루 종일 쉬기로 결정한 사람들이다. 그러나 저녁이면 다시 여행자들이 도착하기 시작할 것이다. 어떤 사람들은 다른 사람들보다 더 더럽겠지만 피곤한 것은 다 마찬가지이다. 하지만 피곤이 그들의 목청에 어떤 영향을 준다는 뜻은 아니다. 그들은 도착하는 순간부터 마치 귀신 천 명에게 사로잡힌 듯 목이 터져라 떠들어대기 때문이다. 나사렛에서 온 일행은 다시 도로에 나섰을 때 수가 더 늘어났다. 열 명이 더 합류했기 때문이다. 따라서 이곳에 사람이 없어 황량할 것이라고 상상하는 사람이 있다면 크게 잘못 생각한 것이다. 하물며 유월절 잔치와 인구조사가 겹친 때임에랴.

아무도 젊은 사람이 먼저 늙은 시므온과 화해를 하라고 말하지는 않았지만 요셉이 스스로 나섰다. 물론 자신이 틀려서가 아니라, 노인을 공경하라고 배웠기 때문이다. 특히 오랜 삶의 대가로 뇌와 젊은 세대에 대한 영향력을 모두 잃어버린 망령든 가엾은 노인들을. 그래서 요셉은 시므온에게 다가가 공손하게 말했다, 어젯밤 무례하고 건방지게 군 것을 사죄하러 왔습니다, 불손하게 굴 생각은 아니었습니다만, 인간 본성이 어떤지 어르신도 잘 아시잖습니까, 한마디 하다 보면 다음 말이 나오고, 결국 자제를 못하여 조심성은 다 내던지게 되지요. 시므온은 눈을 내리깔고 말없이 그의 이야기를 끝까지 듣더니 마침내 입을 열었다, 자네는 용서 받았네. 자신의 친근한 태도가 이 고집스러운 노인으로부터 더 많은 것을 얻어낼 수 있을 것이라고 기대했는지 요셉은 한참을 노인 옆에서 걸었다. 그러나 시므온은 발치의 먼지에 눈을 고정시킨 채 계속 요셉을 무시했다. 마침내 요셉도 화가 나서 포기해 버렸다. 바로 그 순간, 마치 생각에서 깨어난 것처럼 노인이 요셉의 어깨에 손을 얹으며 말했다. 잠깐. 요셉은 놀라서 몸을 돌렸다. 시므온은 발을 멈추고 같은 말을 되풀이했다. 잠깐. 다른 사람들은 계속 걸어갔고, 두 사람만 길 한가운데 우두커니 서 있었다. 앞서 가는 남자의 무리와 뒤처진 여자의 무리 사이의 어정쩡한 공간이었다. 여자들은 차츰 다가오고 있었다. 여자들의 머리 위로 나귀의 박자에 맞추어 흔들리는 마리아가 보였다.

그들은 이제 이스르엘 골짜기에서 벗어났다. 길은 커다란 바위들을 쭈뼛쭈뼛 돌아나가 첫 비탈을 올라가더니, 사마리아의 산맥을 뚫고 동쪽으로 나아가 불모의 산마루들을 지난 뒤 산맥 건너편 요단 강으로 내려섰다. 그곳에는 타오르는 평원이 남쪽으로 뻗어 있었으며, 유대의 사막이 선택 받은 소수에게 약속된 땅, 그러나 도대체 누구에게 몸을 맡겨야 하는지 영원히 확신하지 못하는 땅의 오랜 흉터를 불로 그슬리고 있었다. 잠깐, 시므온이 말했다. 목수는 그 말에 복종하면서, 갑자기 불안을 느꼈다. 여자들이 가까이 다가오고 있었다. 그러자 노인이 계속 걸으며 기운이 없는 듯 요셉의 소매를 잡더니 이야기를 했다. 어젯밤에 자려고 누웠다가 환상을 보았네. 환상이요. 그래, 환상, 하지만 보통 환상이 아니야, 나는 자네가 한 말의 숨은 의미를 볼 수 있었거든, 자네 자식이 인구조사 마지막 날까지 태어나지 않으면, 그것은 로마인들이 그 아이의 존재를 아는 걸, 그래서 그들의 명단에 이름을 올리는 걸 주께서 원치 않기 때문이라고 이야기를 했잖나. 그랬지요, 제가 그렇게 말을 했습니다. 그런데 뭘 보셨다는 겁니까. 뭘 본 게 아니라, 갑자기 로마인들이 자네 아이의 존재를 모르는 게 더 나을 거라는 느낌이 들었네, 아무한테도 그 이야기를 하지 말라는 걸세. 그 아이가 이 세상에 태어나야 한다면, 그냥 고통이나 영광 없이 살게 하라는 거야. 저 앞에 가는 남자들이나 뒤에서 따라오는 저 여자들처럼, 우리와 마찬가지로 죽는 시간까지, 또 그 뒤로도 영원히 이름 없이 살게 하라는 거야. 저 자신이 나사렛 출신의 비천한 목수인데, 제 자식이 어르신이 방금 말씀하신 것 외에 다른 어떤 운명을 바랄 수 있겠습니까. 안타깝지만 자네 아이의 인생을 결정하는 건 자네만이 아니라네. 그렇지요, 모든 것은 주의 손에 있고, 주께서 가장 잘 아시지요. 내 말이 그 말일세. 그런데 제 자식 이야기를 좀 해주시지요, 뭘 보셨습니까. 자네가 직접 한 말 이상은 아니야, 그런데 그 말이 나한테 갑자기 다른 의미를 띠더란 것이지, 마치 달걀을 보자마자 안에 병아리가 없다는 걸 느낄 때처럼 말이야. 하나님은 당신이 창조하신 것을 뜻대로 하시고 또 당신의 뜻대로 창조를 하셨으니, 제 자식은 하나님 손에 있고 제가 할 수 있는 일은 없지요. 물론 그 말이 사실이야, 하지만 요즘은 하나님이 애 엄마와 아이를 나누어 갖는 때 아닌가. 하지만 아들이라면 저하고 하나님의 것이겠지요. 아니면 하나님만의 것이든가. 우리 모두가 하나님의 것이지요. 우리 모두라고 할 수는 없지, 일부는 하나님과 사탄 사이에 나뉘어 있으니까. 그걸 어떻게 알 수 있겠습니까. 율법이 여자에게 영원히 입을 다물라고 명령하지 않았다면, 아마 여자들이 우리가 알아야 할 것을 알려줄 수 있을 텐데, 다른 모든 죄를 끌어들인 첫 죄를 지은 게 여자였으니까. 우리가 알아야 할 거라뇨. 여자의 본성 가운데 어디가 악마적이고 어디가 신성한 것인지, 여자들이 어떤 인간성을 갖고 있는지. 무슨 말씀이신지 모르겠는데요, 저는 어르신이 제 아이 이야기를 하는 줄 알았는데요. 아니, 자네 아이 이야기를 하는 게 아니었네, 여자들 얘기를 하는 거였어, 우리 같은 사람들을 낳은 존재들, 어쩌면 자기도 모르는 새에 우리 본성의 이런 이중성을 만들어냈을지도 모르는 존재들, 우리 본성이란 게 저열하면서도 고귀하고, 착하면서도 아주 사악하고, 고요하면서도 혼란스럽고, 온유하면서도 반항적이지 않은가.

요셉은 뒤를 돌아보았다. 마리아가 나귀를 타고 다가오고 있었다. 어린 소년이 그녀 앞에 어른처럼 안장에 걸터앉아 있었다. 순간적으로 요셉은 자신의 아들을 보고 있다고 생각했다. 마리아는 생전 처음 보는 사람 같았다. 여행을 하면서 불어난 여자들 무리의 선두에 선 마리아. 시므온의 이상한 말이 여전히 귓전에 울리고 있었다. 하지만 여자가 그렇게 큰 힘을 휘두를 수 있다는 말은 믿기가 어려웠다. 더군다나 자기 아내처럼 나서지 않는 사람이. 아내는 다른 여자와 다르다는 느낌을 준 적이 한 번도 없었다. 요셉은 길 앞쪽으로 고개를 돌리다 갑자기 거지와 빛나는 흙 사건이 기억났다. 몸이 부들부들 떨리기 시작했다. 머리카락이 쭈뼛 섰다. 닭살이 돋았다. 다시 마리아를 보려고 고개를 돌리는 순간 키가 큰 낯선 남자가 그녀 옆에서 걷는 것을 보았다, 분명히 보았다. 키가 너무 커서 여자들 위로 어깨부터 솟아 있었다. 그가 지난번에 보지 못했던 그 거지가 틀림없었다. 요셉은 다시 확인했다. 분명히 있었다. 여자들 사이에 있는 그 불길한 존재는 어떤 식으로도 설명을 할 수가 없었다. 요셉은 자신이 헛것을 보는 것이 아님을 확인하려고 시므온에게 한번 보라고 이야기하려 했지만, 노인은 속을 털어놓은 뒤에 이미 걸음을 옮겨 일행과 합류했다. 그는 그곳에서 씨족의 족장으로서 자기 자리를 계속 유지해 나갔다. 나이를 보면 그런 족장 노릇도 오래가지는 못하리라. 증인을 잃은 목수는 다시 아내 쪽을 보았다. 그러나 이번에는 거지가 사라지고 없었다.

그들은 남쪽으로 방향을 잡고 빠른 속도로 사마리아 전체를 가로질렀다. 한쪽 눈으로는 길을 보고 다른 눈으로는 초조하게 주위를 살폈다. 이 지역에 사는 사람들에게서 어떤 적대 행위, 어떤 증오의 행위가 나타날지 몰랐기 때문이다. 이 지역 사람들은 고대 앗시리아 사람들의 후손으로, 사악한 행동과 이단적인 믿음으로 유명했다. 이들은 니느웨의 왕 살만에셀 치세에 이스라엘의 열두 지파가 추방을 당하여 흩어지고 난 뒤 이곳에 정착했다. 이들은 유대인이라기보다는 이방인에 가까워 모세오경도 신성한 율법으로 잘 인정하지 않았으며, 하나님이 자신의 성전을 세울 곳으로 택하신 땅이 예루살렘이 아니라 자기네 땅 안에 있는 그리심 산이라고 감히 주장하기도 했다. 갈릴리에서 온 여행자들은 빠른 속도로 움직였지만, 그래도 이곳 적의 영토에서 이틀 밤을 보내지 않을 수 없었다. 그들은 습격이 두려워 보초를 두고 순찰대를 내보냈다. 이곳 악당들의 배신 행위는 끝 간 데를 몰라, 순수한 히브리 혈통 사람이라면 목이 말라 죽어가도 물 한 방울 주지 않을 수 있었다. 그러나 그들 가운데로 적지만 점잖은 사람들이 있었다. 지금 이곳을 여행하는 사람들도 그런 점이 불안하여, 관습에는 어긋나지만 남자들을 둘로 나누어 한 무리는 여자와 아이 들 앞에 두고 나머지 한 무리는 뒤에 두었다. 여자들을 조롱이나 모욕, 또 그보다 더 나쁜 것으로부터 보호하려는 것이었다. 그러나 사마리아 거주자들은 평화의 시기에 접어든 것이 틀림없었다. 갈릴리 일행은 원한에 찬 눈초리와 깔보는 말 외에는 아무런 적대 행위와 마주치지 않았기 때문이다. 근처 언덕에서 강도가 떼를 지어 내려와 그들을 돌로 공격하는 일 같은 것은 없었다.

이제 라마가 눈에 보이기 직전이었다. 신앙이 아주 뜨거운 사람들이나 후각이 아주 예민한 사람들은 예루살렘의 거룩한 향기가 난다고 주장했다. 이곳에서 늙은 시므온 일행은 자기들 갈 길로 갔다. 앞서도 말했듯이 그들은 이 지역의 한 마을에서 호적 등록을 해야 했기 때문이다. 여행자들은 길 한가운데서 하나님에게 수도 없이 감사를 한 뒤에 작별을 했다. 결혼한 여자들은 마리아에게 푸짐하게 조언을 해주었는데, 그 모두가 그들의 경험의 열매였다. 마침내 그들은 헤어져, 일부는 골짜기로 내려가 나흘을 걸은 다리를 곧 쉬게 될 것이었다. 나머지는 라마로 가서 대상 숙박소에서 잘 곳을 구할 생각이었다. 곧 어스름이 깔릴 것 같았기 때문이다. 예루살렘에 이르면 나사렛에서 출발한 사람들도 헤어져야 했다. 대부분은 이틀이면 닿을 수 있는 브엘세바로 가고, 목수 부부는 근처 베들레헴으로 가야 했기 때문이다. 포옹과 작별의 혼란 속에서 요셉은 시므온을 옆으로 불러내, 아주 겸손한 태도로 그가 본 환상에서 더 기억나는 것은 없냐고 물었다. 이미 말했지 않나, 그건 환상이 아니었다고. 무엇이 되었건 제 자식을 기다리는 운명은 알아야겠습니다. 여기 내 앞에 서서 이것저것 물어보는 자네 자신의 운명도 모르면서, 어떻게 태어나지도 않은 자식의 운명을 알 수 있을 거라고 생각하나. 영혼의 눈은 더 멀리 보지 않습니까, 주님이 어르신의 눈을 열어 선택된 자들만 볼 수 있는 어떤 것을 보게 하셨으니, 저는 어르신이 어둠만 보이는 곳에서 다른 뭔가를 보셨을지도 모른다는 생각을 한 것입니다. 자네는 살아서 자네 자식의 운명이 어떻게 되는지 보지 못할지도 모르네, 누가 알겠나, 곧 자네 자신의 끝과 만나게 되는지, 하지만 제발 질문은 그만해 주게, 그런 호기심은 누르고 현재를 살게. 그런 말을 하고 나서 시므온은 오른손을 요셉의 머리에 올리고 다른 사람 귀에는 들리지 않는 축복의 말을 중얼거린 뒤 자신을 기다리는 친척과 친구들이 있는 곳으로 갔다. 그들은 한 줄로 서서 구불구불하고 좁은 길을 따라 골짜기로 내려갔다. 시므온의 마을은 맞은편 비탈 기슭에 자리 잡고 있었다. 그곳의 집들은 땅에서

뼈처럼 튀어나온 크고 둥근 바위들과 거의 하나로 합쳐져 있었다. 나중에 요셉은 노인이 호적 등록을 하기도 전에 죽었음을 알게 된다.

자신들의 존재를 드러낼까 봐 모닥불도 피우지 못한 채 황량한 평원의 추위에 떨며 별 아래서 이틀 밤을 보낸 뒤였기 때문에, 나사렛의 여행자들은 다시 대상 숙박소의 아치 밑에서 쉬어 가기로 했다. 여자들은 마리아가 나귀에서 내리는 것을 도와주며 그녀를 다독거렸다, 자, 이제 곧 끝날 거야. 그러면 이 가엾은 젊은 여자는 조용한 목소리로 대꾸했다, 저도 알아요, 이제 오래 기다릴 수도 없어요. 사실 그 크게 부풀어 오른 배보다 더 분명한 증거가 어디 있겠는가. 사람들은 될 수 있는 대로 편히 쉴 수 있도록 그녀를 한쪽의 조용한 모퉁이에 앉혀놓고 저녁을 준비하러 갔다. 시간이 늦어지고 있었고 여행자들은 함께 식사를 할 계획이었기 때문이다. 그날 밤에는 아무런 대화가 없었다. 모닥불 주위에서 기도나 이야기를 하지도 않았다. 예루살렘이 가까워졌다는 사실이 예의 바른 침묵을 요구하기라도 하는 것 같았다. 모두가 자신의 가슴속을 살피며 묻고 있었다, 나를 닮았지만 내가 알아보지 못하는 이 사람은 누구인가. 물론 사람들이 실제로 그런 말을 했다는 것은 아니다. 사람들은 그런 식으로 혼잣말을 시작하지 않기 때문이다. 또 그런 말이 사람들의 의식적인 생각 속에 들어 있었다는 것도 아니다. 하지만 모닥불을 바라보며 앉아 있는 우리의 침묵은 그런 말, 모든 것을 함축하는 그런 말로

밖에 표현할 수 없다는 것은 분명하다. 요셉이 앉은 곳에서는 불빛을 배경으로 마리아의 옆모습이 보였다. 불그스름한 빛은 그녀의 옆얼굴을 부드럽게 밝히며 명암법으로 그녀의 이목구비를 드러냈다. 그 순간 요셉은 자신이 이런 생각을 한다는 것에 깜짝 놀라면서도, 마리아가 대단히 매력적인 여자라는 사실을 깨달았다. 그것이 그런 아이 같은 표정의 여자에게 써도 괜찮은 표현인지는 모르겠지만. 물론 지금 그녀의 몸은 부풀어 올랐지만, 그럼에도 그는 그녀가 아이를 낳은 뒤 곧 다시 찾게 될 민첩하고 우아한 몸매를 그려볼 수 있었다. 이런 생각을 하던 중에 예고도 없이, 마치 그의 몸이 오랫동안 강요되어 온 금욕에 반항이라도 하듯이, 상상력이 불러일으킨 욕망의 파도가 그의 피를 타고 솟구쳐 오르는 바람에 그는 머리가 어찔했다. 마리아가 아파서 소리를 질렀으나 그는 그녀를 도우러 가지 않았다. 누가 그에게 찬물을 끼얹기라도 한 것처럼 이틀 전에 아내 옆에서 걷던 남자에 대한 갑작스러운 기억이 요셉의 뜨거움을 식혀버린 것이다. 마리아가 임신 사실을 안 뒤로 그 거지의 모습은 두 사람을 계속 따라다녔다. 요셉은 비록 그의 눈으로 직접 보게 된 것은 최근이지만, 지난 아홉 달 내내 그 낯선 남자가 그녀의 생각을 떠난 적이 없다고 믿었다. 그는 차마 아내에게 그가 어떤 남자였는지, 갑자기 사라졌을 때 어디로 간 것인지 물어보지 못했다. 아내가 당황해서, 남자라뇨, 무슨 남자요, 하는 말만큼은 듣고 싶지 않았다. 요셉이 고집을 부리면 마리아는 틀림없이 다른 여자들에게 증언을 해달라고 할 것이다. 혹시 우리 무리에서 남자를 보신 분 있나요. 그러면 여자들은 남자를 보지 못했다면서 그런 말을 하는 요셉을 보며 고개를 설레설레 저을 것이다. 어떤 여자는 심지어 농담으로 이렇게 대꾸할지도 모른다, 늘 여자들 주위에 얼쩡거리는 남자는 누구나 오직 한 가지만 바라지. 그래도 요셉은 마리아가 깜짝 놀라는 것을 믿지 않을 것이며, 그녀가 거지를, 그게 사람이든 유령이든, 보지 못했다는 말을 믿지 않을 것이다. 그 남자가 당신 옆에서 걸어가는 걸 내 눈으로 봤다니까, 요셉은 그렇게 고집을 부릴 것이다. 그러면 자신이 진실을 말한다는 것을 알고 있는 마리아는 주저하지 않고 말할 것이다, 거룩한 율법에 기록된 바, 아내는 늘 남편을 존경하고 남편에게 복종해라, 하였으니, 거지가 내 옆에서 걷는 것을 당신이 보았다고 고집하면 나도 아니라고 우기지는 않을게요, 하지만 정말이지 나는 그 사람을 보지 못했어요. 그때 그 거지였어. 하지만 지난번에 나타났을 때는 얼굴을 보지도 못했다면서 어떻게 그걸 알 수 있어요. 그 거지일 수밖에 없어. 아마 여행자인데 너무 늦게 걷는 바람에 우리가 따라잡았는지도 모르죠, 처음에는 남자들이 따라잡고, 그다음에는 여자들이 따라잡고요, 그래서 당신이 우연히 뒤를 돌아보았을 때 우리 여자들 옆에 있게 된 것이겠죠. 아, 그러니까 그 남자가 거기 있었다는 건 인정하는군. 전혀 인정하지 않아요, 나는 그저 의무를 이행하는 아내로서 당신이 만족할 만한 설명을 찾아내고자 하는 거예요. 요셉은 졸음에 겨워 반쯤 감은 눈으로 그녀의 얼굴에서 진실을 찾아낼 수 있을지 모른다는 생각을 하며 마리아를 살펴본다. 그러나 그녀의 얼굴은 이제 이우는 달처럼 어둠에 덮여 있다. 사그라지는 깜부기불의 빛 속에 옆얼굴의 흐릿한 윤곽만 보인다. 요셉은 끄덕끄덕 졸면서 상황을 이해하고자 안간힘을 쓰다가 마침내 그 거지가 미래로부터 등장한 자신의 아들의 모습일지도 모른다는 터무니없는 생각까지 잠으로 가져간다. 아들은 말한다, 이게 미래의 제 모습이에요, 하지만 아버지는 살아서 이 모습을 보실 수 없겠지요. 요셉은 체념한 웃음, 서글픈 웃음을 머금고 잠이 들었다. 마리아가 말하는 소리가 들린 것 같았다, 하나님이 그 거지가 머리 뉠 곳을 찾지 못하는 일은 막아주시기를. 내가 진실로 여러분에게 이르노니, 남편과 아내가 남편과 아내로서 서로 솔직히 속을 터놓기만 하면 이 세상의 많은 일들을 너무 늦기 전에 알 수 있을 것이다.

다음 날 아침 일찍 대상 숙박소에서 밤을 보낸 여행자 대부분이 예루살렘으로 떠났다. 그러나 걸어가는 사람들은 한데 모여 움직였다. 그래서 요셉은 브엘세바로 향하는 동네 사람들을 시야에 둔 채로 이번에는 아내 옆에서 걸어갈 수 있었다. 그 거지가, 아니 거지든 뭐든 그 남자가 걷던 것처럼 그녀 옆에서 걸어갈 수 있었다. 그러나 그는 그 이상한 거지 생각을 하지 않으려 한다. 이제 요셉은 아들이 태어나기도 전에 아들의 모습을 보게 해주는 은혜를 하나님이 베풀어주었다고 확신한다. 배내옷에 싸인, 형체도 제대로 잡히지 않은 아주 작은 피조물, 냄새를 풍기며 울어대는 피조물이 아니라 완전히 장성한 남자, 아버지나 그의 민족의 남자 대부분보다 키가 큰 남자인 아들을 본 것이다. 요셉은 이제 아들의 자리를 차지한 것에 만족한다. 그는 아버지인 동시에 자식이다. 그 느낌이 너무 강해지는 바람에, 진짜 자식, 어머니의 자궁 속에서 예루살렘으로 가고 있는 태어나지 않은 아기는 갑자기 하찮아진다.

예루살렘, 예루살렘, 그 도시가 눈앞에 나타나자, 그들 앞의 골짜기 너머 언덕 꼭대기에 마치 유령처럼 솟아오르자, 순례자들은 경건하게 소리친다. 진정한 천상의 도시, 우주의 중심이다. 한낮의 태양 아래 사방으로 빛을 뿜는 이 도시는 수정 왕관이다. 석양에는 가장 순수한 금으로 바뀌고, 달빛을 받으면 상아로 바뀔 것이다. 예루살렘, 오, 예루살렘. 바로 그 순간, 마치 하나님이 거기에 세워놓은 것처럼 성전이 나타난다. 여행자와 순례자들의 얼굴, 머리카락, 옷을 어루만지는 갑작스러운 바람은 하나님의 손길일 수도 있다. 하늘의 구름을 자세히 보니 거대한 손이 물러나는 것이 보이기 때문이다. 손가락들은 흙으로 더럽고 손바닥에는 이 세상 모든 사람과 피조물의 삶과 죽음을 기록한 금들이 있다. 하지만 우리가 하나님 자신의 삶과 죽음을 기록한 금들을 짚어보아야 할 때가 오기도 했다. 여행자들은 감정에 사로잡혀 몸을 떨면서 하늘을 향해 두 팔을 들어 올리고 감사의 목소리를 높인다. 이제는 합창이 아니다. 제각각 황홀경에 빠져 있다. 비교적 냉정한 사람들마저도 거의 움직이지 못하고 하늘을 올려다보며 열에 들떠 기도를 하고 있다. 마치 하나님과 동등하게 말을 할 수 있다는 허락을 받은 것 같다. 이제 내리막길이다. 여행자들이 골짜기로 내려갔다가 다음 비탈을 올라가면 도시의 문에 이르게 된다. 성전은 계속 더 높아지는 듯한 느낌이 들 것이다. 이렇게 멀리서도 무시무시한 안토니아 요새의 테라스에서 경비를 서고 있는 로마 군인들의 시커먼 형체들, 그리고 번쩍이는 무기들이 보인다. 나사렛에서 온 사람들은 여기서 작별을 해야 한다. 마리아는 지쳐서 이렇게 빠른 속도로 울퉁불퉁한 내리막길을 내려간다면 살아남을 수 없기 때문이다. 이 속도는 점점 빨라지다가 도시의 성벽이 눈에 보이면 미친 듯이 빨라진다.

그래서 요셉과 마리아만 길에 남는다. 마리아는 기력을 회복하려 하고, 요셉은 지체되는 것에 짜증이 난다. 이제 목적지가 코앞에 다가왔기 때문이다. 말없는 여행자들 머리 위에 해가 내리쬔다. 마리아의 입에서 막힌 외침이 새어 나온다. 요셉이 걱정이 되어 묻는다, 아픈 게 더 심해져. 마리아는 간신히 대답한다, 네. 그 순간 그녀의 얼굴에 믿을 수 없다는 표정이 나타난다. 도저히 이해할 수 없는 일과 마주친 것 같다. 그녀는 분명히 자기 몸에서 고통을 느꼈건만, 마치 그 고통이 다른 사람에게 속한 것 같았다. 그러면 누구에게. 그녀의 안에 있는 아이에게. 어떻게 다른 사람에게 속한 고통을 느낄 수 있을까. 하지만 그것은 그녀의 고통일 수도 있다. 어떤 묘한 음향 기술을 이용하면 메아리가 원래의 소리보다 더 크게 들리기도 하지 않는가. 사실 답을 알고 싶지 않은 요셉은 조심스럽게 묻는다, 계속 심하게 아파. 마리아는 어떻게 대답해야 좋을지 알지 못한다. 아니라고 하면 거짓말이 되지만, 그렇다고 하는 것도 진실은 아니다. 그래서 아무 말도 하지 않기로 한다. 통증은 있다. 그것을 느낄 수 있다. 하지만 통증은 너무 멀어서, 마치 아이가 자궁에서 고통을 겪고 있는데 자신은 돕지도 못하면서 지켜보고만 있는 느낌이다. 아무런 명령도 내리지 않았고 요셉이 채찍을 쓰지도 않았는데, 나귀는 마치 꼴이 가득 찬 구유와 긴 휴식을 예감하듯이 예루살렘으로 가는 가파른 비탈을 내려가기 시작한다. 나귀는 아직도 좀 더 가야 베들레헴이 나온다는 것을 모르고, 거기 가도 상황이 그렇게 편치 않다는 것을 모른다. 예를 들어 로마 황제 율리우스는 영광의 정점에서 베니, 비디, 비치(veni, vidi, vici 왔노라, 보았노라, 이겼노라-옮긴이) 하고 선언했지만 결국 자신의 아들에게 암살을 당했다. 암살자의 유일한 구실은 자신이 양자라는 것이었다. 부자 사이의 갈등, 죄의 상속, 친족을 상속받을 권리의 박탈, 무고한 사람의 희생은 먼 과거까지 거슬러 올라가는 일이며, 앞으로도 계속될 것이라고 장담할 수 있다.

마리아는 도시의 성문으로 들어서면서 비명이 터져 나오는 것을 더 막을 수가 없었다. 마치 창에 찔린 듯 가슴이 찢어질 듯했다. 하지만 요셉만 그 소리를 들을 수 있었다. 사람들이 너무 시끄러웠기 때문이다. 동물은 그보다 덜했지만, 어쨌든 동물과 사람이 함께 있으니 꼭 장바닥처럼 시끌벅적했다. 요셉은 더 모험을 할 수 없다고 결정을 내렸다. 당신은 더 갈 수 있는 몸이 아니야, 근처에 여관을 찾아보자고, 내일 나 혼자 베들레헴에 가서 당신이 출산을 할 거라고 설명하지 뭐, 꼭 필요한 거라면 나중에 언제든지 호적 등록을 할 수 있잖아, 나는 로마법을 잘 모르기는 하지만, 누가 알아, 혹시 가장만 등록하면 될지, 특히 우리 같은 상황이라면. 그러나 마리아는 요셉을 안심시켰다, 통증이 사라졌어요. 그 말은 사실이었다. 비명을 못 참게 만들던 칼로 찌르는 듯한 통증은 가벼운 욱신거림으로 바뀌었다. 고행자들이 입는 거친 모직 셔츠처럼 불편하기는 했지만 참을 만했다. 요셉은 안심을 했다. 사실 좁은 거리가 미로처럼 뻗은 예루살렘에서 숙소를 찾는 것은 만만치 않은 일이었다. 특히 지금처럼 아내는 산통으로 힘겨워하고, 그는, 비록 인정하지는 않겠지만, 책임감 때문에 누구 못지않게 겁에 질린 상황에서는. 요셉은 나사렛보다 별로 크지 않은 베들레헴에 도착하면 좀 편할 것이라고 생각했다. 작은 공동체에서는 사람들이 더 친절했기 때문이다. 마리아가 이제 통증을 느끼지 않는 것인지, 아니면 단지 용감한 척하는 것인지는 중요하지 않다. 그들은 출발을 했고 이제 곧 베들레헴에 도착할 것이기 때문이다. 나귀는 엉덩이에 채찍을 한 대 맞는다. 그러나 그것은 이 수많은 통행자들과 이루 말할 수 없는 혼란 속에서 더 빨리 가라고 자극을 준 것이라기보다는 요셉 자신의 안도감을 표현하는 애정 어린 몸짓이었다. 상인들이 좁은 거리를 꽉 채우고 있다. 온갖 인종과 언어에 속한 사람들이 서로 밀치고 있다. 그러나 멀리 로마군 순찰대나 낙타 행렬이 나타나면 기적처럼 거리가 텅 빈다. 군중이 홍해처럼 갈라지는 것이다. 나사렛 출신의 부부는 꾸준한 속도로 움직이고, 나귀는 무지하고 둔감한 사람들이 가득한 시끌벅적한 장터를 서서히 빠져나간다. 거기 있는 사람들에게, 저기 저 남자 좀 봐, 저 사람은 요셉이야, 곧 애를 낳을 것 같은 저 여자는 마리아야, 지금 베들레헴에 호적 등록을 하러 가는 길이야, 하고 말해 보았자 소용이 없다. 그들의 신분을 밝히려는 우리의 시도가 사람들의 관심을 끌지 못하는 것은 단지 우리가 온갖 연령과 조건의 요셉과 마리아가 넘쳐나는 세상, 모퉁이를 돌 때마다 나타나는 세상에 살기 때문이다. 아기를 낳을 요셉과 마리아는 이들만이 아니다. 누가 알겠는가, 같은 성(性)인, 이왕이면 남성인 두 아기가 길 하나 또는 옥수수 밭 하나 떨어진 곳에서 같은 시간에 동시에 태어날지. 그러나 이 두 아기를 기다리는 운명은 다를 것이다. 설사 둘 다 예수아, 그러니까 예수라는 이름을 갖게 된다 해도. 우리가 태어나지도 않은 아이의 이름을 불러 사건들을 앞질러 간다는 비난을 할까 봐 말해 두지만, 그 잘못은 이 목수에게 있다. 이 목수는 얼마 전에 첫아들이 태어나면 예수라는 이름을 지어주겠다고 결심을 했던 것이다.

여행자들은 남문으로 나가 베들레헴으로 가는 길에 나선다. 곧 목적지에 도착할 것이며, 마침내 피곤한 여행을 끝내고 쉴 수 있다는 생각에 마음이 들뜬다. 물론 마리아의 고생은 끝나지 않았다. 그녀는, 그녀 혼자만, 아직 출산의 시련을 겪어야 하기 때문이다. 언제, 어디서 겪어야 할지도 모른다. 거룩한 경전에 따르면 베들레헴은 다윗의 집이 있는 곳이다. 요셉도 다윗의 혈통이라 주장하지만, 세월이 흐르면서 그의 친척들은 모두 죽거나 연락이 끊겼다. 그런 암담한 상황이기 때문에 우리는 이 부부가 베들레헴에 도착하기도 전에, 아마 묵을 곳을 찾기가 쉽지 않을 것이라고 생각하게 된다. 베들레헴에 도착한다고 해서 요셉이 처음 눈에 띄는 집의 문을 두드리며, 여기서 우리 애를 낳고 싶습니다, 하고 말할 수는 없는 노릇이다. 그런다고 해서 여주인이 반갑게 맞이하며, 들어오세요, 들어와요, 요셉 선생님, 물은 끓고 있어요, 바닥에 매트도 깔아놨어요, 배내옷도 준비했고요, 편히 쉬세요, 하고 말해 주기를 기대할 수는 없는 노릇이니까. 이리가 양을 먹는 것이 아니라 풀을 뜯고 사는 황금시대라면 그랬을지도 모른다. 하지만 지금은 철의 시대, 잔인하고 냉혹한 시대다. 기적의 시대는 지나갔거나 아직 오지 않았다. 게다가 기적, 진짜 기적은, 만일 그것이 사물의 질서를 개선하기 위해 현재의 질서를 파괴한다는 뜻이라면, 사람들이 뭐라 하든, 그리 좋은 일은 아니다. 요셉은 자신을 기다리고 있는 문제들과 직면하고 싶지 않다. 하지만 길가에서 아이를 낳는 것은 최악의 사태라는 점을 생각하지 않을 수 없다. 그래서 가엾은 짐승 나귀에게 더 빨리 가라고 강요할 수밖에 없다. 나귀가 얼마나 지쳤는지는 나귀밖에 모른다. 하나님이 관심을 가지는 대상은 인간뿐이기 때문이다. 그것도 모든 인간은 아니다. 어떤 인간들은 나귀처럼, 또는 나귀보다도 못하게 살기 때문인데, 하나님은 그들을 도우려고 노력하지는 않는다. 같이 여행하던 사람 하나가 요셉에게 베들레헴에 가면 대상 숙박소가 있다고 귀띔해 주었다. 행운이다. 그것으로 문제는 해결된 것 같다. 그러나 비천한 목수라도 임신한 아내를 가축 상인과 낙타몰이꾼 들의 병적인 호기심과 나불거리는 혀 앞에 내놓는 것은 당혹스러운 일일 것이다. 그런 자들 가운데 몇몇은 그들이 다루는 짐승만큼이나 야만적인데, 사실 행동은 훨씬 경멸스럽다. 그들은 동물은 받지 못하는 재능, 언어라는 거룩한 재능을 받았기 때문이다. 요셉은 마침내 회당 장로들의 조언과 안내를 구하기로 결심하면서, 왜 진작 그런 생각을 하지 못했는지 후회한다. 요셉은 약간 안심을 하고 마리아에게 계속 통증이 있냐고 물으려다 마음을 바꾸어 묻지 않기로 한다. 우리는 수태의 순간부터 출산의 순간에 이르기까지 그 모든 과정이 불결하다는 것을 잊지 말아야 한다. 그 수치스러운 여성의 기관, 소용돌이와 심연, 세상의 모든 악이 머무는 자리, 내부의 미로, 피, 땀, 분비물, 쏟아져 나오는 물, 역겨운 태. 하나님, 어찌하여 당신이 사랑하는 자식들이 그런 불결함 속에서 태어나는 것을 허락하실 수 있습니까. 투명한 빛을 재료로 우리를 창조하였다면, 그래서 어제, 오늘, 내일, 시작, 중간, 끝이 모두에게 똑같다면, 귀족과 평민, 왕과 목수 사이에 차별이 없다면 당신에게나 우리에게나 얼마나 더 좋았을까요. 그래서 요셉은 무관심을 가장하며, 더 중요한 문제에 몰두한 사람이 하찮은 문제에 관심을 가져주듯이 생색을 내며 묻는다, 기분이 어때. 적절한 시점에 나온 질문이다. 마리아는 마침 통증에서 뭔가 다른 점을 느끼고 있기 때문이다. 지금은 그녀가 통증을 경험하는 것이 아니라 통증이 그녀를 경험하는 듯한 느낌이다.

그들은 한 시간 이상 걸었다. 베들레헴은 이제 멀지 않을 것이다. 놀랍게도 예루살렘에서 오는 길에는 사람이 없다. 베들레헴은 예루살렘에서 워낙 가깝기 때문에 사람과 동물이 끊임없이 오갈 듯한데 실제로는 그렇지 않았다. 길이 브엘세바로 가는 길과 베들레헴으로 가는 길로 갈라지는 지점에서 세상은 오그라들며 몸을 접은 것 같았다. 세상을 사람이라고 상상한다면, 마치 망토로 눈을 가리고 여행자들의 발소리에 귀를 기울이는 것과 같다. 우리가 나뭇가지들 사이에 있는 새들의 노래에 귀를 기울이는 것과 같다. 실제로 나무 속에 숨은 새들에게는 우리가 그렇게 보일 것이다. 요셉, 마리아, 나귀는 사막을 걸었다. 사막은 우리가 상상하는 것과는 다르기 때문이다. 사막은 사람이 살지 않는 모든 땅이다. 엄청나게 큰 무리의 사람들 사이에서도 황량한 사막을 발견할 수 있다는 것을 잊지 말자.

오른쪽에는 야곱이 십사 년을 기다려 결혼한 라헬의 무덤이 있다. 야곱은 칠 년을 일하여 레아와 결혼한 뒤, 다시 칠

년을 더 일한 뒤에야 사랑하던 여인 라헬과 결혼을 할 수 있었다. 그 여인은 베들레헴에서 아들을 낳다가 죽었다. 야곱은 그 아들의 이름을 베냐민이라고 지었다. 내 오른손의 아들이라는 뜻이다. 그러나 라헬은 죽어가면서 그 아들을 베노니라고 불렀는데, 이것은 내 슬픔의 자식이라는 뜻이다. 하나님, 이것이 불길한 징조가 되지 않게 해주시기를. 이제 집들이 보인다. 나사렛의 집들과 마찬가지로 진흙 색깔이다. 하지만 여기 베들레헴의 진흙 색깔은 더 옅다. 노란색과 회색이 섞였다. 해를 받으면 더 옅어 보인다. 마리아는 이제 쓰러질 지경이다. 시간이 지날수록 몸이 안장 가방 너머 앞으로 기운다. 요셉은 마리아를 도우러 가고, 마리아는 한 팔을 요셉의 어깨에 둘러 균형을 잡는다. 보기 드문 이런 감동적인 장면을 목격할 사람이 없다니 얼마나 안타까운 일인가. 그들은 그렇게 베들레헴으로 들어간다. 마리아의 상태에도 불구하고 요셉은 근처에 대상 숙박소가 있느냐고 물었다. 내일 아침까지는 거기에서 쉴 수 있을지도 모른다고 생각했기 때문이다. 마리아는 큰 통증을 겪고 있지만 아직 아기를 낳을 조짐은 보이지 않았다. 그러나 마을 건너편에 있는 숙박소에 도착해 보니, 더럽고 시끄러운 데다가 반은 시장이고 반은 가축 우리였으며, 조용한 구석은 찾을래야 찾을 수 없었다. 다만 아직 이른 시간이라 가축 상인이나 낙타 몰이꾼 들은 더 있어야 도착할 것 같았다. 부부는 숙박소를 나왔다. 요셉은 마리아를 집으로 둘러싸인 아주 작은 광장의 무화과나무 그늘에 두고 장로들의 조언을 구하러 갔다. 그러나 회당에는 관리인 말고는 사람이 없었다. 관리인은 근처에서 놀던 아이를 불러 나그네를 모시고 도움을 줄 만한 장로에게 가라고 소리쳤다. 기억이 날 때마다 죄없는 사람을 보호하는 행운 덕에 요셉은 장로를 만나러 가는 길에 아내를 두고 온 광장을 통과하게 되었다. 그래서 그녀를 천천히 죽이고 있던 무화과나무의 치명적인 그늘에서 늦지 않게 그녀를 구할 수 있었다. 이것은 두 사람의 용서할 수 없는 실수였다. 무화과나무가 그렇게 많은 땅에 살고 있는 사람들로서 그런 멍청한 짓을 저지를 수는 없는 일이었기 때문이다. 그래서 그들은 유죄 판결을 받은 영혼들처럼 함께 장로를 찾으러 갔지만, 장로는 시골에 가서 한참 있어야 돌아온다는 이야기를 들었다. 그 말을 듣자 목수는 용기를 내어 소리쳤다, 전능하신 하나님의 사랑에 기대어 말하노니, 여기 제 아내를 위해 쉴 곳을 내주실 분이 안 계신가요, 당장이라도 아이를 낳을 것 같거든요. 그가 원하는 것은 그저 조용한 구석뿐이었다. 그들은 매트도 가져왔다. 그리고 출산을 도와줄 산파를 마을 어디 가면 찾을 수 있는지 알려줄 수 있는 사람은 없나요. 가엾은 요셉은 자신이 이런 사적인 근심과 우려를 내뱉는 소리를 들으며 얼굴을 붉혔다. 문간에 서 있던 여종은 여주인에게 이야기를 전하러 안으로 들어갔다가 잠시 후에 나와서 그곳에는 머물 수 없으니 다른 곳을 찾아보라고 말했다. 그러면서 여주인이 마을에서는 있을 만한 곳을 찾을 수 없을 테니 근처 비탈의 많은 동굴 가운데 한 곳에 가보면 어떠냐는 제안을 했다고 덧붙였다. 산파는, 요셉이 물었다. 그러자 종은 여주인이 좋다고 하고 요셉이 바란다면 자기가 도와줄 수 있다고 대답했다. 여종은 평생 종 노릇을 해오면서 출산도 여러 번 도왔다고 말했다. 정말 잔인한 세상이다. 애를 가진 여자가 와서 문을 두드리는데, 우리는 마당 한 모퉁이 내줄 수 없다면서 동굴에 가서 애를 낳으라고 하다니. 곰이나 이리처럼. 하지만 뭔가가 우리의 양심을 찔렀다. 우리는 앉아 있던 곳에서 일어나 문으로 가서 머리를 가릴 지붕을 간절히 원하는 그 남편과 아내를 우리 눈으로 보았다. 그 가엾은 여자의 얼굴에 담긴 슬픔은 우리의 모성 본능을 자극할 만했다. 그래서 우리는 참을성 있게 왜 우리가 그들을 들일 수 없는지 설명했다. 집이 이미 아들과 딸들, 손자들, 사위와 며느리들로 꽉 차 있었기 때문이다. 보다시피 여기에는 정말이지 빈 공간이 없어요, 하지만 우리 종이 두 분을 우리가 가축 우리로 사용하는 동굴로 데려다 줄 거예요, 지금 그곳에는 가축이 없으니, 편안하게 쉴 수 있을 거예요. 젊은 부부는 우리의 너그러운 제안에 매우 감사했다. 우리는 최선을 다했고 우리의 양심이 깨끗하다고 느끼며 집 안으로 들어갔다.

이렇게 오고 가고, 걷고 쉬고, 묻고 애원하는 동안 짙푸른 하늘은 그 색깔을 잃었고 해는 곧 산 뒤로 사라진다. 살로메, 그래, 그것이 여종의 이름이다, 이 살로메라는 여종이 앞장을 선다. 불을 지필 뜨거운 잉걸불 몇 개, 물을 끓일 질그릇 단지, 갓난아기의 감염을 막기 위해 아기 몸을 비벼줄 소금을 가져간다. 마리아는 옷을 가져왔고, 살로메가 이로 탯줄을 끊는 것을 좋아할지는 모르나, 어쨌든 요셉은 보따리에 탯줄을 끊을 칼을 넣어 왔으니 출산을 위한 준비는 다 갖춘 셈이다. 가축우리는 어느 모로 보나 집이나 다름없이 좋다. 또 구유에서 자는 즐거움을 누려본 사람이면 그것이 거의 요람만큼이나 좋다는 것을 안다. 나귀는 아무런 차이를 못 느낄 것이다. 짚이야 땅에서든 하늘에서든 똑같으니까. 그들이 제 삼시쯤 동굴에 도착했을 때 아직 하늘을 맴돌던 어스름은 언덕에 황금을 뿌리고 있었다. 그들이 늦게 도착한 것은 거리가 멀어서가 아니라 마리아가 이제 쉴 곳이 생겨서 마침내 마음껏 고통에 몸을 맡길 수 있었기 때문이다. 마리아는 천천히 가자고 애원했다. 나귀가 돌 때문에 발을 헛디딜 때마다 견딜 수 없는 통증이 찾아왔기 때문이다. 바깥의 이우는 빛은 동굴의 어둠을 뚫지 못했다. 그러나 여종이 짚을 한 줌 움켜쥐고 잉걸불을 갖다 댄 다음 볼을 불룩하게 부풀리고 바람을 불며 마른 불쏘시개를 약간 집어넣자 곧 불이 피어올라 여느 새벽 못지않게 밝아졌다. 그러자 여종은 벽의 튀어나온 돌에 걸린 기름등잔에 불을 밝혔다. 그녀는 마리아가 눕는 것을 도와준 다음, 근처 솔로몬의 우물에 물을 길러 나갔다. 돌아와보니 요셉은 걱정 때문에 정신이 하나도 없었다. 하지만 요셉에게 너무 뭐라고 하지는 말자. 남자는 이런 위기에 제대로 대처를 할 수 없으니까. 기껏해야 아내의 손을 잡고 모든 것이 잘되기를 바랄 수 있을 뿐이다. 하지만 요셉은 곁에 없고, 마리아는 혼자다. 그 시절에 유대인 남자가 그런 위로의 행동을 한다는 것은 세상이 무너지는 것이나 다름없었을 테니까. 여종이 들어와 다독이는 말을 몇 마디 한 뒤에 마리아의 두 다리 사이에 꿇어앉았다. 뭔가가 들어가거나 나올 때마다 여자는 다리를 벌리고 있어야 하기 때문이다. 살로메는 세상에 나오는 것을 도와준 아이들의 수를 잊어버렸다. 가엾은 마리아의 고통은 다른 여자의 고통과 다를 것이 없다. 하와가 죄를 지은 뒤에 하나님이, 내가 네게 임신하는 고통을 크게 더하리니 네가 수고하고 자식을 낳을 것이다, 하고 경고를 했고, 고통과 수고의 세월이 수백 년 흐른 뒤에도 하나님은 아직 노염이 풀리지 않아 고통이 계속되고 있기 때문이다. 이제 요셉은 없다. 동굴 입구에도 없다. 마리아의 울부짖음을 듣느니 차라리 도망을 치겠다고 나가버린 것이다. 그러나 그 울부짖음은 그를 쫓아온다. 마치 땅이 비명을 지르는 것 같다. 그 소리가 하도 커서 양떼를 몰고 지나가던 목자 세 사람이 요셉에게 다가와 물었다, 무슨 일이오, 땅이 비명을 지르는 것 같으니. 요셉이 그들에게 말했다, 저 동굴에서 집사람이 애를 낳습니다. 그들이 물었다, 이곳 사람이 아니구려, 안 그렇소. 맞습니다, 저희는 갈릴리의 나사렛에서 호적 등록을 하러 왔습니다, 그런데 도착하자마자 집사람 통증이 심해지더니 이제 진통을 하네요. 희미해지는 빛 때문에 네 사람의 얼굴이 잘 보이지 않았다. 곧 그들의 이목구비가 완전히 사라졌다. 하지만 목소리는 잘 들렸다. 먹을 건 있소, 한 목자가 물었다. 약간이요,

요셉이 대답했다. 같은 목소리가 말했다, 아이가 태어나거들 랑 나한테 알려주시구려, 양젖을 좀 가져올 테니. 그러자 두 번째 목소리가 말했다, 나는 치즈를 좀 드리겠소. 이어 오랜 정적 끝에 세 번째 목소리가 말했다. 땅의 내장으로부터 들려 오는 듯한 목소리였다, 나는 빵을 가져오겠소.

요셉과 마리아의 아들은 다른 아이들과 똑같이 태어났다. 어머니의 피로 덮인 채 점액을 뚝뚝 흘리며 말없이 고통을 겪 고 있었다. 그는 사람들이 울게 했기 때문에 울었다. 그는 앞 으로도 오직 이 한 가지 이유 때문에만 울 것이다. 그는 배내 옷에 싸인 채 구유에 누워 있다. 나귀가 근처에 서 있지만 물 지는 않을 것이다. 줄에 묶여 멀리 움직일 수가 없기 때문이 다. 살로메가 밖에서 태를 묻을 때 요셉이 다가온다. 그녀는 요셉이 동굴 안으로 사라질 때까지 기다리며 미적미적 서늘 한 밤공기를 들이마신다. 마치 자신이 막 아기를 낳은 것처럼 지친 느낌이다. 하지만 그녀는 아이를 낳아본 일이 없기 때문 에 그냥 상상을 해보는 것일 뿐이다.

세 남자가 비탈을 따라 내려온다. 목자들이다. 그들은 함께 동굴로 들어간다. 마리아는 누워서 눈을 감고 있다. 요셉은 돌 위에 앉아 구유 가장자리에 팔을 얹고 아들을 보는 것 같 다. 첫 번째 목자가 앞으로 나서서 말한다, 여기 양젖이오, 내 손으로 짠 거요. 마리아가 눈을 뜨고 웃음을 짓는다. 두 번째 목자가 앞으로 나서서 말한다, 이건 내가 우유를 저어 만든 치즈요. 마리아는 고개를 끄덕이며 다시 웃음을 짓는다. 그

다음에 세 번째 목자가 나선다. 그 거대한 몸은 동굴을 꽉 채우는 느낌이다. 그는 갓난아기의 부모를 보지도 않고 말한다, 이건 내가 직접 반죽을 해서 땅 밑에서 타는 불에 구운 빵이요. 그 말을 듣는 순간 마리아는 그를 알아보았다.

세상이 시작된 이래로 한 사람이 태어나면 다른 사람은 죽는다. 이제 죽음에 가까이 간 사람은 헤롯왕이다. 헤롯왕은 상상할 수 있는 모든 악과 더불어 끔찍한 가려움증으로 고생하는데, 이 때문에 거의 미칠 지경이다. 개미 수십만 마리가 그 작고 사나운 입으로 그의 몸을 쉴 새 없이 갉아먹는 느낌이다. 인간에게 알려진 모든 향유를 발라보고, 이집트에서 인도에 이르기까지 모든 치료법을 시도해 보았지만 소용이 없다. 시의(侍醫)들은 머리만 긁적인다. 아니, 더 정확히 말하면 목이 잘릴 위험에 처해 있다. 그래서 이런저런 세정 방법과 집안에 있는 약들을 미친 듯이 시험해 본다. 효과가 있다고 알려진 것이면 쓰이는 곳이 정반대라 하더라도 무조건 약초와 가루를 물이나 기름과 섞어보는 것이다. 통증과 분노 때문에 제정신이 아닌 왕은 미친개처럼 입에 거품을 물고 자신의 고통을 덜어주지 못하면 시의들을 다 십자가에 달겠다고 협박을 한다. 그의 고통은 이제 피부의 참을 수 없는 가려움증과 경련을 넘어서는 단계에 이르렀기 때문에 왕은 완전히 진이 빠져 바닥에서 몸부림치고 있다. 개미들이 계속 수를 불리며 가운 밑에서 물어뜯는 바람에 눈구멍에서 눈이 튀어나올 것 같다. 최악의 고통은 지난 며칠 동안 시작된 괴저(壞疽)다. 이 수수께끼 같은 고통은 왕궁에서부터 혀를 날름거리기 시작했다. 벌레들이 왕의 생식기관을 침략하기 시작하여, 정말로 그를 산 채로 삼켜버릴 것만 같다. 헤롯의 비명이 궁전의 홀과 복도에 울려 퍼진다. 시중을 드는 내시들은 밤낮으로 깨어 있어야 한다. 하급 종들은 그가 다가오는 소리만 들리면 무서워서 달아난다. 향수를 가운에 잔뜩 뿌리고 염색한 머리에까지 비벼 넣어도 썩는 악취가 가시지 않는 몸을 끌고 다니는 헤롯을 살리는 힘은 오직 진노뿐이다. 헤롯은 가마를 타고 시의, 무장 경호원 들과 함께 반역자를 찾아 궁정 이쪽 끝에서 저쪽 끝까지 빠르게 움직인다. 그는 반역자들이 도처에 숨어 있다고 상상한다. 얼마 전부터 그런 강박감에 시달리고 있다. 왕은 예고도 없이 갑자기 손가락질을 한다. 가장 높은 내시를 손가락으로 가리키며 너무 많은 권력을 휘두른다고 비난하기도 한다. 솔선수범해서 법을 존중해야 함에도 법에 복종하지 않은 자들을 비판한 고집스러운 바리새인 몇 명을 가리키기도 한다. 이름을 말할 필요는 없다. 그 손가락은 아들

알렉산더와 아리스도불루스를 가리키기도 했는데, 그들은 감옥에 갇혔고 그들을 재판하기 위해 소집된 귀족들의 재판소는 서둘러 사형을 선고했다. 이 가엾은 왕이 착란 상태에서 사악한 두 아들이 검을 뽑아 들고 자신에게 다가오는 것을 보고, 또 가장 무서운 악몽에서 거울에 비친 자신의 잘린 머리를 보았으니 달리 선택의 여지가 있었겠는가. 헤롯은 이제 그런 끔찍한 종말을 피했고, 조금 전까지만 해도 자신의 왕위 상속자들이었던 자들, 음모, 비행, 오만의 죄를 지어 교수형에 처해진 자신의 두 아들의 주검을 조용히 바라볼 수 있다.

피로에 견디다 못해 간신히 잠이 들곤 하지만, 그의 고통받는 어두운 정신 깊은 곳에서는 그것마저 방해하는 악몽이 나타난다. 선지자 미가, 이사야 시대에 살면서 앗시리아가 사마리아, 유대와 벌인 끔찍한 전쟁을 목격한 그 선지자에게 쫓기게 된 것이다. 미가는 그의 앞에 나타나 특히 이런 저주 받은 시대의 선지자답게 부자와 권세 있는 자들을 비난한다. 미가는 피 묻은 튜닉을 입고 전장의 먼지를 뒤집어쓴 채 귀가 멍멍한 폭발음을 내며 어떤 다른 세상으로부터 헤롯의 꿈으로 뛰어든다. 미가는 번개가 번쩍이는 손으로 거대한 청동 대문을 밀어 열고 엄숙한 경고를 한다, 여호와께서 그의 성전에서 나오셔서 강림하사 땅의 높은 곳을 밟으실 것이다. 이어 미가는 협박한다, 침상에서 죄를 꾀하고 악을 꾸미며, 날이 밝으면 손에 힘이 있다는 이유로 그 힘을 쓰는 자는 화 있을진저. 이어 미가는 밭들을 탐하여 빼앗고 집들을 탐하여 차지하는 자들, 남자와 그의 집과 사람과 그의 산업을 강탈하는 자들을 비난한다. 미가는 밤마다 나타나 이런 말을 되풀이한 뒤에 무슨 신호라도 받은 것처럼 사라져버린다. 헤롯이 식은땀을 흘리며 잠에서 깨는 것은 이런 예언적 외침이 무서워서라기보다는 이 밤손님이 막 뭔가 더 드러내려다가 그냥 사라져버린다는 생각에 안달이 나기 때문이다. 이 선지자가 손을 들어 올려 입을 벌리다 말고 사라져버리면, 왕은 좌절감과 함께 어떤 불길한 예감에 사로잡혀 잠에서 깨어난다. 모두가 알다시피 헤롯은 자신이 명령한 모든 죽음에 조금도 가책을 느끼지 않는다. 따라서 어떤 협박에도 위협을 느낄 사람 같지는 않다. 이 사람은 어떤 여자보다도 사랑했던 마리암의 오빠를 산 채로 불태워 죽인 사람이며, 그녀의 할아버지를 목 졸라 죽이라 명령하고, 마침내 간음을 했다고 비난하면서 마리암마저도 죽였다. 나중에 약간 미쳐서 마치 마리암이 살아 있는 것처럼 이름을 부르곤 했다지만, 광기에서 회복되어 장모가 벌써 몇 번째인지도 모르게 자신을 왕좌에서 제거할 음모를 꾸미고 있다는 사실을 발견했다. 헤롯은 곧 이 독사도 그가 결혼한 가족의 무덤으로 보내버렸다. 사실 그의 결혼으로 관련자 모두가 불행한 결과를 맞이했다. 왕의 세 아들이 왕위 상속자가 되지만, 이미 말했듯이 알렉산더와 아리스도불루스는 슬픈 종말을 맞이했으며, 안티파테르도 비슷한 운명을 맞이하기 때문이다. 그러나 인생에는 비극과 불행만 있는 것이 아니다. 헤롯에게는 응석을 받아주고 욕정을 자극할 미모의 부인이 무려 열 명이나 있었다는 사실을 잊으면 안 된다. 물론 이제 그들이 그에게 해줄 수 있는 일이 거의 없고, 그가 그들을 위해 해줄 수 있는 일은 그보다 더 적지만. 어쨌든 이런 상황이었기 때문에 밤에 나타나, 유대와 사마리아, 베레아와 이두매, 갈릴리와 골란, 드라고닛, 하우란, 바타나이아를 다스리는 막강한 왕을 쫓아다니는 성난 선지자의 유령은 꿈에서 갑자기 사라지는 방법으로 그를 긴장 상태에 몰아넣고 어떤 새로운 위협이 다가올 것이라며 마음 졸이게 만들지 않았다면 별다른 인상을 주지 못했을 것이다. 도대체 무슨 위협일까. 어떻게, 언제.

한편 헤롯 궁전의, 말하자면 문간이라고 할 수 있는 베들레헴에서 요셉의 가족은 계속 동굴에서 살고 있었다. 그들은 그곳에 오래 묵을 생각이 아니었다. 따라서 집을 찾아보지 않았다. 더군다나 이때는 숙박 시설이 드물고, 방을 빌려주고 돈을 챙긴다는 관행이 아직 생겨나기 전 아닌가. 요셉은 여드레째 되는 날 자신의 첫아이를 안고 할례를 시키러 회당으로 갔다. 사제는 부싯돌로 만든 칼을 이용해서 감탄할 만한 기술로 우는 아이의 포피를 잘라냈다. 이 포피의 운명, 그러니까 거의 피가 흐르지 않는 창백한 고리 같은 피부가 잘린 순간부터 9세기에 기독교 세계를 다스리던 교황 파스칼 1세 치세에 영광스럽게 축성을 받는 순간에 이르는 과정은 그 자체로 한 권의 소설이 될 만하다. 오늘날 그 포피를 보고 싶은 사람은 이탈리아의 비테르보 근처 칼카타 교구 교회에 가보기만 하면 된다. 이 교회는 신자들의 영적인 이익과 호기심 많은 무신론자들의 즐거움을 위해 포피를 성물함에 보관하고 있다. 요셉은 아들의 이름을 예수라고 부르겠다고 말했는데, 이 이름은 로마 황제의 시민 등록부에 들어간 뒤에 하나님의 등록부에 새겨지게 되었다. 아기는 분명한 영적 이득도 주지 못하면서 자신의 몸만 아프게 한 이 유린 행위에 체념하기는커녕 동굴로 돌아가는 길 내내 울부짖었다. 동굴에서 어머니는 말할 필요도 없이 아기를 간절하게 기다리고 있었다. 이 아이가 그녀의 첫아이였기 때문이다. 가엾은 것, 가엾은 것, 그녀는 달래듯이 말하면서 튜닉을 열고 아이에게 젖을 물렸다. 왼쪽부터 먼저 물렸는데, 아마 그쪽이 심장에 더 가까웠기 때문일 것이다. 예수는, 물론 아직은 어머니 품 안의 아기이기 때문에 자신의 이름을 모르지만, 어쨌든 마리아의 젖이 뺨에 닿는 부드러운 압력과 더불어 그녀의 살갗의 촉촉한 온기가 전해지자 만족스럽게 깊은 숨을 쉬었다. 어머니 젖의 달콤한 맛이 입안을 채우자, 견딜 수 없던 할례의 고통과 수치는 멀어지다 이내 흩어지고 그 대신 형체 없는 기쁨이 떠올랐는데, 마치 문간에서 붙들려 또는 닫힌 문에 가로막혀 자신을 완전히 규정하는 것을 허락 받지 못한 것처럼 계속 그렇게 떠오르기만 하다 사라졌다. 예수는 앞으로 자라면서 이 첫 감각들을 잊어 버릴 것이고, 자신이 그런 경험을 했다는 사실조차도 잘 믿지 못할 것이다. 이것은 어디에서 태어났건, 우리를 기다리는 운명이 어떠하건, 우리 모두에게 벌어지는 일이다. 하지만 만일 우리가 요셉에게 이와 관련된 것들을 물어볼 용기를 낼 수 있다면, 물론 우리가 그런 경솔한 짓을 저지르지 못하도록 하나님이 막아주시기를 바라지만, 어쨌든 물어본다면 요셉은 아버지로서 해야 하는 걱정이 그런 것보다 더 중요하다고 말할 것이다. 그는 이제 먹여야 할 입이 하나 더 늘었다는 문제에 직면하고 있기 때문이다. 물론 아이는 어머니의 젖을 물고 배를 채우지만, 그렇다고 해서 그런 표현이 덜 진실하거나 덜 적합하다고 할 수는 없다. 사실 요셉은 걱정할 만하다. 이제 나사렛에 돌아갈 때까지는 어떻게 살 것인가. 마리아의 약한 몸은 긴 여행을 할 만한 상태가 아니다. 게다가 그녀는 불결에서 벗어날 때까지 기다려야 한다. 아이의 할례 뒤 삼십삼 일 동안 정화의 피 속에 그대로 있어야 하는 것이다. 나사렛에서 가져온 얼마 안 되는 돈은 거의 다 써버렸다. 여기에서는 연장도 없고 목재를 살 돈도 없으니 목수 일을 할 수도 없다. 당시에 가난한 사람들은 사는 것이 힘들었다. 하나님이 모든 사람을 부양해 줄 것이라고 기대하지도 않았다. 동굴 안에서 갑자기 훌쩍이는 소리가 들리다가 곧 멈춘다. 마리아가 어린 예수에게 젖을 바꿔 물린 것이다. 하지만 그 짧은 좌절도 아이에게 할례를 받은 곳의 고통을 다시 느끼게 하기에 충분했던 것이다. 이제 예수는 만족스럽게 젖을 빨았기 때문에 어머니의 품에서 잠이 들 것이다. 다정하고 충실한 유모에게 맡기듯 구유에 살며시 내려놓아도 거의 눈을 뜨지 않을 것이다. 동굴 입구에 앉은 요셉은 여전히 어떻게 하면 좋을지 생각하고 있다. 여기 베들레헴에서는 할 일이 없다는 것을 안다. 조수 노릇도 하지 못한다. 그가 물어보았지만 답은 늘 똑같았다. 도움이 필요하면 사람을 보내겠소. 사람 배를 채워주지는 않는 텅 빈 약속이다. 아무리 이 민족이 생겨날 때부터 약속을 먹고살았다고는 하지만.

수도 없이 경험해 보았겠지만, 문제를 파고드는 것을 특별히 좋아하는 사람이 아니라면 해결책을 찾는 가장 좋은 방법은 그냥 호랑이가 먹이를 기습하는 것처럼 적당한 순간이 튀어나올 때까지 방심은 하지 않은 채로 생각이 제멋대로 흘러가게 내버려두는 것이다. 그래서 베들레헴에 있는 장인 목수들의 거짓 약속들 때문에 요셉은 하나님의 진정한 약속에 관해 생각하게 되었으며, 그러다가 여전히 건축 중인 예루살렘 성전을 생각하게 되었다. 그곳에는 일꾼이 많이 필요할 것이다. 벽돌공과 석수만이 아니라, 설사 들보를 깎고 판자를 다듬는 일이라 해도 목수들이 필요하다. 그것은 요셉도 얼마든지 할 수 있는 기본적인 일이다. 그들이 일을 준다고 했을 때 유일한 문제가 있다면 그것은 일터까지 가는 데 걸리는 시간이다. 빨리 걸어도 한 시간 반은 걸린다. 가는 길 내내 오르막이고, 언덕길을 오르는 사람들의 수호성자가 손을 내밀어주는 때도 아니기 때문이다. 요셉이 거기까지 나귀를 타고 간다면 다르겠지만, 그렇게 하려면 나귀를 묶어둘 안전한 장소를 찾아야 한다. 이곳은 하나님이 택한 땅일지 모르지만, 선지자 미가의 살벌한 경고를 믿는다면, 이곳에는 여전히 악당이 많다. 요셉이 이런 생각을 하고 있는데 마리아가 아이에게 젖을 먹여 재운 다음 동굴에서 나왔다. 예수는 어때, 아버지가 물었다. 무척이나 어리석게 들리는 질문임을 잘 알고 있었지만, 이미 이름을 가진 아들의 아버지로서 자부심을 누를 수 없었기 때문이다. 아이는 잘 있어요, 마리아가 대답했다. 그녀에게 이름은 중요하지 않았다. 평생 그냥 내 아이라고 불러도 아무 불만이 없을 것이다. 다만 그녀는 아이를 더 낳을 것이기 때문에, 그들을 모두 그냥 내 아이라고 부른다면 바벨탑에서처럼 혼란이 생긴다는 것이 문제일 뿐이었다. 요셉은 마치 혼잣말을 하듯 말이 흘러나오도록 놔두었다. 사실 이것은 지나친 자신감을 드러내지 않는 한 가지 방법이다. 여기 있는 동안 먹고살아야 하는데 베들레헴에는 적당한 일이 없어. 마리아는 아무 말도 하지 않았다. 사실 요셉도 그녀가 무슨 말을 할 것이라고 기대하지는 않았다. 그녀는 그냥 듣기만 할 뿐이었기 때문이다. 사실 남편이 그녀에게 속을 털어놓은 것 자체가 이미 엄청난 양보였다. 요셉은 갔다가 돌아올 시간이 있는지 판단하려고 해를 보았다. 요셉은 안으로 들어가 망토와 배낭을 가지고 다시 나타나 마리아에게 말했다, 갈게. 하나님이 이 정직한 장인에게 그런 명예를 베풀 가치가 있다고 생각한다면 당신의 성전에서 그에게 일을 찾아줄 것이라고 믿은 것이다. 요셉은 망토를 왼쪽 어깨에 걸치고 배낭을 고쳐 메더니 더 말을 하지 않고 떠났다.

 사실 상황이 어둡기만 한 것은 아니다. 성전의 작업은 빠르게 진척되고 있었지만, 지금도 일꾼을 고용하고 있었다. 특히 저임금을 받아들이는 일꾼들을. 요셉은 우두머리 목수가 내준 간단한 시험을 어렵지 않게 통과하여, 우리가 조금 전에 그의 전문적인 솜씨를 약간 깔본 것이 부당한 일이 아니었는지 생각해 보게 만든다. 성전 현장에 막 채용된 이 사람은 하나님에게 감사하는 말을 푸짐하게 늘어놓으며 떠났다. 가는 길에 여행자 몇 명을 불러 세우고 함께 주를 찬양하자고 청하자, 사람들도 흔쾌히 응해 주었다. 이 사람들은 한 사람의 기쁨을 모두 함께 나누어야 한다고 생각했기 때문이다. 물론 우리가 말하는 이 사람들은 비천한 처지에 있는 사람들이다. 요셉은 라헬이 묻힌 곳에 이르렀을 때 한 가지 생각이 떠올랐다. 그것은 머리라기보다는 가슴에서 떠오른 생각이었다. 즉, 아이를 하나 더 낳고 싶어 하던 이 여자는, 이런 표현을 용서해 준다면, 그 아이의 손에 죽은 것일지도 모른다는 생각. 그것도 그녀가 그 아이를 알기도 전에. 어떤 말도 없이 눈길 한번 주지 않고, 하나의 몸이 다른 몸에서 떨어져 나온다. 나무에서 떨어지는 열매처럼 아무런 관심 없이. 곧이어 더 슬픈 생각이 떠올랐다. 즉, 아버지가 만들고 어머니가 세상에 데려오기 때문에 아이들이 죽는다는 생각이었다. 그는 자신의 아들, 아무 죄가 없음에도 불구하고 죽을 운명인 아들이 가여웠다. 목수 요셉은 야곱이 사랑하던 아내의 무덤 앞에서 혼란과 고뇌에 사로잡혀 어깨를 축 늘어뜨렸다. 머리를 숙였다. 몸 전체에서 식은땀이 흘렀다. 이제 길에 도움을 청할 사람은 한 명도 지나가지 않았다. 평생 처음으로 그는 세상에 무슨 의미가 있기는 한 것인지 의심을 해보게 되었다. 그는 마치 모든 희망을 잃은 사람처럼 큰 소리로 말했다, 이곳이 내가 죽을 곳이군. 아마 이 말은, 다른 상황에서, 자살하는 사람이 용기와 신념으로 한 말이라면, 슬픔과 눈물이 없는 말이라면, 산 자들의 땅을 떠나는 문을 여는 데 충분했을 것이다. 그러나 대부분의 사람들은 변덕스러워, 하늘 높은 곳의 구름 한 점에도, 거미줄을 짜는 거미 한 마리에도, 나비를 쫓는 개 한 마리에도, 땅을 긁으며 병아리들을 향해 꼬꼬 울어대는 암탉 한 마리에도, 또는 갑자기 얼굴이 가려워지는 것 같은 흔해빠진 일에도 정신을 빼앗겨 얼굴을 긁으며 이렇게 말할 수 있다, 어, 내가 방금 무슨 생각을 했더라. 이런 이유 때문에 라헬의 무덤은 곧 작고 창문 없는 건물, 회반죽을 바른 건물로 돌아가버렸다. 진행되는 게임에 필요하지 않다는 이유로 잊힌 채 죽어가는 사람, 버림받은 사람 같은 건물이었다. 입구에 있는 돌에는 머나먼 옛날부터 이곳을 찾은 순례자들의 땀에 젖은 더러운 손이 남긴 자국이 있다. 무덤 주위에는 올리브나무들이 있다. 이 나무들은 야곱이 이곳을 가엾은 아내의 마지막 안식처로 택했을 때도 이미 나이가 들었을 것이며, 야곱은 무덤 터를 닦기 위해 필요한 만큼 나무를 베었을 것이다. 결국 운명은 존재하며, 각 사람의 운명은 다른 사람의 손에 달렸다고 자신 있게 말할 수 있다. 이윽고 요셉은 계속 걸었다. 그러나 그전에 그 시간과 장소에 어울리는 기도를 했다, 당신을 찬양합니다, 오, 우리 주 하나님이여, 우리 조상들의 하나님, 아브라함의 하나님, 이삭의 하나님, 야곱의 하나님, 위대하고 전능하고 놀라운 하나님, 당신을 찬양합니다. 동굴로 돌아온 요셉은 아내에게 일자리를 찾았다는 이야기를 하기 전에 구유에 잠들어 있는 어린 아들부터 보았다. 요셉은 속으로 생각했다, 이 아이는 죽을 거야, 틀림없이 죽을 거야. 가슴이 아팠다. 그러나 자연의 질서에 따라 그 자신이 먼저 죽을 것이며, 자신이 죽어 살아 있는 자들의 땅을 떠나면 아들은 제한된 영원을 부여 받게 될 것이라고 생각했다. 제한된 영원이라면 모순이 되는 말이지만, 단지 우리가 알고 사랑하는 사람들이 이제 이 땅에 존재하지 않게 될 때 조금 더 살게 해주는 영원을 가리키는 말일 뿐이었다.

요셉은 우두머리 목수에게 자신이 몇 주만 더 머물 예정임을 일부러 이야기하지 않았다. 기껏해야 다섯 주일 터였다. 그 기간이면 아들을 성전에 데려가 마리아의 정화를 끝마치고 짐도 쌀 수 있었다. 요셉은 일자리를 못 얻고 쫓겨나느니 그냥 입을 다물고 말겠다고 생각한 것인데, 이것은 이 나사렛 출신의 목수가 자기 나라의 노동 조건을 잘 알지 못한다는 것을 보여준다. 물론 그는 나 자신의 주인은 바로 나라고 생각했으며, 그것은 맞는 말이었다. 따라서 노동 공동체의 나머지 부분에는 거의 관심이 없었던 것인데, 사실 그 대부분은 일용 노동자로 채워져 있었다. 요셉은 남은 날을 조심스럽게 헤아렸다. 이십사 일, 이십삼 일, 이십이 일. 그는 실수를 피하기 위해 동굴 벽 한 곳에 되는대로 달력을 만들었다. 십구 일. 금을 그어놓고 한 번에 하나씩 지워나갔다. 십육 일, 마리아가 감탄하는 눈으로 지켜보고 있었다. 십사 일, 십삼 일, 마리아는 자신에게, 구 일, 팔 일, 육 일, 이렇게 영리한 남편을 주신 것을 주에게 감사했다. 남편은 무슨 일이라도 할 수 있는 사람이었다. 요셉이 마리아에게 말했다, 함께 성전에 다녀온 후에 떠날 거야, 이제 나사렛에서 다시 일을 할 때가 되었어, 거기에는 나를 기다리는 고객들이 있잖아. 그러자 마리아는 남편을 비판하는 것처럼 보이지 않도록 요령 있게 제안을 했다, 하지만 물론 떠나기 전에 이 동굴을 소유한 여자와 우리 아이의 출산을 도와준 종한테 감사 인사는 할 거죠, 그 종은 지금도 매일 아이가 잘 있는지 보러 와요. 요셉은 아무 대답도 하지 않았다. 그는 미리 나귀에게 짐을 실어놓고, 정화 예식 동안 나귀를 묶어두었다가, 감사니 작별이니 하는 데 시간을 낭비하지 않고 바로 나사렛으로 떠날 생각이었지만, 자신이 일반적인 예절이 요구하는 행동을 간과한 사실을 절대 인정하지는 않을 것이다. 마리아가 옳았다. 감사 인사 한마디도 없이 그냥 가버리는 것은 예의 없는 행동일 것이다. 따라서 진실, 가엾은 진실이 승리를 거둔다면, 요셉은 예의가 약간 부족했다고 고백할 수밖에 없을 것이다. 요셉은 자신이 그런 예절을 빠뜨렸다는 것을 지적 받자 부루퉁해져서 아내에게 짜증을 냈다. 보통 그렇게 하면 양심을 달래고 가책을 잠재우는 데 도움이 되었기 때문이다. 결국 그들은 이삼 일 더 머물면서 적절하고 예의 바르게 작별을 하기로 했다. 그렇게 하면 베들레헴 주민에게 이 갈릴리 출신의 독실한 가족에 대한 우호적인 인상, 예의 바르고 의무에 충실하다는 인상을 남기게 될 것이었다. 예루살렘이나 그 주변 주민이 일반적으로 갈릴리 사람을 저급하게 여긴다는 점을 고려하면 통념과 상당히 다른 평가가 나오게 되는 셈이었다.

마침내 아기 예수가 어머니 품에 안겨 성전에 가게 되는 기억에 남을 만한 날이 찾아왔다. 마리아는 처음부터 이 가족과 동행하면서 이들을 도와주었던 참을성 많은 나귀를 탔다. 요셉은 나귀의 고삐를 잡고 길을 이끌었다. 그는 서두르고 있었다. 나사렛으로 떠날 날이 임박했음에도, 하루 일을 몽땅 빼먹게 될까 봐 안달하고 있었다. 그들은 새벽이 밤의 마지막 흔적을 흩어버릴 때 길을 나섰다. 라헬의 무덤은 이미 뒤로 상당히 멀어졌다. 그 옆을 지날 때는 무덤의 앞면이 석류의 색깔로 불이 붙은 듯했다. 밤에 보던 불투명한 모습이나, 달빛을 받아 죽음처럼 창백하던 모습과는 사뭇 달랐다. 잠시 후 아기 예수가 잠을 깼다. 아기가 눈을 뜨자마자 어머니는 여행에 대비해 아기의 몸을 포대기로 감쌌고, 아기는 젖을 달라고 애처로운 목소리로 울기 시작했다. 지금까지 그가 낼 수 있는 유일한 목소리였다. 언젠가는 그도 다른 아이들처럼 다른 목소리로 말을 하게 될 것이고, 그 덕분에 다른 형태의 굶주림을 표현하고 다른 눈물을 경험할 수 있을 것이다.

예루살렘을 얼마 남기지 않은 가파른 비탈에서 이 가족은 도시로 몰려가는 순례자나 행상들과 섞였다. 모두 먼저 예루살렘에 도착하려고 바쁘게 움직였지만, 로마 군인들과 마주치면 조심스럽게 속도를 늦추고 흥분을 억제했다. 로마 군인들은 짝을 지어 군중 사이를 움직이거나 헤롯의 용병 부대 분견대와 함께 움직였다. 이 용병 부대에는 상상할 수 있는 모든 인종이 포함되어 있었다. 예상할 수 있는 대로 유대인이 많은 것은 물론이고, 이두매인, 갈라디아인, 트라키아인, 게르만인, 골인, 심지어 궁수로서 최고로 일컬어지는 바빌로니아인도 있었다. 대패, 까뀌, 나무메, 망치, 못, 나사 등과 같은 평화로운 무기만 다루는 목수인 요셉은 그런 불한당 같은 사람들과 마주치자 두려움과 역겨움이 가슴 가득 치밀어 오르는 바람에 자연스럽게 행동을 할 수도, 진짜 감정을 위장할 수도 없다. 그는 계속 눈을 내리깔고 있다. 외려 주위를 마음껏 둘러보는 사람은 마리아, 몇 주 동안 이야기를 나눌 사람이라고는 여종밖에 없는 동굴에 갇혀 있던 마리아다. 그녀는 우아한 작은 턱을 당당하게 높이 치켜들고 있다. 그도 그럴 만한 것이 지금 그녀는 첫아이를 가슴에 안고 있기 때문이다. 한낱 여자이지만, 하나님과 남편에게 아이들을 낳아줄 수 있는 여자인 것이다. 그녀가 행복한 광채를 발산하자, 살결이 희고 눈이 파랗고 구레나룻을 길게 기르고 언제나 휘두를 수 있도록 무기를 움켜쥐고 있는 골 사람들이 이 가족을 보고 웃음을 짓는다. 첫아이를 안은 젊은 어머니의 모습에 그들의 잔인한 심장이 부드러워진 것이다. 그들은 세상의 이런 갱신에 웃음을 지으며 썩은 이를 드러낸다. 하지만 중요한 것은 생각 아닌가.

성전이 보인다. 우리가 지금 서 있는 아래쪽에서 가까운 거리에서 보니 현기증이 난다. 돌 위에 돌을 쌓은 산이다. 세상에 있는 힘으로는 그것을 다듬고 들어올리고 쌓고 맞추는 것이 가능하지 않을 것 같다. 그럼에도 성전은 모르타르도 없이 그들 자신의 무게로 함께 맞물려 있다. 온 세상이 건축용 돌토막이기라도 한 것처럼. 밑에서 보니 꼭대기의 돌림띠는 마치 하늘을 뜯어먹고 있는 것 같다. 또 하나의 바벨탑, 그러나 전과는 완전히 다른 바벨탑 같다. 바벨탑과 똑같이 파괴, 혼란, 유혈의 운명이 정해져 있지만, 하나님조차 어쩔 도리가 없을 것 같다. 목소리들이 물을 것이다, 왜. 틀림없이 답이 있다고 믿기 때문에 천 번이라도 그렇게 물을 것이다. 하지만 결국 목소리들은 사그라질 것이다. 그냥 입을 다무는 것이 낫기 때문이다. 요셉은 대상 숙박소의 동물들을 두는 곳에 나귀를 묶어두러 간다. 유월절을 비롯한 다른 종교 축제 기간에는 이곳이 너무 혼잡하여 낙타가 꼬리에서 파리를 털어낼 공간도 충분치 않다. 그러나 인구조사 마지막 날이 지나가고 여행자들이 집으로 돌아가니 한결 널찍해진 느낌이다. 게다가 이런 이른 시간에는 아무래도 좀 한갓진 편이다. 그러나 성전을 가운데 두고 사면의 주랑 벽으로 둘러싸인 이방인의 뜰은 사람들이 잔뜩 모여 있어 혼잡스럽다. 환전상, 새잡이, 양과 새끼염소를 거래하는 상인, 이런 저런 이유로 모인 순례자들,

헤롯왕이 지은 유명한 성전을 구경하고 싶은 호기심에 찾아든 수많은 외국인들이다. 하지만 뜰은 아주 넓어 건너편에 있는 사람들이 벌레만 해 보인다. 헤롯의 건축가들은 하나님의 눈으로 보면서, 전능하신 분의 존재 앞에서 인간이 얼마나 하찮은지 보여주고 싶었던 것 같다. 특히 그 인간이 이방인일 경우에는. 유대인의 경우 한가하게 산책을 나온 것이 아닐 경우에는 목표가 뜰의 중앙, 그들 세계의 중앙, 배꼽 중의 배꼽, 거룩한 곳 가운데 가장 거룩한 곳이다. 그곳이 이 목수 부부가 가는 곳이기도 하며, 지금 예수가 안겨서 가는 곳이기도 하다. 그전에 아버지는 성전의 청지기에게서 비둘기 두 마리를 샀다. 이런 종교적 거래를 독점하여 이득을 챙기는 사람에게 청지기라는 직함이 가당키나 하겠냐만. 가엾은 새들은 자신을 기다리는 운명을 까맣게 모르고 있다. 물론 공중에 떠도는 살과 그을린 깃털 냄새는 아무도 속이지 못한다. 하물며 희생으로 바쳐지기 위해 끌려오던 황소들이 겁에 질려 지려놓은 배설물과 피의 훨씬 강한 악취는 말할 것도 없다. 요셉은 못이 박힌 오목한 두 손바닥에 비둘기를 담고 있다. 가엾은 새들은 아무것도 모르고 만족스럽게 새장의 창살처럼 구부린 그의 손가락을 쪼고 있다. 새들은 이렇게 말하고 있는 것 같다, 우리는 새로 주인을 만나 행복해요. 그러나 마리아는 주위의 어떤 것에도 관심이 없고 오직 어린 아들만 보고 있다. 요셉의 살갗은 너무 거칠어서 두 비둘기가 다정하게 쪼는 것을 느끼거나 그 의미를 판독할 수 없다.

그들은 성전으로 들어가는 열세 개 입구 가운데 하나인 나무 대문으로 들어간다. 나무 대문 옆의 돌에는 그리스어와 라틴어로 글이 새겨져 있는데, 그것은 이런 내용이다, 이방인이 이 문지방과 성전을 둘러싼 난간을 넘어오는 것은 금지되어 있다, 위반자는 사형에 처한다. 요셉과 마리아는 예수를 안고 들어간다. 그들은 시간이 지나면 무사히 다시 나오겠지만, 우리가 알다시피 비둘기들은 마리아가 정화를 인정받고 승인받으려면 율법에 따라 죽임을 당해야 한다. 볼테르의 제자로서 풍자적인 정신이 투철하고 불경한 사람이라면 세상이 요 모양 요 꼴이다 보니 비둘기든, 양이든 다른 동물이든 아무 죄 없는 피조물을 희생으로 바쳐야만 정결이 유지될 수 있는 모양이라고 뻔한 소리를 한마디 지껄이고 싶은 유혹을 이기기 어려웠을 것이다. 요셉과 마리아는 열네 계단을 올라가 성전의 단에 이른다. 이곳이 여자의 뜰이며, 왼쪽에는 전례에 사용되는 기름과 포도주를 보관하는 창고가 있고, 오른쪽에는 나실인의 방이 있다. 나실인이란 레위 지파에 속하지 않은 사제들로, 이들은 머리를 자르지도, 술을 마시지도, 주검 옆에 가까이 가지도 못한다. 맞은편에 이 문을 마주 보는 문의 왼쪽과 오른쪽에 각각 방이 하나씩 있는데, 하나는 치료가 되었다고 믿는 나병 환자들이 사제가 와서 검진해 주기를 기다리는 곳이며, 또 하나는 나무를 보관하고 매일 확인하는 창고다. 썩거나 벌레 먹은 나무는 제단 불에 던질 수 없기 때문이다. 마리아는 이제 얼마 남지는 않았지만, 그래도 아름다운

문이라고도 알려진 니가노르 문까지 가는 반원형 계단 열다섯 개는 올라가야 한다. 하지만 거기서 멈출 것이다. 여자들은 그 문 너머에 있는 이스라엘인의 뜰에 들어갈 수 없기 때문이다. 입구에서는 레위 지파 사람들이 희생을 바치러 온 사람들을 맞이한다. 하지만 분위기는 별로 경건하지 않다. 당시에는 경건하다는 말이 다른 의미를 지니고 있었는지 몰라도. 타는 지방에서 피어오르는 연기나 새로 쏟아진 피와 향의 냄새 때문만은 아니다. 사람들이 외치는 소리, 도살을 기다리는 짐승들이 제각각 울부짖는 소리, 한때 노래를 할 수 있었던 새가 목이 쉬어 마지막으로 꽥꽥대는 소리 때문이기도 하다. 마리아는 기다리던 레위인에게 정화를 위해서 왔다고 말하고, 요셉은 비둘기를 건네준다. 마리아는 새들의 몸 위에 잠시 두 손을 올려놓는다. 레위인과 남편이 몸을 돌려 문으로 사라지기 전 마리아의 유일한 몸짓이다. 그녀는 요셉이 돌아올 때까지 꼼짝도 하지 않을 것이다. 길을 막지 않기 위해 옆으로 물러나 아들을 품에 안은 채 기다릴 것이다.

이스라엘인의 뜰 안에는 용광로와 도살장이 있다. 큼지막한 두 돌판에서 황소나 송아지 같은 큰 짐승을 죽인다. 양과 염소도 죽인다. 탁자들 옆에는 높은 기둥들이 서 있다. 기둥의 돌에 박힌 고리에는 짐승 주검을 걸어놓는다. 이곳에서는 백정들이 칼, 큰 칼, 도끼, 톱을 미친 듯이 휘두르는 장면을 볼 수 있다. 공기에는 목재와 그을린 가죽에서 피어오르는 연기 냄새, 피와 땀 냄새가 가득하다. 성자가 아니라면 이 장면을 보면서, 하나님이 스스로 주장하듯이 모든 인간과 짐승의 아버지라면 어떻게 이런 무시무시한 살육을 인정할 수 있는 것인지 이해하기 힘들 것이다. 요셉은 이스라엘인의 뜰과 사제의 뜰을 구분하는 난간 밖에서 기다려야 한다. 하지만 그곳에 서서도 높은 제단을 잘 볼 수 있다. 가장 키가 큰 사람의 키의 네 배나 되는 높이이기 때문이다. 또 그 너머의 성전 본당도 볼 수 있다. 이곳의 배치는 마치 중국식 상자 같아, 방으로 들어가면 다른 방이 나온다. 우리는 멀리서 건물을 보고 생각한다, 아, 성전이로구나. 그런 뒤에 이방인의 뜰로 들어가 다시 한 번 생각한다, 아, 성전이로구나. 이제 목수 요셉은 난간에 기대 위를 올려다보며 생각한다, 아, 성전이로구나. 그의 말이 맞다. 널찍한 전면이 보인다. 기둥 네 개가 벽에 박혀 있다. 기둥머리는 그리스 스타일로 월계수 잎으로 장식되어 있다. 크게 입을 벌린 입구에는 문짝이 달려 있지 않다. 그러나 하나님이 거하는 그 성전 중의 성전에 들어가는 것은 모든 금제에 도전하는 것이다. 헤레알이라고 부르는 성소를 통과하면 마침내 모든 방 가운데 마지막 방인 지성소 데비르에 들어가게 된다. 이곳은 우주처럼 텅 빈 무시무시한 방이다. 돌로 만든 이 방은 창문이 없어 무덤처럼 어둡다. 이곳에는 빛이 들어온 적이 없으며, 파괴되기 전에는, 모든 돌이 잡석 더미로 변하기 전에는 빛이 들어오지 않을 것이다. 하나님은 멀리 있을수록 더 거룩해진다. 반면 요셉은 수많은 유대인 아이 가운데 하나를 낳은 아버지에 불과할 뿐이다. 그는 이제 두 무고한 비둘기의 희생을 목격할 참이다. 물론 여기서 그는 아들이 아니라 아버지다. 비둘기와 마찬가지로 무구한 아들은 지금 어머니의 품에 안겨 있기 때문이다. 그의 나이에도 생각이라는 것이 가능하다면 아마, 세상이 늘 이 품과 같아야 하는데, 하고 생각할 것이다.

채석장에서 캐 와 이 거대한 건물에 설치한 이래로 연장을 대지 않은 육중한 돌판 제단 옆에서 아마포 튜닉을 입은 맨발의 사제가 레위인이 비둘기를 건네주기를 기다리고 있다. 사제는 첫 번째 비둘기를 제단 모퉁이로 가져가더니 단 한 방으로 머리를 몸에서 떼어낸다. 피가 사방으로 튄다. 사제는 피를 제단 하단에 뿌리고 목이 잘린 새를 접시에 놓아 나머지 피가 빠져나가게 한다. 날이 저물면 죽은 새를 가져갈 것이다. 이제 그 새는 그의 것이기 때문이다. 다른 비둘기는 몸 전체가 희생이 되는 영광을 입는다. 그 말은 다 타서 재가 된다는 뜻이다. 사제는 제단 꼭대기로 올라가는 경사로에 다가간다. 꼭대기에는 성스러운 불이 타고 있다. 사제는 제단의 오른쪽 가장자리에서 새의 머리를 잘라 네 모퉁이가 양의 뿔로 장식된 기초 위에 뿌리고 내장을 들어낸다. 아무도 벌어지는 일에 관심을 가지지 않는다. 이것은 중요하지 않은 죽음이기 때문이다. 요셉은 목을 길게 빼고 연기와 냄새들 가운데 자신의 희생물의 연기와 냄새를 가려내려 한다. 그때 사제가 새의 머리와 주검에 소금을 부어 불에 던진다. 요셉은 그것이 자기가 바친 제물인지 확인할 수가 없다. 지방을 연료 삼아 너울

거리는 불길 속에서 딱딱 소리를 내는, 내장이 빠지고 늘어진 작은 비둘기의 주검은 하나님의 이가 빠진 구멍 하나도 채우지 못할 것이다. 경사로 아래쪽에서는 사제 세 명이 기다리고 있다. 송아지 한 마리가 큰 칼을 맞고 땅에 푹 쓰러진다. 하나님, 오, 하나님, 당신은 우리를 얼마나 연약하게 만드셨는지요, 우리는 죽음 앞에서 얼마나 약한지요. 요셉은 여기서 더 할 일이 없다. 물러나 아내와 자식을 데리고 집으로 돌아가야 한다. 마리아는 다시 정결해졌다. 그러나 엄격한 의미에서 그렇다는 것은 아니다. 정결은 대부분의 인간, 특히 여자들이 이루기를 바랄 수 없는 것이기 때문이다. 다만 시간이 흘러 격리의 시기가 끝이 나고 그녀의 혈액과 체액이 안정되자 모든 것이 정상으로 돌아왔다는 것이다. 유일한 차이는 세상에 비둘기 두 마리가 줄었고, 아이가 한 명 늘어났다는 것이다. 물론 비둘기들은 그 아이 때문에 죽었다. 가족은 들어왔던 문으로 성전을 떠난다. 요셉은 나귀를 데리러 간다. 마리아는 커다란 돌 위에 올라서서 나귀 등에 올라탄다. 그동안 아이는 요셉이 안고 있다. 이런 일이 처음은 아니지만, 요셉은 예수를 아이 어머니에게 바로 건네지 못하고 머뭇거린다. 아마 비둘기 내장이 뽑히는 장면에 대한 기억 때문일 것이다. 어떤 팔도 자신의 팔만큼 아들을 보호할 수 없다고 믿기라도 하는 것 같다. 요셉은 처자식을 데리고 성문으로 갔다가 성전 건축 현장으로 돌아간다. 그는 내일도 이곳에 나와 일주일을 채울 것이다. 그런 다음 하나님의 뜻이라면, 서둘러 나사렛으로 돌아갈 것이다.

  그날 밤 선지자 미가는 이제까지 감추던 것을 드러냈다. 이제 괴로운 꿈에 체념한 헤롯왕은 유령이 평소처럼 시끄럽게 헛소리를 늘어놓은 뒤에 사라지기를 가만히 기다렸다. 이제 그런 헛소리는 그에게 별 영향을 주지 않았다. 그런데 이번에는 이 선지자의 무시무시한 형체가 갑자기 커지더니 전에 한 번도 한 적이 없는 이야기를 했다. 베들레헴아, 너는 유다 족속 중에 작을지라도 이스라엘을 다스릴 자가 네게서 나왔도다. 그 순간 왕은 잠을 깼다. 하프의 가장 낮은 현 소리처럼 선지자의 말이 방 안에서 계속 울려 퍼지고 있었다. 헤롯은 누운 채로 눈을 뜨고 이 계시의 의미를 헤아리려고 노력했다. 정말로 무슨 의미가 있는 것이라면. 그는 너무 생각에 골몰한 나머지 개미가 피부 밑을 갉아 먹는 것도, 벌레들이 내장에 굴을 뚫는 것도 느끼지 못했다. 그 예언은 유대인에게는 너무 익숙한 것이라, 헤롯이 모르는 새로운 사실을 드러내지는 않았다. 게다가 헤롯은 절대 선지자의 말 같은 것을 걱정하느라 시간을 낭비하는 사람이 아니었다. 그의 마음에 걸린 것은 막연한 불안, 곤혹스러운 낯선 느낌이었다. 마치 선지자의 말에 다른 의미가 있는 것 같았다. 그 음절과 소리의 어딘가에 절박하고 무시무시한 위협이 자리 잡고 있는 것 같았다. 그는 이런 강박감을 없애고 다시 잠을 자려 했지만 몸이 저항을 했다. 골수까지 아팠다. 그래도 생각을 하면 고통에서 약간 벗어날 수 있었다. 헤롯왕은 천장의 들보를 쳐다보았다. 불 가림막을 두른 향기가 나는 횃불 빛에 들보의 장식이 진동을 하는 듯했다. 왕은 답을 찾으려 했지만 찾을 수가 없었다. 이윽고 그는 침대 곁을 지키던 사람들 가운데 우두머리 내시를 불러, 즉시 성전에서 미가의 예언서를 들고 있는 제사장을 불러오라고 명령했다.

궁에서 성전으로 또 성전에서 궁으로 오고 가는 데 거의 한 시간이 걸렸다. 읽어라, 헤롯은 제사장이 왕의 침실로 들어오자 명령했다. 제사장은 읽기 시작했다, 유다의 왕들 요담과 아하스와 히스기야 시대에 모레셋 사람 미가에게 임한 여호와의 말씀, 곧 사마리아와 예루살렘에 관한 묵시라. 그는 계속 읽어나가다 잠시 멈추었다. 헤롯이 말했다, 더 읽어라. 제사장은 왜 자기를 불렀는지 몰라 어리둥절한 표정으로 다음 절을 읽어나갔다, 침상에서 죄를 꾀하고 악을 꾸미며, 날이 밝으면 손에 힘이 있다는 이유로 그 힘을 쓰는 자는 화 있을진저. 여기에서 제사장은 중단했다. 자신의 의사와 관계없이 나온 이 무례한 말 때문에 겁에 질린 것이다. 그는 아무 말도 못하고 헤롯이 방금 들은 말을 잊기만 바라다가 계속 읽어나갔다, 끝 날에 이르러서는 여호와의 성전의 산이 산들의 꼭대기에 굳게 서며. 어서 더 읽어라, 헤롯이 자신이 관심을 가지는 구절에 얼른 이르고자 안달을 하며 으르렁거렸다. 마침내 제사장이 그 구절에 이르렀다, 베들레헴 에브라다야, 너는 유다 족속 중에 작을지라도 이스라엘을 다스릴 자가 네게서 내게로 나올 것이라. 헤롯이 손을 들어 올렸다, 거기를 다시 읽어봐라. 제사장은 시키는 대로 했다. 한 번 더, 헤롯이 명령했다. 제사장은 그 구절을 한 번 더 읽었다. 됐다, 왕은 오랫동안 입을 다물고 있다가 말했다, 물러가라. 이제 모든 것이 분명해졌다. 예언서는 미래에 태어난다는 이야기를 했다. 그뿐이었다. 그러나 미가의 유령은 이미 태어났다고 그에게 경고를 하러 온 것이다. 당신 말은 모든 선지자의 말이 그렇듯이 분명하기 짝이 없군, 설사 우리가 형편없이 해석을 할 때에도 말이야. 헤롯은 생각하고 또 생각해 보았다. 그의 표정은 점점 잔혹하고 위험해졌다. 이윽고 헤롯은 경비대장을 불러 명령을 내리면서 당장 실행에 옮기라고 덧붙였다. 대장이 돌아와, 임무를 완수했습니다, 하고 보고하자, 헤롯은 날이 밝았을 때, 그러니까 불과 몇 시간 뒤에 이행할 다른 명령을 내렸다. 따라서 성전에 닿기도 전에 군인들에게 잔혹하게 살해된 제사장과는 달리 우리는 무슨 명령이 내려졌는지 이제 곧 알게 될 것이다. 제사장의 살해는 두 명령 가운데 첫 번째 명령이었다고 믿어도 좋을 것이다. 그럴듯한 원인과 논리적인 결과가 아주 바싹 붙어 있기 때문이다. 제사장이 죽으면서 미가의 예언서는 사라졌으니, 만일 그 예언서가 한 부밖에 없었다면 얼마나 큰 손실이었을지 상상해 보라.

요셉은 목수들 사이에 섞여 점심을 먹었다. 감독이 다시 일을 시작하라는 신호를 보내기까지 아직 시간이 좀 남았다. 요셉은 잠시 앉아 있을 수도 있고, 몸을 뻗고 잠을 자거나 행복한 생각에 잠겨 있을 수도 있었다. 자신이 끝없이 뻗은 길을 따라 사마리아의 언덕들 사이의 시골을 방랑한다고 상상해 볼 수도 있었다. 아니, 그보다 더 좋은 것은 높은 곳에 올라가 몹시도 그리운 나사렛 마을을 굽어본다고 상상하는 것이었다. 요셉은 속으로 고향과의 이 오랜 이별도 곧 끝이 날 거라고, 하늘에 샛별이 뜨기만 하면 우리 고향을 지켜주시고 우리 발걸음을 안내해 주시는 주를 찬양하는 노래를 부르며 길을 떠날 수 있을 것이라고 생각하자 영혼에 기쁨이 가득 차는 느낌이었다. 요셉은 깜짝 놀라 눈을 떴다. 깜빡 졸다가 감독의 신호를 놓친 것이나 아닌지 걱정이 되었기 때문이다. 그러나 잠깐 백일몽을 꾸었을 뿐, 동료들은 옆에 그대로 있었다. 몇 명은 잡담을 했고 몇 명은 낮잠을 잤다. 감독의 명랑한 분위기를 보아 어쩌면 일꾼들에게 하루의 나머지를 쉬게 해줄지도 모른다는 생각이 들었다. 해는 머리 꼭대기에 올라가 있었다. 빠른 질풍이 희생 장작불의 연기를 반대 방향으로 몰아갔다. 경기장을 짓는 현장이 내다보이는 이 협곡에서는 성전의 행상들이 지껄이는 소리조차 들리지 않는다. 시간이라는 기계마저 멈추어버린 듯하다. 그 기계 또한 우주의 공간과 시간의 막강한 감독자로부터 신호가 오기를 기다리고 있는 것일까. 요셉은 조금 전까지만 해도 아주 행복했는데 갑자기 불안해졌다. 주위를 둘러보자 낯익은 건축 현장이 보였다. 최근 몇 주 동안 익숙해진 곳이다. 돌판과 널빤지들. 어디에나 하얀 먼지가 두껍게 내려앉아 있었다. 톱밥은 영원히 마르지 않을 것 같았다. 요셉은 이 예기치 않은 우울의 이유를 찾아보려 했다. 어쩌면 일을 다 마치지 못한 채 떠나야만 하는 사람의 자연스러운 반응인지도 몰랐다. 이 일이 그의 책임이라고 할 수는 없었고, 그에게는 반드시 떠나야 할 이유가 있다 해도 마찬가지였다. 요셉은 일어서서 시간이 얼마나 남았는지 계산해 보려 했다. 감독은 그가 있는 쪽으로는 눈길 한번 주지 않았다. 그래서 요셉은 자신이 일하던 부분을 마지막으로 한번 보기로 했다. 말하자면 자신이 대패질을 한 목재와 자신이 맞춘 들보와 작별을 하려는 것이었다. 그것을 찾아낼 수 있을지는 알 수 없었지만. 사실, 이게 내가 만든 꿀이야, 하고 주장할 수 있는 벌이 어디 있겠는가.

요셉은 주위를 한참 둘러본 뒤 현장으로 돌아가다 발을 잠시 멈추고 건너편 비탈의 도시를 보며 감탄했다. 도시는 빵 색깔로 구운 돌로 계단식으로 지어져 있었다. 지금쯤이면 감독이 신호를 했을 것이다. 하지만 요셉은 서두르지 않았다. 그는 도시를 보며 뭔가를 막연하게 기다렸다. 몇 분이 지나도 아무런 일도 일어나지 않았다. 요셉은 혼잣말로 중얼거렸다, 흠, 다시 일을 하러 가야겠군. 그때 그가 서 있던 자리 아래에 난 좁은 길에서 목소리들이 들렸다. 돌담을 잡고 내려다보자 군인 세 명이 보였다. 길을 따라 걸어가다 잠시 발을 멈추고 쉬는 것 같았다. 두 명은 창에 몸을 기대고 세 번째 군인의 이야기를 듣고 있었다. 나이가 좀 들어 보이는 그 군인이 지휘자인 모양이었다. 물론 이들의 군복에 익숙하지 않아 서열을 표시하는 여러 기장, 줄무늬, 꼰 끈의 의미를 잘 알지 못하면 그 차이를 알기가 쉽지 않았지만. 간신히 요셉의 귀에까지 다가오는 그 말은 질문처럼 들렸다, 그게 언젠데. 그러자 젊은 군인 한 명이 좀 더 또렷한 목소리로 대답했다, 제 삼시가 시작될 때부터랍니다, 다 집 안에 있을 때. 다른 군인이 물었다, 몇 명이나 가는 건데. 대답이 들렸다, 저도 모릅니다만 마을을 둘러쌀 만큼은 가지 않겠습니까. 다 죽이라는 명령이 떨어진 거야. 아니오, 다는 아니고, 세 살 이하만이요. 두 살배기하고 네 살배기하고 쉽게 구별이 되나. 그게 몇 명이나 될까,

두 번째 군인이 궁금해했다. 지휘관이 대답했다, 인구조사에 따르면 스물다섯 명 정도 될 거야. 요셉의 눈이 귀보다 이 대화를 더 잘 이해한 듯 둥그렇게 커졌다. 머리에서 발끝까지 떨렸다. 군인 세 명은 사람을 죽이는 일을 이야기하는 것이 분명했기 때문이다. 사람, 어떤 사람, 요셉은 당황하고 괴로워 자문했다, 아니, 아니, 사람이 아니야, 아니지, 사람이야, 하지만 아이들이야. 세 살 이하의 아이들, 장교는 그렇게 말했다. 아니, 어쩌면 하급자가 한 말인지도 몰랐다. 어쨌든 이게 어디, 어디서 벌어지는 일일까. 그렇다고 담장 너머로 몸을 기대고 이렇게 물어볼 수는 없었다, 전쟁이 벌어지는 건가요. 식은땀이 흐르고 다리가 후들거렸다. 한 군인이 무거운 목소리로, 그러나 안도하며 하는 말이 들렸다, 우리가 베들레헴에 살지 않는다는 게 우리하고 우리 애들한테 얼마나 다행이야. 대체 왜 베들레헴 아이들을 죽이라는 건지 알아요, 한 군인이 물었다. 아니, 사령관이 아무 말도 안 하던데, 틀림없이 사령관도 모를 거야, 왕이 내린 명령이야, 우리야 그거만 알면 되지 뭐. 마치 운명을 나누었다가 묶듯이 창으로 땅바닥에 금을 그으면서 다른 군인이 말했다, 타고난 악을 행하는 것으로도 모자라 권력을 남용하는 자들을 위해 악의 도구가 되어야 하다니 우리도 참 비참해. 그러나 요셉은 이 말을 듣지 못했다. 그는 이야기를 듣던 곳에서 벗어나 처음에는 조심스럽게, 그러나 곧 미친 듯이, 겁먹은 유령처럼 내달았다. 사방으로 자갈이 튀었다. 요셉의 증언을 들을 수 없으니 안타깝지만, 우리는 이 정서의 적합성과 그것을 표현한 사람의 비천한 지위 사이의 명백한 모순 때문에 이 군인의 철학적인 발언의 진정성을 그 형식에서나 내용에서 의심할 수밖에 없다.

요셉은 제정신이 아니다. 모든 것에 부딪히고, 과일 상자와 새장을 뒤집고, 심지어 환전상의 탁자까지 뒤집지만, 성전 행상들의 성난 외침은 귀에 들어오지도 않는다. 오로지 아이의 생명이 위태롭다는 생각뿐이다. 도대체 누가 왜 이런 짓을 하고 싶어 하는지 상상이 되지 않는다. 요셉은 필사적이다. 그는 아이의 아버지가 되고자 했는데 이제 누군가 그 아이를 그에게서 빼앗아 가고 싶어한다. 하나의 욕망과 다른 욕망이 충돌하고 있다. 하고자 하는 욕망과 무로 돌리고자 하는 욕망, 묶고자 하는 욕망과 풀고자 하는 욕망, 창조하고자 하는 욕망과 파괴하고자 하는 욕망. 갑자기 요셉은 멈춘다. 그가 계속 이렇게 무모하게 내달았을 때 어떤 위험이 뒤따를지 깨달았기 때문이다. 성전 경비병들이 나타나 그를 체포할지도 모른다. 이런 소동을 벌였는데도 그들이 아직 출동하지 않은 것이 놀랍다. 요셉은 최대한 표정을 감춘다. 옷 솔기에 숨는 이처럼 군중 속으로 사라져 바로 익명의 존재가 되어버린다. 유일한 차이가 있다면 남들보다 조금 빨리 걷는다는 것이다. 하지만 사람들의 미로 속에서 그것은 거의 눈에 띄지 않는다. 요셉은 도시의 성문에 이르기 전에는 뛰면 안 된다는 것을 알고 있다. 하지만 군인들이 이미 가고 있을지도 모른다는 생각, 창, 검, 그리고 자극을 하지도 않았는데 생겨난 증오로 무장을 하고 가고 있을지도 모른다는 생각 때문에 괴롭다. 만일 군인들이 말을 타고 간다면 절대 그들을 따라잡지 못할 것이다. 그가 도착할 때면 아들은 이미 죽었을 것이다. 가엾은 아이, 어여쁜 예수. 이 깊디깊은 고뇌의 순간에 어리석은 생각 하나가 떠오른다. 임금, 이제 잃어버리게 생긴 일주일치 임금이 떠오른 것이다. 이런 치사한 물질적인 것들의 힘은 엄청나 요셉은 발을 멈추지는 않지만 속도는 늦춘다. 돈과 아이의 생명을 둘 다 구할 수는 없는지 생각해 보려는 것이다. 그러나 이 하찮은 생각은 떠오를 때와 마찬가지로 금세 사라져버린다. 자주, 그러나 충분하다 할 만큼 자주는 아니지만, 어쨌든 자주 우리의 가장 믿을 만한 수호천사 역할을 하는 감정인 수치감마저 전혀 남기지 않고 사라진다.

요셉은 마침내 도시에서 벗어난다. 그의 눈이 닿는 한, 도로에는 군인이 한 명도 없다. 군인들이 행진을 한다면 사람들이 모여 있을 텐데 그런 모습도 눈에 띄지 않는다. 무엇보다도 안심이 되는 것은 아이들이 늘 하던 놀이를 하며 놀고 있다는 것이다. 깃발, 북, 나팔이 지나갈 때처럼 거칠고 열광적인 모습을 보이지 않는다. 만일 이 길로 군인들이 지나갔다면 길에 남자아이들은 보이지 않을 것이다. 유서 깊은 관습대로 적어도 길의 첫 굽이까지는 군인들을 따라갔을 것이기 때문이다. 어쩌면 언젠가 군인이 되고 싶어 하던 한 아이는 그들이 임무를 수행하는 데까지 따라가 그를 기다리는 운명, 즉 죽이느냐 죽임을 당하느냐 하는 운명까지 알게 되었을지 모른다. 이제 요셉은 마음대로 달릴 수 있다. 그는 비탈을 이용한다. 튜닉이 거치적거리자 무릎 위로 걷어 올린다. 꿈에서처럼 다리가 나머지 몸을, 심장을, 머리를, 눈을, 아들을 보호하려고 내밀고 싶은 손을 따라주지 않는 괴로운 느낌에 시달린다. 다리는 고통스러울 정도로 움직임이 느리다. 어떤 사람들은 길을 가다 발을 멈추고 이 품위 없는 모습에 못마땅한 듯이 고개를 젓는다. 이들은 침착함과 고상한 태도로 유명한 사람들이기 때문이다. 그들은 눈에 보이는 요셉의 특이한 행동을 보며, 그것이 아이의 생명을 구하러 달려가기 때문이 아니라 갈릴리인이기 때문이라고, 그간 자주 관찰되었듯이 제대로 교육을 받지 못한 무리 가운데 하나이기 때문이라고 생각한다. 요셉은 이미 라헬의 무덤을 지나갔다. 이 선한 여인은 자식들 때문에 울고, 울부짖음과 탄식으로 근처의 산들을 덮고, 자신의 얼굴을 할퀴다가 머리카락을 쥐어뜯고, 그러다 드러난 두개골을 두드릴 일이 그렇게 많을 줄은 미처 몰랐을 것이다.

요셉은 베들레헴 외곽의 첫 집에 이르기 전에 도로에서 벗어나 들을 가로지른다. 지름길로 가는 겁니다, 우리가 이 갑작스러운 방향 전환에 관해 질문을 한다면 그는 그렇게 대답을 할 것이다. 물론 더 빠르기는 하지만 훨씬 불편한 길이다. 요셉은 들판에서 일하는 일꾼을 만나지 않으려고 조심하고, 목자를 볼 때마다 바위 뒤에 숨으면서 빙빙 돌아 이 시간에 그가 올 것이라고는 생각하지 않는 아내가 있고, 이 시간이든 언제든 그가 올 것이라는 생각 같은 것은 전혀 하지 않고 푹 잠들어 있는 아들이 있는 동굴을 향해 간다. 동굴의 어두운 구멍이 벌써 보이는, 마지막 언덕의 비탈을 반쯤 올라가다 요셉은 무시무시한 생각에 사로잡힌다. 아내가 아이를 데리고 마을에 갔다면. 여자가 어떤지 아는 사람이라면, 그녀가 혼자 있는 시간을 이용해 살로메나 최근 몇 주 동안 알게 된 몇몇 가족과 작별 인사를 하러 갔을지도 모른다고 당연히 생각을 하게 될 것이다. 동굴 주인에게 예의를 갖추어 감사하는 일은 요셉에게 맡겨두고 말이다. 요셉은 자신이 거리를 뛰어다니며 집집마다 문을 두드리는 모습이 눈에 선하다, 집사람이 여기 있나요. 불안한 표정으로 묻는 것은 어리석은 일일지도 모른다. 그가 제정신이 아닌 것을 보고 아이를 품에 안은 여자가, 무슨 일이 있나요, 하고 물어볼 경우에 대비하여, 우리 아들이 여기 있나요, 하고 물어보는 것이 더 낫다. 아뇨, 아무 일도, 요셉은 그렇게 대답할 것이다, 아무 일도 없습니다, 동이 틀 때 출발하기로 했는데, 아직 짐을 안 싸서요. 여기서 보니 똑같은 지붕 테라스를 갖춘 집들이 모여 있는 마을은 건축 현장 비슷하다. 건축 현장 사방에 흩어져 있는 돌들 같다. 일꾼들은 그것을 모아 하나의 돌 위에 다른 돌을 쌓아 감시탑이나 어떤 승리를 기념할 오벨리스크나 통곡의 벽을 세운다. 멀리서 개 한 마리가 짖자 다른 개들도 화답을 한다. 그것 말고는 따뜻한 저녁의 정적이 계속 마을 위에 감돌고 있다. 마치 곧 효력을 잃어버릴 잊힌 축복처럼, 곧 사라질 흐릿한 구름처럼.

이런 휴지기는 오래가지 않았다. 목수는 마지막으로 힘을 쏟아 동굴 입구까지 달려가 소리쳤다, 마리아, 있어. 마리아는 소리쳐 대답을 했다. 요셉은 다리가 후들거리는 것을 깨달았다. 아마 뜀박질 때문이겠지만, 아이가 안전하다는 것을 확인한 안도감 때문일 수도 있었다. 동굴 안에서 마리아는 저녁에 먹을 야채를 썰고 있고 아이는 구유에서 자고 있었다. 요셉은 지쳐서 바닥에 쓰러졌지만 바로 다시 일어났다, 떠나야 돼, 여기서 벗어나야 돼. 마리아는 놀라서 요셉을 보았다, 떠난다고요. 그래, 지금 당장. 하지만 당신이. 입 다물고 짐 싸, 나는 나귀를 준비할 테니까. 먼저 먹어야 하는 거 아닌가요. 아니, 가는 길에 뭐든 먹을 거야. 하지만 곧 어두워져서 길을 잃을지도 모르는데. 그 순간 요셉은 성질을 냈다, 조용히 해, 이 여자야, 떠난다고 했잖아, 그러니까 내가 하란 대로 해. 마리아의 눈에서 눈물이 솟았다. 남편이 그녀에게 목소리를 높인 것은 이번이 처음이었다. 그녀는 두말하지 않고 얼마 안 되는 소유물을 모으기 시작했다. 얼른, 얼른, 남편은 나귀에게 안장을 얹고 띠를 조이고 뭐든 손에 잡히는 대로 바구니에 집어넣으면서 계속 재촉했다. 마리아는 멍하니 그런 남편을 보았다. 평소의 남편 같지가 않았다. 이제 떠날 준비가 되었다. 이제 남은 유일한 일은 흙을 덮어 불을 끄는 것이었다. 요셉은 바깥을 살필 테니 기다리라고 신호를 했다. 잿빛 어둠이 하늘과 땅을 합쳤다. 해는 아직 지지 않았지만 높이 자리 잡은 짙은 안개가 주위의 들판은 가리지 못하면서도 들판으로 오는 햇빛은 가리고 있었다. 요셉은 조심스럽게 귀를 기울이고 몇 발을 내디뎠다. 머리카락이 곤두섰다. 마을에서 비명이 들렸다. 너무 날카로워 인간에게서 나온 소리 같지가 않았다. 그 메아리가 산에서 산으로 울려퍼졌다. 다시 비명들이 들리고 우는 소리가 들렸다. 어디에서나 들을 수 있었다. 인간의 불행을 탄식하는 천사들의 울음이 아니었다. 텅 빈 하늘 아래서 슬픔에 제정신이 아닌 남자와 여자 들이 내는 목소리였다. 요셉은 자기가 움직이는 소리가 들릴까 두려워 천천히 동굴로 물러서다 마리아와 부딪혔다. 마리아가 그의 경고를 무시하고 밖으로 나오고 있었던 것이다. 마리아는 머리에서 발끝까지 부들부들 떨고 있었다. 무슨 비명이에요, 마리아가 물었다. 그러나 요셉은 대답 없이 마리아를 동굴 안으로 밀더니 서둘러 불에 흙을 끼얹었다. 저게 무슨 비명이에요, 마리아가 어둠 속에서 목소리로만 두 번째 물었다. 요셉이 마침내 대답을 했다, 사람들이 죽임을 당하고 있어. 요셉은 말을 끊었다가 작은 소리로 덧붙였다. 애들이, 헤롯의 명령으로. 그의 목소리가 끊어지면서 마른 흐느낌이 터져 나왔다, 그래서 내가 떠나야 한다고 말한 거야. 옷이 바스락거리면서 건초를 헤집는 소리가 들렸다. 마리아가 구유에서 아이를 들어올려 가슴에 꼭 안았다, 우리 예쁜 아기 예수, 누가 너를 해치고 싶어 하겠니, 그녀의 말을 눈물이 삼켜버렸다. 조용히 해, 요셉이 말했다, 소리 내지 마. 군인들이 이곳은 찾지 못할지도 몰라, 베들레헴에 있는 세 살 아래 아이는 다 죽이라는 명령을 받았대. 당신은 어떻게 알았어요. 성전에서 우연히 들었어, 그래서 달려온 거야. 이제 어쩌죠. 우리는 마을 변두리에 있어, 군인들이 이 동굴들까지 와보지는 않을 거야, 집집마다 수색을 하라는 명령을 받았거든, 그러니 누가 우리를 신고하지 않기만 바라자고, 그러면 우린 안전할 거야. 요셉은 다시 밖을 조심스럽게 내다보았다. 비명은 멈추었다. 이제 합창으로 울어대는 소리만 들렸는데, 그나마 점차 잦아들었다. 무고한 아이들의 살육이 끝난 것이다. 하늘은 여전히 흐렸다. 밀려오는 어둠과 머리 위의 안개 때문에 하늘에 사는 존재들의 눈에 베들레헴은 지워져 있었다. 요셉이 마리아에게 주의를 주었다, 여기서 움직이지 마, 나는 길에 나가 군인들이 갔나 확인할게. 조심하세요, 마리아가 말했다. 남편은 위험하지 않다는 것, 세 살 아래 아이들만 위험하다는 것을 잊고 있었다. 물론 누군가 그를 배신할 목적으로 길에 나가 군인들한테 이렇게 말한다면 사정이 다르지만, 이 사람은 요셉입니다, 목수지요, 이 사람 아이도 아직 세 살이 안 됐습니다, 예수라는 남자아이죠, 그 아이가 예언에 나온 그 아이일지도 모릅니다, 우리 애들은 이제 죽은 목숨이 되어 영광을 기대할 수 없는 운명이니까요. 동굴 안에서는 어둠이 손에 만져질 것 같았다. 늘 어둠을 두려워하던 마리아는 집 안에 불을 밝혀두는 데 익숙했다. 그 불은 노일 수도 있고 기름등잔일 수도 있고 양쪽 다일 수도 있었다. 그녀는 어둠의 손가락들이 쭉 뻗어나와 입술을 만지고 가슴에 공포를 채울 것이라는 느낌에 사로잡히곤 했다. 지금은 땅속에 숨어 있기 때문에 그런 느낌이 더 강했다. 그녀는 동굴을 떠나는 것이 남편의 말에 복종하지 않는 것이고 아이를 위험에 빠뜨리는 일임을 알았지만, 시간이 갈수록 공포가 심해졌다. 당장이라도 공포가 상식의 약하디약한 방어 체계를 압도할 것 같았다. 속으로, 불을 끄기 전에 동굴에 아무것도 없었다면 이제 와서 뭐가 있겠어, 하고 중얼거렸지만 소용이 없었다. 그래도 그런 생각을 한 덕분에 구유까지 더듬어 나갈 용기를 낼 수 있었다. 마리아는 그곳에 아이를 두고 조심스럽게 주변을 기어다니다가 불이 있던 곳을 찾아냈다. 장작으로 재를 쑤셔대자 아직 완전히 죽지 않은 깜부기불 몇 개가 나타났다. 그녀는 산마루를 쏜살같이 넘어가는 횃불처럼 십자 모양으로 번쩍이며 떨리는 불빛을 보자 환한 땅을 기억하며 두려움도 잊어버렸다. 그 순간 거지의 모습이 떠올랐다. 그러나 어서 이 무시무시한 동굴 안에 빛을 더 만들어내야 한다는 다급한 마음에 그 모습을 옆으로 밀어냈다. 마리아는 손으로 더듬어 구유에서 지푸라기 몇 개를 가져왔다. 그녀는 바닥의 희미한 빛의 안내를 받아 곧 구석의 기름등잔에 불을 밝힐 수 있었다. 등잔은 바깥의 어떤 사람의 관심도 끌지 않으면서 근처 벽에 마음을 다독이는 창백한 불빛을 던졌다. 마리아는 아이에게 갔다. 아이는 두려움도 근심도 폭력적인 죽음도 모르고 계속 자고 있었다. 마리아는 아이를 품에 안고 등잔 옆에 앉아 기다렸다. 시간이 흘렀다. 아이가 잠을 깨고 눈을 완전히 뜨지도 않았는데, 마리아는 아이가 곧 울 것임을 알고 모성 본능에 따라 튜닉을 헤쳐 아이의 욕심내는 입에 젖을 물렸다. 예수가 어머니 젖을 빨고 있을 때 발소리가 들렸다. 마리아는 심장이 멎는 줄 알았다. 군인들일까. 하지만 한 사람 발소리였다. 군인은 수색을 할 때 최소한 둘씩은 짝을 지어 다닌다. 그래야 한 사람이 공격을 당하더라도 다른 사람이 도울 수 있기 때문이다. 요셉일 거야, 마리아는 생각했다. 등잔을 켰다고 야단을 칠까 봐 더럭 겁이 났다. 발소리가 가까워졌다. 요셉이 동굴로 들어오고 있었다. 마리아는 갑자기 등줄기가 오싹했다. 저건 요셉의 발소리가 아니야. 너무 묵직했다. 어쩌면 하룻밤 잠자리를 구하는 떠돌이 일꾼일지도 몰랐다. 전에도 두 번 그런 일이 있었다. 하지만 두 번 다 마리아는 두렵지 않았다. 아무리 무정하고 잔인한 사람이라 해도 아이를 품에 안은 여자를 해치지는 않을 것이라고 생각했기 때문이다. 그 순간 마리아는 베들레헴에서 살육당한 아기들을 생각했다. 아마 몇 명은 지금 예수가 안겨 있는 것처럼 어머니 품에 안겨 있었을 것이다. 아무 죄 없는 아기들이 생명의 젖을 빨고 있을 때 검이 그 연약한 살을 꿰뚫었을 것이다. 하지만 그 살인자들은 군인이었지 방랑자가 아니었다. 그래, 요셉이 아니었다. 혼자만 공을 세울 기회를 노리는 군인도 아니었다. 일이나 정처가 없이 떠도는 일꾼도 아니었다. 거지로 나타나 자신이 천사라고 주장한, 하지만 천국에서 왔는지 지옥에서 왔는지 밝히지는 않은 그 남자였다. 이번에도 목자로 변장을 하고 나타났다. 처음에 마리아는 그 사람일

리 없다고 생각했다. 하지만 이내 다른 사람일 수가 없음을 깨달았다.

천사가 말했다, 평화가 그대와 함께하기를, 요셉의 부인이여, 평화가 그대의 아이와 함께하기를, 둘이 이 동굴에서 쉴 곳을 찾은 것이 얼마나 다행스러운 일인지 모르겠소, 이곳이 아니라면 둘 가운데 한 명은 부서져서 죽었을 것이고, 또 한 명은 살아는 있으나 부서진 것이나 다름없었을 것이기 때문이오. 마리아가 그에게 말했다, 살려달라는 외침을 들었어요. 천사가 말했다, 지금은 듣기만 했지만, 언젠가 저 외침들이 그대의 이름으로 하늘에 올라갈 거요, 그리고 그전에도 그대는 그대 곁에서 수많은 외침을 듣게 될 거요. 마리아가 천사에게 말했다, 남편은 군인들이 갔는지 보러 길에 나섰어요, 남편이 돌아와서 댁이 여기 있는 걸 보면 안 돼요. 천사가 말했다, 걱정 마시오, 남편이 오기 전에 갈 거요, 나는 그저 그대가 나를 앞으로 한동안 보지 못할 것이라는 말, 하늘에서 선포된 일은 모두 그대로 일어났으며, 이 죽음들은 요셉의 죄만큼이나 불가피했다는 말을 하러 왔을 뿐이오. 마리아가 물었다, 무슨 죄요, 제 남편은 죄를 지은 적이 없어요, 그이는 정직한 사람이에요. 천사가 말했다, 죄를 저지른 정직한 사람이지요, 과거에 얼마나 많은 정직한 사람들이 죄를 저질렀는지 그대는 모를 거요, 그들이 저지른 죄는 헤아릴 수 없이 많소, 일반적인 생각과는 달리 이것들이야말로 유일하게 용서를 받을 수 없는 죄요. 마리아가 물었다, 제 남편이 무슨 죄를 저지른 건가요. 천사가 대답했다, 내가 그 이야기를 해야 하나, 남편의 죄책감을 나누어 갖고 싶지 않을 텐데. 마리아가 말했다, 저는 죄가 없다고 맹세해요. 천사가 말했다, 맹세야 자유지만, 내 앞에서 한 맹세는 한 줌의 바람 같아 자기가 어디로 가는지도 모르지. 마리아가 애원했다, 우리가 무슨 죄를 저질렀다는 거예요. 천사가 대답했다, 헤롯의 잔혹성 때문에 저 검들이 칼집에서 나왔소, 하지만 피해자들의 손과 발을 묶은 줄은 그대들의 이기심과 겁이오. 마리아가 물었다, 제가 도대체 무슨 짓을 했다는 거예요. 천사가 마리아에게 말했다, 그대는 아무것도 할 수 없었겠지, 너무 늦게 알았으니까, 하지만 목수는 할 수 있는 일이 있었소, 목수는 마을 사람들에게 가서 군인들이 아이들을 죽이러 온다고 알릴 수 있었지, 그랬다면 아직 시간이 있었으니까 부모들이 아이들을 데리고 피신할 수 있었을 거요, 예를 들어 광야에 숨을 수도 있었을 테고, 이집트로 달아나 헤롯이 죽기를 기다릴 수도 있었겠지, 어차피 헤롯의 목숨은 얼마 안 남았으니까. 마리아가 말했다, 요셉은 아무 생각이 없었어요. 천사가 반박했다, 맞소, 목수는 아무 생각이 없었지, 하지만 그게 변명이 될 수는 없소. 마리아가 눈물을 흘리며 애원했다, 댁은 천사이시니, 그이를 용서해 주세요. 천사가 대답했다, 나는 사면을 해주는 천사가 아니오. 마리아가 호소했다, 그이를 용서해 주세요. 천사는 흔들리지 않았다, 이미 말했소, 이 죄에는 용서가 없소, 헤롯이 그대의 남편보다 먼저 용서를 받을 거요, 의무를 저버린

자보다는 악당을 용서하는 것이 더 쉬우니까. 마리아가 물었다, 우리는 어째야 하죠. 천사가 그녀에게 말했다, 다른 모든 사람과 똑같이 살고 괴로워하겠지. 마리아가 물었다, 제 아들은 어떻게 되나요. 천사가 말했다, 아버지의 죄는 자식들의 머리 위에 떨어지지, 요셉의 죄의 그림자가 이미 아들의 이마를 어둡게 덮고 있소. 마리아는 한숨을 쉬었다, 비참한 신세네요. 그렇소, 천사가 말했다, 게다가 어떻게 해볼 도리도 없소. 마리아는 머리를 숙이고, 아이를 약속된 악으로부터 보호하려는 듯이 가슴에 바싹 끌어안았다. 마리아가 다시 몸을 돌렸을 때 천사는 사라지고 없었다. 그러나 이번에는 발소리가 들리지 않았다. 날아갔나 봐, 마리아는 속으로 그렇게 생각했다. 마리아는 일어서서 동굴 입구로 가 천사가 하늘을 난 자취가 있는지, 요셉이 근처에 와서 기척이 나지나 않는지 살폈다. 안개는 걷혔다. 첫 별들이 쇠붙이처럼 반짝였다. 마을에서는 여전히 우는 소리가 들렸다. 그 순간 영적인 자만이나 다름없는 뻔뻔스러운 생각 때문에 천사의 어두운 경고가 사라지면서 마리아는 현기증을 느꼈다. 혹시 내 아들이 구원을 받은 것은 하나님이 보여주신 표적이 아닐까. 죽어간 다른 많은 아이들이 하나님에게 직접, 왜 우리를 죽이셨나요, 하고 물어보고 무엇이든 하나님이 주는 대답으로 만족할 기회를 기다리는 것 외에는 달리 아무런 일도 할 수 없었던 상황에서 이 아이가 잔혹한 죽음을 피했다는 것에는 뭔가 의미가 있을 것이 틀림없었다. 그러나 마리아의 망상은 곧 지나갔다. 갑자기 자기도 베들레헴의 다른 어머니들과 마찬가지로 죽은 아이를 안고 있을지 모른다는 생각이 들었다. 그녀는 자신의 영혼의 복락과 구원을 위해 많은 눈물을 쏟았다. 그녀는 그가 다가오는 소리를 들었지만 움직이지 않았다. 자신을 책망한다 해도 상관없었다. 그녀는 지금 다른 여자들과 함께 울고 있었다. 모두 원을 그리고 앉아 무릎에 올려놓은 자식이 부활하기를 기다리고 있었다. 요셉은 그녀가 우는 것을 보았고, 이해했고, 아무 말도 하지 않았다.

요셉은 동굴 안으로 들어갔지만 기름등잔이 타고 있는 것을 보지 못한 것 같았다. 이제 깜부기불 위에는 고운 재가 한 층 덮여 있었다. 하지만 중심에서는 여전히 희미하게 깜빡거리는 불길이 살아남으려고 안간힘을 쓰고 있었다. 요셉은 나귀의 짐을 내리며 마리아를 안심시켰다. 이제 위험하지 않아, 군인들은 사라졌어, 여기서 밤을 보내도 될 것 같아, 동이 트기 전에 떠나면 돼, 큰길을 피해 지름길로 가자고, 도로가 없는 데라도 다른 길을 찾을 수 있을 거야. 마리아가 중얼거렸다, 그 모든 죽은 아이들. 그 말에 요셉은 발끈하여 무뚝뚝하게 물었다, 당신이 어떻게 알아, 세어봤어. 마리아가 말을 이어갔다. 내가 아는 애들도 몇 명 있어요. 당신 아들의 목숨을 살릴 수 있었던 걸 하나님한테 감사해야 돼. 그럴 거예요. 그러면 내가 무슨 죄라도 지은 것처럼 노려보지 마. 노려보지 않았어요. 그렇게 야단치는 목소리로 말대꾸하지 마. 알았어요, 아무 말도 하지 않을게요. 좋아. 요셉은 나귀를 구유에 묶었다. 구유 안에는 아직 건초가 조금 남아 있었다. 나귀는 불평을 하지 않는다. 꼴을 많이 먹었고 신선한 바람도 쐬었다. 배가 고프지 않다. 짐을 잔뜩 싣고 돌아가야 하는 긴 여행에 대비하고 있을 뿐이다. 마리아가 아이를 내려놓으며 말했다, 불을 피울게요. 뭐 하러. 저녁 준비를 해야죠. 여기에서 불을 피우고 싶지 않아. 지나가는 사람들 눈길을 끌게 되잖아, 뭐든 불이 필요 없는 걸로 먹자고. 그래서 그들은 그렇게 먹었다.

등잔불 빛 때문에 동굴의 거주자 넷은 유령처럼 보였다. 나귀는 조각상처럼 꼼짝도 하지 않았다. 코는 밀짚 속에 처박고 있었지만 먹지는 않았다. 아이는 자고 있었다. 남편과 아내는 마른 무화과 몇 개로 허기를 달래고 있었다. 마리아는 모랫바닥에 매트를 펴고 그 위에 이불을 덮은 다음, 평소와 마찬가지로 남편이 눕기를 기다렸다. 요셉은 잠자리에 들기 전에 밤하늘을 보러 다시 나갔다. 하늘과 땅이 모두 평화로웠다. 마을에서는 이제 울음이나 탄식이 들리지 않았다. 라헬은 이제 문과 영혼이 꽉 닫힌 집들 안에서 한숨을 쉬며 흐느낄 힘밖에 남지 않았다. 요셉은 매트 위에 몸을 뻗었다. 걱정과 공포의 뒤끝이라 몸에 기운이 하나도 없었다. 자신이 미친 듯이 달려온 덕분에 아들의 목숨을 구할 수 있었다는 이야기조차 할 수 없었다. 군인들은, 베들레헴의 아이들을 죽여라, 하는 명령을 그대로 이행했을 뿐, 스스로 나서서 근처의 동굴을 뒤져 거기 숨어 있거나 사는 가족을 수색하든가 하는 일은 하지 않았다. 보통 요셉은 자신이 잠든 후에야 마리아가 잠자리에 드는 것을 두고 뭐라고 하지 않았다. 하지만 오늘 밤만큼은 그녀가 슬픔에 잠겨 자신이 누워 자는 모습을 지켜볼 것이라고 생각하니 견딜 수가 없었다. 요셉이 마리아에게 말했다, 앉아서 기다리지 말고 와서 자. 마리아는 이의를 제기하지 않았다. 평소처럼 나귀가 제대로 묶여 있는지 확인하고 나서 한숨을 쉬며 매트에 누워 눈을 감고 잠이 오기를 기다렸다. 한밤중에 요셉은 꿈을 꾸었다. 말을 타고 마을로 들어가는 도로를 가고 있는데, 첫 번째 집이 시야에 들어왔다. 요셉은 군복을 입고 검, 창, 단검으로 무장하고 있었다. 군인 중의 군인이었다. 지휘관이 그에게 물었다, 지금 어디로 가고 있는 건가, 목수. 요셉은 자신에게 맡겨진 임무를 수행할 준비를 완전히 갖춘 것이 자랑스러워 대답했다, 베들레헴으로 아들을 죽이러 가는 길입니다. 요셉은 그 말을 하다가 무시무시하게 으르렁거리는 소리를 내며 잠을 깼다. 공포 때문에 몸이 꿈틀거리고 비틀렸다. 마리아가 깜짝 놀라서 물었다, 왜 그래요, 무슨 일이에요. 요셉은 몸을 부들부들 떨며 계속 되풀이했다, 안 돼, 안 돼, 안 돼. 갑자기 요셉은 가슴이 몹시 쓰라린 듯이 흐느끼기 시작했다. 마리아는 일어나 앉아 등잔을 가져와 그의 얼굴 가까이 들이댔다. 어디 아파요, 마리아가 물었다. 요셉은 두 손으로 얼굴을 가리고 소리쳤다, 그 등잔 어서 치우지 못해, 이 여자야. 요셉은 계속 흐느끼며 구유로 가서 아이가 안전한지 살폈다. 아이는 잘 있습니다, 요셉 선생님, 걱정 마세요, 사실 아이는 전혀 성가시게 굴지 않지요, 착하고 조용해요, 그냥 먹여주고 재워주기만 바랄 뿐이에요. 아이는 여기서 평화롭기 짝이 없는 모습으로 자고 있어요. 자신이 기적적으로 피한 무시무시한 죽음을 까맣게 모르는 채로 말이에요. 생각해 보세요. 자신에게 생명을 준 아버지에게 죽임을 당한다는 걸 말이에요. 죽음이 우리 모두를 기다리는 운명이라 해도, 죽는 방법은 여러 가지가 있잖아요. 요셉은 꿈이 돌아올까 두려워 다시 눕지 못했다. 요셉은 망토를 몸에 두르고 동굴 입구에 앉았다. 머리 위로 내민 바위가 자연스럽게 현관을 이루고 있었다. 위의 달은 입구 위로 검은 그림자를 드리우고 있었다. 안에 있는 기름등잔의 희미한 불로는 그 그림자를 흩어버릴 수 없었다. 만일 헤롯 자신이 노예들에게 실려 지나갔다면, 피에 굶주린 이방인 군대의 호위를 받으며 지나갔다면, 그는 그들에게 차분하게 말했을 것이다. 여기는 수색할 필요 없다. 계속 가라. 여기에는 돌과 그림자밖에 없다. 우리가 원하는 건 갓난아기들의 말랑말랑한 살이다. 꿈을 생각하는 것만으로도 요셉은 몸이 부르르 떨렸다. 도대체 그 꿈은 무슨 뜻일까. 하늘이 증언해 줄 수 있겠지만, 그는 자식을 구하려고 그 비탈을, 그때도 있었는지 몰라도, 비아 돌로로사(고난의 길이라는 뜻-옮긴이)를 미친 사람처럼 달려 내려왔다. 또 바위와 담을 서둘러 올라갔다. 하지만 꿈에서 그는 살인을 하려는 악마였다. 꿈에는 항상적인 것이 없다고 우리에게 일깨워주는 그 격언은 얼마나 지혜로운 것인지. 이것은 사탄이 꾸민 일이 틀림없어, 요셉은 결론을 내리며 악한 영들을 쫓아내는 몸짓을 했다. 보이지 않는 새가 날카롭게 지저귀는 소리가 허공을 채웠다. 어쩌면 목자의 휘파람인지도 몰랐다. 하지만 설마 이런 시간에. 양떼는 다 잠들고 개들만 경계를 서고 있는데. 하지만 모든 살아 있는 생물로부터 멀어져 차분한 밤은 우리가 우주에서 연상하는 가장 높은 수준의 무관심을 보여주었다. 아니면 또 하나의 절대적 무관심, 공허의 무관심이라고 할 수도 있을 터인데, 만일 모든 것이 성취되었을 때도 공허라는 것이 있다면 그 무관심도 그대로 남아 있을 것이다. 밤은 세상을 지배하는 것으로 보이는 의미와 이성적 질서를 완전히 무시해 버렸다. 그런 순간이면 우리는 여전히 세상이 우리와 우리의 광기를 품어준다고 믿게 된다. 무시무시한 꿈은 비현실적이고 터무니없이 자라나다가, 밤과 빛나는 달과 구유에서 잠든 아이의 존재에 의해 흩어졌다. 요셉은 잠을 깼으며 이제 여느 사람과 마찬가지로 자기 자신과 자신의 생각을 지배할 수 있었다. 그의 생각은 이제 자비롭고 평화로웠다. 그러나 여전히 극악무도한 짓을 할 수도 있었다. 예를 들어 자신의 사랑하는 자식이 수많은 무고한 아이들을 죽인 군인들의 검을 피했다는 것을 틀림없이 그들이 알지 못했거나 태만했기 때문일 텐데, 어쨌든 피했다는 것을 하나님한테 감사한다든가. 목수 요셉 위로 내린 밤은 베들레헴의 아이 어머니들 위에도 내린다. 그러나 아이의 아버지들, 그리고 심지어 마리아조차 잠시 잊어버린다. 그들은 어떤 알 수 없는 이유 때문에 여기에서는 중요한 존재가 아니기 때문이다. 몇 시간이 조용히 지나갔다. 첫 빛에 요셉은 일어나 나귀에게 짐을 실었다. 하늘이 밝아지기 전의 마지막 달빛을 이용하여 온 가족, 예수와 마리아와 요셉은 갈릴리를 향해 출발했다.

그날 아침 여종 살로메는 아기 둘이 죽은 주인집에서 몰래 빠져나와 동굴로 달려갔다. 자신이 세상에 나오도록 도와준 아이에게도 똑같은 슬픈 운명이 닥쳤을 것이라고 확신했기 때문이다. 그러나 그곳에는 아무도 없었다. 발자국과 나귀의 발굽 자국밖에 없었다. 재 밑에는 죽어가는 깜부기불이 있었지만 핏자국은 없었다. 갔구나, 그녀는 말했다, 아기 예수는 이 첫 죽음을 피했구나.

많은 위험에도 불구하고 요셉이 가족과 함께 나사렛으로 무사히, 아, 당나귀는 무사하지 못해 오른쪽 발굽을 약간 절었는데, 어쨌든 요셉이 무사히 나사렛으로 돌아온 행복한 날로부터 여덟 달이 지났을 때 헤롯왕이 여리고에서 죽었다는 소식이 들렸다. 여리고에는 헤롯왕이 병에 걸린 약한 사람들에게는 가혹한 예루살렘의 겨울을 피해 찾는 궁 가운데 하나가 있었다. 막강한 군주가 사라졌기 때문에 왕국은 집안싸움과 파괴에서 살아남은 세 아들이 나누어 갖는다는 소문이 있었다. 헤롯 빌립은 갈릴리 동쪽의 영토를 다스리고, 헤롯 안디바는 갈릴리와 베레아를 상속받고, 아켈라오는 유대, 사마리아, 이두매를 다스린다는 것이었다. 언젠가 지나가는 노새몰이꾼 가운데 진짜든 허구든 이야기를 하는 데 재주가 있는 사람이 나사렛 사람들에게 헤롯의 장례식을 자기가 직접 봤다면서 생생하게 묘사해 줄 것이다. 순금으로 만들고 안에 귀한 돌들을 박아 넣은 웅장한 관에 안치된 시신은 금박을 입히고 자주색 천을 깔고 하얀 황소 두 마리가 끄는 마차로 옮겼지요. 시신 또한 자주색 천으로 덮어놓았기 때문에, 눈에 보이는 것은 머리가 있는 부분에 관을 쓴 인간 형체뿐이었어요. 피리를 부는 악사와 직업적 조객들이 관 뒤를 따랐지요. 그 사람들은 엄청난 악취를 피할 수가 없었어요. 길가에 서 있는 나조차도 구역질이 났으니까 말이에요. 그 뒤에 말을 탄 왕의 경호대가 왔고, 그 뒤에는 마치 전쟁에 나가듯이 창, 검, 단검으로 무장한 보병들이 따라왔어요. 마치 머리도 꼬리도 눈에 보이지 않는 무시무시한 뱀이 지나가는 것처럼 끝도 없는 행렬이 구불구불 기어갔어요. 나는 겁에 질려 주검 뒤를 따라 행군하는, 동시에 자신의 죽음, 조만간 모든 사람의 문을 두드리는 그 죽음을 향해 나아가는 군인들을 지켜봤어요. 떠나야 할 시간이야, 곧 왕에게든 신하에게든 죽음의 그런 명령이 떨어지겠지요. 행렬 맨 앞에서 썩어가는 몸과 뒤에서 군대 전체가 일으키는 먼지 때문에 목이 막히는 사람들을 차별하지 않고 말이에요. 다들 아직은 살아 있었지만, 앞으로 영원히 있게 될 곳을 향해 가고 있었지요. 이 노새 몰이꾼은 나귀를 몰고 이스라엘의 길을 따라 다니며 냄새나는 대상 숙박소에서 잠을 자고 나사렛의 이런 시골뜨기들에게 이야기나 해주는 것보다는 어디 아카데미의 코린트식 기둥머리 밑을 거니는 아리스토텔레스학파 학자 노릇을 하는 것이 더 편안했을 것이다.

회당 앞의 광장에 모인 사람들 가운데는 요셉도 있었다. 우연히 지나가다가 발을 멈추고 그 이야기에 귀를 기울이게 된 것이다. 그는 장례 행렬의 자세한 묘사에는 주의를 기울이지 않았다. 그리고 시인이 만가조(挽歌調)를 띠기 시작하자 관심을 잃었다. 엄혹한 경험 때문에 이 목수는 하프의 그 현의 울림에 무척 민감해진 것이다. 그의 얼굴을 한번 살펴보기만 하면 알 수 있었다. 그는 엄숙하고 사려 깊은 태도로 젊음을 감추어 침착해 보였으며, 흉터보다 깊은 주름은 쓸쓸한 느낌을 자아냈다. 하지만 요셉의 얼굴에서 정말로 불온한 곳은 눈이다. 불면증 때문에 깜빡이는 아주 작은 빛을 제외하면 둔감하고 표정도 없다. 실제로 요셉은 잠을 거의 자지 못한다. 잠은 그가 매일 밤 자신의 목숨을 놓고 맞서 싸우는 적이다. 이긴 것처럼 보일 때, 완전한 피로 때문에 잠에 떨어질 때조차, 눈을 감는 순간 도로에 작은 무리의 군인들이 나타나고 만다. 요셉도 그 군인들 가운데 한 명이다. 가끔 머리 위로 검을 휘두르기도 한다. 바로 그 순간, 공포가 그를 압도하는 순간, 부대장이 묻는다, 지금 어디로 가고 있는 건가, 목수. 이 가엾은 남자는 말을 하지 않으려고 온 힘을 다해 저항한다. 그러나 꿈의 악한 영들은 힘이 너무 세다. 그들이 강철 같은 손으로 그의 입을 강제로 벌리면, 요셉은 절망에 사로잡힌 채 눈물을 흘리며 고백한다, 베들레헴으로 아들을 죽이러 가는 길입니다. 우리는 요셉에게 헤롯의 주검을 싣고 가는 마차를 끄는 황소가 몇 마리였는지, 흰 황소였는지 얼룩이였는지 기억나느냐고 묻지 않을 것이다. 집으로 가는 길에 그의 머릿속을 맴도는 것은 노새 몰이꾼의 이야기의 마지막 대목뿐이다. 이 사람은 행렬을 따라가는 많은 사람들, 노예, 군인, 왕의 경비병, 직업적 조객, 악사, 총독, 왕자, 미래의 왕, 그리고 우리 나머지 전체, 우리가 누구인지는 몰라도, 어쨌든 이 모든 사람이 살면서 하는 일은 영원히 머물 곳을 찾는 일밖에 없다고 말했다. 제발 그렇기만 하다면, 요셉은 모든 희망을 버린 사람의 쓸쓸한 목소리로 속으로 그렇게 중얼거린다. 그렇기만 하다면, 그는 속으로 되풀이한다. 그러면서 자신이 태어난 곳을 한 번도 떠난 적이 없지만 죽음이 잊지 않고 찾아온 모든 사람들을 생각한다. 이것은 진짜로 확실한 것은 죽을 운명뿐임을 증명해 준다. 참으로 쉽군요, 사랑하는 하나님, 그냥 인생의 모든 것이 이루어지기를 기다렸다가 이렇게 말만 하면 되는군요, 운명이었다. 헤롯은 여리고에서 죽어 마차로 헤로디온 요새로 옮겨질 운명이었다. 하지만 죽음은 베들레헴의 아기들에게 어딘가로 옮겨 갈 필요를 덜어주었다. 그리고 처음에는 그 거룩하고 무고한 아이들을 구하고자 하는 어떤 성스러운 계획의 일부로 보였던 요셉의 여행은 쓸모없는 것이 되고 말았다. 목수는 귀를 기울여 들었으나 아무 말도 하지 않았다. 그는 다른 아이들은 그들의 무시무시한 운명에 맡겨두고 자기 자식을 구하러 달려갔다. 따라서 이제 우리는 왜 요셉이 잠을 이루지 못하는지 안다. 잠을 자더라도, 흥분한 상태에서 깨어나 꿈을 잊는 것을 허락해 주지 않는 현실과 마주칠 뿐이기 때문이다. 깨어나더라도 매일 밤 그의 잠을 찾아오는 똑같은 꿈을 꾸기 때문이다. 잠을 잘 때면 필사적으로 피하려고 노력해도 그 꿈을 다시 만나게 될 것임을 알기 때문이다. 그 꿈은 잠과 깸 사이의 문턱 위에 맴돌고 있는데, 그는 들어갈 때나 나올 때나 그 문턱을 지나지 않을 수 없기 때문이다. 이런 혼란은 가책이라고 정의하는 것이 좋을 듯하다. 하지만 인간의 경험과 소통 과정은 오랜 세월에 걸쳐 많은 정의들이 착각임을 보여주었다. 언어의 효력이 상실되는 지점을 보여준 것이다. 언어 장애의 상황과 비슷하다. 사랑이라고 말하려고 하지만 그 말을 입 밖에 낼 수 없는 경우와 같다. 아니, 말할 수 있는 혀는 있지만 사랑을 이룰 수는 없는 경우라고 하는 것이 더 낫으려나.

마리아는 다시 임신을 했다. 이번에는 거지로 가장한 천사가 와서 문을 두드리며 아이가 태어날 것이라고 알려주지 않았다. 갑작스러운 질풍이 나사렛의 고지를 쓸고 가지도 않았다. 땅에서 빛나는 흙이 발견되지도 않았다. 마리아는 요셉에게 가장 간단한 말로 소식을 전했다, 저 애 가졌어요. 예를 들어 마리아는 요셉에게 이렇게 말하지 않았다, 내 눈을 들여다 봐요, 우리 둘째 아이가 거기서 빛나고 있는 걸 보세요. 이번에는 요셉도 이렇게 대답하지 않았다, 내가 그걸 몰랐다고 생각하지 마, 당신이 말해 주기를 기다리고 있었을 뿐이야. 요셉은 그냥 들었다. 그는 한동안 잠자코 있다가 마침내 입을 열었다, 그래. 그러더니 무관심한 표정으로 대패질을 계속했다. 우리는 그의 생각이 다른 데 가 있다는 것을 알고 있다. 마리아도 알고 있다. 남편이 혼자 묻어두고 있던 비밀을 불쑥 내뱉었으나 그녀는 별로 놀라지 않았던 그 괴로운 날 밤 이후로 이런 일을 예상하고 있었던 것이다. 천사가 동굴에서 그러지 않았던가, 그대는 그대 주위에서 수많은 외침을 듣게 될 거요. 착한 아내라면 남편에게 이렇게 말했을 것이다, 안달하지 말아요, 이미 끝난 일이에요, 게다가 당신의 첫 번째 의무는 당신 자식을 구하는 것이었어요. 하지만 마리아는 변했고, 이제 그녀는 사람들이 보통 좋은 아내라고 부를 수 있는 여자가 아니다. 어쩌면 천사가 아무도 배제하지 않는 그 심각한 말을 하는 것을 들었기 때문인지도 몰랐다, 나는 사면을 해주는 천사가 아니오. 마리아가 요셉과 이런 깊은 문제를 이야기하는 것이 허락되었다면, 요셉은 성서를 워낙 잘 알고 있었기 때문에 갑자기 나타나 자기는 사면을 해주지 않는다고 선언한 이 천사의 본성에 관해 생각해 보았을 것이다. 사실 천사의 그 말은 불필요해 보인다. 사면의 권한은 하나님에게만 있다는 것을 모두가 알고 있기 때문이다. 따라서 일개 천사가 사면을 해줄 수 없다고 말하는 것은 아무런 의미가 없는 것이거나 너무 많은 의미가 담긴 것이다. 아마 심판의 천사라면 이렇게 외칠 것이다, 그대는 내가 그대를 용서해 줄 것이라고 기대하는 것이냐, 얼마나 어리석은 생각이냐, 나는 용서하러 온 것이 아니라 벌을 주러 왔을 뿐이다. 그러나 주께서 우리의 첫 조상, 또는 그들의 후손인 우리가 돌아가 열매를 훔치지 못하도록 생명의 나무로 가는 길을 지키라고 세워둔 화염검을 든 그 케루빔을 제외하면 우리가 말하고 있는 천사들은 그 정의상 억압의 강요, 사회적으로 필요하기는 하지만 부도덕한 행위인 그런 강요를 위임 받은 자경단원이 아니다. 천사들은 우리 삶을 편하게 해주려고 존재한다. 그들은 우리가 우물에 빠지려 할 때 보호해 주고, 절벽에 걸쳐진 다리를 건널 때 도와주고, 고삐 풀린 말이 끄는 마차나 브레이크 없는 자동차에 치일 위험이 있을 때 우리를 안전한 쪽으로 잡아당겨 준다. 천사라는 이름값을 하는 존재라면 그냥 베들레헴의 아버지들의 꿈에 나타나, 헤롯이 아기를 찾아 죽이려 하니 일어나 아기와 그의 어머니를 데리고 이집트로 피하여 내가 말할 때까지 거기 있으시오, 하고 말을 해서 요셉에게서 이런 고통을 면해 주었을 것이다. 그렇게 했다면 아이들을 모두 구할 수 있었을 것 아닌가. 예수는 부모와 함께 동굴에 숨었을 것이고, 다른 아이들은 이집트로 가서, 같은 천사가 나타나 아버지에게, 일어나 아기와 그의 어머니를 데리고 이스라엘 땅으로 가시오, 아기의 목숨을 찾던 자들이 죽었소, 할 때까지 거기에 그대로 있었을 것이다. 그 말을 들은 뒤에 아이들은 다시 집으로 돌아와 나중에 정해진 때에 죽음을 맞이했을 것이다. 아무리 힘이 있다 해도, 하나님과 마찬가지로 천사에게도 한계가 있는 것이니까 그런 죽음까지 막아주지는 못했겠지. 요셉은 한참 생각을 한 뒤에, 동굴에 나타난 천사가 지옥의 존재라는 결론, 이번에는 목자로 변장하고 나타난 사탄의 대리인이라는 결론에 이르렀을지도 모른다. 그리고 이 사건을 여자들은 약하고 속기 쉬워 타락한 천사에 의해 쉽게 타락할 수 있다는 것을 보여주는 또 하나의 증거라고 생각했을지도 모른다. 만일 마리아가 말을 할 수 있다면, 비밀을 간직하는 것을 덜 좋아하여 그 이상한 수태고지의 자세한 내용을 드러낸다면 상황이 달라지겠지만, 요셉은 다른 논거를 끌어들여 자신의 이론을 뒷받침할 것이다. 가장 중요한 것은 이 이른바 천사가, 나는 주의 천사요, 또는 나는 주의 이름으로 왔다, 하는 말을 하지 않았다는 사실일 것이다. 그는 단지, 나는 천사요, 하고 말한 다음에 조심스럽게, 다른 누가 알까 봐 걱정하는 것처럼, 이 일은 혼자만 알고 계시오, 하고 덧붙였다. 어떤 사람들은 너무나 익숙한 이야기를 우리가 이해하는 데 이런 세부 사항이 새로운 것을 전혀 보태주지 않는다고 주장할지 모르지만, 이 서술자의 입장에서는, 과거와 미래의 사건들을 해석할 때 이 천사가 하늘에서 왔느냐 아니면 지옥에서 왔느냐를 아는 것이 핵심적이다. 빛의 천사와 어둠의 천사 사이에는 형태만이 아니라 본질, 실질, 내용의 차이도 있기 때문이며, 누구든 전자를 창조한 존재가 후자도 창조한 것이 맞기는 하지만, 그 존재는 그 후에 자신의 잘못을 고치려는 시도를 했기 때문이다.

이유는 다르지만 마리아도 요셉과 마찬가지로 종종 다른

데 정신을 팔고 있는 듯한 표정이다. 표정이 텅 비어버리고, 두 손은 어떤 일을 하다 말고 딱 멈추고, 행동이 갑자기 중단되고, 먼 곳을 물끄러미 바라본다. 그녀와 같은 몸 상태에 있는 여자라면 별로 놀랄 일이 아니지만, 그녀의 마음을 사로잡고 있는 여러 생각들을 보면 그렇다고 할 수 없다. 그 생각들은 다음과 같은 질문으로 요약할 수 있다, 왜 천사가 예수의 출생은 알려주었으면서, 두 번째 아이 때는 아무 말이 없었을까. 마리아는 첫아이가 그 나이 때 아이들이 다 그러듯이 네 발로 기어다니는 모습을 본다. 마리아는 그 아이를 살펴보며 특별한 점, 어떤 표시나 표적을 찾아보려 한다. 이마의 별이라든가, 여섯 번째 손가락이라든가. 하지만 다른 여느 아이와 똑같아 보일 뿐이다. 침을 질질 흘리고, 금방 더러워지고, 빽빽 울어대고. 유일한 차이가 있다면 이 아이는 그녀의 아들이라는 것이다. 머리는 부모의 머리와 마찬가지로 검다. 홍채는 흔히 부정확하게 우유 같다고 말하는 희끄무레한 색조가 이미 사라지고, 타고난 색깔을 띠어간다. 짙은 갈색에서, 이렇게 색깔을 묘사할 수 있는지 모르지만 칙칙한 녹색으로 바뀌어간다. 하지만 이런 특징은 특별할 것이 없다. 그것이 우리 아이의 특징일 때만, 이 경우에는 마리아의 아기일 때만 의미가 있다. 이제 몇 주 안에 예수는 처음으로 일어서서 걸으려고 시도할 것이다. 그러다 헤아릴 수 없이 엎어질 것이다. 엎드린 채 말끄러미 바라볼 것이다. 어머니가, 이리 와, 이리 와, 아가야, 하는 말을 들으며 어렵게 고개를 쳐들 것이다. 그리고 말을 하고 싶은 충동을 느끼기 시작할 것이다. 목에서 소리가 형성될 것이다. 처음에는 그것을 어떻게 처리할지 모를 것이다. 그것을 자신이 이미 알고 있는 소리들과 섞어서 꿀럭꿀럭 하는 소리나 울음소리 같은 소리를 내다가 마침내 지금과는 다른 더 의도적인 방법으로 소리를 나누어야 한다는 것을 깨닫기 시작할 것이다. 아버지와 어머니처럼 입술을 움직이다가 마침내 첫 단어를 발음하게 될 것이다. 아마도, 빠, 빠빠, 아빠일 것이다. 아니면 엄마가 될 수도 있다. 어쨌든 그 뒤에 아기 예수는 어머니나 이웃이 수도 없이, 암탉이 어디에 알을 낳니, 하고 물을 때마다 오른손 검지를 왼손 손바닥에 찌를 필요가 없을 것이다. 이것은 인간이 받아들여야 하는 모욕들 가운데 하나일 뿐이다. 애완용 개처럼 어떤 소리, 목소리, 휘파람, 채찍에 반응하도록 훈련을 받는 것이니까. 이제 예수는 암탉이 그의 손바닥에 낳지만 않는다면 자기 마음대로 어디에나 낳을 수 있다고 대답하게 될 것이다. 마리아는 어린 아들을 보며 한숨을 쉰다. 천사가 다시 나타날 것 같지 않아 낙담한 것이다. 그대는 나를 앞으로 한동안 보지 못할 거요, 천사는 그렇게 말했다. 만일 지금 천사가 나타난다면 전처럼 기가 죽지 않을 텐데, 답을 해줄 때까지 계속 질문을 해댈 텐데. 마리아는 이미 어머니이고 둘째 아이도 낳을 예정이기 때문에 이제 순한 양이 아니다. 그녀 나름으로 대가를 지불하면서 고통, 위험, 걱정이 무슨 말인지 배웠다. 이제 그런 경험을 바탕으로 그녀는 저울을 자신에게 유리하게 쉽게 기울일 수 있다. 그대가 지금 머리를 뉠 곳이 없는 나를 보듯이, 그대의 자식을 보는 일이 없도록 주께서 지켜주시기를, 하는 대답으로 끝낼 수는 없을 것이다. 우선 천사는 주의 이름으로 말한다고 하는데 그 주가 누구인지 밝혀야 할 것이다. 둘째, 머리를 뉠 곳이 없다고 말할 때 그 말이 진실임을 믿게 해주어야 할 것이다. 거지 역할을 할 때만 그렇다는 뜻이 아니라면 천사에게 그런 일은 있을 수 없으니까. 셋째, 그 어둡고 위협적인 말들이 그녀의 아들에게 어떤 미래를 예고하는 것인지 밝혀야 할 것이다. 마지막으로 문 옆에 묻은 빛나는 흙을 둘러싼 수수께끼가 무엇인지 밝혀야 할 것이다. 그들이 베들레헴에서 돌아와보니 그곳에서 이상한 식물이 자라고 있었다. 줄기와 잎뿐이었다. 그들은 뿌리째 뽑아버리려 하다가 없애는 것을 포기했다. 뽑으면 더 힘차게 다시 나타났기 때문이다. 회당의 두 장로 삭개오와 도단이 그 현상을 조사하러 왔다. 그들은 식물학에 관해 아는 것이 거의 없었지만, 씨앗이 그 신비한 흙 속에 있다가 딱 맞는 순간에 싹이 나온 것이 틀림없다고 합의를 보았다. 삭개오도 말했듯이, 그것이 생명의 주가 정한 법칙이었다. 마리아는 이 고집스러운 식물에 익숙해지자, 그 덕분에 집이 명절을 맞은 듯한 느낌이 난다고 생각했다. 반면 요셉은 계속 수상쩍어하면서 작업대를 그 식물이 보이지 않는 다른 곳으로 옮겼다. 요셉은 그것을 도끼와 톱으로 자르기도 하고, 그 위에 끓는 물을 붓기도 하고, 심지어 줄기 주위에 잉걸불을 뿌리기도 했다. 그럼에도 요셉은 미신 때문에 삽을 가져다 그렇게 문제를 일으키는 빛나는 흙을 퍼내는 일은 하지 못했다. 이런 상황에서 그들의 둘째 아들 야고보가 태어났다.

그 후 몇 년 동안 이 가족에게는 별 변화가 없었다. 딸 둘을 포함하여 아이들이 더 태어났고, 부모들은 젊음의 마지막 자취를 잃었다. 마리아의 경우에 그것은 놀라운 일이 아니었다. 아이를 낳는 일이 여자가 가진 싱싱함과 아름다움을 서서히 짜내 얼굴과 몸을 늙고 시들게 한다는 것을 우리도 알기 때문인데, 그녀는 실제로 아이를 많이 낳았던 것이다. 야고보 다음에 리사, 리사 다음에 요셉, 요셉 다음에 유다, 유다 다음에 시몬, 다음에 리디아, 다음에 유스도, 다음에 사무엘이 태어났다는 말로 충분할 것이다. 더 태어났는지 모르지만, 그들은 흔적을 남기지 않고 죽었다. 옛말에도 있듯이 자식들은 부모의 자랑이요 기쁨이다. 마리아도 만족한 모습을 보이려고 최선을 다했지만, 그녀의 힘을 탐욕스럽게 빨아먹는 그 열매들을 몇 달 동안 계속 지니고 있다 보면 짜증을 내고 화를 내는 일이 잦아질 수밖에 없었다. 하지만 그 시절에는 요셉을 탓할 생각은 하지도 못했다. 하물며 자신의 피조물의 생명과 죽음을 관장하고 우리 머리카락까지 센다고 장담하는 전능하신 하나님을 탓할 수는 없었다. 요셉은 실용적인 기초 사항 외에는 자식을 낳는 과정을 거의 이해하지 못했다. 그 기초 사항이란 모든 수수께끼를 한 가지 사실로 압축했다. 즉, 남자와 여자가 함께하면 남자는 여자를 임신시킬 가능성이 높으며,

아홉 달, 또는 드문 경우지만 일곱 달 뒤면 아이가 태어난다는 것이다. 아주 작고 눈에 보이지 않는 남자의 씨앗은 여자의 자궁 안에 방출되어, 하나님이 자신이 창조한 세상에 계속 살게 하려고 선택한 새로운 존재를 그곳으로 옮긴다. 그러나 가끔 제대로 안 되기도 한다. 씨앗을 자궁 안에 전달한다고 해서 늘 아이가 창조되는 것은 아니라는 사실은 신의 계획의 불가해함을 보여주는 또 하나의 증거다. 형의 과부에게 자식들을 주는 것을 거부한 죄로 주에게서 죽음이라는 벌을 받은 불행한 오난이 사용한 방법대로 씨앗을 땅에 쏟으면 여자가 임신을 할 가능성을 완전히 배제할 수 있다. 한편 누군가가 말했듯이, 주전자는 되풀이하여 물이 바닥날 때까지 계속 샘에 가다가 마침내 텅 빈 채로 돌아온다. 아브라함이 그 나이에 생산을 할 수 있었던 것은 작은 씨앗 안에 이삭을 넣은 것이 분명히 하나님이기 때문이다. 또 그 씨앗을 자식을 잉태할 수 있는 시기를 지난 사라의 자궁 안에 쏟아 넣은 것도 하나님이기 때문이다. 모든 것이 신으로부터 유래한다는 입장에서 보자면, 우리는 요셉이 계속 마리아와 교접을 하도록 자극한 것이 하나님 자신이라고 결론을 내려도 이 세계와 다른 모든 세계의 만물을 관장하는 논리를 해치지 않는다고 말할 수 있다. 그렇게 해서 요셉이 많은 자식을 낳게 하여, 결과를 생각하지 않고 베들레헴의 그 무고한 아이들의 학살을 허락한 또는 계획한 이후로 하나님을 괴롭혀온 가책을 더는 데 도움을 얻으려는 것이다. 하지만 가장 이상한 일, 주의 길이 불가사의할 뿐 아니라 혼란을 주기도 한다는 사실을 보여주는 일은 요셉이 더 많은 자식들을 낳아 헤롯의 군인들이 죽인 아이들을 보충하여, 다음 인구조사에서는 수가 채워지도록 열심히 노력하는 것이야말로 정말로 자신의 생각에 따라 행동하는 것임과 동시에 하나님의 뜻에 순종하는 것이라고 믿었다는 점이다. 하나님의 가책과 요셉의 가책은 똑같은 것이었다. 그 시절 사람들이 하나님은 결코 자지 않는다는 표현에 이미 익숙해 있는지 몰라도, 우리는 이제 하나님이 결코 자지 않는 이유는 그가 어떤 사람도 용서할 수 없는 실수를 저질렀기 때문임을 안다. 요셉이 아이를 낳을 때마다 하나님은 고개를 약간씩 들지만, 절대 완전히 들지는 못할 것이다. 베들레헴에서는 아기가 스물일곱 명 학살당했지만, 요셉은 한 여자에게 그렇게 많은 아이를 임신시킬 만큼 오래 살지 않았기 때문이며, 몸과 영혼이 완전히 지친 마리아는 절대 그런 많은 임신을 감당할 수 없었을 것이기 때문이다. 목수의 집과 뜰은 아이가 가득하지만 사실 텅 빈 것이나 마찬가지였다.

  요셉의 아들은 다섯 살이 되자 학교에 다니기 시작했다. 매일 아침 어머니는 아이를 회당에 데려가 초보자를 가르치는 집사에게 맡기고 왔다. 이 회당 겸 교실에서 예수를 비롯한 나사렛의 열 살 이하의 어린 소년들은, 황소는 축사에서 기르듯이 아이는 토라 안에서 가르쳐야 한다, 라는 지혜로운 자의 가르침을 준수했다. 수업은 제육시에 끝이 났는데, 지금 같으면 정오라고 할 수 있을 것이다. 마리아는 아이를 기다리고 있었다. 그러나 이 가엾은 여인은 아들한테 무엇을 배우느냐고 묻는 것도 허락되지 않았다. 그런 단순한 권리도 주어지지 않았던 것이다. 지혜로운 자의 격언은, 율법을 여자들에게 맡기느니 차라리 불 속에 던지는 것이 낫다, 라고 단정적으로 말하고 있기 때문이다. 게다가 혹시라도 예수가 이미 이 세상에서 어머니를 포함한 여자들의 진짜 지위를 배웠다면, 예수는 어머니한테 엉뚱한 대답, 누구라도 아주 하찮은 존재로 만들어버리는 대답을 할 수도 있었을 것이다, 예를 들어 헤롯을 보세요, 헤롯은 그 부와 권력에도 불구하고, 지금 우리가 그를 본다면, 우리는 심지어, 이 사람이 죽어서 썩고 있구나, 하고 말할 수도 없을 거예요, 그는 곰팡이, 먼지, 뼈, 더러운 넝마에 불과하기 때문이죠. 예수가 집에 도착하자 아버지가 그에게 물었다, 오늘은 뭘 배웠니. 예수는 뛰어난 기억력의 축복을 받았기 때문에 잠시도 망설이지 않고 그날 배운 것을 한마디도 빼놓지 않고 되풀이했다. 우선 아이들은 자음과 모음을 배웠다. 그다음에 가장 중요한 단어들을 배웠다. 마지막으로 토라의 문장과 구절 전체를 배웠다. 토라를 외울 때는 요셉도 거들어, 오른손으로 박자를 맞추며 천천히 고개를 끄덕였다. 마리아는 옆에 서서 구경을 하며 자신이 물어보는 것이 금지된 것을 배웠다. 여자들 쪽에서 보자면 영리한 전략이었으며, 오랜 세월에 걸쳐 실행에 옮겨지면서 완벽하게 다듬어진 것이었다. 그들은 배우는 것이 금지되어 있었지만 듣다 보면 모든 것을 배웠다. 높은 수준의 지혜라 할 수 있는, 거짓과 진실의 차이도 배웠다. 하지만 마리아가 이해하지 못하는 것, 또는 완전히 이해하지는 못하는 것은 남편과 예수 사이의 신비한 유대였다. 물론 처음 보는 사람이라 해도 자신의 첫아들과 이야기를 하는 요셉의 얼굴에서 뭔가를 동경하는 듯한 부드럽고 서글픈 표정을 알아볼 수는 있었다. 그는 마치 속으로, 나의 이 사랑하는 아들이 내 슬픔이구나, 하고 생각하는 것 같았다. 마리아가 아는 것이라고는 요셉의 악몽이 영혼에 내린 천벌처럼 집요하게 달라붙어 있다는 것, 이제는 너무 자주 나타나는 바람에 오른쪽으로 모로 누워 자거나 한밤중에 갈증을 느끼며 깨는 것과 마찬가지로 습관이 되었다는 것이었다. 마리아는 의무를 아는 선한 아내로서 여전히 남편 걱정을 했다. 그러나 그녀에게 가장 중요한 것은 아들이 건강하게 살아 있는 모습을 보는 것이었다. 그것이야말로 요셉의 죄가 그렇게 심각한 것은 아니라는 표적이었다. 만일 심각한 죄였다면 주님은 버릇대로 무자비하게 그를 벌했을 것이기 때문이다. 파산하고 나병에 걸린 욥을 보라. 그는 언제나 정직하고 곧고 하나님을 두려워하는 사람이었다. 욥의 불행은 자기도 모르는 사이에 사탄과 하나님 사이에 논쟁을 유발했다는 것이었다. 사탄과 하나님은 자신의 생각과 특권을 집요하게 고수했다. 하지만 그들은 한 사람이 절망에 빠져 이렇게 외치자 놀랐다, 내가 태어나던 날이 차라리 사라져버렸더라면, 남자아이를 배었다고 좋아하던 그 밤도 망해 버렸더라면, 그 밤이 흑암에 사로잡혔더라면, 아예 날 수와 달 수에도 들지 않았더라면, 아, 그 밤이 아무도 잉태하지 못하는 밤이었더라면, 아무도 기쁨의 소리를 낼 수 없는 밤이었더라면. 하나님이 자신이 가져간 것을 두 배로 갚아주는 식으로 욥에게 보상을 해준 것은 사실이지만, 욥과는 달리 성서에 자기 이름을 단 기록이 남지 않은 다른 모든 사람들은 어쩔 것인가. 모든 것을 빼앗기고 아무것도 되돌려받지 못한 사람들, 모든 것을 약속 받았으나 지켜지는 것을 하나도 보지 못한 사람들은 어쩔 것인가. 그러나 이 목수의 집에서 삶은 평화로웠다. 아무리 검박한 생활을 한다 해도 식탁에는 늘 빵이 있었고, 몸과 영혼을 함께 유지해 줄 음식이 있었다. 소유의 문제에서 요셉과 욥의 딱 한 가지 공통점은 아들의 수였다. 욥에게는 아들 일곱 딸 셋이 있었으며, 요셉에게는 아들 일곱 딸 둘이 있었다. 요셉이 여자 하나를 세상에 덜 들여놓는 공을 세운 셈이다. 그러나 하나님이 소유를 두 배로 늘려주기 전에 욥은 이미 양 칠천 마리, 낙타 삼천 마리, 소 오백 쌍, 암나귀 오백 마리가 있었고, 종도 수도 없이 많았다. 반면 요셉은 나귀 한 마리밖에 없었다. 그리고 두 입을 먹이다가 세 번째 입을 먹이는 것, 비록 첫해에는 간접적으로 먹이기는 하지만, 어쨌든 그런 것하고 성장하면서 음식이 점점 많이 필요한 아이들이 집안 가득 들어차는 상황을 짊어지고 가는 것은 완전히 다르다. 요셉은 벌이가 시원치 않아 도제를 고용할 수 없었기 때문에 당연히 아이들에게 일을 시킬 수밖에 없었다. 게다가 이것은 아버지의 의무이기도 했다. 탈무드는, 사람은 자식들을 먹이듯이 일하는 것도 가르쳐야 하며, 그렇지 않으면 아들을 아무 쓸모없는 인간으로 만든다, 하고 말하고 있기 때문이다. 장인(匠人)이 절대 위대한 학자보다 못하다고 생각하지 말라는 랍비들의 가르침을 기억한다면, 우리는 요셉이 커나가는 자식들에게 차례차례, 우선 예수, 그다음에는 야고보, 그다음에는 요셉, 그다음에는 유다에게 목수 일의 은밀한 기술을 가르치기 시작할 때 얼마나 자랑스러워했을지 상상할 수 있다. 그러면서 그는 늘 오래된 속담을 염두에 두었을 것이다, 아이의 봉사는 적지만, 그것을 경멸하는 자는 큰 바보다. 요셉이 점심을 먹고 일을 다시 시작하면 아들들은 아버지를 도왔다. 이것은 가정 관리의 좋은 예이며, 미래 세대들을 위하여 목수들의 큰 왕조를 확립하는 방법이었다. 물론 하나님이 그의 지혜로 다른 운명을 정해 두었다면 이야기가 다르지만.

칠십 년 이상 히브리 민족에게 준 수모도 뻔뻔스러울 정도로 오만한 제국의 양에는 차지 않았는지, 로마는 헤롯의 왕국이 나뉘었다는 것을 구실로 이전의 인구조사를 갱신하기로 결정했다. 그러나 이번에는 출신지에 가서 등록을 할 필요가 없었다. 그 덕분에 농업과 상업에 피해를 보지 않을 수 있었고, 요셉과 그의 가족이 이전에 견디어야 했던 다른 모든 격변도 다시 겪지 않을 수 있었다. 새로운 포고에 따르면 감찰관들이 마을에서 마을, 읍에서 읍, 도시에서 도시로 다니며 지위에 관계없이 모든 남자를 광장, 또는 다른 적당한 야외의 장소에 모아, 경비병들이 감시하는 가운데 그들의 이름, 직업, 세금을 낼 재산을 공적인 기록으로 남겨야 했다. 자, 이 지역에서는 그런 절차를 좋게 보지 않는다는 점을 분명히 해두어야겠다. 성서는 다윗 왕의 불행한 결정을 분명하게 기록해 놓고 있다. 다윗은 다음과 같은 말로 군사령관 요압에게 이스라엘과 유다의 인구조사를 지시했다, 어서 단에서부터 브엘세바에 이르기까지 이스라엘의 모든 지파를 두루 다니며 인구를 조사하여서 그 백성의 수를 나에게 알려 주시오. 왕의 명령에는 절대 이의를 제기할 수 없었기 때문에 요압은 의심을 꾹 참고 군대를 모아 왕의 명령을 수행하러 갔다. 요압은 아홉 달 이십 일 만에 예루살렘에 돌아와 조심스럽게 표로 작성하고 확인까지 마친 인구조사 결과를 알렸다. 칼을 빼서 다룰 수 있는 용사가 이스라엘에는 팔십만이 있고, 유다에는 오십만이 있었다. 자, 하나님은 누가 자신의 권위를 찬탈하는 것을 좋아하지 않는다는 사실을 우리 모두 알고 있다. 특히 자신이 선택한 백성의 경우에는 더욱 그렇다. 하나님은 이 백성이 다른 주나 주인의 지배를 받는 것을 절대 허락하지 않는다. 하물며 거짓 신과 사람에게 절을 하는 로마인은 말할 것도 없다. 첫 번째로 거짓 신은 존재하지 않기 때문이고, 두 번째로 그런 이교도 신앙은 헛된 짓에 지나지 않기 때문이다. 하지만 로마는 잠시 잊고 다시 다윗 왕에게 돌아가 보자. 사령관이 보고서를 읽는 순간 다윗은 가슴이 덜컥 내려앉았다. 하지만 이미 늦었다. 그는 고백했다, 내가 이러한 일을 해서 큰 죄를 지었습니다, 그러나 주여, 이제 이 종의 죄를 용서해 주시기를 빕니다, 참으로 제가 너무나도 어리석은 일을 하였습니다. 그러자 다음 날 아침 다윗이 일어날 때 갓이라는 이름의 선지자, 그러니까 왕의 예언자이자 전능하신 하나님과 왕을 중개하는 일을 하던 사람이 다가와 말했다, 전하의 나라에 일곱 해 동안 흉년이 들게 하는 것이 좋겠습니까, 아니면, 전하께서 전하의 목숨을 노리고 쫓아다니는 원수들을 피하여 석 달 동안 도망을 다니시는 것이 좋겠습니까, 아니면, 전하의 나라에 사흘 동안 전염병이 퍼지는 것이 좋겠습니까. 다윗은 각각의 경우에 몇 명이 죽어야 하는지 묻지 않았다. 그냥 사흘이면 아무리 전염병이라 해도 삼 년의 전쟁이나 기근보다는 사람이 덜 죽을 것이라고 계산했다. 그래서 그는 기도했다, 하나님의 뜻이라면, 전염병이 퍼지게 하소서. 그러자 하나님은 전염병을 보냈고, 칠만 명이 죽었다. 등록을 하지 않은 아녀자 수는 헤아리지 않은 숫자다. 결국 주는 제단을 받는 대가로 전염병을 거두기로 합의했지만, 죽은 사람은 이미 죽은 것이다. 하나님이 그들을 잊은 것일 수도 있고, 아니면 그들을 부활시키는 것이 편의에 맞지 않았던 것일 수도 있다. 헤아릴 수 없이 많은 상속과 재산 분할이 이미 논의와 다툼의 대상이 되고 있었다고 말해도 무리는 없을 터이기 때문이다. 하나님이 선택한 백성이라고 해서 이마의 땀으로 얻은 것이건, 소송으로 얻은 것이건, 전리품으로 얻은 것이건 정당하게 자기 소유가 된 재물을 포기할 이유는 없으니까. 중요한 것은 결과 아닌가.

그러나 인간과 신의 행동을 판단하기 전에, 우리는 또 다윗의 실수에는 지체 없이 비싼 대가를 치르게 한 하나님이 지금은 로마가 하나님이 선택한 자녀들에게 주는 수모를 알지 못하는 것처럼 보인다는 사실을 생각하지 않을 수 없다. 더욱 당혹스러운 것은 이들이 하나님의 이름이나 권위를 노골적으로 무시하는데도 하나님은 무관심한 것처럼 보인다는 것이다. 그런 일이 일어날 때, 다시 말해서 하나님이 곧 온다는 신호를 보여주지 않을 때는 인간이 하나님의 자리를 택할 수밖에 없다. 집을 나서서 우리의 이 오래된 가없은 세계, 하나님에게 속한 세계의 질서를 회복할 수밖에 없다는 것이다. 앞서도 말했듯이 감찰관들은 권력을 가진 자의 오만한 태도로 점잔을 빼며 걸어 다니고 있다. 그 뒤에 호위병들이 따른다. 다시 말해서 갈릴리와 유대에서 사람들이 폭동을 일으키기 시작할 경우 감찰관들을 모욕과 공격으로부터 보호하기 위해 거기에 있었다는 것이다. 그들의 힘을 시험해 보기라도 하려는 듯 몇 사람이 항의를 한다. 처음에는 조용한 목소리였지만, 자포자기 상태에서 점차 공격적이고 도전적이 되어간다. 한 장인은 감찰관의 탁자를 주먹으로 치면서 절대 자신에게서 이름을 알아낼 수 없을 것이라고 소리친다. 한 상인은 가족을 모두 데리고 자기 천막으로 들어가더니 모든 것을 부수고 옷을 모두 찢어버리겠다고 협박한다. 한 농부는 추수한 것에 불을 놓고 재를 한 바구니 가져와서 말한다. 이것이 이스라엘이 자신을 화나게 하는 사람들에게 지불하는 돈이다. 그렇게 문제를 일으키는 사람들은 즉시 체포되어 감옥에 들어가고, 매질을 당하고 모욕을 당했다. 인간의 저항에는 한계가 있고 우리는 연약한 피조물들인지라, 곧 그들의 용기는 사라져 장인은 자신의 가장 은밀한 비밀을 드러내고, 상인은 세금을 낼 뿐 아니라 딸까지 몇 명 희생할 뜻을 내비쳤으며, 농부는 스스로 재를 뒤집어쓰고 노예가 되겠다고 했다. 계속 저항을 하는 소수는 죽임을 당했고, 좋은 침략자는 죽은 침략자뿐이라는 이치를 오래전에 터득한 다른 사람들은 무기를 들고 산으로 달아났다. 여기서 말하는 무기란 돌, 새총, 막대기, 곤봉, 몽둥이, 활과 화살 몇 개로, 전쟁을 하기에는 턱없이 부족하다. 작은 전투에서 노획한 검이나 창 몇 자루도 이 반역자들에게 별 도움이 되지 못할 것이다. 다윗의 치세 이래 이들은 훈련 받은 전사들의 무기보다는 평온한 목자들의 원시적 무기에 익숙해졌기 때문이다. 그러나 유대인이든 아니든 남자는 평화보다는 전쟁에 쉽게 마음이 가기 마련이다. 특히 자신과 신념을 나눌 지도자를 찾을 수 있다면. 로마인에 대항한 봉기는 요셉의 첫아들이 열한 살 때부터 시작되었다. 이 봉기를 이끈 사람의 이름은 유다로, 유다는 갈릴리 출신이었기 때문에 갈릴리 사람 유다 또는 갈릴리 유다로 알려지게 되었다. 이렇게 간단하게 이름을 짓는 방법은 당시에는 아주 흔해, 아리마대 요셉, 구레네 시몬 또는 구레네 사람 시몬, 막달라 사람 마리아 또는 막달라 마리아 같은 예들을 찾아볼 수 있다. 만일 요셉의 아들이 살아서 잘 자라면, 그는 나사렛 예수 또는 나사렛 사람 예수, 아니면 그보다 더 간단한 이름으로 불릴 것이다. 하지만 이것은 추측일 뿐이다. 우리는 운명이 다른 상자와는 달리, 열리는 동시에 닫힌다는 것을 절대 잊지 말아야 한다. 그 안을 살피면 일어난 일들은 모두 볼 수 있다. 과거는 이루어진 운명으로 변한다. 하지만 미래를 들여다볼 수는 없다. 이따금씩 이 복음에서처럼 예감과 직관을 얻을 수 있을 뿐이다. 사실 어쩌면 삶 자체보다 더 클지도 모르는 운명을 예고하는 표적과 불가사의가 없다면 이 복음은 기록될 수 없었을 것이다. 하지만 하던 이야기로 돌아가보자. 갈릴리 사람 유다에게는 반역의 피가 흐르고 있었다. 그의 아버지 늙은 히스기야는 헤롯이 죽고 로마가 아직 왕국의 분할과 새로운 영주들을 인정하기 전에 헤롯의 상속자를 자처하는 자들에 대항한 민중 폭동에 참여했다. 이것은 우리의 이해를 넘어선 일이다. 우리 모두 똑같이 너무나 인간적인 재료로, 즉 똑같은 살, 뼈, 피, 피부와 웃음, 눈물과 땀으로 이루어져 있음에도, 우리 가운데 어떤 사람들은 겁쟁이가 되고 어떤 사람들은 영웅이 되며, 어떤 사람들은 도전적이 되고 어떤 사람들은 수동적이 되기 때문이다. 요셉을 만드는 데 사용된 똑같은 재료로 유다를 만들었음에도, 유다는 자기 아들들에게 아버지로부터 물려받은 전투를 향한 갈증을 물려주었고, 하나님의 권리를 방어하기 위해 평화로운 삶을 포기했다. 반면 목수 요셉은 어린 자식 아홉 명, 그리고 그 아이들의 어머니와 함께 집에 남아 근근이 살아가며 가족을 부양하려고 작업대에 매달려 있었다. 그러나 내일 누가 승리할지는 아무도 알 수 없다. 어떤 사람들은 하나님이라고 하고, 어떤 사람들은 아무도 아니라고 말한다. 하지만 이 가설이나 저 가설이나 똑같다. 어제, 오늘, 내일을 말하는 것은 단지 똑같은 착각을 이름만 다르게 부르는 것이기 때문이다.

대부분 청년인 나사렛 마을 남자들은 갈릴리 사람 유다의 게릴라 부대에 합세하러 갔다. 모두 갑자기, 흔적도 없이 사라졌다. 가족들은 그 일을 비밀로 하겠다고 맹세했다. 이런 침묵은 엄격하게 지켜져, 나다나엘이 회당에 나타나지 않거나 들판에서 추수하는 사람들 사이에서 보이지 않을 때도 사람들은, 나다나엘은 어디 갔지, 며칠째 안 보이네, 하고 말할 생각은 꿈에도 하지 않았다. 그냥 한 사람이 사라진 것이고, 다른 사람들은 나다나엘이 존재하지도 않았던 것처럼 계속 살아갔다. 아, 꼭 그렇지는 않다. 몇 사람은 나다나엘이 야음을 틈타 마을로 들어왔다가 새벽 전에 다시 떠나는 것을 보았기 때문이다. 그가 왔다가 간 유일한 증거는 그의 부인의 얼굴에 나타난 미소뿐이었지만. 하지만 미소는 아주 많은 것을 드러낼 수 있다. 여자는 가만히 서서 허공이나 지평선이나, 아니면 그냥 앞의 벽을 바라보고 있다가 갑자기 미소를 지을 수 있다. 느리게 떠오르는, 수심에 잠긴 미소다. 마치 이미지 하나가 수면으로 떠올라 동요하는 물과 장난을 치는 것 같다. 그것을 보고도 나다나엘의 부인이 남편 없이 혼자 밤을 보냈다고 생각하는 사람은 눈이 먼 사람일 것이다. 하지만 인간 본성은 아주 비꼬인 것이라, 남편이 곁을 떠난 적이 한 번도 없는 여자들 몇 명은 나다나엘 부부의 만남을 상상하며 한숨을 폭 내쉬다가 꽃가루가 많은 꽃 주위의 벌처럼 나다나엘의 부인 주위에 모여들었다. 마리아의 상황은 달랐다. 돌볼 자식이 아홉 명인 데다가, 남편이 밤마다 괴롭고 두려워서 전전반측하는 바람에 아이들이 잠을 깨고 깜짝 놀라곤 했기 때문이다. 시간이 흐르면서 아이들도 그런 일에 익숙해졌지만, 맏아들은 어떤 신비한 존재가 꿈에 나타나는 바람에 심란해하며 계속 잠을 설쳤다. 큰아들은 처음에는 어머니에게 물었다, 아버지가 왜 저러세요. 그러면 어머니는 그 질문을 대수롭지 않게 여기는 척하며 아이를 안심시켰다, 그냥 악몽을 꾸시는 거야. 아들한테 이렇게 말할 수는 없는 노릇이었다, 네 아버지는 헤롯의 군인들과 함께 베들레헴으로 행군해 가는 꿈을 꾸시는 거야. 어느 헤롯이요. 지금 왕의 아버지. 그래서 끙끙 앓으면서 소리를 지르시는 거예요. 그래, 맞아. 죽은 왕의 군인이 되는 게 왜 악몽이 되는지 모르겠는데요. 네 아버지는 한 번도 헤롯의 군인이었던 적이 없어, 평생 목수였어. 그런데 왜 악몽을 꾸시는 거예요. 사람이 꿈을 선택하는 게 아니라 꿈이 사람을 선택하는 것이거든, 그렇다고 누가 그런 말을 하는 걸 들은 건 아니다만, 어쨌든 분명히 그럴 거야. 그 끙끙 앓는 소리는 왜 그런 거예요, 어머니. 네 아버지가 너를 죽이러 가는 꿈을 꾸는 거라서 그렇지. 물론 마리아는 차마 그런 말을 입에 올리지 못했을 것이다. 예수에게 남편의 악몽의 원인을 밝히지 못했을 것이다. 그 악몽에 예수는 아브라함의 아들 이삭처럼 위기를 모면한 피해자의 역할로 출연했지만, 가혹하게도 계속 죽음의 위협에 시달리고 있다. 어느 날 예수는 아버지가 문을 만드는 것을 돕다가 용기를 내 물어보았다. 그러자 요셉은 오랫동안 입을 꾹 다물고 있다가 눈을 들어 올리지도 않고 말했다. 아들아, 네 의무와 할 일들은 잘 알고 있지. 그걸 해라, 그러면 하나님 눈에 귀하게 보일 거야, 하지만 네 양심을 살피고 혹시 다른 의무나 할 일이 너를 기다리고 있는 것은 아닌지 너 자신에게 물어봐라. 그게 아버지가 꾸는 꿈이에요. 아니, 내가 어떤 의무를 태만히 했을지도 모른다는, 어쩌면 그보다 더 나쁜 일을 했을지도 모른다는 두려움, 그게 내 꿈의 원인이야. 더 나쁜 일이라는 게 뭔데요. 나는 생각을 하지 않았지, 그 꿈, 그 꿈이 내가 생각을 했어야 했을 때 하지 않은 바로 그 생각이야, 이제 그 생각이 밤마다 나를 쫓아다니는 바람에 도저히 잊을 수가 없구나. 아버지가 무슨 생각을 하셨어야 하는 건데요. 너라도 나한테 그걸 물어볼 권리는 없어, 게다가 너한테 해줄 답도 없고. 그들은 마당의 그늘에서 일을 하고 있었다. 때는 여름이라 해가 이글이글 타오르고 있었기 때문이다. 예수의 형제들은 안에서 어머니 젖을 먹는 막내만 빼고 모두 근처에서 놀고 있었다. 야고보도 아까는 아버지를 도왔지만, 금방 지치고 지루해했다. 놀랄 일도 아니었다. 이렇게 어릴 때는 한 살이 엄청난 차이니까. 예수의 종교 공부는 더 높은 수준으로 올라갈 예정이었다. 기본적인 교육은 이미 끝났다. 기록된 율법인 토라 공부 외에 구전되는 율법 공부도 이미 시작했는데, 이것은 토라보다 훨씬 어렵고 복잡했다. 그래서 이런 어린 나이임에도 적절한 단어도 사용하고 사유와 논리를 갖춘 토론도 해가면서 아버지와 진지한 대화를 나눌 수 있었던 것이다. 예수는 이제 얼마 안 있으면 열두 살이었다. 어른이 되면 예수는 아마 지금 중단된 대화를 다시 이어갈 것이다. 물론 요셉이 아들에게 속을 털어놓고 자신의 죄를 고백할 용기가 있어야겠지만. 아브라함은 이삭이 대놓고 물어보았을 때 그런 용기를 내지 못했다. 어쨌든 요셉은 지금 당장은 하나님의 힘을 인정하고 찬양하는 것으로 끝을 낸다. 하나님의 곧은 글씨가 인간이 쓰는 비뚤어진 글씨와 전혀 닮지 않았다는 데에는 의심의 여지가 없다. 아브라함을 생각해 보라. 천사는 마지막 순간에 아브라함에게 나타나 이렇게 말했다, 그 아이에게 손을 대지 마라. 그리고 요셉을 생각해 보라. 요셉은 하나님이 천사 대신 장교와 수다스러운 병사 세 명을 보내 경고를 했을 때 베들레헴의 아이들을 구할 기회를 놓쳤다. 만일 예수가 지금 출발한 것처럼 계속 잘 나아간다면, 언젠가는 왜 하나님이 이삭은 구했으면서 베들레헴의 그 가없은 아이들은 보호해 주지 않았느냐고 묻게 될 것이다. 그 아이들도 아브라함의 아들처럼 죄가 없었지만, 하나님의 보좌 앞에서 아무런 자비도 얻지 못했다. 그런 뒤에 예수는 요셉에게 말할 수 있을 것이다, 아버지, 아버지가 모든 책임을 지실 필요는 없습니다. 누가 알랴, 혹시 마음 깊은 곳에서는 감히 이렇게까지 물어볼지, 오, 주여, 당신은 언제 인간보다 먼저 당신 자신의 잘못을 인정하시겠습니까.

목수 요셉과 그의 아들 예수가 이런 중요한 문제를 토론하는 동안, 로마에 대항한 전쟁은 계속되었다. 이제 이 년 이상 계속되면서, 이따금씩 사상자에 대한 소식이 나사렛에도 이르렀다. 에브라임이 전사했고, 그 다음에는 아비에셀, 그 다음에는 납달리, 그 다음에는 엘르아살이 전사했다. 그러나 아무도 그들의 주검이 어디에 놓여 있는지 알지 못했다. 산의 두 바위 사이인지, 아니면 협곡 바닥인지, 아니면 물살에 하류로 쓸려간 것인지, 아니면 나무의 변변찮은 그늘 밑에 누워 있는 것인지. 나사렛 마을 사람들은 죽은 사람들을 위한 장례를 치러주지 못하자, 우리 때문에 피를 흘린 것도 아니고, 사실 우리는 피를 흘리는 것을 보지도 못했어, 하는 말로 양심을 달래려 했다. 큰 승리의 소식도 전해졌다. 로마군은 세포리스에서 쫓겨났으며, 유대와 갈릴리의 넓은 지역들로부터도 밀려나, 적은 이제 감히 그곳에 들어오려 하지 않았다. 요셉이 사는 마을에서도 벌써 일 년 이상 로마 군인들을 보지 못했다. 누가 알랴, 어쩌면 이런 이유 때문에 목수의 이웃, 호기심 많고 친절한 아나니아, 우리가 한참 동안 언급하지 않았던 아나니아가 어느 날 마당에 나타나 요셉의 귀에 이렇게 소곤거리게 된 것인지, 나를 따라 밖으로 좀 나와보게. 놀랄 말은 아니었다. 이곳의 집들은 아주 작아 개인적인 공간이란 것이 없었다. 낮이든 밤이든, 어떤 상황에서든 어떤 행사에서든 모두 한 방에 비좁게 들어가 있었다. 따라서 마침내 심판의 날이 올 때 주 하나님은 자신의 백성을 챙기는 데 아무런 어려움이 없을 것이다. 어쨌든 요셉은 아나니아의 요청에 놀라지 않았다. 아나니아가, 사막으로 가세, 하고 말했을 때도 놀라지 않았다. 여기서 사막이란 그 황량한 곳, 우리가 사막이라는 말을 보거나 들을 때면 떠올리는 넓디넓은 모래밭이나 불타오르는 모래언덕의 바다가 아니다. 여기서 사막이란 갈릴리의 녹색 땅 안에서도 눈에 흔히 띄는 곳이다. 경작되지 않은 들판, 사람이 살거나 일한 흔적이 없는 땅을 가리키기 때문이다. 그런 곳은 인간이 도착하면 사막이 아니게 된다. 하지만 이 잡목이 우거진 땅을 가로질러 걸어가는 사람은 그들 둘뿐이다. 그들은 나사렛을 계속 시야에 잡아둔 채로 언덕 꼭대기에 왕관처럼 놓인 크고 둥근 바위 세 개를 향해 다가가고 있다. 이곳을 보고 이곳에 사람이 살 것이라고 말하는 사람은 없을 것이다. 따라서 이 사람들이 가고 나면 사막은 다시 사막이 될 것이다. 아나니아는 땅바닥에 앉으며 요셉도 앉힌다. 그들 사이에는 늘 변함없는 나이 차가 있다. 그러나 시간은 모든 사람에게 흐르는 것이지만, 그 결과는 사람마다 달라질 수 있다. 아나니아는 우리가 처음 만났을 때는 그의 나이로 보이지 않았다. 하지만 지금은 실제보다 훨씬 나이가 들어 보인다. 물론 세월은 요셉에게도 흔적을 남겼다. 아나니아는 머뭇거린다. 목수의 집에 들어설 때 보여주었던 단호한 태도는 길에 나서자 바뀌었다. 요셉은 캐묻는 것처럼 보이지 않으면서도 그를 얼러 이야기를 끌어내야 한다. 멀리 나왔네요, 요셉은 그런 말로 아나니아에게 신호를 준다. 이건 자네 집이나 우리 집에서 할 수 있는 이야기가 아니라서 말이야, 아나니아가 설명했다. 하지만 이 외딴 곳에서 그들은 누가 들을지 모른다는 걱정 없이 자유롭게 대화를 나눌 수 있다. 전에 자네가 없는 동안 집을 좀 봐달라고 한 적 있지, 아나니아가 말했다. 네, 요셉이 대답했다, 깊이 감사하고 있습니다. 그러자 아나니아가 말을 이어갔다, 이제 내가 없는 동안 우리 집을 좀 봐달라고 부탁할 때가 되었네. 형수님도 함께 가나요. 아니, 혼자 가. 형수님이 집에 계시는데 왜. 수아는 어촌에 사는 친척들과 함께 있을 거야. 이혼을 하신다는 말인가요. 아냐, 아들을 낳아주지 못해도 이혼을 안 했는데, 이제 와서 왜 이혼을 하겠나, 그냥 내가 집을 좀 떠나 있을 거라서, 그동안 수아는 친척들하고 함께 있으면 좋겠다고 생각했을 뿐이야. 오랫동안 떠나 계시나 보죠. 모르겠어, 전쟁이 얼마나 오래 계속되느냐에 달려 있겠지. 집을 비우시는 거하고 전쟁이 무슨 관계가 있어요, 요셉이 놀라서 물었다. 나는 갈릴리 사람 유다를 찾으러 떠나는 거야. 그 사람을 만나서 뭘 하려고요. 나도 그 사람 군대에 들어갈 수 있나 물어보려고. 믿어지지가 않네요, 형님처럼 평화를 사랑하는 분이 로마 군대와 싸우는 전쟁에 가담하겠다니, 에브라임과 아비에셀이 어떻게 됐는지 잊으신 거예요. 납달리와 엘르아살도 있지. 바로 그거예요, 그러니까 이성의 이야기를 들으라는 거예요. 아니, 자네가 내 이야기를 듣게, 요셉, 내 입에서 나오는 소리를 들으란 말일세, 이제 나는 우리 아버지가 돌아가신 나이에 이르렀네, 우리 아버지는 인생에서 이 못난 아들놈보다 많은 것을 이루셨지, 나는 자식도 못 낳는 신세 아닌가, 또 자네처럼 배움이 깊어질 수도 없고, 회당의 장로가 될 가능성도 없어, 이제 내가 고대해야 할 것은 죽음뿐이야, 게다가 나는 사랑하지도 않는 여자에게 묶여 있다네. 그럼 이혼을 하시지 그래요. 수아하고 이혼하는 건 문제가 아니야, 진짜 문제는 나 자신하고 어떻게 이혼하느냐 하는 거지, 그런데 그건 불가능하잖아. 하지만 그 나이에 싸움을 얼마나 할 수 있겠어요. 걱정 말게, 마치 당장 여자를 임신시키려는 남자처럼 단호하게 전투에 참여할 테니까. 그런 표현은 처음 들어보네요. 나도 마찬가지야, 방금 머리에 떠오른 거라네. 좋아요, 아나니아, 돌아오실 때까지 집은 내가 돌봐 드릴 테니 안심하세요. 만의 하나 내가 돌아오지 못하거나 내가 죽었다는 소식을 듣는다면, 수아를 불러 내 가산을 챙기게 할 거라고 약속해 주겠지. 약속합니다. 이제 마음이 평화로워졌으니 돌아가세. 전쟁에 나가기로 결심했다면서 마음이 평화로워져요, 정말 이해가 안 가네요. 아, 요셉, 요셉, 도대체 몇백 년 동안 탈무드를 공부해야 가장 단순한 것들을 이해할 수 있겠나. 왜 우리가 여기까지 와야 했던 겁니까. 증인들 앞에서 자네와 이야기를 하고 싶었네. 우리에게 필요한 증인이라면 전능하신 하나님과 우리가 어디 있든 우리를 덮는 이 하늘뿐이죠. 이 돌들은 어떤가. 이 돌들은 귀머거리에 벙어리니 증인이 될 수 없죠. 그럴지도 모르네만, 자네나 내가 우리의 대화에 관하여 거짓된 이야기를 하면 이 돌들이 자기들이 먼지가 되고 우리가 깨끗하게 사라질 때까지 계속 우리를 비난하고 또 비난할 걸세. 이제 돌아갈까요. 그래, 그러지. 가다가 아나니아는 몇 번 고개를 돌려 돌을 보았다. 마침내 돌들이 언덕 뒤로 사라지자 요셉이 물었다, 형수님도 아나요. 응, 알아. 형수님은 뭐라던가요. 처음에는 아무 말도 않더니, 한참 있다가 내가 오래전에 자기를 자기 운명대로 되도록 내버려두었어야 한다고 그러더군. 불쌍한 수아. 친척들하고 함께 있으면 나를 잊어버리겠지 뭐, 내가 전투에서 죽으면 영원히 잊어버릴 거고, 잊는 거야 너무 쉽지, 그게 인생이니까. 그들은 마을에 들어서서, 이윽고 목수의 집에 이르렀다. 그 집이 한 면에 나란히 있는 두 집 가운데 앞에 있었기 때문이다. 길에서 야고보, 유다와 함께 놀던 예수가 어머니는 이웃과 함께 있다고 말했다. 두 남자가 몸을 돌리는데 유다가 엄숙하게 선언하는 소리가 들렸다, 나는 갈릴리 사람 유다다. 그러자 아나니아가 주위를 둘러보더니 웃음을 지으며 요셉에게 말했다, 보게, 저기 내 지도자가 있군. 그러나 목수가 대답을 하기 전에 예수가 말하는 소리가 들렸다, 그러면 너는 여기 속한 사람이 아니로구나. 요셉은 검이 심장을 꿰뚫는 느낌이었다. 예수가 그 말을 자신에게 한 것 같았다. 아들이 하는 놀이에는 다른 진실을 전하려는 의도가 깔려 있는 것 같았다. 그러다가 요셉은 바위 세 개를 생각하며, 이유도 모르는 채로 만일 앞으로 모든 말과 모든 행동을 그 바위들이 있는 데서 해야 한다면 인생이 어떻게 될지 상상해보려고 했다. 그 순간 갑자기 하나님이 기억나 요셉은 공포에 사로잡혔다. 그들이 아나니아의 집에 이르자, 마리아가 비탄에 빠진 수아를 위로하는 모습이 보였다. 수아는 남자들이 들어서자마자 눈물을 닦았다. 울음이 그쳐서가 아니라, 여자들은 쓰라린 경험을 통해 언제 눈물을 감추어야 할지 알았기 때문이다. 잘 알려진 말도 있지 않은가, 그들은 웃고 있거나 울고 있거나 둘 중의 하나다. 하지만 그건 사실과 전혀 다르다. 그들은 고요하게 혼자 울기 때문이다. 그러나 수아의 슬픔에 고요함은 없었다. 아나니아가 떠날 때 그녀는 걷잡을 수 없이 흐느꼈다. 일주일 뒤 수아의 친척들이 그녀를 데리러 왔다. 마리아는 동구 밖까지 따라가 끌어안고 작별 인사를 나누었다. 수아는 이제 울지 않았지만, 그녀의 눈은 결코 다시 마르지 않을 것이다. 어떤 것도 그녀의 슬픔을 달랠 수 없고, 눈물이 솟아올라 뺨으로 굴러 떨어지기 전에 태워버리는 그 불을 꺼버릴 수 없다.

몇 달이 지났다. 전쟁 소식은 계속 전해져 왔다. 좋을 때도 있고 나쁠 때도 있었다. 그러나 좋은 소식은 승리에 대한 막연한 암시를 결코 넘어서지 못하다가, 결국 별로 크지 않은 승리였다는 것이 드러나곤 했다. 반면 나쁜 소식은 갈릴리 사람 유다의 반란군이 많은 피를 흘리고 많은 사상자를 냈다는 소식이었다. 어느 날 로마군이 상대의 전술을 역이용하여 게릴라가 매복한 곳을 기습하는 바람에 엘닷이 전사했다는 소식이 전해졌다. 물론 사상자는 많았지만, 나사렛 출신으로 목숨을 잃은 사람은 엘닷 하나였다. 어느 날 어떤 사람이 자기 친구가 다른 사람한테 들은 이야기라면서, 시리아의 로마 총독 바루스가 삼 년 동안 질질 끌어온 이 지긋지긋한 봉기를 완전히 끝장내기 위해 군단 둘을 이끌고 원정에 나설 것이라고 말했다. 바루스가 온다더라, 하는 막연한 소문은 어떤 정확한 내용도 없이 퍼져나가면서 사람들에게 공포를 불러일으켰다. 사람들은 로마의 원로원과 인민을 뜻하는 머리글자 SPQR(라틴어 문장 Senatus Populusque Romanus의 약자-옮긴이)이 새겨진 전쟁 기장을 앞세우고 징벌군이 올 것이라고 생각했다. 사람들은 이런 상징과 저런 기 아래 서로를 죽이러 나간다. 다른 잘 알려진 머리글자인 INRI(라틴어 IESVS · NAZARENVS · REX · IVDÆORVM의 두음자-옮긴이), 즉 나사렛 예수, 유대인의 왕에 대해서도 똑같은 이야기를 할 수 있다. 하지만 앞서 가서는 안 된다. 예수의 죽음의 무시무시한 결과는 때가 차야 나타날 테니까. 어디를 가나 임박한 전투 이야기다. 하나님을 더 믿는 사람들은 그해가 끝나기 전에 로마인이 이스라엘 성지에서 쫓겨날 것이라고 예언한다. 그러나 그만큼 자신이 없는 다른 사람들은 서글픈 표정으로 고개를 저으며 암울한 운명과 파괴 이야기만 할 뿐이다. 실제로 그렇게 되었다. 바루스의 군단이 오고 있다는 소식이 전해지고 나서도 몇 주 동안 아무런 일이 벌어지지 않았다. 그 덕분에 반란군은 현재 싸우는 상대인 흩어진 부대들에 대한 공격을 강화할 수 있었다. 그러나 로마군이 수동적인 태도를 보이는 전술적인 이유는 곧 드러났다. 갈릴리 사람 유다의 정찰병들은 로마 군단이 남쪽으로 이동하여 원을 그리려 한다고 보고했다. 요단 강변을 따라 나아가다 여리고에서 오른쪽으로 방향을 틀어 북쪽으로 올라간다는 이야기였다. 마치 노련한 손이 물에 그물을 던졌다 끌어들이는 것 같았다. 또는 주위의 모든 것을 잡으려고 올가미 밧줄을 던지는 것 같았다. 비슷한 작전을 수행하는 또 한 군단도 이제 남쪽으로 향하고 있었다. 협공 작전이라고 묘사할 만한 전략이었지만, 두 벽이 동시에 좁혀 오는 것과 더 비슷했다. 피하지 않는 사람들은 쓰러뜨려 마침내 짓밟으려는 것이었다. 유대와 갈릴리 전역에서 군단이 산을 넘고 골짜기를 건너 전진하는 곳마다 십자가가 남겨졌다. 유다의 부하들의 손목과 발에 못을 박아 십자가에 걸었으며, 죽음을 재촉하기 위해 망치로 뼈를 부수었다. 군인들은 마을을 약탈하고 집을 모두 수색했다. 아무런 증거가 없어도 용의자를 체포하고 처형했다. 이 불행한 사람들은, 아이러니를 용서해 준다면, 그래도 집 근처에서 십자가에 못 박히는 행운을 누렸다. 그들이 죽으면 친척들은 주검을 떼어냈다. 그 얼마나 슬픈 광경이었을까. 애도하는 어머니, 과부, 젊은 신부, 훌쩍이는 고아는 상처 입은 주검을 십자가에서 천천히 내리는 것을 지켜보았다. 살아 있는 사람들에게는 버려진 주검을 보는 것보다 애처로운 일이 없기 때문이다. 십자가에서 끌어내려진 주검은 무덤으로 옮겨져 그곳에서 부활의 날을 기다렸다. 그러나 전투에서 부상을 당한 사람들도 있었다. 그들은 산이나 다른 어떤 쓸쓸한 곳에 누워 있었다. 그들은 살아 있기는 했지만, 사막 가운데도 가장 절대적인 사막, 즉 고독한 죽음의 사막에 버려졌다. 그들은 그곳에서 해에 천천히 타고 맹금의 공격을 받다가, 한참 후 살과 뼈를 빼앗겨 마침내 형체도 모양도 없는 역겨운 유해만 남기게 되었다. 이 책과 같은 복음을 고분고분 받아들이지 않고 저항을 하는, 회의적이지는 않다 해도 의문이 많은 사람들은 허수아비나 간신히 매달 만한 주접 든 나무 몇 그루 외에 제대로 된 나무라고는 찾아볼 수 없는 이 광대한 불모의 땅에서 로마군이 유대인을 어떻게 그렇게 많이 십자가에 매달 수 있었냐고 물을 것이다. 그러나 그들은 로마군이 근대적 군대의 모든 전문적 기술과 조직을 갖추고 있다는 사실을 잊고 있는 것이다. 원정 내내 나무 십자가 공급은 꾸준히 유지되었는데, 이것은 기둥과 가로대를 싣고 부대를 따르는 이 나귀와 노새들이 증명해 준다. 이 두 가지는 현장에서 조립할 수 있다. 그다음에는 그저 사형 선고를 받은 사람의 펼친 팔을 가로대에 못 박고, 기둥을 똑바로 세우고, 다리를 옆으로 구부리게 해 한 발을 다른 발에 포개 긴 못 하나로 고정하면 끝이다. 군단 소속 처형 담당자라면, 이 작업이 복잡하게 들릴지 모르지만, 실제로 해보면 말로 하는 것보다 훨씬 쉽다고 말해 줄 것이다.

참사를 예측한 비관주의자들의 말이 옳았다. 북에서 남으로 또 남에서 북으로, 진군하는 로마 군단들 앞에서 남자와 여자와 아이들이 도망친다. 어떤 사람들은 반역자들과 협력했다고 비난을 받을까 두려워 도망치고, 어떤 사람들은 그냥 무서워서 도망친다. 우리가 알다시피, 체포되어 재판도 없이 사형을 당할 위험이 있기 때문이다. 이런 도망자들 가운데 한 사람이 잠시 도주를 중단하고 요셉의 집 문을 두드려 세포리스에서 심한 부상을 당한 요셉의 이웃 아나니아의 말을 전해 준다, 전쟁은 끝났고 탈출의 희망은 없네, 내 아내를 불러 가산을 챙기라고 말해 주게. 그게 답니까, 요셉이 물었다. 그게 다인데요, 심부름꾼이 대답했다. 어차피 이 길로 지나갈 거였다면 왜 아나니아를 데려오지 않았습니까. 그 사람 몸이 엉망이라 방해만 되었을 겁니다, 우리 가족의 안전이 먼저였죠. 물론 댁의 가족의 안전이 먼저겠지만, 그렇다고 다른 사람의 안전을 무시하는 것은 말이 안 되지 않습니까. 지금 무슨 말을 하려는 거요, 당신도 자식들한테 둘러싸여 있으면서, 당신이 여기 남아 있는 건 단지 당신이 위험하지 않기 때문이 아니겠소. 시간 낭비 하지 맙시다, 어서 가세요, 하나님이 당신과 함께 하시기를, 하나님이 없다면 늘 위험뿐일 테니. 말하는 게 꼭 믿음이 없는 사람 같군요, 주님은 어디에나 계시지 않소. 그렇지요, 하지만 우리를 무시하는 일이 많으니까, 그리고 내 이웃을 죽을 운명에 버려둔 주제에 믿음 이야기는 하지 마세요. 그럼 당신이 직접 가서 구해 오지 그러쇼. 그렇잖아도 지금 그럴 생각입니다. 이 대화는 오후에 이루어졌다. 맑게 갠 날이었다. 하늘을 가로질러 흰 구름 몇 점이 사람 없는 바지선처럼 흘러갔다. 요셉은 나귀를 풀어 가는 길에 아내를 불러 구체적인 설명 없이 말했다, 우리 이웃 아나니아를 찾으러 세포리스에 갔다 오겠어, 심한 부상을 입어 혼자서는 움직이지 못한다는군. 마리아는 그냥 고개만 끄덕였다. 하지만 예수가 아버지에게 매달리며 간청했다, 저도 함께 갈래요.

요셉은 아들을 보더니 머리에 오른손을 얹으며 말했다. 너는 여기 있어라, 곧 돌아오마. 부지런히 움직이면 동트기 전에 돌아올 수 있을 거야. 그 말이 맞을지도 모른다. 나사렛과 세포리스 사이의 거리는 십 킬로미터가 안 되니까. 따라서 예루살렘과 베들레헴 사이의 거리와 비슷한 셈인데, 이 또한 세상이 우연의 일치로 가득하다는 또 하나의 증거인 셈이다. 요셉은 나귀에 올라타지 않았다. 돌아올 때를 대비해 짐승이 힘을 비축해 두기를 바랐기 때문이다. 확고하고 흔들림 없는 걸음으로 병든 사람을 살살 운반할 수 있기를 바란 것이다. 아니, 정확히 말하자면 병든 사람이 아니라 부상당한 병사다. 이 둘은 사뭇 다르다. 거의 일 년 전 아나니아가 갈릴리 사람 유다의 반군에 들어가겠다는 결심을 밝힌 언덕 밑에서 목수는 언덕 꼭대기의 거대한 둥근 바위 세 개를 쳐다보았다. 마치 먹다 남은 과일 같았다. 이 바위들은 높은 곳에 자리를 잡고 이 세상의 모든 피조물들이 제기한 질문에 대해 하늘과 땅이 대답을 해주기를 기다리고 있는 것 같았다. 물론 피조물들은 그 질문을 소리내어 말하지 못했지만. 나는 뭐 하는 존재입니까, 왜 나는 여기에 있습니까, 지금 세상은 이 모양인데 어떤 다른 세상이 나를 기다리고 있는 겁니까. 아나니아가 그런 질문을 한다면, 우리는 그에게 적어도 그 바위들만큼은 바람과 비와 더위에도 불구하고 무사히 그곳에 남아 있을 것이라고 말해 줄 수 있다. 그들 주위의 세상이 바뀌어도 아나니아 이후로 이천 년 동안 거기 그대로 있을 것이며, 그 뒤로도 또 이천 년 동안 그대로 있을 것이라고. 그러나 처음 두 질문에 대해서는 답이 없다. 길에는 피난민 무리들이 보였다. 아나니아가 보낸 심부름꾼처럼 공포에 질린 표정들이었다. 그들은 놀라서 요셉을 보았다. 한 남자가 요셉의 팔을 붙들고 물었다, 어디로 가는 겁니까. 목수가 대답했다, 세포리스에 갑니다, 친구를 구하러요. 댁에게 좋은 일이 뭔지 안다면, 그런 일은 하지 않을 겁니다. 왜요. 로마군이 다가오고 있으니까요, 세포리스를 지킬 가망은 없어요. 그래도 가야 합니다, 형제 같은 이웃인데, 달리 챙겨줄 사람이 없어요. 내 말을 들으라니까. 그 말을 끝으로 그 지혜로운 조언자는 자기 길을 갔다. 요셉만 도로 한가운데 우두커니 선 채 생각에 잠겨 있었다, 내 목숨이 구할 만한 가치가 있을까, 내가 내 자신을 혐오하고 경멸하는 것일까. 한참 생각을 해본 뒤에 그는 자신이 완전히 무심한 상태라고 결론을 내렸다. 가깝지도 멀지도 않은 공허와 마주하고 있는 듯했다. 눈을 둘 곳도 없었다. 텅 빈 곳에는 초점을 맞출 수가 없으니까. 이윽고 아버지로서 자식들을 보호해야 할 의무가 있다, 이웃을 찾아가는 것보다는 집으로 돌아가야 한다, 아나니아는 집을 버리고 아내를 멀리 보냈으니 이제는 사실 이웃이 아니다, 하는 생각들이 떠올랐다. 하지만 요셉의 자식들은 안전했다. 반군을 쫓는 데 몰두한 로마군이 아이들을 해치지는 않을 것 같았다. 마침내 결론에 도달한 요셉은 자기 입에서 나오는 소리를 들었다. 마치 자기 생각과 씨름을 하는 것 같았다, 게다가 나는 반군도 아니잖아. 요셉은 더 고민하지 않고 짐승의 엉덩이를 때렸다. 가자, 나귀야. 그는 계속 길을 갔다.

요셉은 날이 저물 무렵 세포리스에 도착했다. 처음에는 눈에 띄었던 집과 나무의 긴 그림자들이 어두운 폭포 같은 지평선 속으로 점차 사라지고 있었다. 도시의 거리에는 인적이 드물었다. 여자나 아이들은 전혀 보이지 않았다. 지친 남자들만 엉성한 무기를 내려놓은 채 몸을 쭉 뻗고 숨을 헐떡이고 있었다. 전투하느라 지친 것인지 도망다니느라 지친 것인지 알 수가 없었다. 요셉은 한 남자에게 물었다. 로마군이 다가오고 있습니까. 남자는 눈을 감았다가 천천히 다시 떴다. 내일이면 올 거요. 그러더니 눈길을 돌리며 말을 이어갔다. 여기서 떠나쇼, 나귀를 데리고 이곳을 떠나란 말이오. 하지만 나는 지금 부상을 당한 친구를 찾고 있습니다. 부상당한 사람을 죄다 댁의 친구로 꼽을 수 있다면, 댁은 세상에서 가장 부유한 사람이 되겠구려. 부상당한 사람들은 어디 있습니까. 여기, 저기, 사방에. 하지만 부상당한 사람들을 돌봐주는 장소가 따로 있을 거 아닙니까. 있소, 저 집들 뒤쪽에 요새가 있는데, 거기서 부상당한 사람들을 거두고 있소. 어쩌면 거기에서 친구를 찾을 수 있을지도 모르겠소, 하지만 서두르쇼, 살아서 들어가는 수보다 시체로 실려 나오는 수가 더 많으니까. 요셉은 이곳을 잘 알았다. 세포리스는 부유하고 번창하는 도시라서 일거리가 많아 일을 하러 오기도 했고, 작은 종교 축제 때는 예루살렘까지 오랫동안 어렵게 가는 대신 이곳으로 오기도 했기 때문이다. 창고는 찾기 쉬웠다. 그냥 피와 고름의 끔찍한 악취만 따라가면 되는 일이었다. 술래잡기와 비슷했다. 술래에서 멀어지냐 가까워지냐에 따라 뜨거워, 차가워, 뜨거워, 차가워, 아파, 아니, 아니, 안 아파, 하고 추임새를 넣어주는 놀이. 어쨌든 이제 고통은 견딜 수 없을 정도가 되어갔다. 요셉은 눈에 띄는 긴 장대에 나귀를 묶어놓고 창고에 들어갔다. 창고는 합숙소로 바뀌어 있었다. 바닥의 매트들 사이에 아주 작은 등불을 밝혀놓았지만, 빛은 거의 나오지 않았다. 새까만 하늘에 반짝이는 작디작은 별 같았다. 그래도 주춤거리는 발을 옮기는 데는 도움이 되었다. 요셉은 부상당한 사람들로 이루어진 줄 사이를 천천히 걸어 다니며 아나니아를 찾았다. 공중에는 다른 냄새도 강하게 풍겼다. 상처를 치료하는 데 사용되는 기름과 포도주 냄새, 땀과 대변과 소변 냄새. 이 불행한 사람들 가운데는 움직이지 못해 누운 자리에서 그냥 배설을 할 수밖에 없는 사람들이 있었기 때문이다. 여기에는 없군, 요셉은 줄 끝이 보이자 생각했다. 요셉은 갔던 길을 되짚어 왔다. 이번에는 더 천천히 걸으며 더 꼼꼼하게 살펴보았다. 안타깝게도 모두 똑같아 보였다. 긴 수염, 움푹 꺼진 뺨, 쑥 들어간 눈, 씻지도 못해 땀범벅인 몸. 부상자 몇 명은 불안한 눈으로 그를 쫓아왔다. 몸을 제대로 가누는 이 사람이 자신을 데리러 와주기를 바라는 것 같았다. 그러나 그들의 눈에서 잠깐 빛나던 희미한 빛은 곧 사라지고 누구를 또는 무엇을 기다리는지 알 수 없는 긴 기다림이 다시 이어졌다. 요셉은 흰 머리에 흰 턱수염을 기른 나이 든 남자 앞에서 발을 멈추었다. 찾았다, 요셉은 생각했다. 그러나 아나니아의 모습은 요셉이 처음 지나갔을 때와는 달라져 있었다. 아까는 눈처럼 하얀 빛이었던 턱수염과 머리는 이제 더러워 보였다. 아직 검은 눈썹은 부자연스러워 보였다. 노인은 눈을 감고 힘겹게 숨을 쉬고 있었다. 요셉이 낮은 목소리로, 아나니아, 하고 부르며 가까이 다가갔다. 이번에는 좀 더 크게 이름을 불러보았다. 마치 땅의 깊은 곳으로부터 떠오르는 듯, 노인의 눈까풀이 조금씩 움직였다. 눈을 완전히 뜨는 순간, 의심은 완전히 사라졌다. 아나니아였다. 집과 아내를 버리고 로마군과 싸우러 떠난 이웃이 배에 무시무시한 상처를 입고 살이 썩는 악취를 풍기며 여기 누워 있다. 아나니아는 처음에는 요셉을 알아보지 못한다. 이 임시 병동의 미약한 빛은 도움이 되지 않는다. 게다가 시력도 더 나빠졌다. 그럼에도 목수가 목소리를 바꾸어, 애정을 담아 다시 이름을 부르자 요셉을 알아본다. 노인의 눈에 눈물이 가득 고인다. 자네로구만, 자네로구만, 하고 되풀이한다, 여기서 뭘 하나, 뭐하러 여기까지 왔나. 아나니아는 한쪽 팔꿈치에 기대 몸을 일으키고 다른 팔을 뻗으려 하지만, 그럴 힘이 없다. 몸이 축 늘어진다. 통증 때문에 얼굴이 완전히 일그러진다. 형님을 모시러 왔습니다. 목수가 말했다. 밖에 나귀를 묶어놨어요, 금세 나사렛으로 돌아갈 수 있습니다. 오긴 왜 와, 로마군이 당장이라도 들이닥칠 텐데, 나는 여기에서 움직일 수 없어, 나는 끝났어. 그러더니 떨리는 손으로 튜닉

자락을 열었다. 포도주와 기름으로 흠뻑 젖은 천 덩어리 밑에 입을 벌린 상처가 두 개 있었다. 거기에서 구역질을 자극하는 부패의 악취가 풍기는 바람에 요셉은 숨을 멈추고 고개를 돌렸다. 노인은 다시 몸을 덮었다. 그 간단한 동작만으로도 힘이 다 빠졌는지 두 팔을 양옆으로 축 늘어뜨렸다. 자, 이제 왜 내가 여기에서 움직일 수 없는지 알겠지, 자네가 나를 옮기려고 하면 내장이 다 쏟아져 나올 거야. 붕대를 배에 꽉 동이고 천천히만 가면 괜찮을 겁니다. 요셉은 고집을 부렸지만 사실 자신은 없었다. 설사 이 노인을 나귀의 등에 싣는다 해도 나사렛까지는 절대 못 갈 것이 분명했기 때문이다. 아나니아는 다시 눈을 감았다. 그는 눈을 뜨지 않고 요셉에게 말했다, 돌아가게, 내 분명히 말하는데 로마군이 여기에 곧 들이닥칠 거야. 걱정 마세요, 밤에는 공격하지 않을 겁니다. 집에 가게, 집에 가, 아나니아가 중얼거렸다. 요셉은 대답했다, 좀 주무세요.

요셉은 밤새도록 아나니아를 지켜보았다. 요셉은 졸지 않으려고 애쓰면서 자기가 왜 여기에 온 것인지 궁금해하지 않을 수 없었다. 사실 아나니아와 그 사이에 깊은 우정 같은 것은 전혀 없었기 때문이다. 나이 차이가 상당하기도 했지만, 요셉은 늘 유보적인 태도로 아나니아와 그의 부인을 바라보았다. 그들은 좋은 일을 해주면서도 참견을 좋아하고 간섭이 심했다. 게다가 늘 똑같이 갚아주기를 바란다는 인상을 주었다. 하지만 이 사람은 내 이웃이야, 요셉은 생각했다. 자신의 불안을 잠재울 더 나은 대답은 생각할 수 없었다. 이 사람은 나와 같은 피조물이야, 이제 죽음을 눈앞에 두고 있어, 벌써 눈을 감고 있어, 내가 보고 싶지 않아서가 아니라 죽어가는 매순간을 음미하고 싶어서 눈을 감은 거야, 지금 이 사람을 버려두고 갈 수는 없어. 요셉은 아나니아가 누운 매트와 어린 소년이 누운 매트 사이의 좁은 공간에 쭈그리고 앉아 있었다. 어린 소년은 아들 예수보다 나이가 그리 많아 보이지도 않았다. 가엾은 아이는 작은 신음을 토하며 혼자 중얼거리고 있었다. 열 때문에 입술이 갈라져 있었다. 요셉은 위로를 해주려고 아이의 손을 잡아주었다. 아나니아의 손이 자신을 방어할 무기를 찾으려는 듯 주변을 더듬었다. 그들 셋은 그렇게 밤을 보냈다. 죽어가는 두 사람 사이에서 건강하게 살아 있는 요셉, 두 죽음 사이의 한 생명. 고요한 밤하늘은 별과 행성을 궤도로 내보내고, 빛나는 하얀 달은 세상의 다른 끝에 있는 공간을 헤치고 둥실 떠올라 갈릴리 전체에 순수한 빛을 뿌렸다. 요셉은 내키지 않으면서도 어쩔 수 없이 무감각한 상태로 빠져들었는데, 한참이 지나서야 그 상태에서 빠져나왔다. 요셉은 깨어나면서 안도감을 느꼈다. 이번에는 베들레헴으로 가는 길의 꿈을 꾸지 않았기 때문이다. 요셉은 눈을 뜨다가 아나니아를 보았다. 그도 눈을 뜨고 있었다. 눈을 뜨고 죽어 있었다. 아나니아는 마지막 순간에 죽음의 모습을 견딜 수가 없었는지 요셉의 손을 세게 움켜쥐어, 요셉은 뼈가 으스러지고 있는 듯한 느낌이었다. 요셉은 그 꽉 잡은 손아귀를 풀어내려고 소년의 손을 쥐고 있던 손을 풀다가 아직 정신을 못 차린 상태에서도 소년의 열이 많이 내린 것을 알았다. 열린 문으로 내다보니 달은 지고 날이 밝아오고 있었다. 하늘은 어정쩡한 세피아 빛이었다. 창고에서는 사람 형체들이 꿈틀거렸다. 도움을 받지 않고 일어날 수 있는 사람들은 밖으로 나가 동이 트는 것을 보았다. 그들은 서로, 또는 심지어 하늘에게도 물었을 것이다, 이 새로운 새벽이 무엇을 가져올까. 언젠가는 우리도 쓸데없는 질문을 하지 않게 될지 모른다. 하지만 그날이 올 때까지는 이런 기회를 이용하여 자문해 보자, 이 새로운 새벽이 무엇을 가져올까. 요셉은 속으로 생각했다, 가는 게 좋겠어, 여기서 더 할 수 있는 일은 없어. 그러나 이런 말에는 의문이 숨어 있었으며, 그 때문에 요셉은 생각하지 않을 수 없었다, 시신을 나사렛으로 모셔갈 수도 있겠지. 너무 당연한 생각 같아서, 자신이 바로 이 일을 위해서, 살아 있는 아나니아를 찾아내서 죽은 몸을 싣고 가기 위해서 온 것이라고 스스로 믿을 정도였다. 아이가 물을 달라고 했다. 요셉은 질그릇을 아이 입에 갖다 댔다. 몸은 어떠니, 요셉이 물었다. 좋아졌어요. 어쨌든 열은 내린 것 같았다. 일어설 수 있는지 봐야겠어요, 아이가 말했다. 조심해라, 요셉이 아이를 말리려 했다. 그 순간 다른 생각이 떠올랐다. 그가 아나니아를 위해 해줄 수 있는 일은 그를 나사렛에 묻어주는 것뿐이었다. 그러나 요셉이 아이를 이 죽음의 집에서 구해 내면 아이의 목숨을 구할 수 있었다. 말하자면 한 인간을 다른 인간으로 대체할 수 있는 셈이었다. 요셉은 이제 아나니아에게 아무런 동정심을 느끼지 않았다. 그의 몸은 빈 껍질일 뿐이었다. 볼 때마다 그의 영혼은 점점 멀리 가 있는 것처럼 느껴졌다. 아이는 자신에게 뭔가 좋은 일이 일어날 것 같다고 느낀 것 같았다. 눈이 반짝거렸다. 그러나 아이가 무슨 질문을 하기도 전에 요셉은 이미 나귀를 데리러 갔다. 그런 훌륭한 생각을 인류의 머리에 집어넣은 주에게 복이 있을지어다. 그러나 나귀는 사라졌다. 남은 것은 장대에 묶은 밧줄뿐이었다. 도둑은 매듭을 푸느라 시간을 낭비하지 않고 날카로운 칼을 이용해 밧줄을 잘라버렸다.

이 불행으로 요셉은 몸에서 힘이 완전히 빠져나갔다 성전에서 보았던 희생 송아지가 푹 쓰러지듯이 요셉은 털썩 무릎을 꿇으며 두 손으로 얼굴을 가렸다. 그런 채로 자신을 용서할 날, 아니면 마지막 심판에 직면할 날을 기다리던 지난 십삼 년 동안 고인 눈물을 모두 쏟아냈다. 하나님은 우리에게 죄를 짓게 만들고, 그 죄를 용서하지 않는다. 요셉은 창고로 돌아가지 않았다. 자신의 행동이 영원히 의미 없어졌음을, 세상 자체가 의미 없음을 깨달았기 때문이다. 해가 솟아오르고 있었다. 그런데 왜, 오, 주여, 하늘 전체에 수많은 작은 구름들이 사막의 돌들처럼 흩어져 있는 것입니까. 거기에서 튜닉 소매로 눈가를 훔치고 있는 요셉을 본 사람이라면, 그가 창고에서 부상당한 사람들과 함께 발견된 친척의 죽음을 애도하고 있는 것이라고 생각했을 것이다. 그러나 사실 요셉은 방금 자연스러운 눈물, 삶의 비애로 인한 눈물을 흘렸을 뿐이다. 요셉은 혹시 도난당한 짐승을 찾을 수 있을지도 모른다는 희망을 버리지 못한 채 한 시간 이상 도시 전체를 헤매고 다녔다. 그는 마침내 포기를 하고 나사렛으로 돌아가려다가 세포리스를 점령한 로마 군인들에게 체포당했다. 그들은 요셉에게 이름을 물었다. 나는 헬리의 아들 요셉입니다. 그러자 어디에 사느냐고 물었다. 나사렛에 삽니다. 그러자 어디에 가느냐고 물었다. 나사렛으로 돌아갑니다. 그러자 무슨 일로 세포리스에 왔느냐고 물었다. 누가 내 이웃이 여기에 있다고 말해주었습니다, 아나니아라는 사람입니다. 그래서 발견했는가. 네. 어디서 발견했지. 창고에 다른 사람들과 함께 있었습니다. 다른 사람들은 뭐 하는 사람들이지. 부상자들이었습니다. 도시 어느 쪽에. 저쪽이었습니다. 로마군은 요셉을 남자들이 열둘 내지 열다섯 명쯤 바닥에 쭈그리고 앉아 있는 광장으로 데려갔다. 몇 명은 부상을 당한 몸이었다. 군인들은 요셉에게 명령했다, 저기 가서 함께 있어. 요셉은 거기 앉아 있는 사람들이 반란군임을 깨닫고 항의했다, 나는 목수이고 평화를 사랑하는 사람입니다. 그러자 반란군 한 명이 목소리를 높였다, 우리는 이 사람을 모르오. 그러나 포로들을 책임진 장교는 들으려 하지 않고 요셉을 확 밀었다. 요셉은 밀려가다 바닥에 쓰러져 그들과 함께 있게 되었다. 네가 갈 곳은 죽음뿐이야, 장교가 말했다. 불운과 그를 기다리는 운명이라는 이중의 충격 때문에 요셉은 정신이 멍해졌다. 그러나 다시 냉정을 되찾는 순간 마음이 아주 평온해졌다. 이 모든 것이 곧 끝날 악몽이고, 잠을 깨면 이런 협박 때문에 괴로워할 필요가 없다는 확신 때문이었다. 눈을 뜨는 순간 모든 것이 사라질 테니까. 그 순간 베들레헴으로 가는 길의 꿈을 꿀 때도 자신이 깨어날 것이라는 확신을 가졌다는 사실이 기억나면서, 자신의 죽음이 잔인하고 확실한 현실임을 깨닫고 몸을 떨기 시작했다. 나는 죽는구나, 죄가 없는데도 죽는구나. 그때 어깨에 손이 느껴졌다. 옆에 있는 포로의 손이었다. 지휘관이 오면 댁이 우리에게 속한 사람이 아니라고 말하리다. 그럼 풀어주라고 명령할 거요. 여기 계신 분들은 어떻게 되는 겁니까. 로마군은 지금까지 체포한 반란군을 모두 십자가에 매달았소, 우리라고 더 낫게 대접해 줄 것 같지는 않구려. 하나님이 구해 주실 겁니다. 하나님은 몸이 아니라 영혼을 구하신다는 걸 잊으신 모양이외다. 군인들이 포로를 둘씩, 셋씩 더 데려왔다. 그러더니 이번에는 스무 명쯤 되는 무리를 데려왔다. 세포리스의 주민들은 이미 광장에 모여 있었다. 군중 가운데는 심지어 아녀자들도 있었다. 사람들은 불안하게 웅성거렸으나, 로마군의 허락이 떨어지기 전에는 아무도 감히 움직일 생각을 하지 못했다. 군인들은 여전히 반란군을 도왔을 만한 사람을 찾고 있었다. 잠시 후에 남자 한 명이 또 광장으로 끌려왔다. 그를 잡아온 군인들이 말했다, 지금은 이게 답니다. 그러자 장교가 소리쳤다, 일어서, 너희들. 포로들은 보병대 지휘관이 오고 있는 거라고 짐작을 했다. 요셉 옆의 남자가 말했다, 준비하쇼. 그 말의 뜻은, 석방될 준비를 하쇼, 였다. 마치 자유를 얻는 것도 준비가 필요한 것처럼. 그러나 누가 오기는 왔지만, 지휘관은 아니었다. 누구인지 알 수도 없었다. 장교가 갑자기 군인들에게 라틴어로 명령을 내렸기 때문이다. 물론 지금까지 로마군이 한 모든 말은 라틴어였다. 암이리의 후손들(로마를 건국한 쌍둥이 형제는 이리의 젖을 먹고 자랐다-옮긴이)이 이방인의 말을 한다는 것은 생각도 할 수 없는 일일 테니까. 그들은 통역을 두고 있었지만, 지금 대화는 자기들끼리 하는 것이었기 때문에 통역이 필요 없었다. 군인들은 상관의 명령에 따라 얼른 포로들을 모았다, 전진 앞으로. 죄수들의 행렬은 도시 밖으로 걸어갔고, 군중이 그 뒤를 따라왔다. 요셉은 다른 포로들과 함께 행군할 수밖에 없었다. 자비를 구할 데가 없었다. 요셉은 하늘을 향해 두 팔을 들어 올리고 소리쳤다, 저를 구하소서, 저는 여기 속한 사람이 아닙니다, 저를 도와주소서, 저는 죄가 없습니다. 그 순간 군인이 뒤에서 다가와 창 손잡이로 요셉의 등을 찌르는 바람에 요셉은 바닥에 쓰러질 뻔했다. 절망에 사로잡힌 요셉은 자신을 이런 곤경에 빠뜨린 아나니아에게 증오감을 느꼈다. 그러나 그 느낌은 곧 사라지고, 텅 빈 상태만 남았다. 요셉은 혼자 생각했다, 달리 갈 데가 없어. 하지만 그는 틀렸고, 그는 곧 그곳으로 가게 된다. 이상하게 들리겠지만, 죽음이 확실해지자 요셉은 오히려 차분해졌다. 그는 불행에 처한 동료들을 둘러보았다. 아주 차분해 보였다. 물론 일부는 풀이 죽었다. 그러나 또 어떤 사람은 도전적으로 고개를 높이 들고 있었다. 대부분 바리새인들이었다. 그 순간 처음으로 자식들이 떠올랐다. 아주 짧은 순간이었지만 심지어 아내도 잠시 떠올랐다. 그러나 그 모든 얼굴과 이름들을 그의 피곤한 뇌가 다 받아들이는 것은 무리였다. 잠과 음식이 부족하여 그의 몸은 허약한 상태였다. 집중을 할 수가 없었다. 최후에 남은 것은 첫아들 예수의 모습, 그리고 자신이 마지막으로 받을 벌뿐이었다. 자신의 꿈을 놓고 예수와 이야기하던 때가 기억이 났다. 그는 예수에게 말했다. 네가 나한테 모든 질문을 하는 것도, 내가 너에게 모든 답을 해주는 것도 불가능해. 하지만 이제 질문에 답할 시간은 끝이 났다.

도시를 굽어보는 높은 땅에 사람 무게를 감당할 만큼 강한 기둥 마흔 개가 여덟 줄로 서 있었다. 기둥 밑에는 사람이 두 팔을 벌린 길이만 한 가로대가 하나씩 놓여 있었다. 포로 몇 명이 이 고문 도구를 보고 달아나려 했지만 군인들이 검을 뽑아 들고 제자리로 돌려보냈다. 한 사람은 스스로 검에 자기 몸을 갖다 대려 했으나 소용이 없었다. 그는 바로 십자가 처형장으로 끌려갔다. 이윽고 각 죄수의 손목에 못을 박아 가로대에 고정시키는 힘든 일이 시작되었다. 그 일이 끝나야 죄수를 수직의 기둥에 달아 올릴 수 있었다. 비명과 신음이 멀리까지 퍼져나갔다. 세포리스 사람들은 이 슬픈 광경 앞에서 울었다. 이 처형은 일종의 경고였기 때문에 사람들은 의무적으로 지켜봐야 했다. 십자가가 하나씩 세워졌다. 사람이 한 명씩 달려 앞서 말했듯이 다리를 구부리고 있었다. 왜 그렇게 하는지 아무도 모른다. 어쩌면 일을 편하게 하고 재료를 아끼기 위해 로마가 명령한 것인지도 몰랐다. 십자가 처형에 관해 많이 알지 못한다 해도, 평균적인 신장에 맞춘 십자가는 만드는 데 품도 더 많이 들고 운반하기에 더 무겁기도 하고 다루기도 편치 않다는 것 정도는 알 수 있기 때문이다. 그뿐만 아니라 죄수에게도 매우 불리하다. 발이 땅에 가까워야 나중에 주검을 내리기도 쉽기 때문이다. 사다리를 사용할 필요도 없이, 주검을 말하자면 십자가의 두 팔에서 가족이 있다면 가족의 두 팔로, 아니면 일을 맡고 온 무덤 파는 사람의 팔로 옮길 수 있기 때문이다. 이들은 주검을 그냥 거기에 뉘어두지 않을 것이다. 공교롭게도 요셉의 차례는 마지막이었다. 따라서 이름도 모르는 동료 서른아홉 명이 한 명씩 고문을 당하다 죽어가는 모습을 지켜봐야 했다는 뜻이다. 마침내 순서가 되었을 때 요셉은 자신의 운명에 체념하고 무죄를 주장하지 않아, 결국 목숨을 구할 마지막 기회를 놓쳤다. 그러나 망치질을 하던 군인이 장교에게 말했다, 자기가 죄가 없다고 주장하던 자입니다. 장교는 잠시 생각했다. 그 시간을 이용해 요셉은, 나는 죄가 없습니다, 하고 외칠 수 있었지만, 그냥 입을 다무는 쪽을 택했다. 장교는 위를 보더니 마지막 십자가를 세우지 않으면 균형이 깨질 것이라고 판단하는 것 같았다. 마흔이면 꽉 차는데. 그래서 장교는 신호를 보냈고, 못이 박혔고, 요셉은 비명을 내질렀다. 계속 내질렀다. 이윽고 군인들은 요셉을 들어 올렸다. 손목에 박힌 못이 그의 무게를 지탱했다. 긴 못이 두 발을 꿰뚫을 때 다시 고통 때문에 비명이 터져 나왔다. 하나님, 당신이 창조한 사람입니다, 그대의 거룩한 이름이 복을 받기를 바랍니다, 당신을 저주하는 것은 금지되어 있으니 말입니다. 갑자기 누가 다른 신호를 보내기라도 한 것처럼 새로운 공포가 세포리스 주민을 사로잡았다. 방금 목격한 십자가 처형 때문이 아니라 도시를 가로지르며 빠르게 퍼져가는 불길 때문이었다. 불이 집과 공공건물, 심지어 안뜰의 나무들마저 태우고 있었다. 보병대의 군인 네 명은 전우들이 지른 불 쪽으로 눈길도 주지 않고 죽어가는 사람들 사이를 걸어 다니며 쇠막대로 차곡차곡 정강이뼈를 분질러 나아갔다. 십자가에 박힌 사람들이 한 명씩 죽어가는 동안 세포리스는 사방 어디를 보나 불바다였다. 헬리의 아들 요셉이라는 이름의 목수는 이제 막 서른세 살이 된 한창때의 젊은이였다.

이 전쟁이 끝나면, 이미 거의 끝났다는 것이 눈에 보이니 그것은 이제 멀지 않은 일임을 알 수 있는데, 그러면 목숨을 잃은 사람들이 몇 명인지 마지막 계산 결과가 나올 것이다. 여기서도 아주 많고, 저기서도 아주 많고, 가까운 데도 있고, 먼 곳에도 있다. 시간이 지나면 매복공격에서 죽임을 당하거나 교전이 벌어져 죽임을 당한 사람들의 수는 그 중요성을 잃어버려 잊힌다 해도, 십자가에 매달린 사람들, 가장 믿을 만한 통계에 따르면 이천 명가량 되는 사람들은 앞으로 전쟁이 더 많이 터지고 피를 더 많이 흘린 뒤에도 유대와 갈릴리 사람들의 뇌리에서 오랫동안 사라지지 않을 것이다. 십자가에 달린 이천 명은 큰 수다. 간선도로를 따라 일 킬로미터 반 정도 간격을 두고 세워놓는다면, 또는 예를 들어 언젠가 포르투

같이라고 알려지게 될 나라, 대체로 삼천 킬로미터 정도의 둘레를 가진 나라를 둘러싼다면 훨씬 많아 보일 것이다. 요단강과 바다 사이에서 과부와 고아들이 운다. 이것은 오래된 습관이다. 그래서 그들이 과부이고 고아인 것이다. 마음 놓고 울 수 있도록. 남자아이들이 커서 새로운 전쟁에 나가면 더 많은 과부와 고아들이 그들의 자리를 차지할 것이다. 설사 관습이 바뀌어, 흰색이 아니라 검은색이 애도의 상징이 된다 해도, 또는 그 역이 된다 해도, 여자들이 머리를 쥐어뜯는 대신 검은 만틸라(머리와 어깨를 덮는 베일-옮긴이)를 쓴다 해도, 깊은 슬픔에서 나오는 눈물은 결코 변하지 않을 것이다.

지금까지 마리아는 울지 않았다. 하지만 그녀의 영혼은 죽음을 예감하고 있다. 남편이 돌아오지 않았기 때문이다. 세포리스가 불타고 남자들이 십자가에 달렸다는 소문이 나사렛에 퍼졌기 때문이다. 마리아는 장남을 데리고 어제 요셉이 갔던 길을 되짚어간다. 그녀의 두 발이 남편의 샌들이 남긴 발자국에 자주 닿는다. 지금은 우기가 아니라 아주 가벼운 바람 외에는 흙을 건드릴 것이 없기 때문이다. 요셉의 발자국은 지나간 시대에 이 지역에 살던 선사 시대 동물의 발자국과 비슷하다. 사실, 바로 어제, 하고 말하는 대신, 천 년 전에, 하고 말해도 상관없다. 시간이란 매듭에서 매듭까지 잴 수 있는 밧줄이 아니라, 오직 기억으로만 다가갈 수 있는, 물매와 물결이 있는 면(面)이기 때문이다. 마을 사람 몇 명이 마리아와 예수를 따라간다. 동정심 때문에 가는 사람도 있고, 단순한 호기심 때문에 가는 사람도 있다. 아나니아의 먼 친척들도 있다. 하지만 그들은 갈 때와 마찬가지로 확실한 소식을 알지 못하고 돌아오게 될 것이다. 그들은 주검을 발견하지 못할 것이고, 그것은 곧 아나니아가 살아 있을지도 모른다는 뜻이 될 것이다. 그들은 창고가 무너지고 난 잡석 더미 속을 살펴볼 생각은 하지 못했다. 그랬다면 그 시커멓게 그을린 돌들 틈에서 그의 주검을 알아볼 수 있었을지도 모르는데. 나사렛 사람들은 반쯤 가다가 그들의 마을을 수색하러 가는 작은 부대와 마주쳤다. 그러자 일부는 자기 소유에 무슨 일이 생길까 봐 걱정이 되어 다시 돌아갔다. 군인들이 문을 두드려보고 집에 아무도 없다는 것을 알면 무슨 짓을 할지 아무도 예측할 수 없는 일이기 때문이다. 장교가 마을 사람들에게 왜 세포리스에 가느냐고 묻자, 그들은 대답했다, 불구경을 하고 싶었습니다. 장교는 그 말을 받아들였다. 세상이 시작된 이래로 인류는 불에 저항할 수 없는 매력을 느꼈기 때문이다. 심지어 불이 일종의 내면의 부름이라고, 최초의 불에 대한 본능적 기억이라고 말하는 사람도 있을 정도이니. 마치 재가 이미 타버린 것을 어떤 식으로든 보전하기라도 하는 것 같잖은가. 어쨌든 이런 이론은 우리가 캠프파이어를 볼 때, 또는 어두운 방에서 깜빡거리는 촛불을 볼 때 우리 얼굴에 나타나는 매혹의 표정을 설명해 준다. 우리 인간들이 나비, 나방을 비롯한 날개 달린 곤충들처럼 무모하거나 과감해서 모두 함께 불 속으로 몸을 던진다면, 누가 알랴, 그 불길이 아주 거세고 그 빛이 아주 밝아 하나님이 눈을 번쩍 뜨며 무감각 상태에서 깨어날지. 물론 그래봐야 너무 늦어 이미 타버린 우리를 알아보지도 못하겠지만. 그래도 혹시 우리가 모두 연기로 사라진 직후의 공허는 볼 수 있지 않을까. 마리아는 돌봐줄 사람도 없이 집 안 가득 애들끼리만 내버려두고 왔음에도 돌아서려 하지 않았다. 사실 마음이 편했다. 군인들이 마을에 쳐들어가 어린아이들을 학살하는 일은 매일 일어나는 것이 아니니까. 게다가 로마인은 노예처럼 순종하고 세금만 제때 내준다면 아이들이 성장하기를 바랄 뿐 아니라 열심히 지원도 할 판이니까. 어머니와 아들은 둘이서 길을 걷고 있다. 대여섯 명쯤 되는 아나니아의 친척들은 자기들끼리 이야기를 하느라 바빠 뒤에 처졌기 때문이다. 마리아와 예수는 입을 열어봤자 괴로운 말밖에 나오지 않을 것이 뻔하기 때문에 서로 괴롭히기보다는 그냥 입을 다물고 가는 쪽을 택한다. 어디에나 묘한 정적이 깔려 있다. 새들은 노래를 하지 않는다. 바람은 잦아들었다. 발걸음 소리뿐이다. 그 소리마저도, 모르고 텅 빈 집에 들어온 예의 바른 침입자처럼 뒤로 멀어진다. 길의 한 굽이를 도는 순간 갑자기 세포리스가 눈에 들어온다. 집 몇 채는 여전히 타오르고 있다. 여기저기 가느다란 연기가 솟아오른다. 담은 시커멓다. 나무는 우듬지에서 아래까지 검게 그을렸다. 잎은 그대로 붙어 있지만 녹 색깔이다. 그리고 우리의 오른쪽으로 십자가들이 줄줄이 서 있다.

마리아는 달리기 시작했다. 하지만 아직 거리가 꽤 멀어 속도를 늦추고 숨을 몰아쉴 수밖에 없었다. 그 많은 자식을 쉬지도 않고 낳다 보니 심장이 많이 약해진 것이다. 예의 바른 아들 예수는 어머니와 동행하고 싶다. 지금에나 나중에나 그녀 옆에 머물며 똑같은 기쁨과 슬픔을 나누고 싶다. 하지만 마리아는 지금 발을 질질 끌며 너무 늦게 걷는다. 어머니, 이 속도로는 저기까지 가지도 못할 거예요. 마리아는, 먼저 가라, 나는 뒤따라가마, 하고 말하는 듯한 몸짓을 한다. 예수는 시간을 절약하려고 길을 버리고 들판을 가로지른다. 아버지, 아버지, 예수는 그렇게 부르지만 아버지가 거기에 없기를 바란다. 거기서 아버지를 발견할까 봐 두렵다. 예수는 첫 번째 줄에 이른다. 몇 명은 아직도 십자가에 그대로 매달려 있다. 몇 명은 이미 내려져 땅바닥에 누워 기다리고 있다. 거두어줄 친척이 있는 사람은 거의 없다. 반란군 대부분은 먼 고장 출신이기 때문이다. 이들은 마지막 연합 공격을 펼쳤던 혼합 부대의 일부로, 이제 뿔뿔이 흩어져 각자 죽음이라는, 말로 표현할 수 없는 고독을 홀로 마주하고 있다. 아버지는 눈에 띄지 않는다. 예수의 마음은 기뻐하지만, 이성이 그에게 말한다, 기다려, 아직 줄 끝까지 가지 않았잖아. 하지만 끝이라고 해봐야 바로 코 앞이다. 과연 땅바닥에는 그가 찾던 아버지가 누워 있다. 피는 거의 흘리지 않았다. 손목과 발에만 벌어진 상처가 있을 뿐이다. 꼭 주무시는 것 같네요, 아버지, 하지만 아니죠, 주무시는 게 아니죠, 그렇게 다리가 비틀린 채 어떻게 주무실 수 있겠어요, 그래도 아버지를 십자가에서 내려놓았으니 어떤 사람들인지 참 자비로운 일을 했네요. 하지만 시신이 워낙 많다 보니 그 착한 사람들도 다리까지 펴주지는 못했네요. 예수라는 이름의 소년은 죽은 아버지 옆에 무릎을 꿇고 앉아 운다. 처음에는 간절히 원했음에도 주검을 만지지 못하지만, 이윽고 슬픔이 죽음에 대한 두려움을 누르면서 꼼짝도 하지 않는 몸을 끌어안는다. 아버지, 아버지, 예수는 큰 소리로 흐느낀다. 다른 외침이 그의 외침을 따라온다, 당신한테 무슨 짓을 한 거예요, 요셉. 마리아의 목소리다. 마침내 도착하여 진이 빠진 모습으로 눈이 빠지도록 흐느끼고 있다. 아들이 멀리서 멈춘 것을 보고 이미 상황을 예상했기 때문이다. 애처롭게 비틀린 남편의 다리를 보자 마리아는 눈물을 쏟는다. 죽음 뒤에 삶의 슬픔은 어디로 가는 것인지 우리는 모른다. 특히 고난의 그 마지막 순간에. 죽음과 함께 모든 것이 끝날 수도 있다. 하지만 우리가 주검이라고 부르는 이 몸에 고통의 기억이 적어도 몇 시간은 머무는 것 아닐까. 또 물질이 자신에게서 고통을 제거하려는 마지막 수단으로 부패를 이용할 가능성도 배제할 수 없다. 마리아는 남편이 살아 있는 동안에는 결코 보여주지 않았을 부드러운 태도로 마치 해체된 꼭두각시 같은 괴상한 느낌을 주는 뒤틀린 다리를 가능한 한 곧게 편 뒤에 요셉의 튜닉을 끌어 내렸다. 예수도 어머니를 도와 몸에는 손을 대지 않고 가느다란 정강이 위로 튜닉을 끌어 내렸다. 정강이야말로 인체 가운데 가장 약한 부분이고, 우리의 연약한 상태를 고통스럽게 일깨워주는 부분이 아닐까. 정강이 뼈가 부러지는 바람에 두 발은 옆으로 꺾여 덜렁거렸다. 못으로 인한 상처에는 피 냄새를 맡은 파리들이 계속 꼬여들었다. 요셉의 샌들은 그가 마지막 열매처럼 달려 있던 굵은 나무줄기 옆의 땅바닥에 떨어져 있었다. 낡은 데다가 흙이 잔뜩 묻어 아무도 눈여겨보지 않았을 그 샌들을 예수는 아무 생각 없이 챙겼다. 마리아는 보지 못했지만, 예수는 마치 명령을 따르듯 샌들을 허리띠 밑에 끼웠다. 요셉의 맏아들이 아버지의 유산을 상속하는 대단히 상징적인 행동이었다. 사실 어떤 일들은 이렇게 간단하게 시작된다. 심지어 오늘날에도 사람들은 말하지 않는가, 나는 아버지의 신을 신고 어른이 된다.

로마 군인들은 신중하게 거리를 두고 지켜보고 있었다. 애도하며 시신을 챙기는 사람들이 분란을 일으키는 행동을 하면 당장이라도 뛰어들 태세였다. 그러나 이 사람들이 문제를 일으킬 조짐은 어디에도 없었다. 주검에서 주검으로 옮겨가며 기도를 할 뿐이었다. 그러는 데 두 시간 이상이 걸렸다. 그들은 각 주검을 굽어보면서 옷을 찢으며 죽은 자를 위한 기도문을 암송했다. 친척들은 왼쪽에 섰고, 다른 사람들은 오른쪽에 섰다. 기도문을 외는 목소리들이 저녁의 정적을 부수었다, 주여, 사람이 무엇이기에 당신이 마음에 두시나이까, 사람의 아들이 무엇이기에 당신이 찾아주시나이까, 사람은 한번 부는 바람이요, 그의 날들은 그림자처럼 지나갑니다, 사람은 살면서는 죽음을 보지 못하고 무덤으로 탈출하여 영혼을 구합니다. 여자에게서 태어나는 사람은 시간도 없고 불안에 시달리기만 할 뿐입니다. 꽃처럼 피어나서 꽃처럼 집니다. 그림자처럼 사라져 덧없기 짝이 없습니다. 사람이 무엇이기에 당신이 마음에 두시나이까, 사람의 아들이 무엇이기에 당신이 찾아주시나이까. 너무 낮게 깔리는 바람에 목이 아니라 몸 안의 어떤 곳에서 나오는 듯한 목소리들은 하나님의 눈으로 볼 때 인간이 얼마나 하찮은지 이야기한 뒤에, 합창으로 갑자기 높이 솟구치면서 전능하신 하나님 앞에서 우리의 의심할 수 없는 가치를 선언했다. 오, 주여, 저희를 천사보다 약간 늦게 만드시고, 영광과 명예의 면류관을 씌워주셨다는 것을 잊지 말아주소서. 조객들은 요셉이 마흔 명 가운데 맨 마지막인 데다가 알지도 못하는 사람이었기 때문에 얼른 지나갔다. 그래도 목수는 자신에게 필요한 것은 다 저세상으로 가져갔다. 조객들이 서두른 것도 이해할 만한 일이었다. 법은 십자가 처형을 당한 사람의 매장을 다음 날까지 미루는 것을 허락하지 않았는데, 해는 이미 기울고 있었기 때문이다. 예수는 어린 나이였기 때문에 옷을 찢을 필요도 없었고, 애도 의식도 면제를 받았다. 그러나 그가 기도문을 외우는 강하고 맑은 목소리는 다른 모든 목소리들 위로 낭랑하게 울려퍼졌다. 우리 주 하나님, 우주의 왕이여, 복을 받으소서, 주는 당신을 정의로 창조하셨습니다. 정의로 당신을 살아 있게 하셨습니다. 정의로 당신을 양육하셨습니다. 정의로 당신이 이 세상을 알도록 허락하셨으며, 정의로 당신을 부활시키실 것입니다. 죽은 자들을 부활시키시는 주여, 복을 받으소서. 땅에 드러누운 요셉이 여전히 못의 아픔을 느낄 수 있다면 아마 그 말도 들었을 것이며, 이제 어느 쪽이 되었든 더 기대할 수 있는 것은 없으므로, 하나님의 정의가 그의 삶에서 어떤 역할을 했는지도 알 것이다. 기도를 마친 조객들은 이제 죽은 자들을 묻어야 했다. 그러나 죽은 자들이 너무 많고 밤은 빠르게 다가오고 있었기 때문에 그들 모두를 묻을 만한 적당한 장소를 찾을 수 없었다. 즉, 돌로 막아두는 진짜 무덤을 찾을 수 없었다는 것이다. 게다가 주검에게 수의를 입히는 것, 아니 간단한 천을 두르는 것도 바랄 수가 없었다. 그래서 그들은 그들 모두를 넣을 수 있는 긴 호를 파기로 했다. 사실 사람들이 누워 있던 자리에 그대로 묻히는 것은 이번이 처음도 아니었고 마지막도 아닐 터였다. 예수도 삽을 받아서, 어른들 옆에서 열심히 땅을 파기 시작했다. 운명은 그 지혜로 요셉이 그 자신의 아들이 판 무덤에 묻힐 것이라고 정해 놓았으며, 이렇게 해서, 사람의 아들이 사람을 묻을 것이지만 그 자신은 묻히지 않을 것이다, 하는 예언을 이루었다. 이 말은 언뜻 보면 수수께끼 같지만, 뻔한 이야기를 하고 있을 뿐이다. 마지막 사람은 마지막이기 때문에 아무도 묻어줄 사람이 없는 것이다. 그러나 이것은 방금 아버지를 묻은 소년에게는 해당되지 않을 것이다. 세상은 그와 함께 끝나지 않을 것이고, 우리는 헤아릴 수 없이 긴 세월 동안 출생과 사망의 끊임없는 흐름을 이루며 이곳에 있을 것이기 때문이다. 또 사람의 화해할 수 없는 원수이자 처형자가 늘 사람이었다면, 사람이 계속 사람의 무덤을 파는 자가 될 이유는 더 커지는 셈이기 때문이다.

이제 해는 산 너머로 사라졌다. 요단 강 유역 위의 거대한 먹구름은 자신의 위쪽 가장자리를 심홍색으로 물들이는 희미해지는 빛에 끌려가듯 천천히 서쪽으로 움직이고 있다. 갑자기 서늘해졌다. 이 시기에는 드문 일이지만 오늘밤에는 비가 올 것 같다. 군인들은 철수했다. 그나마 빛이 있을 때 약간 떨어진 야영지로 돌아간 것이다. 그곳에는 그들의 전우들이 나사렛에서 비슷한 수색작전을 마치고 돌아와 있을 것이다. 근대적인 전쟁은 갈릴리 사람 유다의 반군처럼 막무가내로 하는 것이 아니라 모름지기 이렇게 해야 하는 것이다. 그 결과가 모두가 볼 수 있도록 여기 나타나 있지 않은가. 십자가 처형을 당한 서른아홉 명. 그리고 좋은 의도를 가지고 왔다가 비참한 죽음을 맞이한 죄 없는 마흔 번째 남자. 세포리스 사람들은 타버린 도시의 폐허에서 밤을 보낼 곳을 찾고, 동이 트면 모든 가족이 이전의 집에서 건질 수 있는 것을 건져 다른 곳에서 어떻게 하든 새로운 삶을 시작할 것이다. 로마는 세포리스를 폐허로 만들었을 뿐 아니라, 한동안 이 도시의 재건을 허락하지 않을 것이기 때문이다. 마리아와 예수는 나무 줄기들로만 이루어진 어두운 숲 속의 두 그림자다. 어머니는 아들을 가슴에 끌어안는다. 겁에 질린 두 영혼은 하나가 되어 용기를 찾으려 하는데, 땅 밑에 있는 죽은 자들은 살아 있는 자들을 붙들어두려는 것 같다. 예수가 어머니에게 말했다, 이 도시에서 밤을 보내야겠네요. 하지만 어머니는 말했다, 안 돼, 집에 네 동생들끼리만 있는데 배고파 죽을 지경일 거야. 발밑도 보이지 않았다. 몇 번이나 비틀거린 끝에 그들은 마침내 어둠 속에 바싹 마른 강바닥처럼 뻗어 있는 도로에 이르렀다. 그들이 세포리스를 떠나자마자 비가 내리기 시작했다. 처음에는 묵직한 빗방울이었다. 땅을 덮은 두꺼운 흙먼지에 떨어지며 부드러운 소리를 냈다. 그러나 비는 더 집요해지고, 더 억압적으로 변했다. 흙먼지는 곧 진흙으로 변했다. 마리아와 아들은 샌들이 벗겨져 찾지 못하게 될까 봐 아예 벗어버렸다. 그들은 말없이 걸었다. 어머니는 망토로 아들의 머리를 덮었다. 서로 할 말이 없었다. 요셉이 사실은 죽지 않았다고, 집에 가면 자기 나름으로 최선을 다해 아이들을 돌보고 있는 요셉을 보게 될 것이라고 막연하게 생각했을지도 모른다. 요셉은 아내에게 물을 것이다, 도대체 뭐에 씌어 내 허락도 받지 않고 나다니는 거야. 그러나 마리아의 눈에는 다시 눈물이 고였다. 슬픔 때문만이 아니라, 이 무한한 피곤, 이 쉬지 않고 집요하게 내리는 비, 이 모진 어둠 때문에. 모든 것이 너무 슬프고 새까매서 요셉이 지금도 살아 있다는 희망은 도저히 품어볼 수도 없다. 어느 날 어떤 사람이 이 과부에게 세포리스 성문에서 목격한 기적을 이야기할 것이다. 포로들을 처형하는 데 사용했던 나무줄기에 다시 뿌리가 내리고 새싹이 돋았다고. 과연 기적은 기적이다. 첫째로 로마군은 떠날 때 십자가를 가지고 가는 습관이 있었기 때문이다. 둘째로 위와 아래를 잘라낸 나무줄기에는 피 묻은 굵은 기둥을 살아 있는 나무로 바꾸어줄 수액도 남지 않았고 싹도 없기 때문이다. 남의 말 믿기 잘하는 사람들은 이 이적이 순례자들의 피 때문이라고 했고, 회의적인 사람들은 비 때문이라고 했지만, 피나 비가 십자가를 만들었다가 산비탈이나 사막에 버려진 나무를 소생시켰다는 이야기는 들어본 사람이 없었다. 이것이 하나님의 뜻이라는 이야기는 감히 아무도 하지 못했다. 하나님의 뜻이 무엇이건 그것은 파악할 수가 없기 때문이기도 하지만, 하필이면 세포리스에서 십자가 처형을 당한 사람들이 이런 식으로 독특하게 표현된 신의 은총, 사실 이방인 신들의 방식에 더 잘 어울릴 듯한 이런 은총의 수혜자가 될 만한 이유를 생각해 낼 수가 없었기 때문이기도 했다. 이 나무들은 이곳에 오랫동안 살아남을 것이다. 그리고 언젠가 이런 에피소드가 잊힐 날이 올 것이다. 그러나 인간은 모든 것에 사실이든 거짓이든 설명을 구하기 때문에 이야기와 전설이 만들어질 것이다. 처음에는 그 안에 사실들이 포함되겠지만, 시간이 가면서 점차 사실로부터 멀어져 마침내 순수한 공상만 남을 것이다. 그러다가 마침내 나무들도 나이가 들어 죽거나, 아니면 길이나 학교나 쇼핑센터나 군사기지를 만들기 위해 베어낼 것이다. 그러다 발굴하는 사람들이 이천 년 동안 묻혔던 해골을 찾아내면 인류학자들이 현장에 나타날 것이고, 해부학 전문가는 유해를 조사하여 당시에는 사람들이 무릎 아래부터 다리를 구부려 십자가에 매달았다는 결정적 증거가 나왔다고 발표함으로써 세상에 충격을 줄 것이다. 사람들은 미학적으로 개탄할 만한 일이라고 생각하면서도 이 과학적 발견을 반박하지는 못할 것이다.

마리아와 예수는 흠뻑 젖고 진흙 범벅이 된 채 추위에 떨면서 집에 도착했다. 아이들은 생각했던 것보다는 나은 상태였다. 그것은 다른 아이들보다 나이가 많은 야고보와 리사 덕분이었다. 그들은 밤에 기온이 떨어지자 불을 피워야 한다는 것을 기억했으며, 아이들은 불 주위에 웅크린 채 서로 끌어안고 쓰린 허기를 잊으려 했다. 야고보는 누가 문을 두드리는 소리를 듣고 문을 열러 나갔다. 어머니와 형이 문지방을 건너자 비가 쏟아져 들어왔다. 집 안에 홍수가 날 것만 같았다. 아이들은 말끄러미 두 사람을 바라보았다. 이윽고 예수가 문을 닫자 아이들은 아버지가 돌아오지 않을 것임을 알았지만, 아무 말도 하지 않았다. 마침내 야고보가 입을 열었다, 아버지는 어디 계세요. 젖은 옷에서 뚝뚝 듣는 물을 바닥이 천천히 빨아들였다. 노(爐) 안에서 축축한 나무가 딱딱거리는 소리만 정적을 흔들었다. 아이들은 어머니를 바라보았다. 야고보가 질문을 되풀이했다, 아버지는 어디 계세요. 마리아가 말을 하려고 입을 열었으나, 치명적인 말이 교수대의 올가미처럼 그녀의 목을 닫아버렸다. 어쩔 수 없이 예수가 끼어들었다, 아버지는 돌아가셨어. 예수는 스스로 이유도 알지 못한 채, 어쩌면 요셉이 죽었다는 증거를 보여주려는 것이었는지 모르지만, 허리띠에서 젖은 샌들을 꺼내 보여주었다. 이걸 가져왔어. 큰 아이들은 이미 눈물을 글썽이고 있었는데 그 임자 잃은 샌들을 보는 순간 더 참을 수가 없었다. 과부와 아홉 아이는 곧 목을 놓아 울었다. 과부는 아이들 가운데 누구를 위로해야 할지 몰라 그냥 기진맥진하여 무릎을 꿇었고, 아이들이 그녀 주위에 모여들었다. 굳이 밟지 않아도 눈물이라는 색깔 없는 포도주가 나오는 포도송이 같았다. 오직 예수만 샌들을 가슴에 꼭 끌어안은 채 그대로 서서 언젠가는 자기가 그 샌들을 신을 것이라고 생각하고 있었다. 아니, 용기만 내면 지금 당장이라도 신을 수 있을 텐데. 아이들이 하나씩 어머니로부터 슬금슬금 멀어졌다. 나이 든 아이들이 눈치껏 어머니 혼자 슬퍼할 기회를 주었고, 어린아이들도 그들을 따라한 것이다. 아이들은 어머니의 슬픔을 나눌 수 없었기 때문에 그냥 울었다. 이런 점에서 어린아이는 아주 늙은 사람과 똑같다. 노인도 아무것도 아닌 일로 운다. 아무것도 느끼지 못하는 때도 운다. 느낄 수가 없기 때문에 운다. 마리아는 결정이나 선고를 기다리듯 방 한가운데 꿇어앉아 있었다. 이윽고 옷이 젖었다는 데 생각이 미치자 몸을 떨며 일어나 궤를 열고 원래 남편 것이던, 오래되고 누덕누덕 기운 튜닉을 꺼냈다. 마리아는 그 옷을 예수에게 건네주며 말했다, 젖은 옷 갈아입고 불가에 가서 앉아 있어. 마리아는 두 딸 리사와 리디아를 불러 차단막처럼 매트를 들게 하고 옷을 갈아입은 다음, 집에 남은 얼마 안 되는 것으로 저녁을 준비하기 시작했다. 아버지의 튜닉을 입은 예수는 불가에 앉았다. 튜닉은 밑의 가두리와 소매가 너무 길었다. 다른 때였다면 동생들이 허수아비처럼 보인다며 놀리고 웃었을 것이다. 하지만 지금은 농담을 할 때가 아니었다. 단지 애도하는 분위기 때문만은 아니었다. 소년의 범접할 수 없는 분위기 때문이기도 했다. 소년은 갑자기 키가 큰 것 같았다. 소년이 조심하며 천천히 아버지의 젖은 샌들을 불 앞으로 내밀자 그런 느낌은 더 강해졌다. 사실 필요없는 행동이었다. 샌들의 주인은 이미 세상을 떠났기 때문이다. 야고보는 예수한테 다가가 옆에 앉더니 낮은 목소리로 물었다, 아버지는 어떻게 된 거야. 다른 반란군들하고 같이 십자가에 매달렸어, 예수도 작은 소리로 말했다. 왜. 누가 알아, 마흔 명이 죽었어, 아버지도 그 가운데 한 명이었어. 반란군이었나 보지. 누구 얘기를 하는 거야. 당연히 아버지지. 말도 안 돼, 아버지는 늘 여기 집에 계셨잖아, 작업대에서 일하시면서. 그런데 나귀는 어떻게 됐어, 찾았어. 죽었는지 살았는지 아무 데도 안 보이던데. 저녁이 준비되자 모두 함께 쓰는 사발을 둘러싸고 앉아 얼마 안 되는 음식을 먹었다. 식사를 마치자 어린아이들은 꾸벅꾸벅 졸기 시작했다. 영은 여전히 괴로웠지만 몸은 휴식을 원했기 때문이다. 남자아이들의 매트는 방 한쪽 벽을 따라 펼쳐져 있었다. 마리아는 두 딸에게 말했다, 너희는 여기서 나와 함께 잘 거야, 샘내지 않도록 양편에 한 명씩. 문틈으로 차가운 바람이 들어왔지만 불에서 열기가 나와 집은 여전히 따뜻했다. 아이들은 서로 몸을 맞댄 채 슬픔의 한숨을 쉬다 이윽고 잠이 들었다. 마리아는 눈물을 참으며 아이들이 잠들기를 기다렸다. 혼자 슬퍼하고 싶었기 때문이다. 그녀는 눈을 크게 뜬 채 남편 없는 미래, 아홉 입을 먹여야 할 미래를 생각했다. 그러나 어느 순간 슬픔이 그녀의 영혼을 떠났다. 그녀의 몸은 피로에 굴복했다. 이윽고 모두 잠이 들었다.

마리아는 한밤중에 신음 소리에 잠을 깼다. 꿈속인가 했는데, 그녀는 꿈을 꾸고 있지 않았다. 다시 신음이 들렸다. 이번에는 더 컸다. 마리아는 딸들을 깨우지 않으려고 조심해서 몸을 일으켜 주위를 둘러보았다. 그러나 기름등잔의 불빛은 방 건너편에 닿지 않았다. 어느 아이일까, 마리아는 궁금했다. 그러나 마음속으로는 신음을 토한 아이가 예수임을 이미 알았다. 마리아는 조용히 일어나 문의 못에서 등잔을 빼 머리 위로 들어 올리고 아이를 하나씩 살폈다. 예수가 몸을 흔들다 돌리며, 악몽을 꾸는듯 혼자 웅얼거렸다. 아버지 꿈을 꾸는 것이 틀림없었다. 예수는 어린아이임에도 벌써 많은 고통을 지켜보았다. 죽음, 피, 고문. 마리아는 아이를 깨워 그 괴로움에서 건져낼까 하다가 마음을 바꾸었다. 아들이 무슨 꿈을 꾸는지 알고 싶지 않았다. 그때 마리아는 예수가 아버지의 샌들을 신고 있는 것을 보았다. 이상하다는 생각이 들었다. 걱정이 되었다. 얼마나 어리석은 일인가. 누가 시키지도 않은 일이었다. 또 아주 무례한 행동이었다. 아버지가 죽은 바로 그 날 그 가엾은 사람의 샌들을 신다니. 마리아는 어떻게 생각해야 할지 몰라 자기 매트로 돌아갔다. 어쩌면 샌들 때문에, 튜닉 때문에 아들이 아버지 요셉이 집을 떠난 뒤 감행한 운명적인 모험을 꿈 속에서 다시 살아내는 것인지도 몰랐다. 그렇게 소년은 남자들의 세계로 진입한 것인지도 몰랐다. 사실 하나님의 법에 따르면 예수는 이미 남자들의 세계에 속해 있었다. 이제 예수는 아버지의 얼마 안 되는 재산, 여러 군데 기운 튜닉과 닳아빠진 샌들, 그리고 꿈의 상속자로서 지금 지상에서 아버지의 마지막 발걸음을 되짚고 있었다. 마리아는 아들이 다른 꿈을 꿀 수도 있다는 생각은 하지도 않았다.

동이 텄을 때 하늘은 맑았다. 해가 얼굴을 내밀자 따뜻하고 밝았다. 비는 더 올 것 같지 않았다. 마리아는 학교에 다니는 아들을 모두 데리고 출발했다. 앞서도 말했듯이 예수는 이미 공부를 다 끝냈지만, 어머니와 함께 갔다. 마리아는 회당에서 장로들에게 요셉의 죽음을 알리고 그녀가 짐작하는 대로 십자가 처형에 이르게 된 정황을 이야기한 뒤 모든 일을 서둘러 되는대로 하기는 했지만, 매장 제의를 최대한 준수했다고 조심스럽게 덧붙였다. 예수와 단둘이 집으로 돌아가게 된 마리아는 왜 아버지의 샌들을 신기로 했는지 물어볼까 생각하다가, 마지막 순간에 어떤 이유에서인지 포기하고 말았다. 물어보면 예수는 당황해서 설명을 하지 못할지도 몰랐다. 창피해할지도 몰랐다. 한밤중에 일어나 음식을 훔치다가 들킨 아이와는 달리, 배가 고팠다는 핑계를 댈 수도 없을 터였다. 우리에게 알려지지 않은 다른 배고픔을 이야기할 생각이 아니라면. 마리아에게 다른 생각이 떠올랐다. 이제 아들은 가장이었기 때문에, 그녀가 어머니이자 부양가족으로서 아들을 존중하고, 배려하고, 아들의 잠을 방해했던 불길한 꿈에 흥미를 보이는 것은 당연한 일이었다. 아버지 꿈을 꾸었니, 그녀가 물었다. 그러나 예수는 못 들은 척했다. 얼굴을 돌려버렸다. 그러나 어머니는 물러서지 않고 질문을 되풀이했다, 꿈을 꾸었니. 그러나 그녀는 아들의 대답을 듣고 깜짝 놀라고 말았다, 네, 그러더니 거의 즉시 말을 이었다, 아뇨. 아들은 다시 죽은 아버지를 보고 있는 것처럼 표정이 어두워졌다. 그들은 말없이 걸었다. 마리아는 집에 도착하자 양털을 빗기 시작했다. 그러면서 속으로 가족을 부양하려면 자신의 기술을 최대한 활용하고 일을 더 해야겠다고 생각했다. 예수는 하늘을 올려다보며 날씨가 계속 좋을지 확인한 뒤 아버지의 작업대를 창고에서 내와 아직 마무리되지 않은 일들을 확인하고 여러 연장을 점검했다. 마리아는 아들이 새로운 책임을 진지하게 받아들이는 것을 보고 흡족했다. 어린 아들들이 회당에서 돌아와 모두 둘러앉아 함께 밥을 먹게 되면, 어지간한 사람들은 그 광경을 보고 이 가족이 막 남편이자 아버지를 잃었다는 사실은 짐작도 하지 못할 것이다. 예수의 꿈틀거리는 거무스름한 눈썹은 불안을 드러냈지만, 마리아를 포함한 다른 가족은 고요하고 차분했다. 기록된 바, 슬피 울고 곡을 하되, 남들이 너를 나쁘게 말하지 않도록 애도의 기간이 죽은 자의 공과에 따라 하루나 이틀이 되도록 하라, 그래서 너의 슬픔을 위로받으라, 하였기 때문이다. 또 기록된 바, 슬픔에 마음을 내주지 마라, 마지막을 기억하며 슬픔을 버려라, 그것을 잊지 마라, 다시 돌아오는 것은 없기 때문이다, 죽은 이에게는 도움을 주지 못하고 자신만 아프게 할 뿐이다, 하였기 때문이다. 웃고 즐길 때가 올 것이다. 이것은 오늘 뒤에 내일이 오듯이, 한 계절 뒤에 다음 계절이 오듯이 틀림없는 일이다. 가장 좋은 교훈은 전도서에서 찾을 수 있다. 여기에는 이렇게 기록되어 있다, 사람에게는 먹는 것과 마시는 것, 자기가 하는 수고에서 스스로 보람을 느끼는 것, 이보다 더 좋은 것은 없다. 알고 보니, 이것도 하나님이 주시는 것, 그분께서 주시지 않고서야, 누가 먹을 수 있으며, 누가 즐길 수 있겠는가, 하나님이 마음에 드는 사람에게는 슬기와 지식과 기쁨을 주신다. 그날 오후에 예수와 야고보는 지붕을 고치러 테라스로 갔다. 밤새도록 지붕이 샜기 때문이다. 혹시 왜 이런 집안의 작은 문제를 미리 언급하지 않았는지 궁금해하는 사람들이 있을까 봐 말해 두지만, 죄가 있든 없든 한 인간의 죽음은 다른 모든 일에 우선하는 법이다.

밤이 돌아왔다. 또 곧 다음 날이 시작될 것이다. 가족은 정성껏 저녁을 준비해 먹고 자려고 매트 위에 누웠다. 그러나 마리아는 새벽에 깜짝 놀라며 잠을 깼다. 아니, 꿈을 꾼 사람은 마리아가 아니라 예수였다. 예수의 신음이 들리자 가슴이 무너지는 듯했다. 나이가 많은 아이들은 잠을 깼다. 그러나 어린아이들은 그 정도로는 잠을 깨지 않고, 죄 없는 사람의 깊은 잠을 즐기고 있었다. 마리아는 큰아들이 매트에서 뒤척이는 것을 보았다. 검이나 창을 막으려는 듯이 두 팔을 들어 올렸다. 그러나 공격자들이 물러났는지 아니면 목숨이 빠져 나갔는지 서서히 잠잠해졌다. 예수는 눈을 뜨더니 어린아이처럼 어머니 품에서 울었다. 어른들도 겁을 먹거나 속상할 때는 다시 아이가 된다. 가엾게도 인정은 하지 못하지만, 사실 슬픔을 덜어내는 데 한바탕 우는 것이 가장 낫다. 왜 그러니, 아들아, 뭣 때문에 그러니, 마리아가 괴로워하며 물었다. 예수는 대답을 하지 못했다. 어쩌면 하지 않으려는 것인지도 몰랐다. 그 꾹 다문 입에는 아이 같은 데가 전혀 없었다. 말해봐, 무슨 꿈을 꾼 거야, 마리아가 다시 물었다. 그녀는 말을 하도록 부추기려는 듯이, 아버지를 봤니, 하고 물었다. 소년은 고개를 젓더니 두 팔을 풀고 다시 매트에 누웠다. 좀 주무세요, 예수는 어머니에게 그렇게 말하고 동생들을 돌아보았다. 아무것도 아냐, 다시 자, 난 괜찮아. 마리아는 딸들에게로 다시 돌아갔지만 예수의 꿈이 바로 돌아올 것 같아 아침까지 잠을 이루지 못했다. 도대체 무슨 꿈이기에 애가 그렇게 괴로워하는지 궁금했지만, 그것으로 끝이었다. 마리아는 아들도 잠을 자지 않을지 모른다는 생각은 하지도 않았다. 꿈을 다시 꾸지 않으려고. 마리아는 생각했다, 이런 우연이 있나, 늘 잘 자던 예수가 아버지가 죽은 직후부터 악몽을 꾸기 시작하다니, 하나님, 제발 똑같은 꿈이 아니기를 빕니다, 그녀는 그렇게 속으로 기도했다. 만일 그녀가 상식대로 꿈이란 물려줄 수도 없고 물려받을 수도 없는 것이라고 믿고 있다면, 그녀는 크게 잘못 알고 있는 것이었다. 아버지가 아들에게 굳이 꿈을 털어놓지 않아도 둘이 같은 시간에 같은 꿈을 꿀 수 있기 때문이다. 마침내 동이 텄다. 아침 빛이 문의 갈라진 틈으로 흘러들어왔다. 마리아는 눈을 뜨자마자 예수가 자리에 없다는 것을 알았다. 어디 갔을까, 그녀는 속으로 중얼거렸다. 마리아는 일어서서 바깥을 내다보러 나갔다. 예수는 창고의 짚더미에 앉아 두 팔에 얼굴을 묻고 있었다. 마리아는 서늘한 아침 공기와 아들의 고독한 모습에 오싹함을 느끼며 다가갔다. 어디 아프니, 그녀가 물었다. 소년은 눈을 들었다, 아뇨, 안 아파요. 그런데 왜 괴로워해. 계속 꾸는 꿈 때문이에요. 여러 가지 꿈이야. 아뇨, 이틀 동안 같은 꿈을 꿨어요. 십자가에 달린 아버지 꿈을 꾸었어. 아뇨, 말씀드렸잖아요, 아버지 꿈은 맞지만 아버지가 보이지는 않는다고. 아버지 꿈이 아니라고 그랬잖아. 아버지가 보이지 않아서 그런 거예요, 하지만 꿈에 아버지가 나오기는 나와요. 너를 계속 괴롭힌다는 그 꿈이 도대체 어떤 거야. 예수는 바로 대답하지 않고 무력한 표정으로 어머니를 보았다. 마리아는 손가락이 심장을 건드리는 듯한 느낌을 받았다. 어린아이처럼 보이는 아들이었다. 그러나 잠을 자지 못해 퀭했다. 거뭇거뭇 턱수염이 나올 조짐이 보였다. 평소에는 그것이 애정 어린 놀림의 대상이었다. 이것이 그녀의 첫아들, 여생을 의탁해야 할 아들이었다. 다 이야기해 봐, 마리아가 애원했다. 예수가 마침내 입을 열었다, 꿈에서 저는 어떤 마을에 있는데 나사렛은 아니에요, 어머니는 저하고 함께 계셔요. 하지만 어머니가 아니에요. 꿈에서 제 어머니인 여자는 완전히 달라 보이거든요. 제 나이 또래의 다른 남자아이들도 있어요. 몇 명인지는 잘 모르겠어요. 여자들도 함께 있는데 그 아이 어머니들인 것 같아요. 누가 광장에 우리를 모아놓았는데, 우리는 우리를 죽이러 오는 군인들을 기다리고 있어요. 길에서 군인들이 오는 소리가 들려요. 가까이 다가와요. 하지만 보이지는 않아요. 아직 겁은 나지 않아요. 저는 이게 꿈이란 걸 알거든요. 그런데 갑자기 아버지가 군인들하고 함께 다가오는 게 확실하게 느껴져요. 저는 어떻게 좀 해달라고 어머니를 봐요. 어머니는 제 진짜 어머니가 아닐지도 모르는데 말이에요. 하지만 어머니는 이제 거기 안 계셔요. 다른 어머니들도 다 사라졌어요. 우리 아이들만 남기고. 이제는 아이가 아니라 아주 작은 아기들이에요. 저는 바닥에 누워 울기 시작해요. 다른 아이들도 모두 울고 있어요. 하지만 아버지가 군인들하고 함께 오는 아기는 저밖에 없어요. 우리는 광장으로 들어오는 입구를 보고 있어요. 그곳으로 군인들이 들어온다는 걸 알거든요. 하지만 군인들은 안 보여요. 기다리지만 아무런 일도 안 생겨요. 그래도 발소리는 점점 가까워지고 있어요. 군인들이 왔어요. 아니, 아직 아니에요. 그 순간 지금의 제 모습이 보여요. 그 아기 안에 갇혀 있어요. 저는 빠져나오려고 안간힘을 써요. 손발이 묶여 있는 것 같아요. 저는 어머니를 불러요. 하지만 어머니는 거기 안 계셔요. 아버지를 불러요. 하지만 아버지는 저를 죽이러 오고 계셔요.

그 순간 잠을 깨요, 어젯밤에도 그랬고, 그저께 밤에도 그랬어요. 예수가 말을 하는 동안 마리아는 꿈의 의미를 되새기며 괴로움에 사로잡혀 공포에 몸을 떨며 눈을 내리깔았다. 그녀의 가장 큰 두려움은 사실이 되었다. 어떻게 된 일인지 도저히 설명할 수 없지만, 예수는 아버지의 꿈을 물려 받았다. 약간 다르기는 해도 아버지와 아들이 따로 같은 시간에 같은 꿈을 꾸는 것 같았다. 마리아가 계속 몸을 떨고 있는데 아들이 묻는 소리가 들렸다, 아버지가 매일 밤 꾸시던 꿈이 뭐예요. 그냥 별거 아닌 악몽이었어. 무슨 내용이었는데요. 몰라, 네 아버지가 나한테는 말을 안 해주셨어. 어서요, 어머니, 아들한테 진실을 감추지 마세요. 그냥 잊는 게 좋아, 너는 모르는 게 좋아. 저한테 뭐가 좋고 뭐가 나쁜지 어머니가 어떻게 아세요. 네 어머니를 좀 존중해 주지 못하겠니. 물론 저는 어머니를 존중해요, 하지만 왜 저와 관련이 있는 일을 감추세요. 말 더 시키지 마라. 언젠가 아버지한테 왜 꿈에 시달리시냐고 물은 적이 있어요, 그랬더니 아버지는 저한테는 그걸 물어볼 권리가 없고 아버지는 해줄 말이 없다고 하시더라고요. 됐구나, 그럼, 아버지의 말씀을 받아들여. 아버지가 살아 계신 동안에는 받아들였어요, 하지만 저는 이제 어른이에요, 아버지의 튜닉, 샌들, 꿈을 물려받았어요, 이걸 가지고 세상에 나갈 수 있어요, 하지만 꿈에 관해서는 더 알아야겠어요. 아마 다시 안 꾸게 될 거야. 예수는 어머니의 눈을 똑바로 보며 말했다, 꿈이 다시 돌아오지 않으면 알려고 하지 않겠어요, 하지만 다시 돌아오면 모든 것을 말씀해 주시겠다고 맹세해 주세요. 맹세하마, 마리아가 아들의 고집과 권위에 굴복했다. 마리아의 가슴에서 소리 없는 호소, 말 없는 기도가 하나님을 향해 올라갔다. 소리가 들어갔다면 아마 이런 내용이었을 것이다, 오, 주여, 그 꿈이 제가 죽을 때까지 저를 찾아오게 해주세요, 간절히 부탁하는데, 제 아들은 벗어나게 해주세요, 제발 벗어나게 해주세요. 예수는 어머니에게 다짐을 받으려 했다, 약속 잊지 마세요. 잊지 않으마, 마리아가 다짐하면서 속으로 되풀이했다, 제 아들은 벗어나게 해주세요, 제발 그렇게 해주세요.

그러나 예수는 벗어나지 못했다. 밤이 왔고, 새벽에 검은 수탉이 울었고, 꿈은 돌아왔다. 첫 번째 말의 머리가 굽이를 돌아 나타났다. 마리아는 아들이 신음을 토하는 소리를 들었지만 위로하러 가지 않았다. 예수는 식은땀에 몸이 흠뻑 젖은 채 두려움에 몸을 떨며 어머니가 잠을 자지 않고 누워 귀를 기울이고 있다는 것을 알았다. 무슨 이야기를 해줄까, 예수는 궁금했다. 마리아는 마리아대로 생각했다, 무슨 이야기를 해야 하나. 마리아는 아들에게 모든 이야기를 하지 않을 방법을 필사적으로 찾아보았다. 아침에 마리아가 아이들을 회당에 보낼 준비를 하는데 예수가 말했다, 저도 함께 갈게요, 갔다 오는 길에 사막에 가서 이야기를 해요. 마리아는 신경이 곤두서서 아침 준비를 하면서 계속 물건을 떨어뜨렸다. 그러나 고뇌의 포도주는 따랐고 이제 그것을 마셔야 했다. 마리아와 예수는 어린아이들을 학교에 데려다 주고 나서 마을을 떠나 사막으로 가 올리브나무 아래 앉았다. 하나님 외에는, 물론 하나님이 그곳에 있을 경우의 이야기지만, 아무도 그들의 대화를 엿들을 수 없는 곳이었다. 우리가 알다시피 돌은 서로 부딪힌다 해도 말을 할 수가 없기 때문이다. 밑의 땅이야 모든 말이 정적으로 변하는 곳이니까 말할 것도 없고. 예수가 말했다, 자, 약속을 지키셔야죠. 마리아가 곧바로 이야기를 했다, 네 아버지는 군인이 되어 다른 군인들과 함께 너를 죽이러 가는 꿈을 꾸셨어. 저를 죽이러요. 그래, 너를 죽이러. 하지만 그건 제 꿈인데요. 알아, 마리아는 한숨을 내쉬며 말하고 나서 속으로, 생각했던 것보다는 쉽구나, 하고 생각한 뒤 말을 이어갔다, 이제 알았으니 집에 가자, 꿈이란 구름 같은 거야, 왔다가 가버려, 네가 이런 꿈을 물려받은 건 네가 아버지를 아주 좋아해서 그런 거야, 네 아버지는 너를 죽이고 싶어 하지 않았어, 또 설사 주께서 명령을 하신다 해도 그런 일을 하지도 못할 분이셨고, 아브라함이 아들 이삭을 제물로 바치려고 했을 때 그랬던 것처럼 천사가 막아주었을 거야. 모르는 일은 이야기하지 마세요, 예수가 무뚝뚝하게 내뱉었다. 그 순간 마리아는 쓴 포도주를 지게미까지 마셔야 한다는 것을 깨달았다. 내가 아는 것은 주의 뜻은 이루어질 수밖에 없다는 거야, 그 뜻이 무엇이건, 주께서, 이건 지금, 그리고 그것과 아주 다른 어떤 건 나중에, 하고 정하시면, 우리는 어쩔 도리가 없다는 거야. 마리아는 이야기를 마치고 허벅지에 두 손을 포갠 채 앉아서 기다렸다. 예수가 물었다, 제 질문에 다 대답을 해주시겠어요. 물론이지, 마리아가 말했다. 아버지가 언제부터 그 꿈을 꾸기 시작하셨죠. 오래됐어. 얼마나 오래요. 네가 태어나던 날부터. 그 꿈을 매일 꾸셨나요. 그래, 그랬던 것 같아, 시간이 좀 지나자 구태여 나를 부르지도 않았어, 사람들은 악몽에 익숙해지거든. 어머니, 저는 유대 땅 베들레헴에서 태어났죠. 그래. 제가 태어날 때 무슨 일이 있었기에 아버지가 저를 죽이려고 하는 꿈을 꾸게 된 거예요. 네가 태어날 때 꾸게 된 게 아니야. 하지만 방금 그렇게 말씀하셨잖아요. 몇 주 뒤에 시작됐어. 뭐 몇 주 뒤에요. 헤롯이 세 살 아래 아기들을 다 죽이라고 명령한 일, 왜 그랬는지는 나도 몰라. 아버지는 아셨어요. 아셨는지 몰라도, 어쨌든 나한테는 이야기하지 않았어. 그런데 헤롯의 군인들이 어쩌다 저는 놓친 거예요. 우리는 마을 변두리의 동굴에 살고 있었거든. 그러니까 군인들이 저를 발견하지 못해서 죽이지 않았다는 건가요. 그래. 아버지가 군인이었나요. 아니. 그때는 뭘 하셨어요. 성전 건축 현장에서 일하셨어. 이해를 못하겠네요. 나는 네 질문에 대답을 하려 하고 있어. 하지만 우리가 마을 밖에 살고 있었기 때문에 군인들이 저를 발견하지 못했다면, 아버지가 군인이 아니어서 죄가 없다면, 아버지는 헤롯이 왜 아기들을 죽이고 싶어 하는지 몰랐다면. 맞아, 네 아버지는 헤롯이 왜 그 아이들을 죽이라고 명령했는지 이해하지를 못하셨어. 그렇다면. 더 할 말이 없어, 질문 더 없지, 나는 아는 건 다 이야기했다. 어머니는 저한테 뭔가 숨기고 계셔요. 아마 네가 앞을 보지 못한다는 거겠지. 예수는 말을 더 하지 않았다. 자신의 권위가 흙 속의 습기처럼 증발하는 것을 느꼈다. 마음속에 부끄러운 생각이 존재하는 것을 느꼈다. 그 생각은 여전히 흔들리고 있지만 태어나던 순간부터 괴물 같은 것이었다. 양떼가 맞은편 언덕의 비탈을 가로지르는 것이 보였다. 목자도 양도 땅 색깔이었다. 땅이 땅 위를 움직이는 것 같았다. 마리아의 긴장된 얼굴에 놀라는 표정이 번지기 시작했다. 저 키 큰 목자, 저 걸음걸이. 이렇게 오랜 세월이 지난 뒤에 하필이면 이 순간에. 불길한 징조일까. 하지만 가만히 살피다 보니 자신이 없어졌다. 목자는 몇 마리 안 되는 양떼를 초장으로 이끄는 나사렛의 다른 목자와 다를 것이 없어 보였기 때문이다. 짐승들도 주인만큼이나 머뭇거리며 걷고 있었다. 예수에게 떠오른 생각, 입으로 나오려고 안간힘을 쓰던 생각, 마침내 내뱉고야 만 생각은, 아버지는 그 아이들이 살육을 당할 거라는 사실을 아셨죠, 라는 것이었다. 그것은 질문이 아니었다. 마리아가 대답을 할 필요가 없었다. 어떻게 아셨죠. 이번 것은 질문이었다. 네 아버지는 예루살렘 성전 건축 현장에서 일하시다가 군인들이 자기들이 받은 명령 이야기를 하는 걸 우연히 들으셨어. 그래서요. 너를 구하러 달려오셨지. 그래서요. 우리가 동굴을 떠나지 않는 한 군이 달아날 필요가 없다고 판단하셨어. 그래서요. 그게 다야. 군인들은 자기들이 받은 명령을 이행하고 떠났어. 그래서요. 우리는 나사렛으로 돌아왔지. 꿈은 언제 시작되었어요. 처음은 동굴에 있을 때였어. 슬픔 때문에 제정신이 아니셨겠군요, 예수는 얼굴을 가리고 소리쳤다, 아버지가 베들레헴의 아이들을 죽였어요. 무슨 소리를 하는 거냐, 얘야, 그 애들은 헤롯의 군인들이 죽인 거야. 아니, 아버지 책임이에요, 헬리의 아들 요셉의 책임이란 말이에요, 그 아이들이 죽임을 당할 걸 알면서도 부모들에게 알리지를 않았으니까요. 그 말이 입 밖으로 나오고 나자 모든 위로의 희망은 영원히 사라져버렸다. 예수는 땅에 몸을 던지고 울었다. 그 애들은 아무 죄도 없었는데, 아무 죄도 없었는데, 예수는 비통하게 말했다. 열세 살의 소박한 소년이 그렇게 강한 반응을 보인다는 것이 믿어지지 않을 정도다. 그 나이에 아이들이 얼마나 이기적인지, 대부분의 사람들이 다른 사람들의 불행에 얼마나 무관심한지 생각해 보라. 하지만 사람들은 다 같지 않다. 좋은 쪽이든 나쁜 쪽이든 예외는 있다. 그리고 이것은 분명히 가장 좋은 예외다. 어린 소년이 자기 아버지가 오래전에 저지른 잘못 때문에 통곡을 하다니. 하지만 그가 죄를 지은 이 아버지를 사랑했다면, 실제로 그랬던 것으로 보이는데, 그는 자기 때문에 우는 것일 수도 있었다. 마리아는 예수를 위로하려고 손을 내밀었지만, 예수는 몸을 뺐다, 저를 건드리지 마세요, 저는 상처를 입었어요. 예수, 내 아들아. 저를 아들이라고 부르지 마세요, 어머니도 죄를 지었어요. 그것은 사춘기 소년의 성급한 판단이었다. 마리아도 살육당한 아기들처럼 죄가 없었기 때문이다. 모든 여자가 알고 있듯이 결정을 내리는 것은 남자다. 남편이 와서 말했어요, 우리는 떠날 거야, 그러더니 마음이 바뀌었는지 자세하게 설명도 안 하고 다시 말했어요, 안 떠나기로 했어, 그래서 남편한테 묻기까지 했어요, 밖에서 들리는 저 비명은 뭐예요. 그러나 마리아는 변명을 하려 하지 않았다. 자신의 결백을 증명하는 것은 쉬운 일이었지만, 십자가에 못 박힌 남편을 생각했다. 그도 죄가 없지만 죽임을 당했다. 그녀는 남편이 살아 있을 때보다 지금 그를 훨씬 사랑한다는 것을 깨닫고 부끄러움과 슬픔을 느꼈다. 그래서 아무 말도 하지 않았다. 한 사람의 죄는 다른 사람이 떠안을 수 있는 것이기 때문이다. 그녀는 그냥 이렇게 말했다, 집에 가자, 여기서 더 할 얘기가 없구나. 아들이 대답했다, 가세요, 저를 혼자 있게 해주세요. 목자와 양은 흔적도 보이지 않았다. 사막은 진짜 사막처럼 생명이 사라졌다. 심지어 저 아래 비탈에 흩어진 집 몇 채도 버려진 건축 현장의 돌판들, 서서히 땅으로 가라앉는 돌판들처럼 보였다. 마리아가 깊은 골짜기의 잿빛 속으로 사라지자 예수는 무릎을 꿇고 소리를 질렀다. 땀으로 피를 흘리듯 온몸이 불타고 있었다. 아버지, 아버지, 어찌하여 저를 버리셨나요. 이 가엾은 소년은 실제로 그렇게 느꼈기 때문이다. 버려졌다고. 광야, 아버지도, 어머니도, 형제도, 누이도 없는 광야의 무한한 고독 속에서 헤매게 되었다고. 벌써 죽음의 길을 따르게 되었다고. 멀리 목자는 양들 뒤에 모습을 감춘 채 앉아서 그를 지켜보고 있었다.

이틀 뒤 예수는 집을 떠났다. 떠나기 전 이틀 동안 거의 말을 하지 않았다. 잠이 오지 않아 뜬눈으로 밤을 새웠다. 예수는 그 무시무시한 학살을 머릿속에 그려볼 수 있었다. 군인들이 집 안에 들이닥쳐 요람을 찾는다. 검이 작고 연약한 몸들을 치고 찌른다. 어머니는 절망에 빠지고 아버지는 사슬에 묶인 황소처럼 울부짖는다. 또 한 번도 본 적이 없는 동굴 안에 있는 자신의 모습도 떠올랐다. 마치 거대한 파도들이 밀려와 천천히 그의 몸을 삼키는 듯한 그런 순간이면 그는 자신이 이미 죽은 상태이기를, 아니면 적어도 더는 살아 있지 않기를 바랐다. 어머니에게 묻지 못한 한 가지 질문이 그를 괴롭혔다, 아이들이 몇 명이나 목숨을 잃은 건가요. 그의 마음의 눈에는 아이들이 포개져 높이 쌓인 광경이 보였다. 마치 거대한 모닥불에 태워져 재만 남기고 연기가 되어 하늘로 올라갈 목 잘린 양들 같았다. 하지만 어머니가 사실을 밝힐 때 그것을 묻지 못했기 때문에, 이제 와서 어머니한테 가 이렇게 말할 수는 없었다, 그런데 어머니, 며칠 전에 깜빡 잊고 묻지 못했는데, 베들레헴에서 더 나은 삶으로 옮겨간 그 아기들 수가 어떻게 되죠. 그러면 아마 어머니는 이렇게 대답할 것이다, 아, 내 아들아, 그 일은 좀 마음에서 지워버리렴, 서른 명은 넘지 않았을 거야, 그 아이들이 죽은 건 주의 뜻이었어, 주께서 원하기만 했으면 그 학살을 미리 막았을 수도 있었을 테니까. 그러나 예수는 계속 궁금했다, 몇 명일까. 동생들을 보다가 자문하곤 했다, 몇 명일까. 그는 알고 싶었다, 나 자신의 구원과 저울의 균형을 맞추기 위해 주검이 몇 구나 필요했던 것일까. 둘째 날 아침 예수는 어머니에게 말했다, 이 집에서는 마음의 평화를 찾을 수가 없어요, 어머니는 동생들과 함께 계세요, 저는 떠나겠습니다. 마리아는 공포에 사로잡혀 두 손을 하늘로 들어 올렸다. 눈물이 쏟아질 것 같았다. 무슨 소리를 하는 거냐, 나의 맏아들아, 과부가 된 네 어미를 버리겠다는 거냐, 세상에 그런 일이 어디 있니, 세상이 도대체 어떻게 되는 거냐, 어떻게 네 집과 가족을 버릴 생각을 할 수가 있니, 네가 부양하지 않으면 우리는 어떻게 되겠니. 야고보는 저보다 겨우 한 살 아래예요, 야고보가 저를 대신해서 가족을 부양할 거예요, 어머니의 남편이 죽은 뒤에 제가 그랬던 것처럼요. 내 남편은 네 아버지야. 그 사람 이야기는 하고 싶지 않아요, 더 말하고 싶지 않습니다. 제 여행을 축복해 주세요, 하지만 축복해 주시든 해주시지 않든 저는 떠납니다. 어디로 간단 말이냐, 내 아들아. 저도 모르겠어요, 어쩌면 예루살렘, 어쩌면 베들레헴, 제가 태어난 곳을 보러 가야죠. 하지만 거기 가면 너를 아는 사람이 없어. 그게 나을지도 몰라요, 하지만 어머니, 누가 저를 알아보면 어떤 일이 생길 것 같나요. 쉬잇, 동생들이 듣겠다. 언젠가는 저 아이들도 진실을 알아야 해요. 너, 이게 얼마나 위험한 일인 줄 알아, 로마군이 사방에서 갈릴리 사람 유다의 반란군을 색출하는 이런 시대에 여행을 한다는 게. 지금 로마군이 죽은 헤롯 밑에서 명령을 받은 군인들보다 더 무서울 게 뭐가 있겠어요, 어쨌거나 검으로 저를 죽이거나 십자가에 저를 못 박지는 않을 것 같은데요, 사실 저는 아무 잘못도 하지 않았잖아요, 저는 죄가 없어요. 네 아버지도 마찬가지였어, 하지만 어떻게 됐나 봐라. 어머니 남편이 엉뚱하게 십자가에 달린 건 맞을지 모르지만, 그 사람 인생에 죄가 없었던 건 아니죠. 예수, 내 아들아, 악마가 네 혀를 사로잡았구나. 악마가 아니라 하나님인지도 모르잖아요. 주의 이름을 함부로 들먹이지 마라. 함부로인지 아닌지 누가 알겠어요, 어머니도 모르고 저도 몰라요, 하나님만 아실 수 있겠죠, 우리가 과연 하나님의 생각을 알 수 있을지 의심스러워요. 아들아, 도대체 네 나이에 어떻게 그런 생각들을 하게 된 거냐. 누가 알겠어요, 어쩌면 사람은 처음부터 진실을 갖고 태어나는 것인지도 모르잖아요, 다만 그것이 진실이라는 확신이 들기 전에는 말을 안 할 뿐이겠죠. 그럼 너는 우리를 떠나기로 결정한 거냐. 네. 돌아올 거니. 모르겠어요. 그 꿈 때문에 괴롭거들랑 베들레헴에는 반드시 가봐라, 그리고 예루살렘 성전에도 가서 선생님들과 상의를 해, 그분들이 조언을 해주시면 마음의 평화를 얻게 될 거야, 그런 뒤에 너를 필요로 하는 네 어머니와 형제들에게로 돌아와라. 돌아오겠다는 약속을 할 수는 없어요. 하지만 어떻게 먹고살려고, 네 가없은 아버지는 오래 살지를 못하는 바람에 너한테 모든 걸 다 가르쳐주지도 못했는데. 걱정 마세요, 들에서 일을 해도 되고 양을 돌봐도 되고 어부들한테 말을 해서 함께 바다에 나가도 돼요. 목자가 되는 게 더 낫지 않겠니. 왜요. 모르겠다, 그냥 느낌이 그래, 그뿐이야. 어떻게 되나 두고 보죠 뭐, 자, 어머니, 이제 떠나야겠어요. 하지만 이렇게 가면 안 돼, 먹을 거라도 싸주마, 돈은 많지 않지만 그래도 조금 가져가야지, 아버지 배낭을 들고 가, 다행히도 마지막으로 나갈 때 집에 두고 가셨다. 먹을 건 가져가지만 배낭은 안 가져가겠어요. 우리집에 배낭은 그것 하나뿐이야, 네 아버지가 나병이나 무슨 전염병에라도 걸렸단 말이냐. 가져갈 수 없어요. 너도 언젠가는 네 아버지 때문에 울 거고 이걸 안 가져간 걸 안타깝게 생각하게 될 거야. 저는 이미 그 사람 때문에 울었어요. 더 울게 될 거야, 그때는 아버지가 무슨 죄를 저질렀는지 묻지 않을 거야. 예수는 그 말에는 대답을 하려 하지 않았다. 나이 든 아이들은 예수와 어머니 사이의 대화를 듣지 못했기 때문에 예수 주위에 모여 물었다. 정말 가는 거야. 야고보가 말했다, 나도 함께 가면 좋을 텐데. 이 소년은 모험, 여행, 뭔가 색다르고 도전적인 일을 해보고 싶어 했기 때문이다. 너는 남아야 해, 예수가 말했다, 누군가는 과부가 된 어머니를 돌봐야지. 과부라는 말이 무심결에 빠져나가자 예수는 뒤늦게 그 말을 막으려고 입술을 깨물었다. 하지만 그 말만이 아니라 눈물도 막지 못했다. 갑자기 아버지의 모습이 눈부신 빛살처럼 생생하게 그의 마음을 사로잡았기 때문이다.

예수는 가족과 함께 식사를 한 뒤에 떠났다. 남동생들과 하나씩 작별 인사를 하고, 눈물을 흘리는 어머니를 끌어안더니 까닭 없이 이런 말을 했다, 어떤 식으로든 저는 늘 돌아올 거예요. 그런 뒤에 어깨의 배낭을 고쳐 메고 마당을 가로질러 거리로 통하는 대문을 열었다. 그러나 생각에 잠긴 듯 그곳에서 발을 멈추었다. 문지방을 넘거나 결정을 내리려는 순간에 더 생각을 해보다가 마음이 바뀌어 다시 돌아서는 경우가 얼마나 많은가. 마리아의 머릿속에도 그런 생각이 떠올랐다. 기쁨에 얼굴이 밝아졌다. 그러나 기쁨은 오래가지 않았다. 예수는 배낭을 내려놓더니 뭔가 곰곰이 생각하다 몸을 돌려, 눈은 마주치지 않고 형제들 사이를 지나 집 안으로 들어갔다. 몇 분 뒤에 다시 나타났을 때 그는 손에 아버지의 샌들을 들고 있었다. 그는 겸손 때문에, 또는 어떤 감추어진 수치심 때문에 누구의 눈도 마주 보지 못하겠다는 듯이 말없이 눈을 내리깐 채 샌들을 배낭에 집어넣고, 말도 어떤 행동도 없이 걸어나갔다. 마리아가 대문으로 달려갔고 아이들도 그 뒤를 따랐다. 그러나 나이 든 아이들은 큰 관심이 없어 보였다. 아무도 손을 흔들어 작별 인사를 하지 않았다. 예수가 한 번도 뒤를 돌아보지 않았기 때문이다. 지나가던 이웃이 예수가 떠나는 것을 보고 물었다, 아들이 어디를 가나요, 마리아. 마리아가 대답했다, 예루살렘에 일자리가 생겨 한동안 거기 가 있을 거예요. 우리가 알다시피 이것은 뻔뻔스러운 거짓말이지만, 진실을 말하느냐 거짓말을 하느냐 하는 문제는 복잡하니 성급하게 도덕적 판단을 내리지 않는 것이 좋다. 오래 기다려보면 진실이 거짓이 되고 거짓이 진실이 되기 때문이다. 그날 밤, 이 집에서는 마리아만 빼고 모두 잠이 들었다. 마리아는 지금 이 시간에 아들이 어디에 있는지, 잘 있는지 궁금하지 않을 수 없었다. 대상 숙박소에 안전하게 묵었는지, 아니면 어디 나무 아래 웅크리고 있는지, 어떤 어두운 협곡 바닥의 바위들 사이에 있는지, 행여 로마군에게 잡히지나 않았는지. 그때 대문에서 삐걱 소리가 들렸다. 마리아는 가슴이 두근거렸다, 예수가 돌아왔구나. 순식간에 기쁨과 혼란에 사로잡혔다. 어떻게 해야 하지. 대문을 열고 의기양양한 모습으로, 어미를 잠도 못 이루게 하더니 이렇게 빨리 돌아왔니, 같은 말로 맞이하고 싶지는 않았다. 그러면 아들이 모욕감을 느낄 테니까. 아무 말도 하지 않는 것이 나았다. 그냥 자는 척하자, 슬그머니 들어올 수 있게 해주자, 아이가, 돌아왔습니다, 하는 소리도 없이 자기 자리에 눕도록 내버려두고, 내일 일어났을 때

탕자가 돌아온 것에 놀란 척하자. 비록 아들이 집에 없었던 시간이 길지는 않았지만 그녀의 기쁨은 컸다. 없다는 것은 일종의 죽음이기 때문이다. 한 가지 중요한 차이가 있다면 없는 것에는 여전히 희망이 있다는 것뿐이다. 하지만 예수가 문까지 오는 속도가 너무 느리다. 누가 알랴, 또 마음을 바꾸었을지. 마리아는 도저히 긴장을 견딜 수가 없다. 들키지 않고 문틈으로 내다보려 한다. 아들이 들어오기로 결정하면 얼른 매트로 돌아갈 생각이다. 다시 떠날 조짐을 보이면 나가서 막을 수 있을 것이다. 마리아는 맨발로 뒤꿈치를 들고 살금살금 문으로 다가가 밖을 내다보았다. 달이 밝았다. 마당이 물처럼 빛났다. 큰 키에 거무스름한 형체가 천천히 움직여 문으로 다가오고 있었다. 마리아는 그 형체를 보는 순간 비명이 터져나오는 것을 막으려고 두 손으로 입을 가렸다. 아들이 아니었다. 거지였다. 처음 보았을 때처럼 넝마를 입고 있었다. 하지만 지금은 달빛을 받아서인지 넝마가 갑자기 호사스러운 가운이 되어 바람에 흔들리는 것처럼 보였다. 마리아는 겁에 질려 문을 잠갔다. 도대체 왜 나를 찾아왔을까, 그녀는 당황하고 불안하여 떨리는 입술로 중얼거렸다. 스스로 천사라고 말했던 남자는 한쪽 옆으로 움직였다. 이제 바로 문간에 있었지만 들어오려 하지는 않았다. 마리아는 그의 숨소리를 들을 수 있었다. 이윽고 뭔가가 찢어져 열리는 소리가 들렸다. 마치 땅이 갈라져 거대한 심연이 드러나는 것 같았다. 천사의 거대한 그림자가 다시 나타났다. 아주 짧은 순간 그림자가 바깥

전체를 가렸다. 이윽고 남자는 집에는 눈길 한 번 주지 않고 대문으로 걸어갔다. 십삼 년 전 사발이 묻힌 자리에서 돋아났던 신비한 나무를 뿌리째 뽑아 들고 가고 있었다. 대문을 열고 닫는 사이에 천사는 다시 거지로 변해 담 뒤로 사라졌다. 이번에는 아무런 소리도 내지 않고 마치 깃털이 달린 뱀처럼 잎이 무성한 나무를 끌고 갔다. 마리아는 꿈을 꾸거나 상상을 하는 것 같았다. 그녀는 조심스럽게 문을 열고 밖을 내다보았다. 먼 하늘 밑의 세상이 환하게 빛났다. 집의 담 근처에 구덩이가 있었다. 식물이 뽑혀 나온 자리였다. 그곳에서 대문까지 반짝이는 흙이 은하수처럼 뿌려져 있었다. 그 당시에도 은하수라는 말이 있었는지는 모르겠지만. 물론 이 빛나는 자취는 산티아고 가는 길은 아니다. 그 길에 이름을 준 사람(산티아고는 성 야고보를 가리킨다-옮긴이)은 아직 갈릴리에 사는 어린 소년, 대체로 예수와 비슷한 나이의 소년이었기 때문이다. 이 두 소년이 이 시간에 어디에 있었는지는 하나님만 알고 있다. 마리아는 아들 생각을 했지만 이제는 가슴이 아프지 않았다. 이런 아름다운 하늘, 고요하고 그 깊이를 알 수 없는 하늘 아래에서는, 빛으로 만든 만나처럼 땅의 뿌리와 샘을 양육하는 이 달 아래에서는 어떤 해로운 일도 생길 수가 없을 것 같았다. 마리아의 영혼은 평화로웠다. 그녀는 마당을 가로질러, 두려움 없이 땅의 별들을 밟으며 대문을 열러 갔다. 그녀는 밖을 내다보았다. 흙의 자취는 조금 떨어진 곳에서 끝이 났다. 잎들이 발산하던 무지갯빛이 순식간에 꺼져버린 것 같았다. 아니면, 이제 임신을 했다는 핑계도 댈 수 없는 이 여자가 펼친 또 하나의 공상의 날개를 따라가자면, 거지는 천사로 다시 돌아가 마침내 이 특별한 일을 기념하려는 듯 마침내 날개를 사용한 것 같았다. 마리아는 이 이상한 사건들을 곰곰이 생각해 보았다. 모든 일이 달빛을 받는 자신의 두 손처럼 간단하고 자연스러운 것 같았다. 마리아는 집으로 돌아가 벽의 고리에서 기름등잔을 들고 식물이 뽑혀 나온 깊은 구덩이를 꼼꼼히 살펴보았다. 구덩이 바닥에는 빈 사발이 있었다. 마리아는 손을 내려 사발을 집었다. 그녀가 기억하는 평범한 사발과 다를 바 없었으나, 안에는 흙도 거의 없었고 빛도 나지 않았다. 본래의 기능으로 돌아온 보통 집안 용품이었다. 이제부터는 취향이나 재산에 따라 우유, 물, 포도주를 담는 데 사용될 것이다. 모든 사람에게는 그의 시간이 있고 모든 일에는 그 때가 있다는 말이 얼마나 진실한 것인지.

예수는 여행 첫날 밤을 보낼 곳을 찾았다. 어스름 녘이었다. 그는 도시 예닌 바로 바깥의 아주 작은 마을로 갔다. 그가 태어나던 날 이후로 그렇게 많은 불운을 예언했던 운명도 이번에는 기세가 좀 누그러들었다. 예수가 별 기대 없이 잠잘 곳을 청한 집의 주인들은 싸움과 폭력이 도처에 난무하여 사람들이 십자가에 달리고 죄 없는 아이들이 아무런 이유 없이 난도질을 당하는 이런 시대에 예수 나이 또래의 아이를 밤새 한데 놔둘 경우에는 도저히 자신을 용서할 수 없는 사람들, 환대가 무엇인지 아는 사람들이었다. 예수는 이 친절한 주인들에게 자신이 나사렛 출신이고 예루살렘에 가는 길이라고 말했지만, 자신이 떠날 때 어머니가 했던 거짓말, 일자리가 생겨서 간다는 창피스러운 거짓말은 하지 않았다. 그는 거룩한 율법 가운데 자신의 가족에게 매우 중요한 문제에 관하여 성전의 선생님들에게 물어보러 가는 길이라고 말했다. 가장은 아무리 종교 공부에 뛰어나다 하나 아직 소년에 불과한 아이가 그런 중요한 임무를 맡았다는 데 놀랐다. 예수는 장남으로서 이 일을 맡은 것이라고만 설명하고, 아버지 이야기는 하지 않았다. 그는 이 집의 가족과 함께 먹은 뒤, 마당의 의지간 밑에 자리를 잡았다. 그것이 이 사람들이 과객에게 제공할 수 있는 최선의 장소였다. 한밤중에 다시 꿈이 나타나 그를 괴롭혔다. 그러나 이번에는 아버지와 군인들이 전처럼 가까이 다가오지 않았고, 말의 코가 굽이를 돌아 나오지도 않았다. 그렇다고 해서 꿈이 전보다 덜 무서웠다고 생각하지는 마라. 한번 예수의 입장이 되어보라. 당신을 낳아준 아버지가 검을 뽑아 들고 당신을 쫓아오는 꿈을 꾼다고 생각해 보라. 안에서 자는 사람들은 마당에서 벌어지는 드라마를 전혀 모르고 있었다. 예수는 자면서도 두려움을 감추게 되었기 때문이다. 두려움을 견딜 수 없을 때는 본능적으로 손으로 입을 막아 머릿속을 울려대는 괴로운 비명이 밖으로 터져 나오는 것을 막았다. 아침에는 주인 가족과 함께 밥을 먹은 뒤 그들의 환대에 아주 예의 바르고 조리 있게 감사를 했기 때문에, 비록 사마리아 사람들이었음에도 주인 가족 모두 잠시나마 주의 이루 말할 수 없는 평화를 함께 나누는 듯한 느낌을 받았다. 예수는 작별 인사를 하고 떠났다. 주인의 작별 인사가 귓가에 울려 퍼졌다, 우리의 걸음을 인도하시는 우주의 왕, 우리 주 하나님, 복을 받으소서. 예수는 그 말을 혼자 되풀이해 보았다. 일상의 경험에서도 분명히 알 수 있듯이, 더 가진 자에게 더 많이 주어야 한다는 가장 정의로운 정비례의 법칙에 따라 우리에게 필요한 모든 것을 주시는 바로 그 주, 하나님, 왕을 찬양하는 말이었다.

예루살렘까지 가는 나머지 여행길은 별로 쉽지 않았다. 무엇보다도, 사마리아인들이 있고 또 사마리아인들이 있다. 이 말은 당시에도 제비 한 마리가 온다고 해서 여름이 오는 것은 아니었다는 뜻이다. 둘이, 그러니까 여름 둘이 아니라 제비 두 마리가 필요했다. 생산을 할 수 있는 수컷과 암컷이 있고 그들에게 새끼가 있어야 했다. 예수가 문을 두드렸지만 이제는 열어주는 사람이 없었던 것이다. 그래서 우리의 나그네는 한데서 잘 곳을 찾아야 했다. 한번은 헐렁한 치마처럼 넓게 가지를 뻗는 품종의 무화과 밑에서 잤고, 또 한번은 대상들 틈에 끼어들기도 했다. 예수에게는 다행스러운 일이었지만, 이들은 근처의 대상 숙박소가 꽉 찼기 때문에 들에 천막을 쳐야 했다. 여기서 다행스럽다고 말한 것은 이 대상을 만나기 전에 이 가엾은 소년이 사람이 살지 않는 산을 혼자 넘다가 두 겁쟁이 도둑의 습격을 받아 얼마 되지도 않는 돈을 다 빼앗겼기 때문이다. 따라서 예수는 모든 일에 돈이 필요한 여관에서는 잠자리를 구할 수 없었던 것이다. 그 사건을 보았다면 누구라도 안쓰러운 표정으로 이 젊은이를 보았을 것이다. 악당들은 곤경에 빠진 그를 조롱하며 떠났고, 그는 버려진 채 자신의 운명을 기다려야 했다. 예수는 비참한 몰골로 누워 있었다. 위의 하늘과 주위를 둘러싼 산밖에 없었다. 무한한 우주는 도덕적 의미를 빼앗기고, 그곳에는 별, 도둑, 처형자들만 우글거렸다. 열세 살짜리 소년은 과학과 철학 지식이 충분하지 못하고, 심지어 인생 경험도 충분하지 않기 때문에 그런 생각을 할 수 없었을 것이라고, 특히 이 소년은, 아무리 회당에서 종교 공부를 했고 토론 재능을 타고 났다지만, 그런 말과 행동을 할 수는 없었을 것이라고 주장할지도 모르겠다. 하지만 이 지역에는 목수의 아들도, 또 아버지가 십자가 처형을 당한 아들도 드물지 않다. 다른 사람의 아들을 골랐다 해도 우리는 그가 누구이건 어린 예수와 똑같이 우리에게 생각할 거리를 많이 안겨주었을 것이라고 확신한다. 첫째로 초월론의 길을 따르건 내재론의 길을 따르건 모든 사람이 자기 자신에게 하나의 세계라는 것은 잘 알려진 사실이기 때문이다. 둘째로 이 땅은 늘 다른 땅과 달랐기 때문이다. 이사야에서 말라기에 이르기까지 귀족, 사제, 목자를 비롯하여 상상할 수 있는 모든 종류의 사람들이 부유하건 가난하건 얼마나 많이 이곳을 찾아와 설교하고 예언을 했는지 생각해 보기만 하면 된다. 따라서 우리는 이 아이의 미래를 위태롭게 할 수도 있는 성급한 결론을 내리지 않도록 조심해야 한다. 비록 출신이 비천한 목수의 아들이라고는 하나 그것만 가지고 우리가 그를 무시해 버릴 수는 없는 것이다. 다른 아이들은 대부분 대문 바깥을 나서는 것도 꺼릴 나이에 예루살렘으로 가고 있는 이 소년은 비록 천재나 유명인은 아니지만 우리의 존경을 받을 자격이 있다. 그 자신도 고백했듯이 그의 영혼은 깊은 상처를 받았다. 그의 사변적인 성격을 고려할 때 그 상처는 금세 아물 가능성이 적었기 때문에, 그는 집에서 세상으로 나왔다. 어쩌면 자신의 상처들을 늘리고 결합하여 하나의 결정적인 슬픔을 만들려는 것인지도 모른다. 프로이트, 융, 그로덱, 라캉보다 훨씬 오래전에 살았던 한 팔레스타인 사람의 머릿속에 현대 사상가들의 복잡한 이론을 집어넣는 것은 부적절한 일로 보일지 모르지만, 우리의 주제넘은 태도를 용서해 준다면, 유대인이 영적인 자양분을 얻는 경전들이 일관되게 어떤 시대를 사느냐에 관계없이 사람은 다른 모든 사람과 지적인 면에서는 동등하다고 가르친다는 사실을 고려할 때, 그것이 그렇게 어리석은 일은 아니라고 말할 수 있다. 아담과 하와만 유일한 예외일 것 같다. 단지 그들이 첫 남자와 여자라서가 아니라, 그들에게 유년이 없었기 때문이다. 우리가 오늘날 알고 있는 인간 정신은 크로마뇽인에게까지 거슬러 올라갈 수 있다는 것을 증명하려고 생물학과 심리학을 들먹일 수는 있겠지만, 여기에서는 그런 주장에 관심이 없다. 예수가 세상의 시작에 관한 지식을 얻는 유일한 자료인 창세기에는 크로마뇽인이 언급도 되지 않기 때문이다.

우리가 지금까지 이야기해 온 복음과 완전히 무관하다고는 할 수 없지만 어쨌든 이런 곁가지 생각에 빠져드는 바람에 창피하게도 우리는 요셉의 아들이 예루살렘까지 가는 마지막 노정을 따라가보지 못했다. 그는 이제 막 예루살렘에 도착했다. 비록 무일푼이기는 하지만 안전하게. 오랜 여행이라 발에 물집이 심하게 잡혔지만 그래도 사흘 전 집을 떠날 때와 다름없이 발걸음은 확고하다. 그는 전에 여기에 와본 적이 있다. 따라서 그의 흥분은 곧 하나님이 자신을 드러낼 것이라고 기대하고 있는 독실한 사람의 흥분과 비슷하다. 겟세마네, 또는 감람산이라고 알려진 이 산에서는 예루살렘의 웅장한 모습, 그 성전, 탑, 궁, 집들이 한눈에 들어온다. 꼭 손을 뻗으면 잡힐 것 같다. 그러나 이런 느낌은 신비한 열정이 얼마나 뜨거우냐에 따라 강도가 다른데, 신앙이 깊은 사람들은 이 때문에 신체의 한계를 보편적인 영의 무한한 힘과 뒤섞기도 한다. 저녁이 가까워지고 있다. 먼 바다 너머로 해가 지고 있다. 예수는 골짜기로 내려가기 시작한다. 어디서 밤을 보내게 될까, 도시의 성벽 안일까 밖일까, 궁금해하며. 유월절을 보내러 부모와 함께 올 때면 성벽 밖, 민간과 군 당국이 순례자들을 위해 사려 깊게 제공한 천막에서 밤을 보냈다. 말할 필요도 없이 가족이라도 나뉘어서 잤다. 남자는 남자끼리, 여자는 여자끼리, 또 아이들도 남녀에 따라 나뉘어서 묵어야 했기 때문이다. 예수가 도시 성벽에 이르렀을 때 밤공기는 이미 쌀쌀하게 바뀌었다. 성문을 막 닫는 순간에 도착했지만, 경비원은 예수를 들여보내주었다. 그 커다란 나무 빗장이 쾅 하고 내려오는 순간, 예수가 과거의 어떤 죄에 가책을 느꼈을지도 모르겠다. 자신이 덫에 걸렸다고, 그 쇠 이빨이 곧 자신을 덥석 물 것이라고, 거미줄이 파리를 옴짝달싹 못하게 할 것이라고 상상하면서. 그러나 열세 살의 나이에 많은 죄를 지었을 리도 없고 심각한 죄를 지었을 리도 없다. 아직 살인을 하거나 도둑질을 하거나 거짓 증인이 되거나 이웃의 아내나 집이나 밭, 이웃의 남녀 노예나 노새나 황소나 다른 소유물을 탐할 나이가 아닌 것이다. 따라서 지금 걸어가는 이 소년은 더럽혀지지 않았고 정결하다. 물론 순수함은 잃었을지 모른다. 죽음을 목격하고도 아무런 영향을 받지 않을 수는 없는 노릇이니까. 가족들이 밥상 앞에 모이는 이 시간이면 길에는 사람이 거의 사라진다. 거지와 방랑자들뿐이지만, 이들도 곧 굴이나 은신처를 찾아들 것이다. 이제 곧 로마 군인들이 감히 헤롯 안디바의 수도까지 스며드는 죄인들, 우리가 세포리스에서 목격했듯이 잡히면 엄벌을 받음에도 불구하고 온갖 범죄와 부정을 저지르는 죄인들을 찾아 거리를 돌아다닐 것이기 때문이다. 활활 타오르는 횃불을 든 야간 순찰대가 도로 끝에서 검과 방패가 쩔렁거리는 소리를 내며, 군용 샌들을 신은 발로 박자를 맞추어 행군해 지나간다. 소년은 어두운 모퉁이에 숨어 군인들이 사라지기를 기다렸다가 잠잘 곳을 찾으러 나갔다. 성전 둘레의 많은 건축 현장에서 한군데가 눈에 띄었다. 커다란 돌판 두 개 사이의 틈이었는데, 위에도 돌판이 덮여 지붕 역할을 해주었다. 이곳에서 예수는 곰팡이가 핀 딱딱한 빵 남은 것을 배낭 바닥에서 찾아낸 마른 무화과 몇 개와 함께 씹어 먹었다. 목이 말랐지만 물은 포기하자고 마음을 접었다. 그는 매트 위에 몸을 뻗고 배낭에 넣어온 작은 망토를 덮은 다음 그의 불확실한 피난처 양 옆에서 파고드는 추위를 피하려고 몸을 새우처럼 오그린 채 간신히 잠이 들었다. 예루살렘에 왔다고 해서 꿈이 포기하지는 않았다. 하지만 하나님의 거룩한 존재에 가까이 다가왔기 때문인지 그의 꿈은 익숙한 장면들의 반복일 뿐이었다. 다만 아까 마주쳤던 순찰대가 도착하는 광경이 거기에 합쳐졌다. 예수는 해가 솟을 때 잠에서 깨, 망토를 몸에 두른 채 무덤처럼 차가운 구덩이에서 기어나와 앞에 놓인 예루살렘의 집들을 보았다. 돌로 지은 낮은 집들, 아침 빛에 옅은 주홍색으로 물든 담들. 이윽고 아직 어린 소년의 입에서 매우 엄숙한 감사 기도문이 흘러나왔다, 우리 주 하나님, 우주의 왕이여, 자비롭게도 제 영혼을 다시 생명으로 되돌려주신 당신께 감사드립니다. 인생에는 포착해서 시간으로부터 보호해야 할 순간들, 그러나 복음이나 그림, 또는 지금 같은 현대에는 사진이나 영화나 비디오로 그냥 전달해서는 안 되는 순간들이 있다. 그런 순간을 살았던 사람을 후손들이 언제나 눈으로 볼 수 있다면, 그래서 오늘 살아 있는 우리가 예루살렘으로 가서 우리 눈으로 요셉의 아들 어린 예수가 다 해진 작은 망토로 몸을 감싼 채 예루살렘의 집들을 바라보며 자신의 영혼을 다시 생명으로 되돌려준 자비로운 주에게 감사하는 모습을 볼 수 있다면 얼마나 더 흥미롭겠는가. 열세 살 그의 인생은 지금 막 시작되고 있기 때문에, 그의 앞에는 더 밝은 순간도 있고 더 어두운 순간도 있을 것이라고, 더 큰 기쁨을 누리는 순간과 더 큰 절망을 맛보는 순간도 있을 것이라고, 즐거움과 슬픔의 순간도 있을 것이라고 짐작할 수 있다. 그러나 우리라면 바로 이 순간, 도시는 잠들어 있고, 해는 정지해 있고, 빛은 만져지지 않고, 망토로 몸을 두른 어린 소년은 배낭을 발치에 둔 채 눈을 크게 뜨고 집들을 바라보고, 가깝고 먼 온 세상은 긴장하여 기다리는 이 순간을 선택할 것 같다. 그러나 안타깝게도 소년이 움직이는 바람에 그 순간은 가버린다. 시간은 우리를 기억의 영역으로 데려가버렸다. 그때 이랬지, 아니, 그렇지 않았어. 결국 모든 것이 우리가 꾸며내는 것이 되어버린다. 이제 예수는 좁고 혼잡한 거리를 걸어간다. 아직 성전에 가기에는 이르다. 선생님들은 어느 시대든 어느 곳이든 늦게야 어슬렁어슬렁 나타나기 마련이다. 예수는 이제 춥지 않다. 하지만 속이 울렁거린다. 조금 전에 먹은 무화과 두 개는 식욕만 자극했을 뿐이다. 요셉의 아들은 배가 몹시 고프다. 그 악당들이 빼앗아간 돈이 있으면 좋을 텐데. 도시의 삶은 시골의 느긋한 생활과는 사뭇 다르다. 시골에서는 휘파람을 불며 걸어 다니면서, 하나님을 두려워하여 계명을 문자 그대로 실행에 옮기는 일꾼들이 남기고 간 것을 찾으러 다니면 된다. 너희가 밭에서 곡식을 거둘 때 곡식 한 묶음을 잊어버리고 왔거든 그것을 가지러 되돌아가지 마라, 너희는 올리브나무 열매를 딴 뒤에 그 가지를 다시 살피지 마라, 너희는 포도를 딸 때에도 따고 난 뒤에 남은 것을 다시 따지 마라, 그 남은 것은 외국 사람과 고아와 과부의 것이다, 너희는 이집트 땅에서 종살이하던 때를 기억하여라. 그러나 이곳은 큰 도시 예루살렘이기 때문에, 자신의 지상의 거처를 이곳에 건설하라는 하나님의 명령에도 불구하고, 그런 인도주의적 명령은 지켜지지 않는다. 따라서 주머니에 은 서른 냥, 아니 석 냥이라도 가지고 오지 않은 사람이 기댈 수 있는 것은 구걸이나 도둑질뿐인데, 구걸은 거절을 당할 것이 거의 확실하며, 훔치는 것은 매질을 당하거나 감옥에 갇히거나 더 심한 벌을 받을 위험을 무릅써야 한다. 이 젊은이는 훔칠 재주는 없고, 또 구걸을 하기에는 너무 수줍다. 거리를 따라 늘어선 노점에 쌓인 빵 덩이, 피라미드 같은 과일, 삶은 고기와 야채를 보자 입에 침이 고인다. 사마리아인의 환대를 꼽지 않는다면 사흘을 굶은 셈인데, 그런 뒤에 그런 음식들을 보자 거의 정신을 잃을 것만 같다. 성전으로 가고는 있지만, 금식을 믿는 신비주의자들의 주장과는 달리, 그의 몸이 먹을 것을 받아들이면 그의 정신도 주의 말씀을 더 잘 받아들일 수 있을 것이다. 다행히도 우연히 옆을 지나던 바리새인이 소년의 허약한 상태를 눈치채고 동정심을 품었다. 후대 사람들은 부당하게도 바리새인에게 최악의 오명을 부여했지만, 이 만남이 분명하게 보여주듯이 사실 그들은 품위 있는 사람들이다. 어디서 왔니, 바리새인이 물었다. 예수가 대답했다, 갈릴리 땅 나사렛에서 왔습니다. 배가 고프냐, 남자가 물었다. 소년은 눈을 내리깔았다. 말을 할 필요도 없었다. 배가 고프다고 얼굴에 쓰여 있었으니까. 가족은 없니. 있지만, 혼자 길을 나섰습니다. 도망친 거냐. 아니오. 사실이다. 그는 도망친 것이 아니다. 그의 어머니와 형제들이 대문에서 다정하게 작별 인사를 했다는 것을 잊지 말아야 한다. 한 번도 돌아보지 않았다고 해서 그것이 곧 도망쳤다는 뜻은 아니다. 우리가 사용하는 말들은 그런 식이다. 그렇다거나 아니라고 말하는 것이 가장 딱 부러진 대답이고 원칙적으로 가장 설득력이 있기도 하지만, 그럼에도 세상은 우리가 엉거주춤하게 시작할 것을 요구한다, 어, 아닙니다, 그렇지는 않아요, 사실 달아난 건 아닙니다. 그러면 이 지점에서 우리는 이야기를 다 다시 들어보아야 한다. 하지만 걱정 마라. 지금 그럴 필요는 없으니까. 첫째, 우리 복음에 등장하는 이 바리새인은 그 말을 들을 필요가 없다. 둘째, 우리는 다른 누구보다 그 이야기를 잘 알고 있다. 이 복음의 주요 인물들이 얼마나 서로를 모르는지 생각해 보라. 예수는 어머니와 아버지의 모든 것을 알지 못한다. 마리아는 남편과 아들의 모든 것을 알지 못한다. 죽은 요셉은 어떤 것도 알지 못한다. 우리는 그들이나 다른 인물들의 행동이나 말이나 생각을 모두 알지만, 그럼에도 아무것도 모르는 척 행동해야 하기 때문에, 이 점에서는, 배가 고프냐, 하고 물은 바리새인과 같다. 물론 예수의 초췌하고 창백한 얼굴이 먼저 말을 하고 있다, 물어보실 필요 없잖아요, 그냥 먹을 거나 주세요. 자비로운 남자는 바로 그렇게 했다. 오븐에서 바로 꺼내 아직 뜨거운 빵 두 덩어리와 우유 한 사발을 사서 아무 말 없이 예수에게 건네주었다. 사발이 두 사람 사이에서 건네지다가 우유가 손에 쏟아지자 두 사람 모두 오래전부터 전해져 내려온 것이 틀림없는 행동을 했다. 둘 다 젖은 손을 입으로 들어 올려 우유를 빤 것이다. 빵이 바닥에 떨어지면 빵에 입을 맞추는 것과 같다. 이 두 사람이 이런 감탄할 만한 상징적인 협정을 맺은 뒤에 다시 만나지 못한다니 얼마나 안타까운 일인가. 바리새인은 볼일을 보러 가기 전에 호주머니에서 동전 두 닢을 꺼내며 말했다, 이걸 받고 집으로 돌아가라, 너 같은 아이에게는 세상이 너무 커. 목수의 아들은 사발과 빵을 움켜쥔 채 서 있었다. 이제 배가 고프지 않았다. 아니, 여전히 배가 고프지만 아무것도 느끼지 못하는 것인지도 모른다. 그는 바리새인이 발을 옮기는 것을 지켜보다가 그제야 말했다, 고맙습니다. 하지만 너무 낮은 소리라서 바리새인은 그 말을 못 들었을 것이다. 만일 이 남자가 감사를 받기를 기대하고 있었다면 아마 속으로 이렇게 생각했을 것이다, 아주 배은망덕한 아이로군. 예수는 길 한가운데서 다시 식욕을 느꼈다. 그는 허겁지겁 빵을 먹고 우유를 마셨다. 그가 사발을 행상에게 돌려주자 행상이 말했다, 사발 값도 낸 거야, 그냥 가지면 돼. 예루살렘에서는 우유를 살 때 사발도 사는 게 관습인가요. 아니, 하지만 저 바리새인이 그러고 싶어 했어, 무슨 생각을 한 것인지는 모르겠지만. 그러니까 이걸 제가 가질 수 있는 거네요. 이미 말했잖아, 돈을 냈다고. 예수는 사발을 망토에 싸서 배낭에 쑤셔 넣으며 조심해서 다루어야겠다고 생각했다. 이런 사발은 약해서 쉽게 깨졌기 때문이다. 이것은 흙으로 만든 것으로 운이 좋아 아슬아슬하게 형태가 갖추어진 것이었다. 사실 인간도 마찬가지이지만. 몸이 양분을 흡수하자 활기를 찾은 예수는 성전 쪽을 향해 걷기 시작했다.

입구로 올라가는 가파른 계단을 마주 보는 광장에는 이미 많은 사람들이 모여 있었다. 양쪽 벽을 따라 희생으로 쓸 동물을 파는 행상과 상인의 천막들이 있었고, 여기저기 노점을 차린 환전상들, 이야기를 나누는 사람들, 손짓을 하는 상인들, 걷거나 말을 타고 다니면서 날카로운 눈으로 두리번거리는 로마 군인들, 가마를 지고 다니는 노예들, 짐을 실은 낙타와 나귀들도 있었다. 어디에서나 미친 듯이 악을 쓰는 소리가 들렸고, 중간중간 양과 염소의 약한 울음소리가 섞였다. 이 짐승들은 품에 안겨 가기도 하고 지친 아이들처럼 등에 업혀 가기도 하고 또 목이 줄에 묶여 끌려 가기도 했지만, 어쨌든 모두 칼이나 불에 죽을 운명이었다. 예수는 정화에 쓰는 목욕탕을 지나 계단을 올라가, 멈추지 않고 바로 이방인의 뜰을 가로질렀다. 예수는 거룩한 기름의 방과 나실인의 방 사이의 문을 통과하여 여자의 뜰로 들어갔다. 그곳에서 예수는 찾던 것을 찾았다. 전통에 따라 모여서 거룩한 율법을 토론하고, 질문에 답을 하고, 조언을 해주는 장로와 서기들의 모임이었다. 이들은 몇 명씩 무리를 이루어 모여 있었다. 소년이 가장 작은 무리에 끼어들려고 할 때 한 남자가 질문을 하려고 손을 들었다. 서기가 말을 하라고 하자 남자가 물었다, 우리가 주께서 시나이산에서 모세에게 주신 계명을 말 그대로 받아들여야 하는지 말씀해 주시겠습니까, 그때 주는 내가 땅을 평화롭게 하겠고, 너희는 두 다리를 쭉 뻗고 잘 것이라고 약속하셨습니다, 그때 주는 그 땅에서 사나운 짐승들을 없애고, 칼이 너희의 땅에서 설치지 못하게 하겠고, 너희의 원수들은 너희에게 쫓기다가, 너희가 보는 앞에서 칼에 맞아 쓰러지고 말 것이라고 약속하셨습니다, 주는 직접, 그들 백 명이 너희 다섯 명에게 쫓기고, 그들 만 명이 너희 백 명에게 쫓길 것이며, 너희의 원수들이 너희가 보는 앞에서 칼에 맞아 쓰러지고 말 것이라고 약속하셨습니다. 서기는 의심하는 눈으로 그 남자를 보았다. 성전이 로마의 통치에 수동적으로 저항하는 것을 암시하여 문제를 일으키려고 갈릴리 사람 유다가 보낸 변장한 반란군일지도 모른다고 생각한 것이다. 서기는 무뚝뚝하게 대꾸했다, 그 말은 우리 조상이 이집트에서 탈출하여 사막에 있을 때 주께서 하신 것이오. 그러자 남자는 다시 손을 들어 질문을 했다, 그러니까 주께서 시나이 산에서 하신 말씀은 우리 조상이 약속된 땅에 들어오기 전에만 의미가 있다고 이해하면 되는 겁니까. 만일 그대가 그렇게 해석을 한다면 그대는 선한 이스라엘인이 아니오, 주의 말씀은 과거, 현재, 미래에 관계없이 어느 시대에나 적용되는 것이오, 그 말씀은 주께서 말로 하시기 전에도 그 마음속에 있었고, 말로 하신 뒤에도 마음속에 그대로 있기 때문이오. 하지만 저한테는 생각하지 말라고 금지하신 것을 서기님 자신은 말로 하셨군요. 그대가 무슨 생각을 하는데. 주는 우리를 억압하는 이 군대에 대항하여 우리가 검을 들지 않는 것에 동의하시고, 우리 사람들 백 명은 저들 다섯 명을 상대할 용기가 없으며, 유대인 만 명이 로마인 백 명 앞에서 움츠러든다고 생각합니다. 그대는 주의 성전에 있는 것이지 어디 싸움터에 있는 것이 아님을 명심하시오. 주는 만군의 하나님이십니다. 맞소, 하지만 하나님은 조건을 다셨다는 것을 잊지 마시오. 무슨 조건이죠. 주는 말씀하셨소, 너희가 내가 세운 규례를 따르고, 내가 명한 계명을 그대로 받들어 지키면, 이라고 말이오. 하지만 우리가 무슨 규례와 계명을 무시했기에 로마의 통치를 우리 죄에 대한 정당하고도 필요한 벌로 받아들여야 한다는 겁니까. 주는 아실 것이오. 그래요, 주는 아시겠지요, 인간은 알지도 못하고 죄를 짓는 일이 너무 많으니까요, 하지만 왜 주께서 직접 나서서 우리 선택된 백성을 벌하시지 않고 로마 군대를 이용해 벌하시는지 설명을 좀 해주시겠습니까. 주에게는 주의 계획이 있고, 또 그에 맞게 수단을 고르시는 거요. 그러니까 로마가 이스라엘을 다스리는 것이 주께서 원하시는 일이라고 말씀하시려는 겁니까. 그렇소. 좋아요, 만일 그렇다면, 로마군과 싸우는 반란군은 주에게, 또 주의 거룩한 뜻에 맞서는 게 되겠군요. 그대는 엉뚱한 결론으로 비약하고 있소. 그러시는 서기님은 모순되는 말씀을 하고 계십니다. 하나님의 뜻은 뜻하지 않는 것일 수도 있고, 그렇게 뜻하지 않는 것이 하나님의 뜻일 수도 있소. 그러니까 오직 인간의 뜻만이 진짜지만 하나님의 눈에는 중요하지 않다는 건가요. 그렇소. 따라서 인간은 자유롭고요. 그렇소, 벌을 받을 수 있도록 자유로운 거요. 구경꾼들이 웅성거렸다. 어떤 사람들은 경전에 기초를 두기는 했지만 정치적으로 부적당한 질문을 한 사람을 노려보았다. 마치 모든 이스라엘의 죄가 그의 책임이라도 되는 것 같았다. 회의적인 사람들은 서기의 승리에 약간 안도하는 듯했다. 서기는 그들의 찬사와 갈채에 자족적인 미소로 답하더니, 자신 있게 주위를 둘러보며 다른 질문이 있냐고 물었다. 마치 약한 적을 처단한 뒤에 더 큰 영광을 얻으려고 강한 적을 찾는 검투사 같았다. 다른 사람이 손을 들더니 다른 질문을 던졌다, 주님은 모세에게 이렇게 말씀하셨습니다, 너희와 함께 사는 외국인 나그네를 너희의 본토인처럼 여기고 그를 너희의 몸과 같이 사랑하여라, 너희도 이집트 땅에 살 때에는 외국인 나그네 신세였다. 그러나 그가 말을 마치기도 전에 여전히 승리에 도취해 있는 서기가 비꼬는 목소리로 끼어들었다, 로마인도 외국인인데 왜 우리 동포처럼 대접하지 않느냐는 질문을 하려는 게 아니기를 바라오. 아닙니다, 제가 묻고 싶은 것은 양쪽이 법과 신의 차이에 관한 논쟁을 덜 하게 되면 로마인이 우리를 동포로 여기겠느냐 하는 것입니다. 그러니까 그대도 주의 거룩한 말씀을 엉뚱한 해석으로 모독하여 주의 노여움을 사려고 여기에 왔다는 말이로군, 서기가 말했다. 그 반대입니다. 제가 묻는 것은 외국인 나그네들이 우리가 사는 땅이라기보다는 우리가 믿는 신앙에 나그네들이라고 본다면 우리가 주의 거룩한 말씀에 순종하는 것이라고 믿으시겠느냐 하는 것뿐입니다. 어느 나그네를 말하는 거요. 우리가 사는 이 시대의 나그네들, 과거의 많은 나그네들, 그리고 앞으로 더 많아질 나그네들을 말하는 겁니다. 수수께끼와 우화에 낭비할 시간이 없으니, 분명하게 말을 해보시오. 우리가 이집트에서 여기에 왔을 때 우리가 지금 이스라엘이라고 부르는 땅에는 다른 민족들이 살고 있었습니다, 우리는 그들과 싸워야 했고, 그때는 우리가 외국인 나그네들이었지요. 그때 주는 주의 뜻에 맞서는 사람들을 멸절하라고 우리에게 명령을 했습니다. 이 땅은 우리에게 약속된 것이었지만 정복을 해야 했소. 우리는 이 땅을 산 것도 아니고 거저 얻은 것도 아니오. 그런데 이제 우리는 외국인의 통치하에 살고 있습니다, 우리가 우리 것으로 만든 땅을 잃어버린 것이지요. 이스라엘은 영원히 주의 영 안에서 사는 거요, 따라서 함께 있든 흩어져 있든 주의 백성이 있는 곳에 이 세상의 이스라엘도 있게 될 것이오. 그러니까 어디든 우리 유대인이 있는 곳에서는 다른 사람들이 늘 외국인 나그네가 될 거라는 말씀입니까. 물론이오, 주의 눈으로 보면 그렇소. 하지만 주의 말씀에 따르면 우리와 함께 사는 외국인 나그네들은 우리 동포가 되어야 하고 우리는 그들을 우리 몸같이 사랑해야 합니다, 우리도 한때 이집트에서 외국인 나그네였으니까요. 주는 그렇게 말씀하셨소. 하지만 그 경우에 우리가 사랑해야 할 외국인 나그네는 우리와 함께 살지만 우리에게 맞설 만큼 강하지는 않아야 하는 것 아닌가요, 지금 로마인과는 달리 말입니다. 그렇소, 동의하오. 그럼 말씀해 주십시오, 언젠가 우리가 강해지면 주께서는 우리더러 사랑하라고 명령하신 외국인 나그네를 억압하도록 허락하실 거라고 생각하십니까. 이스라엘이 할 수 있는 일은 주의 뜻을 따르는 거요, 이스라엘 자손은 주가 선택한 백성이기 때문에 주의 뜻은 이 백성에게 좋은 쪽으로만 흐르게 될 것이오. 우리가 사랑해야 할 사람들을 사랑하지 않는 것이 된다 하더라도요. 그렇소, 뜻이 그러하다면. 누구의 뜻이요, 주의 뜻이요, 아니면 이스라엘의 뜻이요. 둘 다요, 그 둘은 하나이기 때문이오. 외국인 나그네의 권리를 침해하지 말라고 주는 말씀하십니다. 그 나그네에게 권리가 있고 우리가 그걸 인정할 때 그렇다는 거요, 서기가 대답했다. 주위 사람들이 옳다고 웅성거리기 시작했다. 다시 서기의 눈이 승리한 씨름꾼, 원반 던지는 사람, 검투사, 전차 모는 전사의 눈처럼 빛나기 시작했다. 예수가 손을 들었다. 아무도 그 나이의 소년이 앞으로 나서서 성전의 서기나 선생에게 질문을 하는 것을 이상하게 생각하지 않았다. 어린아이들은 카인과 아벨의 시대 이후로 의심에 시달려 이런저런 질문을 하곤 하며, 그러면 어른은 생색을 내듯 웃음을 짓고 어깨를 두드려주면서 이렇게 대꾸하기 때문이다, 너도 크면 그런 문제는 걱정하지 않게 될 거야. 이해심이 많은 사람들은 이렇게 말하곤 한다, 나도 네 나이 때는 똑같은 생각을 했어. 몇 사람은 자리를 뜨려고 움직였고, 어떤 사람들은 그들을 따라 움직이려 했다. 그러자 서기는 화가 났다. 자신의 이야기에 귀를 기울이는 청중이 떠나는 것을 원치 않았기 때문이다. 하지만 예수의 질문 때문에 많은 사람들이 다시 방향을 틀고 귀를 기울였다, 제가 이야기하고 싶은 건 죄책감입니다. 네 죄책감이란 뜻이겠지. 아니오, 일반적인 죄책감이요, 하지만 직접 죄를 짓지 않고도 느낄 수 있는 죄책감도 포함됩니다. 더 분명하게 이야기해 보거라. 주께서는 부모가 자식 때문에 죽지 않고, 자식이 부모 때문에 죽지 않으며, 모든 사람은 자신의 죄에 따라 심판을 받을 것이라고 말씀하셨습니다. 그래, 하지만 그것은 죄가 없는 사람이라도 자기 가족이 죄를 지으면 함께 벌을 받아야 했던 옛날에 나온 가르침이지. 하지만 주의 말씀이 영원하고, 죄책감에 분명한 끝이 없고, 서기님 자신도 방금 말씀하셨듯이, 인간은 벌을 받을 수 있도록 자유롭다고 한다면, 아버지의 죄책감이 아버지가 벌을 받은 뒤에도 사라지지 않고 자식들에게 전해진다고 믿어야 옳지 않겠습니까, 오늘날 살아 있는 우리 모두가 우리의 첫 부모인 아담과 하와의 죄책감을 물려받은 것처럼이요. 비천한 환경에서 자란 네 나이의 소년이 경전을 그렇게 많이 알고 이런 문제를 그렇게 쉽게 토론하는 게 놀랍구나, 저는 배운 것만 알 뿐입니다. 어디서 왔느냐, 갈릴리 땅 나사렛에서 왔습니다. 네 말투를 듣고 그리 짐작을 했다. 제 질문에 답을 해주십시오. 아담과 하와가 주에게 복종하지 않았을 때 그들의 가장 무거운 죄는 선과 악을 알게 하는 나무의 열매를 먹은 것이 아니라 그 결과라고 생각해 볼 수 있겠지, 그들의 죄 때문에 주께서 첫 남자, 그리고 여자를 창조하셨을 때 마음에 두셨던 계획을 실행에 옮기지 못하게 되었으니 말이다. 그러자 두 번째로 질문을 했던 남자가 다시 보석 같은 궤변, 목수의 아들은 절대 사람들 앞에서 말을 할 용기를 내지 못했을 궤변으로 서기에게 도전했다, 그러니까 모든 인간 행동, 예를 들어 에덴에서 인간의 불복종 행동이 하나님의 뜻에 간섭할 수 있다는 뜻입니까, 하나님의 뜻이란 바다 위의 섬과 같아 사방에서 인간의 뜻이라는 거친 파도에 공격을 당하는 겁니까. 그런 건 아니오, 서기는 조심스럽게 대답했다, 주의 뜻은 만물 위에 있을 뿐 아니라, 만물을 만물로 만드는 거요. 하지만 방금 하나님이 아담을 위해 세운 계획을 우리가 모르는 건 아담의 불복종 때문이라고 말씀하시지 않았습니까. 그것은 우리의 이성이 우리에게 말해 주는 것이오, 하지만 우주의 창조자이자 지배자인 하나님의 뜻은 가능한 모든 뜻들을 끌어안고 있소, 하나님 자신의 뜻만이 아니라 이 세상에 태어나는 모든 사람의 뜻까지도 말이오. 그때 갑자기 통찰을 얻은 예수가 끼어들었다. 그러하다면 모든 사람은 하나님의 한 부분이겠네요. 그럴 수도 있지, 하지만 모든 인간을 하나로 합친다 해도, 그 합친 부분은 하나님이라는 무한한 사막의 모래 한 알에 불과해. 마치 자기도 모르는 새에 자신보다 더 큰 힘들을 불러낸 마법사와 함께 있는 것처럼 경외감을 품고 바라보는 사람들에게 둘러싸인 채 바닥에 앉아 있는 서기는 아까보다 덜 만족스러운 표정이다. 축 늘어진 어깨와 슬픈 표정, 무릎에 얹은 두 손, 나아가 몸 전체가 지금 괴로운 일이 있으니 혼자 있게 해달라고 요구하는 듯하다. 모여 있던 사람들은 일어나기 시작한다. 어떤 사람들은 이스라엘인의 뜰로 가고, 어떤 사람들은 아직 토론을 하고 있는 다른 무리에게 간다. 예수가 말했다, 제 질문에 답을 하지 않으셨습니다. 서기는 천천히 허리를 펴고, 망연자실한 상태에서 빠져나오는 사람처럼 예수를 물끄러미 바라보며 오랫동안 긴장된 침묵을 지키더니 이윽고 말했다, 죄책감은 아버지를 잡아먹은 뒤에 새끼를 잡아먹는 이리란다. 지금 말씀하시는 이리가 이미 제 아버지를 삼켰습니다. 그럼 곧 네 차례가 되겠구나. 서기님은 어떠신가요, 삼켜진 적이 있나요. 삼켜졌을 뿐 아니라 토해지기까지 했단다.

예수는 일어나서 자리를 떴다. 그는 들어온 문으로 향하다가 발을 멈추고 돌아보았다. 희생 장작에서 피어오른 연기 기둥이 하늘로 올라가다가, 하나님의 강한 허파에 빨려 들어간 듯 흩어지며 사라져버렸다. 아침나절이라 사람들이 점점 더 몰려오고 있었다. 성전 안에서는 공허감 때문에 무너져버린 남자가 평상심이 돌아오기를 기다리고 있었다. 그래야 롯의 아내가 소금 기둥으로 변했을 때 그 소금이 암염(岩鹽)인지 바닷소금인지, 노아가 포도주를 마시고 취했을 때 그 포도주가 백포도주인지 적포도주인지 궁금해하는 사람들의 질문에 차분하게 답을 할 수 있을 테니까. 성전 밖으로 나온 예수는 두 번째 목적지인 베들레헴으로 가는 길을 물었다. 예수는 거리가 복잡하고 사람들이 많아 두 번이나 길을 잃었지만, 마침내 십삼 년 전 세상에 나오기 직전 어머니의 자궁 안에서 통과했던 문을 찾아냈다. 물론 예수가 그런 생각을 하고 있었던 것은 아니다. 우리가 잘 알다시피 뻔한 것은 상상력이라는 불안한 새의 날개를 꺾어버리기 때문이다. 예를 들어 지금 이 복음을 읽고 있는 독자 가운데 누구라도 자신의 어머니가 자신을 가졌을 때 찍은 사진을 보기만 하면 그 자궁 안에 있는 자신을 얼마든지 상상할 수 있을 것이다. 예수는 베들레헴 쪽으로 내려가면서 서기의 답변들, 자신의 질문에 대한 답변만이 아니라 다른 사람들의 질문에 대한 답변들까지 곰곰이 생각해 보고 있었다. 예수를 곤혹스럽게 하는 것은 그 모든 질문이 사실은 하나의 질문이었다는 느낌, 각각의 질문에 대한 대답이 모든 질문에 답을 하고 있었다는 느낌이다. 특히 마지막 대답은 나머지 대답들을 요약하는 것 같다. 영원히 뜯어 먹고, 삼키고, 토해 내는 죄책감이라는 이리의 채워지지 않는 굶주림. 기억의 변덕스러움 때문에 우리는 죄책감의 원인, 또는 서기처럼 비유를 사용해 말하자면, 우리를 쫓아오는 이리의 굴을 모르는 경우가 많다. 또는 알지만 잊으려고 한다. 그러나 예수는 알고 있고, 지금 거기로 가고 있다. 거기 가서 무엇을 할지는 모른다. 하지만 그것이 가만히 앉아서, 내가 여기 있습니다, 하고 선언한 뒤 누군가가 다가와, 뭘 원하느냐, 벌이냐, 용서냐, 망각이냐, 하고 물어주기를 마냥 기다리고 있는 것보다는 낫다. 예수는 전에 아버지와 어머니가 그랬던 것처럼 라헬의 무덤 앞에서 발을 멈추고 기도를 했다. 그런 뒤에 심장 박동이 점점 빨라지는 것을 느끼며 남은 길을 마저 갔다. 베들레헴의 집들이 눈에 보이기 시작했다. 지금 그가 가는 길이 마을로 들어가는 큰 길이다. 꿈에서 살의를 품은 아버지와 군인들이 밤마다 택했던 길이다. 낮에 보니 그렇게 무서워 보이지 않는다. 심지어 하늘을 가로질러 떠내려가는 고요한 흰 구름들도 하나님이 보여주는 자비로운 손짓 같다. 땅은 해 아래서 잠을 자며 우리에게, 그냥 다 내버려둬, 과거를 파헤쳐서 얻을 게 뭐가 있어, 품에 아이를 안은 여자가 창가에 나타나, 누구를 찾는 거야, 하고 묻기 전에 몸을 돌려, 네 발자국을 지워, 시간의 모래시계가 끝없이 움직여 모래로 그 사건들의 모든 기억을 지워버리게 해달라고 기도해, 하고 말하는 것 같다. 하지만 이미 늦었다. 곧 거미줄을 스쳐 갈 파리도 마지막 순간에 탈출을 할 수 있다. 하지만 일단 거미줄에 닿아 날개가 걸리면, 조금만 움직여도 덫에 걸려 완전히 마비가 되어버린다. 영원히. 거미가 새로운 피해자에게 관심이 있든 없든 관계가 없다. 예수에게 탈출할 수 있는 마지막 순간은 지나갔다. 가지를 넓게 뻗은 무화과나무가 한 그루 서 있는 광장 한가운데 아주 작은 사각형 건물이 있다. 두 번 볼 필요도 없이 무덤이다. 예수는 무덤에 다가가 그 주위를 천천히 돌다가 발을 멈추고 한쪽 면에 있는 희미해진 비문을 읽었다. 그것으로 충분했다. 찾던 것을 찾은 것이다. 한 여자가 다섯 살 난 아이의 손을 잡고 광장을 가로질렀다. 그녀는 발을 멈추고 묻는 표정으로 나그네를 보다가 말했다, 어디서 왔니. 그녀는 자신의 질문을 정당화하려고 덧붙였다, 이 지역 출신은 아닌 것 같은데. 맞습니다, 저는 갈릴리 땅 나사렛에서 왔습니다. 여기 친척은 있어. 아니오, 예루살렘에 왔다가, 베들레헴을 한번 둘러볼 좋은 기회라고 생각했습니다. 그러니까 지나가는 길이구나. 네, 이따 좀 시원해지면 예루살렘으로 돌아갈 생각입니다. 여자는 아이를 왼팔 위로 들어 올리며 말했다, 주가 너와 함께하시기를. 여자는 몸을 돌려 떠나려 했으나 예수가 그녀에게 물었다, 이게 누구 무덤이죠. 여자는 아이를 어떤 위험으로부터 보호하려는 듯이 가슴에 꼭 끌어안으며 대답했다, 오래전에 죽은 어린 사내아이들 스물다섯 명이 여기 묻혀 있어. 얼마나요. 스물다섯 명. 아니, 얼마나 오래된 일이냐고요. 아, 십사 년쯤. 아주 오래됐네요. 십사 년이 맞는 것 같아, 그 아이들이 지금 살아 있으면 네 나이쯤 되었을 거야. 네, 이 어린 남자아이들이 어떻게 된 거죠. 저 가운데 한 명은 내 동생이었어. 여기 동생이 묻혀 있다고요. 그래.

그럼 지금 안고 계신 아이는, 그 아이는 아들인가요. 첫아이야. 왜 어린 남자애들만 죽인 거죠. 아무도 몰라, 나도 그때는 겨우 일곱 살이었어. 하지만 부모님이나 다른 어른들이 하는 이야기를 들으셨을 거 아니에요. 들을 필요도 없었어, 내 눈으로 아이들 몇 명이 죽임을 당하는 걸 봤으니까. 동생도요. 그래, 동생도. 누가 죽인 건데요. 왕의 군인들이 세 살 아래 남자아이들을 찾아서 다 죽여버렸어. 그런데 이유는 모르신다고요. 지금까지 아무도 몰라. 헤롯이 죽은 뒤에 성전에 가서 제사장들한테 조사를 해달라고 하지 않았나요. 모르겠는데. 군인들이 로마인이었다면 그런대로 이해가 될지도 모르겠지만, 우리의 왕이 자기 백성을, 그것도 아기들을 살육하라는 명령을 내린다는 건 아주 이상하잖아요, 어떤 이유가 없는 한. 왕들의 뜻이야 우리가 이해할 수 없는 거잖아, 주가 너와 함께하시며 너를 보호해 주시기를. 저는 세 살이 넘은 지 오래됐어요. 죽음의 때가 오면 사람들은 아이로 돌아가, 여자는 그렇게 말하고 자리를 떴다. 혼자 남게 되자 예수는 무덤 입구를 가린 둥근 돌 옆에 무릎을 꿇고 배낭에서 마지막 남은 곰팡내 나는 빵 조각을 꺼내 두 손바닥으로 비벼 가루를 만든 다음 입구 주위에 뿌렸다. 마치 그곳에 묻힌 죄 없는 아기들의 보이지 않는 입에 제물을 바치는 것 같았다. 그 일을 마쳤을 때 다른 여자가 모퉁이를 돌아 모습을 드러냈다. 그러나 이 여자는 아주 늙고 허리가 굽어 지팡이의 도움을 받으며 걷고 있었다. 눈도 침침하여 소년이 하는 행동이 뿌옇게 보일 뿐이었다. 여자는 발을 멈추고 소년을 유심히 지켜보았다. 소년은 일어서더니 가엾은 아기들의 영혼의 안식을 빌듯이 고개를 숙였다. 관습이 어떤지는 알지만 우리는 영혼에 영원한, 이라는 말을 덧붙이는 일은 삼갈 것이다. 방금 처음이자 마지막으로 영원한 안식을 그려보려고 했지만, 우리의 상상력이 우리 뜻대로 움직여주지 않았기 때문이다. 예수는 기도를 끝내고 주위를 둘러보았다. 텅 빈 담, 닫힌 문. 사람이라고는 노예의 튜닉을 입고 지팡이에 기댄 채 서 있는 노파밖에 없었다. 아침에는 네 발로 걷고, 낮에는 두 발로, 저녁에는 세 발로 걷는 동물에 관한 스핑크스의 유명한 수수께끼에서 세 번째 부분의 살아 있는 예였다. 그 답은 사람이다, 명민한 오이디푸스는 그렇게 대답했지만, 그는 어떤 사람은 낮까지 살지도 못한다는 것을, 베들레헴에서만도 아기 스물다섯 명의 생명이 일찌감치 잘려나갔다는 것을 잊었다. 노파는 가까이 다가왔다. 절뚝이며 달팽이의 속도로 움직였다. 이윽고 그녀는 예수 앞에 서서 더 잘 보려고 목을 비틀더니 묻는다, 누구를 찾는 거냐. 소년은 바로 대답을 하지 않았다. 사실 그는 누구를 찾는 것은 아니었다. 그가 찾는 사람들은 다 죽어 여기 묻혀 있다. 게다가 사실 누구라고 말하기도 힘들다. 아직 기저귀를 차고 입에는 가짜 젖꼭지를 문 채 코를 질질 흘리며 훌쩍이는 아기들이었으니까. 그럼에도 죽음이 그들을 쳐서 어떤 납골당이나 성골함에도 담을 수 없는 거대한 존재로 만들어버렸다. 이들은 매일 밤 무덤에서 나오는 주검들이다. 혹시 어떤 정의라는 것이 있다면, 상처를, 검 끝에 열려 생명이 빠져나간 구멍을 보여주려고. 아니오, 예수가 대답했다, 누굴 찾는 게 아닙니다. 그러나 노파는 가지 않았다. 예수가 말을 이어가기를 기다리고 있는 것 같았다. 그래서 예수는 솔직하게 털어놓았다, 저는 이 마을에서 태어났습니다, 동굴에서요, 그래서 이곳이 어떤 곳인지 궁금했습니다. 노파는 불안한 걸음으로 뒷걸음질을 치더니 더 잘 보려고 눈에 힘을 주었다. 그녀는 떨리는 목소리로 물었다, 이름이 뭐냐, 어디서 왔니, 부모는 누구냐. 노예의 질문에 대답을 할 필요는 없다. 그러나 나이가 든 사람은 신분이 아무리 비천하다 해도 존경을 받을 자격이 있다. 그들에게는 질문을 할 시간이 거의 남지 않았다는 사실을 우리는 절대 잊으면 안 된다. 그런 질문을 무시하는 것은 대단히 잔인한 일일 것이다. 우리한테 그들이 기다리는 답이 있을지도 모르는데. 제 이름은 예수고, 갈릴리 땅 나사렛에서 왔습니다, 소년은 그렇게 대답했다. 그러고 보니 집을 떠난 이후로 그 말만 해온 것 같다. 노파는 다시 앞으로 다가섰다. 부모는, 부모 이름은 뭐니. 아버지는 요셉이라 하고, 어머니는 마리아라 합니다. 네 나이는 어떻게 되고. 곧 열네 살이 됩니다. 노파는 앉을 곳을 찾는 것처럼 주위를 둘러보았다. 하지만 유대 땅 베들레헴의 광장은 상파울루 데 알칸타라의 정원과는 달리 공원 벤치가 있고 멋진 성이 보이는 곳이 아니다. 여기서는 땅바닥에 앉아야 한다. 아니면 기껏해야 문 앞의 계단에 앉아야 한다. 무덤이 있다면 사랑하는 죽은 사람을 애도하러 온 살아 있는 사람의 휴식을 위해 입구에 갖다 놓은 돌 위에 앉을 수도 있다. 어쩌면 그 돌은 근처 무덤에 있는 라헬처럼 남은 눈물을 마저 흘리려고 안식을 포기한 유령들을 위한 것인지도 모른다. 그 무덤에는 이렇게 적혀 있다, 여기 자식들을 위하여 울며 위로 받기를 거절하는 라헬이 누워 있다. 사실 오이디푸스처럼 명민하지 않아도 이곳이 라헬이 울 만한 곳이고, 그 일을 생각하면 라헬이 우는 것도 당연하다는 것은 금방 알 수 있다. 노파가 힘겹게 돌 위로 몸을 낮추자 소년은 그녀를 도우러 갔다. 하지만 너무 늦었다. 미지근한 행동은 절대 시간을 맞추지 못하는 법이다. 내가 너를 알지, 노파가 예수에게 말했다. 잘못 아시는 것 같습니다, 예수가 말했다, 저는 여기 와본 적이 없고, 나사렛에서 할머니를 뵌 적도 없습니다. 네 몸에 처음 손을 댄 사람은 네 어머니가 아니라 나였단다. 어떻게 그럴 수가 있습니까, 할머니. 내 이름은 살로메, 너를 받아준 산파다. 예수는 충동적으로 노파의 발치에 무릎을 꿇었다. 충동적이기 때문에 자발적으로 이루어진 이 행동의 신실함이 증명될 수 있는 것이다. 그는 모든 것을 알고 싶었고, 또 기억이 없는 림보에서 기억 없이는 아무런 의미도 없는 세상으로 자신을 꺼내준 것에 감사를 하고 싶기도 했던 것이다. 어머니는 할머니 이야기는 한 적이 없습니다, 예수가 말했다. 그럴 필요가 없었던 게지, 네 부모는 내 주인의 집 문을 두드렸고, 나는 산파 경험이 좀 있어서 주인이 나더러 도와주라고 한 거니까. 그게 죄 없는 아이들이 학살을 당했을 때인가요. 그래, 너는 운이 좋아 군인들이 너를 찾아내지 못했어. 우리가 동굴에 살았기 때문이죠. 그래서인지 너희가 이미 떠났기 때문인지, 그건 나도 알지 못했다, 네가 어떻게 되었는지 보러 갔을 때 동굴은 이미 비어 있었으니까. 제 아버지는 기억하시나요. 그래, 제대로 기억하지, 그때 네 아버지는 한창때였고 인물이 훤한 남자였지, 정직하고. 돌아가셨습니다. 가엾어라, 오래 살지를 못했구나, 그렇다면 네가 그 사람 상속자란 이야긴데, 여기서 뭘 하고 있는 거냐, 네 어머니는 아직 살아 있을 텐데. 제가 태어난 곳을 보러 왔습니다, 또 이곳에서 학살당한 아이들에 관해 알고 싶기도 했고요. 그 아이들이 왜 죽었는지는 하나님만 아시지, 헤롯의 군인들로 변장한 죽음의 천사가 베들레헴으로 내려와 그 아이들을 죽였으니까. 그러니까 그게 하나님의 뜻이라고 믿으시는군요. 나는 늙은 노예에 불과하지만, 사람들이 이 세상에서 일어나는 모든 일은, 심지어 고난과 죽음도 하나님의 뜻에 의해서만 일어난다고 말하는 걸 평생 들어왔어. 그렇게 적혀 있지요. 하나님은 이제 날 언제라도 데려가실 거야, 그건 나도 이해할 수 있어, 하지만 이 아이들은 죄 없는 아기들이었어. 할머니의 죽음은 하나님이 당신 보시기에 적당한 때에 결정하시겠지만, 이 아이들을 죽이라고 명령한 건 인간이었습니다. 그렇다면 하나님의 손으로도 할 수 있는 일이 거의 없다는 뜻이네, 검이 어린아이들에게 오는 것을 막아주지 못했으니. 하나님을 모독하면 안 됩니다, 선한 여자여. 나 같은 무지

한 할망구가 어떻게 모독을 하겠니. 오늘 성전에서 들으니 인간의 모든 행동은 아무리 하찮은 것이라도 하나님의 뜻에 개입할 수 있고, 인간은 오직 벌을 받기 위해 자유로울 뿐이라고 하던데요. 내 벌은 자유로운 데서 오는 게 아니라 노예인 데서 오는 거야, 노파가 말했다. 예수는 입을 다물었다. 살로메의 이야기는 듣지 않고 있었다. 갑자기 인간이 혼자서 하나님에게 복종한다고 상상하든 불복종한다고 상상하든, 인간은 하나님의 손안의 노리개에 불과하며 영원히 그의 뜻을 따를 수밖에 없다는 생각이 들었기 때문이다.

해가 지고 있었다. 무화과나무의 사악한 그림자가 길어지며 가까이 다가왔다. 예수가 뒤로 몸을 조금 더 움직이며 노파를 불렀다. 살로메는 힘겹게 고개를 들며 물었다, 왜 그러니. 제가 태어난 동굴에 데려다 주세요, 너무 멀면 어떻게 가는지만 말해 주세요. 나는 잘 걷지 못하지만, 내가 데려가지 않으면 동굴을 찾지 못할 거야. 여기서 먼가요. 아니, 하지만 동굴이 많고 다 똑같아 보여. 그러면 가요. 그러자꾸나. 그날 살로메와 미지의 소년이 지나가는 것을 본 사람이 있다면 틀림없이 그 둘이 어디서 만났는지 궁금해했을 것이다. 그러나 아무도 알지 못했다. 늙은 노예는 죽는 날까지 아무것도 밝히지 않았고, 예수는 태어난 땅에 다시 가지 않았기 때문이다. 다음 날 살로메는 소년을 데려다주었던 동굴에 가보았다. 소년은 보이지 않았다. 그녀는 안도했다. 소년이 거기 있었다 해도 서로 더 할 이야기가 없었을 것이기 때문이다.

삶의 우연의 일치에 관해서는 여러 가지 이야기가 있었지만, 삶의 경로를 안내하는 일상의 만남에 관해서는 거의 또는 전혀 이야기가 되지 않는다. 사실 이런 만남은 엄격한 의미에서는 우연의 일치라고 말할 수 있다. 그렇다고 해서 모든 우연의 일치가 만남이라는 뜻은 아니지만. 이 복음 전체를 통해 많은 우연들이 있었다. 또 예수의 삶, 특히 집을 떠난 뒤의 삶을 주의 깊게 보면 만남들도 부족하지 않다는 것을 알 수 있다. 도둑을 만났던 불행한 일은 제쳐놓자. 그 일이 장차 어떤 결과를 낳을지 속단하는 것은 섣부른 일이니까. 그것 말고도 예수가 혼자 떠난 첫 여행은 많은 만남을 낳았다. 마치 섭리에 따른 듯 박애주의적인 바리새인이 나타난 것도 그런 예다. 바리새인 덕분에 소년은 요기를 했을 뿐 아니라 서둘러 먹고 제시간에 성전에 도착하여 그가 하고 싶었던 죄책감에 관한 질문, 그를 나사렛에서 이곳까지 오게 했던 질문을 위해 말하자면 토대를 닦아주었다고 할 수 있는 질의와 응답을 들을 수 있었다. 비평가들은 효과적인 서사의 규칙을 토론할 때면 삶에서나 허구에서나 중요한 만남들 사이에 중요하지 않은 만남들이 끼어 있어야 한다고 주장한다. 그래야 이야기의 주인공이 일반적인 일은 일어나지도 않는 예외적인 존재로 변하지 않을 수 있다는 것이다. 그들은 이런 서사의 방식이 늘 바람직하게 여겨지는, 진실 같은 느낌을 주는 효과에 큰 도움이 된다고 주장한다. 상상하여 묘사하는 에피소드가 사실적 진실이 아니라 해도, 또는 그런 진실이 되거나 그것을 대신할 수 없다 해도, 지금 우리가 하는 이야기와는 달리 최소한 비슷한 데라도 좀 있어야 한다는 것이다. 사실 이 이야기를 읽으면서 독자의 믿고 싶은 마음이 위기에 처했을 것이 분명하다. 예수는 베들레헴에 도착하자마자 우리가 이야기를 메우려고 일부러 심어놓은, 아이를 안은 여자를 만났는데, 이것만으로는 파격이 부족하다고 여기는 것처럼, 그가 세상에 나오는 것을 도와주었던 살로메를 만난다. 그러나 우리의 이야기에서 가장 믿기 힘든 대목은 노예 살로메가 예수와 함께 동굴까지 갔다가 그를 혼자 남겨두고 동굴을 떠난 뒤에 나온다. 예수는 요청했다. 이 어두운 벽들 사이에 나를 혼자 놓아두세요, 깊은 정적 속에서 제 첫 울음소리를 들을 거예요, 그 메아리가 지금까지 울려 퍼지고 있다면 말이에요. 이 말은 여자가 들었다고 생각한 것이다. 그래서 다시 한 번 진실 같은 느낌을 훼손할 위험을 무릅쓰고 여기에 기록해 놓은 것이다. 우리야 뭐 언제든지 노쇠한 노파의 신뢰할 수 없는 증언 탓이라고 둘러댈 수 있으니까. 살로메는 불안하게 절뚝거리며 조심조심 한 번에 한 걸음씩 지팡이에 기대어 움직였다. 지팡이를 두 손으로 잡고 있었다. 소년이 이 고통 받는 가엾은 피조물이 집에 가는 것을 도와주었으면 좋으련만. 그러나 아이들이란 그렇다. 이기적이고 배려를 모른다. 예수가 그의 나이 또래 다른 아이들과 달랐음을 보여주는 것은 없다.

예수는 돌에 앉아 있었다. 옆 돌에 있는 기름등잔은 동굴의 거친 벽, 한때 불이 있었던 거무스름한 잿더미, 그의 늘어진 두 손과 생각에 잠긴 얼굴에 침침한 빛을 던지고 있었다. 이곳이 내가 태어난 곳이구나, 예수는 생각했다, 나는 한때 저 구유에서 잤고, 아버지와 어머니는 한때 내가 지금 앉아 있는 돌에 앉아 있었어, 이곳이 헤롯의 군인들이 마을을 뒤져 아기들을 살육할 때 우리가 피신했던 곳이야, 하지만 아무리 노력을 해도 내가 태어날 때 내질렀던 생명의 울음을 들을 수는 없을 거야, 죽어가는 아이들과 그 아이들이 죽는 것을 지켜보던 부모의 울음도 들을 수 없을 거야, 시작과 끝이 만나는 이 동굴에는 정적밖에 없어, 성전에서 배웠듯이 부모는 자신들이 저지른 죄의 대가를 치러, 그리고 그 자식들은 언젠가 저지를지도 모르는 죄의 대가를 치러, 하지만 삶이 벌의 선고이고 죽음이 벌이라 해도, 베들레헴보다 더 결백한 마을은 결코 없었어. 아이들은 전혀 죄가 없는데 죽었고, 부모는 아무런 잘못도 저지르지 않았어, 말을 했어야 했을 때 입을 다물었던 나의 아버지보다 더 큰 죄를 지은 사람은 없었어. 그리고 나, 목숨을 구하는 바람에 나의 목숨을 구한 죄를 알 수 있었던 나, 나는 설사 다른 죄를 저지르지 않는다 해도, 이 죄가 나를 얼마든지 죽일 수 있어. 예수는 동굴의 어둠 속에서 달아나려는 듯 몸을 일으켰지만 몇 걸음 비척거리다 다리가 풀려버렸다. 그는 눈물을 막으려고 두 손으로 눈을 가렸다. 가엾은 소년은 자신이 저지르지도 않은 죄, 그러나 가혹하게도 평생 가책에 시달리게 될 죄 때문에 곧 죽을 듯이 괴로워하며 흙 속에서 몸부림쳤다. 이 홍수 같은 쓴 눈물은 예수의 눈에 영원히 자국을 남길 것이다. 그의 눈에서는 늘 방금 울음을 그친 것처럼 슬픔과 절망이 흐릿하게 가물거릴 것이다. 시간이 흘렀다. 바깥의 해가 지기 시작했다. 땅의 그림자들이 키를 키웠다. 어스름에 내려오는 큰 그림자의 서곡이었다. 어둠이 동굴을 뚫고 들어왔고, 동굴 안에서는 이미 그림자들이 등잔의 아주 작은 불을 끄겠다고 위협하고 있었다. 기름이 바닥나고 있는 것이 분명하다. 해가 마침내 세상에서 사라지는 날이 이럴 것이다. 그때 사람들은 서로 이렇게 말할 것이다, 눈이 점점 안 보여. 이제 눈이 소용이 없다는 것도 모르고 말이다. 이제 예수는 최근 며칠의 일로 인한 피로, 자비로운 피로에 굴복하여 잠이 들었다. 아버지의 끔찍한 죽음, 상속 받은 악몽, 체념한 어머니, 그리고 피곤한 예루살렘 여행, 성전의 위압적인 모습, 서기의 실망스러운 말, 베들레헴으로 내려가는 길, 그의 출생의 정황을 알려주기 위해 시간의 깊은 곳에서 나타난 살로메와 운명적으로 만난 일. 따라서 그의 지친 몸이 그의 영을 이긴 것도 놀랄 일은 아니다. 그는 이제 몸과 영혼이 모두 쉬는 것처럼 보인다. 하지만 그의 영은 벌써 꿈틀거리기 시작한다. 꿈에서 영은 몸을 깨운다. 함께 베들레헴으로 가서, 거기, 광장 한가운데서 그들의 극악무도한 죄를 고백하자는 것이다. 예수의 영은 목소리라는 신체적인 도구를 통해 선언한다, 나는 여러분의 자식들에게 죽음을 가져온 자입니다, 나를 심판해 주십시오, 여러분 앞에 데려온 이 몸에 죄를 내려주십시오, 이 몸을 학대하고 고문해 주십시오, 오직 육신을 괴롭히고 희생해야만 속죄와 영적 보답을 바랄 수 있기 때문입니다. 예수는 꿈에서 베들레헴의 어머니들이 아주 작은 몸을 낳는 것을 본다. 그러나 아기는 딱 한 명만 살아 있다. 아기의 어머니는 아이를 품에 안고 예수에게 말을 걸었던 여자다. 그 여자가 대답을 한다, 아이들 목숨을 다시 살릴 수 없다면 입 다물어, 죽음 앞에서 무슨 말이 필요하겠니. 자기 비하 때문에 그의 영혼은 세 번 접은 튜닉처럼 오그라든다. 무방비 상태로 자기 몸을 베들레헴 어머니들의 손에 맡기지만, 어머니들은 그의 몸을 건드리지 않는다. 아이를 안은 여자가 말하려고 한다, 네 탓이 아니야, 너는 가도 좋아. 번쩍이는 번개가 동굴을 가득 채우는 바람에 예수는 깜짝 놀라며 잠을 깬다. 여기가 어디지, 그것이 그에게 떠오른 첫 생각이다. 예수는 눈에 눈물이 맺힌 채 흙바닥에서 일어나려다가 키가 아주 큰 거인을 보았다. 머리는 불타고 있었다. 그는 곧 그것이 착각임을 깨달았다. 남자는 오른손에 횃불을 들고 있었다. 불은 동굴 천장에 닿을 듯했다. 머리가 아주 커서 골리앗의 머리가 저랬겠지 하는 생각이 들었다. 그러나 얼굴에서 적대감은 전혀 찾아볼 수 없었다. 외려 찾던 것을 마침내 찾았다는 만족감이 드러나 있었다. 예수는 일어서서 동굴 벽으로 물러났다. 거인을 잘 보려는 것이었다. 사실 그렇게 큰 것은 아니었다. 나사렛에서 가장 큰 사람보다 한 뼘쯤 더 컸을 것이다. 그런 착시, 사실 이것이 없다면 신동이나 기적도 있을 수가 없는데, 어쨌든 이런 착시는 오래전에 발견되었으며, 골리앗이 농구 선수가 되지 못한 유일한 이유는 그가 너무 일찍 태어났다는 것이었다. 너는 누구냐, 남자가 물었다. 그러나 예수는 그가 궁금해서 물어본 것이 아니라, 그냥 이야기를 나누려는 것임을 알았다. 남자는 횃불을 튀어나온 바위에 놓고, 들고 있던 지팡이 두 개를 벽에 기대놓았다. 한 지팡이는 오래 써서 커다란 옹이들이 반들반들했으며, 또 하나는 나무에서 잘라낸 지 얼마 지나지 않았는지 아직 나무껍질이 덮여 있었다. 남자는 가장 큰 돌에 앉으며 입고 있던 거대한 망토를 잡아당겨 어깨를 덮었다. 저는 나사렛의 예수입니다, 소년이 대답했다. 나사렛 아이가 여기서 뭘 하는 거냐. 저는 나사렛 사람이지만 이 동굴에서 났습니다. 그래서 제가 태어난 곳을 보러 온 겁니다. 아이야, 네가 태어난 곳은 네 어머니 배다. 그리고 그곳으로는 다시 기어 들어가지 못해. 예수는 그런 거친 말에는 익숙하지 않았기 때문에 얼굴만 붉히고 대답할 말을 찾지 못했다. 집에서 도망친 거냐, 남자가 물었다. 소년은 자신이 떠나온 것을 도망쳤다고 표현할 수 있는 부분이 있는지 가슴속에서 찾아보려는 듯 머뭇거리다가 대답했다. 네. 부모와 싸웠냐. 아버지는 돌아가셨습니다. 아, 남자는 그렇게만 대꾸했다. 그러나 예수는 남자가 이미 그 사실을 알고 있다는 묘한 느낌을 받았다. 그뿐만 아니라 모든 것을, 이미 말했거나 앞으로 말하게 될 모든 것까지. 너는 내 질문에 대답을 하지 않았어, 남자가 말했다. 무슨 질문이요. 부모하고 싸웠니. 아실 거 없습니다. 내 앞에서 무례하게 굴지 마라, 애야, 되게 맞기 싫으면, 여기에서는 네가 살려달라고 소리쳐도 하나님도 못 들어. 하나님은 눈이요, 귀요, 혀입니다, 모든 것을 보고 듣습니다, 하나님이 모든 것을 말씀하시지 않는 것은 그렇게 하시지 않기로 결정하셨기 때문입니다. 네 나이의 아이가 하나님에 관해 뭘 안다는 거냐. 회당에서 배운 것을 알지요. 하지만 회당에서는 아무도 하나님이 눈이요, 입이요, 혀라고 말하지 않았을 텐데. 만일 그렇지 않다면 하나님은 하나님이 아닐 거라고 저 혼자 생각했어요. 그런데 왜 하나님이 우리처럼 눈 두 개에 귀 두 개가 아니라 눈 하나에 귀 하나라고 생각하는 거냐. 한 눈이 다른 눈을 속이지 못하고, 한 귀가 다른 귀를 속이지 못하도록이요. 혀는 문제가 없어요, 우리도 혀는 하나밖에 없으니까요. 인간의 혀에도 두 가지 면이 있어 진실과 거짓 양쪽을 섬기지. 하나님은 거짓말을 할 수 없어요. 누가 하나님을 막겠느냐. 하나님 자신이요, 그렇지 않으면 하나님은 자신을 부정하는 게 됩니다. 본 적이 있니. 뭘 봐요. 하나님을. 어떤 사람들은 하나님을 봤고 하나님이 오신다고 말했지요. 남자는 마치 자신에게 익숙한 특질을 찾는 것처럼 말없이 소년을 물끄러미 바라보다가 이윽고 말했다. 그래, 어떤 사람들은 하나님을 봤다고 믿었지. 남자는 잠시 말을 끊었다가 짓궂은 웃음을 띠고 말을 이어갔다. 너는 아직도 내 질문에 답을 하지 않았어. 무슨 질문이요. 부모하고 싸웠어. 세상을 보고 싶어 나온 거예요. 거짓말을 하는 기술을 익혔구나, 하지만 나는 네가 누구인지 알아. 너는 요셉이라는 이름의 소박한 목수와 마리아라는 이름의 양털 빗는 여자 사이에서 태어났어. 어떻게 아세요. 어느 날 알게 되어서 그 이후로 잊지 않았으니까. 이해를 못하겠는데요. 나는 목자야, 거의 평생 양과 염소를 기르고 돌보며 살았지, 공교롭게도 군인들이 베들레헴 아이들을 살육하러 왔을 때 이 지역에 있었어, 그래서 너도 알다시피 나는 네가 태어나던 날부터 너를 알았어. 예수는 신경이 곤두선 표정으로 남자를 보며 물었다, 성함이 어떻게 되세요. 내 양들은 내 이름을 몰라. 저는 양이 아닙니다. 누가 알겠어. 이름을 뭐라 하시는지 말씀해 주세요. 굳이 나를 뭐라고 부르고 싶다면 그냥 목자라고 불러라, 혹시 내가 필요할 때 그렇게 부르면 될 거야. 저를 데려가주시겠어요, 양 치는 걸 도와드릴 테니까요. 네가 묻기를 기다리고 있었다. 그러면 잘됐네요. 그래, 양떼에 합류해도 좋아. 남자는 일어서서 횃불을 들고 밖으로 나갔다. 예수도 뒤를 따랐다. 어둡디어두운 밤이었다. 달은 아직 뜨지 않았다. 동굴 입구 근처에 양과 염소들이 한데 모여 소리 없이 기다리고 있었다. 이따금씩 종이 울리는 소리가 희미하게 들릴 뿐이었다. 그들은 참을성 있게 목자와 그의 새로운 동료의 대화 결과를 기다렸다. 남자가 횃불을 들어 올리자 염소의 검은 머리와 양의 하얀 주둥이가 드러났다. 어떤 양들은 털이 성겨 야위어 보였으며, 어떤 양들은 털이 복슬복슬하여 통통해 보였다. 목자가 예수에게 말했다, 이게 내 양떼다, 한 마리도 잃지 않도록 조심해라. 예수와 목자는 동굴 입구의 깜빡이는 횃불 밑에 앉아 배낭에서 치즈와 딱딱한 빵을 꺼내 먹었다. 이윽고 목자가 안으로 들어가더니 새 지팡이를 들고 나왔다. 아직 나무껍질이 덮인 지팡이였다. 목자는 불을 피우더니 능숙하게 지팡이를 불길 속에서 돌렸다. 껍질이 천천히 그슬려 길게 벗겨졌다. 그러자 목자는 이번에는 옹이들을 다듬었다. 목자는 지팡이가 식기를 기다렸다가 다시 불 속에 던졌다. 그러나 이번에는 나무가 타지 않도록 빠르게 돌렸다. 나무가 거무스름해지고 단단해지면서 마침내 잘 마른 목재처럼 보였다. 일이 다 끝나자 목자는 지팡이를 예수에게 건네며 말했다, 자, 네가 쓸 목자의 지팡이다, 강하고 곧고 세 번째 팔처럼 편하지. 예수는 손이 약한 사람이라고 할 수 없었음에도 소리를 지르며 지팡이를 떨어뜨렸다. 목자들은 어떻게 이렇게 뜨거운 걸 쥘 수 있을까, 예수는 자문했으나 답을 얻을 수 없었다. 마침내 달이 떠오르자 그들은 동굴 안으로 들어가 잠을 잤다. 양과 염소 몇 마리도 그들을 따라와 옆에 누웠다. 동이 트자마자 목자는 예수의 몸을 흔들었다, 일어날 시간이야, 양떼를 먹여야지, 이제부터는 네가 양떼를 초장에 데리고 나가라, 네가 평생 맡게 될 어느 일 못지않게 중요한 일이야. 양떼는 그들의 작은 다리가 허락하는 한 빠르게 움직였다. 목자가 맨 앞에 섰고 새로 그의 동료가 된 예수가 뒤에 섰다. 서늘하고 투명한 새벽은 다시 태어나는 세상을 알리는 그 광채를 샘내는지, 해를 서둘러 보낼 생각이 없는 것 같았다. 몇 시간 뒤 노파가 지팡이의 힘을 빌어 베들레헴의 집들 사이에서 나타나더니 천천히 움직여 동굴로 들어갔다. 노파는 예수가 거기에 없는 것에 놀라지 않았다. 사실 서로 더 할 이야기도 없었다. 동굴 안의 영원한 어둠 속에서 아주 작은 불이 계속 빛을 발하고 있었다. 목자가 등잔에 기름을 채워놓았기 때문이다.

앞으로 사 년 뒤에 예수는 하나님을 만나게 될 것이다. 이런 갑작스러운 공개는 위에서 말한 효과적인 서사의 규칙에 따르면 때 이른 것일 텐데, 독자에게 우리 이야기의 큰 줄기에 거의 실질적인 내용을 보태주지 않는 목자 생활의 일상적인 몇 장면이 나올 것이라고 마음의 준비를 시키고, 혹시 앞으로 건너뛰고 싶은 유혹을 느끼더라도 용서하려는 것이다. 어쨌든 사 년은 사 년이다. 특히 신체적, 정신적 변화가 아주 많은 젊은 시기에는 꽤 긴 시간이다. 몸은 아주 빠르게 자라고, 턱수염이 거뭇거뭇 나타나고, 가무잡잡한 얼굴은 더 검게 변하고, 목소리는 산비탈을 굴러 내리는 돌처럼 낮고 거칠게 변한다. 마치 백일몽을 꾸듯 먼 데를 바라보는 표정은 늘 쾌씸하다. 특히 방심하면 안 되는 의무가 있을 때는 더 그렇다. 예를 들어 막사, 성, 야영지에서 보초를 선다든가, 아니면 우리 이야기에서 너무 벗어나지 않기 위해, 여기 이 목동처럼 주인의 염소와 양을 잘 지켜보라는 주의를 받았을 경우라든가. 사실 우리는 그 주인이 누구인지 잘 모른다. 이 시기에 이 지역에서 양을 돌보는 것은 종이나 노예가 하는 일이다. 이들은 형벌 같은 고통을 맛보며 젖, 치즈, 양모를 규칙적으로 생산해 내야 한다. 동물의 수를 챙기는 것은 물론이다. 사실 이 수는 늘 늘어나야 하는데, 그래야 이런 많은 재산을 가진 신앙심 깊은 소유자를 주의 눈이 호의적으로 보고 있다는 것을 이웃들이 알 수 있기 때문이다. 소유자가 이 세상의 규칙들에 순응하고 싶다 해도, 그는 그의 가축 떼 가운데 짝을 짓는 수컷들의 유전적 힘보다 주를 더 신뢰해야만 한다. 그러나 스스로 불러달란 대로 부르자면 이 목자는 이상하게도 그의 위에 주인이 없는 듯하다. 사 년 동안 아무도 사막으로 와서 양모, 젖, 치즈를 거두어가지도 않고, 목자도 양떼를 떠나 자신의 의무와 관련된 이야기를 하러 가지 않기 때문이다. 목자가 이 염소와 양의 소유자, 일반적인 의미의 소유자라면 모든 것이 말이 된다. 물론 가축의 소유자가 이런 믿을 수 없는 양의 양모가 그냥 사라지도록 놓아둔다는 것은 믿기 힘든 일이지만.

그는 양이 더위에 숨이 막혀 죽는 것을 막기 위해 양털을 깎아줄 뿐이다. 젖은 그저 하루 쓸 치즈를 만드는 데만 쓸 뿐이다. 나머지는 무화과, 대추야자, 빵과 바꾼다. 가장 큰 수수께끼는 어린 양이나 염소를 절대 팔지 않는다는 것이다. 수요가 많아 값이 껑충 뛰는 유월절에도 팔지 않는 것이다. 따라서 가축의 수가 계속 느는 것도 놀랄 일은 아니다. 마치 수명이 보장되었다고 느끼는 사람들처럼 집요하게 의욕적으로 주가 내린 유명한, 가서 번성하라, 하는 명령, 달콤한 자연적 본능의 위력에 대한 신뢰가 부족해서 내린 듯한 명령을 충실하게 따르는 것 같다. 이 특별하고 고집 센 가축 떼에 속한 짐승들은 늙어 죽곤 한다. 그러나 병이나 노쇠 때문에 다른 가축과 함께 다닐 수 없는 경우에는 목자 자신이 조용히 죽여 고통을 덜어주기도 한다. 예수는 목자를 위해 일을 시작한 뒤 처음 그런 일이 생겼을 때 그 잔인함에 항의를 했다. 그러나 목자는 말했다, 늘 해 오던 대로 죽이거나 아니면 이 광야에서 혼자 죽게 내버려두거나, 그도 아니면 가축 떼를 세워둔 채 늙고 병든 것들이 죽기를 기다려, 건강한 짐승들이 풀이 부족해서 굶어 죽을 위험을 무릅쓰거나 이 셋 가운데 하나겠지, 그러니 말해 보렴, 네가 내 입장이 되어서 가축의 생사를 좌우할 권한이 있다면 너는 어떻게 하겠니. 예수는 무슨 말을 해야 할지 몰라 화제를 바꾸었다, 양모를 팔지도 않고, 우리가 먹는 데 필요한 것 이상으로 젖과 치즈가 생기고, 새끼 양과 염소를 시장에 내다 팔지도 않는데, 왜 가축이 점점 늘어나도록 놓아두십니까. 언젠가 목자님의 염소와 양이 눈에 보이는 언덕을 모두 덮어 초장으로 쓸 땅이 남지 않을 겁니다. 목자가 말했다. 가축은 여기 있었고 누군가 이 짐승들을 돌보고 도둑으로부터 보호해야 했는데, 그 사람이 공교롭게도 나였던 거지. 여기라니 무슨 뜻입니까. 여기, 저기, 모든 곳. 그러니까 이 가축 떼가 늘 여기에 있었다고 믿으라는 겁니까. 뭐 대체로 그런 얘기지. 첫 양과 염소를 직접 사셨나요. 아니. 그럼 누가 샀나요. 나는 그냥 발견했어, 누가 샀는지는 모르겠고, 내가 여기 왔을 때는 이미 양떼가 있었어. 누가 목자님께 준 건가요. 아무도 나한테 주지 않았어, 내가 발견했지, 가축들이 나를 발견했고. 그러니까 목자님이 주인이시로군요. 아니, 나는 주인이 아니야, 이 세상에 내게 속한 것은 하나도 없어. 모든 게 주께 속한 거니까요. 그렇지. 목자 일은 얼마나 오래 하셨어요. 네가 태어나기 전부터 목자였지. 몇 년이나요. 그건 말하기 어려운데, 네 나이에 오십을 곱하면 될까. 대홍수 이전의 족장들만 그렇게 오래 살았습니다, 요즘은 아무도 그런 나이까지 살기를 바랄 수 없어요. 나를 가르칠 필요는 없어. 그런데도 목자님이 그렇게 오래 살았다고 고집하실 거라면, 제가 목자님이 인간이라고 믿어주기를 기대하지 마세요. 기대하지 않아. 소크라테스의 제자 못지않게 질문 기술이 뛰어났던 예수가, 인간이 아니라면 그럼 뭐란 말인가요, 하고 물었다면 목자는 아마, 천사지, 하지만 아무한테도 말하지 마, 하고 대답했을 것이다. 그러나 예수는 묻지 않았고, 이런 일은 자주 일어난다. 마음의 준비가 되어 있지 않기 때문에, 또는 답을 듣는 것이 너무 두렵기 때문에 차마 질문을 하지 못하는 것이다. 그러다가 마침내 물어볼 용기를 내면 아무런 답도 나오지 않는다. 훗날 예수가, 진리가 무엇입니까, 하는 질문을 받았을 때 아무런 대답을 하지 않은 것과 마찬가지다. 이 질문은 오늘날까지도 답을 얻지 못하고 있다.

예수는 물어보지 않고도 이 수수께끼의 동행자가 누구든 적어도 주의 천사는 아니라는 것을 알고 있다. 주의 천사는 늘 주의 영광을 노래하기 때문이다. 반면 인간들은 의무감에서, 또는 정해진 행사에서만 주를 찬양한다. 물론 천사들은 하늘의 왕국에서 주와, 말하자면 친밀하게 지내고 있기 때문에 영광을 노래할 더 큰 이유가 있다는 점은 지적해 두어야겠지만. 예수는 목자가 첫 빛에 동굴을 떠날 때 자신과는 달리 모든 일반적인 축복을 두고, 예를 들어 인간의 영혼을 회복해 주고 수탉에게 지능을 부여한 것을 두고 주를 찬양하지 않는 것에 처음부터 놀랐다. 용변을 보려고 바위 뒤로 가야 할 때에도 목자는 인간의 몸이 제대로 기능하도록 섭리로 구멍과 관을 만들어주신 주에게 감사하지 않았다. 그런 것이 없다면 우리는 처참한 상태에 이르게 되었을 텐데도 말이다. 목자는 사람들이 침대에서 일어날 때 그러듯이 하늘과 땅을 보고 날이 좋을 거라고 중얼거린 뒤 두 손가락을 입술에 대고 날카롭게 휘파람을 불었다. 그러면 가축들 전체가 동시에 일어났다. 그것으로 끝이었다. 예수는 목자가 잊어버린 것일지도 모른다고 생각했다. 사람 마음이 다른 데 가 있으면, 예를 들어 목수의 편한 생활에 익숙한 이 아이에게는 양과 염소를 돌보는 기초 지식을 가르치는 데 가 있으면 언제든지 그럴 수 있는 일이었다. 사실 우리가 알다시피, 보통 사람들과 함께 지내는 정상적인 상황이었다면 예수는 금세 주인의 신앙이 어느 정도인지 확인할 수 있었을 것이다. 그 시절 유대인은 우리가 이 복음에서 자주 볼 수 있듯이 주에게 하루에 서른 번 정도 아주 작은 일을 구실로 감사를 드렸기 때문이다. 그러나 목자는 하루가 다 지나도록 감사 기도를 드릴 줄을 몰랐다. 어스름이 내렸다. 그들은 한데서 자려고 누웠다. 그러나 하나님이 하늘에 펼쳐놓은 장관도 목자의 가슴을 건드리지 못했다. 그의 입에서는 찬양이나 감사의 말이 한마디도 나오지 않았다. 사실 비가 내릴 수도 있는데 내리지 않는다면, 이것은 주가 자신의 피조물을 굽어보고 계신다는 분명한 증거 아닌가. 다음 날 식사를 마치고 목자가 가축이 모두 그대로 있는지, 흥분한 염소 몇 마리가 무리를 떠나지나 않았는지 확인할 준비를 하는 동안 예수가 단호한 목소리로 말했다, 저는 떠나겠습니다. 목자가 발을 멈추고 아무런 표정 변화 없이 그를 돌아보며 말했다, 여행 잘해라, 하지만 나한테 말할 필요는 없다, 너는 내 노예가 아니고 우리 사이에 무슨 법적인 계약이 있는 것도 아니잖니, 원할 때 언제든지 떠나도 좋아. 제가 왜 떠나는지 이유를 알고 싶지 않나요. 나는 그 정도로 호기심이 많지는 않아. 뭐 그래도 그냥 말씀드리겠습니다, 제가 떠나는 것은 주에 대한 의무를 이행하지 않는 사람과는 함께 일하고 싶지 않기 때문입니다. 무슨 의무. 감사 기도를 드리는 것 같은 아주 간단한 의무죠. 목자는 아무 말도 하지 않았다. 눈이 반쯤 웃고 있었다. 이윽고 그가 입을 열었다, 나는 유대인이 아니기 때문에 그런 의무를 이행하지 않아도 돼. 예수는 큰 충격을 받아 뒷걸음질을 쳤다. 이스라엘 땅에 외국인과 거짓 신을 섬기는 사람들이 아주 많다는 것은 그도 알고 있었지만, 실제로 그런 사람 옆에서 자고 빵과 젖을 나누어 먹은 것은 처음 있는 일이었다. 예수는 검과 방패를 앞세우듯이 말했다, 오직 주만이 하나님이십니다. 목자의 웃음이 희미해지면서 입이 험상궂게 비틀렸다, 물론 하나님이 존재한다면 하나뿐일 게 틀림없어, 하지만 둘이면 더 좋을 텐데, 그러면 이리를 위한 신과 양을 위한 신, 피해자를 위한 신과 살인자를 위한 신, 사형 선고를 받은 사람의 신과 처형자의 신이 있을 거 아니야. 하나님은 한 분이시고, 온전하시고, 나뉠 수 없습니다, 예수가 소리쳤다. 경건한 분노에 사로잡혀 거의 울부짖고 있었다. 그러자 목자가 반박했다, 하나님이 어떻게 살 수 있는지 모르겠구나. 하지만 더 말을 이어갈 수가 없었다. 예수가 회당의 선생과 같은 권위로 그의 말을 잘라버렸기 때문이다, 하나님은 사는 게 아니라 존재하시는 겁니다. 나는 그런 세밀한 구분이 있는 줄은 몰랐는데, 하지만 이건 이야기해 주어야겠다, 나는 암살자의 손에 쥐어진 단검을 이끌면서 동시에 곧 베어져 나갈 목을 제공해 주는 신은 되고 싶지 않구나. 그런 불경한 생각은 하나님을 모독하는 겁니다. 너는 내 중요성을 과대평가하는구나. 잊지 마세요, 하나님은 주무시지 않습니다, 언젠가 목자님을 벌하실 겁니다. 자지 않는 게 좋을 거야, 그래야 가책으로 인한 악몽을 피할 수 있을 테니까. 왜 저한테 가책으로 인한 악몽 이야기를 하시는 겁니까. 우리가 지금 너희 신 이야기를 하기 때문이지. 목자님은 어떤 신을 섬기시는데요. 우리 양떼와 마찬가지로 나에게도 신이 없어. 그래도 양은 주의 제단에 바칠 어린 양이라도 낳지요. 내 장담하는데, 그 어미들이 그걸 알면 이리처럼 울부짖을 거다. 예수는 창백해졌다. 대답할 말을 생각할 수가 없었다. 적막한 가운데 가축 떼가 눈치를 보며 그들 주위로 모여들었다. 해는 이미 떠올랐다. 해가 양의 폭신폭신한 털과 숫양의 뿔 위로 심홍색 빛을 던졌다. 예수가 말했다, 저는 갑니다. 하지만 움직이지는 않았다. 목자는 지팡이에 기댄 채 기다렸다. 세상의 모든 시간을 가진 사람처럼 차분했다. 마침내 예수가 몇 걸음을 내딛어 양떼 사이로 길을 열어 나갔다. 그러나 갑자기 발을 멈추고 물었다, 가책과 악몽에 관해서 뭘 아세요. 네가 네 아버지의 상속자라는 걸 알지. 예수는 도저히 그 말을 감당할 수가 없었다. 무릎이 꺾였다. 배낭이 어깨에서 미끄러졌다. 우연인지 필연인지 아버지의 샌들이 밖으로 떨어졌다. 바리새인의 사발이 산산조각 나는 소리가 들렸다. 예수는 길 잃은 아이처럼 울기 시작했다. 그러나 목자는 그를 달랠 생각을 하지 않았다. 자기가 선 자리에서 이렇게 말할 뿐이었다, 네가

279

태어나던 날부터 내가 너를 알았다는 걸 잊지 마라. 자, 이제 갈지 말지 결정하는 게 좋겠다. 우선 목자님이 누구신지 말씀해 주세요. 아직 네가 그걸 알 때가 되지 않았다. 언제 알게 되는데요. 네가 여기 있으면 떠나지 않은 걸 후회할 것이고, 떠나면 머물지 않은 걸 후회할 거다. 하지만 떠난다면 목자님이 누구인지 절대 알 수 없겠지요. 아니야, 네 때가 올 것이고, 그때가 되면 내가 그 자리에서 너에게 말해 주마. 지금은 이 정도로 해두자. 네가 마음을 결정할 때까지 양떼가 여기서 하루 종일 기다릴 수는 없으니까. 예수는 깨진 사발 조각들을 모으며 그 조각들과 헤어지는 것이 견딜 수 없다는 듯이 그것을 보았다. 하지만 그럴 일은 아니다. 어제 이 시간에만 해도 그 바리새인은 만나지도 못했는데. 게다가 벌어진 일은 늘 예상할 수 있는 일일 뿐이다. 질그릇은 아주 잘 깨지니까. 예수는 마치 씨앗을 뿌리듯이 그릇 조각들을 땅에 뿌렸다. 그러자 목자가 말했다. 사발은 또 생길 거야. 다음 사발은 네가 살아 있는 동안은 깨지지 않을 거다. 예수의 귀에는 그의 말이 들리지 않았다. 그는 요셉의 샌들을 손에 들고 그것을 신을지 말지 망설이고 있었다. 얼마 전만 해도 그에게는 너무 컸을 것이다. 하지만 우리가 알다시피 시간은 속임수의 명수다. 예수는 아버지의 샌들을 배낭에 아주 오래 넣고 다닌 것 같은 기분이 들었다. 따라서 아직도 크다면 외려 놀랄 일일 것 같았다. 예수는 그 샌들을 신고, 까닭도 모르는 채 자기 샌들은 배낭에 넣었다. 목자가 말했다. 발은 한번 크면 다시 작아지지 않아. 그리고 너한테는 튜닉, 망토, 샌들을 물려줄 아들이 안 생길 거야. 하지만 예수는 그 샌들을 버리지 않았다. 그 무게가 텅 빈 배낭이 어깨에 달라붙도록 유지하는 데 도움이 되었다. 목자에게 그가 원하는 답을 줄 필요는 없었다. 예수는 양떼 뒤에 자리를 잡았다. 그의 마음은 마치 영혼이 위험에 처한 듯한 막연한 공포감과 그보다 더 막연한 흐릿한 매혹으로 나뉘고 있었다. 당신이 누구인지 알아내야겠어, 예수가 뒤처진 양들을 쫓아가다 양떼가 일으킨 흙먼지에 목이 메며 중얼거렸다. 그는 그것이 자신이 이 수수께끼의 목자와 함께 있기로 한 이유라고 믿었다.

그것이 첫날이었다. 신앙과 신성 모독, 삶, 죽음, 상속에 관한 이야기는 더 나오지 않았다. 그러나 목자를, 그의 모든 태도와 몸짓을 유심히 지켜보게 된 예수는 목자가 주에게 감사기도를 드릴 때 앉아서 두 손바닥으로 땅을 짚고 머리를 숙이고 눈을 감은 채 말을 한마디도 하지 않는다는 것을 알았다. 언젠가 아주 어렸을 때 예수는 나사렛을 지나가던 늙은 여행자들이 땅 깊은 곳에 거대한 동굴이 있다고 이야기하는 것을 들었다. 거기에 가면 땅 위의 세상과 똑같이 도시, 들, 강, 숲, 사막을 볼 수 있다는 것인데, 우리가 사는 세상을 똑같이 빼닮은 이 지하 세계는 악마가 반역을 한 죄로 하늘에서 쫓겨난 뒤에 창조한 것이라는 이야기였다. 하나님은 원래 악마와 친구 사이였으며 그를 아주 좋게 보았기 때문에, 천사들은 우주에 그렇게 절친한 우정은 없었다고 말할 정도였다. 악마는 아담과 하와가 태어나는 것도 지켜보았다. 그래서 그 방법을 알았기 때문에 지하 세계에서도 똑같은 과정을 되풀이하여 자신을 위한 남자와 여자를 만들었다. 한 가지 차이가 있다면 하나님과는 달리 악마는 그들에게 어떤 것도 금지하지 않았다. 그래서 악마의 세계에는 원죄 같은 것이 없었다. 노인 한 사람은 심지어 이렇게 주장하기까지 했다, 원죄가 없기 때문에 다른 종류의 죄도 없었던 거지. 그러자 나실인들은 곧 그 불경스러운 늙은 바보들이 무슨 의도로 그런 말을 한 것인지 깨닫고 격노한 나실인들이 돌을 던져 여행자들을 쫓아버렸다. 그러자 갑자기 땅이 떨리는 것이 느껴졌다. 심각한 것은 아니었다. 지구의 내장으로부터 들려오는 확인 신호일 뿐이었다. 그 광경을 보며 예수는 어린 나이였지만 능력이 뛰어났기 때문에 원인과 결과를 연결시켜 보았다. 이제 예수는 목자가 앞에서 머리를 숙이고 손을 가볍게 땅에 대고 모래의 알갱이 하나하나, 조약돌과 작은 뿌리와 지면에 싹 튼 풀잎 하나하나를 만지는 것을 보고서 그 이야기를 떠올렸다. 어쩌면 이 사람은 악마가 눈에 보이는 이 세계의 형상대로 똑같이 창조한, 땅 밑의 감추어진 세계에 사는지도 몰랐다. 그런데 여기서 뭘 하는 걸까, 예수는 자문했다. 그러나 감히 더 파고들 수가 없었다. 마침내 목자가 일어서자 예수가 물었다, 뭘 하시는 거죠. 땅이 아직 내 밑에 있는지 확인하고 싶어서. 발로도 충분히 알 수 있을 텐데요. 내 발은 아무것도 못 느껴, 내 손만이 확실하게 말해 주지, 너도 네 하나님을 사모할 때 하나님에게 발을 들어 올리지는 않잖아, 손을 들어 올리잖아, 몸의 다른 부분을 들어 올릴 수 있는데도 말이야, 예를 들어 네가 고자가 아니라면 두 다리 사이에 있는 걸 들어 올릴 수도 있을 텐데. 예수는 수치와 공포에 사로잡혀 얼굴이 시뻘게졌다. 알지도 못하는 하나님을 모독하지 마십시오, 예수는 정신을 차리자마자 엄하게 말했지만 목자가 물었다, 누가 네 몸을 창조했지. 물론 하나님입니다. 지금 있는 그대로. 네. 네 몸을 창조하는 데 악마가 어떤 역할을 했어. 전혀 하지 않았습니다, 인간의 몸은 하나님의 창조물입니다. 그럼 네 몸의 모든 부분은 하나님의 눈에 똑같이 가치가 있는 거네. 당연하죠. 그럼 하나님은 예를 들어 네 두 다리 사이에 있는 걸 자기와는 관계없다고 하지 않을 것 같은데. 네, 안 그러실 겁니다, 하지만 주는 아담을 창조하고도 아담을 낙원에서 쫓아냈습니다, 당신의 창조물이었는데도요. 그냥 솔직하게 말해 봐라, 애야, 회당의 선생처럼 말하지 말고. 목자님은 지금 나한테서 원하는 답을 끌어내려 하고 있습니다, 하지만 원하신다면 주가 자신이나 남의 벌거벗은 몸을 드러내면 죽을 것이라고 경고한 예를 다 말씀드릴 수도 있습니다, 이것은 몸의 어떤 부분은 그 자체로 죄가 있다는 걸 증명하지요. 거짓과 비방을 토해 내는 입만큼 죄가 큰 곳은 없지, 거짓을 말하기 전에 또는 비방을 한 뒤에 네 주를 찬양하는 그 입 말이다. 그만하세요, 더 듣고 싶지 않습니다. 내 이야기를 끝까지 들어야 해, 내 질문에 대답을 하기 위해서라도 말이다. 무슨 질문이요.

하나님이 네 두 다리 사이에 달린 걸 자신이 만들지 않은 것이라고 부인할 수 있겠니, 그냥 네 또는 아니오로 답해 봐라. 아니오, 그러실 수 없습니다. 왜. 하나님은 당신이 뜻하신 것을 취소할 수 없으니까요. 목자가 천천히 고개를 끄덕이며 말했다, 그러니까 네 하나님은 죄수가 네 하나님 하나뿐인 감옥을 지키는 유일한 옥리라는 거로구나. 이 중요한 말의 마지막 메아리가 예수의 귀에 아직도 울려 퍼지는데 목자가 아주 당연하다는 듯이 말을 이어갔다, 양을 골라야 해. 네, 예수가 당황해서 물었다. 양을 고르라고 했어, 염소가 더 좋지 않다면. 왜요. 너한테 필요할 테니까, 네가 정말로 고자가 아니라면. 목자가 한 말의 뜻을 파악하게 되자 소년은 정신이 멍했다. 하지만 더 견디기 힘들었던 것은 창피함과 역겨움을 간신히 누르고 나자 솟구치는 혐오스러운 관능이었다. 예수는 두 손으로 얼굴을 가리고 쉰 목소리로 말했다, 이는 주의 말씀이다, 남자가 짐승과 교접하면, 그는 반드시 사형에 처해야 한다, 그리고 너희는 그 짐승도 죽여야 한다, 주는 또 말씀하셨다, 짐승과 교접하는 자는 저주를 받는다. 너희 주가 그런 말들을 했어. 그렇다, 그러니 이제 나를 가만 놔두어라, 가증스러운 피조물이여, 그대는 하나님이 아니라 악마에게 속한 자다. 목자는 무표정하게 그 말에 귀를 기울이더니 그 저주가 완전한 위력을 발휘하기를 기다렸다. 그 결과가 무엇인지는 몰라도. 유령의 등장, 나병, 아니면 몸과 영혼의 갑작스러운 파괴. 하지만 아무런 일도 일어나지 않았다. 바람이 돌들 사이에서 장난을 하며 다가와 먼지 구름을 일으키더니 광야를 쓸고 갔다. 그 뒤에는 아무런 일이 없었다. 정적. 우주는 조용히 인간과 짐승들을 지켜보고 있었다. 어쩌면 그 말들에서 어떤 의미를 찾거나 인식하거나 파악할 수 있을지 보려고 기다리는지도 몰랐다. 우주는 이런 기다림 속에서 스스로 타들어 간다. 원시의 불은 이미 재로 변했다. 그러나 응답은 아직도 꾸물거리며 올 줄을 모른다. 이윽고 목자가 두 팔을 들어 올려 권위 있는 목소리로 양떼에게 소리쳤다. 들어라, 잘 들어라, 내 양들아, 이 학식이 많은 아이가 우리에게 가르치러 온 것을 들어라, 하나님은 사람이 너희와 교접하는 것을 금지하셨단다, 그러니 두려워 마라, 하지만 너희 털을 깎고, 너희를 무시하고, 너희를 도살하고, 너희를 먹는 것, 이런 건 죄다 허락하셨단다, 너희는 이걸 위해 하나님의 법에 의해 창조되었고 또 하나님의 섭리에 의해 양육되기 때문이란다. 그는 세 번 길게 휘파람을 불더니 머리 위에서 지팡이를 흔들며 소리쳤다. 출발, 어서 출발. 그러자 양떼는 연기 기둥이 사라진 곳을 향하여 움직이기 시작했다. 예수는 키가 큰 목자가 시야에서 거의 사라지고 짐승들의 체념한 듯한 엉덩이가 땅의 색깔과 합쳐질 때까지 우두커니 지켜보고 서 있었다. 나는 저 사람과 함께 가지 않을 거야, 예수가 말했다. 그러나 그는 갔다. 등의 배낭을 고쳐 메고, 아버지 샌들의 띠를 꼭 묶고, 멀리서 양떼를 쫓아갔다. 그는 밤에 그들을 따라잡고, 어둠에서 모닥불의 빛 속으로 들어서며 말했다. 제가 왔습니다.

시간이 가면 또 시간이 온다는 말은 유명하고 또 적절하다. 그러나 대략적인 의미에 만족하는 사람이라면 몰라도 사실 그 말은 따로 보든 함께 보든 그렇게 단순하지는 않다. 모든 것이 말을 하는 방법에 달려 있는데, 그것은 말하는 사람의 분위기에 따라 달라지기 때문이다. 인생이 고달파 더 나은 시간을 고대하는 사람이 이 말을 하는 경우와 미래의 어느 날 복수를 다짐하며 협박으로 이 말을 하는 경우는 다를 것이다. 가장 극단적인 경우는 건강이나 행복에 대해 불평을 할 강력한 또는 객관적인 이유도 없으면서 비관주의자로 타고나 최악의 상황만 예상하기 때문에 한숨을 푹 쉬며, 시간이 가면 또 시간이 오는 거지, 하고 말할 때다. 예수가 그 나이에 어떤 의미로든 어떤 말투로든 그런 말을 했다고 하면 그럴듯하게 들리지는 않을 것이다. 그러나 우리는 그럴 수 있다. 우리는 하나님과 마찬가지로 이루어진 일과 앞으로 올 일을 모두 알고 있기 때문에 예수가 목동으로 자기 일을 하러 유다의 산들을 넘거나 나중에 요단 강 골짜기로 내려가는 것을 지켜보며 그 말을 할 수 있고, 중얼거릴 수 있고, 소곤거릴 수 있다. 단지 우리가 예수에 관해 쓰고 있기 때문이 아니라, 모든 인간은 늘 선하고 악한 것과 마주하고 있고, 어떤 일이 지나가면 다른 일이 오고, 하루가 지나면 다음 날이 오기 때문이다. 물론 이 복음은 다른 사람들이 예수에 관해 쓴 것을 무시하거나 그들의 이야기를 반박할 의사가 조금도 없기 때문에, 게다가 예수는 분명히 우리 이야기의 주인공이기 때문에, 우리가 그에게 다가가 그의 미래를 예언하는 것, 그에게 그의 앞에 얼마나 멋진 인생이 놓여 있고, 그가 먹을 것을 주고 건강을 찾아주는 기적을 일으키고, 심지어 죽음을 정복하는 기적까지 이룬다고 말해 주는 것은 쉬운 일이다. 그러나 그것은 지혜롭지 못한 일이다. 어린 예수는 종교 공부에 재능을 보이고 족장과 선지자들을 잘 알고 있음에도, 젊음과 흔히 연결되는 건강한 회의주의를 즐기고 있기 때문이다. 따라서 그는 우리를 경멸하며 쫓아버릴 것이다. 그래, 예수는 하나님을 만나면 마음이 바뀔 것이다. 하지만 아직 그 중대한 만남 이야기를 하기에는 너무 이르다. 그전에 예수는 많은 산비탈을 오르내려야 하고, 많은 염소와 양의 젖을 짜야 하고, 치즈 만드는 것을 도와야 하고, 마을을 돌아다니며 물물교환을 해야 한다. 또

병이 들었거나 너무 오래 살아 제구실을 못하는 동물을 죽일 것이며, 그들을 잃는 것을 애도하게 될 것이다. 그러나 예민한 영혼들이여, 초조해하지 마라. 그는 절대 목자가 암시한 그 무시무시한 악, 염소나 양이나 그 둘 다와 교접하여 순수한 영혼이 깃든 부패한 육신을 만족시키는 짓은 하지 않을 테니까. 그러나 여기는 영혼이 깨끗한 육신을 자랑하기 위해 슬픔, 질투, 불순이라는 짐을 져야 하는 일이 얼마나 많은지 생각해 볼 적당한 자리도 시간도 아니다.

처음에 윤리적이고 신학적인 문제들에 관하여 나눈 대화가 매듭지어지지 않은 상태였지만, 목자와 예수는 서로 잘 지내는 편이었다. 목자는 예수에게 참을성 있게 양떼를 돌보는 법을 가르쳐주었고, 소년은 그것이 죽고 사는 문제라도 되는 양 열심히 귀를 기울였다. 예수는 주의가 산만하거나 반항적인 양이 무리에서 벗어날 때 지팡이를 공중에 던져 엉덩이를 갈기는 법도 배웠다. 그러나 이런 배움은 고통스러운 것이었다. 어느 날, 아직 이 기술을 완전히 습득하지 못한 상태에서, 지팡이를 너무 낮게 던지는 바람에 지팡이가 갓 난 새끼 염소의 연약한 목에 맞아 그 가엾은 것이 즉사하는 일이 벌어진 것이다. 그런 사고야 누구에게라도, 경험 많고 노련한 목자에게라도 일어날 수 있는 것이지만, 이미 수많은 슬픔의 짐을 진 예수는 아직 식지 않은 새끼 염소를 품에 안아 올리며 공포로 몸이 굳어버렸다. 할 수 있는 일이 없었다. 심지어 어미 염소도 잠시 새끼에게 코를 대고 쿵쿵거리더니만 물러나서 계속 풀을 뜯었다. 염소는 앞발로 풀을 헤친 다음 머리를 재빨리 움직여 풀을 잡아당기며, 귀에 익은 구절을 떠올렸다, 우는 염소는 풀을 많이 씹지 못한다. 이것은, 울면서 동시에 먹지는 못한다는 말의 다른 표현이다. 목자가 무슨 일인지 보러 왔다, 운이 나빴군, 네가 죄책감을 느낄 필요는 없어. 하지만 제가 이 가엾은 짐승을 죽였는데요, 예수가 슬픈 목소리로 말했다. 그랬지, 하지만 그게 추하고 냄새나는 늙은 숫염소였다면 그렇게 동정심을 느끼지는 않을 거야, 그건 땅에 내려놔, 내가 알아서 할 테니까, 너는 저기 곧 새끼를 낳을 것 같은 암양이나 돌봐. 이 염소를 어쩌려고요. 당연히 가죽을 벗겨야지, 혹시 내가 이걸 다시 살려내는 기적이라도 일으키기를 기대하는 거냐. 맹세컨대 그 고기에는 손을 대지 않겠어요. 우리가 죽이는 짐승을 존중하는 마음을 보여주는 유일한 방법은 그것을 먹는 거야, 다른 사람들이 어쩔 수 없이 죽인 걸 먹는 게 잘못된 거지. 저는 안 먹을 겁니다. 좋을 대로 해, 나야 더 먹을 수 있으니 좋지 뭐. 목자는 허리띠에서 칼을 뽑아 들고 예수를 보며 말했다, 이것도 네가 언젠가는 배워야 할 일이야, 우리를 섬기고 우리의 먹이가 되도록 창조된 짐승들의 내장을 살피는 일 말이야. 예수는 외면을 하더니 걷기 시작했다. 그러나 목자는 칼을 손에 든 채 계속 이야기를 했다, 노예도 우리를 섬기기 위해 존재하지, 어쩌면 노예도 배를 갈라 안에 노예가 담겨 있는지 봐야 할지 몰라, 아니면 왕의 배를 열어 안에 또 왕이 있는지 봐야 할지도 모르고, 장담하는데 악마를 만난다면 악마는 자기 배를 열게 해줄 거야, 놀랍게도 거기서 하나님이 튀어나올지도 모르지. 목자는 여전히 이런 터무니없는 말로 예수를 자극하는 것을 좋아했다. 예수는 점차 가장 좋은 대처법은 그 말을 무시하고 아무 말도 하지 않는 것임을 배우게 되었다. 한마디 했다가는 목자가 한 걸음 더 나아가, 하나님의 배를 가르면 안에 악마가 있을지도 모른다는 이야기를 할지도 몰랐다. 예수는 새끼를 낳으려는 암양을 찾아 나섰다. 그래도 여기에는 놀랄 일이 없었다. 다른 양과 똑같은, 어미의 형상대로 빚어진 새끼 양이 나올 것이 뻔했기 때문이다. 그 어미도 물론 자기 자매들과 똑같았다. 우리가 이런 피조물로부터 기대할 수 있는 것 가운데 하나가 종이 순조롭게 이어지는 것이기 때문이다. 양은 이미 새끼를 낳았다. 갓 태어나 땅바닥에 누운 양은 다리밖에 없는 것 같았다. 어미는 새끼를 일으키려고 코로 밀어대고 있었지만, 가엾은 짐승은 어리둥절한 표정으로 머리만 갸우뚱거릴 뿐이었다. 이 낯설고 새로운 세계를 받아들일 최상의 각도를 찾는 듯했다. 예수는 새끼가 일어서도록 잡아주었다. 손에 태가 끈끈하게 묻었지만 상관하지 않았다. 짐승과 늘 접촉하다 보면 그런 것에는 익숙해지는 법이다. 게다가 이 어린 양은 제때 세상에 나와주었다. 곱슬곱슬한 털이 아주 예뻤다. 분홍색의 작은 입은 이미 탐욕스럽게 생전 처음 보는, 어미의 자궁 안에서는 상상도 하지 못했던 젖꼭지로부터 젖을 찾고 있었다. 태어나자마자 그렇게 유용한 것들을 많이 발견하니, 아무도 하나님에게 불평을 할 이유가 없는 것이다. 눈에 보이는 곳에서 목자는 염소 가죽을 별 모양의 나무틀에 펼친다. 가죽을 벗긴 몸통은 이미 천에 싸서 배낭에 집어넣었다. 가축 떼가 잠자리에 들면 거기에 소금을 칠 것이다. 물론 자기가 저녁으로 먹을 부분만 빼놓을 것이다. 예수는 자신이 죽인 짐승 고기에는 손을 대지 않겠다고 고집을 부리고 있으니까. 예수가 느끼는 이런 가책은 사실 그가 따르는 종교나 그가 존중하는 전통과 대립되는 것이다. 주님의 제단에서는 희생으로 바치기 위해 매일 죄 없는 짐승을 도살하기 때문이다. 특히 예루살렘에서는 희생 짐승의 수가 이루 헤아릴 수도 없다. 시대와 장소를 고려하면 예수의 태도는 이상해 보이지만, 사실 그의 태도는 그가 지금 약한 상태라는 것과 관련이 있을 것이다. 요셉이 비극적으로 죽임을 당했고, 예수가 십오 년 전쯤 베들레헴에서 일어난 끔찍한 학살을 확인했다는 사실을 잊으면 안 되는 것이다. 이 정도면 어린 마음을 괴롭히기에 충분하지 않은가. 게다가 최근에는 언급을 하지는 않았지만, 여전히 떠날 줄 모르고 그를 괴롭히는 무시무시한 악몽들도 있다. 요셉이 자신을 죽이러 온다는 생각을 더 감당할 수 없을 때면 그의 울부짖음이 한밤중에 양떼를 깨운다. 목자는 그의 몸을 살며시 흔든다, 왜 그래, 무슨 일이야. 악몽으로부터 구원을 받은 예수는 목자가 자신의 불행한 아버지나 되는 것처럼 목자의 품에 안긴다. 목자를 따라다니고 나서 얼마 안 있어 예수는 이유까지 말하지는 않았지만 자신이 악몽을 꾼다는 이야기는 털어놓았다. 그러나 목자는 이렇게 대꾸했다, 말할 필요 없어, 나는 다 알고 있으니까, 네가 나한테 감추는 것까지도. 이때는 예수가 목자를 비난하던 시기다. 신앙도 없고 사악하다고, 특히, 내가 자세하게 이야기하는 것을 용서해 준다면, 성적인 문제에서 사악하다고. 그러나 예수는 세상에 다른 사람이 없다는 것을 깨달았다. 가족이 있지만 그 스스로 버리고 잊었다. 물론 자신을 낳아준 어머니는 잊지 않았으나, 어머니가 자신을 낳지 않았기를 바랄 때가 많았다. 어머니 말고는 누이 리사만 떠올랐다. 그 자신도 이유는 알 수 없었으나, 기억이란 원래 그렇다. 기억에게는 자기 나름의 이유가 있는 것이다. 어쨌든 점차 예수는 목자와 함께 있는 것을 즐기게 되었다. 가책을 안고 혼자 살지 않아도 되는 것에, 이해를 하면서도, 설사 그럴 힘이 있다 해도, 용서할 수 없는 것을 용서하는 척하지 않는 사람, 무죄와 유죄를 기준으로 친절하게, 또는 가혹하게 그를 대할 사람과 함께 있다는 것에 그가 안도감을 느꼈으리라는 것은 쉽게 상상할 수 있다. 우리는 이 점을 설명할 필요가 있다고 느낀다. 그래야 독자가 왜 성격에서나 태도에서나 본데없는 주인과는 매우 다른 예수가 예언된 대로 하나님을 만나기 전까지 그와 함께 머물기로 작정을 했는지 더 쉽게 이해할 것이기 때문이다. 그가 하나님을 만나는 것은 물론 엄청나게 중요한 일이 될 것이다. 하나님은 그럴 만한 이유 없이는 평범한 인간에게 나타나지 않기 때문이다.

그러나 하나님을 만나기 전에, 앞서 우리가 길게 이야기한 상황과 우연의 일치 때문에 예수는 예루살렘에서 어머니와 형제 몇 명을 만나게 된다. 사실 예수는 처음으로 유월절을 가족 없이 기념할 것이라고 생각하고 있었다. 예수가 예루살렘에서 유월절을 기념하고 싶어 한 것 때문에 목자는 화를 낼 수도 있었을 것이다. 그들은 산속에 있었고 양떼는 그들이 한눈팔지 말고 관심을 쏟아줄 것을 요구했기 때문이다. 게다가 목자는 유대인이 아니고 기념할 다른 신도 없었기 때문에, 이런 말로 예수가 가는 것을 허락하지 않을 수도 있었을 것이다, 아, 안 돼, 못 가, 여기 그냥 있어야 해, 명령을 하는 사람은 나야, 너는 해야 할 일이 있어. 그러나 그런 일은 일어나지 않았다. 목자는 그냥 이렇게 물었다, 돌아올 거냐. 그러나 말투로 보아 예수가 돌아올 것이라고 확신하는 것 같았다. 사실 소년은 조금도 주저하지 않고 대답했다, 네, 돌아올 겁니다. 그 말이 그렇게 빨리 튀어나오는 데 스스로 놀라면서. 그럼 깨끗한 어린 양을 한 마리 골라 가서 제물로 바쳐, 너희 유대인은 그런 관행을 무척 중요하게 생각하잖아. 목자는 예수를 시험하고 있었다. 소년이 지금까지 관리하고 보호하려고 그렇게 열심히 노력한 양떼 가운데 한 마리에게 죽음을 선고할 수 있을지 보려는 것이었다. 그러나 아무도 예수에게 경고해주지 않았다. 눈에 보이지 않을 정도로 작은 천사가 그의 귀에 대고 이렇게 속삭여주지 않은 것이다, 조심해, 이건 함정이야, 이 사람을 믿지 마, 이 사람은 무슨 짓이든 할 수 있어. 그는 착한 본성 때문에, 아니면 죽은 새끼 염소나 갓 난 양에 대한 기억 때문에 선하게 대답했다. 이 양떼에서 양을 가져가고 싶지 않아요. 왜. 저 자신이 기른 짐승을 죽게 할 수는 없거든요. 좋을 대로 해라, 하지만 네가 구할 양도 다른 양떼에 속했던 것이란 사실은 알았으면 좋겠구나. 그렇겠죠, 양이 하늘에서 떨어지는 건 아니니까요. 언제 출발할래. 내일 아침 일찍이요. 그리고 돌아오고. 네, 돌아올 거예요. 그들은 이 문제에 관해서는 더 이야기하지 않았다. 그러나 먹고사는 것도 쉽지 않은 예수가 유월절 양을 살 돈이 없다는 것은 어렵지 않게 짐작할 수 있다. 어떤 사람들은 예수가 돈이 드는 악덕에 빠지지 않았으니 바리새인이 거의 일 년 전에 주었던 동전 몇 닢이 아직 남아 있을 것이라고 생각할지도 모르겠다. 하지만 그 돈은 애초에 얼마 되지도 않았다. 앞서도 말했듯이, 매년 이맘때면 가축의 일반적인 가격, 특히 양 가격이 터무니없이 뛴다. 따라서 정말이지 하나님을 믿을 수밖에 없다. 예수에게 벌어진 그 모든 불행한 일에도 불구하고, 행운의 별이 이 소년을 인도한다고 말하고 싶은 유혹을 느끼지만, 우리의 행성으로부터 멀리 떨어진 천체들이 인간 삶에 눈에 보일 만한 어떤 영향을 미친다고 믿는다면 이 복음사가 또는 다른 어떤 복음사가라도 저능아 취급을 당할 것이다. 독실한 동방박사들이 아무리 열심히 별에게 빌고, 별을 연구하고 비교했다 해도 마찬가지다. 우리가 들은 말이 사실이라면, 그들은 몇 년 전에 이곳으로 여행을 온 것은 틀림없지만, 눈에 보이는 것을 보고 그냥 다시 떠났기 때문이다. 우리가 이 길고 긴 문단에서 이야기하고자 하는 바는 그저 우리 예수가 어떻게든 어린 양을 들고 성전에 떳떳하게 들어가 자신에게 요구되는 바를 이행할 방법을 찾아야 한다는 것이다. 그는 목자와 긴장된 대화를 나눈다든가 하는 어려운 상황에서도 스스로 선한 유대인임을 보여주었기 때문이다.

이 무렵 양떼는 게셀과 엠마오 두 도시 사이에 있는 아얄론 골짜기의 풍요로운 초장의 풀을 즐겁게 뜯고 있었다. 예수는 엠마오에 가서 꼭 필요한 어린 양을 살 돈을 벌려고 했다. 그러나 일 년 동안 양과 염소만 치다 보니 이제 다른 일을 할 능력은 없다는 사실을 곧 알게 되었다. 심지어 목수 일도 할 수 없었다. 연습이 부족하다 보니 좀체 일의 속도가 나지 않았던 것이다. 결국 어쩌면 좋을까 고민하며 엠마오에서 예루살렘으로 가는 길에 올라서게 되었다. 양을 살 돈은 없었다. 훔친다는 것은 생각도 할 수 없는 일이었다. 가다가 길을 잃은 양을 발견한다는 것은 운이라기보다는 기적에 가까운 일일 터였다. 눈에 보이는 양은 많았다. 어떤 양은 목에 밧줄이 걸린 채 주인의 손에 끌려갔다. 어떤 양은 운도 좋게 따뜻한 품에 안겨 갔다. 이 무구한 피조물들은 소풍을 간다고 상상했는지 흥분하여 신경이 예민하다. 모든 것에 관심을 보인다. 질문을 할 수 없기 때문에 눈을 이용하여 언어로 이루어진 세계를 이해해 보려 한다. 예수는 길가의 돌 위에 앉아 영적 의무의 이행을 막는 이 물질적 문제의 해결책을 생각해 보았다. 또 다른 바리새인, 아니 매일 자선을 하며 돌아다닐지도 모르는 예전의 그 바리새인이 갑자기 나타나기 전에, 배가 고프냐, 하고 물었듯이, 양이 필요하냐, 하고 물어만 준다면. 전에는 얻기 위해 구걸을 할 필요가 없었다. 그러나 이번에는 가만히 있다가는 아무것도 얻지 못할 것이 분명하기 때문에 구걸을 해야 할 것이다. 그는 이미 손을 내밀고 있다. 너무 웅변적이어서 따로 설명이 필요 없는 몸짓이다. 너무 강해서 우리가 거의 언제나 눈길을 피하게 되는 몸짓이다. 추한 상처나 참혹한 외설과 마주치기 싫은 것과 같은 이유다. 그나마 괴로움이 덜한 여행자들이 예수의 손바닥에 동전 몇 개를 떨어뜨린다. 그러나 이런 느린 돈벌이 속도라면 엠마오 길에서 양 살 돈을 벌어 예루살렘 성문까지 가는 것은 영 그른 일이다. 이미 가지고 있던 돈과 지금 얻은 돈을 합해도 양 반 마리도 사지 못한다. 그러나 모두가 알다시피 주님은 완벽하고 온전하지 않으면 제단에서 짐승을 받지 않는다. 눈이 멀었거나, 다리를 절거나, 다리가 잘렸거나, 병이 들었거나, 더럽혀진 짐승은 거부한다. 우리가 희생 제단에 양의 엉덩짝 하나만 들고 나날 경우 어떤 소동이 벌어질지 상상할 수 있을 것이다. 또 어떤 불행한 일 때문에 불알이 짓이겨지거나 깨지거나 잘라져 나갔다면, 그 또한 받아들여지지 않을 것이다. 아무도 이 소년에게 돈이 왜 필요한지 묻지 않는다. 아, 잠깐, 지금 길고 허연 턱수염을 기른 노인이 예수에게 다가온다. 그의 가족은 길 한가운데 서서 예의 바르게 족장이 돌아오기를 기다리고 있다. 예수는 동전 한 닢을 더 받게 될 것이라고 생각했지만,

그의 생각이 틀렸다. 노인은 물었다, 이름이 뭐냐. 소년은 일어서서 대답했다, 나사렛의 예수입니다. 가족이 없느냐. 아니오, 있습니다. 그런데 왜 가족과 함께 있지 않느냐. 유대 땅에 목자 일을 하러 왔습니다. 이것은 물론 진실을 말하는 기만적인 방법, 또는 진실이 거짓을 섬기게 만드는 방법이다. 노인은 이상하다는 표정으로 예수를 보며 물었다, 일이 있으면서 왜 자선을 구걸하는 거냐. 저 먹고살 것은 벌지만 유월절 양을 살 돈을 모으지 못했습니다. 그래서 구걸을 하는 거냐. 네. 그러자 족장은 자신의 무리의 한 남자에게 명령했다, 이 아이에게 양 한 마리를 줘라, 우리는 성전에 가서 또 살 수 있다. 밧줄 하나에 양 여섯 마리가 묶여 있었다. 남자는 맨 끝에 있는 것을 풀어 노인에게 건네주었다. 노인이 예수에게 말했다, 자, 네 양이다, 이제 너도 이번 유월절에 주에게 양을 제물로 바칠 수 있겠구나. 노인은 고맙다는 인사를 기다리지도 않고 몸을 돌려 가족에게 돌아갔다. 가족은 미소와 감탄의 눈길로 노인을 맞이했다. 예수가 노인에게 감사를 하기도 전에 노인은 사라졌다. 그러더니 갑자기 길이 신비하게도 텅 비어버렸다. 이 굽이와 저 굽이 사이에 예수와 어린 양뿐이었다. 그 둘은 나이 든 유대인의 관대함 덕분에 마침내 엠마오 길에서 서로를 발견한 것이다. 예수는 끈을 잡아챘다. 짐승은 새 주인을 쳐다보더니 신들을 달래려고 희생되기 전에 어린 양들이 울듯이 안달을 하며 떠는 목소리로, 매 애 애 애, 하고 울기 시작했다. 예수는 목자의 조수가 된 이후로 수도 없이 들어본 그 울음 때문에 마음이 아팠다. 가엾은 마음에 팔다리가 녹아 버릴 것 같았다. 예수는 이제 처음으로 다른 피조물의 생명을 좌우할 힘을 가지게 되었다. 이 흠 하나 없는 하얀 어린 양은 의지도 욕망도 없었다. 무조건 신뢰하는 작은 얼굴로 간절하게 그만 쳐다보고 있었다. 울 때마다 분홍빛 혀가 드러났다. 보드라운 털 밑은 분홍빛 살이었다. 귓속도 분홍빛이었다. 발에도 인간처럼 분홍 발톱이 달려 있었다. 물론 인간의 발톱은 발굽이라고 부를 만큼 단단해지는 일이 없지만. 예수는 양의 머리를 쓰다듬었다. 그러자 양도 목을 길게 빼면서 촉촉한 코를 예수의 손바닥에 비볐다. 예수는 등뼈가 떨렸다. 그러나 이런 마법 같은 분위기는 시작될 때와 마찬가지로 갑자기 끝나버렸다. 엠마오 쪽 길 끝에서 다른 순례자들이 떼로 나타났기 때문이다. 펄럭거리는 튜닉과 배낭과 지팡이가 보였다. 그와 더불어 주님께 바칠 양과 감사 기도도 늘어났다. 예수는 어린 양을 품에 안고 걷기 시작했다.

예수는 오래전 어느 날, 상속물처럼 나누어 가질 수 있는 것이든 아니면 죽음처럼 전적으로 혼자 간직해야 하는 것이든, 삶에서 슬픔과 가책이라는 짐이 차지하는 의미를 알아내야 했기 때문에 찾아갔던 날 이후로 예루살렘은 처음이었다. 거리를 가득 메운 군중은 성전 앞 광장을 쓸어버리려는 흙탕물 강 같았다. 예수는 양을 품에 안고 줄지어 지나가는 사람들을 살펴보았다. 어떤 사람들은 가고 어떤 사람들은 왔다. 어떤 사람들은 희생으로 바칠 짐승과 함께 가고 어떤 사람들은 짐승 없이 돌아왔다. 즐거운 표정으로, 알렐루야, 호산나, 아멘 하고 소리치기도 했고, 입을 꾹 다물고 있기도 했다. 할렐루야니 으라차차니 하고 소리치면서 걸어 다니는 것이 적절치 못하다고 생각하는 모양이었다. 사실 그 두 표현은 별 차이가 없다. 우리는 그 표현들을 열광적으로 사용하다가, 시간이 흐르고 여러 번 되풀이하다 보면 마침내 우리 자신에게 묻게 된다, 그게 무슨 뜻이지. 그러나 답은 얻지 못한다. 성전 위로 나선을 그리며 끝도 없이 올라가는 연기 기둥은 제물을 바치러 온 사람들이 모두 아벨의 직접적이고 적법한 후손들임을 보여주었다. 아담과 하와의 아들 아벨은 양떼 가운데 첫 번째 낳은 것과 그 기름을 주에게 바쳤다. 주는 그것을 기분 좋게 받았다. 그러나 그의 형제 카인은 자연의 열매밖에 바칠 것이 없었고, 주가 어떤 이유에서인지 자기 쪽은 보지도 않을 것임을 알았다. 이것이 카인이 아벨을 죽인 동기라면 우리는 마음을 편히 가져도 좋을 것이다. 여기에 있는 사람들은 모두 똑같은 제물을 바치기 때문에 서로 죽일 일은 없을 테니 말이다. 기름이 튀고 살이 지글거리는 동안 장엄한 하늘에 계신 하나님은 이 모든 살육의 냄새를 만족스럽게 들이켠다. 예수는 양을 가슴에 꼭 끌어안는다. 왜 하나님이 한 존재에서 다른 존재로 전해지는 생명의 즙인 우유를 제단에 한 잔 붓는다거나, 불멸의 빵의 기본적 재료인 밀 한 줌을 뿌리는 것으로 만족하지 않는지 이해할 수가 없다. 곧 예수는 노인의 관대한 선물, 짧은 시간 동안 그의 것이었던 양과 헤어져야 할 것이다. 가엾은 어린 양은 오늘 해가 지는 것을 보지 못할 것이다. 이제 성전의 계단을 올라가 칼과 희생제의 불 앞에 양을 내놓아야 할 때다. 마치 이 양은 이제 살 가치가 없기라도 한 것처럼, 또는 생명의 물을 마신 죄로 신화와 우화의 영원한 수호자에게 벌을 받기라도 해야 하는 것처럼. 그 순간 예수는 회당의 율법과 하나님의 말씀에 도전하여 이 양이 죽게 내버려 두지 않겠다고, 제단에 바치기로 하고 받은 것이지만 계속 살게 해주겠다고, 그 자신은 예루살렘에 올 때보다 더 큰 죄인이 되어 떠나겠다고 결심했다. 예수는 전에 지은 죄로는 모자란다는 듯이 이제 이런 새로운 죄까지 짓고 있었다. 결국 그가 그의 모든 죗값을 치러야 할 날이 올 것이다. 하나님은 절대 잊지 않으니까. 예수는 벌에 대한 공포 때문에 잠시 망설였지만, 갑자기 마음의 눈으로 무시무시한 광경을 보았다. 거대한 피바다, 인류의 창조 이래 희생된 수많은 양과 다른 짐승들의 피로 이루어진 바다였다. 인간이 이 땅에 놓인 이유가 바로 그것, 하나님을 사모하고 제물을 바치라는 것이었기 때문이다. 성전 계단이 붉게 물드는 것이 보였다. 피가 그 위로 흘러내리고 있었다. 그 자신도 피 웅덩이에 서서 목이 잘린 양의 생명 없는 몸을 하늘을 향해 들어 올리고 있었다. 예수는 생각에 깊이 잠긴 채 정적의 구(球) 속에 서 있었다. 이윽고 구가 깨지면서, 다시 기원과 축복, 청원, 외침, 찬송, 양들의 애처로운 울음이 뒤섞인 소음 속으로 내던져졌다. 잠시 후 숫양의 긴 나선형 뿔로 만든 나팔인 쇼파르 소리가 낮게 세 번 울리면서 다시 순간적으로 정적이 찾아왔다. 예수는 마치 임박한 위험으로부터 보호하기라도 하려는 듯 양을 배낭에 넣고 광장에서 달려 나가 좁은 골목길로 이루어진 미로로 뛰어들었다. 그 길의 끝이 어디든 상관하지 않았다. 마침내 숨을 쉬려고 멈추었을 때 예수는 북문으로 도시를 빠져나와 그 바깥에 서 있었다. 라마라고 알려진 이 북문은 그가 나사렛에서 올 때 이용한 문이었다. 예수는 길가의 올리브나무 밑에 앉아 배낭에서 양을 꺼냈다. 그가 거기 앉아 있는 것을 이상하게 여기는 사람은 없었을 것이다. 그냥 이렇게 생각했을 것이다, 먼 길을 와서 성전으로 양을 가져가기 전에 좀 쉬고 있구나, 귀여워라. 예수가 귀엽다는 뜻인지, 양이 귀엽다는 뜻인지 우리는 알지 못한다. 우리에게야 둘 다 귀여우니까. 하지만 굳이 선택을 해야 한다면 양을 찍을 것이다. 물론 양이 더 자라지 않아야 한다는 조건이 붙지만. 예수는 양이 도망치지 못하도록 줄 끝을 잡은 채 벌렁 드러누웠다. 하지만 불필요한 일이었다. 가엾은 짐승은 도망칠 힘이 없었기 때문이다. 아직 어려서이기도 하지만, 왔다 갔다 하느라 흥분한 상태라서 그렇기도 했다. 게다가 오늘 아침에는 먹이도 거의 주지 않았다. 양이건 순교자건 배가 잔뜩 불러 죽는다는 것은 누가 보아도 어울리거나 품위 있는 일로 여겨지지 않았기 때문이다. 예수는 땅에 벌렁 드러누워 차츰 기운을 차린다. 숨도 제대로 쉬기 시작한다. 바람에 가볍게 흔들리는 올리브나무 가지들 사이로 하늘이 보인다. 햇살이 잎들 사이로 뚫고 들어와 그의 얼굴에 무늬를 그린다. 제육시쯤 되었을 것이다. 해는 바로 머리 위에 있기 때문에 그림자가 짧다. 밤이 찾아와 이 눈부신 빛을 꺼버릴 것이라고 생각할 사람이 어디 있을까. 몇 사람이 길을 지나가고 있다. 그 뒤로 더 많은 사람이 온다. 예수는 그 무리를 다시 보다가 큰 충격을 받는다. 일단 도망치고 싶은 충동이 생긴다. 그러나 어떻게 도망갈 수가 있을까. 그를 향해 다가오는 사람들은 그의 어머니와 나이 든 축에 속하는 형제들인 야고보, 요셉, 유다 그리고 리사인데. 리사는 나이대로 따지자면 야고보와 요셉 사이에 들어가야 하지만 누이이기 때문에 별도로 언급해야 한다. 그들은 아직 예수를 보지 못했다. 예수는 그들을 만나러 길로 들어선다. 다시 팔에 양을 안고 있다. 하지만 그저 품이 가득하다는 느낌이 좋아서 그러는 것 같다. 먼저 예수를 알아본 사람은 야고보다. 그는 먼저 손을 흔들고 나서 몹시 흥분하여 어머니를 본다. 이제 마리아도 예수를 본다. 그들은 더 빨리 걷기 시작한다. 예수도 그들을 향해 서둘러 다가가야겠다는 의무감을 느낀다. 하지만 품에 양이 있어 뛰지는 못한다. 우리가 여기서 질질 끌다 보니 독자는 우리가 그들이 만나는 것을 원치 않는다는 인상을 받을지도 모르겠다. 하지만 그렇지 않다. 어머니의 사랑, 형제간의 사랑, 아들의 사랑이 그들에게 날개를 달아주어야 마땅하지만, 머뭇거림과 약간의 제약이 있을 뿐이다. 우리는 그들이 떨어져 있었다는 사실을 알고 있다. 그러나 서로 소식도 전하지 않고 그렇게 긴 시간을 떨어져 있었던 것이 어떤 영향을 주었는지는 알지 못한다. 계속 걷다 보면 결국은 목적지에 이른다. 드디어 그들은 얼굴을 마주 보고 만났다. 예수가 말한다, 축복을 받으시기를, 어머니. 그러자 어머니가 말한다, 주가 너를 축복하시기를, 나의 아들아. 그들은 포옹한다. 이제 동생들, 그리고 리사 차례다. 그 뒤에 어색한 침묵이 뒤따른다. 모두 무슨 말을 해야 좋을지 모른다. 마리아는 아들에게, 정말 놀랍구나, 도대체 여기서 뭘 하고 있니, 하고 말하지 않을 생각이다. 예수도 어머니에게, 여기서 뵐 줄은 정말 몰랐어요, 무슨 일로 여기 오셨어요, 하고 말하지 않을 생각이다. 그의 품에 안긴 양, 어머니와 형제들이 데리고 온 양이 모든 것을 말해 준다. 주의 유월절인 것이다. 두 양 사이에 차이가 있다면 양 한 마리는 죽고, 또 한 마리는 목숨을 건질 것이라는 점이다. 우리는 네 소식을 기다리고 또 기다렸어, 마리아가 마침내 말하며 울음을 터뜨렸다. 그녀의 장남이 앞에 서 있다. 키가 우뚝하다. 많이 자랐다. 턱수염이 나기 시작했다. 한데서 해, 바람, 사막의 흙먼지를 맞으며 살아가는 사람 특유의 거친 얼굴이었다. 울지 마세요, 어머니, 저 일을 해요, 목자예요. 목자. 네, 목자요. 하지만 나는 네가 아버지 뒤를 따라, 네 아버지가 가르쳐준 일을 하기를 바랐는데. 네, 하지만 어쩌다 보니 목자가 되었어요, 그래서 지금 목자예요. 언제 집에 올래. 모르겠어요, 언젠가는 가겠죠. 그럼 성전까지만이라도 네 어미와 형제들과 함께 가자. 어머니, 저는 성전에 안 가요. 왜 안 가, 양도 안고 있으면서. 이 양도 성전에 가지 않아요. 양한테 무슨 문제가 있니. 아뇨, 아무 문제 없어요, 하지만 이 양은 때가 되면 자연스럽게 죽게 될 거예요. 아들아, 이해를 못하겠구나. 이해하실 필요 없어요, 저는 이 양을 구하기만 하면 돼요, 그럼 누군가가 저를 구해 줄 거예요. 그런데 왜 네 가족과 함께 가지 않는다는 거냐. 저는 다른 데 가는 길이에요. 어디. 제가 속한 양떼가 있는 곳으로 돌아가요. 어디에 두고 왔는데. 지금은 아얄론 골짜기에 있어요. 그 아얄론 골짜기라는 게 어디 있는데. 저 건너예요. 어디 건너. 베들레헴 건너요. 마리아는 뒤로 물러섰다. 얼굴이 창백하게 질렸다. 이제 겨우 서른인데 얼마나 늙었는지. 왜 베들레헴 이야기를 하는 거냐, 마리아가 물었다. 거기서 지금 제 주인인 목자를 만났으니까요. 그 사람이 누구냐. 그러나 예수가 대답을 하기도 전에 마리아는 다른 자식들에게 말한다, 너희는 먼저 가서 입구에서 기다려. 그런 뒤에 예수의 손을 잡고 길가로 끌고 갔다. 그 사람이 누구냐, 마리아는 다시 물었다. 모르겠어요, 예수가 대답했다. 이름도 없다는 거냐. 있을지 모르겠지만, 저한테는 말한 적이 없어요, 저는 그냥 목자님이라고 불러요. 어떻게 생겼어. 덩치가 커요. 그 사람을 어디서 만났어. 제가 태어난 동굴에서요. 누가 거기로 너를 데려갔어. 살로메라는 노예가요, 자기가 어머니의 출산을 도왔다고 하던데요. 그 사람은. 그 사람이 뭐요. 그 사람은 너한테 뭐래. 지금 말씀 드린 것 이상 이야기한 건 없어요. 마리아는 묵직한 손이 밀기라도 한 것처럼 땅바닥에 주저앉는다, 그 사람은 악마야. 어떻게 아세요. 그 사람이 그러던가요. 아니, 처음 봤을 때 그 사람은 자기가 천사라면서 아무한테도 말을 하지 말라고 했어. 언제 봤는데요. 내가 임신했다는 걸 네 아버지가 안 날, 그 사람이 거지로 변장하고 우리 집 문간에 나타나 자기가 천사라고 그러더구나. 다시 만났나요. 인구조사 때문에 네 아버지와 함께 베들레헴으로 갈 때 길에서 봤지, 그리고 네가 태어난 동굴에서, 또 네가 집을 떠난 날 밤에도 마당으로 걸어 들어왔다, 나는 넌 줄 알았어, 문틈으로 살펴보니 그 사람이 마당의 식물을 뿌리째 뽑더구나, 빛나는 흙이 담긴 사발이 묻힌 곳에서 자라던 식물 기억나지. 무슨 사발이고, 무슨 흙이요. 너는 이야기를 못 들었겠지만, 그 거지가 떠나기 전에 그걸 나한테 주었어, 먹을 걸 주니까 다 먹고 나서 사발을 돌려주는데, 그 안에 빛나는 흙이 담겨 있었어. 흙이 빛나다니 그 사람은 천사였나 보네요. 처음에는 나도 그렇게 믿었어, 하지만 마법의 힘이야 악마도 가지고 있잖니. 예수는 어머니 곁에 앉아, 마음대로 돌아다니라고 양을 놓아주었다. 그래요, 저도 둘이 합의를 하면 주의 천사와 사탄의 천사를 구별하는 것이 거의 불가능하다는 것을 알게 되었어요. 우리하고 함께 있자, 그 사람한테 돌아가지 마, 네 어미를 위해서라도 그렇게 해주렴. 안 돼요, 돌아가겠다고 약속했어요, 약속은 지킬 거예요. 사람들이 악마한테 약속을 하는 건 악마를 속이기 위해서일 뿐이야. 이 사람은, 아니, 저도 사람이 아니라 천사 아니면 악마라고 확신하는데, 어쨌든 제가 태어나던 날부터 저를 쫓아다닌 거네요. 저는 그 이유를 알고 싶어요. 예수, 나의 아들아, 네 어미와 형제들과 함께 성전에 가자, 이 양을 제단에 가져가서 너는 네 의무를 이행하고 양은 자기 운명을 따르게 해, 거기서 사탄의 권세와 모든 악한 생각으로부터 구원해 달라고 주께 빌 수 있을 거야. 이 양은 자기 때가 오면 죽게 될 거예요. 오늘이 죽을 날이야. 어머니, 어머니가 낳으신 양들은 죽어야 해요, 하지만 자기 때가 되기 전에 죽게 해서는 안 돼요. 양은 사람이 아니야, 하물며 아들들하고 비교할 수는 없는 노릇이지. 주님이 아브라함한테 아들 이삭을 죽이라고 명령했을 때에는 그 둘을 구별하지 않았어요. 아들아, 나는 여자에 불과하다, 너한테 답을 줄 수는 없어, 하지만 간절히 말하는데 그런 악한 생각들은 그만해라. 어머니, 생각은 지나가는 그림자에 불과해요, 그 자체로는 좋지도 나쁘지도 않아요, 오직 행동만이 중요해요. 이 불쌍하고 무지한 여자에게 이런 지혜로운 아들을 주신 주를 찬양하라, 하지만 나는 그게 하나님의 지혜라고 믿을 수가 없구나. 악마한테서도 배울 수는 있는 거예요. 나는 네가 악마의 힘에 휘둘리는 것 같아 걱정이다. 악마의 힘이 이 양을 구한 거라면 오늘 세상은 뭔가를 얻은 셈이지요. 마리아는 답을 하려 하지 않았다. 그들은 야고보가 도시 성문에서 다시 돌아오는 것을 보았다. 마리아가 일어섰다. 아들을 찾았나 했더니 다시 잃고 말았구나, 마리아가 말했다. 그러자 예수가 대답했다, 이미 잃은 것이 아니라면, 지금 새삼스럽게 잃지는 않을 거예요. 예수는 배낭에 손을 넣더니 자선으로 받은 돈을 꺼냈다. 이게 제가 가진 전부예요. 그렇게 오래 일을 했다면서 번 거는 얼마 안 되는구나. 일을 해서 저 먹고사는 건 가능해요. 그렇게 적은 걸로 만족하다니 네 주인이라는 사람을 무척이나 좋아하나 보다. 주가 저의 목자예요. 악마하고 살면서 하나님을 모독하지 마라. 누가 알겠어요, 어머니, 누가 알겠어요, 그 사람이 다른 하늘을 다스리는 다른 하나님을 섬기고 있는지. 주는 말씀하셨어, 나는 주다, 너는 다른 신을 섬기지 마라. 아멘, 예수가 대답했다. 예수는 양을 품에 안더니 말했다, 야고보가 오는 게 보이네요, 안녕히 가세요, 어머니. 그러자 마리아가 말했다, 누가 보면 네가 가족보다 양을 더 사랑하는 줄 알겠구나. 지금은 그래요, 예수가 대답했다. 마리아는 슬픔과 분노에 숨이 막혀 몸을 돌리더니 다른 아들을 만나러 달려갔다. 그녀는 뒤돌아보지 않았다.

도시의 성벽 밖에서 예수는 올 때와 다른 길을 택하여 들판을 가로질러 아얄론 골짜기를 향하여 오랫동안 내려갔다. 그는 마을에 들러 어머니가 받지 않은 돈으로 먹을 것을 샀다. 자기 것으로는 빵과 무화과, 우유를, 양에게 줄 것으로는 양젖을 샀다. 두 젖 사이에 차이가 있는지 몰라도, 눈에 보이지는 않았다. 적어도 이 경우에는 양쪽 어미가 똑같이 선할 수도 있었다. 예수가 지금쯤 당연히 죽었어야 할 양에게 돈을 쓰는 것에 놀란 사람은 이 소년이 원래 양을 두 마리 갖고 있었는데 한 마리는 희생으로 바쳐져 주의 영광 속에 살고 있고, 남은 이 양은 귀가 찢어졌기 때문에 제단에 오르지 못했다는 말을 듣게 될 것이다. 자, 봐라. 하지만 이 녀석 귀에는 아무런 문제가 없는데, 그들은 그렇게 말할지도 모른다. 그러면 예수는 이렇게 대꾸할 것이다, 그래, 그러면 내가 직접 찢지 뭐. 예수는 양을 등에 메고 다시 길에 나섰다. 그는 저녁빛이 약해지고 하늘이 낮은 먹구름으로 흐려졌을 때 양떼를 보았다. 공기가 팽팽하게 긴장된 것을 보니 천둥 폭풍이 닥칠 모양이었다. 천둥이 몰아치며 찢어지는 하늘과 그 충격을 받아 떨며 움츠리는 땅 사이의 적나라한 전투에서 말하자면 보호를 해줄 비와 바람이라는 방패가 없으면 우리는 더욱 취약한 상태에 놓인 느낌이 든다. 예수에게서 백 걸음 떨어진 곳에서 다시 눈을 멀게 할 것 같은 번개가 번쩍이며 올리브나무를 갈랐다. 나무에는 바로 불이 붙어 횃불처럼 타올랐다. 하늘을 이쪽 끝에서 저쪽 끝까지 찢어발기듯 큰 천둥이 하늘을 뒤흔들었다. 그 충격에 예수는 땅에 쓰러지며 감각을 잃었다. 번개가 두 번 더 때렸다. 여기와 저기에. 마치 두 마디 결정적인 말 같았다. 이윽고 조금씩 천둥소리가 멀어지더니 마침내 부드러운 중얼거림으로 바뀌었다. 하늘과 땅 사이의 내밀한 대화 같았다. 폭풍우를 무사히 견디어내고 이제 두려움에서 벗어난 어린 양은 예수에게 다가와 입술에 자기 입을 갖다 댔다. 코를 킁킁거리지는 않았다. 한 번 닿는 것으로 충분했다. 우리가 무엇이라고 여기에 의문을 제기하겠는가. 예수는 눈을 떴다. 양이 보였다. 납빛 하늘이 검은 손처럼 남은 빛을 모두 막고 있었다. 올리브나무는 여전히 타오르고 있었다. 움직이려 하자 뼈가 아팠다. 그래도 어디가 절단나지는 않았다. 너무 약해서 천둥 한 번에 땅에 쓰러지는 몸이기는 했지만. 예수는 힘을 들여 몸을 일으켜 앉은 다음 눈으로 보기보다는 손으로 만져보며 자신이 타지도 않았고 마비되지도 않았으며, 뼈가 부러진 데도 없다는 것에 안심했다. 크게 윙윙거리는 소리가 머릿속에서 집요하게 울려대는 것 외에는 괜찮았다. 예수는 양을 자기 쪽으로 끌어당기며 말했다, 무서워 마, 하나님은 너한테는 당신의 뜻이었다면 네가 이미 죽은 몸이었을 거라는 사실을 보여주고, 나한테는 네 목숨을 구한 것이 내가 아니라 당신임을 보여주신 거야. 천둥이 마지막으로 우르릉거리며 천천히 공기를 찢었다. 저 아래 하얀 천 같은 양 떼는 손짓을 하는 오아시스 같았다. 예수는 늘어지려는 몸을 일으켜 세우면서 비탈을 내려갔다. 혹시나 해서 줄을 매어놓은 양은 그의 옆에서 작은 개처럼 종종걸음을 쳤다. 그들 뒤에서 올리브나무는 계속 타올랐다. 그 빛이 어스름을 밝혀준 덕분에 예수는 앞에서 목자의 키 큰 형체가 유령처럼 일어서는 것을 볼 수 있었다. 목자는 끝도 없이 길어 보이는 망토로 몸을 싸고, 들어 올리면 구름에 닿을 듯한 지팡이를 들고 있었다. 목자가 말했다, 그 천둥 폭풍이 올 거라고 예상하고 있었지. 저야말로 예상을 했어야 할 사람인데요, 예수가 대꾸했다. 그 양은 어디서 났어. 유월절 양을 살 만큼 돈이 많지 않아 길가에서 구걸을 했더니, 어떤 노인이 와서 주었습니다.

그런데 왜 제물로 바치지 않았어. 바칠 수가 없었습니다, 차마 그럴 수가 없었어요. 목자가 웃음을 지었다, 이제야 이해를 하겠구나, 하나님이 너를 기다렸어, 네가 양떼까지 안전하게 오기를 기다렸다가 내 눈앞에서 자신의 힘을 보여준 거야. 예수는 대답하지 않았다. 그도 양에게 비슷한 이야기를 했지만, 도착하자마자 목자와 하나님의 동기와 행동에 관해 토론하고 싶은 마음은 없었다. 그래, 그 양은 어쩔 셈이냐. 그냥 놔둘 겁니다, 양떼에 집어넣으려고 데려왔어요. 양은 다 똑같아, 내일이면 다른 양하고 구별하지도 못할 거야. 제 양은 저를 압니다. 양이 너를 잊을 날이 올 거야, 게다가 양은 늘 와서 너를 찾는 게 곧 지겨워질 거야, 낙인을 찍어놓거나 귀를 조금 잘라두는 게 좋을 거다. 가엾은 작은 짐승. 네가 누구에게 속했는지 알리기 위해 네 포피를 자른 거하고 다를 게 뭐냐. 그거하고는 같지 않지요. 같아서는 안 되지만 같잖아. 이야기를 나누면서도 목자는 나무를 모아 부싯돌로 불을 피우느라 바빴다. 예수가 말했다, 가서 불타는 올리브나무에서 가지를 하나 가져오는 게 빠를 텐데요. 그러자 목자가 대답했다, 하늘이 내린 불은 혼자서 끝까지 타게 내버려둬야 하는 거야. 이제 올리브나무 줄기는 어둠 속에서 타오르는 거대한 깜부기불이 되었다. 바람이 불자 불꽃과 함께 백열의 나무껍질과 불타는 잔가지들이 허공을 날았다. 껍질과 가지의 불은 공중에서 꺼졌다. 묵직한 하늘은 여전히 묘하게 짓누르는 느낌이었다. 목자와 예수는 평소처럼 함께 식사를 했다. 목자가 비꼬았다. 너는 올해에는 유월절 양을 못 먹네. 예수는 듣기만 하고 아무 말도 하지 않았다. 그러나 마음속 깊이 불안을 느꼈다. 앞으로 양을 먹는 것과 양을 죽이기를 거부한 것 사이의 어색한 모순에 계속 직면할 터였기 때문이다. 그래, 어떡할래, 목자가 물었다. 양한테 낙인을 찍을래, 안 찍을래. 못할 것 같아요, 예수가 말했다. 그럼 나한테 줘, 내가 해줄게. 목자는 빠르고 단호하게 칼을 움직여 양의 귀 한쪽 끝을 잘라내더니, 잘라낸 부분을 쳐들고 물었다. 이걸 어쩔까, 파묻을까, 버릴까. 예수는 생각도 하지 않고 대답했다. 이리 주세요. 예수는 그것을 불에 던졌다. 네 포피도 바로 그렇게 처리하지, 목자가 말했다. 양의 귀에서 피가 천천히 듣다가 곧 멈추었다. 불에서 피어오르는 연기는 어린 살이 그슬리는 냄새를 풍겼다. 취할 것 같은 냄새였다. 유치하고 주제넘은 도전의 행동에 많은 시간을 낭비한 긴 하루가 끝날 무렵 주는 마침내 이런 식으로 자기 몫을 받은 셈이었다. 아마 그 위협적인 천둥과 번개 덕분인지도 몰랐다. 아닌 게 아니라 그것은 이 고집스러운 목자들이 복종을 하도록 설득할 만큼 강한 인상을 주었으니까. 땅은 재빨리 양의 마지막 피 한 방울까지 빨아들였다. 이 말도 많은 희생에서 나온 가장 귀중한 핏방울을 놓친다면 정말 아쉬운 일이 될 테니까. 시간이 지나면서 귀 한쪽 끝이 사라진 것 말고는 다른 양과 구별할 수 없는 평범한 양이 되어버린 이 짐승은 삼 년 뒤 여리고 남쪽 사막과 잇닿은 광야에서 길을 잃게 되었다. 이렇게 많은 양떼에서 양 한 마리가 늘고 준다고 해서 무슨 차이가 있겠냐 싶을 것이다. 그러나 이 양떼가 다른 양떼와는 다르다는 것, 그 목자들도 우리가 듣거나 본 다른 목자들하고는 공통점이 거의 없다는 것을 잊지 말아야 한다. 따라서 우리는 목자가 언덕 위에서 훑어보다가 양을 세어보지도 않고 한 마리가 사라졌다는 것을 눈치챘다 해도 놀라서는 안 된다. 그는 예수를 불러 말했다, 네 양이 사라졌네, 가서 찾아봐라. 예수 자신이 목자에게, 그 양이 제 양인지 어떻게 아세요, 하고 묻지 않았기 때문에 우리도 예수에게 묻지 않으려 한다. 지금 중요한 것은 거의 사람이 찾아오지 않는 이 지역의 지리에 익숙하지도 않은 예수가 넓은 지평선에서 어디로 양을 찾으러 갈 것이냐 하는 것이다. 그들은 여리고의 비옥한 땅에서 이쪽으로 왔다. 사람들 사이에 갇혀 있는 것보다는 한가하게 돌아다니는 것이 좋아 그곳에 머물지 않기로 한 것이다. 따라서 길을 잃기로 작정을 한 사람이나 양은 먹을 것을 찾으려는 노력 때문에 귀중한 고독이 방해 받지 않을 만한 곳을 선택할 가능성이 높았다. 이런 논리에 따르면 예수의 양은 의도적으로 뒤에 처져, 눈앞에 보이는 여리고에서 안전을 느끼며 요단 강의 비옥한 강변에서 풀을 뜯고 있을 것 같았다. 그러나 이 삶에서는 논리가 전부는 아니다. 종종 일련의 사건들의 가장 그럴듯한 결과로서 예상했던 일, 또는 어떤 다른 이유 때문에 충분히 예측 가능하다고 보았던 일이 가장 가능성이 낮은 방식으로 풀리기도 한다. 그렇다면 우리의 예수는 길 잃은 양을 뒤쪽의 풍요로운 초장이 아니라 앞쪽의 불에 그슬리고 바싹 마른 사막에서 찾아야 할 터였다. 양이 굶거나 목이 말라 죽으려고 혼자 떨어져 나갈 리가 있겠냐고 주장할 필요는 없다. 우선 양의 머릿속에서 무슨 일이 벌어지는지는 아무도 알지 못하기 때문이며, 둘째로 예측 가능한 것의 불확실한 본질에 관하여 우리가 방금 말한 것을 염두에 두어야 하기 때문이다. 예수가 이미 사막 안으로 들어가고 있는 것이 보인다. 목자는 예수의 결정에 놀라지 않았다. 아무 말도 하지 않았다. 그냥 느릿느릿 엄숙하게 고개만 끄덕였을 뿐이다. 그것은 묘하게도 작별 인사처럼 보이기도 했다.

이 지역의 사막은 우리 모두에게 익숙한 방대한 모래밭이 아니다. 이곳의 사막은 바싹 마르고 울퉁불퉁한 모래 언덕들로 이루어진 큰 바다와 같다. 이 언덕들은 서로 엇갈리며 다리를 벌리고 서서 헤어나올 수 없는 골짜기들의 미로를 만들고 있다. 이 언덕들의 발치에서 살 수 있는 식물은 거의 없다. 주로 가시나무와 엉겅퀴다. 염소는 이런 것을 씹을 수 있을지 모르나, 양의 예민한 입은 거기에 닿기만 해도 찢어질 것이다. 이 사막은 부드러운 모래와 끝없이 변하는 모래 언덕들로 이루어진 사막보다 훨씬 더 위협적이다. 이곳에서는 모든 언덕이 다음 언덕에 위험이 숨어 있을 것이라고 예고한다. 두려움에 떨면서 그 언덕에 도착하면, 즉시 우리 등 뒤에서도 똑같은 위협을 느낀다. 이 사막에서는 소리를 질러도 메아리가 들리지 않는다. 우리가 대답으로 들을 수 있는 것은 언덕 자체가 외치는 소리뿐이다. 또는 거기에 숨은 신비한 힘의 목소리뿐이다. 지팡이와 배낭밖에 없는 예수는 사막에 들어섰다. 오래지 않아, 이제 이 세계의 문지방을 건넜을 뿐인데, 아버지의 낡은 샌들이 발밑에서 갈라지고 있다는 것을 깨달았다. 여러 번 기웠지만, 이제 예수의 수선 기술로는 그렇게 많은 길을 걷고 그렇게 많은 땀을 흙 속에 다져 넣은 것을 구할 수가 없었다. 마치 계명에 복종이라도 하듯이 마지막 섬유들이 끊어지고, 기운 곳이 뜯어지고, 몇 군데 끈이 끊어졌다. 이제 예수는 맨발이나 다름없었다. 소년 예수는, 이제 우리는 그를 이렇게 부르는 데 익숙해졌지만, 사실 그는 유대인이고 열여덟 살이니 청소년이라기보다는 어른에 가까운데, 어쨌든 예수는 문득 지금까지 배낭에 계속 넣어 다니던 샌들이 기억났다. 동시에 어리석게도 그 샌들이 아직 맞을지 모른다고 생각했다. 목자는 발이 자라면 다시 줄어들지 않는다고 경고를 했는데, 과연 그 말이 옳았다. 예수는 한때 이 자그마한 샌들에 자기 발이 들어갔다는 사실이 믿어지지 않았다. 그는 에덴에서 쫓겨난 아담처럼 맨발로 사막과 만났다. 아담처럼 머뭇거린 끝에 그를 향해 손짓을 한 고통스러워 보이는 땅을 가로질러 첫 아픈 걸음을 내딛었다. 그 순간, 왜 그러는지 스스로 자문해 보지도 않고, 아마 아담을 기억해서 그랬겠지만, 배낭과 지팡이를 내던지고, 튜닉 가두리를 들어 올려 머리 위로 벗어 버리고 아담처럼 벌거벗었다. 목자도 이곳은 볼 수 없다. 호기심 많은 양이 따라오지도 않았다. 감히 이 경계를 넘은 새들만이 하늘에서 그를 볼 수 있을 뿐이다. 땅의 벌레들도 그를 볼 수 있다. 개미, 이따금씩 지네. 전갈 한 마리가 공포에 사로잡혀 독침이 있는 꼬리를 치켜든다. 이 작디작은 피조물들은 전에 벌거벗은 인간을 본 적이 없기 때문에 이 인간이 지금 무엇을 증명하려고 하는지 전혀 모른다. 그들이 예수에게, 왜 옷을 벗었어, 하고 묻는다면, 예수는 이렇게 말할 것이다, 사람은 벌거벗고 사막에 들어가야 해. 이것은 반시류, 다족류, 거미류에 속한 곤충들이 도저히 이해할 수 없는 대답이다. 우리는 자문한다, 그 가시들이 벗은 피부에 스치고 음모에 들어갈 텐데 벌거벗다니, 날카로운 엉겅퀴와 거친 모래가 있는데 벌거벗다니, 어지럼증이 일어나고 눈이 멀 수 있는 뜨거운 해 아래 벌거벗다니, 우리 나름의 표시를 해놓은 그 길 잃은 양을 찾으려고 벌거벗다니. 사막이 열리며 예수를 받아들이고, 그가 들어오자 닫힌다. 마치 퇴로를 막는 것 같다. 죽어 텅 빈 소라 껍질에서 들려오는 소리처럼 정적이 귀에서 메아리친다. 소라 껍질은 해안에 쓸려와 파도의 거대한 소리를 흡수한다. 어떤 행인이 그것을 천천히 귀에 갖다 대고 듣다가 말한다, 바다로구나. 예수의 발에서 피가 난다. 해가 구름을 밀어내고 그를 찌른다. 가시가 움켜쥐는 손톱처럼 다리를 찌른다. 엉겅퀴가 몸을 긁는다. 양아, 어디 있니, 예수가 소리친다. 언덕들이 그 말을 전한다, 어디 있니, 어디 있니. 이렇게 되면 완벽한 메아리가 되겠지만, 소라 껍질의 길고 먼 소리가 그 소리들을 압도해 버린다, 하나님, 하나아아님, 하나아아님. 그 순간 언덕들이 갑자기 쓸려나간 것처럼 예수는 골짜기들의 미로에서 평평한 모래가 깔린 무대 같은 곳으로 들어선다. 그의 양은 바로 그 한가운데 있다. 예수는 물집이 잡힌 발로 있는 힘을 다해 달려가지만, 어떤 목소리가 붙든다, 기다려라. 보통 사람 키의 두 배만 한 구름이 연기 기둥처럼 천천히 위로 너울거리며 그의 앞에 나타났다. 목소리는 이 구름에서 나왔다. 누가 말하는 겁니까, 예수가 겁에 질려 물었지만, 이미 대답을 알고 있었다. 목소리가 말했다, 나는 주다. 그러자 예수는 왜 자신이 사막 가장자리에서 옷을 벗어버리고 싶은 욕구를 느꼈는지 이해했다. 하나님이 저를 여기로 데려오셨군요, 저한테서 무엇을 원하십니까. 당장은 아무것도 없지만, 모든 것을 원할 날이 올 것이다. 모든 것이 뭐죠. 네 생명. 당신은 주입니다, 당신은 늘 우리에게서 당신이 주신 생명을 빼앗아 갑니다. 달리 방법이 없구나, 세상에 인구가 너무 많아지도록 놓아둘 수는 없지 않느냐. 왜 제 생명을 원하시나요. 때가 오면 알 테니 몸과 영혼을 준비해라, 너를 기다리는 운명은 아주 좋은 것이다. 주여, 무슨 말씀을 하시는 건지, 저에게서 무엇을 원하시는 건지 이해하지 못하겠습니다. 내가 너에게 권세와 영광을 줄 것이다. 무슨 권세이고 무슨 영광입니까. 너를 다시 부를 때 알게 될 것이다. 그게 언제입니까. 안달하지 마라, 그냥 최선을 다해 네 인생을 살고 있어라. 주여, 저는 여기 당신 앞에 섰습니다, 당신은 저를 벌거벗겨 이리로 데려오셨습니다, 당신께 간청하오니, 저에게 내일 주실 것을 오늘 주십시오. 내가 너한테 뭘 줄 거라고 누가 그러더냐. 당신이 약속하셨잖습니까. 그건 선물이 아니라 교환이다, 교환에 불과하다. 제 생명과 무엇을 교환하는 겁니까. 권세, 그리고 영광이라고 하셨죠, 하지만 제가 그 권세를 잘 모른다면, 그것이 무엇인지, 누구에 대한 권세인지, 누구의 눈에 보기에 권세인지 말씀을 안 해주신다면, 이렇게 일찍 약속을 하실 필요가 없지 않습니까. 네가 준비가 되면 나를 다시 만나겠지만, 이제부터는 내 표적이 너와 함께 다닐 것이다. 주여, 말씀해 주십시오. 조용히 해라, 그만 물어봐라, 때가 올 것이니, 일 초도 빠르거나 늦지 않을 것이다, 그때가 되면 내가 너한테서 무엇을 원하는지 알게 될 것이다. 주여, 당신의 말씀을 듣는다는 것은 곧 그 말씀에 순종한다는 뜻이지만, 그래도 한 가지 질문이 더 있습니다. 질문은 그만해라. 제발, 주여, 꼭 해야 합니다. 좋다, 말해 봐라. 제가 제 양을 구할 수 있습니까. 그게 마음에 걸렸던 게냐. 네, 그게 답니다, 구해도 좋습니까. 안 된다. 왜요. 우리의 언약을 확인하기 위해 나에게 희생 제물로 바쳐야 하기 때문이다. 이 양을 말입니까. 그래. 양떼 가운데서 다른 양을 고르겠습니다, 금방 돌아오겠습니다. 내 말을 들었잖느냐, 나는 이 양을 원한다. 하지만 주여, 보이지 않으십니까, 귀가 잘렸습니다. 네가 잘못 알고 있구나, 잘 봐라, 귀는 완전하다. 그럴 리가 없습니다. 나는 주다, 주에게는 모든 일이 가능하다. 하지만 이건 제 양입니다. 또 잘못 알고 있구나, 이 양은 내 것이고 너는 이것을 나에게서 가져갔으니 이제 그 양으로 갚아라. 주의 뜻이 이루어지이다, 당신이 우주를 다스리기 때문이며, 저는 당신의 종이기 때문입니다. 그럼 그 양을 제물로 바쳐라, 아니면 언약은 없다. 저를 가엾게 여기소서, 주여, 저는 벌거벗은 채 여기 서 있고 칼도 없습니다, 예수가 말했다. 혹시 양의 생명을 구할 수 있지 않을까 아직도 기대하고 있었다. 하지만 하나님이 말했다, 이런 문제 하나 풀지 못하면 내가 하나님이 아닐 것이다, 옛다. 하나님이 말을 마치자마자 커다란 새 칼이 예수의 발치에 놓였다. 자, 어서 해라, 하나님이 말했다, 나는 또 할 일이 있다, 여기서 하루 종일 이야기만 하고 있을 수는 없다. 예수는 칼의 손잡이를 잡고 양에게 다가갔다. 양은 고개를 들었지만 그를 알아보지 못했다. 그가 벌거벗은 모습을 본 적이 없을뿐더러, 모두 알다시피, 후각이 별로 발달하지도 못했기 때문이다. 우는 거냐, 하나님이 물었다. 칼이 위로 올라갔다가 겨냥을 하더니 처형자의 도끼나 아직 발명되지 않은 기요틴의 날처럼 빠르게 내려갔다. 양은 훌쩍이는 소리도 내지 못했다. 들리는 소리라고는 아, 하는 소리, 하나님이 만족해서 깊은 한숨을 쉬며 낸 소리뿐이었다. 예수가 물었다, 이제 가도 됩니까. 가도 좋다, 하지만 잊지 마라, 이제부터 너는 살로나 피로나 나에게 묶여 있다. 어떻게 작별을 해야 합니까. 상관없다, 나에게는 앞도 뒤도 없으니까, 하지만 뒷걸음질로 물러나면서 절을 하는 게 관습이더라. 말씀해 주십시오, 주여. 정말 성가신 녀석이로구나, 이젠 또 뭐 때문에 그러느냐. 양떼를 소유한 목자 말입니다. 무슨 목자. 제 주인이요. 그런데. 그가 천사입니까, 악마입니까. 내가 아는 자다. 하지만 말씀해 주십시오, 천사입니까, 악마입니까. 이미 말했지 않느냐, 하나님에게는 앞도 뒤도 없다, 일단 잘 가거라. 연기 기둥은 사라졌다. 양도 사라졌다. 남은 것은 핏방울들뿐이었다. 핏방울들은 땅속으로 숨으려 하고 있었다.

예수가 돌아오자 목자가 물끄러미 바라보며 물었다, 양은 어디 있니. 예수가 설명했다, 하나님을 만났습니다. 너한테 하나님을 만났냐고 묻지 않았다, 양을 찾았냐고 물었지. 희생으로 바쳤습니다. 왜. 하나님이 거기 계셔서 선택의 여지가 없었습니다. 목자는 지팡이 끝으로 땅에 금을 그었다. 금의 고랑이 구덩이처럼 깊었다. 불의 벽처럼 건널 수가 없었다. 목자가 말했다, 아무것도 배우지 못했구나, 떠나거라.

발이 이 모양인데 어디로 갈 수 있단 말인가, 예수는 목자가 양떼 건너편으로 움직이는 것을 지켜보며 생각했다. 하나님은 양은 능률적으로 처리했으면서, 가엾은 예수에게는 발의 벤 상처에 기름을 발라주고 치료해 줄 성령도 구름으로부터 보내주지 않았다. 그의 발에서 흘러나온 피가 돌에서 반짝거렸다. 목자는 예수를 도와주지 않을 것이다. 그는 예수가 자신의 명령을 따를 것이라 생각하고 가버렸다. 작별 인사를 하는 것은 물론이고 예수가 떠날 준비를 하는 것을 지켜볼 생각도 없었다. 예수는 양을 다루는 연장, 젖 그릇, 치즈 압착기, 필요한 것과 교환하기 전에 절여둔 양가죽과 염소 가죽, 튜닉, 망토, 온갖 양식을 두는 장소로 기어갔다. 예수는 거기에 있는 가죽으로 신발 한 켤레를 만든다 해도 누구도 뭐라

하지 않을 것이라고 생각했다. 예수는 길쭉한 염소 가죽으로 끈을 만들었다. 염소 가죽이 털이 적고, 따라서 더 유연했기 때문이다. 그러나 신발을 만들면서 털이 있는 부분을 안으로 할지 밖으로 할지 결정하지 못하다가 결국 발의 형편없는 상태 때문에 털을 완충 장치로 이용하기로 했다. 물집이 터진 데 털이 달라붙으면 불편하겠지만, 요단 강변을 따라갈 것이기 때문에 신발을 신은 채로 발을 물에 집어넣으면 굳은 피는 녹아 씻겨 나갈 것 같았다. 그 투박한 장화는, 실제로 그렇게 보여서 하는 말인데, 일단 물이 흠뻑 스며들면 그 무게 때문에 이제 서서히 앉는 딱지, 섭리에 따라 보호를 해주는 딱지에 털이 달라붙는 것을 막아줄 것이다. 상처에서 새어 나오는 피 색깔을 보니 아직 감염되지 않은 것 같아 놀랍고도 기뻤다. 예수는 북쪽으로 느릿느릿 나아가다 두 번 발을 멈추고 강변에 앉아 찬물에 발을 담갔다. 이것은 약만큼이나 효과가 훌륭했다. 그나저나 이런 식으로 쫓겨났다는 것이 슬펐다. 하나님도 만난 뒤인데. 이것은 정말 말 그대로 전례 없는 사건이었다. 그가 아는 한 이스라엘 전체에서 하나님을 보고도 살아남았다고 자랑하는 사람은 없었다. 물론 정확하게 말해서 예수가 하나님을 본 것은 아니었다. 하지만 사막에 연기 기둥의 형태로 구름이 나타나, 내가 주다, 하고 말한 뒤에 논리적이고 분별력 있을 뿐만 아니라 아주 강력해서 신에게서 나오는 것이라고 생각할 수밖에 없는 대화를 이끄는 현장에 있었다면, 아주 작은 의심도 용서 받지 못할 것이다. 목자에 관해 물었을 때 그가 한 대답 또한 그가 정말로 주라는 것을 증명했다. 어떤 친밀감과 더불어 경멸이 묻어나던 그 말투. 또 목자가 천사인지 악마인지 말하려고 하지 않던 것도 마찬가지였다. 그러나 가장 흥미로운 것은 목자의 말, 아무런 감정이 없고 겉으로는 관련도 없는 것처럼 보이는 말, 그러나 사실은 그 만남의 초자연적 성격을 확인해 주는 말이었다. 너한테 하나님을 만났냐고 묻지 않았어. 그것은 그 소식이 놀랄 일이 아니라고, 그 정도는 나도 이미 알고 있었다고 말하는 것이나 다름없었다. 하지만 목자는 분명히 양의 죽음을 예수의 탓으로 돌리고 있었다. 아무것도 배우지 못했구나, 하는 마지막 말에는 다른 뜻이 있을 수가 없었다. 그리고 예수에게 등을 보이며 양떼의 건너편으로 움직여 시야에서 사라지던 모습도. 예수가 다시 주를 만났을 때 주가 자신에게 무엇을 원할지 곰곰이 생각해 볼 때면, 옆에 서 있기라도 한 것처럼 목자의 말이 갑자기 크고 날카롭게 들려왔다, 아무것도 배우지 못했구나. 그런 순간에 요단 강변에 혼자 앉아 투명한 강물에 들어가 있는 발의 뒤꿈치에 가느다란 실처럼 피가 매달려 있는 모습을 보고 있노라면, 상실감과 고독감을 도저히 주체할 수가 없어 갑자기 피와 뒤꿈치가 자신에게 속한 것 같지 않다는 느낌에 사로잡혔다. 못에 뚫린 발을 절뚝거리며 강의 서늘한 물에 발을 식히러 온 사람은 그의 아버지였다. 아버지는 목자가 한 말을 되풀이했다, 아무것도 배우지 못했으니 처음부터 다시 시작해야겠구나. 예수는 땅에서 길고 무거운 쇠사슬을 들어 올리듯 그때까지 이어져온 자신의 삶을 사슬 하나 하나 돌이켜보았다. 그의 수태에 대한 신비한 고지, 빛나는 흙, 동굴에서 이루어진 출산, 베들레헴에서 학살당한 죄 없는 아이들, 아버지의 십자가 처형, 그가 물려받은 악몽, 집에서 탈출한 일, 성전에서 벌어진 토론, 살로메가 밝힌 사실, 목자의 출현, 양떼를 친 경험, 양의 구출, 사막, 죽은 양, 하나님. 예수는 마지막 단어를 자신의 정신으로 감당하기에는 무리라고 생각하기라도 한 것처럼 한 가지 질문에 집중을 했다, 왜 죽음에서 구한 양이 결국 다 커서 죽게 되었나. 아무리 보아도 터무니없어 보이는 질문이었다. 구원은 지속되지 않고 저주가 최종적이다, 이렇게 다시 표현하면 말이 좀 되는 것 같았다. 그 사슬의 마지막 고리는 지금 이렇게 요단 강변에 앉아 여기서는 보이지 않는 여자의 애처로운 노래에 귀를 기울이고 있다. 여자는 골풀들 속에 숨어 있는 것 같다. 빨래를 하고 있을지도 모르고, 목욕을 하고 있을지도 모른다. 예수는 이 모든 것이 어떻게 관련을 맺고 있는지 이해하려고 한다. 산 어린 양이 죽은 양이 된 것. 그의 발에서 아버지의 피를 흘리는 것. 그리고 여자가 벌거벗고 물에 드러누워 노래를 부르는 것. 단단한 젖가슴이 수면 위로 솟아 있다. 짙은 음모가 바람에 물결친다. 예수가 전에 벌거벗은 여자를 본 적이 없기는 하지만, 단순한 연기 기둥 하나를 만난 것만으로 때가 왔을 때 하나님과 함께 있는 것이 어떠할 것이라고 예측할 수 있는 사람이라면 벌거벗은 여자의 몸을 자세하게 떠올리는 일인들

왜 못하겠는가. 비록 자신에게 불러주는 노래는 아니지만 여자가 부르는 노래를 듣는 것만으로 여자가 벌거벗었다고 가정을 하고. 이제 요셉은 없다. 그는 세포리스의 공동묘지로 돌아갔다. 목자는 그 지팡이의 끝도 보이지 않는다. 하나님이 사람들 말대로 어디에나 있다면 지금 여기 물속에도, 여자가 목욕을 하고 있는 바로 이 물에도 있을 것이다. 예수의 몸이 신호를 받아들였다. 모든 인간과 짐승이 이런 경우에 다 그렇듯이 두 다리 사이의 장소가 부풀어 오르기 시작했다. 피가 그곳으로 쏜살같이 몰려가자 다친 곳은 바로 말라 버렸다. 오, 이 몸은 엄청난 힘을 가지고 있다. 그러나 예수는 그 여자를 찾으러 가려 하지 않았다. 그의 두 손은 육체의 격렬한 유혹에 저항했다, 너는 너 자신을 사랑하기 전에는 아무것도 아니다, 너는 네 몸을 사랑하기 전에는 하나님에게 이르지 못할 것이다. 누가 이런 말을 했는지 아무도 모른다. 하나님이 이런 말을 하지는 않았을 것이다. 이런 말은 그의 묵주의 구슬이 아니기 때문이다. 목자는 얼마든지 이런 말을 할 수 있지만, 그는 멀리 떨어져 있다. 따라서 그것은 여자가 부른 노래의 가사였을 것이다. 예수는 생각했다, 저기 가서 여자한테 설명해 달라고 할 수 있으면 얼마나 좋을까. 그러나 노래는 그쳤다. 아마 물살에 쓸려 내려간 모양이었다. 아니면 여자가 몸을 말리고 옷을 입으려고 물에서 나와, 자신의 몸을 침묵하게 한 것인지도 몰랐다. 예수는 젖은 신발을 신고 일어섰다. 스펀지처럼 사방에서 물이 떨어졌다. 여자가 이 길로 지나가다 이 괴상한 신발을 본다면 한참 웃을 것이다. 하지만 그의 튜닉 밑에 불거진 형체가 눈에 들어오면 웃음을 멈추고 과거와 현재의 아픔 때문에 슬픈, 그러나 지금은 완전히 다른 이유 때문에 괴로움에 사로잡힌 그 눈을 오래 바라볼 것이다. 여자는 말없이 옷을 다시 벗고 이런 경우에 기대할 수 있는 것을 제공할 것이다. 그녀는 아주 정성 들여 신발을 벗기고 상처를 보살필 것이다. 두 발에 입을 맞추고 달걀이나 고치를 보호하듯이 자신의 축축한 머리카락으로 발을 덮을 것이다. 그러나 길을 내려오는 사람은 없다. 예수는 주위를 둘러보고 한숨을 쉬며 자신을 감추어줄 곳을 찾은 뒤 그곳으로 가다가 갑자기 발을 멈춘다. 씨를 땅에 뿌린 죄로 주가 오난을 벌하여 죽인 것이 때맞추어 떠올랐기 때문이다. 물론 예수는 이 오래된 에피소드를 그의 버릇대로 세련되게 해석하여, 두 가지 이유로 주의 유연성 없는 태도에 개의치 않고 하고자 하던 일을 하러 갈 수도 있었다. 첫째는 그에게는 상속자를 낳기 위해 죽은 형 대신 동침한다는 법적 의무를 이행해야 할 형수가 없다는 것이다. 둘째는, 아마 이것이 더 강력한 이유일 텐데, 주가 사막에서 한 말에 따르면 주에게는 아직 밝히지는 않았지만 그의 미래에 대한 분명한 계획이 있으며, 따라서 예수의 통제되지 않은 손이 가지 말아야 할 곳으로 갔다는 이유만으로 주가 이미 한 약속을 잊고 모든 것을 잃을 모험을 하는 것은 실용적이지도, 논리적이지도 않다는 것이었다. 주도 우리 육체의 욕구를 알며, 그것이 먹을 것과 마실 것에만 한

정되지 않는다는 것, 다른 욕구도 그것들만큼 견디기 힘들다는 것을 알기 때문이다. 예수는 이 비슷한 생각들을 바탕으로 자신의 자연스러운 경향을 따라 급한 욕구를 해소할 조용한 장소를 찾으러 갔을 수도 있다. 그러나 외려 그런 생각들 때문에 정신이 산란해지고 혼란스러워져 악한 유혹에 굴복하고 싶은 욕망이 곧 사라져버렸다. 예수는 자신의 미덕에 체념하여, 배낭을 어깨에 메고 지팡이를 들고 자신의 길을 갔다.

예수는 요단 강변을 걸어가던 첫날에는 사 년간의 고독 뒤라 외로운 생활에 익숙했기 때문에 사람 사는 곳을 피했다. 그러나 게네사렛 호수에 다가가면서 마을을 통과하지 않고 가기가 점점 어려워졌다. 마을 주변의 경작지가 그의 길을 막고 있었고, 그의 남루한 행색이 일꾼들의 의심을 불러일으켰기 때문이다. 그래서 예수는 사람들의 세계로 들어가기로 했으며, 그곳에서 발견하게 된 것에 놀라면서도 유쾌한 기분을 느꼈다. 무엇보다도 성가셨던 것은 그간 잊고 있었던 소음이었다. 첫 번째 마을에서는 난폭한 개구쟁이들이 그의 장화를 보고 큰 소리로 웃음을 터뜨렸다. 별문제는 아니었다. 예수는 새 샌들을 살 만한 돈이 있었기 때문이다. 그가 바리새인에게서 동전 두 닢을 받은 이후로 들고 다니던 돈에 손을 전혀 대지 않았고, 사 년 동안 거의 아무런 욕구도 없이 비용도 전혀 들이지 않고 살면서 그런 삶이야말로 사람이 주에게 바랄 수 있는 가장 큰 행운임을 입증했다는 사실을 기억하라. 이제 샌들을 사고 나자 별 가치 없는 동전 두 닢이 남았다. 그러나 예수는 가난을 걱정하지 않았다. 이제 곧 자신의 목적지인 나사렛, 그가 반드시 돌아갈 것이라고 생각하던 고향에 도착할 터였기 때문이다. 고향을 떠나던 날, 그날이 정말 오래전 일인 것 같은 느낌이 들었는데, 그날 그가, 어떤 식으로든 반드시 돌아올 거예요, 하고 말한 대로. 예수는 요단 강을 따라 난 길의 수많은 굽이를 돌며 천천히 여행한다. 발은 정말이지 그런 여행을 할 상태가 아니다. 그러나 발보다도 다른 것 때문에 속도가 나지 않는다. 그의 내부 깊은 곳에 자리 잡고 있는 것, 그 막연한 예감은, 빨리 도착할수록 빨리 떠나게 된다, 하는 말로 표현할 수 있을지도 모르겠다. 호숫가를 따라 북쪽으로 나아가자 어느새 나사렛과 같은 위도에 올라섰다. 이제 곧장 집으로 가려면 해 지는 쪽으로 방향을 틀기만 하면 된다. 그러나 예수는 푸르고 넓고 고요한 호수의 물 옆에서 미적거린다. 호숫가에서 어부들이 그물을 던지는 것을 지켜보는 것이 좋다. 어린 시절에도 부모와 함께 자주 이곳에 왔지만, 발을 멈추고 이 사람들, 마치 그들 자신이 바다 속에 사는 것처럼 물고기 냄새가 나는 이 사람들의 노동을 지켜본 적은 없었다. 예수는 길을 가다가 자신이 할 줄 아는 일을 해서, 아, 사실 그런 일은 없었다, 따라서 할 수 있는 일, 그것도 몇 가지 안 되지만, 어쨌든 되는대로 그런 일을 해서 먹을 것을 벌었다. 배를 호숫가로 끌어오거나 물속으로 밀어 넣는다든가, 큰 그물을 잡아당기는 것을 도운 것이다. 어부들은 그가 몹시 굶주린 것을 보고 대가로 물고기 두어 마리를 주곤 했다. 예수는 처음에는 수줍어하면서 혼자 떨어져서 익혀 먹곤 했지만, 며칠 지나자 어부들은 그에게 함께 먹자고 권했다. 사흘째이자 마지막 날 예수는 시몬, 안드레 두 형제와 함께 호수로 나갔다. 둘 다 그보다 나이가 많아 이미 삼십 대였다. 그들과 함께 넓은 물에 나간 예수는 고기잡이를 전혀 알지 못했기 때문에 자신의 서툰 행동에 스스로 웃음을 터뜨리면서도, 새 친구들의 강요에 못 이겨 멀리서 보면 축복을 하거나 도전을 하는 것으로 보일 수도 있는 큰 동작으로 그물을 던져보았다. 그러나 성공을 거두지는 못했으며, 한 번은 물에 빠질 뻔했다. 시몬과 안드레는 큰 소리로 웃음을 터뜨렸지만, 사실 예수가 염소나 양만 다룰 줄 안다는 것을 잘 알고 있었다. 시몬이 말했다, 이 물고기 떼를 한데 모아 끌고 다닐 수 있으면 우리 인생이 훨씬 편할 텐데. 그러자 예수가 대꾸했다, 그래도 이 물고기들은 혼자 떨어지거나 길을 잃지는 않잖아요, 다 이 호수 안에 있으니까, 그러면서 매일 그물에서 빠져나가거나 그물에 걸리거나 하는 거죠. 물고기는 잘 잡히지 않았다. 배 바닥은 거의 비어 있었다. 안드레가 말했다, 형, 돌아갑시다, 오늘은 고기를 더 못 잡을 것 같네. 시몬도 동의했다, 네 말이 맞아, 가자. 시몬이 노걸이에 노를 꽂고 호숫가를 향해 노를 저으려 하는데, 예수가 무슨 영감을 받았거나 특별한 통찰이 있어서가 아니라 그냥 설명할 수 없는 좋은 기분 때문에 세 번만 더 시도해 보자고 말했다, 누가 알아요, 그들 나름의 목자들이 이끄는 이 물고기 떼가 우리 쪽으로 와 있을지. 시몬이 웃음을 터뜨렸다, 그게 양의 또 한 가지 좋은 점이지, 눈에 보인다는 것, 그는 안드레를 향해 말을 이어갔다, 그쪽에 그물을 던져봐, 해보지 않고는 아무것도 얻을 수 없으니까. 안드레는 그곳에 그물을 던졌고, 그물은 꽉 차서 올라왔다. 어부들은 놀라서 입을 떡 벌렸다. 그물을 두 번째, 세 번째 던졌을 때도 두 번 다 꽉 차서 올라오자 그들의 놀라움은 경외감으로 바뀌었다. 조금 전까지만 해도 물고기가 사라진 것 같았던 물에서 갑자기 분수처럼 물고기가 쏟아져 나오기 시작했다. 이런 일은 전에 본 적이 없었다. 아가미, 비늘, 지느러미가 반짝거리며 격류처럼 쏟아졌다. 두 형제는 어리벙벙할 뿐이었다. 시몬과 안드레는 예수에게 물고기가 거기에 모인다는 것을 어떻게 알았냐고 물었다. 예수는 몰랐다고, 그냥 충동적으로 다시 해보자고 말했을 뿐이라고 대답했다. 두 형제는 그의 말을 의심할 이유가 없었다. 순전한 우연으로 기적이 일어날 수 있으니까. 그러나 예수는 속으로 떨며 영혼의 침묵 속에서 물었다, 누가 이렇게 한 걸까. 시몬이 말했다, 정리 좀 하게 도와줘. 이 자리에서, 그물로 들어오는 것은 모두 물고기다, 하는 보편적인 속담은 갈릴리 바다에서 나온 것이 아님을 말해두어야겠다. 여기에는 다른 기준이 지배한다. 그물로 물고기를 잡을 수는 있다. 그러나 율법은 다른 곳에서와 마찬가지로 이 점에서도 아주 분명하다, 물에서 사는 모든 것 가운데서 지느러미가 있고 비늘이 있는 물고기는, 바다에서 사는 것이든지 강에서 사는 것이든지, 무엇이든지 너희가 먹을 수 있다, 그러나 물속에서 우글거리는 고기 떼나 물속에서 살고 있는 모든 동물 가운데서 지느러미가 없고 비늘이 없는 것은, 바다에서 살든지 강에서 살든지, 모두 너희가 피해야 한다, 이런 것은 너희가 피해야 할 것이므로, 너희는 그 고기를 먹어서는 안 된다, 너희는 그것들의 주검도 피해야만 한다, 물에서 사는 것 가운데서 지느러미가 없고 비늘이 없는 것은, 모두 너희가 피해야 한다. 따라서 매끄러운 껍질을 가진 경멸당하는 물고기, 주의 백성의 식탁에 오를 수 없는 것들은 바다로 돌려보내야 했다. 이들 가운데 많은 수는 이제 이런 관행에 아주 익숙하여 그물에 걸릴 때도 걱정을 하지 않았다. 곧 물로 돌아가 위험에서 벗어날 수 있다는 것을 알았기 때문이다. 이들은 물고기의 머리로 자신들이 창조주로부터 어떤 특별한 은총을 받는다고 믿었다. 어쩌면 특별한 사랑이라고 불러도 좋을지 몰랐다. 따라서 시간이 지나면서 그들은 자신들이 다른 물고기보다 우월하다고 생각하게 되었다. 배에 그대로 남는 물고기들이 어두운 물속에서 극악한 죄를 짓지 않았다면 그렇게 무자비한 죽음을 맞이하도록 하나님이 내버려두실 리 없다고 믿었기 때문이다.

호수의 물이 당장이라도 배를 삼킬 듯 뱃전에서 찰랑거리는 바람에 배가 물에 가라앉지 않도록 온갖 조심을 해가며 세 사람이 마침내 호숫가에 도착했을 때 그곳에 있던 사람들은 멍한 표정이었다. 그들은 어떻게 이런 일이 생겼는지 이해할 수가 없었다. 다른 어부들은 빈 배로 돌아왔기 때문이다. 그러나 운 좋은 세 사람은 서로 약속이나 한 듯이 어쩌다 고기를 이렇게 많이 잡게 되었는지 말을 하지 않았다. 시몬과 안드레는 어부로서 자신들의 평판이 사람들 앞에서 손상되는 것을 원치 않았다. 예수는 다른 뱃사람들한테서 물고기 잡을 곳을 보아달라는 부탁을 받고 싶은 마음이 없었다. 사실 이 세상에 많은 해를 끼치는 자식과 의붓자식 간의 차별을 단번에 없앨 수 있다면 그것이야말로 정의롭고 공정한 일이라고 말할 수밖에 없을 것이다. 예수는 그런 마음에서 바로 그날 밤 내일 가족이 기다리고 있는 나사렛으로 떠나겠다고 선언했다. 오직 사탄이 보냈다고 생각할 수밖에 없는, 사 년에 걸친 끊임없는 시련과 고난 뒤에 나온 결정이었다. 시몬과 안드레는 섭섭해했다. 게네사렛의 역사상 가장 훌륭한 고기 찾는 사람을 잃게 되었기 때문이다. 다른 두 어부도 섭섭해했다. 이들은 세베대의 아들 야고보와 요한이었다. 사람들은 멍청해보이는 그들에게, 세베대의 아들들의 아버지가 누구지, 하는 농담을 던졌기 때문에 두 형제는 약이 올라 어쩔 줄을 몰랐다. 그들은 답을 알고 있었기 때문이다. 자기들이 분명히 세베대의 아들이었다. 그들이 예수가 떠나는 것을 아쉬워한 것은 이제 엄청난 고기를 잡을 수 없기 때문이기도 하지만, 젊은 사람들끼리, 요한은 예수보다 더 어렸다, 나이 든 사람들과 경쟁할 수 있는 뱃사람 무리를 이루기를 바라고 있었기 때문이기도 했다. 그들의 멍청함은 어리석음이나 정신 지체

와는 아무런 관계가 없었다. 그들은 그저 정신을 다른 데 팔고 살아갈 뿐이었다. 그래서 누가 세베대의 아들의 아버지가 누구냐고 물어보면 늘 허를 찔린 듯 깜짝 놀랐으며, 그들이, 물론 세베대죠, 하고 대답했을 때 사람들이 왁자하게 즐거워하는 것에 어리벙벙한 표정을 짓곤 했다. 요한은 예수를 말리려 했다. 그는 예수에게 다가가서 말했다, 우리하고 함께 있어요, 우리 배는 시몬네 배보다 크니까 고기도 더 많이 잡을 수 있어요. 그 말에 지혜롭고 자비로운 예수는 대답했다, 주의 척도는 인간의 척도가 아니라 주의 정의의 척도야. 요한은 풀이 죽어 돌아갔다. 그날 저녁에는 이해 당사자들이 더 접근하지 않았다. 다음 날 예수는 처음 사귄 친구들과 작별을 했다. 그는 배낭을 채우고 게네사렛 호수를 등졌다. 그가 잘못 안 것이 아니라면 이곳은 하나님이 그에게 첫 표적을 보여준 곳이었다. 예수는 나사렛으로 가는 길을 가로막은 산으로 향했다. 그러나 운명은 그가 막달라라는 작은 도시를 통과할 때 발의 골치 아픈 상처가 벌어지게 했다. 피가 멈출 것 같지 않았다. 운명은 또 이런 불행이 막달라의 가장자리, 마치 추방을 당한 듯 다른 집들과 떨어져 서 있는 집 앞에서 일어나게 했다. 피가 멈출 것 같지 않자 예수는 소리를 질렀다, 누구 없나요. 그러자 한 여자가 마치 부를 것을 예상이나 한 것처럼 문간에 나타났다. 그녀의 얼굴에 놀란 표정이 없는 것을 보고 우리는 그 여자가 사람들이 문을 두드리지도 않고 자신의 집으로 들어오는 데 익숙하다고 가정해 볼 수도 있을 것이다. 그러나 가만히 생각해 보면 그것이 아님을 알 수 있다. 이 여자는 매춘부이며, 그녀가 자신의 직업을 존중한다면 손님을 받을 때는 문을 닫아두어야 하기 때문이다. 예수는 땅바닥에 앉아 열린 상처를 누르고 있다가 다가오는 여자를 쳐다보았다. 좀 도와주세요, 예수는 여자가 내민 손을 잡고 몸을 일으켜 비틀거리며 몇 걸음을 걸었다. 걸을 수 있는 상태가 아니네, 여자가 말했다, 들어와요, 발을 씻겨줄 테니까. 예수는 가타부타 말이 없었다. 여자의 향수가 너무 강력해 마법이 작용한 듯 통증이 사라져버린 것이다. 한 팔을 그녀의 어깨에 두르고, 다른 팔, 분명히 그의 팔이 아닌 팔이 그의 허리를 둘렀을 때, 그는 부글부글 끓는 느낌이 그의 몸을 뚫고, 아니, 더 정확하게 말하자면, 그의 감각을 뚫고 솟아오르는 것을 느꼈다. 그의 감각에서, 적어도 여러 감각 가운데 한 곳에서, 시각도 후각도 미각도 촉각도 아닌 곳에서, 물론 그것들도 각기 일정한 역할을 했겠지만, 어쨌든 한 감각에서 그것을 가장 크게 느꼈기 때문이다. 하나님, 이 사람을 도와주소서. 여자는 그를 도와 마당 안으로 들이고 대문을 닫은 다음 앉게 했다. 여기서 기다려요, 여자가 말했다. 여자는 안으로 들어가 질그릇 대야와 하얀 수건을 들고 돌아왔다. 여자는 대야에 물을 채우더니 수건을 적신 다음 예수의 발치에 무릎을 꿇고 상처 난 발을 왼쪽 손바닥에 올려놓더니 살살 흙을 닦아내고 잘려 나간 딱지를 부드럽게 눌렀다. 그곳에서는 피와 역겨운 누런 고름이 새어 나오고 있었다. 여자가 예수에게 말했다, 이걸 치료하려면 물만으로는 안 되겠네. 그러나 예수는 말했다, 나사렛까지 갈 수 있도록 발에 붕대만 둘러주시면 됩니다. 예수는, 어머니가 치료해 주실 겁니다, 하고 말하려다가 제때에 입을 다물었다. 돌에 발가락만 찧어도, 아무것도 아니란다, 얘야, 벌써 좋아졌잖아, 하는 어머니의 말을 들으며 위로와 간호를 받고 싶어 울기부터 하는 응석받이라는 인상을 주고 싶지 않았기 때문이다. 여기서 나사렛까지는 멀어, 여자가 말했다, 하지만 원하는 게 그거라면 연고만 조금 발라줄게. 여자는 다시 집 안으로 들어갔는데, 이번에는 아까보다 시간이 더 걸리는 듯했다. 예수는 주위를 둘러보다 놀란다. 이렇게 깨끗하고 깔끔한 마당은 본 적이 없었기 때문이다. 예수는 이 여자가 매춘부일 것이라고 짐작한다. 첫눈에 사람들의 직업을 추측하는 데 뛰어난 재주가 있어서가 아니다. 사실 얼마 전까지만 해도 사람들은 그에게서 염소 냄새를 맡고 목자인 줄 알았을 것이다. 하지만 지금은 모두 말할 것이다, 이 사람은 어부로군. 한 가지 나쁜 냄새를 없앴지만, 다른 나쁜 냄새가 그 자리를 대신했기 때문이다. 이 여자에게서는 향수 냄새가 강하게 난다. 하지만 예수가 비록 순진하다고 하나, 염소와 양이 짝을 짓는 것을 지켜보면서 성에 관해 어느 정도는 배웠고, 여자가 향수를 쓴다고 해서 그것이 곧 그 여자가 반드시 창녀라는 뜻은 아니라는 것을 알 만큼 상식도 있다. 창녀라면 그녀가 함께 잔 남자들 냄새가 나야 한다. 염소치기에게서 염소 냄새가 나고 어부에게서 물고기 냄새가 나는 것처럼. 하지만 누가 알라, 이런 여자들은 남자의 몸 냄새를 감추거나, 위장하거나, 또는 심지어 잊으려고 그렇게 향수를 진하게 바르는지. 여자가 작은 단지를 들고 다시 나타났다. 여자는 웃음을 짓고 있었다. 마치 집 안에서 무슨 재미있는 이야기라도 듣고 나온 것 같았다. 예수는 그녀가 다가오는 것을 보았다. 그의 눈이 속이는 것이 아니라면, 그녀는 아주 천천히 걸었다. 꿈에서 자주 그러는 것처럼. 늘어진 튜닉은 걸어가는 그녀의 몸의 곡선을 드러냈다. 엉덩이가 흔들거렸다. 검은 머리가 어깨 위로 늘어져 바람에 옥수수염처럼 나풀거렸다. 그녀의 튜닉은 분명히 창녀의 튜닉이었다. 몸은 춤추는 여자의 몸이었다. 웃음은 헤픈 여자의 웃음이었다. 예수는 매우 곤혹스러워하며 그와 이름이 같지만 그와는 달리 유명한 시락의 아들 예수가 이야기한, 이런 경우에 적당한 격언을 기억 속에서 찾아내려 했다. 마침내 그의 기억이 순응하여 그의 귀에 대고 신중하게 소곤거렸다, 헤픈 여자들을 멀리 하라, 그 여자들의 덫에 걸릴까 두렵다, 춤추는 여자들과 관계하지 마라, 그 여자들의 매력에 굴복할까 두렵다, 그리고 마지막으로, 매춘부들의 손에 넘어가지 마라, 네 영혼과 소유를 모두 잃을까 두렵다. 실제로 예수는 이제 성년에 이르렀으니 그의 영혼은 위험에 처했다고 말할 수 있다. 하지만 소유는 위험할 것이 없다. 우리가 알다시피 그는 소유한 것이 없기 때문이다. 따라서 가격을 정할 때가 찾아와 여자가, 돈이 얼마나 있어요, 하고 물을 때도 안전할 것이다. 예수는 마음의 준비를 하고 있었기 때문에 여자가 그의 발을 허벅지에 올려놓고 상처에 연고를 문질러 주면서 이름을 물었을 때도 전혀 놀라지 않았다. 예수라고 합니다. 그는 나사렛 출신이라는 말은 하지 않았다. 이미 그 이야기는 했기 때문이다. 여기 사는 이 여자도 막달라 출신이라는 것이 분명한 것처럼. 그가 그녀의 이름을 물었을 때, 그녀도 마리아라고만 대답했다. 막달라 마리아는 그의 상처 입은 발을 꼼꼼히 살피고 치료한 다음 붕대의 매듭을 단단히 묶으면서 말했다, 이러면 될 거야. 어떻게 감사를 드려야 할지 모르겠군요, 예수가 말했다. 그의 눈이 처음으로 그녀의 눈을 만났다. 석탄처럼 까맣게 빛나는 눈이었다. 물 위를 흐르는 물처럼 관능의 베일에 덮여 있었다. 예수는 거기에 저항을 할 수가 없었다. 여자는 바로 대꾸를 하지 않았다. 그녀는 마치 평가를 하듯 그를 보았다. 소년은 돈이 없는 것이 분명했다. 마침내 그녀가 말했다, 나를 기억해 줘요, 내가 원하는 건 그것뿐이야. 그러자 예수는 약속을 했다, 오늘 베푸신 친절을 절대 잊지 않겠습니다. 이어 용기를 그러모아 덧붙였다, 또 마리아도 잊지 않겠습니다. 왜 그런 말을 해, 그녀가 웃음을 지으며 물었다. 아름다우니까요. 내가 젊었을 때 봤어야 하는데. 지금 그대로 아름답습니다. 그녀의 미소가 희미해졌다. 내가 어떤 사람인지, 뭘 하는 사람인지, 뭘 해서 먹고사는지 알아. 압니다. 그냥 나를 보기만 했는데, 모든 걸 알았군. 아무것도 모릅니다. 내가 매춘부라는 것도 모르나. 그건 압니다. 나는 돈을 받고 남자와 자. 네. 그럼, 내가 말한 대로, 나에 관해 모든 걸 아는 거야. 내가 아는 건 그것뿐입니다. 여자는 예수 옆에 앉아 부드럽게 손을 쓰다듬고, 손가락 끝으로 입을 어루만졌다, 정말로 나한테 감사하고 싶으면, 오늘은 여기서 나하고 보내. 안 됩니다. 왜. 드릴 돈이 없어요. 놀랍지 않은 일이네. 놀리지 마세요. 내 말을 안 믿을지 몰라도, 나는 지갑이 가득 찬 남자를 놀리는 쪽을 좋아해. 단지 돈 문제가 아니에요. 그럼 뭐지. 예수는 입을 다물고 고개를 돌렸다. 그녀는 예수를 도와주려 하지 않았다. 예를 들어, 동정(童貞)이야, 하고 물을 수도 있었지만, 아무 말도 하지 않고 기다렸다. 정적이 하도 무거워서 그들의 심장 뛰는 소리만 들렸다. 그의 심장이 더 크고 더 빠르게 뛰었고, 그녀의 심장은 흥분하여 불안정했다. 예수가 말했다, 이 머리카락을 보니 길르앗 산비탈을 내려오는 염소 떼가 떠오르네요. 여자는 웃음을 지었지만 아무 말도 하지 않았다. 그러자 예수가 말했다, 눈은 바트라빔 성문 옆 헤스본 웅덩이들 같아요. 여자는 다시 웃음을 지었지만, 여전히 입을 열지 않았다. 그러자 예수는 천천히 고개를 돌려 그녀를 보며 말했다, 나는 여자와 함께한 적이 없어요. 마리아가 그의 두 손을 잡았다, 다들 이렇게 시작을 해, 여자를 안 적이 없는 남자들, 남자를 안 적이 없는 여자들, 그러다 마침내 아는 사람이 알지 못하는 사람을 가르쳐주는 날이 오지. 나를 가르치고 싶으세요. 그래야 나한테 또 감사하지 않겠어. 이런 식이라면 계속 감사를 해야 하겠네요. 나는 계속 가르치고. 마리아는 일어서서 대문을 잠그러 갔다.

그러나 그전에 먼저 바깥에 안내판을 내걸었다. 혹시 자신을 찾아올지 모르는 손님들에게 노래할 시간이 되었기 때문에 창문을 닫았다고 이야기해 주는 내용이었다. 깨어나라, 북풍이여, 오라, 너 남풍이여, 내 정원 위로 불어와, 그곳의 향기들이 밖으로 흐르게 하라, 나의 사랑하는 이가 정원에 들어가 그가 좋아하는 열매를 먹게 하라. 이윽고 두 사람은 함께, 안으로, 깨끗하고 상쾌한 방의 반가운 그늘 안으로 들어갔다. 다시 예수의 손이 마리아, 그의 상처를 치료해 주고 이제 그를 침대에 받아들이려 하는 창녀의 어깨에 올라가 있었다. 그녀의 침대는 예수가 부모의 집에서 기억하던 침대, 바닥에 원시적인 매트를 깔고 그 위에 거친 시트를 덮은 침대와는 달랐다. 이것은 진짜 침대였다. 다른 곳에서 예전에 이렇게 묘사된 적이 있는 침대였다. 내 침대에는 요도 깔아놓았고, 이집트에서 만든 무늬 있는 이불도 펴놓았어요, 누울 자리에는 몰약과 침향과 육계향을 뿌려 두었죠. 막달라 마리아는 바닥에 벽돌을 깐 노(爐)로 예수를 데려가 튜닉을 벗긴 다음 직접 씻기겠다고 고집을 부리더니, 손가락 끝으로 그의 몸을 쓰다듬으며 가슴과 허벅지에, 처음에는 이쪽, 다음에는 저쪽에 부드럽게 입을 맞추었다. 손과 입술의 섬세한 감촉에 예수는 몸을 떨었다. 손톱이 살갗을 스치자 소름이 돋았다. 겁먹지 마, 그녀가 소곤거렸다. 그녀는 그의 몸을 닦아주고 침대로 이끌었다. 먼저 누워, 곧 함께 누울게. 그녀는 커튼을 쳤다. 물이 튀는 소리가 들렸다. 잠시 정적이 이어지고, 향기가 방 안을 가득 채웠다. 마리아는 다시 나타났다. 완전히 벌거벗은 몸이었다. 예수도 그녀가 원 대로 벌거벗고 누워 있었다. 예수는 생각했다, 이렇게 하는 게 옳을 거야, 기껏 드러낸 몸을 다시 가리면 저 여자가 기분이 나쁠 거야. 마리아는 침대 옆에서 미적거리며 뜨거우면서도 부드러운 표정으로 그를 바라보다가 말했다, 참 잘생겼네, 하지만 완벽하려면 눈을 감아야겠어. 예수는 머뭇거리며 눈을 감았다가 다시 떴다. 그 순간 그는 솔로몬 왕이 한 말의 진실한 의미를 이해했다. 너의 살 오른 넓적다리는 숙련공이 공들여 만든 패물 같구나, 너의 배꼽은 섞은 술이 고여 있는 둥근 잔 같구나, 너의 허리는 나리꽃을 두른 밀단 같구나, 너의 젖가슴은 한 쌍의 사슴 같고 쌍둥이 노루 같구나. 마리아가 그의 곁에 누워 그의 손을 그녀의 몸 쪽으로 끌어당겨 그녀의 몸을 천천히 안내하자 그 말을 훨씬 잘 이해하게 되었다. 그녀의 머리카락, 얼굴, 목, 어깨, 젖가슴, 그는 젖가슴을 살짝 쥐었다, 이어 배, 배꼽, 아래 털, 그는 그곳에 머물며 손가락으로 털을 꼬았다 풀었다 했다, 그다음에는 부드러운 허벅지의 곡선. 그녀는 그의 손을 안내하며 작은 소리로 되풀이했다, 어서, 내 몸을 발견해 봐, 어서 내 몸을 발견해 봐. 예수는 마리아의 손에 잡힌 자기 손을 보며, 자신의 두 손이 풀려나 그녀의 몸 구석구석을 마음대로 탐사할 수 있기를 바랐다. 그러나 그녀는 계속 그의 손을 쥐고 안내하며 다시 되풀이했다, 어서, 내 몸을 발견해 봐, 내 몸을 발견해 봐. 예수는 숨이 가빠졌다. 잠시 기절할 것 같았다. 그녀의 두 손, 이마에 있던 왼손과 발목에 있던 오른손이 그를 애무하기 시작했다. 두 손은 천천히 움직여 가운데서 만나더니, 다시 움직이기 시작했다. 아무것도 배우지 못했구나, 떠나거라, 목자는 그렇게 말했다. 누가 알랴, 그것이 예수가 생명을 소중하게 여기는 것을 배우지 못했다는 뜻일지. 지금 막달라 마리아는 그에게 가르쳤다, 내 몸을 발견해 봐. 그녀는 그 말을 다시 했지만, 이번에는 약간 다르게 했다, 한 단어만 바꾸었다, 네 몸을 발견해 봐. 실제로 그의 몸은 긴장되고, 팽팽하고, 흥분한 상태였다. 당당하게 벌거벗은 그녀가 그의 몸 위에서 말하고 있었다, 두려워할 것 없어, 움직이지 마, 나한테 맡겨. 그 순간 예수는 그의 일부, 그의 기관이 그녀 안으로 사라지는 것을 느꼈다. 그 기관 주위에서 불의 고리가 형성되어 돌아다녔다. 전율이 온몸을 훑었다. 꿈틀거리는 물고기가 소리를 지르며 빠져나가 자유롭게 풀려나는 것 같았다. 물론 불가능한 일이다. 물고기는 소리를 지르지 않으니까. 아니, 소리를 지른 것은 그, 예수였다. 마리아는 신음을 토하며 그의 몸 위로 무너지며 그의 외침을 입술로 빨아들였다. 그 굶주린 입맞춤에 두 번째, 끝나지 않을 듯한 전율이 예수의 몸을 훑었다.

그날 하루 종일 아무도 막달라 마리아의 문을 두드리지 않았다. 그날 하루 종일 그녀는 통증을 덜어주고 상처를 치료해 달라고 찾아온 나사렛의 젊은이를 가르쳤다. 그 통증과 상처는 그녀는 모르는 다른 만남, 사막에서 이루어졌던 예수와 하나님의 만남에서 생긴 것이었다. 하나님은 그에게 말했다, 이제부터 너는 살로나 피로나 나에게 묶여 있다. 그리고 악마, 그가 악마라면, 그는 예수를 쫓아버렸다, 아무것도 배우지 못했구나, 떠나거라. 그리고 막달라 마리아, 젖가슴으로 땀이 흐르고, 풀어 헤쳐진 머리카락에서는 연기가 피어오르고, 입술은 부풀어 오르고, 눈은 어두운 웅덩이 같은 막달라 마리아는 말했다, 내가 가르친 것에 집착해서 나와 함께 오래 있지는 않겠지만, 그래도 오늘 밤은 여기에서 자. 그러자 그녀의 몸 위의 예수가 말했다, 당신이 내게 가르친 것은 감옥이 아니라 자유예요. 그들은 함께 잤다. 그날 밤만이 아니었다. 잠을 깨자 아침이었다. 그들의 몸이 다시 서로를 찾고 발견한 뒤 마리아는 예수의 발을 살폈다. 훨씬 좋아졌네, 하지만 집까지 여행을 하려면 기다려야 해, 걸으면 더 나빠지기만 할 거야, 흙이 들어가는 건 말할 것도 없고. 여기 더 있을 수는 없어요, 당신도 내 발이 좋아졌다고 했잖아요. 왜 더 있지 못해, 그건 원하느냐 아니냐의 문제야, 마당의 문은 우리가 원하는 만큼 오래 잠겨 있을 거야. 여기서 당신의 삶은 어쩌고요. 지금 내 삶은 너야. 왜요. 솔로몬 왕의 말로 대답을 할까, 사랑하는 이가 문틈으로 손을 들이밀 때, 아, 설레는 나의 마음. 하지만 당신이 나를 모르는데 내가 어찌 당신의 사랑하는 이가 될 수 있겠어요, 나는 그저 당신의 도움을 청하러 온 사람일 뿐인데요, 당신은 나의 불행과 무지를 가엾게 여겼던 것이고. 그래서 내가 너를 사랑하는 거야, 내가 너를 돕고 가르쳤기 때문에, 하지만 너는 절대 나를 사랑하지 않겠지, 나를 돕지도 가르치지도 않았으니까. 하지만 당신은 고통을 겪고 있지 않잖아요. 잘 보면 내 상처가 보일 거야. 어떤 상처인데요. 이 열린 문으로 다른 사람들이 들어왔어, 하지만 사랑하는 이는 들어오지 않았지. 그러니까 내가 당신의 사랑하는 이라는 거로군요. 그래서 네가 들어왔을 때 문이 닫힌 거야. 나는 당신에게 가르칠 게 없습니다, 당신에게 배운 것만 있지요. 가르쳐줘, 너한테 배우는 것이 어떤 것인지 알 수 있도록. 우리는 함께 살 수 없습니다. 창녀와 함께 살 수 없다는 뜻인가. 네. 너와 함께 사는 동안은 창녀가 아닐 거야, 네가 이 집에 들어오는 순간 나는 창녀이기를 그만두었어, 내가 계속 창녀로 사느냐 마느냐는 너에게 달렸어. 너무 많은 것을 요구하는군요. 네가 하루나 이틀 동안, 또는 밤이 낫는 동안 줄 수 없는 건 요구하지 않아, 그 뒤에는 내 상처가 다시 열릴지도 모르지. 내가 여기 오는 데 십팔 년이 걸렸습니다. 며칠 더 걸린다고 달라질 게 있나, 너는 아직 젊은데. 당신도 마찬가지예요. 너보다는 나이가 많지, 네 어머니보다는 젊지만. 우리어머니를 아나요. 아니. 그런데 왜 우리 어머니 이야기를 하는 겁니까. 나는 너만 한 아들을 두기에는 너무 젊으니까. 내가 어리석었군요. 아니, 너는 어리석은 게 아니야, 순결할 뿐이야. 하지만 이제는 순결하지 않아요. 여자와 함께 해서. 아니오, 당신을 만나기 전에 순결을 잃었습니다. 네 이야기를 해줘, 하지만 지금은 말고, 지금 당장은 내 머리 밑에 있는 네 왼손과 나를 안고 있는 오른손을 느끼고 싶을 뿐이야.

예수는 막달라 마리아의 집에 일주일을 머물렀다. 딱지 밑에서 새살이 돋기에 충분한 시간이었다. 문은 계속 잠겨 있었다. 욕정이나 상처 받은 자존심 때문에 달려온 남자 몇 명이 가까이 오지 말라는 안내판을 무시하고 안달을 하며 문을 두드렸다. 그들은 누가 그렇게 오래 있는지 궁금했다. 한 사람은 담 너머로 농담을 던졌다, 그걸 하지 않고 있거나 뭘 할지 모르는 게 분명해, 어서 문 열어, 마리아, 내가 어떻게 하는지 그 친구한테 보여줄게. 막달라 마리아는 마당으로 나가 그에게 욕을 퍼부었다, 누군지는 몰라도, 허세나 부리는 남자여, 남자로서 네 전성기는 끝났어, 그러니 어서 꺼져. 염병할 창녀 같으니라고. 바로 그 점을 네가 잘못 알고 있는 거야, 너는 어디 가도 나보다 복 받은 여자는 만나지 못할 거야. 이 사건 때문인지 아니면 운명이 그렇게 정해 놓은 것인지, 다른 사람들은 대문을 두드리지 않았다. 막달라에 살든 지나가는 사람이든 마리아의 저주에 관한 소문을 들은 남자라면 성 불능이 될 모험을 무릅쓰고 싶지 않았을 것이다. 노련한 매춘부는 남자에게 불을 붙일 수 있을 뿐 아니라 자존심과 욕망을 영원히 죽일 수도 있다고 알려져 있기 때문이다. 그래서 마리아와 예수는 여드레 동안 평화롭게 지낼 수 있었다. 이 시간 동안 주고받은 교육은 행동, 발견, 놀람, 중얼거림, 발명으로 이루어진 하나의 이야기가 되었다. 모자이크 조각들처럼 하나씩 보면 아무것도 아니지만 모아서 제자리에 넣으면 완전해졌다.

그녀가 몇 번 사랑하는 이에게 자기 이야기를 해달라고 했지만, 그때마다 그는 화제를 바꾸어 시를 암송하곤 했다, 나의 누이, 나의 신부야, 나의 동산으로 내가 찾아왔다, 몰약과 향료를 거두고, 꿀과 꿀송이를 따 먹고, 포도주와 젖도 마셨다. 그는 열정적으로 시를 암송한 뒤에 시에 나온 내용을 직접 행동에 옮겼다. 진실로, 진실로, 당신에게 이르노니, 예수여, 그것이 대화를 해나가는 방법은 아니다. 그러나 어느 날 예수는 그녀에게 목수 아버지와 양털을 빗는 어머니, 형제와 자매 이야기를 했다. 아버지의 일을 배우기 시작했으나 집을 떠나 사 년 동안 목자 일을 하다가 이제 집으로 돌아가는 길이라는 이야기도 했다. 호수에서 어부 몇 명과 며칠을 함께 보냈지만 기술을 배우지는 못했다는 이야기도 했다. 그러다가 어느 날 저녁, 마당에서 식사를 하다가 예수는 막달라 마리아에게 속을 털어놓았다. 가끔 그들은 귀에 거슬리는 소리를 내며 머리 위를 빠르게 날아가는 제비를 쳐다보았다. 입을 다물고 있는 것으로 보건대, 둘은 서로 더 할 말이 없는 것 같았다. 남자는 여자에게 다 고백을 했다. 그러나 여자는 실망한 것처럼 묻는다, 그게 다야. 남자는 고개를 끄덕이며 대꾸한다, 그게 답니다. 침묵이 깊어졌다. 맴을 돌던 제비들은 다른 데로 갔다. 예수가 말했다, 아버지는 사 년 전에 세포리스에서 십자가에 달려 돌아가셨어요, 이름은 요셉이었고요. 너는 그분의 장남이고. 네, 내가 장남입니다. 그렇다면 이해를 못하겠네, 그럼 네 가족을 돌보아야 하는 거 아냐. 싸웠어요, 하지만 더 묻지는 마세요. 네 가족에 관해서는 그만 물을게, 하지만 목자 생활을 하던 때는 어땠어, 그 이야기를 해줘. 말할 게 없어요, 매일 똑같은 일이죠 뭐, 염소, 양, 새끼 염소, 새끼 양, 젖, 많은 젖, 어디나 젖. 목자 일이 즐거웠어. 네, 즐거웠습니다. 그런데 왜 그만두었어. 불안해졌어요, 가족이 그리웠고, 향수병에 걸렸어요. 향수병이라니, 그게 뭐야. 집에서 멀리 떠나 있는 게 슬픈 거예요. 거짓말. 왜 거짓말이라고 생각해요. 네 눈에 보이는 건 슬픔이 아니라 두려움과 죄책감이거든. 예수는 대답하지 않고 일어서서 마당을 어슬렁거리다 마리아 앞에서 발을 멈추었다. 언젠가, 우리가 다시 만난다면, 아무한테도 말을 하지 않는다는 조건으로 나머지 이야기를 다 해드릴게요. 왜 지금 하면 안 돼. 다시 만나면 이야기할게요. 그때는 내가 몸 파는 일을 그만두었기를 바라는군, 아직도 나를 못 믿는 거야, 네 비밀을 돈을 받고 팔거나 처음 나타나는 사람에게 이야기할지도 모른다고 생각하는 거야, 재미 삼아, 아니면 너와 내가 나누었던 것보다 더 멋진 사랑의 밤을 보내는 대가로. 아니, 내가 말하지 않는 이유는 그게 아니에요. 어쨌든 이 막달라 마리아는 매춘부든 아니든 네가 원할 때는 네 곁에 있겠다고 약속하겠어. 내가 그런 약속을 받을 자격이 있는 사람인가요. 너는 네가 누구인지 몰라. 그날 밤에 악몽이 돌아왔다. 사실 최근 들어 그래도 견딜 만해졌다. 이따금씩만 잠을 방해하는 막연한 괴로움일 뿐이었다. 그러나 이날 밤에는, 예수가 마리아의 침대에서 자는 마지막 밤이어서인지, 아니면 세포리스와 거기서 십자가에 달린 사람들 이야기를 해서인지, 악몽이 겨울잠에서 깨어나는 거대한 뱀처럼 몸을 비비 꼬며 똬리를 풀기 시작하더니 그 무시무시한 머리를 쳐들었다. 예수는 깜짝 놀라 잠을 깨며 무서워서 소리를 질렀다. 몸이 식은 땀으로 덮여 있었다. 무슨 일이야, 마리아가 깜짝 놀라서 물었다. 꿈을 꾸었어요, 꿈일 뿐이에요, 예수가 피하듯이 말했다. 말해 봐. 그 간단한 말 속에 사랑과 따사로움이 가득했기 때문에 예수는 눈물을 참을 수가 없었다. 한참을 운 뒤에 예수는 감추고 싶었던 것을 드러냈다, 아버지가 나를 죽이러 오는 꿈을 자꾸 꿔요. 하지만 네 아버지는 죽었고 너는 아직 살아 있잖아. 꿈에서 나는 아직 유대 땅 베들레헴의 어린아이이고, 아버지가 나를 죽이러 와요. 왜 베들레헴이지. 내가 거기서 태어났거든요. 네가 태어나는 것을 아버지가 바라지 않았다고 생각하나 보네, 그래서 이런 꿈을 꾸는 거야. 당신은 무슨 일이 있었는지 몰라요. 그래, 몰라. 아버지 때문에 베들레헴에서 아이들이 죽었어요. 아버지가 죽였어. 구하려 하지 않았기 때문에 죽인 거예요, 아버지 손으로 검을 뽑은 것은 아니지만. 그러면 꿈에서는 너도 그 아이들 가운데 하나야. 이미 천 번은 죽었을 거예요. 가엾은 사람, 가엾은 예수. 그래서 집을 떠난 거예요. 이제야 이해가 되네. 이해한다고 생각하나요. 더 알 게 뭐가 있어. 아직 밝힐 수 없는 게 있어요. 우리가 다시 만날 때 말해 주기로 한 거. 그래요. 예수는 마리아의 어깨에 손을 올리고 젖가슴에 뺨을 대더니 잠이 들었다. 그녀는 밤새 깨어 있었다. 가슴이 아팠다. 이제 곧 아침이 되고, 아침이 되면 헤어져야 했기 때문이다. 그러나 그녀의 영혼은 평화로웠다. 그녀는 자신의 품에 있는 이 남자가 그녀가 평생 기다리던 사람임을 알았다. 그는 그녀에게 속한 사람이고, 그녀 또한 그에게 속했다. 그의 몸은 순수하고 그녀의 몸은 더러웠지만, 그들의 세계는 이제 막 시작되었다. 그들은 여드레를 함께 있었다. 그러나 오늘 밤에야 그들의 결합이 확인되었다. 여드레는 미래 전체에 비하면 아무것도 아니야, 내 삶으로 들어온 이 예수는 아주 젊고, 나 막달라 마리아는 과거에 수도 없이 그랬듯이 남자와 함께 침대에 있지만 지금은 사랑에 빠져 나이가 사라졌으니까.

그들은 여행을 준비하며 아침을 보냈다. 그 광경을 보면 젊은 예수가 세상 끝까지 여행을 하는 것으로 생각할지 모르지만, 사실 이제 갈 길은 삼십 킬로미터 정도밖에 안 남았다. 건강한 사람이라면 낮에 출발해 저녁이면 닿을 수 있는 거리였다. 물론 막달라에서 나사렛까지는 비탈도 많고 돌도 많아 길이 험하기는 했다. 조심해, 마리아가 주의를 주었다, 가다가 아직 로마군과 싸우는 반란군을 만날지도 몰라. 아직도 있나요, 예수가 물었다. 너는 여기 살지 않았잖아, 여기는 갈릴리라고. 하지만 나는 갈릴리 토박인데요, 나한테는 아무 짓도 안 할 겁니다. 유대 땅 베들레헴에서 났으면 갈릴리 사람이라고 할 수 없지. 우리 부모는 나사렛에서 나를 가졌어요, 그리고 솔직히 말해서 나는 베들레헴에서 난 것도 아니에요, 땅속의 동굴에서 났어요. 그리고 여기 막달라에서 거듭난 것 같아요. 창녀를 어머니로 해서. 당신은 내 눈에는 창녀가 아닙니다, 예수가 힘을 주어 말했다. 어쩌나, 그게 내가 살아온 삶인데. 그 말 뒤에 긴 침묵이 이어졌다. 마리아는 예수가 말을 하기를 기다렸고, 예수는 자신의 불안을 가라앉히려고 애쓰고 있었다. 마침내 예수가 마리아에게 말했다, 남자가 들어오지 못하도록 문에 걸어놓은 안내판을 치울 건가요. 마리아는 심각한 표정으로 예수를 보다가 짓궂은 웃음을 지었다, 동시에 두 남자를 집 안으로 들일 수는 없어. 무슨 말이죠. 너는 떠나지만 여전히 여기 있을 거란 뜻이야. 그녀는 잠시 입을 다물었다가 덧붙였다, 대문의 안내판은 그대로 붙어 있을 거야. 사람들이 집 안에 남자가 있다고 생각할 텐데. 그 생각이 맞겠지, 나는 너하고 함께 있으니까. 아무도 저 대문을 다시 통과하지 못할 거란 뜻인가요. 그래, 사람들이 막달라 마리아라고 부르는 이 여자는 네가 집 안으로 들어오는 순간 창녀이기를 그만두었으니까. 하지만 어떻게 살려고. 들의 백합만이 일하지 않고 베를 짜지 않아도 번창하지. 예수는 그녀의 손을 잡으며 말했다, 나사렛은 막달라에서 멀지 않아요, 언젠가는 돌아올게요. 나를 찾으러 오면, 여기서 나를 찾을 수 있을 거야. 당신을 평생 찾는 것이 내가 하고 싶은 일이에요. 죽은 뒤에도 찾을 수 있을 거야. 내가 당신보다 먼저 죽을 거란 뜻인가요. 내가 너보다 나이가 많으니, 내가 먼저 죽겠지, 하지만 네가 나보다 먼저 죽는다 해도, 네가 나를 찾을 수 있도록 나는 계속 살 거야. 당신이 먼저 죽으면. 그럼 내가 살아 있는 동안 너를 세상에 보내준 여자가 축복을 받는 거지. 이런 대화 끝에 마리아는 예수에게 먹을 것을 주었다. 예수는 그녀에게, 함께 앉아요, 하고 말할 필요가 없었다. 잠긴 문 뒤에서 함께한 첫날부터 이 남자와 이 여자는 규칙과 법칙에 아랑곳하지 않고 감정, 행동, 공간, 감각을 나누고 늘려왔기 때문이다. 만일 우리가 그들에게 그 네 벽 안의 사적인 공간, 며칠 동안 자유롭게 남자와 여자의 형상대로 단순한 세계를 빚어온 그 공간 밖에서는 어떻게 행동할 것이냐고 묻는다면 그들은 틀림없이 대답할 말을 찾지 못할 것이다. 그 세계는 그의 세계라기보다는 그녀의 세계다. 그렇게 말할 수 있을지도 모르겠다. 어쨌든 그들 둘 다 다시 만날 것을 자신하고 있으니 그들이 나란히 바깥 세계와 마주할 때를 참을성 있게 기다려보자. 바깥세상에서 사람들은 이미 불안하게 자문하고 있다, 저 안에서 무슨 일이 벌어지고 있는 거지. 그들은 침실에서 일반적으로 벌어지는 익살맞은 짓을 이야기하는 것이 아니다. 식사를 마친 뒤 마리아는 예수가 샌들을 신는 것을 도와주고 나서 말했다, 해 지기 전에 나사렛에 도착하려면 이제 떠나야 해. 잘 있어요, 예수는 말하고 나서 배낭과 지팡이를 들고 마당으로 나섰다. 하늘의 구름은 빨지 않은 양모 같았다. 오늘은 주가 높은 곳에서 자신의 양떼를 지켜보기가 쉽지 않을 듯하다. 예수와 막달라 마리아는 오랫동안 포옹을 한 뒤 작별의 입맞춤을 했다. 입맞춤은 오래 걸리지 않았다. 그도 그럴 것이 당시에는 입맞춤이 관습이 아니었기 때문이다.

해가 막 졌을 때 예수는 나사렛에 도착했다. 그곳을 떠난 날로부터 꼭 사 년 만이었다. 아마 일주일 정도 남거나 모자랄 것이다. 자신의 출생과 관련된 감당할 수 없는 사실을 이해하는 데 도움을 줄 사람을 찾아 필사적인 마음으로 세상으로 나간 어린아이가 다 커서 돌아온 것이다. 사 년이 아무리 길다 해도 사람의 슬픔을 치유하는 데는 충분하지 않을 수도 있다. 그래도 그 슬픔을 약간이나마 덜어내기는 했을 것이다. 그는 성전에서 질문을 하고, 악마의 양떼와 함께 산길을 돌아다니고, 하나님을 만나고, 막달라 마리아와 동침했다. 나사렛에 도착한 예수는 이제 괴로워 보이지 않았다. 다만 눈에 그렁그렁한 눈물뿐. 그러나 이것은 희생제의 연기에 대한 뒤늦은 반응일 수도 있고, 높은 초장에서 도시를 굽어보느라 영혼에 갑자기 기쁨을 느껴서일 수도 있고, 사막에서, 내가 주다, 하고 말하는 목소리를 들은 사람이 느끼는 두려움 때문일 수도 있고, 아니면, 가장 그럴듯한 이야기지만, 가장 최근에 벌어진 일, 불과 몇 시간 전에 떠나온 여자에 대한 갈망 때문일 수도 있었다. 나는 건포도로 나 자신을 달랬습니다, 나는 사과로 나 자신에게 힘을 주었습니다, 사랑 때문에 기절할 것만 같아서.

예수는 어머니와 형제들에게도 이런 달콤한 말을 암송할 수 있을 것이다. 그러나 그 직전에 정신을 차리고 자문한다, 나의 어머니와 형제들이라고. 물론 그들이 누구인지 모른다는 뜻이 아니다. 문제는 그들이 예수가 지금 어떤 사람인지 아느냐는 것이다. 성전에서 질문을 한 사람, 지평선을 지켜본 사람, 하나님을 만난 사람, 육체적인 사랑을 경험하고 자신의 남성을 발견한 사람. 바로 이 문 앞에 한때 스스로 천사라고 주장하는 거지가 섰던 적이 있다. 그가 정말로 천사라면 날개를 펄럭이며 시끄럽게 집 안으로 들이닥칠 수도 있었을 것이다. 그러나 그는 문을 두드리고 여느 거지처럼 자선을 구걸하는 쪽을 택했다. 문에는 빗장만 걸려 있을 뿐이다. 예수는 막달라에서 그랬던 것처럼 큰 소리로 부를 필요가 없다. 조용히 자기 집으로 들어갈 수 있다. 발의 상처는 완전히 나았다. 하긴 피가 흐르고 곪는 상처가 가장 빨리 치료되는 법이다. 문을 두드릴 필요가 없지만 그래도 예수는 그렇게 했다. 담 너머에서 목소리들이 들렸다. 먼 데서 다가오는 어머니의 목소리도 들렸다. 그러나 자신이 도착하면 환영을 받을 것을 잘 알기 때문에 기분 좋게 놀라게 해주려는 사람처럼 문을 밀어 열고, 제가 왔습니다, 하고 알릴 용기는 낼 수가 없었다. 문을 연 사람은 여덟아홉 살 된 어린 소녀였다. 아이는 찾아온 사람을 알아보지 못했다. 혈연의 목소리가 그를 도우려고 나서서 아이에게, 이게 네 오빠 예수야, 기억 안 나, 하고 말해 주지 않았다. 예수는 마지막으로 본 지 사 년이라는 세월이 흘렀고 또 하늘에는 빛이 희미했음에도, 네가 리디아로구나, 하고 말했다. 아이가 대답했다, 네. 처음 보는 사람이 자기 이름을 아는 것에 놀라고 있었다. 그러나 그 사람이, 나는 네 오빠 예수다, 들어가도 되겠니, 하고 말하는 바람에 신비감은 사라졌다. 집에 붙여 지은 의지간 밑의 마당에 시커먼 형체들이 보였다. 아마 남동생들일 것이다. 이제 그들은 문 쪽을 보고 있었다. 그들 가운데 가장 나이가 많은 야고보와 요셉이 다가왔다. 그들은 예수의 말을 듣지 못했지만, 굳이 찾아온 사람이 누구인지 확인할 필요가 없었다. 리디아가 벌써 흥분해서 소리치고 있었기 때문이다, 예수야, 오빠가 왔어. 그러자 검은 형체들이 움직였고 마리아가 문간에 나타났다. 그 옆에 다른 딸 리사가 서 있었다. 이제 키가 자기 어머니만 했다. 둘 다 입을 모아 소리쳤다, 내 아들아, 오빠. 다음 순간 그들 모두 마당 한가운데서 포옹하며 기쁘게 재회를 기념했다. 재회야 늘 행복한 일이니까. 더군다나 장남이 돌아온 것 아닌가. 예수는 어머니에게 인사를 하고, 이어 형제들에게 인사했다.

그리고 그들 모두로부터 따뜻한 인사를 받았다. 예수 형, 다시 만나서 정말 반가워, 예수 형, 우리는 형이 우리를 잊은 줄 알았어. 아무도, 예수 형, 떠날 때보다 부자가 된 것 같지 않네, 하고 말하지 않았다. 그들은 안으로 들어가 예수가 문을 두드릴 때 어머니가 준비하던 저녁을 앞에 두고 앉았다. 예수한테 이렇게 말할 수도 있었을 것이다, 사실 그가 어디서 오는 것인지를 생각하면, 죄 많은 육신에 탐닉하여 나쁜 동반자와 함께 있다 왔다는 것을 고려하면 그런 말을 들어도 싸다는 생각이 들지만, 어쨌든 갑자기 자기 먹을 몫이 줄어들게 되었다는 사실을 깨달은 단순한 사람이라면 잔인할 정도로 솔직하게 이렇게 말할 수도 있었을 것이다, 꼭 먹을 때가 되면 악마는 먹일 입을 하나 달고 오더라. 그러나 여기에 있는 사람들은 감히 그런 생각을 말로 표현하지 않았다. 그랬다 하더라도 틀린 말이었을 것이다. 이미 먹일 입이 아홉 개나 있는 상황에서는 하나 는다 해도 별 차이가 없었으니까. 게다가 새로 도착한 사람은 다른 누구보다 이 자리에 앉을 권리가 있는 사람이었다. 저녁을 먹는 동안 어린아이들은 예수의 모험에 관해 알고 싶어 했다. 나이 든 세 명과 마리아는 예루살렘에서 만난 후로 예수가 하는 일에 달라진 것이 없다고 생각했다. 생선 냄새는 오래전에 사라졌고, 막달라 마리아의 관능적인 향수도 바람이 쓸어 갔기 때문이다. 또 오는 길에 땀을 흘리고 흙먼지가 잔뜩 묻었다는 것을 잊지 마라. 물론 예수의 튜닉에 코를 가까이 갖다 대고 냄새를 맡는다면 다르겠지만, 예수의 직계 가족도 그런 일을 멋대로 하지 않는데, 하물며 우리가 왜 하겠는가. 예수는 자신이 평생 본 일이 없던 큰 양떼를 돌보았고 최근에는 호수에서 어부들이 엄청난 양의 물고기를 잡는 것을 도와주었고, 또 누구도 상상하거나 바랄 수 없는 아주 멋진 모험도 했다고 말했지만, 그것은 다른 때에, 그 가운데 몇 명에게만 이야기해 주겠다고 했다. 어린아이들은 애원했다, 얘기해 줘, 우리한테도 얘기해 줘. 중간인 유다가 순진하기 짝이 없는 표정으로 물었다, 나가서 돈 많이 벌었어, 그 질문에 예수가 대답했다, 겨우 동전 세 닢, 아니면 두 닢, 아니면 심지어 한 닢, 아니, 전혀 못 벌었는데. 아이들의 얼굴에서 믿어지지 않는다는 표정을 보고 예수는 시원시원하게 배낭을 쏟아냈다. 실제로 예수는 자신이 노동을 해서 뭘 얻었는지 보여줄 것이 거의 없다. 유일한 소지품은 닳고 굽은 금속 칼, 끈 하나, 돌처럼 딱딱한 빵 한 조각, 넝마가 된 샌들 두 켤레, 넝마가 된 낡은 튜닉뿐이었다. 이건 네 아버지 거로구나, 마리아가 말하며 튜닉을 쓰다듬었다. 이어 큰 샌들을 쓰다듬으며 말을 이었다, 이것도 네 아버지 거야. 아이들은 죽은 아버지를 기억하며 고개를 숙였다. 예수는 모두 도로 배낭에 집어넣다가 튜닉 가두리에서 크고 묵직한 뭉치를 발견했다. 얼굴로 피가 몰려들었다. 돈일 수밖에 없었다. 자신은 가지고 있지 않다고 부정했지만, 막달라 마리아가 넣어둔 것이 틀림없는 돈. 따라서 이마의 땀으로 번 것이 아니라, 죄 많은 신음과 다른 종류의 땀으로 번 돈. 긍지를 가질 수 없는 돈. 어머니와 형제들은 뭉치를 보다가 동시에 예수를 쳐다보았다. 자신의 기만의 증거를 감출지, 아니면 허세를 부려서 제대로 설명을 하지 않고 빠져나갈지 고민하다가 예수는 더 어려운 길을 택했다. 그는 뭉치를 풀고 보물을 드러냈다. 동전 스무 닢. 이 집 안에서는 이렇게 큰 돈은 본 적이 없었다. 예수는 말했다, 이 돈이 왜 여기에 있는지 모르겠네요. 그들의 소리 없는 비난이 뜨거운 사막 바람처럼 공기를 통해 전해져 왔다. 얼마나 창피한가. 장남이 이런 거짓말을 하다 들키다니. 예수는 자신의 마음을 헤집어보았으나 막달라 마리아에게 화가 나는 구석은 찾아볼 수가 없었다. 외려 그녀의 관대함에 감사할 수밖에 없었다. 그에게 돈을 주는 이런 감동적인 행동을 하면서도 그녀는 그가 공개적으로 이것을 받아들이는 데 창피를 느낄 것임을 알았다. 당신의 왼손이 내 머리 밑에 있고 오른손이 나를 안고 있네요, 하고 말하는 것과 다른 왼손과 오른손이 그녀를 안았다는 사실을 생각하지 않는 것은 다른 문제였기 때문이다. 이제 예수가 가족을 보고 있었다. 이 돈이 왜 여기에 있는지 모르겠네요, 라는 자신의 말을 의심해 보라고 도전하고 있었다. 이 말은 진실이지만 진실의 전체는 아니다. 그는 그들에게 답이 없는 질문을 던지라고 도전하고 있었다, 이 돈이 여기 있다는 것을 몰랐다면 이것이 지금 여기 있다는 것을 어떻게 설명할 것인가. 예수는 그들에게, 지난 여드레를 함께 보낸 한 매춘부가 이 동전들을 여기 두었습니다, 내가 가기 전에 그 여자가 함께 잔 남자들한테서 받은 돈이죠, 하고 말할 수가 없었다. 사 년 전 십자가에 달렸다가 비참하게 공동묘지에 던져진 남자의 더럽고 낡은 튜닉 위에 어느 날 밤 이 가족에게 공포를 안겨주었던 빛나는 흙처럼 반짝이는 동전 스무 개가 흩어져 있었다. 그러나 이번에는 장로들이 회당에서 와서, 그 동전들은 땅에 묻어야 해, 하고 말하지 않을 것이다. 또 여기 있는 누구도, 이게 어디서 왔을까요, 하고 묻지 않을 것이다. 자칫 그런 식으로 말하다가는 그들의 뜻에 반하여 동전을 내놓아야 할 수도 있으니까. 예수는 손바닥에 돈을 모으더니 식구들에게 마지막 기회를 주려는 듯 다시 말한다, 이 돈이 왜 여기에 있는지 모르겠어요. 이어 어머니를 흘끗 보며 말한다, 이건 악마의 돈은 아닙니다. 형제들은 공포에 몸을 떨었다. 그러나 마리아는 분노의 기색을 드러내지 않고 대답했다, 하나님한테서 온 것도 아니겠지. 예수는 장난스럽게 동전들을 공중에 한 번, 두 번 던지더니, 마치 내일 목수 작업대로 돌아가겠다고 말하듯이 자연스럽게 말했다, 어머니, 하나님 이야기는 아침에 하지요. 그러더니 야고보와 요셉을 보고 덧붙였다, 너희들에게도 할 이야기가 있어. 이것은 생색을 내는 행동이 아니었다. 그들의 종교에 따르면 두 동생은 이제 성년이 되어 그의 속 이야기를 들을 자격이 있었기 때문이다. 그러나 야고보는 그 문제의 중요성을 고려할 때 그런 대화를 나누겠다고 한 이유에 관하여 미리 이야기를 나누어봐야겠다고 생각했다. 아무리 형이라도 예고도 없이 나타나, 우리 하나님에 관해서 이야기를 해야만 해,

하고 말할 수는 없었기 때문이다. 그래서 야고보는 온화하게 미소를 띠고 예수에게 말했다. 형 이야기대로 목자로 사 년 동안 언덕과 골짜기를 돌아다녔다면, 회당에 가서 지식을 얻을 시간은 많지 않았을 거 아냐, 그런데 돌아오자마자 우리에게 주에 관해 이야기하고 싶다는 거야. 예수는 그 말에서 가시를 느끼고 이렇게 대답했다, 아, 야고보, 하나님이 우리에게 오시기로 했는데도 우리가 하나님을 찾으러 가야 한다고 생각한다면 하나님을 정말 이해 못하는 거야. 지금 형 이야기를 하는 것 같은데, 그런 거야. 질문은 내일까지 아껴둬라, 내일 이야기를 다 할 테니까. 야고보는 혼자 중얼거렸다. 자신이 뭐든지 다 안다고 생각하는 사람들에 관해서 구시렁거리는 것이 틀림없었다. 마리아가 지친 표정으로 예수를 돌아보았다, 너는 내일 말할 수 있겠지, 아니면 모레, 아니면 네가 원하는 때에, 하지만 일단 이 돈을 어떻게 할 것인지는 이야기를 해라, 우리는 지금 아주 힘든 형편이거든. 이게 어디서 왔는지 알고 싶지 않으세요. 너도 모른다고 했잖아. 맞아요, 하지만 생각을 해보니 어떻게 여기 와 있는지 짐작은 할 수 있을 것 같아요. 이 돈이 네 손을 더럽히지 않는다면 우리 손도 더럽히지 않겠지. 그게 어머니가 이 돈에 관해 할 수 있는 말씀 전부예요. 그게 네가 이 돈에 관해 할 수 있는 말 전부니. 네. 그러면 가족을 위해 쓰자꾸나, 그게 유일하게 옳은 길인 것 같다. 모두 좋다는 뜻으로 웅성거렸다. 심지어 야고보도 이 결정에 만족하는 것 같았다. 마리아가 말했다, 네가 괜찮다면 이 돈의 일부는 네 여동생 지참금으로 챙겨두마. 리사가 결혼한다는 말씀은 안 하셨잖아요. 해, 봄에. 얼마나 필요한지 말씀해 보세요. 그건 이 동전이 얼마나 값어치가 나가느냐에 달려 있어. 예수가 웃음을 지으며 말했다, 사실 저도 저게 얼마나 값어치가 나가는지는 몰라요, 그냥 동전의 가치만 알 뿐이에요. 예수는 자신의 말이 재미있어 웃음을 터뜨렸다. 가족은 어리둥절한 표정으로 그를 보았다. 오직 리사만 눈을 내리깔고 있었다. 그녀는 열다섯 살로 아직 순결했으나, 사춘기 소녀 특유의 신비한 직관력을 갖추고 있었다. 그 자리에 있는 사람들 가운데 돈 때문에 가장 마음이 편치 않은 사람이 리사였다. 그러나 아무도 물어보고 싶어하지 않는다, 이게 누구거지, 이게 어디서 난 거지, 이걸 어떻게 벌었지. 예수가 어머니에게 동전을 하나 주었다, 그걸 내일 물건으로 바꾸어보세요, 그럼 얼마나 값어치가 나가는지 알 수 있겠죠. 분명히 이게 어디서 났느냐고 물어보는 사람이 있을 거다, 이런 동전을 가진 사람이라면 또 감추어놓은 게 있을 거라고 생각하면서. 그냥 우리 아들 예수가 돌아왔다고 말씀하세요, 탕자가 돌아온 것보다 더 큰 행운이 어디 있느냐고 하면서.

그날 밤 예수는 아버지 꿈을 꾸었다. 예수는 안에서 다른 식구들하고 같이 자는 것보다 의지간에서 혼자 자는 쪽을 택했다. 가능하지도 않은 사적 공간을 조금이라도 확보하려 애쓰는 열 사람과 같은 방에서 잔다는 생각을 견딜 수가 없었다. 그들은 이제 어린 양떼 같지 않았다. 모두 쑥쑥 자라 팔다리가 길어졌기 때문에 그런 비좁은 공간에서는 결코 편할 수가 없었다. 예수는 잠들기 전 막달라 마리아, 그리고 그들이 함께 한 모든 일을 생각했다. 그러자 너무 흥분이 되는 바람에 두 번이나 일어나 피를 식히려고 마당을 걸어야 했다. 그러나 마침내 잠이 찾아오자 어린아이처럼 평화롭게 잠이 들었다. 몸이 물을 따라 천천히 둥둥 떠내려가고, 눈으로는 나뭇가지와 구름, 또 이리저리 날아다니는 소리 없는 새를 보고 있는 것 같았다. 꿈이 시작되자마자 그는 다른 사람과 몸이 스친 것같아 흠칫했다. 그는 막달라 마리아인 줄 알고 웃음을 지었다. 웃으면서 그녀 쪽으로 고개를 돌렸다. 그러나 하늘과 나뭇가지와 날개를 파닥이는 소리 없는 새 밑에서 같은 물을 따라 빠르게 흘러 내려가는 몸의 주인은 그의 아버지였다. 평소처럼 공포의 비명이 목구멍 안에서 생겨났으나, 거기에서 그대로 멈추었다. 이번에는 평소의 꿈과 달랐다. 그는 베들레헴의 광장에서 다른 아이들과 함께 죽음을 기다리는 갓난아기가 아니었다. 발소리는 들리지 않았다. 말 울음소리나 무기가 달그락거리고 끌리는 소리도 들리지 않았다. 단지 물이 졸졸 흐르는 소리만 들렸다. 아버지와 아들이 강물을 따라 내려가면서 두 몸이 뗏목을 이루었다. 예수에게서 모든 두려움이 빠져나갔다. 예수는 환희에 사로잡혀 꿈속에서 소리쳤다, 아버지. 그는, 아버지, 하고 다시 부르다가 잠을 깼다. 그러나 자신이 혼자임을 깨달으며 눈물을 글썽였다. 그는 꿈을 소생시켜 보려 했다. 되풀이해 보려 했다. 다시 몸이 스치면서 흠

칫 놀라다가 옆에 있는 아버지를 발견하고 싶었다. 시간의 끝까지 물을 따라 아버지와 함께 둥둥 떠내려가고 싶었다. 그날 밤에는 성공하지 못했다. 그러나 전에 꾸던 꿈도 두 번 다시 돌아오지 않았다. 이제부터 그는 두려움이 아니라 들뜬 기분, 고독이 아니라 동반 관계, 임박한 죽음이 아니라 약속된 생명을 느낄 것이다. 자, 성서의 지혜로운 자들더러 할 수 있으면 예수의 꿈의 의미를 설명해 보라고 하라. 이 강, 위에 드리워진 나뭇가지, 떠가는 구름, 소리 없는 새. 비록 아버지의 죄는 용서 받을 수 없고 아들의 슬픔은 덜어낼 수 없다 해도 아버지와 아들이 하나가 되게 해준 것들의 의미를 설명해 보라고 하라.

다음 날 예수는 야고보에게 목수 일을 도와주겠다고 했지만, 곧 좋은 의도가 있다 한들 그것이 그에게 없는, 또 요셉이 죽기 전에 그가 완전히 습득하지 못한 기술을 대체해 주지는 못한다는 것이 분명해졌다. 야고보는 아버지의 고객들의 요구에 부응하느라 믿음직한 목수가 되어 있었다. 심지어 아직 열네 살도 안 된 어린 요셉도 맏형에게 가르쳐줄 만한 것을 이미 많이 알고 있는 듯했다. 다만 엄격한 가족 서열 내에서 연장자에 대한 그런 무례가 허용되지 않기 때문에 못하는 것일 뿐이었다. 야고보는 예수의 서툰 동작에 웃음을 터뜨리며 말했다, 누가 형을 목자로 만들었는지 모르지만 그 사람이 형을 잘못된 길로 이끌었네. 이것은 가볍게 비꼬는 말로 어느 누구도 더 깊은 뜻이 감추어져 있다고 생각하지는 못했을 것이다. 그러나 예수는 작업대에서 갑자기 일어났고, 마리아는 둘째 아들을 꾸짖었다, 지옥 이야기는 하지 마, 그러다 사탄과 악을 우리 집으로 부를라. 야고보는 깜짝 놀라 항의했다, 하지만 저는 아무도 안 불렀어요, 어머니, 제가 한 말은 그저. 네가 무슨 이야기를 했는지 알아, 예수가 말을 끊었다, 어머니하고 나도 네가 하는 말을 들었으니까, 목자라는 말을 지옥과 연결시킨 사람은 어머니이지 네가 아냐, 따라서 너는 이유를 모르고 어머니는 알아. 내가 경고를 했잖니, 마리아가 말했다. 이미 악이 저질러진 뒤에 경고를 하셨어요, 그게 악이라면 말이에요, 제가 저 자신을 볼 때는 악이 보이지 않으니까요, 예수가 말했다. 그러자 마리아가 말했다, 그걸 못 볼 정도로 눈이 먼 사람은 없어. 예수는 그 말에 짜증이 나 책망을 했다, 조용히 하세요, 어머니, 설사 어머니의 아들이 눈으로 악을 보았다 해도, 어머니가 본 다음에 본 거예요, 하지만 어머니가 멀었다고 하는 이 눈으로 어머니가 보지 못한 것이나 보지 못할 것도 봤단 말입니다. 아들의 권위와 엄한 말투, 그리고 이상한 내용 때문에 마리아는 굴복했다. 그러나 그녀의 대꾸에는 최종 경고가 담겨 있었다, 용서해 다오, 너를 모욕하려던 건 아니었다, 주께서 늘 네 눈과 영혼의 빛을 보호해 주시기를. 야고보가 어머니를 보고 이어 형을 보았다. 둘 사이에 불화가 있다는 것은 알았지만, 무엇이 원인인지는 도무지 알 수가 없었다. 과거의 일인 것이 분명했다. 새로 무슨 다툼이 시작되기에는 돌아온 뒤로 시간이 얼마 지나지 않았기 때문이다. 예수는 집으로 향했다. 그러나 문에서 돌아보며 어머니에게 말했다, 아이들은 밖에 나가 놀라고 하세요, 어머니, 야고보, 요셉 세 사람하고만 할 이야기가 있어요. 아이들은 밖으로 나갔다. 조금 전까지 아주 혼잡했던 집이 갑자기 텅 빈 것 같았다. 네 사람은 바닥에 앉았다. 마리아가 야고보와 요셉 사이에 앉고, 예수는 그들을 마주 보았다. 오랫동안 정적이 흘렀다. 마치 아이들이 소리를 질러도 그 희미한 메아리조차 안 들리는 곳으로 멀어질 때까지 기다리자고 합의라도 한 것 같았다. 마침내 예수가 입을 열고, 조심스럽게 이야기를 꺼냈다, 하나님을 봤어요. 어머니와 형제들의 얼굴에 나타난 첫 반응은 경외감이었다. 이어 불신. 그 두 반응 사이에 야고보의 표정에서는 냉소적인 의혹, 요셉의 경우에는 경이, 마리아의 경우에는 씁쓸한 체념이 스쳐갔다. 세 명 모두 입을 다물고 있었다. 예수가 두 번째로 말했다, 하나님을 봤어요. 속담대로 잠깐의 침묵이 천사가 지나가는 표시라면, 여기에서는 지금도 천사들이 지나가는 중이다. 예수는 할 말을 했고, 그의 가족은 무슨 말을 할지 몰라 당황하고 있다. 곧 그들은 일어서서 이게 다 꿈인가 생각하며 자기 일을 하러 갈 것이다. 그러나 침묵은 시간만 충분히 주면 사람들이 말을 하게 하는 힘을 지니고 있다. 야고보가 더 자제를 할 수가 없어 질문을 던졌다. 가장 순진한 질문, 수사가 없는 질문이었다, 정말이야. 예수는 대답을 하지 않았다. 그냥 야고보를 보기만 했다. 어쩌면 구름 속에서 하나님도 예수를 그렇게 보았는지 모른다. 예수는 세 번째로 말했다. 하나님을 봤어. 물어볼 것이 없는 마리아가 말했다, 네가 상상을 한 거야. 예수가 말했다, 어머니, 하나님이 저한테 말씀을 하셨어요. 다시 평상심을 회복한 야고보는 이것이 광기의 일종이라고 생각했다. 자기 형제 가운데 하나가 하나님과 이야기를 하다니, 얼마나 터무니없는가. 글쎄, 누가 알겠어, 형 배낭에 있던 돈도 하나님이 넣어둔 것인지, 야고보는 그렇게 말하며 비웃었다. 예수는 얼굴이 붉어졌으나 차갑게 말했다, 우리에게 오는 모든 것이 주에게서 오는 거야, 주는 늘 우리에게 올 길을 찾고 계셔, 이 돈이 주에게서 직접 온 것은 아닐지라도, 주를 통해서 온 것은 틀림없어. 주가 형한테 뭐라고 했는데, 주를 어디서 봤는데, 잠을 자고 있었어, 아니면 양떼를 지키고 있었어. 길 잃은 양을 찾으러 사막에 갔을 때 주가 나를 불렀어. 주가 하신 말씀을 우리한테 해줘도 돼. 언젠가 내 목숨을 달라고 할 거라고 하셨어. 모든 목숨은 주에게 속한 거야. 나도 그렇게 이야기했어. 그랬더니 뭐래. 내가 주께 목숨을 드리는 대가로 나한테 권세와 영광을 주시겠대. 네가 죽은 뒤에 권세와 영광을 얻는다는 거냐, 마리아가 자기 귀를 믿을 수가 없어 물었다. 네, 어머니. 죽은 뒤에 무슨 권세와 영광을 받을 수 있다는 거냐. 저도 모르겠어요. 꿈을 꾸고 있었니. 깨어서 사막에서 제 양을 찾고 있었어요. 언제 주가 네 목숨을 달라고 하신다더냐. 모르겠어요, 하지만 제가 준비가 되면 다시 만날 거라고 말씀하셨어요. 야고보가 당황한 표정으로 형을 보았다, 이제 의심을 누르고 있을 수가 없다. 사막의 햇볕 때문에 형 머리가 어떻게 되었나 봐, 형은 일사병에 걸린 거야. 그러나 마리아가 갑자기 물었다. 양은, 양은 어떻게 됐어. 주가 언약을 맺으려면 희생으로 바쳐야 한다고 말씀하셨어요. 그 말에 야고보는 자극을 받았다. 형은 주를 모독하고 있어, 주는 당신의 백성과 언약을 맺었어, 형 같은 보통 사람, 목수의 아들, 목자, 또 무슨 짓을 했는지 몰라도, 어쨌든 그런 사람하고 언약을 맺지 않는단 말이야. 마리아는 행여 끊어질까 조심하며 어떤 생각의 실을 따라가고 있는 것 같았다. 결국 인내심을 발휘하여 마침내 자신이 물어야 할 질문을 찾아냈다, 그게 어떤 양이었니. 예루살렘의 라마 성문 앞에서 우리가 만났을 때 저와 함께 있던 어린 양이요, 제가 주에게서 지키려던 걸 결국 주가 저에게서 가져가셨어요. 하나님, 네가 본 하나님이 어떻게 생겼든. 구름이었어요. 열려 있었어, 닫혀 있었어, 야고보가 물었다. 구름 기둥이었어. 형은 미쳤어. 내가 미친 거라면, 하나님이 나를 미치게 한 거야. 너는 사탄의 권세에 묶였다, 마리아가 말했다. 아니, 말한 것이 아니라 소리쳤다. 제가 사막에서 만난 건 사탄이 아니라니까요, 주라니까요, 설사 제가 사탄의 권세에 들어가 있다 해도, 그건 주가 그렇게 정하신 거예요. 너는 태어나던 날부터 사탄의 손아귀에 있었어. 어머니가 잘 아시겠네요. 그래, 내가 잘 알지, 너는 사 년이란 긴 세월을 하나님이 아니라 악마와 함께 사는 쪽을 택했어. 그럼 악마와 사 년을 보낸 뒤에 하나님을 만난 거겠네요. 너는 가장 끔찍한 거짓말을 하고 있어. 저는 어머니가 세상에 낳아놓은 아들이에요, 믿든지 의절하든지 하세요. 너는 믿어, 하지만 네가 하는 말은 안 믿어. 예수는 일어서서 눈을 하늘로 들어 올리고 말했다, 우리 주의 약속이 이루어질 때 어머니는 사람들이 저에 관해 하는 말을 믿어야 할 겁니다. 예수는 배낭과 지팡이를 가지러 가서 샌들을 신었다. 그는 문에 이르자 돈을 둘로 나눠 땅 위에 동전 무더기 두 개를 나란히 놓았다. 이건 리사가 결혼할 때 쓸 지참금입니다. 예수는 말을 이어갔다, 나머지는 온 데로 돌아갈 겁니다, 어쩌면 이것 또한 다른 사람의 지참금으로 쓰일지도 모르죠. 예수가 문으로 몸을 돌려, 작별 인사도 없이 떠나려 하자 마리아가 말했다, 배낭에 사발을 안 가지고 다니는구나. 하나 있었는데 깨뜨렸어요. 저기 사발이 네 개 있어, 하나 골라서 가져가. 예수는 머뭇거렸다. 빈손으로 떠나는 것이 더 좋았기 때문이다. 그러나 결국 노(爐)로 갔다. 사발 네 개가 차곡차곡 쌓여 있었다. 하나 골라, 마리아가 다시 말했다. 예수는 살펴보다가 하나를 골랐다, 이걸로 할게요, 이게 가장 낡았네요. 너한테 맞는 걸 골랐구나, 마리아가 말했다. 왜요. 검은 흙의 색깔이기 때문이지, 흙으로 돌아가지도 않고 부서지지도 않아. 예수는 사발을 배낭에 넣고 지팡이로 땅을 두드렸다, 저를 믿지 않는다고 다시 말씀해 주세요. 우리는 너를 믿지 않아, 어머니가 말했다, 전보다 더, 네가 악마의 상징을 택했기 때문이야. 상징이라니, 무슨 말씀이세요. 그 사발 말이다. 바로 그 순간 예수는 목자의 말이 기억났다, 사발은 또 생길 거야, 다음 사발은 네가 살아 있는 동안은 깨지지 않을 거다. 밧줄 하나가 길게 늘어지며 원을 그리다 마침내 매듭이 지어진 것 같았다. 예수는 두 번째로 집을 떠났지만 이번에는, 어떤 식으로든 저는 반드시 돌아올 거예요, 하고 말하지 않았다. 나사렛에 등을 돌리고 첫 번째 산비탈을 내려가기 시작하는데 훨씬 슬픈 생각이 마음을 스치고 지나갔다, 막달라 마리아도 나를 안 믿으면 어쩌지.

하나님의 약속을 얻은 이 남자는 매춘부의 집밖에 갈 곳이 없다. 양떼에게로 돌아갈 수는 없다. 떠나거라, 하는 것이 목자의 마지막 말이었기 때문이다. 집으로 돌아갈 수도 없다. 우리는 너를 믿지 않아, 그의 가족은 그에게 그렇게 말했기 때문이다. 그의 걸음이 흔들리기 시작한다. 나아가는 것이, 도착하는 것이 두렵다. 다시 사막으로 돌아온 것 같다. 나는 누구인가, 그러나 산과 골짜기는 대답해 주지 않는다. 모든 것을 알고 있어야 하는 하늘도 마찬가지다. 만일 그가 지금 돌아가서 그 질문을 되풀이하면 그의 어머니는 이렇게 말할 것이다, 너는 내 아들이지, 하지만 나는 너를 믿지 않아. 따라서 예수는 이 돌, 세상이 시작된 때부터 그를 위해 예비된 이 돌에 앉을 때가 왔다. 비참하고 외로워 눈물을 흘릴 때가 왔다. 누가 알랴, 주가 다시 그에게 나타날지. 설사 연기의 형태라 해도. 주가 할 말은 이것뿐이다, 자, 그렇게 울고 슬퍼할 필요 없다, 왜 그러느냐, 우리 모두 힘든 순간이 있단다, 전에 내가 빠뜨리고 말을 안 한 중요한 것이 있구나, 삶에서 모든 것은 상대적이란다, 모든 불행도 더 나쁜 것과 비교하면 견딜 만해지지, 그러니 눈물을 닦고 남자답게 행동해라, 아버지와는 이미 화해했잖니, 뭘 더 원하느냐, 어머니와 그런 마찰을 일으킨 건 때가 되면 내가 처리하마, 내가 별로 기분이 좋지 않은 건 네가 그 흔해빠진 창녀 막달라 마리아와 벌인 일이다, 하지만 너는 아직 어리고 즐길 수 있을 때 인생을 즐기는 게 좋을지도 모르지, 이것이 저것을 배제하는 것은 아니야, 먹을 때가 있으면 금식할 때가 있는 것이고, 죄를 지을 때가 있으면 회개할 때가 있는 것이고, 살 때가 있으면 죽을 때가 있는 것이지. 예수는 손등으로 눈물을 닦고 코를 풀었다. 어디에 풀었는지야 누가 알까. 여기서 하루 종일 보내는 것은 소용없는 일이다. 사막은 사막이다. 우리를 둘러싸고 있다. 어떤 면에서는 우리를 보호한다. 하지만 무엇을 주느냐 하면, 아무것도 주지 않는다. 그냥 구경만 할 뿐이다. 해가 갑자기 구름에 덮이면 우리는 어느새, 하늘이 우리의 슬픔을 반영하는구나, 하고 생각한다. 하지만 우리가 어리석은 것이다. 하늘은 아주 공평해서 우리 행복을 기뻐하지도, 우리 슬픔에 낙담하지도 않는다. 사람들은 나사렛으로 가는 길에 이 방향으로 온다. 따라서 턱수염까지 난 어른이 아이처럼 우는 꼴을 보이고 싶지는 않을 것이다. 가끔 여행자 몇 명이 길에서 서로 지나친다. 어떤 사람은 올라가고 어떤 사람은 내려간다. 그들은 푸짐하게 인사를 늘어놓지만, 그것은 서로의 선의를 확인한 뒤의 일일 뿐이다. 이 지역의 강도들은 두 가지 종류이기 때문이다. 약 오 년 전 가엾은 소년 예수가 위로를 찾으러 예루살렘으로 가는 길에 만났던 무정한 강도들처럼 여행자를 공격하는 종류가 있다. 또 그들 말고 반란군이 있다. 그들은 물론 큰길로 다니는 경우는 드물지만, 가끔 다음 매복 공격을 준비하기 전에 로마군의 이동을 염탐하기 위해 변장을 하고 나타난다. 또는 아무런 변장 없이 로마인과 협력하는 부유한 여행자들을 세우고 은이나 금 같은 귀중품을 빼앗아 간다. 아무리 무장을 잘 한 호위병들이라도 이런 폭행을 막아줄 수는 없다. 열여덟 살의 예수가 갈릴리 사람 유다의 추종자들이 피신해 있는 깊은 골짜기와 동굴을 거느린 저 높은 산을 바라보며 모험을 하고 싶어 한숨을 쉬는 것도 당연한 일이었다. 갑자기 반란군 무리가 나타나 자신들에게 가담하라고 하면 어떻게 할까. 평화의 쾌적함을 전투의 영광과 바꾸자고 한다면. 언젠가 주가 메시아를 보내주고, 메시아는 주의 백성을 억압으로부터 완전히 구해 내고 미래의 적들에 대항할 힘을 줄 거라고 기록되어 있으니까. 사람을 미치게 하는 희망과 자부심의 바람이 마치 성령이 보낸 표적처럼 예수의 이마를 향해 불어오자, 넋을 잃을 듯한 한순간 동안 이 목수의 아들은 대장, 지도자, 최고 사령관이 되어 검을 뽑아 든 자신의 모습을 그려보았다. 그가 나타나기만 해도 로마 군단은 경외감과 공포에 사로잡혀 귀신에 사로잡힌 돼지들처럼 절벽 너머로 몸을 던지고, 그것으로 세나투스 포풀루스케 로마누스(로마 원로원과 시민이라는 뜻으로 로마 제국의 공식 명칭-옮긴이)

도 끝장이 난다면. 그 순간 예수는 자신이 권세와 영광을 약속 받았다는 사실을 기억했다. 다만 죽은 뒤에. 따라서 그냥 인생을 즐기는 것이 나을 듯했다. 전쟁에 나가야만 한다면, 한 가지 조건을 달아야 했다. 이따금씩 휴가를 나와 막달라 마리아와 며칠을 보내게 해준다는 것. 각 병사에게 여성 동반자를 한 사람씩 허락하지 않는다면 말이다. 물론 그 이상은 난잡한 행위가 될 것이고, 마리아는 이미 그런 짓을 그만두겠다고 말했다. 그렇게 되기를 바라자. 예수는 고통스러운 상처를 치료해 준 여자, 그 상처를 욕망이라는 견딜 수 없는 상처로 바꾸어놓은 여자 생각을 하자 벌써 힘이 두 배로 늘어난 느낌이니까. 하지만 한 가지 문제가 있다. 안내판이 걸린 잠긴 문을 어떻게 마주할 것인가. 그 너머에 여자가 자신이 떠날 때 그대로 있을 것임을 절대적으로 확신하지 않는다면 말이다. 자신을, 자신만을, 그 몸과 영혼을 기다리고 있지 않다면. 막달라 마리아는 영혼 없이 몸만 받아들이지는 않을 테니까. 하루가 저물고 있다. 멀리 막달라의 집들이 양떼처럼 함께 웅크린 모습이 보인다. 따로 떨어져 배회하는 양 같은 마리아의 집은 여기서는 보이지 않는다. 길의 굽이를 따라 늘어선 커다란 바위들 사이에 있기 때문이다. 예수는 주가 요구한 언약을 피로 마무리하기 위해 죽여야만 했던 양을 기억한다. 다시 그의 양을 찾으러 간다는 생각에 이제 전투와 승리에서 자유롭게 벗어난 그의 영혼이 따뜻해진다. 이 양은 죽이거나 무리가 있는 곳으로 다시 데려가려는 것이 아니다. 함께 신선한 초장으로 올라가려는 것이다. 사람들이 많이 돌아다니는 이 드넓은 세계에서도 잘 살펴보면, 양이 되어 그 뚫고 들어갈 수 없는 골짜기들을 더 잘 살펴보면, 아직 그런 초장을 찾을 수 있다. 예수는 문 앞에 발을 멈추고 문이 잠겨 있는지 신중하게 확인했다. 안내판은 여전히 걸려 있다. 막달라 마리아는 손님을 받지 않고 있다. 예수가, 나예요, 하고 소리치기만 하면, 그녀가 즐겁게 노래하는 소리를 들을 수 있을 것이다, 아, 사랑하는 임의 목소리, 저기 오는구나, 산을 넘고 언덕을 넘어서 달려오는구나, 벌써 우리 집 담 밖에, 이 문 뒤에 서 있구나. 실제로 그렇다. 그러나 예수는 문을 두드리는 게 더 좋다, 한 번, 두 번, 아무 말 없이 누가 문을 열어주기를 기다리는 것이 더 좋다. 누구세요, 무슨 일이에요, 누가 안에서 묻는다. 예수는 목소리를 바꾸어 돈을 쓰려고 온 안달하는 고객인 양 말한다, 문 열어라, 꽃이여, 후회하지 않을 것이다, 돈을 내고 잘 섬길 것이다. 그 목소리는 가짜일지 몰라도 그다음에, 나는 나사렛에서 온 예수다, 하고 덧붙일 때 그 말은 진실이었다. 막달라 마리아는 문을 열지 않았다. 목소리와 말이 일치하지 않았기 때문이다. 게다가 그녀는 예수가, 사실 나사렛은 막달라에서 멀지 않아요, 언젠가는 돌아올게요, 하고 말했을 때 이렇게 일찍 돌아올 것이라고는 생각하지 않았다. 사람들은 듣는 사람을 즐겁게 해주려고 그런 말을 하곤 한다. 하지만 언젠가라는 말은 석 달 뒤를 뜻할 수는 있지만 절대 내일은 아니다. 마침내 막달라 마리아는 문을 열고 예수의 품에 몸을 던진다. 자신의 행운을 믿을 수가 없다. 그녀는 흥분 상태에서 어리석게도 예수가 발의 상처가 다시 벌어져서 돌아온 것이라고 생각한다. 그래서 안으로 데리고 들어가 앉히고 등을 가져온다. 발, 발을 보여줘. 하지만 예수가 말한다, 발은 다 나았어요, 안 보여요. 그녀는, 그래, 안 보여, 하고 대답할 수도 있었을 것이다. 그것이 사실이기 때문이다. 그녀의 눈에는 눈물이 가득하니까. 그녀는 흙먼지에 덮인 그의 발바닥에 입술을 대지 않을 수 없었다. 그런 다음 샌들을 발목에 묶어주는 끈들을 조심스럽게 풀고, 손가락 끝으로 새로 돋은 살을 쓰다듬으며 연고가 효력이 있었는지 확인했다. 물론 사랑도 치료에 어느 정도 역할을 했겠지만.

저녁을 먹는 동안 그녀는 아무것도 묻지 않았다. 그가 무사히 여행을 했는지, 길에서 불쾌한 일이나 당하지 않았는지 확인만 했을 뿐이다. 잡담뿐이었다. 식사를 마치자 오랜 침묵이 이어졌다. 그녀가 말할 차례가 아니었기 때문이다. 예수가 높은 바위에서 바다에 견주어 자신의 힘을 재보듯이 그녀를 바라보았다. 잔잔한 수면 밑의 식인 물고기나 위험한 산호초들이 무서워서가 아니었다. 그냥 자신의 용기를 시험하고 있을 뿐이었다. 그는 이 여자를 일주일 동안 알았다. 그녀가 자신을 두 팔 벌려 받아들일 것이냐 아니냐를 알기에 충분한 시간이었다. 그러나 이제 말을 할 때가 되었다. 자신과 살과 피를 나누어 가진 사람들, 영에서도 그와 함께 해야 할 사람들로부터 거부를 당한 것을 그녀에게 드러낸다는 것이 두렵다. 예수는 머뭇거리며 적당한 말을 찾지만, 입에서 나오는 것은 시간을 벌기 위한 말뿐이다, 내가 너무 일찍 돌아와서 놀라지 않았어요. 나는 네가 떠난 순간부터 기다리기 시작했지만, 네가 떠날 때와 돌아올 때 사이의 시간을 세지는 않았어, 네가 십 년을 떠나 있었다 해도 세지 않았을 거야. 예수는 웃음을 지었다. 이 여자한테는 감추려고 해봐야 아무 소용이 없는걸. 그들은 바닥에 앉아 서로 마주 보았다. 둘 사이에 등잔과 함께 먹다 남은 저녁이 있었다. 예수는 빵을 한 조각 집어 둘로 나눈 다음 한 조각을 그녀에게 주며 말했다, 이것을 진실의 빵으로 삼아요, 지금 여기서 무슨 이야기가 나오고 무엇을 알게 되든 그것을 믿고 절대 의심하지 않기 위해 이것을 먹읍시다. 그래, 막달라 마리아가 말했다. 예수는 빵을 먹고 그녀가 먹기를 기다린 다음 네 번째로 말했다, 하나님을 봤어요. 마리아의 표정은 바뀌지 않았다. 그냥 불안해할 뿐이었다. 그녀는 허벅지 위에서 두 손을 마주 잡고 물었다, 그게 우리가 다시 만날 때 나한테 말해 주려고 하던 거야. 네, 내가 사 년 전에 집을 떠난 후에 나에게 일어난 다른 모든 일들과 함께요, 나는 그것들이 다 연결되어 있는 것 같아요, 어떻게 연결되었는지, 왜 연결되었는지는 설명할 수 없지만. 나는 네 입술이고 귀야, 막달라 마리아가 말했다, 무슨 말을 하든 너는 너 자신에게 말을 하는 것과 같아, 나는 네 안에 있으니까. 이제 예수는 이야기를 시작할 수 있다. 둘 다 진실의 빵을 먹었기 때문이고, 인생에 이런 순간은 거의 없기 때문이다. 밤이 새벽으로 바뀌었다. 등잔의 불이 두 번 죽었다. 이 자리에서 우리가 알고 있는 예수의 모든 이야기가 흘러나왔다. 심지어 우리는 언급할 가치가 없다고 생각했던 세세한 것들이나 우리를 피해 간 헤아릴 수 없이 많은 생각들도 포함되어 있었다. 예수가 그런 생각들을 감추려 했기 때문이 아니라, 이 복음사가가 동시에 모든 곳에 있을 수 없기 때문에 알 수 없었던 것들이다. 집에 돌아간 뒤에 벌어진 일을 이야기하기 시작하면서 예수의 지친 목소리는 슬픔 때문에 흔들리기 시작했다. 어두운 예감 때문에 문을 두드리기 전에 잠시 멈추었던 것과 비슷했다. 막달라 마리아가 처음으로 침묵을 깨고 이미 답을 알고 있는 사람의 말투로 물었다, 어머니가 네 말을 안 믿었구나. 그래요, 예수가 말했다. 그래서 네 다른 집으로 돌아온 거구나. 네. 나도 너한테 거짓말을 할 수 있으면, 네 말을 믿지 않는다고 말할 수 있으면 좋겠어. 왜요. 그러면 너는 조금 전에 했던 일을 다시 할 테니까, 네 집을 떠났듯이 이 집을 떠날 테니까, 그리고 너를 믿지 않는 나는 너를 따를 필요가 없을 테니까. 그건 내 질문에 대한 답이 아닌데요. 맞아, 답이 아니야, 어쨌든 내가 너를 믿지 않는다면 너를 기다리고 있는 무시무시한 운명을 함께 나눌 필요도 없을 텐데. 무시무시한 운명이 나를 기다리고 있는지 어떻게 알아요. 나는 하나님에 관해서는 아무것도 몰라, 하나님은 기뻐할 때도 기분 나빠할 때와 마찬가지로 무섭다는 것밖에. 어쩌다 그런 이상한 생각을 하게 된 거죠. 하나님의 경멸을 받으며 산다는 게 무슨 뜻인지 알려면 여자가 되어봐야 해. 하지만 하나님에게 선택 받은 사람으로 살다가 죽으려면 이제 너는 남자 이상이 되어야 할 거야. 지금 나를 겁주는 건가요. 내 꿈 이야기를 해볼까. 어느 날 밤 어린 소년이 나한테 나타나 하나님이 무시무시하다고 말했어. 그 말만 하고 사라졌어. 나는 그 아이가 누구인지, 어디에서 왔는지, 누구에게 속했는지 몰라. 그건 꿈일 뿐이에요. 다른 사람이면 몰라도 네가 꿈에 대해 그런 식으로 말할 수 있어. 그래서 어떻게 됐어요. 그래서 매춘을 시작했어. 하지만 그만뒀잖아요. 꿈에서는 아니야, 너를 만난 뒤에도 아니야. 그 아이가 말한 걸 다시 말해 봐요. 하나님이 무시무시해요. 예수는 사막, 죽은 양, 모래 위의 피를 보았다. 연기 기둥이 만족해서 한숨을 쉬는 소리가 들렸다. 이윽고 그가 입을 열었다. 그래요, 그럴 수도 있네요, 하지만 꿈에서 그런 소리를 듣는 것하고 실제로 그것을 경험하는 것은 완전히 달라요. 네가 그런 경험을 하는 것을 하나님이 막아주시기를. 우리 모두 각자의 운명을 완성해야 해요. 그러니까 너는 네 운명에 관한 첫 번째 엄숙한 예고를 들은 거로군. 별이 점점이 박힌 둥근 지붕 같은 하늘이 막달라와 넓은 세상 위에서 천천히 돌고 있다. 하나님은 자신이 차지하고 있는 무한의 어딘가에서 눈앞에 있는 다른 말판들 위의 말들을 밀고 당기고 있다. 지금 이 말판의 말 걱정을 하기에는 너무 이르다. 하나님이 당장 할 일이라고는 모든 것이 자연스러운 경로를 따라가도록 놓아두는 것뿐이다. 이따금씩 새끼손가락 끝으로 살짝 건드려 길을 잃은 생각이나 행동이 운명들의 조화에 개입하지 않도록 막아주기만 하면 된다. 따라서 하나님은 예수와 막달라 마리아가 나누는 대화의 나머지 부분에는 관심이 없다. 이제 어떻게 할 거야, 마리아가 예수에게 묻는다. 내가 어디를 가든 나를 따를 것이라고 했죠. 네가 어디 있든 함께 있을 거야. 차이가 뭐죠. 전혀 없어, 하지만 한때 죄의 집이었던 이곳에 사는 걸 꺼리지 않는다면 네가 원하는 대로 오래 여기 있어도 좋아. 예수는 입을 다물고 오래 생각하다가 마침내 말했다, 막달라에서 일을 찾겠습니다. 그러면 우리는 남편과 아내로 함께 살 수 있겠지요. 너무 큰 약속을 하네, 나는 그냥 여기 네 발치에 있는 것만으로도 만족해.

예수는 일을 찾지 못했다. 아마 그도 예상하고 있었을 테지만, 야유, 조롱, 모욕만 만나게 되었다. 그도 놀라운 일은 아닌 것이 새파란 젊은이가 악명 높은 막달라 마리아와 함께 산다는 것 아닌가. 오래지 않아 저 친구도 다른 손님들처럼 문간에서 차례를 기다리며 앉아 있는 꼴을 보게 될 거야. 예수는 그들의 조롱을 몇 주 동안 참다가 마침내 마리아에게 말했다, 여기를 떠나야겠습니다. 하지만 어디로 갈 수 있어. 바닷가로 갑시다. 그들은 새벽이 되기 전에 떠났다. 막달라 사람들이 달려왔지만 이미 너무 늦어 불길 속에서 아무것도 건지지 못했다.

몇 달이 지났다. 비가 오는 추운 겨울밤이었다. 천사가 아무도 깨우지 않고 나사렛의 마리아의 집으로 들어왔다. 마리아 혼자만 방문객이 온 것을 알았다. 천사가 이렇게 말을 했기 때문이다, 마리아, 그대가 처음 수태를 하던 날 아침, 주가 당신의 씨를 요셉의 씨와 섞었다는 것을 알아야 하오, 그대의 아들 예수를 생산한 것은 그대의 남편의 씨가 아니라 주의 씨요, 예수가 적출이라는 사실에는 변함이 없겠지만. 천사가 모호하게 말을 했지만 다행히도 마리아는 이 계시의 핵심을 파악했다. 그녀는 깜짝 놀라 천사에게 물었다, 그럼 예수는 제 아들이면서 동시에 주의 아들인 거네요. 여자여, 무슨 이야기를 하는 건가, 누가 앞이고 누가 뒤인지 예의를 갖추어야지, 주의 아들이면서도 동시에 나의 아들이라고 하시오. 주의 아들이면서 동시에 당신의 아들이라는 건가요. 아니, 주의 아들이면서 동시에 그대의 아들. 헷갈리게 하시네요, 제 질문에 대답이나 해주세요, 예수가 우리 아들인가요. 그러니까 주의 아들이냐는 거겠지, 그대는 아이를 낳는 역할만 했으니까. 그럼 주가 저를 선택한 게 아닌가요. 터무니없는 소리 마시오, 주는 그냥 지나가는 길이었을 뿐이오, 누구든 하늘 색깔만 보면 알았을 거요, 그때 주의 눈이 그대와 요셉을 보았던 거요, 훌륭하고 건강한 부부였지, 그래서, 그대가 지금도 하나님의 뜻이 어떻게 표현되었는지 기억할지는 모르겠지만, 어쨌든 하나님은 예수가 아홉 달 뒤에 태어나도록 정한 거요. 제 장남을 생산한 것이 주의 씨라는 증거가 있나요. 어, 그건 좀 까다로운 문제인데, 그대가 요구하는 것은 친부 검사와 다를 게 없소, 이런 복합적 결합의 경우에는 아무리 분석을 하고 검사를 하고 유전자 비교를 한다 해도 절대 결정적인 결과가 나오지 않아. 사실 저는 그날 아침 주께서 저를 당신의 신부로 선택했다고 생각하고 있었어요, 그런데 이제 나한테 그것은 순수한 우연이고 주는 얼마든지 다른 여자를 택할 수도 있었다고 말씀하시네요, 좋아요, 하지만 이 말은 해야겠어요, 당신이 나사렛까지 내려와 저를 이런 불확실한 상태에 빠뜨리지 않았으면 좋았을 거예요, 게다가 주의 아들이라면, 설사 저 같은 사람을 어머니로 두었다 해도, 틀림없이 날 때부터 두드러졌을 거예요, 그리고 자라면서 주 자신과 같은 태도, 외모, 말하는 방식을 보여주었을 거예요, 하지만, 아무리 사람들이 어머니의 사랑은 맹목적이라 말하지만, 제 아들 예수는 제가 보기에는 아주 평범해요. 마리아, 그대의 첫 번째 실수는 내가 지금 과거에 있었던 주의 성적인 사건 이야기를 하러 여기에 온 줄 아는 거요, 두 번째 실수는 인간의 아름다움과 말이 주의 아름다움과 말을 닮았다고 생각하는 거요, 내가 그분과 가까이 있기 때문에 보증할 수 있는데, 주가 일을 하는 방식은 언제나 인간이 상상하는 것과 반대요, 이건 정말 우리끼리 이야긴데, 주는 다른 방식으로는 활동을 할 수 없다고 확신하오, 그리고 주의 입에서 가장 자주 나오는 말은 그렇다가 아니라 아니다요. 하지만 부정의 영은 악마잖아요. 아니, 어린 사람이여, 악마는 자신을 부정할 뿐이오, 그 차이를 알기 전에는 절대 그대가 누구에게 속한 것인지 알 수 없을 거요. 저는 주에게 속한 사람이에요. 그러니까 그대가 주에게 속했다 이거요, 뭐, 그래, 어쨌든 그대의 세 번째이자 가장 큰 실수는 그대의 아들을 안 믿은 거요. 예수 말씀인가요. 그래, 예수, 다른 사람은 하나님을 본 적이 없고, 또 앞으로도 볼 수 없기 때문이오. 말씀해 주세요, 주의 천사여, 제 아들 예수가 하나님을 본 것이 정말 사실인가요. 그렇소, 예수는 마치 처음으로 새 둥지를 발견한 아이처럼 그대한테 보여주려고 달려왔는데, 그대, 의심 많고 믿음 없는 그대는 예수한테 그게 사실일 리 없다고 말했소, 둥지가 있다면 그것은 비었다고, 알이 있다면 알 속이 비었다고, 알이 없다면 뱀이 삼킨 거라고 말했소. 의심한 걸 용서해 주세요. 그게 나한테 하는 말인지 아니면 그대 아들한테 하는 말인지 모르겠구려. 아들한테, 당신한테, 둘 다한테 하는 말이에요. 내가 한 실수를 어떻게 하면 만회할 수 있을까요. 그대의 모성의 마음에 귀를 기울이시오. 그럼 가서 그 아이를 찾아, 제가 믿는다고 말하고, 저를 용서하고 집으로 와달라고, 이곳에 있다 보면 때가 왔을 때 주가 부르실 거라고 말할까요. 그대가 제시간에 그 아이에게 이를 수 있을지 정말 모르겠구려, 사춘기 아이들이 얼마나 예민하오. 잘못하다가는 그대에게 모욕을 주고 눈앞에서 문을 쾅 닫아버릴 수도 있소. 그런 일이 일어난다면 그 아이를 홀려 길을 잃게 한 악마를 탓해야지요. 주께서 아버지로서 어떻게 그런 방종을 허락하시고 그 악당에게 그런 큰 자유를 주었는지 이해할 수가 없어요. 어떤 악마를 말하는 거요. 제 아들이 사년 동안 함께 다닌 목자 말이에요. 아무런 이유도 없이 그 목자의 양떼를 쳐주었잖아요. 아, 그 목자. 아세요. 학교를 함께 다녔지. 주께서는 그런 악마가 잘 먹고 잘살게 놔두시는 건가요. 우주의 조화가 그것을 요구하지, 하지만 최종 결정은 늘 주께서 내리시지, 다만 언제 결정을 내리실지 우리는 알 수 없지만, 하지만 두고 보시오, 어느 날 잠을 깨어보니 세상에 악이 없어진 날이 올 테니까. 자, 이제 괜찮다면 나는 가야겠소. 더 물어볼 게 있으면 지금 얼른 물어보시오. 딱 한 가지 있어요. 좋아, 어서 물어보시오. 왜 주께서 제 아들을 원하시는 거예요. 하긴, 어떤 의미에서는 그대의 아들이지. 세상의 눈에는 예수가 제 아들이에요. 왜 주께서 그 아이를 원하시느냐고 물었지, 그래, 그거 재미있는 질문이오, 하지만 아쉽게도 나는 대답을 할 수가 없소, 지금 당장은 그건 둘 사이의 일이라서 말이오, 그리고 예수도 이미 그대한테 말한 것 이상을 알 것 같지는 않구려. 그 아이는 죽은 뒤에 권세와 영광을 얻게 될 거라고 했어요. 그래, 나도 알고 있소. 하지만 주가 약속한 그 보답을 얻으려면 그 아이가 살아 있을 때 무슨 공덕을 쌓아야 하는 거지요. 아, 아, 지금 어리석은 소리를 하고 있군, 설마 주의 눈에도 그런 말이 존재한다고 믿는 건 아니겠지, 또 그대가 주제넘게 공덕이니 뭐니 한 게 아무런 가치나 의미도 없다는 건 알고 있겠지, 하나님의 절대적인 뜻의 완전한 노예인 주제에 그대 인간들이 머릿속에서 생각하는 건 정말 믿을 수가 없군. 더 말 안 할게요, 저는 진실로 주의 종이고 주가 저를 뜻하시는 대로 하기를 바라니까요, 하지만 한 가지만 말씀해 주세요, 이렇게 시간이 흘렀는데 어디 가면 아들을 찾을 수 있을까요. 그 아이가 자신의 잃어버린 양을 찾으러 갔듯이 그 아이를 찾으러 가는 건 그대의 의무요. 그 양을 죽이러 간 거죠. 걱정 마시오, 그 아이가 그대는 죽이지 않을 테니까, 하지만 그대는 그 아이가 죽는 시간에 거기 있지 않아 그 아이를 틀림없이 죽이게 될 거요. 제가 먼저 죽지 않는다는 걸 어떻게 아세요. 권좌에 가까이 있다 보면 그 정도는 알게 되오, 이제 정말 작별을 해야겠소, 그대는 그대가 묻고 싶은 모든 걸 물어봤소, 반드시 물어봤어야 할 한 가지만 빼고, 하지만 나는 이제 거기에 관심이 없으니까. 말해 주세요. 스스로 생각해 보시오. 그 말과 함께 천사는 사라졌고 마리아는 눈을 떴다. 아이들은 모두 푹 잠들어 있었다. 남자 아이들은 세 명씩 두 무리를 지어 자고 있었다. 나이가 든 야고보, 요셉, 유다는 자기들끼리 한 구석에 있었고, 나이가 어린 시몬, 유스도, 사무엘은 자기들끼리 다른 쪽 구석에서 잤다. 그리고 마리아의 한쪽 옆에는 리사, 다른 쪽 옆에는 리디아가 있었다. 마리아는 천사의 말 때문에 고민을 하다가 리사가 거의 벌거벗고 있다는 것을 알고 깜짝 놀랐다. 튜닉이 헝클어져 가슴까지 끌려 올라간 채 얼굴에 웃음을 지으며 자고 있었던 것이다. 이마와 인중에서는 땀이 반짝거렸다. 입술은 입맞춤 때문에 붉어진 것 같았다. 천사가 하나만 들어왔다고 마리아가 확신하지 않았다면, 리사의 모습을 보고 자신이 대화에 몰두해 있는 동안 잠을 자는 여자를 범한다는 몽마(夢魔)가 몰래 이 가엾은 아이를 건드렸다고 믿을 만했다. 이런 일은 우리가 모르는 사이에 늘 일어나는 모양이다. 둘이 한가하게 짝을 지어 다니다가 한 천사가 옛날이야기를 하여 시선을 끄는 동안 다른 천사는 사악한 짓을 하는 것이다. 엄격하게 말해서 그렇게 사악하다고만 할 수는 없지만. 어쨌든 그러고 난 뒤 다음번에는 아마 둘이 역할을 바꿀 것이다. 이렇게 해서 꿈을 꾼 사람이나 꿈에 나타난 사람이 육과 영 이원론의 유익한 의미를 깨닫게 되는 것이다. 마리아는 튜닉을 내려 딸의 몸을 가린 뒤에 딸을 깨워 작은 소리로 물었다, 무슨 꿈을 꾸었니. 소녀는 불시에 기습을 당하자 미처 거짓말을 지어낼 여유가 없어, 천사 꿈을 꾸었다고 고백했다. 천사가 아무 말도 하지 않고 낙원에서나 볼 수 있을 것 같은 다정하고 달콤한 표정으로 자기를 보기만 했다는 것이다. 네 몸을 만졌니, 마리아가 물었다. 리사가 대답했다, 눈으로는 몸을 만질 수 없잖아요, 어머니. 마리아는 그래도 미심쩍어 더욱 낮아진 목소리로 물었다, 나도 천사 꿈을 꾸었어. 어머니의 천사가 말을 했나요, 아니면 제 천사처럼 입을 다물고 있던가요, 리사가 순진하기 짝이 없는 표정으로 물었다. 네 오빠가 하나님을 봤다고 말한 게 진실이라고 하더구나. 어머, 어머니, 우리가 예수 오빠를 안 믿은 게 정말 잘못된 일이네요, 오빠는 아주 착하고 인내심이 많은 사람인데, 오빠가 제 지참금으로 쓸 돈을 도로 가져갔다 해도 아무도 오빠를 탓할 수 없었을 거예요. 지금이라도 일을 바로잡아야겠다. 하지만 어디 가야 오빠를 찾을 수 있는지 모르잖아요, 소식을 한 번도 전하지 않았으니까요. 아, 천사한테 물어볼걸, 천사는 모든 걸 다 아니까. 당연하지, 하지만 천사도 도와주려고 하지 않더구나, 그냥 네 오빠를 찾아보는 게 우리의 의무라고만 말했어. 어머니, 예수 오빠가 정말로 주와 함께한다면, 이제부터 우리 사는 것도 달라지겠네요. 아마 달라지겠지, 하지만 나쁜 쪽일 거다. 왜요. 우리도 예수나 예수가 한 말을 안 믿는데, 어떻게 남들이 믿어줄 걸 기대할 수 있겠니, 우리가 나사렛의 거리와 광장을 돌아다니며, 예수가 주를 뵈었다, 예수가 주를 뵈었다, 하고 떠들고 다닐 수도 없는 노릇이잖아, 그랬다가는 사람들이 돌을 들고 우리를 쫓아올 거다. 하지만 주께서 직접 예수를 선택한 거라면, 틀림없이 주께서 우리를, 예수의 가족을 보호해 줄 거예요. 그렇게 자신하지 마라, 예수가 선택을 받을 때 우리는 옆에 없었어, 또 주의 입장에서는 아버지고 아들이고 없어, 아브라함을 봐라, 이삭을 봐. 아, 어머니, 정말 무서워요. 애야, 이 문제는 우리끼리만 알고, 가능한 한 이야기를 하지 않는 게 현명할 거야. 그러면 어떡하죠. 내일 야고보와 요셉을 보내 예수를 찾아보마. 하지만 어디서요, 갈릴리는 아주 큰데, 사마리아도 마찬가지고, 만일 오빠가 거기로 갔다면 말이에요, 유대와 이두매는 세상 끝이고. 네 오빠는 아마 바다로 갔을 거야, 전에 왔을 때 우리한테 한 말을 생각해 봐, 어떤 어부들을 도와줬다고 했잖아. 양떼로 돌아갔을 가능성이 더 높지 않을까요. 그 시절은 끝났어. 어떻게 아세요. 이제 좀 자라, 너무 늦었다. 누가 알아요, 다시 천사 꿈을 꾸게 될지. 어쩌면. 동료를 두고 가버렸던 리사의 천사가 그녀의 꿈을 다시 찾아왔는지는 아무도 알아내지 못했다. 그러나 마리아에게 소식을 전했던 천사는 다시 돌아올 수 없었다. 마리아가 어둠 속에 누워 눈을 뜨고 있었기 때문이다. 하지만 그녀가 이미 알고 있는 것만으로 충분하고도 남았다. 짐작하는 것만으로도 가슴에 불안이 가득 몰려왔다.

동이 트자 모두 매트를 둘둘 말았다. 마리아는 자식들을 모두 앞으로 불렀다. 그녀는 얼마 전 예수와 나눈 이야기를 진지하게 생각해 보았다고 말했다, 그 아이 어미인 나 자신부터 그 아이를 더 따뜻하게 대하고 더 이해했어야 한다고 생각해, 그래서 우리가 예수를 찾아서 집으로 오라고 하는 것이 옳은 일이라는 결론을 내렸어, 우리는 예수를 믿기 때문이야, 또 하나님의 뜻이라면, 언젠가는 그 아이가 우리한테 한 말도 믿게 되겠지. 이것이 마리아가 아이들에게 한 말이었다. 그녀는 요셉이 했던 말을 되풀이하고 있음을 모르고 있었다. 요셉 또한 가족이 예수를 거부하는 그 극적인 순간에 그 자리에 있었다. 누가 알겠는가, 그 조용한 중얼거림, 당시에는 그것이 그저 중얼거림이었기 때문에 우리가 언급을 하지 않았지만, 그 중얼거림이 모두의 입에서 나왔다면 예수가 오늘 이 자리에 있을지. 마리아는 천사나 천사가 한 말에 관해서는 일절 이야기를 하지 않았다. 그냥 자식들에게 맏형에 대한 예의를 일깨워주었을 뿐이다. 야고보는 어머니가 갑자기 마음을 바꾼 것을 두고 감히 질문을 하지 못했다. 그러나 형이 제정신인지 계속 의심하고 있었다. 그것이 아니라면 어떤 위험한 사기꾼의 주문에 걸린 것인지도 모른다고 생각했다. 야고보는 답을 알면서 물었다, 누가 우리 형 예수를 찾으러 가나요. 네가 가야지, 차남이니까, 그리고 요셉이 함께 갈 거다, 함께 가면 더 안전할 테니까. 어디서부터 찾아볼까요. 갈릴리 바닷가, 거기 가면 틀림없이 찾을 수 있을 거야. 언제 떠날까요. 예수가 몇 달 전에 떠났으니까, 낭비할 시간이 없어. 하지만 비가 오기 시작했는데요, 어머니, 지금은 여행을 할 때가 아니에요. 아들아, 상황이 필요를 만들고, 필요가 충분히 커지면 또 상황을 만들게 되지. 마리아의 자식들이 놀라서 그녀를 보았다. 어머니의 입에서 그런 깊이 있는 격언이 나오는 데 익숙하지 않았고, 천사들과 함께 지내다 보면 이런 결과, 또 훨씬 감명 깊은 결과도 나올 수 있다는 것을 알기에는 나이가 너무 어렸기 때문이다. 예를 들어 리사를 보라. 그 아이는 지금 이 순간 멍한 표정으로 고개를 천천히 끄덕이고 있다. 다른 아이들은 아무것도 짐작하지 못했다. 가족회의가 끝나자 야고보와 요셉은 최근 들어 나빠진 날씨지만 혹시 마른 날을 골라 떠날 수 있을까 하여 하늘을 한참 보았다. 하늘도 눈치를 챈 것이 분명했다. 갈릴리 바다 바로 위의 하늘이 물을 머금은 파란빛으로 변하여, 비 없는 오후를 약속해 주고 있었기 때문이다. 이웃들이 아는 것을 마리아가 몹시 꺼렸기 때문에, 두 형제는 집 안에서 신중하게 작별 인사를 하고 길을 떠났다. 막달라로 가는 길을 택하지는 않았다. 예수가 그 방향으로 갔다고 생각할 이유가 없었기 때문이다. 그들은 새 도시 디베랴로 빨리 갈 수 있는 다른 길을 택했다. 형제는 맨발로 걸었다. 길이 온통 진창이라 샌들을 신을 수 없었기 때문이다. 그래서 날씨가 좋아지면 신기로 하고 배낭에 안전하게 보관했다. 야고보가 디베랴로 가는 길을 택한 데에는 두 가지 이유가 있었다. 우선 지방 출신이기 때문에 말로만 듣던 궁과 성전을 보고 싶은 호기심이 있었다는 것이다. 다음으로 그 도시가 이쪽 강변을 따라 호수를 반쯤 올라간 곳에 있다는 말을 들었다는 것이다. 그들은 형을 찾는 동안에도 생계를 해결해야 했기 때문에, 나사렛의 독실한 유대인들은 디베랴가 오염된 공기와 근처의 유황이 섞인 물 때문에 건강에 좋지 않다고 이야기했음에도 야고보는 건축 현장에서 일거리를 찾을 수 있기를 바랐다. 형제는 그날 디베랴에 이르지 못했다. 하늘의 희망적인 조짐도 소용이 없어, 출발하고 나서 한 시간이 안 지나 비가 다시 내리기 시작했기 때문이다. 큰물이 그들을 쓸어가기 전에 몸을 피할 만한 큰 동굴을 발견한 것은 행운이었다. 그들은 안전하게 잤지만, 이제 날씨는 믿지 않기로 했다. 옷이 흠뻑 젖지 않고 디베랴에 갈 수 있을 것이라는 판단을 내리기까지는 시간이 좀 걸렸다. 디베랴의 건축 현장에서 그들이 발견한 일은 기술이 필요 없는, 수레로 돌을 나르는 일이었다. 하지만 며칠 일하고 나자 최소한의 요구는 충족시킬 만큼 벌 수 있었다. 그렇다고 헤롯 안디바 왕이 일꾼들에게 관대했다는 뜻은 아니지만. 형제는 사람들에게 혹시 나사렛의 예수라는 사람을 본 적이 없냐고 물었다. 그냥 지나쳐 간 사람일지도 모른다면서. 우리 형이거든요, 우리하고 비슷하게 생겼어요, 하지만 혼자 다니는지 아닌지는 모르겠습니다. 예수가 그곳에서 일하는 것을 본 사람은 없었다. 그래서 야고보와 요셉은 선창을 돌아다녔다. 사실 형이 어부들과 함께 지내기로 했다면, 호수가 바로 거기 있는데 엄한 십장이 있는 건축 현장에서 노예처럼 일하며 시간을 낭비하지는 않았을 터였다. 하지만 그곳에도 형을 본 사람은 없었다. 이제 형제에게는 돈이 좀 있었기 때문에 강변을 따라 마을마다, 뱃사람마다, 배마다 뒤지고 다니기로 했다. 다만 북쪽으로 갈 것이냐 남쪽으로 갈 것이냐를 정해야 했다. 야고보는 마침내 남쪽으로 가야 한다고 결론을 내렸다. 남쪽으로 가는 길이 더 평탄했다. 북쪽 길은 그에 비하면 훨씬 고르지 못했다. 날씨가 안정되면서 추위도 견딜 만했고, 비도 지나갔다. 이 두 젊은이들보다 자연의 주기에 경험이 더 많은 사람이라면 그냥 공기 냄새를 맡아보고 흙을 만져보는 것만으로도 봄의 첫 조짐을 느꼈을 것이다. 형을 찾는다는 임무는 이제 유쾌한 시골 나들이로, 호숫가의 기분 좋은 휴가로 바뀌고 있었다. 야고보와 요셉은 애초에 이곳에 온 목적을 잊어버릴 지경이었다. 그러나 그때 뜻밖에 예수의 소식을 전해 주는 어부 몇 사람을 만났다. 그러나 소식을 전하는 방식이 아주 묘했다. 어부 한 사람이 그들에게 말했다, 그래, 우리가 알지, 그 친구를 찾거든, 우리가 일용할 양식을 기다리듯이 간절하게 그 친구가 돌아오기를 기다리고 있다고 전해 줘. 형제는 깜짝 놀랐다. 이 어부들이 말하는 사람이 예수 형이라고 믿을 수가 없었다. 어부들이 착각을 하여 다른 예수 이야기를 하는 것인지도 몰랐다. 자네들이 하는 말로 보아 그 예수가 맞는데, 하지만 나사렛 출신인지 아닌지는 모르겠는걸, 말한 적이 없어서. 그런데 왜 형이 오기를 일용할 양식을 기다리듯이 간절히 기다리십니까, 야고보가 물었다. 그 친구가 배에 타기만 하면 물고기들이 그물로 곧장 뛰어들기 때문이지. 하지만 우리 형은 고기잡이에 관해서는 아무것도 모르는데요, 따라서 우리 형일 리가 없습니다. 우리가 언제 그 친구가 고기잡이를 안다고 했어. 그 친구는 그냥 이렇게 얘기해, 그물을 이쪽으로 던지세요, 그러면 그물을 내리자마자 물고기가 가득 차서 올라와. 그런데 왜 지금 함께 있지 않은 겁니까. 여기 며칠 있다가 떠났거든, 다른 어부들을 도와줘야 한다고 하면서 말이야, 그 말은 사실이야, 우리한테도 세 번을 왔어, 갈 때마다 늘 돌아온다고 약속을 했지. 그러면 지금은 어디 있어요. 우리도 몰라, 지난번에 떠날 때는 남쪽으로 가던데, 하지만 우리가 모르는 새에 북쪽으로 갔을 수도 있어, 자기 마음대로 오고 가니까. 야고보가 요셉에게 말했다, 남쪽으로 가자, 어쨌든 형이 이쪽 호숫가에 있다는 건 알게 됐어. 이것은 분별력 있는 행동으로 보였다. 물론 예수가 그 기적적인 고기잡이에 나서 호수에 들어가 있으면 놓칠 수도 있었지만. 우리는 그런 세목을 놓치는 경향이 있다. 그러나 운명은 우리가 상상하는 것과는 달리 이런 원칙이나 저런 원칙에 따라 결정되는 것이 아니다. 어떤 만남, 예를 들어 우리가 방금 묘사한 만남도 관련자들이 동시에 한 장소에 있을 때에만 일어날 수 있다는 것에 주목하라. 그것이 늘 쉬운 일은 아니다. 우리가 잠시 발을 멈추고 하늘의 구름을 쳐다보거나 새의 노래에 귀를 기울인다면, 개밋둑의 입구와 출구의 개수를 헤아린다면, 또는 반대로 우리가 다른 데 너무 몰두하여 보지도 듣지도 헤아리지도 않고 계속 우리 길을 간다면, 완벽한 기회를 놓칠 수도 있다. 내 말을 믿어라, 형제 요셉이여, 운명은 이 세상에서 가장 까다로운 것이란다, 너도 내 나이가 되면 알게 되겠지. 이렇게 미리 주의를 받았기 때문에 두 형제는 한눈을 팔지 않았다. 자주 발을 멈추고 혹시 나갔다가 늦게 들어오는 배가 없는지 확인했다. 엉뚱한 곳에서 형을 발견하여 깜짝 놀라게 해줄 수도 있다는 희망에 몇 번이나 온 길을 다시 되짚어가기도 했다. 그런 식으로 마침내 호수 끝에 이르렀다. 그들은 요단 강 건너편으로 가 처음 만난 어부들에게 예수에 관해 아느냐고 물었다. 그래, 물론 그 사람들도 예수의 놀라운 행동에 대한 소문은 들었지만, 아무도 그를 보지는 못했다. 야고보와 요셉은 다시 북쪽으로 향했다. 이번에는 물고기의 왕을 잡을 희망으로 그물을 끌어당기는 어부들처럼 더 주의 깊게 살폈다. 형제는 길가에서 밤을 보낼 때도 번갈아 번을 섰다. 예수가 달빛을 이용해 살그머니 한 장소에서 다른 장소로 이동할지도 모른다고 생각했기 때문이다. 그들은 그렇게 묻고 다니다가 디베랴에 이르렀다. 그곳에서 일을 찾을 필요는 없었다. 관대하게도 물고기를 주는 어부들 덕분에 돈이 약간 남아 있었기 때문이다. 요셉이 한번은 이렇게 물었다, 야고보, 우리가 먹는 이 물고기가 우리 형이 잡은 걸지도 모른다는 생각 안 해봤어. 야고보가 대답했다, 그런다고 맛이 더 좋아지지는 않아. 야고보가 건초 더미에서 바늘을 찾으려고 피곤하게 돌아다니느라 짜증이 난 것을 생각하면, 하나님, 그를 도와주소서, 이런 불친절한 대답도 이해할 만하다. 그들은 디베랴를 떠나고 나서 한 시간 뒤에, 그러니까 우리의 시간으로 한 시간 뒤에 예수를 찾았다. 먼저 발견한 사람은 요셉이었다. 그는 눈이 좋아 멀리서도 잘 보았다. 형이야, 저기 있어, 요셉이 소리쳤다. 실제로 두 사람이 그들이 있는 쪽으로 오고 있었다. 한 사람은 여자였다. 아냐, 야고보가 말한다, 형일 리가 없어. 어린 소년은 평소에 형의 말에 거의 반박을 하지 않지만, 요셉은 지금 너무 기뻐서 평소의 규칙과 관습도 무시해 버린다, 진짜라니까, 형이야. 하지만 여자가 보이는데. 맞아, 여자가 함께 있어, 하지만 남자는 예수야. 물에 잇닿아 있다시피 한, 강변의 두 언덕 사이의 평평한 땅을 가로질러 예수와 막달라 마리아가 그들이 있는 곳으로 다가오는 것이 보였다. 야고보는 발을 멈추고 기다렸다. 요셉에게도 그대로 있으라고 명령했다. 소년은 내키지 않는 표정으로 명령에 복종했다. 오랫동안 사라졌던 형에게 달려가 두 팔로 목을 끌어안고 싶은 마음이 간절했기 때문이다. 그러나 야고보는 예수 옆에 있는 여자 때문에 마음이 어지러웠다. 저 여자가 누굴까, 야고보는 자문했다. 형이 벌써 여자를 육체적으로 안다고 믿고 싶지가 않았다. 그 생각만으로도 자신과 형 사이에 큰 간극이 생기는 것 같았다. 하나님을 봤다고 자랑하던 예수가 여자마저 육체적으로 안다면, 자신과는 완전히 다른 영역에 들어가버린 느낌이 들 것 같았다. 한 가지 생각 뒤에 다른 생각이 꼬리를 문다. 물론 우리는 그들 사이의 연관을 알아채지 못하는 경우가 많다. 그것은 마치 밖이 보이지 않는 다리로 강을 건너는 것과 같다. 우리는 어디로 가는지 보지도 못하고 걷는다. 있는지도 몰랐던 강을 건넌다. 이윽고 야고보도 거기 그냥 서 있는 것이 옳지 못하다고 생각하기 시작했다. 자기가 마치 집안의 장남이어서 예수가 자기에게로 와야 하는 것처럼 보일 수도 있었기 때문이다. 야고보가 움직이자마자 요셉은 기뻐서 두 팔을 벌리고 소리를 지르며 예수에게 달려갔다. 그 바람에 키 큰 갈대들 사이에 숨어 강가 늪지의 먹이를 약탈하던 새 떼가 놀라 공중으로 날아올랐다. 야고보는 요셉이 자신이 책임져야 할 일, 즉 어머니의 말을 전달하는 일을 대신 하는 것을 막으려고 더 빨리 걸었다. 이윽고 예수와 얼굴을 마주하게 되자 말했다, 형을 찾았으니 주께 감사하라. 그러자 예수가 대답했다, 너희 둘다 이렇게 건강한 걸 보니 좋구나. 그러는 동안 막달라 마리아는 뒤에서 미적거렸다. 예수가 물었다, 이 지역에는 무슨 일로 온 거야. 야고보가 말했다, 저쪽으로 가, 우리끼리 할 이야기가 있어. 여기서 얘기해도 돼, 예수가 말했다, 나와 함께 다니는 여자 때문에 그러는 거라면 네가 무슨 말을 하든, 내가 무슨 말이 듣고 싶든, 이 여자가 있는 데서 다 이야기해도 돼. 뒤에 이어진 깊은 침묵은 서로 대면하여 용기를 그러모으는 네 인간의 침묵이 아니라 바다와 산의 침묵을 합친 것이었다. 예수는 전보다 나이가 들어 보였다. 살갗은 검게 그을렸다. 그러나 열띤 표정은 사라졌다. 묵직하고 거무스름한 턱수염 뒤의 표정은 이 예기치 않은 긴장된 만남에도 불구하고 차분하고 고요했다. 저 여자는 누구야, 야고보가 물었다. 이름은 마리아야, 나하고 함께 있어, 예수가 대답했다. 형 부인이야. 어, 그렇기도 하고 아니기도 하지. 무슨 말인지 모르겠는데. 그렇겠지. 형하고 이야기 좀 해야겠어. 해봐. 어머니 말을 전해야 해. 듣고 있어. 둘이 이야기하고 싶은데. 아까 한 얘기 들었잖아. 막달라 마리아가 앞으로 나섰다, 두 분 이야기가 끝날 때까지 나는 옆에 가 있을게요. 아니에요, 예수가 말했다, 당신은 내 생각을 함께 나누어 갖고 있어요, 따라서 우리 어머니가 나를 어떻게 생각하는지 알아야 해요, 그래야 내가 나중에 다시 전해 줄 필요가 없지요. 야고보는 얼굴을 붉히며 당장이라도 돌아설 것처럼 험악한 얼굴로 막달라 마리아를 보았다. 증오와 욕망이 뒤섞인 감정을 드러내고 있었다. 요셉이 두 손을 뻗어 둘을 떼어놓았다. 그것이 그가 할 수 있는 전부였다. 야고보는 결국 진정을 했고, 잠시 생각을 해본 뒤에 자신이 할 말을 기억했다, 어머니는 형을 찾아서 집으로 데려오라고 우리를 보냈어, 우리가 형을 믿기 때문이야, 하나님이 도와주시면 언젠가는 우리도 형이 우리한테 한 말을 믿게 될 거야. 그게 다야. 그게 어머니가 한 말이야. 그러니까, 내가 한 말을 믿으려는 노력은 하지 않고, 주가 마음이 바뀌도록 도와줄 때까지 기다리겠다는 거지. 우리가 믿고 안 믿고는 주에게 달린 일이야. 그렇지 않아, 주는 우리에게 걸을 수 있는 다리를 주었고, 그래서 우리는 걸었어, 주가, 걷기 시작해라, 하고 말할 때까지 기다렸다는 사람 이야기는 들어본 적이 없어, 마음도 마찬가지야, 하나님은 우리한테 우리 뜻과 욕망에 따라 이용할 수 있는 마음을 주셨어. 형하고 싸울 생각 없어.

잘 생각했어, 네가 이길 수 없으니까. 어머니한테 뭐라고 하면 돼. 너무 늦게 말씀하셨다고 해, 요셉이 제때에 똑같은 이야기를 했는데, 그때는 아무런 관심을 보이지 않았잖아, 설사 주의 천사가 나타나 어머니에게 내가 말한 모든 게 사실이라고 알려 주었다 해도 나는 집에 돌아갈 생각이 없어. 형은 오만의 죄를 짓고 있어. 나무는 잘릴 때 울고, 개는 맞을 때 울지만, 사람은 모욕을 당할 때 성숙하지. 형의 어머니야, 우리는 형의 형제들이고. 누가 나의 어머니이고 형제야, 나의 어머니와 형제는 내가 말할 때 내 말을 믿는 사람들이야, 내가 옆에 있으면 그 어느 때보다 고기가 많이 잡힐 것을 아는 어부들이 그런 사람들이지, 나의 어머니와 형제는 내가 죽지 않아도 나의 삶을 동정할 수 있는 사람들이야. 어머니한테 할 다른 말은 없어. 그게 다야, 하지만 다른 사람들이 나에 관해 하는 이야기를 듣게 될 거야, 예수는 막달라 마리아를 돌아보며 말을 이었다, 갑시다, 마리아, 배들이 떠날 준비가 되었어요, 고기들이 모이고 있어요, 그걸 거두어들일 때가 됐네요. 그들이 떠나자 야고보가 소리쳤다, 예수, 내가 이 여자 이야기를 어머니한테 해야 돼. 이 여자가 나와 함께 있다고 해, 이름은 마리아야. 그 이름이 언덕 사이와 호수 위로 메아리쳤다. 어린 요셉은 바닥에 웅크리고 서럽게 울었다.

예수가 어부들과 함께 고기를 잡으러 가면 막달라 마리아는 그를 기다린다. 보통 물가의 바위에 앉아 있거나, 근처에 언덕이 있으면 그곳에 올라가기도 한다. 그런 곳에서는 배가 움직이는 경로를 쉽게 눈으로 쫓을 수 있다. 이제 고기잡이는 느릿느릿 할 수 있는 일이 아니다. 이 호수에 물고기가 이렇게 많았던 적이 없기 때문이다. 마치 물고기가 가득한 물통에 손을 집어넣는 것과 같다. 그러나 모두에게 그런 것은 아니다. 예수가 다른 데로 가면 물통이 다시 텅 비다시피 하기 때문이다. 그러면 이따금씩 한두 마리 걸리는 그물질을 되풀이하느라 손과 팔이 곧 지쳐버린다. 절망에 빠진 갈릴리 바다 서쪽의 어민 공동체 전체가 예수에게 가서 도와달라고 요청하고, 호소하고, 요구한다. 어떤 곳에서는 잔치를 열어 꽃을 바치며 예수를 영접하기도 한다. 마치 종려 주일 같다. 그러나 인간이 먹는 양식이라는 것의 속성 때문에 질투와 악의가 드러나고 이따금씩만 약간의 자비가 눈에 띨 뿐이다. 공포의 효모가 선을 누르고 악을 발효시킨다. 한 무리의 어부들이 다른 무리의 어부들과 싸우고, 한 마을이 다른 마을과 싸우기 시작했다. 그들 모두 예수를 원했다. 다른 사람들은 자기들끼리 알아서 먹고살기를 바랐다. 그들이 싸우기 시작하면 예수는 사막으로 물러났다가, 문제를 일으킨 사람이 회개를 하고 거친 행동에 용서를 구하면서 사랑과 헌신을 약속할 때에만 돌아왔다. 왜 동쪽 호숫가의 어부들이 서쪽으로 대표단을 보내 공정한 조약을 작성하는 문제를 논의하지 않았는지 우리는 절대 알 수 없을 것이다. 그런 조약을 작성했다면 이 지역에서 눈에 띄는 다양한 인종과 종파의 많은 이방인들은 제쳐놓더라도 관련 당사자 모두에게 도움이 되었을 텐데. 동안의 어부들은 또 야음을 틈타 그물과 미늘창을 준비한 함대를 보내 예수를 납치해 갈 수도 있었을 것이다. 그랬다면 서안의 어부들은 풍요에 막 익숙해지던 시점에서 다시 빈곤한 생활로 돌아가고 말았을 것이다.

그러나 예수가 고기잡이를 택한 이후 새로 알게 된 풍족함에 관한 이야기는 일단 접어두고, 야고보와 요셉이 찾아와 그에게 이런 생활을 그만두고 집으로 돌아가자고 요구했던 날로 돌아가보자. 두 형제, 화가 난 야고보와 눈물을 흘리는 요셉은 서둘러 나사렛으로 돌아가고 있다. 그곳에서 어머니는 떠난 두 아들이 큰아들을 데려올 수 있을 것인지 계속 궁금해하지만, 아마 그렇게 되지는 않을 것이라고 생각한다. 그들이 예수를 만난 해안에서 집으로 돌아가려면 막달라를 통과할 수밖에 없었다. 야고보는 이 도시를 잘 몰랐으며 요셉은 전혀 몰랐다. 겉으로 볼 때 이곳에는 그들을 붙잡아둘 만큼 관심을 끌 만한 것이 없는 듯했다. 그래서 형제는 잠깐 쉰 다음에 가던 길을 계속 갔다. 광야가 시작되기 직전에 있는 마지막 집 몇 채를 지나는데, 왼쪽으로 불에 타버린 집의 맨 담이 보였다. 마당으로 통하는 대문은 강제로 열려 있었지만, 다 부서지지는 않았다. 불은 안에서 시작된 것 같았다. 지나가는 사람은 재 속에 보물이 남아 있을지도 모른다는 희망을 품는다. 들보가 머리로 떨어질 위험이 없다면, 더 탐험을 해보고 싶은 유혹에 저항을 할 수가 없다. 그는 조심스럽게 발을 디디며 한쪽 발로 잡석더미를 쑤셔 반짝이는 것을 찾는다. 금화, 부서지지 않는 다이아몬드, 에메랄드 목걸이. 야고보와 요셉은 그저 호기심에 안으로 들어갔다. 욕심 많은 이웃들이 이미 이곳을 약탈했을 것이라는 상상을 하지 못할 정도로 순진하지는 않다. 게다가 집이 아주 작아 귀중한 물건들은 소유자가 애초에 미리 옮겨놓았을 것이 거의 틀림없었다. 화덕 위의 지붕은 무너져 내렸다. 벽돌 바닥은 부서졌다. 빠져나온 타일들이 발에 걸렸다. 아무것도 없네, 야고보가 말했다, 가자. 그때 요셉이 물었다, 저게 뭐지. 그것은 침대 틀이었다. 하지만 다리는 불타고 틀 전체는 심하게 손상을 입었다. 검게 그을린

휘장 조각들이 넝마가 되어 걸려 있는 허깨비 왕좌였다. 침대 네, 야고보가 말했다, 큰 땅의 영주나 부자 상인들은 정말로 저런 데서 자. 여기는 부잣집 같지 않은데, 요셉이 반박했다. 겉만 보고는 모르지, 야고보가 지혜로운 말로 책망했다. 나가는 길에 요셉은 대문 밖에 막대가 걸려 있는 것을 보았다. 무화과를 거두는 데 쓰는 것이었다. 원래는 훨씬 더 길었을 것이다. 이게 왜 여기 있지, 요셉은 그렇게 묻더니, 자기 자신이나 형에게서 답이 나오기를 기다리지 않고 그 쓸모없는 막대를 챙겼다. 화재 현장, 파괴된 집, 미지의 사람들에게서 챙겨 가는 기념품이었다. 그들이 들고 나는 것은 아무도 보지 못했다. 그들은 더러운 튜닉을 입고 나쁜 소식을 전하러 집으로 가는 형제일 뿐이었다. 한 사람은 막달라 마리아에 대한 기억 때문에 상한 마음을 다독거리고 있었고, 또 한 사람은 부러진 막대를 가지고 놀면 재미있을 것이라는 생각을 하고 있었다.

막달라 마리아는 바위에 앉아 예수가 돌아오기를 기다리며 나사렛의 마리아 생각을 한다. 얼마 전까지는 그녀를 단지 예수의 어머니라고만 생각했다. 그러나 이제 예수에게 물어보았기 때문에 그녀의 이름 또한 마리아라는 것을 알고 있다. 이 세상에 마리아가 엄청나게 많고, 이 유행이 지속될 경우 앞으로 더 많이 나올 것이라는 점을 생각하면 큰 의미 없는 우연의 일치다. 그럼에도 우리는 같은 이름을 가진 사람들 사이에는 어떤 유대감이 존재한다고 믿는 경향이 있다. 예를 들어 요셉은 이제 자신이 아버지 요셉의 아들이 아니라 형제에 가깝다고 생각할지도 모른다. 이것이 하나님의 문제일 수도 있다. 하나님과 같은 이름을 가진 사람은 없으니까. 이런 생각은 막달라 마리아 같은 사람에게는 무리인 것처럼 보일 수도 있다. 그러나 그녀가 사랑하는 남자에 대한 생각이 그의 어머니에 대한 생각으로 이어진다면 이런 생각도 얼마든지 할 수 있다고 우리는 확신한다. 막달라 마리아는 자신의 아들을 낳아 사랑한 적은 없지만, 천 번하고도 또 한 번 거짓 사랑의 기만을 겪은 뒤에 마침내 한 남자를 사랑한다는 것이 무엇인지 알게 되었다. 그녀는 여자가 남자를 사랑하듯이 예수를 사랑한다. 하지만 어머니가 아들을 사랑하듯이 그를 사랑하고 싶기도 하다. 어쩌면 아들에게 집으로 돌아오라는 말을 넣었으나 거부당하고 만 그의 진짜 어머니보다 나이가 별로 적지 않기 때문일 것이다. 막달라 마리아는 궁금하다, 나사렛의 마리아가 그 답을 들으면 어떤 기분일까. 그러나 이것은 그녀 자신이 예수를 잃으면 얼마나 아플지 상상하는 것과 같지는 않다. 그렇게 되면 그녀는 아들이 아니라 남자를 잃는 것이 될 터이기 때문이다. 오, 주여, 필요하다면 나에게 벌로 두 가지 슬픔을 모두 내려주세요, 막달라 마리아가 앉아서 예수가 돌아오기를 기다리며 중얼거렸다. 배가 가까이 다가오자 사람들이 배를 해안으로 끌어당기고, 반짝이는 물고기가 가득 담긴 바구니를 운반했다. 예수도 물에 발을 담그고 어부들을 도우며, 장난치는 어린아이처럼 웃음을 터뜨렸다. 막달라 마리아는 자신이 나사렛의 마리아 역할을 한다고 생각하며 일어서서 물가로 가 얕은 물을 건너 예수를 맞이했다. 그녀는 예수의 어깨에 입을 맞추며 작은 소리로 말했다, 아들아. 아무도 예수가, 어머니, 하고 말하는 소리를 듣지 못했다. 우리가 알다시피 심장에서 나오는 말은 입으로 나오지 않고 목에 걸려, 눈에서만 읽을 수 있기 때문이다. 마리아와 예수는 물고기 한 바구니를 보답으로 받아 평소처럼 밤을 보낼 집으로 갔다. 그들은 자신들의 집 없이 배에서 배로, 매트에서 매트로 전전했기 때문이다. 처음에 예수는 마리아에게 자주 이렇게 말했다, 이건 당신에게 맞는 생활이 아니에요, 언제든지 가능할 때마다 내가 찾아갈 수 있는 우리 집을 찾아봐야겠어요. 그러나 마리아는 고집을 부렸다, 나 혼자 뒤에 남아 기다리고 싶지 않아, 너와 함께 있는 것이 더 좋아. 언젠가 예수가 묵을 곳을 제공할 만한 친척이 없냐고 묻자 그녀는 동생 나사로와 언니 마르다가 유대 땅 베다니라는 마을에 살지만, 매춘을 하게 된 뒤로 자신은 집을 떠났고, 그들이 창피하게 생각할까 봐 점점 멀리 옮겨와 마침내 막달라에까지 이르게 된 것이라고 말했다. 그럼 베다니에서 태어난 셈이니까 이름도 사실 베다니 마리아가 되어야겠네요, 예수가 말했다. 그래, 나는 베다니에서 태어났어, 하지만 네가 막달라에서 나를 만났으니, 나는 막달라 출신이라고 생각할래. 나는 베들레헴에서 태어났지만 사람들은 나를 베들레헴의 예수라고 부르지 않아요, 그렇다고 나 자신이 나사렛 출신이라고 생각하는 것도 아니에요, 그곳 사람들은 나를 원하지 않고, 나도 물론 그 사람들을 원하지 않기 때문이에요. 어쩌면 나도 당신처럼 말해야 할지도 모르겠네요. 나는 막달라 출신이다, 그대와 똑같은 이유로요. 우리 집을 태워버렸다는 사실을 잊지 마. 하지만 기억까지 태운 건 아니잖아요, 예수가 대답했다. 마리아가 베다니로 돌아가는 문제에 관해서는 더 이야기하지 않았다. 이 해안이 그들의 세계 전체였다. 이곳에서는 예수가 어디를 가든 그녀도 함께 다녔다.

이 세상에는 슬픔이 아주 많고, 불행이 우리 발밑에서 잡초처럼 자란다는 말은 정말 진실이다. 우리가 잘못 알고 있는 것이 아니라면, 이런 말은 남자들이 만들어냈을 수밖에 없다. 남자들만이 인생의 오르막과 내리막, 장애, 좌절, 끊임없는 투쟁에 익숙하기 때문이다. 이런 말에 의문을 품는 사람들은 바다에서 배를 타는 사람들뿐이다. 그들은 발밑에 훨씬 더 큰 화(禍)가 있다는 것을 알기 때문이다. 실로 헤아릴 수 없이 깊은 틈이 입을 벌리고 있는 것이다. 뱃사람들의 불행인, 하늘이 보낸 바람과 질풍은 파도가 부풀고, 폭풍우가 터지고, 돛이 찢어지고, 약한 배가 침몰하게 한다. 그럴 때 이 어부와 뱃사람들은 정말로 하늘과 땅 사이에서 죽는다. 두 손은 하늘에 이르지 못하고, 두 발은 절대 땅에 닿지 않는다. 갈릴리 바다는 여느 호수와 마찬가지로 거의 언제나 고요하고 잔잔하다. 그러나 물의 분노가 풀려날 때는 다르다. 그때는 모든 사람이 알아서 자기 목숨을 챙겨야 하는데, 몇 사람은 슬프게도 물에 빠지고 만다. 그러나 일단 나사렛의 예수와 그가 최근에 걱정하는 문제로 돌아가보자. 이 문제는 인간의 마음이 결코 만족할 줄 모르며, 자신의 의무를 이행한다고 해서 마음의 평화가 오지는 않는다는 것을 보여준다. 물론 쉽게 만족하는 사람들은 우리에게 다른 생각을 심어주려 하겠지만. 예수가 요단 강을 따라 오르내리며 끝없이 왔다 갔다 한 덕분에 이제 서쪽 호숫가에 곤궁은 없다고, 심지어 이따금씩 나타나던 물자 부족도 없다고 말할 수 있을 것이다. 게다가 어부들만 이익을 본 것이 아니다. 물고기가 풍부해지면서 값이 내려가 다른 사람들도 더 많이 먹을 수 있었기 때문이다. 물론 잡은 것의 일부를 다시 바다에 놓아주는 잘 알려진 기업적인 방법으로 높은 가격을 유지하려는 시도가 있기는 했지만, 예수는 만일 그런 짓을 한 사람들이 사과를 하고 행동을 고치지 않으면 다른 데로 가겠다고 위협했다. 그래서 모두가 행복하다. 예수만 빼고. 그는 이제 늘 왔다 갔다 하고, 배에 오르내리는 것, 매일 똑같은 일을 반복하는 것이 지겹다. 물고기가 나타나게 하는 힘이 주로부터 나오는 것은 분명하다. 그런데 주가 약속대로 그를 부를 준비가 될 때까지 왜 이런 단조로운 일을 해야만 하는 것인가. 예수는 주가 자신과 함께한다는 것을 의심하지 않는다. 물고기는 그가 부르면 반드시 오기 때문이다. 이것을 보면서 예수는 주가 혹시 다른 능력도 주고 싶어 하지 않을까 하는 생각을 하게 되었다. 자신이 그것을 좋게 사용하기만 한다면. 우리가 지금까지 보았듯이, 오로지 직관의 안내만 받으면서 아주 많은 일을 해낸 예수는 그런 조건을 수용하는 데 전혀 어려움이 없을 것이다. 그것을 알아내는 한 가지 방법이 있었다. 그것은, 아, 하고 말하는 것처럼 쉬운 방법으로, 그냥 한번 해보라는 것이다. 그래서 되면 하나님이 인정을 하는 것이고, 안 되면 하나님이 불쾌하다는 뜻일 테니까. 이때 첫 번째 문제는 어떤 능력을 선택하느냐 하는 것이었다. 주에게 직접 물어볼 수 없기 때문에 예수는 가장 노여움을 사지 않을 만한 능력을 선택하는 모험을 해야 했다. 그러나 너무 뻔해도 안 되고, 또 그것으로 혜택을 보는 사람들, 또는 세상이 모르고 지나갈 정도로 은밀해도 안 되었다. 사람들이 모르면, 가장 중요한 고려 사항인 하나님의 영광을 가리는 일이 될 터였기 때문이다. 그러나 예수는 결단을 내릴 수 없었다. 하나님이 사막에서처럼 자신을 조롱하고 모욕할까 봐 두려웠다. 지금도 처음에, 이쪽으로 그물을 던지세요, 하고 말했을 때 빈손으로 돌아오게 되었다면 얼마나 창피했을지 생각만 해도 몸이 떨렸다. 이런 문제 때문에 심하게 고민한 나머지 어느 날 밤에는 누가 귀에 대고, 두려워하지 마, 하나님에게는 네가 필요하다는 사실을 잊지 마, 하고 소곤거리는 꿈을 꾸기까지 했다. 그러나 잠에서 깼을 때는 그 말을 누가 했는지 궁금하지 않을 수 없었다. 주의 말씀을 배달하러 돌아다니는 많은 천사 가운데 한 명인지, 아니면 사탄의 명령을 따르는 많은 악마 가운데 하나인지. 막달라 마리아는 옆에서 곤하게 자고 있었기 때문에 그녀일 리는 없었다. 이런 상태에서 어느 날 예수는 평소처럼 기적을 일으키러 나섰다. 다른 날과 다를 것 없어 보이는 날이었다. 하늘에는 구름이 낮게 깔려 비가 올 것 같았다. 그러나 어부들을 집에서 못 나오게 하려면 비로는 어림없었다. 그들은 온갖 날씨에 익숙했기 때문이다. 이날의 배는 첫 기적을 목격한 시몬과 그의 형제 안드레의 것이었다. 세베대의 아들인 야고보와 요한의 배도 함께 가기로 했다. 기적이 늘 똑같은 결과를 낳는지 결코 알 수 없기 때문이다. 근처의 배도 그곳에 모이는 물고기의 일부를 잡을 수 있을지 모르는 것 아닌가. 강한 바람이 그들을 빠르게 물 가운데 쪽으로 몰아간다. 어부들은 두 배의 돛을 내리고 그물을 준비한 다음 예수가 어디로 던지라고 말해 줄 때를 기다린다. 이 순간 상황이 고약해지기 시작한다. 낮게 찌푸린 하늘에서 갑자기 폭풍이 몰아치더니, 점점 격렬해지면서 미친 듯한 질풍에 파도가 크게 일렁인다. 자연이 진노를 터뜨리자 약하고 작은 배 두 척은 심하게 허우적거린다. 무방비 상태의 어부들이 곤경에 처한 것을 보고 호숫가에 있던 사람들은 소리를 지르고 탄식했다. 그곳에는 부인, 어머니, 누이, 자식이 모여 있었고, 또 선량한 장모도 끼어 있었다. 그들이 울고불고 하도 시끄럽게 구는 통에 하늘에서도 그 소리를 들었을 것이다. 오, 가엾은 남편, 오, 사랑하는 아들, 오, 사랑하는 형, 오, 내 가엾은 사위, 너 저주 받아 마땅한 야비한 바다야, 고난 받는 자들의 거룩한 어머니여, 우리를 도와주소서, 항해자를 보호하는 여신이여, 우리를 도와주소서. 그러나 아이들이 할 수 있는 일은 우는 것뿐이었다. 막달라 마리아도 그곳에서, 예수, 예수,

하고 중얼거리고 있었다. 그러나 그를 위해 기도하지는 않았다. 그녀는 주가 그를 다른 일에 쓰려고 아껴두고 있기 때문에 몇 명이 익사하고 말 이런 바다 폭풍 때문에 그가 죽게 내버려두지 않을 것임을 알았다. 그녀는, 예수, 예수, 하고 계속 되풀이했다. 마치 그 이름을 부르는 소리로 죽을 운명에 가까이 다가간 것이 틀림없어 보이는 어부들을 구할 수 있기라도 한 것처럼. 예수는 폭풍 한가운데서 자신을 둘러싼 절망과 파괴를 지켜보았다. 파도가 배를 쓸자 배에 물이 들어차고 돛대가 부러져 돛이 공중으로 날아갔다. 비는 황제의 배라도 침몰시킬 수 있는 큰물로 바뀌고 있었다. 예수는 그 광경을 지켜보며 생각했다, 나는 사는데 이 사람들은 죽는다는 것은 옳지 않아, 주는 나를 책망할 거야, 너는 함께 있는 사람들을 구할 수도 있었는데 아무런 시도도 하지 않았구나, 네 아버지의 죄로 부족하단 얘기냐. 그 사실이 생각나자 너무 고통스러워 예수는 벌떡 일어나더니 마치 단단한 땅 위에 선 듯 꿋꿋하게 서서 바람에게 명령했다, 고요해져라. 또 바다에게 명령했다, 잠잠해져라. 그가 말을 하자마자 바다와 바람이 누그러지고, 하늘의 구름이 흩어지고, 해가 찬란한 모습을 드러냈다. 우리 가엾은 인간들의 눈에는 정말로 경이로운 광경이었다. 배에 탄 사람들의 기쁨을 묘사하는 것은 불가능하다. 그들을 입을 맞추고 끌어안았다. 호숫가에서는 기쁨의 눈물을 흘렸다. 건너편 호숫가에 있는 사람들은 폭풍이 왜 이렇게 빨리 끝난 것인지 어리둥절했다. 그러나 여기 있는 사람들은 죽었다 살아

난 듯 운 좋게 위기를 모면한 것 외에 다른 생각은 할 수 없었다. 누가 자기도 모르게, 기적이야, 기적, 하고 소리친다 해도, 누군가가 그런 기적을 일으켰다는 사실은 의식하지 못하는 듯했다. 그러다 갑자기 물 위에 정적이 찾아왔다. 다른 배들이 시몬과 안드레의 배를 둘러쌌다. 어부들은 하나같이 예수만 바라볼 뿐 너무 놀라 말을 하지 못했다. 그들은 폭풍의 포효 위로 그가, 고요해져라, 잠잠해져라, 하고 소리치는 것을 분명히 들었기 때문이다. 여기 그 사람 예수가 있었다. 그는 바다에서 물고기를 부를 수 있는 사람이었다. 그가 이제 바다가 사람들을 물고기에게 갖다 바치는 일을 금지한 것이다. 예수는 눈을 내리깔고 노 젓는 사람 자리에 앉았다. 얼굴에는 승리와 불행이 동시에 드러나 있었다. 마치 산꼭대기에 이르러 이제 슬프고 불가피한 하산을 시작하는 것 같았다. 사람들은 원을 그린 채 예수가 말을 하기를 기다렸다. 바람을 길들이고 물을 잔잔하게 만든 것으로는 부족했다. 하나님조차 어부들을 죽음의 차가운 포옹에 내맡긴 상황에서 어떻게 소박한 갈릴리 사람, 이름 없는 목수의 아들이 이런 기적을 이루었는지 설명을 해야 했다. 예수는 일어서서 그들에게 말했다, 방금 여러분이 본 것은 내가 한 것이 아닙니다, 폭풍을 잠잠케 한 목소리는 내 목소리가 아니라, 선지자들을 통해 말씀하셨듯이 나를 통해 말씀하시는 주의 목소리였습니다, 나는 그저 주의 입에 불과합니다. 예수와 함께 배를 탔던 시몬이 말했다, 주는 폭풍을 내리셨듯이 다시 멀리 보내셨을 수도 있지, 하지만 우리가 이젠 죽었구나 하고 생각했을 때 우리 목숨을 구한 것은 네 뜻이고 네 말이었어. 내 말을 믿으세요, 이건 내가 아니라 하나님이 하신 일입니다. 그러자 세베대의 아들 형제 가운데 어린 쪽인 요한이 다음과 같은 말로 그가 멍청한 사람이 아님을 입증했다, 하나님이 하신 일일지도 모르죠, 모든 권세는 하나님 안에 있으니까요, 하지만 하나님은 형님을 통해서 행동하셨습니다, 따라서 우리가 형님을 아는 것이 하나님의 뜻임이 분명합니다. 하지만 여기 있는 사람들은 이미 나를 알잖아. 어딘지도 모르는 곳에서 와서 신기하게도 우리 배에 고기를 가득 채워주었다는 것만 알죠. 나는 나사렛의 예수야, 로마인들에게 십자가 처형을 당한 목수의 아들이지, 한동안은 양과 염소를 치는 목자 일을 했어, 그리고 지금은 여기에 있는 사람들과 함께 있고, 어쩌면 죽을 때까지 계속 어부 노릇을 할지도 모르겠어. 시몬의 형제 안드레가 말했다, 우리는 늘 너와 함께 있을 거야, 이런 능력을 가진 사람이라면 목에 연자 맷돌보다 무거운 외로움을 걸고 다닐 운명일 테니까. 예수가 말했다, 형님 마음이 요구하는 것이라면 나와 함께 있어도 좋아요, 그리고 요한이 말한 대로 여러분이 나를 아는 것을 주께서 바라시는 것이라면, 아무한테도 여기서 일어난 일을 말하지 마세요, 아직 하나님이 내 운명을 드러낼 때가 오지 않았으니까요. 그러자 세베대의 두 아들 가운데 형인 야고보, 동생과 마찬가지로 멍청이가 아니었던 야고보가 말했다, 사람들이 입을 다물고 있을 거라고 생각하면 안 되지. 저기 저 호숫가에 모인 사람들을 좀 봐, 너를 칭찬하려고 기다리고 있잖아, 어떤 사람들은 안달이 나서 벌써 이리로 오려고 자기 배를 물로 밀고 있잖아, 그리고 설사 우리가 저 사람들을 말려 비밀을 지키라고 설득한다 해도, 하나님이 계속 너를 통해 당신을 드러내지 않을 거라고 어떻게 장담할 수 있겠어, 너 스스로 아무리 싫다고 해도 말이야. 살아 있는 슬픔이나 다름없는 예수는 고개를 푹 꺾고 말했다, 우리 모두 주의 손 안에 있습니다. 너는 우리보다 더 그렇지, 시몬이 대꾸했다, 하나님이 너를 선택했으니까, 하지만 우리는 너를 따를 거야. 끝까지요, 요한이 말했다. 너한테 우리가 필요 없을 때까지, 안드레가 말했다. 가능한 한 오랫동안, 야고보가 말했다. 배들이 빠르게 다가오고 있었다. 팔을 흔들며 주에게 기도와 감사와 찬양을 드리는 소리가 들렸다. 예수는 체념을 하고 사람들에게 말했다, 갑시다, 포도주를 따랐으니 마셔야겠지요. 예수는 막달라 마리아를 눈으로 찾지 않았다. 평소와 마찬가지로 자신을 기다릴 것임을 알고 있었기 때문이다. 사실 그녀가 그를 기다리는 것을 멈추게 하려면 기적보다 더 큰 것이 필요했다. 그녀가 자신을 기다린다고 생각하자 감사와 평화가 마음을 그득 채웠다. 예수는 배에서 내려 그녀의 품에 안겼다. 그녀가 뺨을 그의 젖은 수염에 대고 귀에 이렇게 소곤거렸을 때도 놀라지 않았다, 너는 전쟁에서는 질 수밖에 없겠지만 전투는 모두 이길 거야. 그들은 팔짱을 끼고 친구들과 함께 환호하는 구경꾼들에게 인사를 했다. 군중은 예수가 승리를 거둔 장군이라도 되는 양 환호했다. 예수와 마리아는 팔짱을 끼고 호수를 굽어보는 마을 가버나움으로 가는 가파르고 좁은 길을 올라갔다. 그곳은 시몬과 안드레가 사는 마을로, 예수와 마리아는 그곳에서 환대를 받았다.

폭풍 사건이 모든 사람의 입에 오르내릴 것이라던 야고보의 말은 옳았다. 몇 킬로미터 반경 안에 있는 사람들은 며칠 동안 그 이야기만 했다. 물론, 이상한 이야기이지만, 디베랴에는 폭풍이 불었다는 것을 아는 사람이 없는 것 같다. 앞서도 말했지만, 그곳의 호수는 그리 넓지 않아, 맑은 날 높은 데 올라가면 이쪽 호숫가에서 저쪽 호숫가까지 다 보인다. 어떤 사람이 디베랴에 가서 가버나움의 어부들과 함께 다니는 낯선 이가 폭풍을 말 한마디로 잠잠케 했다는 소식을 전하자, 그 이야기를 듣던 사람이, 무슨 폭풍, 하고 묻는 바람에 외려 놀라고 말았다. 그러나 실제로 폭풍이 있었다는 사실을 증언할 목격자들은 부족하지 않았다. 또 직간접적으로 폭풍에 말려든 사람들도 있었다. 그런 사람들 가운데는 일을 하다가 우연히 그곳에 있게 된 사페드와 가나의 노새몰이꾼 몇 명도 있었다. 이 사람들이 다른 곳에 소식을 퍼뜨렸는데, 이들은 각각 자기 상상을 보태 이야기를 꾸몄다. 그러나 이 소식은 모든 사람에게 닿지 않았다. 우리는 그런 이야기가 어떻게 되는지 잘 안다. 시간이 지나면 신빙성을 잃게 되는 것이다. 이 소식이 나사렛에 이르렀을 때 그 이야기를 입에 올리는 사람들은 이것이 진짜 기적인지, 아니면 운 좋은 우연의 일치가 일어나 예수가 바람에 대고 말을 할 때 하필이면 바람도 부는 게 지겨워졌는지 잘 알 수가 없었다. 그러나 어머니의 마음은 결코 속지 않는다. 마리아는 사람들이 이미 의문을 품고 있는 이 경이적인 사건의 사그라지는 메아리만 듣고도 그녀의 집에 없는 아들이 그 일 뒤에 있다는 것을 알았다. 그녀는 자신이 어머니로서 권위를 잃는 바람에 천사가 밝힌 일을 예수에게 감춘 것이 가슴 아팠다. 짧게 몇 마디만 했어도 스스로 가슴 아파하면서 떠난 아들이 집으로 왔을 것이라고 확신했기 때문이다. 이제 리사는 결혼을 하여 가나에 살았기 때문에 마리아는 자신의 쓰린 마음을 털어놓을 사람이 없었다. 형을 만난 뒤에 화가 나 씩씩거리며 돌아온 야고보에게 의지할 수는 없었다. 그는 마리아에게 어느 것 하나 빼놓지 않고 이야기했으며, 예수와 함께 있던 여자에 관해 가슴에 못을 박는 이야기를 했다, 그 여자는 형 어머니뻘이라고 해도 좋을 것 같던데요, 그리고 표정을 보니 인생에 대해 모르는 것이 없는 것 같아요, 좋게 말해서 말이에요. 그렇다고 이 외딴 마을에 사는 야고보 자신이 인생에 관해 많이 아는 것은 아니다. 결국 마리아는 요셉, 이름에서나 외모에서나 남편을 가장 많이 떠오르게 하는 아들에게 속을 털어놓았다. 그러나 요셉은 거의 위로가 되지 않았다, 어머니, 우리는 우리 실수의 대가를 치르고 있는 거예요. 형을 본 뒤에 나는 형이 절대 집에 오지 않을 거란 걱정이 들었어요, 사람들은 형이 폭풍을 잠잠하게 만들었다고 해요, 실제로 형이 마법으로 배에 물고기를 가득 채

왔다는 이야기를 우리는 어부들한테서 직접 들었어요. 그러니까 천사의 말이 맞았구나. 무슨 천사요, 요셉이 물었다. 마리아는 사발에 빛이 나는 흙을 담았던 거지에서부터 꿈에 천사가 나타난 일까지 다 이야기해 주었다. 그들은 집 안에서 이런 대화를 나누지 않았다. 이런 대가족 안에서는 사적인 공간을 확보하는 것이 거의 불가능했기 때문이다. 이 사람들은 비밀을 털어놓고 싶으면 사막으로 들어간다. 거기 가면 심지어 하나님도 만날 수 있다. 요셉과 마리아가 여전히 대화에 몰두해 있을 때 요셉이 어머니 어깨 너머로 양과 염소 떼가 목자와 함께 먼 언덕을 넘어가는 것을 보았다. 가축 떼는 별로 커 보이지 않았고 목자도 키가 별로 크지 않았다. 그래서 그냥 아무 말 없이 지켜보았다. 이윽고 어머니가 한숨을 쉬며, 나는 예수를 두 번 다시 못 보겠구나, 하고 말하자, 요셉은 생각에 잠긴 표정으로 대꾸했다, 모르는 일이죠.

 요셉 말이 맞았다. 일 년쯤 뒤 리사가 어머니에게 전갈을 보냈다. 남편의 여동생이 혼인 잔치를 하니 어머니가 사돈집을 대표해서 가나로 와달라는 이야기였다. 아이를 몇 명 데려오든 다 환영한다고 했다. 이런 관대한 초대에도 불구하고 마리아는 사돈에게 짐이 되는 것이 내키지 않았다. 세상에 아이를 주렁주렁 거느린 과부만큼 성가신 것은 없었기 때문이다. 그래서 마리아는 지금 가장 예뻐하는 요셉, 그리고 그 나이 또래 다른 여자아이들과 마찬가지로 잔치와 기념행사라면 사족을 못 쓰는 리디아만 데려가기로 했다. 가나는 나사렛에서 멀지 않다. 우리 시간으로 계산하면 한 시간밖에 안 떨어져 있다. 이곳은 벌써 온화한 가을 날씨였기 때문에 혼인 잔치와는 별도로 유쾌한 외출도 기대해 볼 수 있을 것 같았다. 그들은 동틀 무렵에 서둘러 떠났다. 잔치의 마지막 준비라도 좀 거들어줄 심산이었다. 그런 노고를 기울이면 하객들의 기쁨도 비례하여 늘어나기 때문이다. 리사는 달려나와 어머니, 남동생, 여동생을 맞으며 다정하게 얼싸안았다. 그녀는 건강이 괜찮으냐고 물었고, 그들은 행복하게 잘살고 있느냐고 물었다. 그러나 할 일이 많았기 때문에 그들은 빨리 움직였다. 리사와 마리아는 가족의 다른 여자들과 함께 음식을 만들려고 신랑 집으로 갔다. 전통적으로 잔치는 신랑 집에서 열렸기 때문이다. 요셉과 리디아는 아이들과 함께 마당에 그대로 있었다. 결혼식이 시작될 때까지 남자아이들은 남자아이들끼리 놀았고, 여자아이들은 또 자기들끼리 춤을 추었다. 이윽고 아이들은 남녀를 가리지 않고 한꺼번에 몰려가 신랑을 따르는 남자들 뒤에 가서 섰다. 밝고 화창한 아침이었음에도 신랑 친구들은 관례대로 횃불을 들고 있었다. 이것은 횃불이 추가해주는 약간의 빛이라 해도 무시해서는 안 된다는 것을 보여준다. 이웃들이 웃는 얼굴로 그들을 맞으러 나왔다. 그러나 행렬이 신부를 데리고 돌아올 때를 대비해 축복은 아껴두었다. 요셉과 리디아는 이 나머지 부분을 놓쳤지만, 이미 그들 가족에 혼사가 있었기 때문에 이런 경험이 처음은 아니었다. 신랑이 문을 두드리면서 신부를 보자고 하면, 신부는 친구들에게 둘러싸여 나타난다. 신부 친구들은 작은 기름 등을 들고 있다. 여자들한테는 이것이 커다란 횃불보다 잘 어울린다. 그러면 신랑은 지난 열두 달 동안 구애를 하면서 수도 없이 신부를 보고 원하는 대로 함께 침대에 갔음에도, 새삼스럽게 신부의 베일을 들어 올리고 그곳에서 처음 보물을 발견한 것처럼 기뻐하며 소리를 지른다. 요셉과 리디아는 이 부분을 다 놓쳤다. 우연히 거리 아래쪽을 보던 요셉이 멀리서 남자 두 명과 여자 한 명이 걸어오는 것을 보았기 때문이다. 요셉은 예수와 그 여자를 알아보고 두 번째로 묘한 느낌을 받으며 누이에게 말했다, 봐, 예수야. 그들은 예수를 맞으러 달려갔다. 그러나 중간에 요셉은 발을 멈추었다. 어머니가 기억났고, 형이 호숫가에서 자신들을 차갑게 대했던 것이 기억났기 때문이다. 사실 야고보와 자신을 차갑게 대했다기보다는 그들이 전한 말을 차갑게 대한 것이지만. 어쨌든 요셉은 자신이 지금 하는 행동을 나중에 예수에게 설명해야 할 것이라고 생각하며 등을 돌렸다. 그러나 모퉁이를 돌아 사라지기 전에 다시 고개를 돌렸을 때, 형이 리디아를 허공의 깃털처럼 품에 안고 숨 막힐 듯한 입맞춤을 퍼붓고, 여자와 다른 남자는 만족한 표정으로 바라보는 것이 보이자 질투심을 느꼈다. 요셉은 좌절감에 눈물이 그렁그렁한 채 집으로 달려가, 마당과 낮은 상에 펼쳐 놓은 아마포 천과 음식을 피하기 위해 펄쩍펄쩍 뛰며 마당을 건너가 소리를 질렀다, 어머니, 어머니. 우리의 목소리가 다 다르다는 것은 구원의 은총이다. 아니면 어디를 가나 어머니들이 모두 고개를 들고 다른 사람의 아들을 보게 될 것이다. 요셉을 흘끗 보고 마리아는 무슨 일인지 알았다. 요셉이 그녀에게 말했다, 예수가 이쪽으로 와요. 그녀의 얼굴에서 핏기가 가셨다. 그러나 잠시 후 얼굴이 붉어지면서 웃음을 지었으며, 곧 다시 진지하고 창백한 표정으로 바뀌었다. 이런 갈등하는 감정들 때문에 마리아는 몸이 벽에 부딪혀 심장이 뛰지 않는 것처럼 가슴에 손을 얹었다. 누가 함께 있니, 그녀가 물었다. 분명히 누가 함께 있다고 확신했기 때문이다. 남자 한 명하고 여자 한 명이에요, 그리고 리디아도요, 리디아도 함께 있어요, 요셉이 대답했다. 전에 네가 봤던 여자냐. 네, 어머니, 하지만 남자는 모르겠어요. 리사가 무슨 일인지도 모르고 호기심 때문에 그들에게 다가왔다, 무슨 일이에요, 어머니. 네 오라비가 결혼식에 참석하러 왔다는구나. 예수가 여기 가나에 있다는 거예요. 그래, 요셉이 방금 봤단다. 리사는 흥분을 억누르면서도 웃음을 감추지 못하고 혼자 중얼거렸다, 오빠가. 그 고요한 웃음은 그녀의 깊은 만족감을 드러냈다. 그럼 가서 맞이해야죠, 리사가 말했다. 너는 가, 나는 그냥 여기 있을 거야, 어머니가 방어하듯이 말하더니 요셉을 돌아보며 말을 이었다, 네 누나하고 같이 가. 하지만 요셉은 리디아가 먼저 예수의 포옹을 받은 것에 심사가 뒤틀렸으며, 리사는 혼자 갈 용기가 없었다. 그래서 그들은 재판관이 어떤 자비를 내릴지 모르는 채 판결을 기다리는 범인 세 명처럼 거기 서 있었다. 재판관과 자비라는 말이 여기서 무슨 의미가 있는지 몰라도.

예수는 리디아를 품에 안고 문간에 나타났다. 막달라 마리아가 뒤따랐지만, 먼저 들어온 사람은 안드레였다. 그가 예수와 함께 온 남자로, 신랑과는 친척 관계였다. 이것은 웃음을 지으며 그를 환영하는 사람들에게 그가 대꾸를 하면서 분명해졌다, 아니, 시몬은 못 왔어. 그 자리에 있는 많은 사람들이 행복하게 이 친족 간의 재회에 몰입해 있는 동안, 어떤 사람들은 깊게 갈라진 심연 너머로 서로를 보면서, 누가 먼저 저 약하고 좁은 다리 위에 발을 올려놓을 것인지 자문하고 있었다. 그래도, 그 모든 것에도 불구하고, 서로를 잇는 다리가 여전히 있기는 했던 것이다. 우리는 어떤 시인이 말한 대로 아이들이 이 세상의 가장 큰 기쁨이라고 말하지는 않을 것이다. 그러나 어른들이 가끔 체면을 잃지 않고 어려운 걸음을 내딛는 것이 그들 덕분이기는 하다. 비록 나중에 별로 많이 가지는 못했음을 깨닫게 된다 해도. 리디아가 예수의 품에서 빠져나와 어머니에게 달려갔다. 꼭두각시놀이에서 하나의 움직임은 다른 움직임, 또 다른 움직임을 낳는다. 예수는 어머니와 동생을 만나러 다가와, 매일 보는 사람처럼 감정 없이 무심하게 인사를 한 다음 걸음을 옮겼다. 남은 사람들은 어리벙벙했다. 막달라 마리아가 그 뒤를 따랐다. 그녀가 나사렛의 마리아를 지나가는 순간, 두 여자, 정직한 한 여자와 평판이 나쁜 한 여자가 서로를 슬쩍 보았다. 적대나 경멸이 아니라 서로 인정하는 표정이었다. 여자 마음의 그 미로 같은 길에 익숙한 사람들만 이해할 수 있겠지만. 행렬이 다가오고 있었다. 외치고 환호하는 소리가 들렸다. 탬버린이 짤랑거리는 소리, 부드러운 하프의 부서지는 듯한 음들, 춤의 박자, 모두 한꺼번에 말을 하려고 할 때 들리는 날카로운 목소리들. 이윽고 손님들이 마당으로 쏟아져 들어왔다. 신부와 신랑은 환호와 박수 속에 거의 휩쓸리듯이 들어와 축복을 받으려고 양가 부모 앞으로 나아갔다. 마리아도 딸 리사 때처럼 축복을 하려고 그곳에서 기다리고 있었다. 그때도 지금처럼 남편이나 장남이 그녀 곁에서 가장으로서 자리를 지켜주지 못했다. 모두 잔칫상에 앉을 때 예수는 특별한 자리를 배정 받았다. 안드레가 친척들에게 이 사람이 빈 그물에 고기를 채우고 폭풍우를 잠재운 그 사람이라고 슬쩍 귀띔했기 때문이다. 그러나 예수는 그 명예를 거부하고 신부로부터 멀리 떨어진 곳에 하객들과 함께 앉았다. 막달라 마리아가 예수의 시중을 들었다. 아무도 그녀가 왜 거기 있느냐고 묻지 않았다. 리사도 오빠가 잘 있는지 확인하려고 몇 번 가보았다. 예수는 두 여자를 똑같이 대했다. 멀리서 그 광경을 지켜보던 어머니의 눈이 막달라 마리아의 눈과 만났다. 마리아는 그녀를 마당의 조용한 한쪽 구석으로 불러 친근하게 말했다, 내 아들을 잘 돌봐줘요, 큰 시련이 그 아이를 기다리고 있다고 천사가 경고했어요, 하지만 나는 아무 것도 해줄 수가 없어요. 저를 믿으세요, 필요하다면 제 생명을 바쳐서라도 저이를 보호하고 방어하겠어요. 이름이 뭐예요. 저는 막달라 마리아라고 해요, 아드님을 만나기 전까지는 매춘부로 살았어요. 마리아는 아무 말 하지 않았지만 상황을 더 분명하게 보게 되었다. 몇 가지 자잘한 일들이 의미를 지니며 되살아났다. 동전, 돈이 어디에서 왔냐고 물었을 때 예수가 조심을 하던 일, 야고보가 예수를 만나고 와서 분개하던 일, 여자가 형과 함께 있다고 말한 일. 이제 모든 것을 알게 된 마리아는 막달라 마리아를 돌아보며 말했다, 내 아들 예수를 위해 해준 모든 선한 일에 나는 늘 축복을 하고 감사를 할 거예요. 막달라 마리아는 존경의 표시로 몸을 기울여 마리아의 어깨에 입을 맞추었다. 그러자 마리아가 두 팔로 그녀를 꼭 끌어안았다. 그들은 그렇게 말없이 한동안 서로 끌어안고 있다가 부엌으로 돌아갔다. 그곳에서는 일이 기다리고 있었다.

잔치는 계속되었다. 부엌에서 계속 요리가 나오고, 주전자에서는 포도주가 흘러나왔고, 손님들은 노래를 하고 춤을 추기 시작했다. 그때 갑자기 잔치를 맡은 이가 오더니 신랑과 신부 부모들의 귀에 대고 소곤거렸다, 포도주가 떨어져가고 있습니다. 지붕이 무너지고 있다는 이야기를 들었어도 그렇게 당황하지는 않았을 것이다. 이제 어떻게 해야 하지, 어떻게 손님들 앞에 나가 이제 포도주가 없다고 말한단 말인가, 내일이면 가나 사람들 모두가 우리의 수치스러운 일을 알 텐데. 가엾은 내 딸, 신부 어머니가 신음을 토하듯이 내뱉었다, 사람들이 저 아이를 조롱하겠구나, 혼인하는 날 포도주조차 바닥이 났다고 말하겠지, 우리가 무슨 짓을 했기에 이런 꼴을 당한단 말인가, 결혼 생활이 시작부터 이렇게 엉망이어서야.

탁자에서 손님들은 잔을 비워가고 있었다. 많은 사람들이 포도주를 더 갖다줄 사람을 찾아 두리번거렸다. 그 순간 이제 어머니의 임무를 다른 여자에게 맡긴 마리아는 정적에 싸인 집으로 돌아가기 전에 예수의 기적적인 힘을 시험해 보기로 결심했다. 이제 지상에서 자신의 임무를 완수했으므로 이 세상을 떠날 준비가 되어 있었던 것이다. 그녀는 막달라 마리아를 찾아 두리번거렸다. 그녀가 동의의 뜻으로 천천히 눈을 감으며 고개를 끄덕이는 것이 보였다. 그래서 지체 없이 예수에게 다가가, 자신이 기대하는 것을 아들이 알 것이라 확신하고 말했다, 포도주가 없어. 예수는 고개를 돌려 어머니를 보았다. 그는 마치 멀리서 하는 이야기를 들은 것처럼 바라보다가 물었다, 여자여, 내가 당신과 무슨 상관이 있습니까. 옆에서 우연히 그 말을 들은 사람들은 이 파괴적인 말에 충격을 받고 놀랐다. 자신을 세상에 데려온 어머니를 이렇게 대하는 아들은 없기 때문이다. 시간이 지나면서 이 말은 그렇게 잔인하게 들리지 않도록 다른 방식으로 표현되고 해석된다. 어떤 사람들은 심지어 그 의미를 완전히 바꾸어 예수가 실제로 한 말은, 왜 이런 일로 나를 귀찮게 하십니까, 또는 이 일이 나하고 무슨 상관이 있습니까, 또는 누가 어머니더러 이런 일에 개입해 달라고 했습니까, 또는 우리가 왜 관여해야 합니까, 여인이여, 또는 왜 이 일을 나에게 맡겨두지 못합니까, 또는 무엇을 원하는지 말씀하시면 어떻게 할 수 있을지 한번 보겠습니다, 또는 심지어, 내가 어머니가 기뻐하시는 일을 하려고 최선을 다할 것이라고 믿으셔도 좋습니다, 였다고 주장했다. 어쨌든 마리아는 겁을 내지 않고 예수의 경멸하는 표정을 받아내면서 하인들에게, 무엇이든지 이 사람이 시키는 대로 해요, 하고 말하여 도전을 마무리했다. 그렇게 되자 아들은 어색한 입장에 놓이게 되었다. 예수는 아무 말 없이, 막으려고 하지도 않고 어머니가 떠나는 것을 지켜보았다. 주가 어머니를 이용했다는 것을 안 것이다. 폭풍과 어부들의 곤경을 이용했듯이. 예수는 아직 포도주가 약간 남은 자신의 잔을 들어 올리더니 정화를 할 때 쓰는 돌 항아리 여섯 개를 가리키며 하인들에게 말했다, 저기에 물을 채우세요. 그러자 하인들은 항아리에 물을 가득 채웠다. 단지마다 두세 동이가 들어갔다. 그걸 이리 가져오세요, 예수가 말하자 하인들은 복종했다. 예수는 각 항아리에 자신의 잔에 든 포도주를 몇 방울씩 떨어뜨린 다음 하인들에게 명령했다, 이걸 잔치를 맡은 이에게 갖다주세요. 잔치를 맡은 이는 그것이 어디서 왔는지도 모르고 약간의 포도주 때문에 색이 변한 듯 만 듯한 물의 맛을 보았다. 그는 신랑을 불러 말했다, 누구든지 좋은 포도주를 먼저 내놓고, 손님들이 취한 뒤에 덜 좋은 것을 내놓는데, 자네는 이렇게 좋은 포도주를 지금까지 남겨두었군. 포도주를 이런 항아리에 내놓는 것을 본 적이 없고, 더욱이 포도주가 이미 다 떨어졌다는 것을 알고 있던 신랑은 직접 그 맛을 보더니 짐짓 겸손한 표정으로 이 포도주의 뛰어난 품질에 관하여 한마디 함으로써 분명한 사실을 다시 한 번 확인했다. 민중의 목소리가 아니라면, 이 경우에는 다음 날 이 소식을 퍼뜨린 하인들이 아니라면 이것은 묻힌 기적이 되었을 것이다. 잔치를 맡은 이는 물이 포도주로 변한 것을 몰랐기 때문에 그냥 계속 모른 채로 있었을 것이고, 신랑은 남이 한 일을 가지고 자신이 칭찬을 받는 것으로 만족했을 것이고, 예수가 돌아다니며, 내가 이런저런 기적을 일으켰지, 하고 말할 리는 없고, 처음부터 계획에 관여했던 막달라 마리아가, 저이가 기적을 일으켰어요, 하고 자랑할 가능성도 없었기 때문이다. 하물며 예수의 어머니가 그런 자랑을 했을 리는 없다. 이것은 마리아와 아들 사이의 문제였고, 나머지는, 잔을 다시 채운 모든 손님이 증언하겠지만, 보너스였기 때문이다. 그 말의 모든 의미에서.

나사렛의 마리아와 그녀의 아들은 대화를 더 나누지 않았다. 예수와 막달라 마리아는 아무에게도 작별 인사를 하지 않고 그날 오후에 디베랴로 떠났다. 요셉과 리디아는 눈에 띄지 않게 그들을 마을 외곽까지 따라갔다. 그들은 그곳에 서서 두 사람이 굽이를 돌아 사라지는 것을 지켜보았다.

그다음에는 긴 기다림이 시작되었다. 주가 예수라는 사람에게서 자신을 드러낸 표적은 지금까지는 알아들을 수 없는 빠른 소리 몇 마디를 내지르며 보여주는 교묘한 마법, 매혹적인 착각에 지나지 않았다. 동양의 마법사들이 더 멋지게 해내는 묘기와 다를 것이 없었다. 예를 들어 허공에 밧줄을 던진 다음 견고한 고리나 신비한 귀신의 손 등 눈에 보이는 지지물 없이 밧줄을 타고 올라간다든가 하는 것. 그런 경이로운 일을 하고 싶으면 예수는 그냥 그것을 바라기만 하면 되었다. 그렇게 한 이유를 누가 묻는다면 그는 그물이 텅 빈 어부들의 곤경이나 미쳐 날뛰는 폭풍의 위험이나 혼인 잔치에서 포도주가 바닥나는 굴욕을 외면할 수 없었다고 대답할 수밖에 없었을 것이다. 진정 아직 주가 그의 입을 통해 말을 할 때가 되지 않았기 때문이다. 갈릴리의 이쪽 면에 사는 마을 사람들은 나사렛 출신의 한 남자가 오직 하나님에게서만 나올 수 있는 능력을 발휘하고 다니고, 그 자신도 그것을 부정하지 않지만, 그가 자신이 그들 속에 나타난 동기나 이유를 설명하지 않는 이상 그들로서는 입 닥치고 이 갑작스러운 풍요를 누리는 것이 최선이라고 말했다. 시몬과 안드레는 이런 생각에 동의하지 않았다. 세베대의 아들들도 마찬가지였다. 그러나 그들은 예수의 친구들이었고 그의 목숨을 걱정했다. 예수는 매일 아침 잠을 깨면 소리 없이 물었다, 혹시 오늘인가요. 가끔 그 질문을 입 밖에 내는 바람에 막달라 마리아의 귀에도 들리곤 했다. 하지만 그녀는 아무 말도 하지 않았다. 그냥 누워 한숨을 쉬다가 두 팔로 그를 끌어안으며 이마와 눈에 입을 맞출 뿐이었다. 그러는 동안 예수는 그녀의 젖가슴의 달콤하고 따뜻한 향기를 맡았다. 어떤 날은 그러다 다시 잠이 들기도 했다. 또 어떤 날은 그 질문을 잊어버리고 막달라 마리아의 몸에서 피난처를 구하기도 했다. 마치 다른 형태로 다시 태어날 수 있는 고치로 들어가는 것 같았다. 한참 뒤 그는 호수에서 기다리는 어부들에게로 가곤 했다. 그들 가운데 다수는 그를 전혀 이해하지 못했다. 그래서 왜 직접 배를 구해 혼자 고기를 잡아 전부 독차지하지 않느냐고 계속 물었다. 가끔 바다에 나가 고기를 잡다 쉴 때면, 아무리 고기잡이가 하품처럼 쉬워졌다지만 그래도 쉬는 것이 필요했기 때문인데, 그럴 때면 예수는 갑자기 어떤 예감에 가슴이 떨렸다. 그러나 하나님이 있다고 알려진 하늘로 고개를 돌리는 것이 아니라, 호수의 잔잔한 수면에, 맑디맑은 피부처럼 빛나는 부드러운 물에 갈망을 담은 눈길을 고정시켰다. 마치 그 깊은 곳에서 물고기가 아니라 좀처럼 찾아오지 않는 목소리가 올라올 것을 기다리는 것 같았다. 그것을 바라면서도 두려워하는 것 같았다. 하루의 고기잡이가 끝나면 배는 고기를 잔뜩 싣고 돌아왔다. 예수는 고개를 푹 숙이고 다시 호숫가를 걸었다. 막달라 마리아가 그 뒤를 따랐다. 그렇게 몇 주, 몇 달, 또 몇 년이 흘렀다. 유일하게 눈에 띄는 변화는 디베랴에서만 일어났다. 도시가 번창하여 건물들이 더 올라갔던 것이다. 그것 외에는 모든 것이 평소와 다를 것이 없었다. 이 땅은 겨울이면 죽고 봄이면 다시 태어나는 듯했다. 물론 그릇된 관찰이고 감각의 기만일 뿐이다. 겨울의 잠이 없으면 봄은 아무것도 아니니까.

예수는 이제 스물다섯 살이었다. 갑자기 온 우주가 깨어난 것 같았다. 마치 잃어버린 시간을 열심히 벌충하기라도 하려는 듯이 새 표적들이 차례차례 나타났다. 사실 첫 번째 표적은 딱히 기적이라고 할 수는 없었다. 시몬의 장모가 아파 열이 나고 예수가 그녀의 병상으로 다가가 이마에 손을 얹은 것을 특별한 일이라고 할 수는 없었기 때문이다. 우리 모두가 가끔 본능적으로 하는 행동이니까. 물론 이런 자연스럽고 단순한 동작으로 환자가 치료될 것이라고 기대하지는 않지만. 그러나 마치 독이 풀린 물이 땅에 흡수되듯이 예수의 손 밑에서 열이 내렸다. 늙은 여인은 바로 일어나 약간 뜬금없이, 나를 돌보는 사람은 누구든 내 사위를 돌보는 사람이야, 하고 말하더니 아무 일도 없었다는 듯이 집안일을 하기 시작했다. 첫 번째 표적은 개인적인 일로서 집 안에서 일어났던 것이다. 그러나 두 번째 표적에서 예수는 기록되고 준수되는 율법과 공개적으로 갈등을 일으키게 되었다. 물론 일반적인 인간 본성, 그리고 예수가 막달라 마리아와 정상적이지 않은 부부 생활을 하고 있다는 사실을 고려할 때 이해할 수 있는 일이라고도 할 수 있지만. 사람들이 간음을 한 여자를 모세의 율법에 따라 돌로 쳐 죽이려 하자 예수가 끼어들어 이렇게 말한 것이다, 그만두세요, 여러분 가운데서 죄가 없는 사람에게 먼저 돌을 던지게 하십시오. 마치, 내가 내연관계인 여자와 살지 않고, 죄 많은 행동이나 생각으로 더럽히지 않았다면, 나도 여러분과 함께 이런 처벌에 가담할 것입니다, 하고 말하는 것 같았다. 그는 큰 모험을 하고 있었다. 사람들 가운데 냉담한 자 몇 사람이 그의 질책을 못 들은 체하고 돌을 던질 수도 있었기 때문이다. 자신들은 자신들이 지금 적용하는 율법의 적용을 받지 않는다고, 다시 말하면 그 율법은 여자들에게만 적용된다고 주장할 수도 있었기 때문이다. 아마 경험 부족 때문이겠지만 예수가 미처 생각을 하지 못한 점이 있는 것 같은데, 그것은 자기들만이 죄를 선고하고 벌을 줄 도덕적 권리가 있다고 믿는, 신앙이 깊은 척하는 재판관들이 오기를 기다리며 손을 놓고 있다가는 범죄가 극적으로 늘어나고 사악함도 널리 퍼질 가능성이 높다는 것이다. 간음하는 여자들은 풀려나 이 순간에는 이 남자 다음 순간에는 저 남자에게 안길 것이다. 또 이런 간음은 그 뒤에 수많은 악덕을 몰고 와, 주는 소돔과 고모라에 불과 유황을 내려보내 재로 만들겠다는 결심을 굳히게 될 것이다. 그러나 친애하는 형제들이여, 세상과 함께 태어난 악, 세상에게 세상이 아는 모든 것을 가르쳐준 악은 아무도 보지 못했지만, 불길 속에서 사라지면서도 그 자신의 재 속에서 부화된 알에서 다시 태어나는 불사조와 같다. 선은 부드럽고 약하지만, 악이 뜨거운 죄의 숨결을 정결의 얼굴에 내뿜기만 하면 그 얼굴은 영원히 일그러지고, 백합의 줄기는 꺾이고, 오렌지 꽃은 시들고 만다. 예수는 간음한 여자에게 말했다, 가서 이제부터 다시는 죄를 짓지 마세요. 하지만 그도 속으로는 그렇게 되기 어려울 것이라고 생각하고 있었다.

호수 건너편에서도 주목할 만한 사건이 일어났다. 예수는 그 무렵 서안에만 관심을 쏟는다는 말이 나오지 않도록 이따금씩 호수 건너편에도 가곤 했다. 이날도 예수는 야고보와 요한을 불러 말했다, 건너편 가다라 사람들이 사는 곳에 가서 무슨 일이 생기나 한번 볼까요, 돌아오는 길에 고기를 잡으면 되겠죠, 그래야 어디 갔다 왔다고 내세울 게 있으니까. 세베대의 두 아들은 그 제안에 흥분했다. 그들은 배를 물에 내놓고 그들을 도와줄 바람이 불기를 기대하며 노를 젓기 시작했다. 그들의 기도는 응답을 받았다. 그러나 그들의 만족감은 곧 공포로 바뀌었다. 바람이 폭풍으로 바뀌면서 몇 년 전 경험했던 것보다 더 심해질 것 같은 예감이 들었기 때문이다. 그러나 예수가 마치 아이들을 야단치듯이, 도대체 왜 이러느냐, 하고 물과 하늘을 꾸짖자 물은 바로 잠잠해지고, 바람은 다시 적당한 방향과 적당한 속도로 불었다. 세 사람은 배에서 내렸다. 예수가 앞서 가고 야고보와 요한이 그 뒤를 따랐다. 그들은 전에 이 지역에 와본 적이 없었기 때문에 눈에 보이는 모든 것에 놀랐다. 그때 갑자기 어떤 사람이 길에 나타나는 바람에 크게 당황했다. 턱수염은 서로 들러붙어 떡이 되고 머리는 산발인 그런 더러운 피조물에 사람이라는 말을 써도 되는지 모르겠지만, 몸에서는 무덤같은 악취가 풍겼다. 사실 그것도 놀랄 일이 아닌 것이, 이 남자는 자신을 묶은 사슬을 끊을 때면 늘 무덤에 가서 살았기 때문이다. 광인이 미쳐 날뛸 때는 힘이 두 배로 강해진다는 것은 잘 알려진 사실이다. 그러나 이 남자는 사슬을 두 배로 늘려도 묶어둘 수가 없다. 여러 번 시도해 보았지만 아무 소용이 없었다. 이 남자는 단지 미친 것이 아니라, 그를 사로잡아 지배하는 불결한 영이 그를 가두려는 모든 시도를 조롱했기 때문이다. 귀신 들린 남자는 자신과 자신의 그림자를 피해 밤이나 낮이나 산을 뛰어다녔으며, 무덤들 사이에 또 종종 무덤 안에 들어가 숨는 바람에 거기서 끌어내야 했다. 지나가던 사람은 그 모습에 소스라치곤 했다. 예수가 이 남자를 처음 보았을 때도 마침 그런 상황이었다. 지키는 사람들이 그 남자를 쫓아가며 위험하니까 비키라고 예수를 향해 팔을 흔들고 있었다. 그러나 예수는 모험을 찾아 나선 몸이었기 때문에 무슨 일이 있어도 이 장면을 놓치고 싶지 않았다. 요한과 야고보도 광인에게 겁을 먹기는 했지만 친구를 버리고 달아나지는 않았다. 그랬기 때문에 그들은 아무도 들을 것이라고 예상하지 못했던 말, 이제 곧 보게 되겠지만, 주와 주의 율법을 모독하는 말을 처음으로 듣게 되었다. 사나운 남자는 짐승의 발 같은 두 팔을 펼치고 짐승의 엄니 같은 이를 드러낸 채 다가오고 있었다. 이에는 먹다 남은 썩은 살이 매달려 있었다. 예수는 겁이 나 머리카락이 곤두설 지경이었는데, 갑자기 귀신 들린 피조물이 두 걸음 떨어진 땅바닥에 넙죽 엎드리며 소리쳤다. 나에게 무엇을 원합니까, 예수, 전능한 분의 아들이여, 하나님의 이름으로 청하건대, 나를 괴롭히지 말아주십시오. 자, 이 순간 처음으로 공적인 자리에서, 물론 신중함과 회의적인 태도 때문에 사적인 꿈에서도 이제까지 그런 일은 없었을 것이라 생각되지만, 어쨌든 공적인 자리에서 처음으로 목소리, 이런 것이 있는지는 몰라도 악마적인 목소리가 나사렛의 예수는 하나님의 아들이라고 선포한 것이다. 예수 자신도 이 순간까지 알지 못했던 일이었다. 사막에서 하나님과 대화를 나누었을 때 부자 관계 문제는 등장하지 않았기 때문이다. 나중에 네가 필요할 것이다, 하는 말이 주가 한 말의 전부였으며, 하늘의 아버지가 구름과 연기 기둥의 모습으로 그의 앞에 나타났기 때문에 겉모습으로 판단할 수도 없는 일이었다. 귀신 들린 남자는 발치에서 몸부림치고 있었다. 그 안의 목소리는 지금까지 감추어졌던 것을 마침내 드러냈다. 그 순간, 마치 다른 사람에게 비친 자신의 모습을 본 사람처럼, 예수는 자기 자신에게도 누군가가 들어와 있으며, 자신은 그 힘에 좌우되고 있다고 느꼈다. 그 힘이 그를 어디로 이끌지 알 수 없었다. 그러나 결국은 무덤 중의 무덤으로 데려갈 것이 틀림없었다. 예수는 귀신에게 물었다, 네 이름이 뭐냐. 그러자 귀신이 대답했다, 군대입니다, 우리의 수가 많기 때문에 붙은 이름입니다. 그러자 예수가 명령했다, 이 사람에게서 떠나라, 더러운 귀신아. 그가 말하자마자 지옥의 목소리들이 합창을 했다. 어떤 소리는 높고 날카로웠고, 어떤 소리는 낮고 거칠었고, 어떤 소리는 여자 목소리처럼 부드러웠고, 어떤 소리는 돌을 자르는 톱 소리처럼 시끄러웠고, 어떤 소리는 조롱하고 놀렸으며, 어떤 소리는 가난한 자들처럼 겸손하게 호소했고, 어떤 소리는 오만했으며, 어떤 소리는 훌쩍였고, 어떤 소리는 처음 말을 배우는 아이처럼 혀짤배기소리였으며, 어떤 소리는 괴로워하는 유령처럼 소리를 질렀다. 모두 예수에게 그대로 있게 해달라고 간청했다. 예수는 단 한마디로 그들을 이 사람의 몸에서 몰아낼 수 있었기 때문이다. 악한 귀신들은 빌었다, 제발, 우리를 가엾게 여겨 쫓아내지 마십시오. 그러자 예수가 귀신들에게 물었다, 그럼 말해 봐라, 어디로 가고 싶으냐. 그때 돼지 떼가 근처 산비탈에서 풀을 뜯고 있었다. 귀신들은 예수에게 간청했다, 우리가 돼지들에게 들어가도록 허락해 주십시오. 예수는 잠시 생각하다가 그것이 완벽한 해결책이라고 판단했다.

돼지고기는 불결하여 유대인에게는 금지된 음식이므로, 돼지는 이방인에게 속한 것이었기 때문이다. 그러나 이방인이 돼지를 먹으면서 그 안에 든 귀신도 함께 먹어 귀신이 들릴 것이라는 생각은 떠오르지 않았다. 또 곧이어 생겨날 불행한 사건들도 예측하지 못했다. 사실 아무리 하나님의 아들이라 해도, 게다가 아직 그런 높은 수준의 친족 관계에 익숙하지 않은 터라, 말판에서 하나의 수나 하나의 결정에 따라 생겨나는 모든 결과를 볼 수는 없다. 악한 귀신들은 크게 흥분하여 도박을 하고 예수의 답을 기다리고 있었다. 예수가, 좋다, 하고 말하여 돼지에게 들어가도 된다고 허락하자 그들은 의기양양하게 환호하며 즉시 짐승들에게 들어가 살았다. 돼지들은 충격 때문인지 아니면 귀신 들리는 것이 싫었기 때문인지, 갑자기 거칠어지더니 이천 마리 모두가 절벽 너머로 몸을 던져 호수에 빠져 죽었다. 이 죄 없는 짐승을 돌보던 돼지치기들의 분노는 이루 말할 수가 없었다. 조금 전까지만 해도 이 가엾은 것들은 한가하게 풀을 뜯고, 부드러운 땅속에서 찾을 수 있는 뿌리나 벌레를 찾고, 바싹 마른 땅에서 얼마 안 되는 풀을 앞발로 뒤적이고 있었다. 그런데 지금 그들은 물속으로 들어가버렸다. 애처로운 광경이었다. 몇 마리는 벌써 목숨을 잃고 물에 둥둥 떠 있었다. 몇 마리는 거의 의식을 잃었지만 귀를 물 밖에 내밀고 있으려고 마지막으로 용감하게 애를 쓰고 있었다. 모두가 알다시피 돼지는 고막을 닫을 수가 없기 때문이다. 따라서 물이 너무 많이 들어오면 돼지들은 익사한다.

돼지치기들은 격분하여 예수와 그의 동행자들에게 돌을 던지더니, 급기야 그들을 쫓아오며 보상을 요구했다. 두당 얼마씩 이천 마리에 해당하는 금액이다. 계산하기는 쉽지만 주기는 쉽지 않은 돈이다. 어부들은 돈을 거의 벌지 못한다. 간신히 먹고산다. 게다가 예수는 어부라고 할 수도 없었다. 그러나 이 나사렛 사람은 성난 돼지치기들 앞에 마주 서서, 이 세상에 악마보다 더 큰 악은 없다고, 사탄과 비교하면 돼지 이천 마리는 아무것도 아니라고, 게다가 우리는 살면서 물질적이든 아니든 모두 상실을 겪는다고 설명하기로 결심했다. 따라서 참으십시오, 형제들이여, 예수는 그렇게 촉구할 각오가 되어 있었다. 그러나 야고보와 요한은 정말이지 돼지치기들과 열띤 토론 따위는 벌이고 싶지 않았다. 그들과 마주하는 일은 어느 모로 보나 우호적이지는 않을 것 같았으며, 이쪽에서 우정이나 호의를 보인다 한들 복수를 하기로 작심한 그 거친 사람들의 진노를 달랠 수는 없을 것 같았다. 예수는 내키지 않았지만 야고보와 요한의 주장에 굴복했다. 돌이 더 가까워지면서 그들 주장의 설득력도 점차 강해졌다. 그들은 비탈을 달려 물가로 가서 배에 뛰어들어 있는 힘을 다해 노를 저었고, 곧 위험에서 벗어났다. 돼지치기들은 보통 고기잡이를 거의 하지 않는다. 예수의 일행을 쫓아가는 사람들에게 배가 있는지 몰라도, 어쨌든 어느 곳에도 눈에 띄지는 않았다. 돼지 몇 마리를 잃고, 영혼 하나를 구원했으니, 승자는 하나님이네, 야고보가 말했다. 예수는 그를 보았다. 예수의 생각은 다른 데가 있었다. 자신을 지켜보는 두 형제가 듣고 싶고 이야기하고 싶은 것, 즉 귀신들이 예수가 하나님의 아들이라고 밝힌 이상한 사건에 가 있었다. 그러나 예수는 자신들이 빠져나온 호숫가로 고개를 돌려 물을 보았다. 돼지들이 물 위에 둥둥 떠서 파도에 쓸리며 뒹굴고 있었다. 죄 없는 짐승 이천 마리. 그는 속에서 불편한 느낌이 출구를 찾아 솟아오르는 것을 느꼈다. 마침내 그는 참지 못하고 소리쳤다, 귀신들, 귀신들은 어디 갔어. 그러더니 하늘을 향해 큰 소리로 웃음을 터뜨렸다. 잘 들으세요, 주여, 저 귀신들이 한 말대로라면, 당신은 당신의 계획을 이행해야 하는 이 아들을 잘못 선택한 겁니다, 아니면 당신의 권능에 뭔가 부족한 게 있는 겁니다, 그렇지 않으면 당신은 악마를 물리칠 수 있을 테니까요. 무슨 말을 하는 거예요, 요한이 그 상상도 할 수 없는 도전에 경악해서 물었다. 아까 그 남자를 사로잡았던 귀신들이 이제 자유라고 말하는 거야, 우리가 알다시피 귀신들은 죽지 않으니까, 내 친구들이여, 하나님도 그 귀신들을 죽일 수 없으니까, 내가 저기서 좋은 일을 했다지만, 호수를 검으로 내리친 것이나 다를 바 없는 일이었어. 호숫가로 많은 사람들이 내려오고 있었다. 어떤 사람들은 건질 수 있는 곳에 둥둥 떠 있는 돼지들을 구하려고 물로 뛰어들었다. 어떤 사람들은 배로 뛰어들어 뭐든 건져보려고 호수로 나왔다.

그날 밤 회당 근처에 있는 시몬과 안드레의 집에서 다섯 친구가 은밀히 모여 귀신들이 예수가 하나님의 아들이라고 밝힌 특별한 사건을 토론했다. 앞서 그 사건 때문에 큰 혼란에 빠졌던 이들은 해가 지기 전까지는 아무 이야기도 하지 않기로 합의했다. 그리고 이제 속 이야기를 털어놓을 때가 온 것이다. 예수가 먼저 입을 열었다, 거짓의 아버지가 한 말을 믿을 수는 없어요. 분명히 악마를 가리키는 말이었다. 안드레가 말을 받았다, 진실과 거짓은 똑같은 입을 통과하고 아무런 흔적을 안 남기지, 악마가 진실을 이야기할 수도 있어, 그런다고 해서 악마가 아닌 다른 게 되는 건 아니야. 시몬이 말했다, 우리도 네가 보통 사람이 아니란 건 알았어, 처음에는 우리를 도와 물고기를 잡게 해주었고, 그다음에는 우리를 죽일 뻔한 폭풍 사건이 있었잖아, 그다음에는 물을 포도주로 바꾸었고, 그다음에는 돌에 맞아 죽을 뻔한 간음한 여자를 구해 주었어, 그리고 이제는 귀신들을 쫓아버렸어. 예수가 말했다, 사람들한테서 귀신을 쫓아낸 사람은 나뿐만이 아니에요. 그건 그렇지, 야고보가 말했다, 하지만 귀신들이 전능한 분의 아들이라고 부른 건 네가 처음이야. 그것도 별 도움이 되지 않았어요, 결국 수모를 당한 건 귀신들이 아니라 나였잖아요. 그게 중요한 게 아니에요, 요한이 끼어들었다, 나도 거기에 있었기 때문에 다 들었어요, 왜 우리한테 형님이 하나님의 아들이란 이야기를 안 한 거예요. 나도 내가 하나님의 아들인지 아닌지 잘 모르겠어. 형이 모르는데 악마가 어떻게 알 수 있겠어요. 좋은 질문이지만, 그건 그들만 대답할 수 있겠지. 그들이 누구예요. 악마의 말에 따르면 나의 아버지인 하나님, 그리고 악마, 악마는 하나님한테서 이야기를 들었을 수밖에 없겠지. 정적이 깔렸다. 지금 입에 오른 권세들에게 스스로를 드러낼 시간을 주는 것 같았다. 마침내 시몬이 입을 열더니 핵심적인 질문을 던졌다. 너하고 하나님 사이에 뭐가 있는 거야. 예수가 한숨을 쉬며 말했다. 그게 여기 올 때부터 물어볼까 봐 겁났던 질문이에요. 누가 하나님의 아들이 어부가 되기로 했다는 걸 믿겠어. 이미 말했잖아요, 나는 내가 하나님의 아들이라고 확신하지 못한다고. 그래, 그러면 너는 누구야. 예수는 두 손으로 얼굴을 가리고, 그들이 원하는 고백을 어디에서부터 시작해야 할지 고민했다. 자신의 삶이 갑자기 다른 사람의 삶이 되어버린 것 같았다. 어쩌면 실제로 그런 것인지도 몰랐다. 귀신들이 진실을 말한 것이라면, 그에게 일어난 모든 일은 다른 의미를 띠게 되었고, 그런 맥락에서 보니 사건들 몇 가지의 의미가 이제야 분명해졌다. 예수는 두 손을 내리고, 간청하는 표정으로 친구들 한 사람 한 사람을 보았다. 마치 한 사람이 다른 사람에게 마땅히 요구할 수 있는 것보다 더 큰 신뢰를 요구하는 것 같았다. 예수가 한참 침묵을 지키고 있다가 입을 열었다, 나는 하나님을 봤어요. 아무도 입을 열지 않았다. 그냥 기다렸다. 예수는 눈을 내리깔고 말을 이어갔다, 사막에서 만났어요, 하나님이 말씀하시기를 때가 오면 나의 생명을 대가로 권세와 영광을 주시겠다고 하더군요, 하지만 내가 자기 아들이라는 말씀은 하지 않았습니다. 계속 침묵. 하나님이 너한테 어떻게 나타나신 거야, 야고보가 물었다. 구름처럼, 연기 기둥처럼요. 불이 아닌 게 확실해. 확실해요, 불이 아니라 연기였어요. 그리고 다른 이야기는 없었어요, 그냥 적당한 순간에 다시 오시겠다는 것 외에는. 그게 어떤 순간이지. 정말이지 나도 몰라요. 아마 내가 내 생명을 희생으로 바쳐야 하는 순간인 것 같아요. 그럼 그 권세와 영광은 뭐야, 그건 언제 주신다는 거야. 누가 알겠어요. 다시 침묵. 안은 무척 무더웠다. 그러나 모두 몸을 떨고 있었다. 이윽고 시몬이 느릿느릿 물었다, 네가 하나님의 아들이면 우리가 너를 메시아라고 불러야 하는 거야, 하나님의 백성을 굴레에서 해방시키러 온 메시아. 내가, 메시아라고요. 네가 주의 아들이라고 하는 것만큼이나 믿기 힘드네, 안드레가 신경이 곤두선 목소리로 말했다. 야고보가 말했다, 메시아든 하나님의 아들이든, 내가 이해 못하는 건 악마가 어떻게 그걸 알게 되었느냐는 거야, 주도 너한테 속을 털어놓지 않은 상태에서 말이야. 요한이 생각에 잠긴 표정으로 말했다, 악마와 하나님 사이의 은밀한 관계가 무엇인지 궁금해요. 그들은 그것과 관련된 진실을 아는 것이 두려워 불안하게 서로를 보았다. 시몬이 예수에게 물었다, 어떻게 할 거야. 예수가 대답했다, 내가 할 수 있는 유일한 일은 내 때가 오기를 기다리는 거예요.

그때는 빠르게 다가오고 있다. 그러나 그전에 예수는 기적을 일으키는 자신의 능력을 보여줄 기회가 두 번 더 있다. 하지만 두 번째 사건에는 베일을 드리우는 것이 좋을 것 같다. 예수가 크게 실수를 하는 바람에 귀신들이 호수로 내던져 버린 그 돼지들만큼이나 악과 아무런 관계가 없는 무화과나무가 죽어버렸기 때문이다. 그러나 두 기적 가운데 첫 번째는 예루살렘 제사장들의 관심을 받을 자격이 충분했다. 그래서 이 일은 나중에 성전 문에 황금 문자로 새겨진다. 그런 일은 전에 목격된 적이 없고, 실제로 그 뒤에도 목격된 적이 없기 때문이다. 역사가들은 그렇게 많은 다양한 인종들이 그 장소에 모인 것을 두고 의견이 다르다. 지나가는 길에 말해 두지만 그 정확한 장소 또한 논란거리다. 어떤 역사가들은 그 모임이 기원은 불투명하지만 전통적인 순례에 지나지 않는다고 주장한다. 어떤 역사가들은 군중이 그곳에 모인 것은, 나중에 사실이 아닌 것으로 판명되었지만, 로마에서 세금을 감면한다는 발표를 하러 사절이 왔다는 소문이 퍼졌기 때문이라고 말한다. 또 자신의 가설은 제시하지 않으면서, 납세자에게 도움이 되는 세금 감면을 믿는 사람은 바보일 것이며, 기원이 불투명한 순례에 관해서는 그런 공상을 하는 사람들이 조금만 수고하여 조사를 해보면 그런 일은 쉽게 확인할 수 있다고 말하는 역사가들도 있다. 논란의 여지가 없는 사실은 그곳에 아녀자들을 빼고 사오천 명은 모였고, 그들에게 먹을 것이 없었다는 것이다. 여행에 익숙하고 배낭을 단단히 꾸리지 않고는 짧은 여행도 나서지 않는 이 조심스러운 사람들이 어떻게 갑자기 빵 껍질 하나, 고기 조각 하나 없는 지경에 이르렀느냐 하는 것은 아무도 설명할 수 없을 것이다. 그러나 사실은 사실이다. 그리고 사실은 그곳에 만이천에서 만오천 명이 있었다고 말해 준다. 이번에는 아녀자도 포함한 숫자다. 그들은 먹을 것 없이 몇 시간을 걸어왔으며, 운이 좋아 자비로운 행인이 구해 주지 않는다면 가는 길에 힘이 빠져 쓰러질 각오를 하고 집으로 돌아갈 참이었다. 어떤 위기에서나 늘 먼저 불평을 하는 아이들이 짜증을 내기 시작했다, 어머니, 배고파요. 곧 상황은 견딜 수 없는 지경에 이르렀다. 예수는 막달라 마리아와 함께 군중 사이를 걸어 다녔다. 시몬, 안드레, 야고보, 요한도 함께 있었다. 그들은 돼지 사건과 그 뒤의 일 이후로 어디를 가나 예수와 함께 다녔다. 하지만 그들은 군중과는 달리 빵과 물고기를 좀 가져왔다. 준비를 해서 나온 셈이었다. 그러나 그 많은 사람들이 있는 데서 그것을 먹는다는 것은 완전히 이기적인 행위일 뿐 아니라, 위험을 자초하는 일이기도 했다. 궁핍은 법을 모르고, 카인이 우리에게 가르쳤듯이 정의의 가장 효과적인 형식은 우리 자신이 두 손으로 움켜쥐는 것이기 때문이다. 예수는 먹을 것이 필요한 이 거대한 무리에게 자신이 조금이라도 도움이 될 것이라고 한순간도 생각해 보지 않았다. 그러나 야고보와 요한이 이적들을 실제로 목격한 사람들답게 자신 있는 태도로 그에게 말했다, 네가 사람 몸에서 귀신을 쫓아내 죽음을 막을 수 있다면 틀림없이 이 사람들이 살 수 있도록 먹을 것도 줄 수 있을 거야. 우리가 먹으려고 가져온 얼마 안 되는 것 말고는 아무것도 없는데 나더러 어쩌라고. 하나님의 아들로서 틀림없이 뭔가 할 수 있을 거야. 예수는 막달라 마리아를 보았다. 그러자 그녀가 말했다, 이제는 돌아갈 데가 없어. 그녀의 얼굴에는 연민이 가득했다. 예수는 그것이 자신을 향한 것인지 굶주린 군중을 향한 것인지 알 수 없었다. 어쨌든 예수는 그들이 가져온 빵 다섯 덩이를 들고 각 덩이를 둘로 쪼갠 다음 옆에 있는 사람들에게 주었다. 이어 물고기 여섯 마리도 똑같이 했다. 빵 한 덩이와 물고기 한 마리는 자신을 위해 남겨두었다. 그런 뒤에 이렇게 말했다, 나를 따라다니며 내가 하는 대로 해요. 그런 다음에 그가 무슨 일을 했는지 우리는 안다. 하지만 어떻게 그럴 수 있었는지는 결코 알지 못할 것이다. 예수는 한 사람 한 사람 찾아가 빵과 물고기를 쪼개 나누어주었다. 그러나 각 사람은 빵 한 덩어리와 온전한 물고기 한 마리를 받았다. 막달라 마리아와 네 친구도 똑같은 일을 했다. 그들은 자비로운 바람이 밭을 지나가며 고개 숙인 옥수숫대를 하나씩 일으키듯이 사람들 사이를 지나다녔다. 사람들이 먹을 것을 씹으며 감사하는 소리는 잎이 바스락거리는 소리 같았다. 메시아야, 어떤 사람들이 말했다. 마법사야, 어떤 사람들은 주장했다. 그러나 군중 가운데 누구도, 혹시 하나님의 아들이 아닐까, 하는 생각은 하지 못했다. 예수는 그들 모두를 향해 말했다, 귀가 있는 사람들은 들으세요, 나누지 않으면 절대 늘리지 못합니다.

기회가 있을 때 예수가 그 규칙을 가르친 것은 잘한 일이었다. 그러나 적절하지 않은 때에 그것을 문자 그대로 적용한 것은 잘못한 일이었다. 앞서 말한 무화과나무의 경우가 그랬다. 예수는 시골길을 따라 걷다가 시장기를 느꼈다. 그러다 멀리 녹색 무화과나무 한 그루를 보고 열매가 열렸는지 보러 갔다. 그러나 가까이 다가가니 잎밖에 보이지 않았다. 너무 일러 열매가 맺히지 않은 것이다. 그러자 예수는 나무를 향해 말했다, 앞으로 네 가지에 열매가 맺히지 않을 것이다. 그 순간 무화과나무는 말라버렸다. 함께 있던 막달라 마리아가 말했다, 필요한 사람들한테는 줘야지, 하지만 줄 것이 없는 사람들한테는 아무것도 요구하지 말아야지. 예수는 마음에 가책을 느껴 무화과나무를 다시 살리려 했지만, 이미 완전히 죽은 상태였다.

안개 낀 아침이다. 어부는 그물에서 몸을 일으켜 문틈으로 하얀 세상을 보더니 아내에게 말한다, 오늘은 배 타러 안 나가, 이런 안개 속에서는 물고기도 물 속에서 길을 잃을 거야. 이 호숫가와 저 호숫가의 다른 모든 어부들이 거의 그와 비슷한 말로 똑같은 느낌을 표현한다. 그들은 이런 시기에는 보기 드문 안개에 어리둥절한 표정이다. 오직 한 사람, 어부들과 함께 살고 일하지만 직업이 어부는 아닌 한 사람만 문에 나가 보고 오늘이 그가 기다리던 날이라고 생각한다. 그는 우중충한 하늘을 쳐다보며 말한다, 고기 잡으러 갈게요. 그의 어깨 옆에서 막달라 마리아가 묻는다, 꼭 가야 돼. 예수가 대답했다, 이런 날이 오기를 오랫동안 기다렸어요. 뭣 좀 안 먹을래. 아침에 뜬 눈은 굶고 있다. 그러나 그는 그녀를 끌어안으며 말했다. 마침내 내가 누구인지, 나에게서 뭘 기대하는지 알게 될 거예요. 그러더니 안개 때문에 자기 발조차 보이지 않는데도 놀랄 만큼 자신만만하게 비탈을 내려가 물가에 이르더니 그곳에 정박한 배 한 척에 올라가 호수 한가운데 눈에 보이지 않는 공간을 향해 노를 젓기 시작했다. 노가 뱃전을 긁는 소리와 나무 날 주위에서 물이 보글거리고 찰랑거리는 소리가 수면 위로 퍼져 갔다. 고기 잡으러 나갈 거 아니면 잠이라도 좀 자요, 하는 말을 아내한테 듣고 잠을 청하려던 어부들은 그 소리에 잠을 자러 갈 수가 없었다. 마을 사람들은 불안하고 불편한 마음으로 호수 쪽의 뚫고 들어갈 수 없는 안개를 물끄러미 바라보며 노 소리가 그치기를 기다렸다. 그래야 집으로 돌아가 열쇠로 문을 잠그고, 가로대를 내리고, 맹꽁이자물쇠를 채울 수 있었기 때문이다. 안개 속에 있는 사람이 그들이 생각하는 그 사람이 맞고 그가 이쪽으로 숨을 내쉬겠다고 하면, 그에게서 나오는 공기 한 움큼으로도 그들은 나자빠질 것임을 뻔히 알고 있었지만. 안개는 예수가 지나가게 해준다. 그러나 그의 눈은 노 끝, 그리고 의자 역할을 하는 판자가 놓인 고물밖에 볼 수가 없다. 나머지는 텅 빈 벽이다. 처음에는 침침한 잿빛이지만, 배가 목적지에 다가가자 발산되는 빛 때문에 안개에서 흰 광채가 나는 듯하다. 안개는 정적 속에서 소리를 찾는 것처럼 떨리고 있다. 배는 빛의 원 속으로 들어가 정지한다. 배는 호수의 중심에 이르렀다. 하나님은 고물의 판자에 앉아 있다.

하나님은 처음과는 달리 구름이나 연기 기둥으로 나타나지 않았다. 이런 날씨에 그랬다가는 안개 때문에 보이지도 않을 것이다. 이번에는 덩치가 커다랗고 나이가 든 남자다. 큼지막한 턱수염이 가슴 위로 흘러내리고 있다. 머리에는 아무것도 안 쓰고 있어 머리카락이 치렁치렁 늘어져 있다. 넓은 얼굴에는 힘이 넘친다. 두툼한 입술은 말을 할 때도 거의 움직이지 않는다. 부유한 유대인 같은 차림이다. 황금색 꼰 끈으로 장식된, 소매가 달린 파란 망토 밑에는 긴 자홍색 튜닉을 입었다. 발에 신은 두툼한 샌들은 많이 걷는 사람들이 신는 것이다. 주로 앉아서 지낸다는 느낌은 전혀 주지 않는다. 그가 가고 나면 우리는 이렇게 물을 것이다, 머리카락이 어땠더라. 그러나 흰색인지, 검은색인지, 갈색인지 기억을 할 수가 없다. 나이로 보건대 흰색이었겠지만, 머리야 늙어도 세지 않는 경우도 있으니까. 어쩌면 그도 그런 쪽인지 모른다. 예수는 노를 들어 올려 배 안에 눕혀놓는다. 긴 대화에 대비하는 것 같다. 그러나 말은 간단하다, 제가 왔습니다. 하나님은 느릿느릿 꼼꼼하게 무릎 위의 망토 주름을 펼치면서 대꾸했다, 그래, 우리가 만나게 되었구나. 목소리는 웃음을 머금은 것 같지만 입술은 거의 움직이지 않았다. 긴 콧수염과 턱수염만 종처럼 떨릴 뿐이었다. 예수가 말했다, 제가 누구이고, 언약을 이행하려면 앞으로 어떻게 해야 하는지 알고 싶어 왔습니다. 하나님이 말했다, 두 가지 질문이로구나, 하나씩 처리하기로 하자, 어디에서부터 시작을 하고 싶으냐. 첫 번째부터 하고 싶습니다. 예수는 그렇게 말하더니 다시 물었다. 저는 누구입니까. 모른다는 거냐. 어, 안다고 생각했습니다, 제 아버지의 아들이라고 생각했지요. 어느 아버지를 말하는 거냐. 제 아버지 말입니다, 목수 요셉, 헬리의 아들, 아니 야곱의 아들인가, 잘 기억이 나지 않네요. 십자가에 달린 목수 요셉 말이냐. 다른 요셉이 또 있는지 몰랐습니다. 로마인이 비극적인 실수를 저질렀지, 그 가엾은 아버지는 죄 없이 죽었어, 아무 죄도 저지르지 않았는데. 그 아버지라고 말씀하시는 건 다른 아버지가 있다는 뜻인가요. 네가 자랑스럽구나, 똑똑해, 명민하고. 똑똑할 필요도 없지요, 악마한테 들었으니까요. 악마와 결탁을 한 것이냐. 아니오, 저는 악마와 결탁하지 않았습니다, 악마가 저를 찾아냈습니다. 그래, 악마의 입에서 무슨 이야기를 들었는데. 제가 당신의 아들이라고 했습니다. 하나님은 동의의 뜻으로 천천히 머리를 끄덕이다가 말했다. 그래, 너는 내 아들이다. 하지만 어떻게 인간이 하나님의 아들이 될 수 있습니까. 네가 하나님의 아들이라면 너는 인간이 아닌 게지. 하지만 저는 인간입니다, 숨을 쉬고, 먹고, 자고, 인간처럼 사랑을 합니다, 따라서 저는 인간이고 인간처럼 죽을 겁니다. 내가 네 입장이라면 그렇게 자신하지는 않을 것 같은데. 무슨 뜻인지요. 그게 두 번째 질문이지만, 시간은 많으니 다른 이야기부터 하자, 악마가 너더러 네가 내 아들이라고 말했을 때 너는 뭐라고 답을 했지. 답을 하지 않았습니다. 그냥 당신을 만날 날을 기다렸습니다, 그리고 사탄이 괴롭히던 귀신 들린 사람에게서 사탄을 쫓아냈습니다. 그 사람은 자신을 군대라고 부르더군요, 수가 많아서 그렇다면서. 지금은 어디 갔느냐. 모르겠습니다. 네가 그 귀신들을 쫓아냈다면서. 귀신을 몸에서 쫓아내면 그들이 어디로 가는지 아무도 모른다는 건 저보다 당신이 잘 아실 텐데요. 무엇을 보고 내가 악마의 일을 잘 알 거라고 생각하는 거냐. 당신은 하나님이니까 틀림없이 모든 것을 아시지 않겠습니까. 어느 정도까지만, 단지 어느 정도까지만. 정확히 어느 정도인가요. 내가 모르는 척하는 것이 재미있어지는 정도까지. 그래도 제가 어떻게 당신의 아들이 되었고, 무슨 이유로 그렇게 되었는지는 아실 것 아닙니까. 처음 만났을 때보다 안달을 한다고까지는 말 못해도 약간 더 자신감이 붙은 건 분명한 것 같구나. 그때는 어린아이에 불과했고 수줍음을 좀 탔지요, 하지만 지금은 다 컸습니다. 그래서 두려워하지 않는다. 두려워하지 않습니다. 두려워하게 될 거야, 두려움은 늘 찾아오니까, 하나님의 아들에게도. 그러면 여럿이란 말씀입니까. 여럿이라니. 물론 아들 얘깁니다. 아니, 나한테는 하나만 필요했어. 제가 어떻게 당신의 아들이 되었습니까. 네 어머니가 얘기 안 하더냐. 어머니가 아시나요. 천사를 보내 설명을 하라고 했는데, 그래서 네 어머니가 너한테 이야기를 했을 줄 알았다. 그 천사가 언제 어머니한테 갔습니까. 어디 보자, 내가 잘못 알고 있는 게 아니라면, 네가 두 번째로 집을 나간 뒤이고 가나에서 기적을 일으켜 물을 포도주로 바꾸기 전이야. 그러면 어머니가 아시면서 한마디도 안 하셨다는 거네요, 제가 당신을 사막에서 만났다는 이야기를 했을 때, 어머니는 제 말을 믿지 않았습니다, 하지만 천사가 나타난 뒤에는 제 말이 사실임을 알았겠군요, 그래도 저한테 털어놓지는 않았고요. 너도 여자가 어떤지 알잖느냐, 어쨌든 너도 한 여자와 함께 사니까 말이다, 여자들은 그 별것도 아닌 예민함과 가책 때문에 시달리잖니. 무슨 예민함과 가책을 말씀하시는 거죠. 어디, 내가 설명을 해보마, 나는 네가 수태되기 전 내 씨를 네 아버지의 씨와 섞었다, 그게 가장 쉽고 또 가장 눈에 안 띄는 방법이었지. 씨가 섞였다면서 제가 당신의 아들이라고 어떻게 확신하는 건가요. 나도 어떤 일에 확신을 갖는 것이 보통 지혜롭지 못한 일이라는 데는 동의해, 하지만 나는 확신을 해, 하나님이 되면 좀 유리한 점이 있거든. 그런데 왜 아들을 원하신 겁니까. 천국에는 아들이 없었거든, 그래서 땅에서 아들을 한 명 준비해야 했지, 그건 그렇게 독창적인 일이 아니야, 잡신들을 섬기는 종교에서도 흔한 일이야, 그 신들은 쉽게 서로 자식을 낳아주지, 그 가운데 몇 명은 땅에 내려오는 것도 봤다, 아마 환경을 좀 바꾸어 살아보려는 것이었겠지, 그러면서 영웅이나 다른 경이로운 것을 창조하여 인류에게 혜택을 주기도 하잖아. 그런데 저라는 이 아들, 왜 이런 아들을 원하신 겁니까. 말할 필요도 없이 환경을 좀 바꾸어보려고 그런 건 아니다. 그러면 왜죠. 여기 땅에서 나를 좀 도와줄 사람이 필요했어. 하지만 당신은 하나님이니까 도움이 필요 없잖아요. 그건 두 번째 질문이네.

그 뒤에 이어지는 정적 속에서, 어느 방향인지는 알 수 없어도 안개 속에서 이쪽으로 헤엄쳐 오는 소리가 들렸다. 숨을 훅훅 내쉬고 헐떡이는 것으로 보아 헤엄을 잘 치지 못하는데다가 기진맥진하기 직전인 것 같았다. 예수는 하나님이 웃음을 짓는 것을 본 듯했다. 헤엄쳐 오는 것에게 일부러 배 주위를 둘러싼 맑은 공기의 원에 이를 시간을 주고 있는 것이 분명했다. 헤엄쳐 오던 것이 갑자기 우현 쪽에서 나타났다. 예수는 좌현을 보고 있었다. 뭐라 말할 수 없는 시커먼 형체였는데, 처음에는 돼지인 줄 알았다. 귀가 물 위로 삐죽 튀어나와 있었다. 그러나 팔을 몇 번 더 휘둘러 다가오자 사람, 또는 사람의 형상을 한 피조물인 것을 알 수 있었다. 하나님은 헤엄치는 사람 쪽으로 고개를 돌렸다. 한가한 호기심 때문이 아니라 진정한 흥미 때문이었다. 마치 마지막으로 힘을 내라고 격려하는 것 같았다. 하나님이 고개를 돌린 효과가 즉각 나타나는 것 같았다. 마지막 팔 동작은 빠르고 일정했다. 마치 이제 처음으로 물에 뛰어들어 헤엄을 치는 것 같았다. 머리는 아직 반쯤 물에 잠겨 있었지만, 두 손이 뱃전을 움켜쥐었다. 거대하고 강한 두 손이었고, 손톱도 단단했다. 키가 크고 억세고 나이가 많은 몸, 하나님과 비슷한 몸에 달린 손이었다. 배가 흔들렸고, 헤엄을 치는 사람의 머리가 물 밖으로 나왔다. 이어 몸통이 나오면서 물이 사방으로 튀었다. 이윽고 다리가 나왔다. 깊은 곳에서 올라오는 리워야단 같았다. 헤엄을 쳐 온 사람은 목자였다. 이렇게 오랜 세월이 흐른 뒤에 다시 나타난 것이다. 나도 함께 이야기하러 왔어, 그가 말하며 뱃전에 앉았다. 예수와 하나님의 딱 중간이었다. 그러나 묘하게도 이번에는 배가 그가 앉은 쪽으로 기울지 않았다. 목자에게 무게가 없거나 아니면 목자의 몸이 실제로는 뱃전에 앉지 않고 공중에 떠 있는 것 같았다, 나도 함께 이야기하러 왔어, 목자가 다시 말하더니 덧붙였다, 너무 늦은 게 아니면 좋겠는데, 나도 대화에 참여할 수 있게 말이야. 이야기는 시작했지만 아직 핵심에는 들어가지 않았네, 하나님이 말하더니 예수를 돌아보며 말을 이었다, 이 친구가 우리가 방금 말하던 악마야. 예수는 둘을 번갈아 보다가, 하나님이 턱수염만 없다면 둘이 쌍둥이로 보일 것임을 알았다. 물론 악마가 더 젊고 주름도 적기는 했지만. 그러나 그것은 착시이거나 예수가 잘못 본 것이 틀림없었다. 예수가 말했다, 누군지 저도 잘 압니다, 목자 행세를 할 때 사 년이나 함께 살았으니까요. 하나님이 대꾸했다, 그때 너는 누군가와 같이 살아야 했는데, 내가 함께 살 수는 없는 거잖아, 그렇다고 네가 가족과 함께 있고 싶어 하지는 않았고, 따라서 악마만 남게 되었던 거지. 목자가 저를 찾아온 건가요, 아니면 당신이 보내신 건가요. 이도 저도 아니야, 이것이 최선의 해결책이라는 데 우리가 합의했다고 해두지. 그래서 목자가 가다라에서 귀신 들린 사람을 통해 말을 할 때 저를 당신의 아들이라고 불렀군요. 맞아. 그 말은 두 분 모두 그동안 저를 속였다는 뜻이고요. 모든 인간에게 일어나는 일이지. 하지만 당신은 제가 인간이 아니라고 했잖아요. 그건 사실이야. 하지만 너는 전문용어로 성육신(成肉身)했다고도 부를 수 있는 존재였지. 그러면 이제 두 분은 저한테 뭘 원하시는 건가요. 뭔가를 원하는 건 나지 저 친구가 아니야. 하지만 두 분 다 여기 계시잖아요, 당신은 목자가 나타나는 걸 보고도 전혀 놀라는 기색이 아니시던데요, 틀림없이 예상하고 계셨던 거예요. 꼭 그런 건 아니야, 물론 원칙적으로 늘 악마를 예상하기는 해야 하지만. 하지만 당신과 제가 해결해야 할 문제가 우리한테만 영향을 주는 거라면, 목자가 여기서 뭘 하는 거고, 왜 당신은 목자를 쫓아버리지 않는 거죠. 악마에게 봉사하는 어중이떠중이야 말이나 행동으로 골치 아프게 굴면 쫓아버릴 수 있지만, 사탄 자신은 그렇지 않아. 그러면 이 대화가 목자하고도 관련이 있기 때문에 목자가 여기 와 있는 건가요. 아들아, 지금 내가 하려는 말을 절대 잊지 마라, 하나님하고 관련이 있는 모든 일은 동시에 악마하고도 관련이 있단다. 목자, 악마의 이름을 부르는 것이 꺼림칙할 때면 앞으로도 가끔 목자라고 부를 텐데, 이 목자는 마치 하나님의 중요한 발언에 모순이 되는 증거라도 보여주려는 듯, 듣지 않는 것 같은 표정으로 전혀 관심을 드러내지 않으면서 이 모든 이야기를 듣고 있었다. 그러나 그의 무관심한 태도는 가짜였다는 것이 곧 밝혀졌다. 예수가, 이제 두 번째 질문으로 들어가죠, 하고 말했을 때 목자가 즉시 귀를 곤두세웠기 때문이다. 하지만 말은 한마디도 하지 않았다.

하나님은 심호흡을 하더니 주위의 안개를 둘러보고 나서

방금 희한한 발견을 한 사람처럼 목소리를 낮추어 중얼거렸다, 여긴 사막과 별로 다를 게 없네. 하나님은 예수 쪽으로 눈을 돌리더니 잠시 말을 끊었다가 이윽고 불가피한 것에 체념을 하듯이 입을 열었다, 내 아들아, 불만족은 인간을 창조한 하나님이 인간의 마음에 집어넣은 것이란다, 물론 내가 창조했단 뜻이지, 하지만 인간은 나의 형상을 닮게 창조되어 나의 여러 특질을 갖고 있는 것이기 때문에, 나도 내 마음속에 이런 불만족을 품고 있지, 그런데 이것은 시간이 갈수록 약화되는 것이 아니라 점점 강해져, 점점 절박해지고 집요해져. 하나님은 잠시 말을 멈추고 이 서론을 곰곰이 생각하다가 말을 이어나갔다, 지난 사천사 년 동안 나는 유대인의 하나님이었다, 유대인은 천성이 다투기 좋아하는 까다로운 종족이지만, 대체로 나는 그들과 잘 지내왔다고 볼 수 있어, 유대인은 지금 나를 진지하게 받아들이고, 앞으로 예측 가능한 미래에도 그럴 것 같거든. 그래서 만족하시나요, 예수가 물었다. 만족하기도 하고, 만족하지 못하기도 하지, 사실 나의 이 불안한 마음만 아니면 만족을 할 수도 있을 텐데, 이 마음은 늘 나에게 이렇게 말하거든, 자, 이제 사천 년에 걸친 시험과 시련 끝에 저들이 제단에서 아무리 희생을 바친다 해도 보답할 수 없는 멋진 운명을 마련해 놓았구나, 너는 네가 창조한 이 세상, 그 안의 모든 것과 더불어 창조한 이 세상의 아주 작은 부분을 차지하고 있는 아주 적은 수의 사람들의 신 노릇을 계속할 수 있게 된 거야, 하지만, 자, 한번 말해 보렴, 내 아들아, 내가 늘 내 눈앞에 있는 이 우울한 상황에 만족을 해야 하는 거냐. 저는 세상을 창조한 적이 없기 때문에 판단을 할 자격이 없습니다, 예수가 대답했다. 맞아, 너는 판단을 할 수 없지, 하지만 도와줄 수는 있어. 어떻게 돕습니까. 내 말을 퍼뜨리고, 내가 더 많은 사람들의 신이 되도록 돕는 거야. 무슨 말씀이신지 모르겠습니다. 네가 네 역할을 해낸다면, 다시 말해서, 내가 내 계획 속에서 너를 위해 예비한 역할을 해낸다면, 향후 육백 년 정도 안에, 우리 앞의 모든 갈등과 장애에도 불구하고, 나는 유대인의 하나님에서, 우리가 그리스어에서 나온 말로 가톨릭이라고 부르게 될 사람들의 하나님으로 옮겨가게 될 거라고 확신한다는 거지. 당신이 당신의 계획에서 저를 위해 예비하신 역할이 무엇인가요. 순교자의 역할이란다, 내 아들아, 희생자의 역할이지, 그게 신앙을 퍼뜨리고 열정을 불러일으키는 데는 최선의 역할이야. 순교자와 희생자를 말하는 하나님의 혀는 마치 젖과 꿀로 이루어진 것 같았다. 그러나 예수는 갑자기 팔다리에 냉기를 느꼈다. 마치 안개가 갑자기 밀려들어 몸을 감싼 것 같았다. 악마는 과학적인 호기심과 인색한 동정심이 결합된 수수께끼 같은 표정으로 그를 보고 있었다. 당신은 저한테 권세와 영광을 약속했잖아요, 예수가 추위에 떨며 더듬거렸다. 물론 그 약속을 지킬 생각이야, 하지만 우리가 합의한 것을 잘 기억해 봐라, 너는 죽은 뒤에 그걸 가지게 돼. 죽어서 권세와 영광을 누리는 게 저한테 무슨 도움이 됩니까. 어, 너는 죽는다는 말의 절대적인 의미에서 죽지는 않아, 너는 내 아들로서 나와 함께, 또는 내 안에 있게 될 거니까, 아직 최종적으로 결정하지는 않았지만. 방금 말씀하신 제가 죽지 않는 방식 이야기인가요. 그래, 예를 들어 교회와 제단은 너를 널리 받들어 모셔서 심지어 하나님으로서 내가 먼저라는 사실도 잊어버릴 거야, 하지만 상관없어, 넘치는 거야 나눌 수 있으니까, 부족한 건 그럴 수 없지만. 예수는 목자를 보았다, 그가 웃는 게 보였다, 그 순간 이해했다, 이제야 왜 악마가 여기 있는지 알겠군요, 당신의 권위가 더 많은 곳의 더 많은 사람들에게 인정을 받으면 악마의 권세도 함께 인정을 받는 거로군요, 악마의 영토는 당신의 영토와 똑같으니까. 바로 맞혔다, 내 아들아, 네 머리가 그렇게 빨리 움직이는 걸 보니 기쁘구나, 대부분의 사람들은 한 종교의 귀신들이 다른 종교에서는 활동할 힘이 없다는 걸 간과하지, 사실 어떤 신도 다른 종교의 신과 맞서면 그를 이길 수도 없고 또 그에게 질 수도 없는 것인데. 그러면 제 죽음, 그건 어떤 것인가요. 순교자의 죽음은 고통스러워야지, 또 가능하다면 수치스러워야지, 그래야 신자들이 감동해서 더 헌신하게 되니까. 요점을 말해 주세요, 제가 어떤 죽음을 예상하면 되는 겁니까. 십자가에서 고통스럽고 수치스럽게 죽는 것. 제 아버지처럼요. 내가 네 아버지라는 걸 자꾸 잊는구나. 제가 선택을 할 수 있다면, 그에게 수치의 순간이 있기는 했지만, 그래도 그를 택하겠습니다. 하지만 너는 선택을 받았기 때문에 결정권이 없어. 우리 언약을 끝내고 싶습니다, 당신과 더 관련을 맺고 싶지 않습니다, 저는 다른 사람들과 똑같이 살고 싶습니다. 공허한 말이다, 내 아들아, 네가 내 권세 안에 있다는 걸 모르는 거냐, 우리가 언약, 합의, 조약, 계약이라고 부르는 이 모든 문건들, 내가 등장하는 모든 문건들은 단 하나의 조항으로 줄일 수 있어, 종이와 잉크를 낭비하지 않고 하나로 줄일 수 있지, 그건 단도직입적으로, 하나님의 율법에서 규정된 모든 것은 강제적이다, 심지어 예외도 마찬가지다, 하는 거야, 너는, 내 아들아, 주목할 만한 예외니까, 율법이나 그것을 만든 나와 마찬가지로 강제적이야. 하지만 당신의 권세라면, 당신이 직접 나가서 다른 나라와 종족들을 정복하는 것이 더 간단하고 정직하지 않겠습니까. 안타깝게도 그럴 수 없지, 신들의 합의라는 제약 때문에 어떤 분쟁에도 직접 개입하는 것은 금지되어 있거든, 내가 광장에 서서 이방인과 이교도들에게 둘러싸인 채 그들의 신은 가짜고 내가 그들의 진짜 하나님이라고 설득하는 광경을 상상할 수 있겠니, 이건 한 신이 다른 신한테 할 짓이 아니란다, 게다가 자기 집에서는 금지해 놓은 것을 남의 집에 가서 하는 신을 다른 어떤 신이 좋아하겠니. 그래서 대신 사람들을 이용하겠다는 거로군요. 그래, 내 아들아, 인간은 어떤 것에도 이용할 수 있는 나뭇조각이지, 태어나는 순간부터 죽는 순간까지 인간은 늘 복종할 준비가 되어 있어, 보내면 가고, 멈추라면 멈추고, 물러나라면 물러나지, 평화로울 때든 전쟁을 할 때든 말이야, 인간이란 일반적으로 말해서 신들에게 생긴 가장 좋은 일이지. 저를 만든 재료가 된 나무는, 저도 인간이니까요, 어떤 용도로 쓰이게 되지요, 저는 또 당신의 아들이니까요. 너는 숟가락이 될 거야, 나는 그 숟가락을 인류에게 집어넣어 내가 앞으로 되고자 하는 새로운 신을 믿는 사람들을 가득 떠올리게 될 거다. 당신이 먹게 될 사람들로 가득할 거라는 말씀이로군요. 자신을 먹는 사람들을 내가 먹을 필요는 없지.

예수는 노를 다시 물로 내리며 말했다, 안녕히 계세요, 저는 집으로 갑니다, 두 분 다 왔던 것처럼 돌아가시면 되겠네요, 목자님은 헤엄을 쳐서, 당신은 나타날 때처럼 신비하게 사라져서. 하나님도 악마도 움직이지 않았다. 그래서 예수는 비꼬는 말투로 덧붙였다, 그럼 배로 가시겠습니까, 더 좋죠, 제가 직접 노를 저어 호숫가로 모셔다 드리죠, 그러면 모두 하나님과 악마가 얼마나 닮았는지, 둘이 얼마나 잘 지내는지 볼 수 있을 테니까요. 예수는 그가 왔던 호숫가 방향으로 배를 돌렸다. 그리고 힘차게 노를 저어 안개 속으로 들어갔다. 안개가 너무 짙어서 하나님도 악마의 얼굴도 볼 수가 없었다. 예수는 살아 있다는 느낌을 받았다. 행복했다. 유난히 기운이 넘쳤다. 배의 이물은 보이지 않았지만, 노를 한 번 저을 때마다 경주하는 말처럼 머리를 쳐든다는 것을 느낄 수 있었다. 당장이라도 몸의 나머지 부분으로부터 떨어져 나갈 것 같았지만, 그냥 체념하고 자신이 끌고가는 무게를 끝까지 감당하는 것 같았다. 그는 더 열심히 노를 저었다. 이제 거의 다 온 것이 틀림없었다. 그가 이야기를 하면 사람들이 어떤 반응을 보일지 궁금했다. 여기 턱수염을 기른 분이 하나님이고, 또 한 분이 악마입니다. 예수는 고개를 돌려 호숫가 쪽을 보았다. 빛이 보였다. 예수가 말했다, 다 왔네요. 예수는 계속 노를 저었다. 이제 곧 뱃바닥이 두툼한 진흙 위를 미끄러지고, 아주 작은 자갈들을 장난스럽게 스치는 느낌이 올 것이라고 생각했다. 그러나 사실 배의 이물은 호수 한가운데를 가리키고 있었다. 방금 본 빛은 아까 그 마법 같은 빛의 원이었다. 예수가 빠져나왔다고 생각한 그 밝은 덫이었다. 예수는 고개를 푹 숙였다. 지쳐서 두 팔을 무릎 위에 올리고 마치 누가 묶어주기를 바라는 것처럼 한쪽 손목을 다른 쪽 손목 위에 올렸다. 노를 끌어 들이는 것도 잊었다. 더 무슨 행동을 해보았자 아무런 소용이 없다고 믿었기 때문이다. 그러나 먼저 입을 열지는 않을 생각이었다. 큰 소리로 패배를 인정하고 하나님의 뜻, 그리고 간접적으로 악마의 이익에 도전한 것에, 악마도 결국 하나님의 계획의 수혜자였으니까, 용서를 구하지는 않을 생각이었다. 그러나 좌절된 도전 행위 뒤에 이어진 정적은 짧았다. 판자에 앉아 있던 하나님은 튜닉의 주름을 펴고 망토의 두건을 고쳐 쓰더니 선고를 내리려는 심판관처럼 짐짓 엄숙한 표정으로 말했다, 다시 시작하자꾸나, 네가 내 권세 안에 있다는 이야기를 한 데로 돌아가자, 이 진실을 네가 겸손하게 받아들이기 전에는 네 시간과 내 시간만 낭비하는 것이니까. 다시 시작하죠, 예수도 동의했다, 하지만 미리 말씀드리는데, 저는 이제 기적을 일으키지 않겠습니다, 기적이 없으면 당신의 계획은 무로 돌아갈 겁니다, 진짜 갈증은 해소해 줄 수 없는 하늘의 물 한 방울에 불과하겠지요. 기적을 일으키지 않는 것을 네 마음대로 할 수 있다면 그 말도 옳겠지. 제가 그걸 마음대로 할 수 없다는 말씀입니까. 무슨 말도 안 되는 소리냐, 크고 작은 기적을 일으키는 건 나야, 물론 네가 있는 데서, 그래야 네가 나 대신 그 성과를 거두어들일 수 있으니까, 하지만 너는 미신에 사로잡혔구나, 기적을 일으키는 사람이 환자의 병상 옆에 서 있어야만 기적이 일어나게 할 수 있다고 믿다니 말이다. 나는 내가 원하기만 하면, 혼자 죽어가는 사람, 옆에 아무도 없는 사람, 의사도 간호사도 사랑하는 친척도 보이거나 들리는 거리에 없는 사람도, 내가 원하기만 하면, 분명히 말하지만, 그런 사람도 구원을 얻어서 아무 일도 없었던 것처럼 계속 살아가게 할 수 있단다. 그럼 왜 그렇게 하지 않으세요. 그 사람이 자기가 잘 나서 나은 줄 알고 자랑을 하고 다닐 테니까, 나는 너무 착해서 죽을 수가 없어, 하는 식으로 말이다, 그렇지 않아도 내가 창조한 이 세상에는 이미 주제넘은 사람들이 넘치는데, 그런 말도 안 되는 짓까지 부추길 생각은 없단다. 그러니까 제 모든 기적은 당신의 것이란 이야기인가요. 네가 이제까지 일으키고 앞으로 일으킬 모든 기적이 그렇지, 설사 네가 나의 뜻에 고집스럽게 반대하고 세상에 나가 네가 하나님의 아들이라는 것을 부인한다 해도, 나는 네가 가는 곳마다 많은 기적을 일으켜서 너에게 감사하고, 그럼으로써 결국 나에게 감사하는 사람들의 인사를 받을 수밖에 없게 할 거다. 그럼 빠져나갈 구멍이 없군요. 전혀 없지, 그러니 희생으로 가져온 양 노릇은 하지 마라, 몸부림치고 애처롭게 울지 말란 말이다, 네 운명은 결정되어 칼이 기다리고 있으니까. 제가 그런 양입니까. 너는 하나님의 어린 양이다, 나의 아들아, 하나님 자신이 우리가 여기서 준비하고 있는 제단으로 직접 옮겨 갈 어린 양이란 말이야.

예수는 목자를 보았다. 도움을 청한다기보다는 어떤 신호를 기대했다. 목자의 세상 이해는 다를 것이 틀림없었다. 그는 인간이 아니고 인간이었던 적도 없으며, 또 신도 아니기 때문에, 눈길을 한번 주거나 눈썹을 한번 치켜올리면 그것을 대답으로 여겨 예수는 적어도 한순간이나마 이 어려운 상황에서 몸을 뺄 수 있을 터였다. 그러나 그가 목자의 눈에서 읽은 것은 목자가 양떼로부터 그를 쫓아낼 때 했던 말뿐이다, 아무것도 배우지 못했구나, 떠나거라. 이제 예수는 하나님에게 한 번 불복종하는 것으로는 충분하지 않다는 것, 하나님에게 어린 희생양을 드리는 것을 거부했다면 나중에 그 양도 거부했어야 한다는 것, 마치 예와 아니오가 왼손과 오른손이며 유일하게 좋은 일은 두 손으로 한 일이기라도 한 것처럼 하나님한테 예 하고 나서 아니오 할 수 없다는 것을 깨닫는다. 하나님은 권세의 표현, 우주와 별, 번개와 천둥, 산꼭대기의 목소리와 불길에도 불구하고, 너에게 그 양을 도살하도록 강요할 수 없었다, 그 짐승을 죽인 것은 너의 야망 때문이었다, 그 피는 사막의 모든 모래도 흡수할 수 없었다, 그것이 우리에게까지 다가온 것을 보라, 그 심홍색 실 같은 피는 우리가 어디를 가나 따라다닐 것이다, 너와 하나님과 나를. 예수가 하나님에게 말했다, 저는 사람들에게 제가 당신의 아들이라고 말하겠습니다, 하나님의 외아들이라고 말하겠습니다, 하지만 그런다고 해도 당신의 땅이라고 하는 이 땅에서도 당신이 원하시는 만큼 당신의 왕국을 확대하지는 못할 겁니다. 이제야 진짜 아들처럼 이야기하는구나, 그 짜증나는 반항 행위를 포기했구나, 그렇잖아도 화가 나기 시작했는데 말이다, 너도 나처럼 생각하게 되었어, 따라서 인종, 피부색, 신조, 철학이 어떻든 간에 모든 사람에게 한 가지는 공통임을 알 것이다, 딱 한 가지, 지혜롭건 무지하건, 젊었건 늙었건, 부유하건 가난하건, 어느 누구도 감히, 이것은 나하고 아무런 관계가 없습니다, 하고 말하지 못하는 것이 있어. 그게 뭐죠, 예수가 흥미를 느끼고 물었다. 하나님이 지혜를 나누어주듯이 대답했다, 모든 사람은 누구이건 어디에 있건, 무슨 일을 하건 죄인이야, 인간을 죄와 떼어놓을 수 없듯이 죄도 인간과 떼어놓을 수 없기 때문이지, 인간은 동전과 같아, 뒤집으면 눈에 보이는 건 죄야. 제 질문에 답을 하지 않으셨습니다. 대답을 하마, 어떤 사람도 자신에게 적용되지 않는다고 말할 수 없는 유일한 말은 회개다, 모두가 유혹에 굴복하고, 악한 생각을 받아들이고, 규칙을 깨고, 크든 작든 범죄를 저지르고, 갈구하는 영혼을 쫓아버리고, 의무를 방기하고, 종교와 그 성직자를 모욕하고, 하나님에게 등을 돌리기 때문이지, 그런 모든 사람에게 너는 그저, 회개하라, 회개하라, 회개하라, 하고 말하기만 하면 돼. 그런데 왜 그렇게 작은 일에 당신 아들의 목숨을 희생하는 겁니까, 그냥 선지자 한 명만 보내면 될 텐데요. 사람들이 선지자의 말에 귀를 기울이던 시대는 지났어, 요즘에는 사람의 심장을 건드리고 감정을 흔들려면 더 강한 약을 주고 충격 요법을 사용해야 해. 하나님의 아들이 십자가에 달리는 것 같은 걸로요. 그래, 뭐 어떠냐. 사람들이 당신의 말을 듣는 것이 지겨워 귀를 막아버린다면 회개하라고 촉구하는 것 외에 이 사람들에게 달리 무슨 말을 해야 하지 않겠습니까. 그래, 나도 같은 생각이다, 사람들한테 회개하라고 하는 것만으로는 충분하지 않을지도 몰라, 네가 상상력을 발휘해야 할지도 모르겠구나, 못한다고 핑계댈 생각 하지 마라, 네가 교활하게 네 어린 양의 희생을 피한 걸 봐라. 그건 쉬운 일이었습니다, 그 짐승은 회개할 게 없었으니까요. 교묘한 대답이기는 하지만 의미가 없구나, 물론 의미가 없다는 것도 그 나름의 매력이 있지만, 어쨌든 사람들은 당황한 상태로 남겨두어야 해, 이해를 못하면 그것이 자기 탓이라고 믿게 해야 해. 그럼 이야기를 꾸며내야 하겠군요. 그래, 이야기, 우화, 도덕적인 이야기, 그게 거룩한 율법을 조금 왜곡하더라도 말이야, 그건 신경 쓸 것 없다, 과감한 파격을 보여주면 소심한 사람들은 늘 감탄하니까, 나 자신도, 결코 소심하지는 않지만, 네가 간음한 여자를 죽음에서 구한 방식에 감명을 받았다, 이건 큰 칭찬이야, 내가 준 계명에 그런 벌을 집어넣은 게 나니까. 사람들이 당신의 계명을 함부로 고치는 걸 허락하는 건 나쁜 신호가 될 텐데요. 나한테 맞고 또 유용할 때에만 허락하는 거지, 율법과 그 예외에 관해 내가 너한테 했던 말을 잊으면 안 돼, 내가 뜻하는 모든 것은 그 즉시 강제적인 것이 되는 거야. 제가 십자가에서 죽어야 한다고 하셨지요. 그게 내 뜻이다. 예수는 비스듬히 목자를 보았다. 그는 뭔가에 몰두한 것처럼 보였다. 마치 미래의 한순간을 바라보며 자신의 눈을 믿지 못하는 표정이었다. 예수가 두 팔을 늘어뜨리고 말했다, 그럼 저를 당신 뜻대로 하세요.

하나님이 기뻐하며 일어서서 사랑하는 아들을 막 끌어안으려는데 예수가 몸짓으로 그를 막으며 말했다, 조건이 하나 있어요. 너도 네가 조건을 제시할 수 없다는 건 잘 알 텐데, 하나님이 화가 나서 대꾸했다. 그럼 조건이라 하지 말고 청원이라고 하죠, 사형 선고를 받은 사람의 간단한 청원입니다. 말해 봐라. 당신은 하나님이시니 질문을 받으면 진실만 말씀하실 수밖에 없지요, 또 하나님이시니까 과거와 현재를 아시고, 그 둘 사이에 놓인 것, 그리고 미래가 가져올 것도 아시지요. 그렇지, 나는 시간이고 진실이고 생명이니까. 그럼 당신이 말씀하시는 그 모든 것의 이름을 걸고 말씀해 주세요, 제가 죽은 뒤에 미래는 어떻게 될까요, 당신의 불만족, 그리고 멀리, 널리 다스리고자 하는 욕망에 저 자신을 희생하는 것을 거부했을 경우와 미래가 어떻게 달라질까요. 하나님은 자신의 말의 함정에 빠진 듯, 내키지 않는 표정으로 어깨를 으쓱하며 이 질문을 털어버리려 했다. 자, 자, 아들아, 미래는 무한하기 때문에 요약하려면 시간이 많이 걸린단다. 우리가 여기 호수 한가운데 얼마나 오래 있었죠, 안개에 싸여서, 예수가 물었다, 하루, 한 달, 일 년, 그럼 일 년, 한 달, 하루를 더 있지요 뭐, 악마는 원하면 가라고 하고요, 어찌 되었든 악마의 몫은 보장되니까요, 혜택이 정비례하는 것이라면, 사실 그게 정당해 보이는데, 하나님이 번창할수록, 악마도 번창하는 것 아닌가요. 나는 그대로 있을 거야, 목자가 말했다. 이것이 그가 정체를 드러낸 후 처음 한 말이었다. 그대로 있을 거야, 그는 다시 말하더니 덧붙였다, 나도 미래는 볼 수 있지만, 내가 보는 게 진짜인지 거짓인지 늘 확신할 수 있는 건 아니거든, 말을 바꾸면 나는 나의 거짓말을 있는 그대로, 그러니까 나의 진실로 볼 수가 있어, 하지만 다른 사람들의 진실이 어디까지 그들의 거짓말인지는 모르거든. 이 비비 꼬인 말은 목자가 자신이 보는 미래에 관해 더 말을 하면 좀 분명해질 것 같았지만, 그는 이미 말을 너무 많이 했다는 듯 갑자기 입을 다물어버렸다. 줄곧 하나님만 바라보던 예수는 생각에 잠긴 표정으로 비꼬았다, 왜 아는 것을 알지 못하는 척하십니까, 제가 이런 질문을 할 것이라는 걸 아셨을 텐데요, 그리고 제가 원하는 것을 결국 말해 주실 거라는 걸 아주 잘 아실 텐데요, 그러니까 어서 제가 죽을 시간을 더 미루지 않게 해주세요. 너는 태어나던 순간부터 죽기 시작했어. 그렇지요, 하지만 말씀해 주시면 그만큼 더 빨리 죽을 수 있지요. 하나님은 만일 사람에게 나타났다면 존경하는 표정이라고 부를 만한 표정으로 예수를 보았다. 그의 모든 태도가 인간적이 되었다. 물론 이것과 관계가 있는 일로 보이지는 않지만, 사실 우리는 사물과 행동들 사이에 존재하는 깊은 관련들을 절대 알 수 없겠지만, 안개가 배로 더 가까이 다가와 예수의 희생의 결과에 관한 하나님의 말이 세상에 흘러 나가지 못하도록 막는 벽처럼 둘러쌌다. 하나님은 예수가 마리아와 함께 낳은 자신의 아들이라고 주장한다. 그러나 우리가 본 것만 믿으라는 기록되지 않은 법을 따른다면 그의 진짜 아버지는 요셉이다. 물론 모두가 알다시피 우리 인간들이 늘 같은 식으로 보는 것은 아니지만. 그리고 이것이 우리 종이 상대적으로 제정신을 유지하며 살아오는 데 도움을 주었을 것이 틀림없지만.

하나님이 말했다, 교회가 생길 거다, 네가 세운, 또는 네 이름으로 세워진, 둘 다 결국 마찬가지지만 종교 집단이 생긴다는 거야, 이 교회는 전 세계에 퍼지며 가톨릭이라는 이름을 얻게 될 거다, 보편적이기 때문이지, 하지만 안타깝게도 그런 이름이 붙는다고 해서 그들 사이의 불화와 오해를 막아주지는 못하지, 이 교회는 나보다는 너를 영적 지도자로 보겠지만, 그건 몇 천 년 이상 가지 못할 거야, 나는 너보다 먼저 이곳에 있었고, 또 지금의 너, 그리고 앞으로의 네가 사라진 뒤에도 여기에 계속 있을 것이기 때문이지. 더 분명하게 말씀해 주세요, 예수가 말했다. 불가능해, 하나님이 말했다, 인간의 말이란 그림자와 같아, 그림자는 빛을 설명할 수 없지, 그림자와 빛 사이에 말이 태어나는 불투명한 몸이 서 있거든. 저는 당신에게 미래에 관해 물었습니다. 지금 미래에 관해 말하고 있잖아. 제가 알고 싶은 건 제 뒤를 잇는 사람들이 어떻게 사느냐 하는 겁니다. 너를 따르는 사람들 말이냐. 네, 그 사람들이 더 행복해질까요. 그 말의 진정한 의미에서는 그렇지 않지만, 천국에서는 행복을 얻을 거라는 희망을 갖게 될 거야, 나는 천국을 영원히 다스릴 것이고 그들은 천국에서 나와 함께 영원히 살 거라는 희망을 품게 되지. 그게 다인가요. 하나님과 함께 산다는 게 결코 작은 게 아닐 텐데. 작은 것, 큰 것, 모든 것은 마지막 심판의 날에야 알게 되겠지요. 당신이 사람들을 그들의 선과 악에 따라 심판을 할 때요. 그때까지 당신은 천국에 혼자 사시겠지요. 내 천사와 대천사들이 동무를 해주지. 하지만 거기에 인간은 없을 겁니다. 맞아, 그러니까 인간들이 나한테 오게 하기 위해 네가 십자가에 달려야 한다는 거야. 저는 더 알고 싶습니다. 예수가 피에 덮인 채 죽어 십자가에 달린 자신의 모습이 머릿속에 떠오르는 것을 차단하려고 애를 쓰며 말을 이어갔다. 사람들이 어떻게 저를 믿고 저를 따르겠어요. 제가 그들에게 하는 말이나 저를 따르는 사람들이 제 이름으로 그들에게 하는 말로는 충분하지 않을 텐데, 이방인과 로마인들을 보세요, 그들은 다른 신들을 섬깁니다, 설마 그 사람들이 저를 섬기려고 그 신들을 그냥 포기할까요, 제가 그렇게 생각할 거라고 기대하시는 건 아니겠죠. 너를 섬기는 게 아니라 나를 섬기는 거라니까. 하지만 당신과 저는 똑같다고 말씀하시지 않았나요, 우리 말장난은 하지 말죠, 그냥 제 질문에 대답이나 해주세요. 믿음이 있는 자들은 누구나 우리에게 올 거야. 그냥 그렇게요, 방금 말씀하신 것처럼 그렇게 쉽게요. 다른 신들은 저항을 하겠지. 물론 당신은 그 신들과 싸우실 거고요. 말도 안 되는 소리 하지 마라, 전쟁은 땅에서만 일어나, 천국은 영원하고 평화롭지, 인간은 어디 있든 자기들 운명을 이해할 것이고. 아무리 말이 그림자에 불과하다지만, 이건 분명히 해야겠네요, 그러니까 인간들이 당신과 저를 위해 죽을 거란 뜻인가요. 인간들은 늘 신들을 위해 죽었어, 심지어 거짓말을 하는 가짜 신들을 위해서도. 신들이 거짓말을 할 수 있나요. 할 수 있지. 그럼 당신은 그 신들 사이에서 유일하게 참된 신이겠네요. 그래, 유일하게 참된 신이지. 하지만 당신은 사람들이 천국이 아니라 지상에서 당신을 위해 살려고 태어난 것임에도 그들이 당신을 위해서 죽는 걸 막을 수 없다는 거로군요, 천국에서는 그들에게 삶의 기쁨을 전혀 주지도 못할 거면서. 그런 기쁨도 기만이야, 그건 원죄에서 유래한 것이기 때문이지, 네 친구 목자한테 물어봐라, 무슨 일이 있었는지 설명해 줄 게다. 당신과 악마가 서로 나누지 않는 비밀이 있다면, 제가 그에게서 배운 것도 그 가운데 하나이기를 바랍니다, 물론 목자는 제가 배운 게 하나도 없다고 하지만요. 정적이 흘렀다. 하나님과 악마는 처음으로 서로 마주 보았다. 둘 다 당장이라도 입을 열 것 같은 표정이었지만, 실제로는 입을 열지 않았다. 예수가 말했다, 기다리고 있습니다. 뭘, 하나님이 다른 데 정신을 팔고 있는 것처럼 되물었다. 당신이 다른 신들에게 거두는 승리가 얼마나 많은 고통과 죽음을 가져오는지, 사람들이 당신의 이름과 제 이름으로 싸우는 전투에 얼마나 많은 죽음과 고통이 필요한지 말씀해 주시기를요. 계속 알아야겠다고 고집을 부리는구나. 그렇습니다. 그럼 좋다, 내가 말한 교회는 세워질 거다, 하지만 그 기초가 제대로 단단해지려면 사람의 살을 파고 세워야 해, 그 벽은 포기, 눈물, 고뇌, 번민, 또 상상할 수 있는 모든 죽음의 형태로 만들어야 하지. 이제야 마침내 제가 이해할 수 있게 말씀하시네요, 계속해 주세요. 네가 알고 사랑하는 사람부터 시작해 보자, 어부 시몬은 앞으로 네가 베드로라고 부르게 될 것인데, 그 사람도 너처럼 십자가에 달리게 돼, 하지만 거꾸로 달리지, 안드레도 십자가에 달려, 하지만 그 십자가는 엑스 자 모양이지, 야고보라고 부르는 세베대의 아들은 목이 잘릴 거다. 요한은 어떻게 되나요, 막달라 마리아는요. 그 사람들은 때가 오면 자연사하게 되지, 하지만 앞으로 너한테 친구, 제자, 사도들이 생길 텐데, 그 사람들은 고문을 피할 수가 없지, 빌립은 십자가에 묶인 채 돌에 맞아 죽어, 바돌로매는 산 채로 가죽이 벗겨져, 도마는 창에 찔려 죽어, 마태는 어떻게 죽는지 자세하게 기억이 안 나는구나, 다른 시몬은 톱으로 몸이 반으로 잘려, 유다는 맞아 죽지, 야고보는 돌에 맞아 죽고, 맛디아는 도끼로 목이 잘려, 또 가룟 유다는 제 손으로 무화과나무에 목을 매달아. 그 모든 사람이 당신 때문에 죽는다는 말씀인가요, 예수가 물었다. 그런 식으로 물어본다면, 그 답은 그렇다는 거다, 그 사람들은 나 때문에 죽어. 그럼 그런 다음에는요. 그런 다음에는, 내 아들아, 이미 말했듯이, 쇠와 피, 불과 재, 무한한 슬픔과 눈물의 바다 이야기가 끝도 없이 이어지지. 말씀해 주세요, 다 알고 싶습니다. 하느님은 한숨을 쉬었다. 그는 자비심을 억누르려고 선택한 단조로운 말투로 호칭 기도를 하듯이 읊기 시작했다. 누가 우선이고 더 중요하냐는 문제를 피하려는 듯 알파벳 순서로 읊어나갔다(알파벳 순서이기 때문에 우리말로는 나열 기준이 보이지 않는다-옮긴이), 프라하의 아달베르토는 끝이 일곱 갈래인 창에 찔려 죽고, 아드리아노는 모루 위에서 망치에 맞아 죽고, 아우구스부르크의 아프라는 말뚝에 묶여 화형을 당하고, 프레네스테의 아가비도는 말뚝에 거꾸로 매달린 채 불에 타 죽고, 로마의 아녜스는 내장이 쏟아져 죽고, 볼로냐의 아그리콜라는 십자가에 달려 못에 찔려 죽고, 시칠리아의 아구에다는 여섯 번 칼에 찔려 죽고, 캔터베리의 알페지오는 황소 정강이뼈에 맞아죽고, 시르미움의 아나스타시아는 젖가슴이 잘린 뒤 말뚝에서 화형을 당하고, 살로나의 아나스타시오는 교수대에 매달렸다가 참수를 당하고, 시에나의 안사노는 내장이 쏟아져 나가고, 파미에의 안토니오는 내장이 뽑히고 사지가 찢겨 나가고, 리볼리의 안토니오는 돌에 맞은 뒤 산 채로 불에 탔고, 라벤나의 아폴리나리스는 몽둥이에 맞아 죽고, 알렉산드리아의 아폴로니아는 이가 다 뽑힌 뒤 말뚝에 묶여 화형을 당하고, 트레비소의 아우구스타는 목이 잘린 뒤 말뚝에서 화형을 당하고, 오스티아의 아우레아는 연자 맷돌을 목에 걸고 물에 빠져 죽고, 시리아의 아우레아는 못으로 덮인 의자에 앉아 피를 흘리다 죽었고, 아우타는 화살에 맞아 죽고, 안티오키아의 바빌라스는 참수를 당하고, 니코메디아의 바르바라도 마찬가지고, 키프로스의 바르나바스는 돌에 맞고 말뚝에 묶여 화형을 당하고, 로마의 베아트리체는 목이 졸리고, 디종의 베니뇨는 창에 찔려 죽고, 세바스테의 블라시오는 쇠못들 위에 던져지고, 리용의 블란디나는 사나운 황소에게 받히고, 갈리스토는 목에 연자 맷돌을 묶고 죽고, 이몰라의 가시아노는 제자들의 단검에 찔려 죽고, 카스툴로는 산 채로 묻히고, 알렉산드리아의 카타리나는 참수를 당하고, 로마의 체칠리아는 머리가 잘리고, 볼세나의 크리스티나는 연자 맷돌, 집게, 화살, 뱀으로 연거푸 고문을 당하고, 나스테스의 클라로는 참수를 당하고, 비엔의 클라로도 마찬가지고, 클레멘스는 목에 닻을 묶고 익사하고, 수아송의 크리스핀과 크리스피니안은 둘 다 참수를 당하고, 바르셀로나의 쿠쿠파스는 내장이 뽑혀 나가고, 카르타고의 치프리아노는 참수를 당하고, 타르수스의 젊은 치리코는 재판관이 재판소 계단에 머리를 짓찧어 죽고, 알파벳 시로 시작하는 이름이 끝나자 하나님은, 기타 등등, 하고 말을 맺은 뒤에 덧붙였다, 다 비슷해, 약간씩 다른 게 있고 가끔 세밀하게 나온 것도 있지만, 어쨌든 설명하려면 너무 오래 걸릴 거야, 그러니 이쯤 해두자. 아니, 계속해 주세요, 예수가 말했다. 그러자 하나님은 내키지 않는 표정으로 계속하면서 가능한 곳은 모두 생략해 버렸다. 아레초의 도나토는 참수를 당하고, 랑피용의 엘리피오는 머리 가죽이 벗겨졌고, 에메리타는 산 채로 묻히고, 트레비의 에밀리아노는 참수를 당하고, 레겐스부르크의 엠메라모는 사다리에 묶여 죽임을 당하고, 사라고사의 엔그라시아는 참수를 당하고, 엘모라고도 부르는 가에타의 에라스무스는 권양기에 묶여 몸이 늘어나 죽고, 에스쿠비쿨루스는 참수를 당하고, 스웨덴의 에스킬은 돌에 맞아 죽고, 메리다의 에우랄리아는 참수를 당하고, 칼케돈의 에우페미아는 검에 찔려 죽고, 생트의 에우트로피오는 도끼로 참수를 당하고, 파비아노는 검과 못에 찔리고, 아겐의 파이트는 참수를 당하고, 펠리시타스와 일곱 아들은 검에 목이 잘리고, 펠릭스와 형제 아다욱토도 마찬가지고, 브장송의 페레올로는 참수를 당하고, 지그마링겐의 피델리스는 못이 박힌 몽둥이에 맞아 죽고, 팜플로나의 피르미노는 참수를 당하고, 플라비아 도미틸라도 마찬가지고, 에보라의 포르투나스도 아마 같은 운명을 맞이했을 것이고, 타라곤의 프룩토아소는 말뚝에 묶인 채 불에 타 죽고, 프랑스의 가우덴시오는 참수를 당하고, 젤라시오는 큰 쇠 못에 목이 잘리고, 부르고뉴의 젠골프는 오쟁이를 진 뒤 부인의 정부에게 암살을 당하고, 부다페스트의 제라르도 사그레도는 창에 찔려 죽고, 쾰른의 제레아노는 참수를 당하고, 쌍둥이 제르바시오와 프로타시오도 마찬가지이고, 지스텔의 고들레바는 목이 졸리고, 아오스타의

그라토는 참수를 당하고, 헤르메네질드는 몽둥이에 맞아 죽고, 헤로는 검에 찔려 죽고, 히폴리토는 말에 끌려가다 죽고, 아제베도의 이냐시오는 가톨릭교도가 아닌 칼뱅주의자들에게 살해당하고, 나폴리의 야누아리오는 야생 동물들에게 던져진 후에 참수를 당했다가 용광로에 들어가고, 잔다르크는 말뚝에 묶여 화형을 당하고, 요한 데 브리토는 참수를 당하고, 어부 요한도 참수를 당하고, 요한 네포묵은 블타바 강에 던져져 죽고, 프라도의 요한은 머리를 칼에 찔려 죽고, 코르시카의 율리아는 젖가슴을 잘린 뒤 십자가에 달리고, 니코메디아의 율리아나는 참수를 당하고, 세비야의 유스타는 바퀴에 매달려 죽임을 당하고 루피나는 목이 졸리고, 안디옥의 유스티나는 타르가 끓는 솥에 던져졌다가 목이 잘리고, 알칼라 데 에나레스의 유스토와 파스토르는 참수를 당하고, 뷔르츠부르크의 킬리안은 참수를 당하고, 라우렌시오는 석쇠 위에서 타 죽고, 오툉의 레제르는 눈과 혀가 뜯겨 나간 뒤 목이 잘리고, 톨레도의 레오카디아는 높은 절벽에서 밀려 떨어져 죽고, 겐트의 리비노는 혀가 뽑힌 다음 목이 잘리고, 론지노는 참수를 당하고, 시라쿠사의 루치아는 눈이 뽑힌 뒤 목이 잘리고, 프라하의 루드밀라는 목이 졸리고, 타라고나의 마지노는 톱니가 있는 낫에 참수를 당하고, 카파도키아의 마마스는 내장이 뽑히고, 마누엘, 사벨, 이스마엘 가운데 마누엘은 양쪽 젖꼭지에 쇠못이 꽂히고 쇠막대가 귀에서 귀로 꽂혀 죽었으며, 이 셋 모두 목이 잘렸고, 안디옥의 마르가리타는 횃불과

쇠빗으로 죽임을 당하고, 마리아 고레티는 사지가 절단되고, 로마의 마르티나는 참수를 당하고, 모로코의 순교자들인 카르비오의 베라르드, 지미냐노의 베드로, 오토, 아주톨, 아쿠르시오는 참수를 당하고, 일본의 순교자들은 스물여섯 명 모두 십자가에 달리거나 창에 찔리거나 산 채로 묻히고, 아가우네의 마우리시오는 검에 찔려 죽고, 아인지델른의 마인라트는 몽둥이에 맞아 죽고, 알렉산드리아의 메나스도 검에 찔려 죽고, 카파도키아의 메르쿠리오는 참수를 당하고, 랭스의 니카시오도 마찬가지이고, 위이의 오딜리아는 화살에 맞고, 파네라스는 머리가 잘리고, 니코메디아의 판탈레온도 마찬가지이고, 파푸누시오는 십자가에 달리고, 트루아의 파트로클로와 소에스트도 마찬가지이고, 네 첫 교회를 세우게 될 타르수스의 바울도 마찬가지이고, 펠라지오는 익사 후에 사지가 찢기고, 페르페투아와 이 여자의 노예인 카르타고의 펠리시티는 둘 다 사나운 황소에 받혀 죽고, 라테스의 베드로는 검에 찔려 죽고, 베로나의 베드로는 단도에 머리가 열린 뒤 단검에 가슴을 찔리고, 필로메나는 화살에 맞고 닻에 달려 물에 던져지고, 투르네의 피아톤은 머릿가죽이 벗겨지고, 폴리카르포는 칼에 찔린 뒤 산 채로 불에 타고, 로마의 프리스카는 사자에게 잡혀먹고, 프로체소와 마르티니아노도 아마 같은 운명을 겪었을 것이고, 퀸티노는 머리와 몸의 다른 곳을 못에 찔리고, 루앙의 기리노는 머릿가죽이 벗겨지고, 쿠임브라의 귀테리아는 자신의 아버지에게 목이 잘리고, 알리제의 라이네는 검에 찔려 죽고, 도르트문트의 레나우트는 석공의 나무 망치에 맞아 죽고, 나폴리의 레스티투타는 말뚝에 묶여 불에 타고, 롤랑은 검에 찔리고, 안디옥의 로마노는 혀를 뽑힌 뒤 목이 졸리고, 이제 됐냐, 하나님이 예수에게 물었다. 그러자 예수가 받아쳤다, 그건 당신이 스스로 물어야 할 질문입니다, 계속하세요. 하나님은 계속했다, 상스의 사비니아노는 목이 잘리고, 아시시의 사비노는 돌에 맞아 죽고, 툴루즈의 사투르니노는 황소에게 끌려가다 죽고, 세바스티아노는 화살에 맞고, 아스티의 세쿤도는 목이 잘리고, 통그레스와 마스트리흐트의 세르바시오는 통나무로 머리를 맞아 죽고, 바르셀로나의 세베로는 못이 머리에 박혀 죽고, 엑서터의 시드웰은 목이 잘리고, 부르고뉴의 시지스문도 왕은 우물에 던져지고, 식스토는 목이 잘리고, 스테파노는 돌에 맞아 죽고, 오툉의 심포리아노는 목이 잘리고, 타레시오는 돌에 맞아 죽고, 이코니움의 테클라는 사지가 절단된 뒤 산 채로 불에 타고, 테오도로는 말뚝에 묶여 불에 타고, 캔터베리의 토머스 베켓은 검에 두개골을 찔리고, 토머스 모어는 목이 잘리고, 티르소는 톱으로 몸이 둘로 잘리고, 티부르시오는 목이 잘리고, 에베소의 디모테오는 돌에 맞아 죽고, 토르콰토와 스물일곱 명은 귀마레스의 성문에서 무사 장군에게 죽임을 당하고, 피사의 트로페스는 목이 잘리고, 우르바노, 리모주의 발레리아, 카메리노의 발레리아노와 베난시오는 똑같은 운명을 맞이했고, 빅토르는 참수를 당하고, 마르세유의 빅토르는 목이 잘리고, 로마의 빅토리아는 혀를 뽑힌 뒤 죽임을 당하고, 사라고사의 빈첸시오는 연자 맷돌, 석쇠, 쇠못으로 고문을 당해 죽고, 트렌토의 비르질리오는 통나무에 맞아 죽고, 라벤나의 비탈리스는 검에 찔리고, 빌제포르타 또는 리브라데 또는 턱수염이 난 동정녀 에우트로피아는 십자가에 달리고, 기타 등등 기타 등등, 그들 모두가 비슷한 운명을 맞이했다. 그것으로는 충분하지 않습니다, 예수가 말했다, 다른 사람들이란 누구를 말씀하시는 겁니까. 정말 알아야 하겠냐. 알아야 합니다. 순교를 피해 세상, 육신, 악마의 고통을 겪은 뒤 자연사하는 사람들 말이다, 그들은 그것을 극복하기 위해서 금식과 기도로 자기 몸을 괴롭혀야 할 거다, 존 숀이라는 사람의 재미있는 사례도 있지, 이 사람은 무릎을 꿇고 기도를 하는 데 아주 많은 시간을 보내는 바람에 하필이면 무릎에 물집이 가득 잡히지, 그리고 이게 너한테 재미있을 것 같은데, 어떤 사람들은 그 사람이 장화 안에 악마를 가두어두었다고 말을 하기도 해, 하 하 하. 내가 장화 안에, 목자가 경멸하는 표정으로 말했다, 그건 수다스러운 노파들의 이야기야, 나를 집어넣을 만한 장화라면 이 세상만큼 커야 해, 게다가, 누가 나중에 그 장화를 신고 벗을 수 있는지 보고 싶군. 어쩌면 금식과 기도로만 가능하겠지요, 예수가 말했다. 그러자 하나님이 대꾸했다, 아마 또 통증과 피와 때와 헤아릴 수 없이 많은 고행, 거친 모직 셔츠와 매질로 자기 몸을 괴롭힐 거야, 절대 씻지 않는 사람도 생길 거고, 육체의 욕망을 누르려고 가시나무에 몸을 던지고 눈 속에서 구르는 사람들도 생길 거야, 육체의 욕망은 사탄이 일으키는 거지, 사탄은 천국에 이르는 곧고 좁은 길에서 영혼을 꾀어내려고 그런 유혹을 보내는 거야, 벌거벗은 여자들, 무시무시한 괴물들, 혐오스러운 피조물들의 모습을 보내지, 욕정과 공포는 악마가 비참한 인류를 괴롭힐 때 이용하는 무기니까. 그 말이 사실인가요, 예수가 목자에게 물었다. 목자가 대답했다, 대체로 사실이지, 나는 그냥 하나님이 원치 않는 것을 가져왔어, 그 모든 기쁨과 슬픔, 젊음과 노쇠, 개화와 쇠퇴가 있는 육신 말이야, 하지만 공포가 나의 무기라는 건 사실이 아니야, 나는 죄와 벌, 또는 그런 것들이 불러일으키는 두려움을 만들어낸 기억이 없어. 조용히 해라, 하나님이 소리를 질렀다, 죄와 악마는 하나요 같은 것이다. 같은 것이라니 그게 어떤 거죠, 예수가 물었다. 내가 없는 상태다. 왜 당신이 안 계신 거죠, 당신이 물러나 계신 겁니까, 아니면 인류가 당신을 버린 겁니까. 나는 절대 물러나지 않는다, 절대. 하지만 사람들이 당신을 버리는 건 허용하지요. 나를 버리는 자들은 나를 찾으러 와. 그 사람들이 당신을 찾지 못하면 당신은 그게 악마 탓이라고 하는가 보네요. 아니, 악마 탓이 아니야, 내 탓이지, 나를 찾는 이들에게 내가 손을 뻗지 못하니까, 하나님의 말에 예기치 않게 서늘한 우수가 깃들었다. 갑자기 자신의 능력의 한계를 찾아낸 것 같았다. 예수가 말했다, 어서 계속하세요. 다른 사람들도 있어, 하나님이 천천히 말을 이어갔다, 광야로 들어가는 사람들이지, 거기 가서 동굴 같은 데서 혼자 살아, 짐승만 벗하면서 말이야, 또 수도원 생활을 택하는 사람들도 있고, 높은 기둥 꼭대기에 올라가 몇 해가 가도록 그대로 앉아 있는 사람들도 있고, 또, 하나님의 목소리가 줄어들더니 희미해지고 있었다. 하나님은 이제 온 세상의 수녀원과 수도원에 들어가는 사람들 수천 명으로 이루어진 끝도 없는 행렬을 생각하고 있었다. 어떤 건물들은 시골풍이지만, 많은 건물들이 궁궐 같았다. 그들은 거기에서 살면서 아침부터 밤까지 철야와 기도로 너와 나를 섬길 거다. 모두가 똑같은 사명과 똑같은 운명을 갖고 있어, 우리를 섬기고 우리 이름을 부르며 죽는다는 거야. 이 사람들은 자기들을 베네딕트 수도회, 시토 수도회, 카르투지오 수도회, 아우구스티누스 수도회, 길버트 수도회, 삼위일체 수도회, 프란체스코 수도회, 도미니크 수도회, 카푸친 수도회, 카르멜 수도회, 예수회 등등으로 부르게 되지, 이런 사람들이 너무 많아 정말이지, 어이쿠, 하나님, 왜 이렇게 많은 겁니까, 하고 소리라도 지를 수 있으면 좋겠다는 생각이 든단다. 그러자 악마가 예수에게 말했다, 하나님이 우리한테 한 말을 잘 들어보면 자신의 삶을 떠나는 방법이 둘 있다는 걸 알 수 있지, 하나는 순교이고 또 하나는 출가야, 이런 사람들은 자기 때가 오기를 기다리는 걸로는 만족하지 않아, 자신의 죽음을 맞이하러 달려가야만 해, 십자가에 달리고, 내장이 뽑히고, 머리가 잘리고, 말뚝에서 불에 타고, 돌에 맞고, 물에 빠지고, 잡아당겨져 사지가 찢기고, 산 채로 살가죽이 벗겨지고, 창에 찔리고, 짐승에게 받히고, 산 채로 묻히고, 톱으로 두 토막으로 잘리고, 화살에 맞고, 사지가 절단 나고, 고문을 당해야 돼, 아니면 작은 방, 성당 참사회 집회소, 수도원에서 회개를 하고 하나님이 자신에게 준 육신을 괴롭히다 죽어야 해, 그 육신이 없다면 자기 영혼을 둘 곳도 없을 텐데 말이야, 이런 벌들은 지금 너한테 말하고 있는 악마가 만들어낸 게 아니야. 그게 다인가요, 예수가 하나님에게 물었다. 아니, 또 전쟁과 학살이 있지. 학살 이야기는 하실 필요 없어요, 저도 이미 학살에서 죽을 뻔했는걸요, 가만 생각해 보니 죽지 않은 게 안타깝네요, 죽었다면 지금 저를 기다리고 있는 십자가 처형은 피할 수 있었을 텐데 말이에요. 네 다른 아버지를 군인들의 대화를 엿들을 수 있는 곳으로 데려간 게 나고, 따라서 네 목숨을 구한 게 나다. 당신 마음에 들 때, 당신에게 편할 때 저를 죽게 하려고 목숨을 구하신 것뿐이잖아요, 마치 저를 두 번 죽이는 것처럼요. 목적이 수단을 정당화한단다, 내 아들아. 지금까지 저한테 말씀하신 것을 보니 그 말을 믿을 수 있겠네요, 출가, 수도원, 고난, 죽음, 그리고 이제 전쟁과 학살, 전쟁은 어떤 거죠. 계속, 끝도 없이 일어나지, 특히 아직 나타나지 않은 신의 이름으로 너와 나에 대항하여 벌이는 전쟁들. 어떻게 아직 나타나지 않은 신이 있을 수가 있죠, 진짜 신이라면 영원히 존재해 왔을 것 아니에요. 이해하거나 설명하기 어려운 일이란 건 알지만, 내가 지금 너한테 하는 이야기는 앞으로 실제로 일어날 거란다, 한 신이 우리와 우리를 따르는 사람들과 나라들 전체에 대항하여 일어설 거다, 아니, 아니, 그런 학살, 유혈, 살육을 묘사할 수 있는 말은 없어, 예루살렘에 있는 내 제단이 천 배로 늘어나고, 희생 동물이 인간으로 바뀐다고 상상해 봐라, 그래도 그 십자군이 어떤 존재였는지 알 수 없을 거다. 십자군이라니요, 그게 뭐 하는 사람들입니까, 어째서 아직 일어나지도 않은 일인데 그 사람들을 과거 시제로 부르세요. 잊지 마라, 나는 시간이야, 나에게는 앞으로 일어날 모든 일이 이미 일어난 거고, 이미 일어난 일은 매일 계속 일어나고 있는 거다. 그 십자군 이야기를 더 해주세요. 어, 내 아들아, 우리가 지금 있는 이 지역, 예루살렘, 그리고 북쪽과 서쪽의 다른 땅을 포함한 이 지역은 내가 조금 전에 말한 다른 신을 따르는 자들이 정복할 거다, 이 신은 늦게 나타났지만 말이다, 그래서 우리 편에 있는 자들은 네가 돌아다녔고 내가 늘 자주 찾는 곳들로부터 그들을 몰아내려고 가능한 모든 수단을 동원할 거다. 당신은 이 땅에서 로마인을 몰아내는 일은 별로 하지 않으셨잖습니까. 다른 데 신경 쓰게 하지 마라, 나는 지금 미래 이야기를 하는 거잖니. 그래요, 계속하세요. 더욱이, 너는 여기서 태어났고, 여기서 살았고, 여기서 죽었다. 저는 아직 안 죽었는데요. 그건 상관없어, 내가 설명을 했듯이, 나에게는 앞으로 일어날 일과 이미 일어난 일이 똑같으니까, 그리고 제발 끼어들지 좀 마라, 아니면 더 이야기를 안 할 거다. 알겠습니다, 조용히 있지요. 그래, 그럼, 미래의 세대들은 이 지역을 성지라고 불러, 네가 여기서 태어나고, 살고, 죽었으니까, 따라서 네가 대표하는 종교의 요람이 이교도의 손에 들어가는 것은 어울리는 일로 보이지 않았지, 이것이 서쪽에서 큰 군대를 보내 그 땅을 공격하는 것을 정당화해 주었단다. 이 군대는 거의 이백 년 동안 기독교 세계를 위해 네가 태어난 동굴과 네가 죽게 될 언덕을 정복하고 보전하려고 싸웠지, 가장 중요한 곳만 이야기한 거다만. 그 군대가 십자군인가요. 그래. 그래서 그들은 원하는 것을 정복하나요. 아니, 하지만 많은 사람들을 살육하지. 십자군들 자신은 어떤가요. 그들도 비슷하게 죽지, 더 죽는다고 할 수는 없겠지만. 그 모든 유혈 사태가 우리 이름으로 벌어진다는 건가요. 그들은, 하나님의 뜻이다, 하고 외치면서 전투에 뛰어들 거다. 그럼 틀림없이, 하나님의 뜻이다, 하고 외치면서 죽겠네요. 인생을 마감하는 아주 멋진 방법이지. 희생할 만한 가치가 있는 일은 아니죠. 영혼을 구하려면, 내 아들아, 몸은 희생되어야 한단다. 당신은 이미 그 비슷한 말을 하셨죠, 그런데, 목자님, 목자님은 앞으로 일어날 이 놀라운 사건들에 관해 어떻게 생각하세요. 제정신을 가진 사람이라면 악마가 이런 엄청난 유혈과 죽음에 책임이 있었다고, 있다고, 또 있을 것이라고 주장할 수 없겠지, 어떤 악당이 내가 여기 있는 이 신과 맞설 그 신을 생각해 냈다고 비난하는 사악한 중상을 하지 않는 한 말이다. 아니, 목자님 책임은 아니지요, 혹시 누가 목자님 탓을 한다면, 목자님은 악마가 그릇된 존재라면 절대 신을 창조할 수 없는 것 아니냐, 하고 대답해 주기만 하면 됩니다. 그럼 누가 그런 적의에 찬 신을 창조할까, 목자가 물었다. 예수는 대답할 말을 찾지 못했다. 입을 다물고 있던 하나님은 계속 입을 다물었다. 그러나 안개로부터 목소리가 나왔다, 어쩌면 이 하나님과 나중에 나올 신은 똑같은 신인지도 모르지. 예수, 하나님, 악마는 듣지 못한 척했지만, 놀라서 서로 바라보지 않을 수 없었다. 공통의 공포는 이런 식으로 쉽게 적들을 한편으로 묶어준다.

시간이 흘렀다. 안개는 다시 말을 하지 않았다. 그러자 예수가 물었다. 이번에는 긍정적인 대답을 기대하는 사람의 목소리였다, 더 없습니까. 하나님은 머뭇거리다가 지친 목소리로 말했다, 아직 종교재판이 남았지, 하지만 네가 괜찮다면 그건 나중에 이야기하자꾸나. 종교재판이 뭔데요. 종교재판도 이야기가 길어. 말씀해 보세요. 모르는 게 좋을 것 같은데, 너 이러다 오늘은 내일에 속한 일을 갖고 가책을 느끼기만 하겠구나. 당신은 그러지 않겠지요. 하나님은 하나님이기 때문에 가책을 전혀 느끼지 않아. 뭐 저는 이미 당신을 위해 죽어야 한다는 짐을 지고 있기 때문에 당신이 마땅히 느껴야 할 가책도 감당해 드릴 수도 있어요. 나는 너를 보호하고 싶었던 거야. 당신은 제가 태어나던 날부터 그 일만 하셨지요. 아이들이 대부분 그렇지만 너도 배은망덕하구나. 이런 가식적인 것들은 그만두고 종교재판 이야기나 해주세요. 종교재판은 필요악이야, 우리는 이 잔인한 도구를 이용해 집요하게 네 교회라는 몸을 공격하는 병과 싸울 거야, 그 병은 수많은 신체적이고 도덕적인 타락과 더불어 사악한 이단과 그 해로운 결과라는 형태로 찾아오지. 중요한 순서에 관계없이 그런 걸 대충 짚어 보면, 루터주의자와 칼뱅주의자, 몰리노스주의자와 유대주의자, 남색자들과 주술사들을 들 수 있지. 이런 역병 가운데 일부는 미래에 속하기도 하고, 어떤 것들은 모든 시대에 발견되기도 해. 당신 말씀대로 종교재판이 필요악이라면 그것이 어떻게 이런 이단들을 제거합니까. 종교재판은 경찰이고 재판소야. 따라서 경찰이 하듯이 적을 쫓고, 심판하고, 형을 선고하지. 무슨 형을 선고하는데요. 징역형, 추방형, 화형. 화형이라고 하셨나요. 그래, 앞으로 수많은 사람들이 말뚝에 묶여 불에 탈 거야. 아까도 그런 사람을 몇 명 말씀하셨잖아요. 그 사람들은 너를 믿었기 때문에 산 채로 불에 탔지, 하지만 어떤 사람들은 너를 의심하기 때문에 그렇게 될 거야. 저를 의심하는 게 허용되지 않나요. 허용되지 않지. 하지만 우리는 로마인의 유피테르가 신이라는 걸 의심하는 게 허용되잖아요. 나는 하나뿐인 유일한 주 하나님이고, 너는 내 아들이잖아. 수천 명이 죽을 거라는 말씀인가요. 수많은 사람들이 죽지. 땅에서는 수많은 한숨과 눈물과 고뇌의 외침이 들릴 거고, 시커멓게 탄 주검들에서 나온 연기가 해를 가리고, 인간의 살이 시뻘건 불 위에서 지글거리고, 그 악취 때문에 구역질이 나지. 그 모든 게 제 탓이고요. 네 탓은 아니야, 너의 대의가 그걸 요구하는 거지. 아버지, 저한테서 이 잔을 거두어주세요. 나의 권세와 너의 영광이 네가 마지막 한 방울까지 마실 것을 요구하고 있어. 저는 영광을 원치 않아요. 하지만 나는 권세를 원해. 안개가 걷히기 시작했다. 배 주위의 물이 보였다. 바람으로 인한 잔물결이나 지나가는 지느러미의 떨림에 방해를 받지 않는 잔잔하고 어두컴컴한 물이었다. 그때 악마가 끼어들었다, 그렇게 많은 피를 즐기려면 하나님이 되어야 해.

다시 안개가 밀려왔다. 뭔가 다른 일이 벌어지려 하고 있었다. 어떤 계시, 어떤 새로운 슬픔 또는 새로운 가책. 그러나 말을 한 사람은 목자였다, 제안을 할 게 있습니다. 그는 하나님한테 말하고 있었다. 하나님은 깜짝 놀란 표정으로 대꾸했다, 자네가 제안을, 도대체 무슨 제안인데. 냉소적이고 거리를 두는 그 말투에 다른 존재라면 대부분 입을 다물고 말았을 것이나, 악마는 하나님과 오래 알고 지내는 사이였다. 목자는 먼저 적당한 말들을 고른 뒤에 입을 열었다, 지금까지 이 배 안에서 이루어지는 모든 대화를 들었습니다, 나 자신도 앞에 있는 빛과 어둠을 잠깐 보기는 했지만, 그 빛이 불타는 화형장 말뚝에서 나온다는 것, 그 어둠이 잔뜩 쌓인 주검들에서 나온다는 것은 미처 몰랐습니다. 그래서 그게 괴롭다는 말인가. 괴롭기야 하겠습니까, 나는 악마인데요, 악마는 당신보다 죽음에서 더 큰 이익을 얻으니까요, 지옥이 천국보다 붐빈다는 것은 굳이 말할 필요도 없지 않습니까. 그런데 왜 불평인가. 불평을 하는 게 아닙니다, 제안을 하는 거지요. 그럼 해보게, 하지만 서둘러, 여기서 영원히 빈둥거릴 수는 없으니까.

악마에게도 심장이 있다는 것을 당신보다 잘 아는 분은 없을 겁니다. 그래, 하지만 자네는 그걸 잘 사용하지 못하지. 오늘은 그걸 한번 사용해 볼까 합니다, 당신의 권세를 인정하고, 그것이 그렇게 많은 죽음 없이도 땅끝까지 퍼지기를 바라면서 말입니다. 자, 당신은 당신을 방해하고 부인하는 모든 것이 내가 이 세상에서 대표하고 관장하는 악으로부터 나온다고 주장하십니다. 따라서 나는 이 자리에서 당신이 나를 당신의 하늘나라에 받아들여줄 것을 제안하는 바입니다, 내 과거의 허물은 내가 미래에 저지르지 않을 허물로 씻어내는 걸로 하고요. 그러니까 내가 당신이 선택한 천사들 가운데 하나였던 그 행복한 시절처럼 내 복종을 받으실 수 있다는 겁니다. 그 시절에 당신은 나를 루시퍼라 불렀지요, 빛을 나르는 자라는 뜻으로요, 물론 내 영혼이 당신과 동등해지고자 하는 야망에 사로잡혀 당신에게 반역을 하기 전 일입니다만. 그런데 왜 내가 자네를 용서하고 내 왕국에 받아들여야 하는지 말해 줄 수 있겠나. 당신이 언젠가 좌와 우에 약속하실 그 용서를 나에게 내려주시면, 악은 멈출 것이고, 당신의 아들은 죽을 필요가 없고, 당신의 왕국은 히브리인의 땅을 넘어, 현재 알려진, 그리고 앞으로 발견될 지구 전체를 끌어안을 정도로 넓어지고, 어디에나 선의가 지배하고, 나는 줄곧 당신에게 충성했던 천사들 가운데 가장 낮은 자리에 서게 될 것이고, 나는 회개했으므로 그들 누구보다 더 충성할 것이고, 나는 당신을 찬양하는 노래를 부를 것이고, 모든 것이 생기지도 않았던 것처럼 끝이 날 것이고, 모든 것이 늘 그랬어야 할 것처럼 되어갈 것이기 때문입니다. 자네가 영혼들을 잘못된 길로 인도하는 데 재능이 있다는 것은 늘 알고 있었다만, 이렇게 확신에 차서 웅변을 하는 것은 처음 들었다. 하마터면 자네 말에 넘어갈 뻔했구나. 그러니까 나를 받아들이거나 용서하지 않겠다는 겁니까. 그래, 자네를 받아들이지도 용서하지도 않을 거야, 자네가 지금 그대로 있는 것이 훨씬 나아, 그리고 가능하다면, 자네가 지금보다 더 나빠졌으면 좋겠어. 왜 그렇습니까. 내가 대표하는 선은 자네가 대표하는 악 없이는 존재할 수 없기 때문이지, 자네 없이 선이 존재한다는 것은 생각할 수 없는 일이야, 상상도 할 수 없는 일이지, 자네가 끝나면 나도 끝나는 거야, 내가 계속 선이려면 자네가 계속 악이 되는 게 긴요해, 악마가 악마가 아니면 하나님도 하나님일 수 없는 거야. 그게 최종적인 말씀입니까. 처음이자 마지막 말이지, 이 말을 한 것은 처음이기 때문에 처음이고 또 이 말을 되풀이할 생각이 없기 때문에 마지막이지. 목자는 어깨를 으쓱하더니 예수에게 말했다, 혹시라도 악마가 하나님을 유혹하려고도 하지 않았다는 말은 안 나왔으면 좋겠구나. 목자는 일어서더니 뱃전에 한 다리를 걸치려다 말고 말했다, 네 배낭에 내 것이 있는데. 예수는 배낭을 갖고 배에 탄 기억이 없었지만, 배낭은 실제로 그의 발치에 둘둘 말려 있었다. 어떤 거죠, 예수가 물으며 배낭을 열었지만 안에는 나사렛에서 가져온 오래된 검은 사발밖에 없었다. 그거야, 그거, 악마가 말하며 두 손으로 사발을 받았다, 언젠가 이게 다시 네 것이 되겠지만, 너는 가지고 있는지도 모를 거야. 목자는 거친 튜닉 안에 사발을 끼우더니 물로 내려갔다. 목자는 하나님을 보지도 않고 마치 보이지 않는 청중을 향하고 있는 것처럼 말했다, 영원히 안녕, 하나님이 그렇게 정해 놓았으니까. 예수는 안개 속으로 천천히 헤엄쳐 가는 목자를 눈으로 쫓았다. 그러고보니 무엇 때문에 여기까지 헤엄을 쳐 왔던 것인지 깜빡 잊고 묻지를 못했다. 멀리서 보니 다시 귀가 삐죽 튀어나온 돼지처럼 보였다. 그는 거칠게 숨을 헐떡거리고 있었다. 그러나 귀가 밝은 사람이라면 거기에서 두려움을 알아채는 데 어려움이 없었을 것이다. 익사에 대한 두려움이 아니었다. 그것은 말도 안 된다. 우리가 방금 알았듯이 악마에게는 종말이 없기 때문이다. 그것은 영원히 살아야 한다는 것에 대한 두려움이었다. 목자가 안개의 흐릿한 가장자리를 뚫고 사라지자 갑자기 하나님의 목소리가 작별 인사처럼 울려 퍼졌다, 요한이라는 사람을 보내 너를 돕게 하마, 하지만 네가 누구인지는 너 스스로 그에게 증명해야 할 것이다. 예수는 주위를 둘러보았지만, 하나님은 이제 없었다. 그 순간 안개가 걷히면서 씻은 듯이 사라졌다. 이쪽 산에서 저쪽 산에 이르기까지 호수는 맑고 잔잔했다. 물에는 악마의 흔적도 보이지 않았다. 허공에는 하나님의 흔적도 보이지 않았다.

예수가 출발했던 호숫가에 많은 사람들이 모여 있었다. 그 뒤로 천막이 수도 없이 보였다. 그곳에 살지 않기 때문에 달리 잘 곳이 없어 재주껏 잘 자리를 마련한 사람들의 야영지임이 분명했다. 예수는 호기심을 느끼고 노를 물에 내려 그 방향으로 저어 갔다. 뒤를 돌아보니 배들을 물에 밀어 넣는 사람들이 보였다. 가까이 다가가자 그들 사이에 시몬과 안드레, 야고보와 요한이 보였다. 처음 보는 사람들과 함께 있었다. 힘껏 노를 저어 가자 곧 서로 말을 할 수 있는 거리에 이르렀다. 시몬이 소리를 질렀다, 어디 있었어. 그러나 그가 알고 싶은 것은 그것이 아님이 분명했다. 하지만 어딘가에서부터 말을 시작해야 했던 것이다. 여기 호수에 있었어요, 예수가 대답했다. 질문만큼이나 의미 없는 대답이었다. 하나님, 마리아, 요셉의 아들이 삶을 새로 시작하는 마당에 좋은 출발은 아니었다. 이윽고 시몬이 예수의 배로 기어올랐다. 그제야 이해할 수도 없는 불가능한 것이 드러났다, 여기 이 안개 속에 얼마나 오래 나와 있었는지 알아, 우리가 배를 띄우려 했지만 강한 바람 때문에 나올 수가 없었어, 시몬이 말했다. 하루 종일 있었죠, 예수가 대답하고 나서 시몬의 심각한 표정을 보고 덧붙였다, 하루 종일 하고 밤까지 있었군요. 사십 일이야, 시몬이 소리치더니 목소리를 낮추어 말을 이어갔다, 너는 사십 일 동안 호수에 있었단 말이야, 그동안 내내 안개가 걷히지 않았어, 마치 우리한테서 뭔가를 감추는 것처럼 말이야, 여기 와서 뭘 하고 있었어, 우리는 이 물에서 사십 일 동안 고기를 한 마리도 못 잡았어. 예수는 노 하나를 시몬에게 건넸다. 두 사람은 어깨를 맞대고 조화를 이루어 함께 노를 저었다. 속에 있는 말을 털어놓는 데 이상적인 속도로 움직이고 있었다. 예수는 다른 배들이 가까이 다가오기 전에 말했다, 하나님과 함께 있었어요, 나한테 어떤 미래가 기다리고 있는지, 내가 얼마나 오래 살지, 이 삶 뒤에 나를 기다리는 삶은 어떤 것인지 알게 되었어요. 하나님은 어때, 그러니까 어떻게 생겼냐는 거야. 하나님은 한 가지 형태로만 나타나지 않아요, 구름일 수도 있고, 연기 기둥일 수도 있고, 심지어 부유한 유대인일 수도 있어요. 하지만 일단 하나님의 목소리를 듣게 되면 하나님인 줄 알게 되죠. 하나님이 너한테 뭐라서. 내가 당신의 아들이라던데요. 그걸 확인해 주셨어. 네, 확인해 주시던데요. 그럼 악마의 말이 맞았군, 그 돼지 사건 때 말이야. 악마도 여기 배 안에 있으면서 이야기를 다 들었어요, 나에 관해서 하나님만큼이나 잘 아는 것 같던데요, 가끔은 하나님보다도 잘 안다는 느낌이 들기도 했어요. 어디서. 뭐가 어디서예요. 하나님과 악마가 어디 있었냐고. 악마는 뱃전에 있었어요, 지금 형님이 있는 곳과 고물의 의자 사이에요, 고물의 의자에는 하나님이 앉아 계셨고요. 하나님이 너한테 뭐래. 내가 자기 아들이고 십자가에 달려 죽을 거래요. 네가 반란군 편에서 싸우려고 산으로 간다면 우리도 함께 갈 거야. 물론 나하고 함께 가셔야지요, 하지만 산은 아니에요, 우리는 무기로 로마 황제를 정복하지 않을 거예요, 말로 하나님이 승리를 거두게 할 거예요. 말만으로. 또 좋은 모범을 보여서요, 필요하다면 우리 목숨까지 내주면서. 그게 네 아버지의 말인가. 앞으로 내 말은 모두 하나님의 말입니다. 하나님을 믿는 사람들은 나도 믿어야 해요. 아들을 믿지 않고 아버지를 믿을 수는 없는 것이니까요. 아버지가 당신을 위해 선택하신 새로운 길은 오직 당신의 아들인 나한테서만 시작될 수 있으니까요. 우리도 함께 간다고 했을 때, 네가 염두에 둔 사람들은 누구야. 우선은 형님이고, 그다음에는 형님의 동생 안드레, 세베대의 아들인 야고보와 요한이죠. 요한 이야기가 나오니 하나님이 요한이라는 사람을 보내 나를 돕겠다고 하신 게 기억나네요. 하지만 같은 요한은 아니겠죠. 다른 사람은 필요 없는데, 이게 무슨 헤롯이 사열을 하는 군인들도 아니고 말이야. 다른 사람들도 올 겁니다. 아마 어떤 사람들은 이미 하나님의 표적을 기다리고 있을 겁니다. 하나님이 나를 통해 드러낼 표적, 믿고 따를 수 있는 표적 말이에요. 사람들에게 뭐라고 말할 건데. 죄를 회개하고 하나님의 새로운 시대에 대비하라고요. 이제 새 시대가 곧 동틀 거니까요. 하나님의 화염검이 당신의 거룩한 말씀을 거부하고 비방하는 자들을 겸손하게 만드실 시대가 말입니다. 그러려면 너는 사람들한테 네가 하나님의 아들이라고 말해야 해. 나는 태어나던 날부터 나의 아버지가 나를 자신의 아들이라고 불렀고 나도 그 말을 마음속에 지니고 있었지만, 이제 하나님이 직접 나를 당신의 아들이라고 말씀하시게 되었으니, 한 아버지가 다른 아버지를 잊게 만드는 것은 아니지만, 오늘 명령을 하시는 아버지는 하나님이시니 우리는 하나님을 따라야 한다고 말할 겁니다. 그건 나에게 맡겨, 시몬이 그렇게 말하더니 노를 내려놓고 이물 쪽으로 자리를 옮겼다. 그가 큰 소리로 외쳤다, 호산나, 하나님의 아들이 다가가신다, 그는 물 위에서 사십 일 동안 아버지와 이야기를 나누고 이제 우리가 회개를 하고 준비를 하도록 우리에게 돌아오시는 거다. 악마도 함께 있었다는 말은 하지 마세요, 예수가 재빨리 주의를 주었다. 그것을 사람들이 알면 설명을 하기가 곤란할 것 같아 걱정이 되었던 것이다. 시몬이 다시 더 크게 소리쳤다. 호숫가에 모인 군중이 크게 흥분했다. 그러자 시몬은 얼른 자기 자리로 돌아와 예수에게 말했다, 내가 노를 저을게, 너는 이물에 서서 아무 말도 하지 마, 호숫가에 닿을 때까지 단 한마디도 하지 마. 그들은 그렇게 도착했다. 예수는 낡은 튜닉을 입고 텅 빈 배낭을 어깨에 걸친 채 배의 이물에 서 있었다. 누군가를 맞이하거나 축복을 내리고 싶지만 너무 낯을 가리는 것처럼, 충분한 자신감이 없는 것처럼 팔을 반쯤 들어 올리고 있었다. 기다리던 사람들 가운데 남자 셋은 안달이 나 물로 뛰어들더니 허리가 잠길 때까지 경중경중 걸어왔다. 마침내 배에 이르자 그들은 서로 밀치기 시작했다. 한 사람은 자유로운 손으로 예수의 튜닉을 만지려 했다. 시몬이 한 말을 믿어서가 아니라 이 사람의 신비에 이끌렸기 때문이다. 그는 사막에서 하나님을 찾듯이 호수에 사십 일 동안 있다가, 이제 차가운 안개의 산에서 돌아왔다. 거기에서 하나님을 보았을 수도 있고 못 보았을 수도 있지만. 말할 필요도 없이 근처 마을들에서 사람들은 오로지 그 이야기뿐이었다. 호숫가에 모인 사람들은 이 기이한 기상학적 현상을 직접 보러 온 것이었다. 그들은 한 사람이 안개 속으로 사라졌다는 말을 듣고 중얼거렸다, 가엾은 사람. 배는 천사의 날개를 단 것처럼 목적지를 향해 빠르게 미끄러졌다. 시몬은 예수가 호숫가에 내리는 것을 돕다가 짜증이 나서 물에 뛰어든 세 사람, 남들보다 나은 대접을 받을 자격이 있다고 생각하던 세 사람을 밀어 떨쳐버렸다. 놔두세요, 예수가 말했다, 언젠가 저 사람들은 내 죽음 소식을 듣고 그곳에서 내 주검을 나르지 못한 것을 아쉬워할 겁니다, 그러니 내가 살아 있는 동안 나와 함께 하게 하세요. 예수는 언덕을 오르며 동행자들에게 물었다, 마리아는 어디 있죠. 그러나 묻자마자 마리아가 눈에 띄었다. 그녀의 이름을 부르자마자 허공 또는 안개에서 그녀가 나타난 것 같았다. 조금 전까지는 아무 데도 보이지 않았는데, 다음 순간에 그녀는 그곳에 있었다, 나 여기 있어, 예수. 와서 내 옆에 서세요, 여러분도, 시몬과 안드레, 그리고 세베대의 아들 야고보와 요한도, 여러분은 모두 나를 믿으니까요, 여러분은 내가 하나님의 아들이라는 것을 여러분에게 말할 수 없었을 때 나를 믿었어요, 나는 하나님 아버지의 부름을 받은 아들로서 호수에서 하나님과 사십 일을 보낸 뒤에 이제 주의 때가 왔으니, 추수 때 하나님의 품에 들어가지 못하고 떨어져 썩어가는 이삭이 되어 악마의 손아귀에 들어가기 전에 회개하라고 말하려고 돌아왔습니다, 죄를 지어 하나님의 사랑의 품에서 떨어지면 바로 그런 썩어가는 이삭이 되니까요. 군중 사이에서 웅성거림이 일어나 머리 위로 물결처럼 퍼져 갔다. 거기 있는 많은 사람들은 이미 이 사람이 일으킨 기적에 관한 이야기를 들었다. 어떤 사람들은 직접 보기도 했고, 심지어 그 혜택을 받기도 했다. 나는 그 빵과 물고기를 먹었어, 한 사람이 말했다. 나는 그 포도주를 마셨지, 다른 사람이 말했다. 나는 그 간음한 여자의 이웃이었어, 세 번째 사람이 말했다. 그러나 이런 이적들이 아무리 놀랍다 해도 예수가 하나님의 아들이며, 따라서 하나님 자신이라고 공언된 숭고한 순간 앞에서는 빛을 잃었다. 이것은 다른 기적들과는 하늘과 땅만큼 거리가 먼 계시였다. 물론 우리가 아는 한 오늘날까지 그 거리는 측정된 적이 없지만. 군중 가운데 한 사람이 말했다, 당신이 하나님의 아들이란 걸 증명해 보시오, 그럼 당신을 따르겠소. 당신의 심장이 당신의 가슴 안에서 잠겨 있지 않다면 당신은 영원히 나를 따를 겁니다, 하지만 당신은 감각으로 이해할 수 있는 증거를 원하는군요, 좋습니다, 그러면 감각은 만족시키지만 당신의 정신은 부정할 증거를 드리지요, 그러면 당신은 정신과 감각 사이에서 갈등을 일으켜 당신의 심장을 통해 내게 올 수밖에 없을 겁니다. 도대체 무슨 소린지, 나는 한마디도 이해가 안 되네, 그 남자가 비웃었다. 이름이 뭐지요, 예수가 물었다. 도마요. 이리 오세요, 도마, 나와 함께 물가로 가서 내가 진흙으로 새를 빚는 걸 지켜보세요, 얼마나 쉬운가요, 나는 손으로 몸과 날개, 머리와 부리를 빚습니다, 이 작은 조약돌을 눈이 들어갈 자리에 박겠습니다, 꼬리의 긴 깃털을 매만지고, 다리와 발톱의 균형을 잡습니다. 이제 다 만들었으니, 열한 마리를 더 만들지요. 여기를 보세요. 하나, 둘, 셋, 넷, 다섯, 여섯, 일곱, 여덟, 아홉, 열, 열하나, 열두 마리, 모두 진흙으로 만들었지요. 한번 생각해 보세요. 우리는 심지어 이름도 지어줄 수 있어요. 이건 시몬입니다. 이건 야고보, 이건 안드레, 이건 요한, 그리고 이건, 괜찮다면, 도마라고 부르지요. 나머지는 이름이 나타나기를 기다릴 겁니다. 이름은 종종 머뭇거리다 늦게 나타나기도 하니까요. 자, 이제 보세요. 이제 이 작은 새들이 달아나지 못하도록 그물을 던지겠습니다. 조심하지 않으면 이 새들이 다 날아가버릴 테니까요. 지금 이 그물을 거두면 새들이 날아갈 거라고 말하는 거요. 도마가 물었다. 네, 그물을 걷으면 새들이 날아갈 겁니다. 이게 당신이 나를 설득할 증거라는 거요. 그렇기도 하고 아니기도 합니다. 무슨 소리요, 그렇기도 하고 아니기도 하다니. 가장 좋은 증거는, 내가 어쩔 수 없는 일이기는 하지만, 당신이 그물을 들어 올리지 않는 겁니다, 그물을 들어 올리면 새들이 날아갈 거라고 믿고 말이죠. 하지만 진흙으로 만든 새가 날아갈 수는 없잖소. 우리의 첫 조상인 아담은 진흙으로 만들었습니다. 당신도 그 후손 가운데 한 사람 아닙니까. 아담한테 생명을 준 건 하나님이었소. 더 의심하지 마세요, 도마, 그물을 들어보세요, 나는 하나님의 아들이니까요. 뭐, 그렇게 말한다면야. 자, 들어보겠소, 하지만 장담하는데 이 새들은 날아가지 않을 거요. 그러더니 도마는 군말 없이 그물을 들어 올렸다. 그러자 자유를 얻은 새들은 날아가버렸다. 새들은 흥분해서 지저귀며 놀란 군중의 머리 위를 두 바퀴 돌고 하늘로 사라져버렸다. 예수가 말했다, 보세요, 도마, 당신의 새가 가버렸네요. 그러자 도마는 말했다, 아닙니다, 주여, 제가 새입니다, 여기 당신 발 앞에 무릎을 꿇겠습니다.

군중에서 남자 몇 명이 앞으로 뛰쳐나왔다. 그들 뒤의 여자들 몇 명도 똑같은 행동을 했다. 그들은 가까이 다가와 이름을 말했다, 저는 빌립입니다. 그러자 예수의 눈에 돌과 십자가가 보였다. 저는 바돌로매입니다. 그러자 예수의 눈에 살가죽이 벗겨진 몸통이 보였다. 저는 마태입니다, 그러자 예수의 눈에 이교도들 사이에 놓인 주검이 보였다. 저는 시몬입니다, 그러자 예수의 눈에 시몬의 몸을 자르는 톱이 보였다. 저는 알패오의 아들 야고보입니다. 그러자 예수의 눈에 그가 돌에 맞아 죽는 광경이 보였다. 저는 유다 다대오입니다. 그러자 예수의 눈에 그의 머리 위로 들어 올려진 몽둥이가 보였다. 저는 가룟 유다입니다, 그러자 예수는 그를 가엾게 여겼다. 무화과나무에 목을 매단 모습이 보였기 때문이다. 예수가 그 사람들을 보며 말했다, 이제 우리 모두 여기에 이렇게 모였으니 때가 온 것이네요. 그는 고개를 돌려 안드레의 형 시몬을 보며 말했다, 여기 시몬이 또 한 사람 왔으니, 형님은 앞으로 베드로라고 부르지요. 그들은 호수를 등지고 걷기 시작했다. 여자들이 그 뒤를 따랐지만, 그들의 이름은 우리도 거의 모른다. 그렇다고 그것이 중요하다는 말은 아니다. 그들 대부분은 마리아였으니까. 아마 나머지도 그 이름을 부르면 대답을 했을 것이다. 남자는 그냥, 여자여, 또는, 마리아, 하고 소리치기만 하면 된다. 그러면 그들은 고개를 들고 다가와 시키는 대로 할 것이다.

예수와 제자들은 마을에서 마을로 돌아다녔다. 하나님은 예수를 통해 말을 했다. 하나님의 말은 이런 것이었다, 시간이 완전히 한 바퀴 원을 그렸습니다, 하나님의 나라가 가까이 왔습니다, 회개하고 이 새로운 소식을 믿으세요. 지역 주민들은 이 소식을 듣고 시간이 완전히 한 바퀴 원을 그리는 것과 시간이 끝이 나는 것 사이의 차이를 알지 못했기 때문에, 시간을 측정하고 소비하는 세상의 끝이 빠르게 다가오고 있는 것이 틀림없다고 믿었다. 그들은 하나님이 자비롭게도 그의 아들이라고 주장하는 사람을 통해 자신들의 운명을 미리 통지해 준 것에 감사했다. 그가 그의 아들이라는 주장이 사실일지도 모른다고 생각했다. 그가 가는 곳마다 기적을 일으키는 것을 보았기 때문이다. 그의 도움을 구하는 사람들이 진정한 믿음과 확신을 보이기만 하면 그런 기적이 일어났다. 당신이 원하시면 나를 깨끗하게 하실 수 있습니다, 하고 간청한 나병환자가 그런 예였다. 그 말을 듣고 예수는 곪아 터지는 상처로 덮인 이 가엾은 사람을 동정하여 그에게 손을 대고 말했다, 당신이 깨끗해지는 것을 내가 원합니다. 그 말이 떨어지자마자 상처가 아물고 몸이 건강해졌다. 모든 사람이 보기만 해도 무서워 달아나던 나병환자는 이제 흠 하나 없는 사람이 되었다. 중풍환자를 고친 것도 놀라운 일이었다. 문 주위에 엄청난 사람들이 모여 있었기 때문에, 환자를 데려온 사람들은 침상에 누운 환자를 들어 올려 예수가 머무는 집, 아마도 베드로라고도 부르는 시몬의 집이었을 터인데, 그 집 지붕의 뚫린 곳으로 내려보낼 수밖에 없었다. 예수는 모인 사람들의 깊은 믿음에 감동하여 병자에게 말했다, 내 아들아, 네 죄가 용서를 받았다. 그러나 공교롭게도 그곳에는 불평거리를 찾아내는 일에 열심이고 늘 거룩한 율법을 인용할 준비가 되어 있는 의심 많은 서기관 몇 명이 있었다. 그들은 예수가 한 말을 듣고 지체 없이 항의했다, 당신이 어찌 감히 그런 말을 하는 거요, 이건 하나님을 모독하는 일이오, 오직 하나님만이 죄를 용서할 수 있소. 그러자 예수가 말했다, 중풍환자에게 일어나서 네 침상을 거두어 걸어가라고 말하는 것보다 네 죄가 용서를 받았다고 말하는 것이 더 쉽습니까, 그러더니 답을 기다리지 않고 말을 이어갔다, 그러나 사람의 아들이 땅에서 죄를 용서하는 권세를 가지고 있음을 당신들이 알 수 있게 하겠습니다. 예수는 중풍환자를 돌아보며 말했다, 일어나서, 네 침상을 거두어 네 갈 길로 가라. 그 말이 떨어지자 그렇게 오랫동안 꼼짝도 못하던 환자는 기적적으로 자리에서 일어났다. 힘을 회복한 환자는 침상을 들고 어깨에 메더니 하나님을 찬양하며 자리를 떴다.

물론 우리 모두가 그런 기적을 찾아다니지는 않는다. 시간이 지나면 우리는 작은 괴로움과 통증에 익숙해져서, 하나님의 권세를 이용하게 해달라고 조를 생각 없이 그냥 그런 고통과 함께 살게 된다. 그러나 죄는 완전히 다른 문제다. 죄는 우리 피부 밑으로 기어들어가 우리를 괴롭힌다. 죄는 불구가 된 다리, 마비된 팔, 나병의 헌데와는 달리 안에서 곪는다. 하나님이 예수한데 모든 사람이 회개할 죄를 적어도 한 가지는, 설사 그 이상은 아니라 해도, 가지고 있다고 말할 때 그런 점을 염두에 두고 있었을 것이다. 이제 이 세상이 곧 끝날 것이고 하나님의 나라가 가까워졌기 때문에, 기적적인 수단으로 우리 몸을 회복한 뒤에 그 나라에 들어가기보다는 우리 영혼에 관심을 가지고, 회개로 영혼을 정화하고, 용서로 영혼을 치유해야 한다. 가버나움의 중풍환자가 인생 대부분의 기간을 침상에서 보냈다면 그것은 그가 죄를 지었기 때문이다. 우리 모두가 알다시피 병은 죄의 결과다. 따라서 우리 영혼의 불멸, 어쩌면 심지어 우리 몸의 불멸은 물론이고 건강의 필수 조건도 생각에서나 행동에서나, 행복하게도 순진무구하기 때문이든 열심히 저항을 했기 때문이든, 최대한의 정결, 죄가

493

완벽하게 없는 상태일 수밖에 없다고 결론을 내려도 무방할 것이다. 그러나 우리의 예수가 병을 치료할 권세와 죄를 용서할 권위, 주께서 주신 그런 권세와 권위를 낭비하며 이 땅을 돌아다녔다고 생각해서는 안 된다. 물론 예수 개인적으로는 하나님을 위하여 세상의 종말을 알리고 사람들에게 회개하라고 촉구하는 것보다는 어디에나 쓸 수 있는 만병통치약이 되는 쪽을 더 좋아했을 것이다. 주는 죄인들이, 제가 죄를 지었습니다, 하고 고백하는 어려운 결정과 씨름을 하는 데 너무 많은 시간을 낭비하지 않도록 예수의 입에 무시무시한 협박을 넣어주었다, 진실로 여러분에게 말하거니와, 여기에 있는 사람들 가운데 죽기 전에 하나님의 나라가 권능으로 오는 것을 볼 사람들도 있습니다. 그 말이 예수를 따르려고 사방에서 몰려든 사람들에게 얼마나 강력한 영향을 주었을지 상상해보라. 그들은 예수가 그들을 이끌고 곧장 주가 땅에 세우는 새로운 낙원으로 들어가기를 바라고 있었다. 이 낙원은 에덴과는 다른 곳으로, 기도와 금욕과 회개로 원죄라고도 알려진 아담의 죄를 씻고 난 뒤에 누릴 수 있는 곳이라고들 생각했다. 이 믿는 영혼들 대부분이 장인과 도로 건설 인부, 어부와 비천한 신분의 여자들 등 노동 계급 출신이었기 때문에 예수는 어느 날 하나님이 그에게 자유를 약간 더 허락했을 때 과감하게 즉흥 연설을 하여 청중을 완전히 사로잡았다. 구원을 생각하는 그들의 눈에서 눈물이 흘러내렸다. 예수는 그들에게 말했다, 가난한 여러분은 복이 있습니다, 하늘나라가 여러분 것입니다, 굶주리는 여러분은 복이 있습니다, 앞으로 배가 부르게 될 것입니다, 우는 여러분은 복이 있습니다, 앞으로 웃게 될 것입니다. 그러나 그 순간 하나님은 무슨 일이 벌어지는지 알았다. 예수가 이미 한 말을 거두기에는 이미 늦었지만, 하나님은 예수에게 다른 말을 하도록 강요했다. 그러자 기쁨의 눈물이 앞에 놓인 검은 미래에 대한 소름 끼치는 예감으로 바뀌었다. 사람의 아들 때문에 사람들이 여러분을 미워하고, 여러분을 따돌리고, 여러분을 비난하고, 악하다는 이유로 여러분의 이름을 내쳐버릴 때, 여러분은 복이 있습니다. 예수는 말을 마치자 영혼이 발치에 떨어진 듯한 기분을 느꼈다. 그 순간 하나님이 호수에서 예언한 모든 괴로움과 죽음들이 그의 앞을 행진해 지나갔기 때문이다. 사람들은 두려움에 정신이 멍한 상태에서 예수가 풀썩 무릎을 꿇고 엎드려 소리 없이 기도하는 모습을 지켜보았다. 그곳에 있던 누구도 그가, 영광스럽게도 다른 사람들의 죄를 용서할 수 있는 하나님의 아들이 그들의 용서를 간구하고 있다고는 상상도 못했을 것이다. 그날 밤 막달라 마리아와 둘이 쓰는 천막에 들어갔을 때 예수가 말했다, 나는 똑같은 지팡이로 순결한 양과 악한 양, 구원 받은 양과 길 잃은 양, 태어난 양과 아직 태어나지 않은 양을 모두 희생으로 이끄는 목자예요, 누가 나를 이 죄에서 구원해 줄까요, 이제 내 눈에는 나 자신이 아버지와 달라 보이지 않거든요, 게다가 아버지는 스무 명의 목숨을 책임지면 되지만, 나는 이만 명의 목숨을 책임져야 해요. 막달라 마리아는 예수와 함께 울면서 그를 위로하려 했다, 이건 네가 하는 일이 아니잖아, 그녀는 흐느꼈다, 그래서 더 문제죠, 예수가 고집스럽게 말했다, 그러자 마리아는 예수가 그동안 조금씩 간신히 이해하게 된 것을 이미 쭉 알고 있었던 것처럼 말했다, 운명의 길을 정해 놓고 누가 거기로 걸어가야 할지 정하는 분은 하나님이야, 하나님은 자신을 위하여 여러 길들 가운데 하나의 길을 열도록 너를 선택했어, 하지만 너는 그 길을 직접 걷지 않고 성전도 짓지 않을 거야, 다른 사람들이 네 피와 내장 위에 성전을 짓겠지, 너는 그냥 하나님이 너를 위해 택한 운명을 받아들이는 게 좋아, 네 모든 행동은 이미 결정되어 있어, 네가 찾아갈 곳에서는 네가 할 말이 너를 기다리고 있어, 거기 가면 네가 팔다리를 고쳐줄 장애자를 만나게 되고, 눈을 뜨게 해줄 소경을 만나게 되고, 듣게 해줄 귀머거리를 만나게 되고, 말을 줄 벙어리를 만나게 되고, 부활시켜 줄 죽은 자를 만나게 돼. 하지만 나는 죽음을 이길 권세는 없어요. 아직 해보지 않았잖아. 해봤어요, 하지만 무화과나무는 살아나지 않았어요. 지금은 그때와 달라, 너는 반드시 하나님의 뜻인 것을 바라야 하지만, 하나님도 네가 원하는 것을 물리치지는 못하셔. 하나님이 나한테서 이 짐을 도로 가져가 주시는 것, 그것이 내가 바라는 전부예요. 너는 불가능한 걸 요구하고 있어, 예수, 하나님이 할 수 없는 한 가지 일이 당신 자신을 사랑하지 않는 것이거든. 그걸 어떻게 아세요. 여자들은 좀 다르게 보거든, 우리 몸이 달라서인지도 모르지, 그래,

틀림없이 그래서일 거야.

 어느 날, 아무리 팔레스타인이 작다 하지만 그래도 한 사람의 힘으로 감당하기에는 너무 커서, 예수는 제자들을 짝을 지어 도시, 읍, 마을 곳곳에 보내, 하나님 나라가 오는 것을 알리고, 가는 곳마다 자기처럼 가르치고 설교하게 했다. 여자들도 취향과 선호에 따라 남자들과 함께 떠났기 때문에 막달라 마리아와 둘만 남게 된 예수는 마침 예루살렘 근처 베다니를 지나고 있었기 때문에, 이런 표현을 용서해 준다면, 돌 하나로 새 두 마리를 잡을 수 있겠다고 생각하여, 마리아의 오빠와 자매를 찾아가보기로 했다. 이제 형제자매가 화해를 하고, 인척간에도 서로 알아야 할 때였다. 제자들과 다시 만나면 함께 예루살렘으로 갈 수도 있었다. 예수는 석 달 후에 모든 제자와 베다니에서 만나기로 약속을 해놓았기 때문이다. 이스라엘 여러 지역으로 떠난 열두 사도의 일에 관해서는 할 이야기가 거의 없다. 첫째는 그들의 삶에 관한 몇 가지 세부적인 사항과 죽음의 정황을 이야기하기는 했지만, 우리는 그들의 이야기를 해달라는 요청을 받은 것이 아니기 때문이다. 둘째는 그들은 비록 각자 그 나름의 방식이 있기는 하지만, 스승의 가르침을 되풀이하는 것 외에 다른 명령은 받지 않았기 때문이다. 즉, 그들은 예수가 가르친 대로 가르치고, 최선을 다해 치료를 했다는 것이다. 그들이 이방인의 길로 가거나 사마리아인의 도시에 들어가는 것을 예수가 금지한 것은 안타까운 일이다. 이렇게 훌륭한 교육을 받은 사람의 이런 놀라운 불관용적 태도 때문에, 그들이 미래에 할 일을 줄일 기회를 놓쳐버린 것이다. 영향권을 넓히고자 하는 하나님의 의도를 보건대, 그의 메시지가 사마리아인, 그리고 무엇보다도 이곳이나 다른 곳의 이방인들에게 이르게 되는 것은 시간문제였던 것인데. 예수는 제자들에게 병자를 치료하고 죽은 자를 살리고, 나병환자를 치료하고 귀신을 쫓으라는 지침을 내렸지만, 한두 가지 막연한 언급 외에는 그들이 실제로 그런 기적을 일으켰다는 분명한 증거가 없다. 이것은 아무리 강력한 추천을 받은 사람이라 해도 하나님이 아무나 신뢰하지는 않는다는 것을 보여주는 증거인 셈이다. 열두 제자는 예수와 다시 만났을 때 회개에 대한 설교의 결과에 관해서는 틀림없이 뭔가 할 말이 있겠지만, 치유에 관해서는 아마 보고할 내용이 거의 없을 것이다. 별 해가 없는 귀신을 몇 명 쫓아낸 일은 있지만, 사실 귀신들은 별 설득을 하지 않아도 한 영혼에서 다른 영혼으로 잘 옮겨 간다. 그러나 제자들은 예수에게 자신들이 이방인이 없는 길이나 사마리아 사람들이 살지 않는 도시에서도 종종 쫓겨나거나 적대적인 반응에 부딪혔다는 이야기는 하게 될 것이다. 그럴 때 그들이 유일하게 하는 일은 떠나면서 발에서 흙먼지를 터는 것이다. 모두 아무런 불평 없이 밟고 다니는 흙이 무슨 잘못이라도 한 것처럼. 그러나 예수는 그들에게 이것이 그런 상황에서 들으려 하지 않는 자들에 대하여 증언하는 행동으로서 해야 할 일이라고 말했다. 사실 그들이 들으려 하지 않는 것은 무척 안타까운 일이었다. 그들이 거부하는 것은 하나님 자신의 말씀이었기 때문이다. 예수는 그들에게 말했다, 무슨 말을 할 것인지 걱정하지 마세요, 필요할 때 영감이 찾아올 겁니다. 하지만 아마 그렇게 되지는 않을 것이다. 여기서도 다른 경우처럼 우위에 있어야 할 견고한 교리가 부차적이라 할 수 있는 개인적 요인에 좌우된다. 주제넘게 말하자면, 이 교훈은 중요한 것이니, 요긴하게 활용하도록 하자.

공중에는 새로 꺾은 장미의 향기가 가득했다. 길은 깨끗하고 쾌적했다. 마치 천사들이 앞서 걸어가며 이슬을 뿌리고 나서 월계수와 도금양으로 비질을 한 것 같았다. 예수와 막달라 마리아는 대상 숙박소나 길의 다른 여행자들을 피했다. 사람들이 알아보는 것을 원치 않았기 때문이다. 그렇다고 예수가 자기 책임을 회피했다는 것은 아니다. 그것은 하나님의 지켜보는 눈 밑에서는 결코 쉽지 않은 일이다. 그러나 전능하신 분도 그에게 잠시 숨 쉴 틈을 주기로 한 것 같았다. 길에서 나병환자가 치료해 달라고 간청하지도 않았고, 귀신을 쫓아내 주어야 할 영혼들이 다가오지도 않았기 때문이다. 그들이 통과하는 마을들은 이미 회개의 길에서 진전을 보인 듯 주의 평화를 조용히 즐기고 있었다. 두 사람은 그냥 머물게 되는 곳에서 잤고, 서로의 무릎 외에 다른 위로를 구하지 않았다. 때로는 하늘이, 하나님의 거대한 눈이 지붕이었다. 하늘은 검었지만 빛이 점점이 박혀 있었으며, 세대에서 세대로 내려오며 하늘을 올려다 보았던 눈들에서 반사된 빛이 머물고 있었다.

정적을 심문하고, 정적이 주는 유일한 답에만 귀를 기울이고 있었다. 나중에 세상에 홀로 있을 때 막달라 마리아는 그 낮과 밤들을 떠올려보려 했지만, 슬프고 쓰라린 순간들의 기억을 보전하는 것이 점점 어려워진다고 생각하게 될 것이다. 그것은 마치 폭풍이 몰아치는 바다와 그곳의 괴물들로부터 사랑의 섬을 보호하려고 헛되이 노력하는 것과 같았다. 그 시간은 다가오고 있다. 그러나 하늘을 보고 땅을 보아도, 그 시간이 다가온다는 눈에 보이는 표적은 발견할 수 없다. 빠른 매가 발톱을 웅크리고 돌처럼 떨어져 내리는 것도 모르고 새 한 마리가 넓은 하늘을 가로지르는 것과 마찬가지다. 예수와 막달라 마리아는 걸어가면서 노래를 부르기 때문에 다른 여행자들의 눈에 띈다. 그들은 속으로, 참으로 행복한 한 쌍이로군, 하고 생각한다. 지금 당장은 딱 맞는 말이다. 그들은 그렇게 여리고에 이르렀다. 거기에서 베다니까지 가는 데 꼬박 이틀이 걸렸다. 심한 더위에 그늘도 없었기 때문이다. 막달라 마리아는 이렇게 긴 세월이 흐른 뒤에 남동생과 언니가 자신을 어떻게 받아들일지 궁금했다. 게다가 매춘부로 살기 위해 집을 떠난 몸이었으니. 내가 죽었다고 생각할지도 몰라, 그녀가 말했다, 내가 죽었기를 바랄지도 몰라. 예수는 그녀가 그런 생각을 하지 못하게 하려 했다, 시간은 모든 걸 치료해요, 그는 자신에게도 가족이 남긴 상처, 아직도 피가 흐르는 쓰라린 상처가 있다는 사실을 잊고 그렇게 말했다. 베다니에 들어서자 마리아는 마을 사람들이 자신을 알아볼까 봐 얼굴을 반쯤 가렸다. 예수가 부드럽게 꾸짖었다. 왜 숨어요, 당신 과거는 이제 지나가서 존재하지 않아요. 나는 과거의 내가 아니야, 그건 맞아, 하지만 나는 아직 수치로 인해 과거의 나에 묶여 있어. 당신은 오직 지금의 당신일 뿐이에요, 그리고 당신은 나와 함께 있어요. 하나님께 감사하라, 하지만 하나님이 너를 나한테서 데려갈 날이 올 거야. 마리아는 망토를 내려 얼굴을 드러냈다. 하지만 아무도, 봐라, 나사로의 누나다, 매춘부로 살려고 떠난 여자다, 하고 말하지 않았다.

여기야, 마리아가 말했다. 하지만 차마 문을 두드리지도, 자기가 왔다고 알리지도 못했다. 예수가 잠기지 않은 문을 살며시 밀고 큰 소리로 말했다, 누구 없나요. 여자 목소리가 대답했다, 누구세요. 그 말과 함께 여자가 문간에 나타났다. 막달라 마리아의 쌍둥이 자매 마르다였다. 그러나 지금은 닮은 모습을 거의 찾아볼 수 없었다. 세월이 마르다에게 흔적을 남겼기 때문이다. 아니면 그녀가 힘든 생활을 해왔기 때문일 수도 있었다. 그도 아니면 순전히 기질과 사고방식의 문제일 수도 있었다. 처음 그녀의 눈에 들어온 것은 예수의 눈과 표정이었다. 먹구름이 갑자기 걷혀 그의 얼굴에서 광채가 나는 것 같았다. 그러나 여동생을 보는 순간 경계하는 표정이 되었다. 찌푸린 미간은 불쾌감을 드러내고 있었다. 저 애와 함께 있는 이 남자는 누구야, 그녀는 틀림없이 그런 생각을 했을 것이다. 아니면, 이래 보이는 남자가 왜 저 아이와 함께 있을까. 하지만 설명을 해보라고 하면 마르다는 예수가 어때 보이는지 말을 하지 못했을 것이다. 어쨌든 그래서 마르다는 동생한테, 잘 지냈니, 또는, 여기에는 무슨 일이니, 하고 묻는 대신 고작, 데려온 이 남자는 누구야, 하는 말밖에 못했을 것이다. 예수는 미소를 지었다. 그의 미소는 화살처럼 마르다의 심장에 곧장 박히더니 그대로 거기 남아 설명할 수 없는 만족감으로 심장을 아프게 했다. 제 이름은 나사렛 예수입니다, 예수가 마르다에게 말했다, 동생과 함께 있습니다. 호숫가에서 동생 야고보와 헤어질 때 한 말과 똑같았지만, 다만 로마인이 자주 말했듯이, 무타티스 무탄디스(mutatis mutandis, 필요한 부분은 변경을 했다-옮긴이). 그때 예수는 이렇게 말했다, 이분 이름은 막달라 마리아야, 나와 함께 있어. 마르다는 문을 활짝 열며 말했다, 자, 자기 집처럼 생각하고. 그러나 이것이 둘 가운데 누구에게 하는 말인지는 분명치 않았다. 마당으로 들어서자 막달라 마리아는 언니의 팔을 잡으며 말했다, 나는 언니만큼이나 여기 속한 사람이야, 또 나는 이 사람에게도 속했어, 이 사람은 언니한테 속하지 않았지만 말이야, 나는 지금까지 두 사람 모두에게 솔직했어, 그러니 언니 덕을 과시하거나 내 악을 비난하지 말아줘, 나는 평화롭게 왔으니 평화롭게 있고 싶어. 마르다가 말했다, 나는 너를 내 여동생으로 받아들일 거야, 나는 너를 애정으로 환영할 수 있는 날을 갈망하고 있어, 하지만 지금은 너무 빨라. 마르다는 말을 이어가려다가 한 가지 생각 때문에 멈추었다. 동생 옆에 서 있는 이 남자가 동생이 살아온 삶, 또는 지금도 살고 있을지 모르는 삶을 아는지 알 수가 없었던 것이다. 마르다는 혼란에 빠져 얼굴이 붉어지기 시작했다. 두 사람과 자신이 싫어졌다. 그러자 마르다가 알아야 할 것을 알려주려고 예수가 입을 열었다. 사람들이 무슨 생각을 하는지 아는 것은 그리 어려운 일이 아니기 때문이다. 예수는 그녀에게 말했다, 하나님은 우리 모두를 심판하시지만, 매일 우리가 어떤지 보시고 매일 다르게 심판하시죠, 마르다, 만일 하나님이 지금 이 순간 마르다를 심판하신다면, 하나님의 눈에 마르다가 마리아와 다를 것이라고 생각하지 마세요. 더 분명하게 설명해 주세요, 무슨 말인지 잘 모르겠어요. 더 할 말은 없어요, 하지만 제가 한 말을 마음에 간직하고 동생을 볼 때마다 스스로 되뇌어보세요. 저 애는 이제 아닌가요. 내가 이제 창녀가 아니냐는 거지, 막달라 마리아가 언니의 마음 쓰는 방식을 경멸하여 무뚝뚝하게 물었다. 마르다는 움찔하며 두 손을 얼굴로 들어 올렸다, 아니, 아니, 알고 싶지 않아, 예수의 말로 충분해. 그러더니 자제력을 잃고 울음을 터뜨리고 말았다. 마리아는 다가가 언니를 안고 살며시 흔들었다. 마르다는 흐느끼는 사이사이에 말했다, 무슨 인생이 이래, 무슨 인생이 이래. 그러나 자신의 인생을 말하는 것인지 동생의 인생을 말하는 것인지 분명치 않았다. 나사로는 어디 있어, 마리아가 물었다. 회당에. 요즘은 어떻게 지내. 가끔씩 숨이 막히는 발작이 일어나지만, 그것만 빼면 건강은 나쁘지 않아. 마르다는 마리아한테 이제야 동생 걱정이 되냐고 쌀쌀맞게 덧붙이고 싶었다. 죄 많은 긴 세월의 부재 동안 이 방탕한 동생, 시간과 몸을 모두 방탕하게 낭비한 동생은 가족과 연락을 하지 않았으며, 늘 건강이 위태위태했던 남동생의 안부를 한 번도 물은 적이 없었기 때문이다. 마르다는 신중하게 거리를 두고 둘 사이의 적대를 관찰하고 있던 예수를 돌아보며 말했다, 우리 남동생은 회당에서 책을 베껴요, 건강이 나쁘다 보니 할 수 있는 일이 그런 것밖에 없어요. 그녀는 의도한 것은 아니지만, 아침부터 밤까지 쓸모 있는 일을 하지 않고 살 수 있는 사람을 도무지 이해하지 못하겠다는 말투로 그렇게 말했다. 나사로가 무엇 때문에 아픈가요, 예수가 물었다. 숨이 자꾸 막혀요, 당장이라도 심장이 멈출 것처럼, 그러다 아주 창백해지죠, 당장 죽을 것처럼요. 마르다는 잠시 말을 끊었다가 덧붙였다, 우리보다 나이도 어린데. 그녀는 무심코 그렇게 말했다가 갑자기 예수의 젊음에 놀랐다. 그녀는 다시 혼란을 느꼈다. 질투심에 가슴이 아렸다. 그래서 마르다의 입에서 나오면 이상할 수도 있는 말이 나오고 말았다, 피곤하시겠네요, 앉으세요, 발을 씻어드릴 테니까. 그런 말은 옆에 서 있는 막달라 마리아의 의무이자 특권이었다. 나중에 예수와 단둘이 있게 되자 마리아는 반농담으로 말했다, 우리 두 자매는 너를 사랑하려고 태어난 것 같아. 그러자 예수가 대꾸했다, 마르다는 살면서 거의 기쁨을 누리지 못했기 때문에 슬픈 거예요. 언니는 그것 때문에 슬픈 게 아니야, 언니는 분개하고 있어, 타락한 여자는 상을 얻는데 자기처럼 덕이 있는 여자는 상을 얻지 못했으니 하늘에는 정의가 없다고 생각하는 거야. 하나님이 다른 방법으로 상을 주실 거예요. 어쩌면 그럴지도 모르지, 하지만 하나님이 세상을 만들었다고 해서 여자들에게서 당신의 창조의 열매를 하나라도 박탈할 권리는 없어. 남자를 육체로 아는 것 같은 것 말이죠. 물론이지, 네가 여자를 알게 되었듯이, 이제 네가 뭘 더 바랄 수 있겠어, 너 자신을 봐, 하나님의 아들인데 말이야. 당신과 함께 눕는 남자는 하나님의 아들이 아니라 요셉의 아들이에요. 솔직히 네가 내 인생에 들어온 이후로 나는 한 번도 내가 어떤 신의 아들과 누워 있다는 느낌은 받지 못했어. 어떤 신이 아니라 하나님이겠죠. 네가 그 아들이 아니라면 얼마나 좋을까.

마르다는 이웃의 어린 소년을 나사로에게 보내 마리아가 집에 돌아왔다고 알리게 했다. 그러나 그것은 한참을 망설이고 난 뒤에 한 일이었다. 평판 나쁜 동생이 마을에 돌아왔다는 것을 아무도 모르게 하고 싶은 마음이 간절했기 때문이다. 그들이 알게 되면 이렇게 오랜 세월이 흐른 뒤 다시 혀들이 나불대기 시작할 것이 뻔했기 때문이다. 다음 날 어떻게 거리에서 사람들을 마주한단 말인가. 그보다 더 괴로운 일이 있었다. 어떻게 동생과 함께 밖에 나갈 용기를 낼 수 있단 말인가. 이웃이나 친구를 무시하는 것은 어려운 일일 터였다. 그녀는 그들에게, 애는 내 동생 마리아예요, 기억나죠, 집에 돌아왔어요, 하고 말해야 하는 상황을 두려워했다. 그래봐야 다 안다는 표정으로 교활하게 던지는 대꾸나 들을 터였다. 물론 기억하고말고, 누가 마리아를 기억 못하겠어. 이런 재미없는 이야기가 우리 독자들에게 불쾌감을 주지 않기를 바란다. 하나님 이야기도 다 신성한 것은 아니기 때문이다. 마르다가 이런 자비롭지 못한 생각들을 억누르려고 할 때 나사로가 도착했다. 그는 마리아를 끌어안으며 간단하게 말했다, 잘 왔어, 누나. 그 긴 세월의 이별과 말로 표현하지 못한 불안은 제쳐두었다. 마르다는 용감한 얼굴로 상황을 마주하는 것이 자신의 임무라고 느끼고 예수를 가리키며 남동생에게 말했다, 여기는 예수야, 네 매형이다. 두 남자는 친근하게 마주 보며 고개를 끄덕이고 앉아서 잡담을 나누었다. 여자들은 과거에 수도 없이 그랬던 것처럼 함께 음식을 준비했다. 식사를 마친 뒤에 나사로와 예수는 마당에 나가 시원한 밤바람을 즐겼고, 자매는 안에서 매트를 어떻게 배치하느냐 하는 중요한 문제를 해결하고 있었다. 이제 사람이 둘이 아니라 넷이었기 때문이다. 예수는 아직 밝은 하늘에 나타난 첫 별들을 한참 바라보다가 마침내 나사로에게 물었다, 통증이 많이 심해요. 나사로는 놀랄 만큼 차분하게 대답했다, 아플 만큼 아프죠. 그 고통은 곧 끝날 거예요, 예수가 말했다. 그럼요, 죽으면 끝나겠죠. 아니, 아주 빨리. 매형이 의사인 줄은 몰랐네요. 처남, 내가 의사라면 처남을 고칠 수 없을 거예요. 의사가 아니라도 못 고치겠죠. 처남은 나았어요, 예수가 작게 중얼거리며 나사로의 손을 잡았다. 그러자 나사로는 해가 구정물을 빨아들이듯이 그의 몸에서 아픔이 빠져나가는 것을 느꼈다. 숨을 쉬기가 편해졌다. 맥박이 강해졌다. 그는 자신에게 벌어지고 있는 일에 어리둥절하여 초조한 표정으로 물었다, 어떻게 된 거예요, 놀라서 목소리가 쉬었다, 매형은 뭐 하는 사람이에요. 의사는 아니라니까, 예수가 웃음을 지었다. 하나님의 이름으로 묻노니, 뭐 하는 사람인지 말해 줘요. 하나님의 이름을 헛되이 가져오지 말아요. 하지만 나더러 이걸 어떻게 이해하란 말이에요. 마리아를 불러요, 마리아가 얘기해 줄 거예요. 누굴 부를 필요는 없어요. 갑자기 높아진 목소리 때문에 마르다와 마리아가 문간에 나타났다. 혹시나 두 남자가 말다툼을 하는 것이 아닌가 걱정을 했던 것이다. 그러나 그들은 곧 그들이 잘못 생각했음을 알았다. 하늘의 푸른빛이 마당 전체를 그득하게 채우고 있었다. 충격을 받은 나사로가 예수를 가리키고 있었다, 이 사람은 뭐 하는 사람이야, 나사로가 물었다, 그냥 나를 만지면서, 처남은 나았어요, 하고 말했을 뿐인데 아픈 게 사라졌어. 마르다는 남동생을 위로하러 갔다. 머리에서 발끝까지 부들부들 떨고 있는데 어떻게 나은 것일 수가 있을까. 그러나 나사로는 마르다를 밀어내며 말했다, 마리아, 누나가 이 사람을 데려왔잖아, 뭐 하는 사람인지 얘기해 줘. 막달라 마리아는 문간에서 조금도 움직이지 않고 말했다, 나사렛 예수, 하나님의 아들이야. 아무리 이 지역이 오래전 옛날부터 예언자의 계시와 묵시록적 표적이 넘쳐나는 곳이라 해도, 나사로와 마르다가 전혀 믿지 못하겠다는 표정을 짓는 것은 너무나도 당연한 일이었다. 기적적인 수단으로 병이 나았다는 사실을 인정하는 것과 내 손을 잡고 병을 낫게 해준 사람이 다름 아닌 하나님의 아들이라는 이야기를 듣는 것은 완전히 다른 문제였다. 그러나 믿음과 사랑은 많은 것을 이룰 수 있다. 어떤 사람들은 심지어 그 둘 중의 하나만 있어도 이룰 것을 이룰 수 있다고 주장한다. 실제로 마르다는 울면서 예수의 품에 몸을 던졌다. 그랬다가 자신의 대담한 행동에 깜짝 놀라 땅바닥으로 쓰러져 그곳에 그대로 있었다. 그녀는 완전히 변한 얼굴로, 내가 이분 발을 씻겨주었어, 하고 혼자 중얼거렸다. 나사로는 두려움에 사로잡혀 움직이지 않았다. 갑작스럽게 예수의 정체가 드러났음에도 그가 그 충격에 죽지 않은 것은 조금 전 예수의 시의 적절한 사랑의 행동이 그에게 낡은 심장 대신 새 심장을 주었기 때문이라고 이야기할 수도 있을 것이다. 예수는 웃음을 지으며 나사로를 끌어안고 말했다, 하나님의 아들이 사람의 아들이라는 것을 알게 된다 해도 놀라지 말아요, 솔직히, 하나님은 달리 선택할 사람이 없었어요, 남자가 자기 여자를 선택하고 여자가 자기 남자를 선택하는 것과 똑같아요. 마지막 말은 그 말을 선의로 받아들일 막달라 마리아를 의중에 둔 것이었다. 그러나 예수는 이런 말이 마르다의 괴로움과 절망적인 외로움을 악화시키기만 할 뿐이라는 것을 잊었다. 이것이 하나님과 그의 아들의 차이다. 하나님은 이런 말을 의도적으로 하고, 그의 아들은 부주의 때문에 하는데, 이것은 너무도 인간적인 것이다. 어쨌든 걱정할 것 없다, 오늘 이 집은 기쁨을 누린다. 마르다는 내일 다시 한숨으로 돌아갈 수 있다. 그러나 그녀에게는 한 가지 확실한 위로가 있다. 일단 소문이 퍼지면 베다니의 거리에서든 광장에서든 시장에서든 아무도 감히 여동생의 과거를 두고 이러쿵저러쿵하지 못할 것이다. 마르다 자신이 모두의 귀에 이 이야기, 마리아와 함께 온 남자가 약이나 약초 달인 물을 사용하지 않고도 나사로의 병을 고쳤다는 이야기가 들어가게 할 것이다. 집에 앉아 서로 함께 있는 기쁨을 누리던 중에 나사로가 말했다, 갈릴리 출신의 한 남자가 기적을 일으키며 돌아다닌다는 소문은 돌았지만, 그 사람이 하나님의 아들이라는 말은 나온 적이 없어요. 어떤 소식은 다른 소식보다 빨리 퍼지죠, 예수가 말했다. 매형이 그 사람인가요. 방금 말씀하셨네요. 이윽고 예수는 처음부터 쭉 이야기를 해주었다. 하지만 다 이야기하지는 않았다. 목자 이야기도 하지 않았고, 하나님 이야기도, 자신에게 나타나, 네가 내 아들이다, 하는 이야기를 했다는 것 말고는 다 뺐다. 그런 먼 땅의 기적의 소문들, 이제는 방금 일어난 기적이 증거가 되어 모두 사실이 되었지만, 그런 소문들이 없었다면, 그리고 믿음과 사랑의 힘이 없었다면, 나사로와 마르다는, 아무리 하나님에게서 나온 말이라 하지만 예수의 간단한 이야기만 듣고, 이제 곧 마리아와 매트를 함께 쓸 남자가 성령으로 이루어진 존재라는 것을 믿기가 정말 어려웠을 것이다. 하나님을 두려워하지 않고 그렇게 많은 남자를 안은 이 여자를 예수는 살과 피로 안았기 때문이다. 마르다는 보거나 듣지 않으려고 머리까지 시트를 끌어당기고 그

밑에서, 자격으로 따지자면 저 남자는 저 애가 아니라 내 것이 되어야 하는데, 하고 중얼거렸지만, 그녀의 그런 영적 오만은 용서해 주도록 하자.

다음 날 소식은 들불처럼 번져 갔다. 베다니의 모든 사람이 주를 찬양하고 주에게 감사했다. 처음에는 이런 작은 세상에서는 그런 큰 이적이 일어날 수 없다고 생각하여 의심을 품던 메마른 영혼들도 기적적으로 치유된 나사로를 보자 생각을 바꾸지 않을 수 없었다. 그렇다고 나사로가 이 일을 계기로 다른 사람들에게 건강을 팔기 시작했다는 이야기는 절대 아니다. 그는 워낙 선량한 사람이라 차라리 그냥 다 주어버렸을 것이기 때문이다. 이제 사람들이 문 주위에 모여들기 시작했다. 그 기적을 일으킨 사람을 직접 보고 싶었기 때문이다. 어쩌면 손으로 만져볼 수 있을지도 몰랐다. 그러면 그것은 최종적이고 결정적인 증거가 될 터였다. 병자들도 떼를 지어 몰려왔다. 어떤 사람들은 걸어왔고, 어떤 사람들은 들것에 실려오거나 친척에게 업혀 왔다. 마침내 나사로와 누나가 살던 좁은 골목은 사람들로 꽉 찼다. 예수는 상황을 파악하고, 마을의 큰 광장에서 이야기를 할 테니 그곳으로 가라고, 자신도 곧 그곳으로 가겠다고 말을 전했다. 하지만 손에 새를 쥔 사람은 그것을 그냥 놔주는 어리석은 짓을 하지 않는 법이다. 따라서 이해할 만한 일이지만 신중함 때문이든 불신 때문이든 아무도 자신이 차지한 유리한 자리에서 물러서려 하지 않았다. 예수는 어쩔 수 없이 자신의 얼굴을 보여주고 다른 사람들과 함께 집을 나설 수밖에 없었다. 물론 팡파르도, 화려한 행렬도, 의식도 없었고, 하늘이나 땅이 떨리지도 않았다. 자, 제가 나왔습니다, 예수는 자연스럽게 말을 하려고 했으나, 그 말만으로도 마을 전체의 거주자들이 무릎을 꿇고 앉아 자비를 구했다. 우리를 구해 주십시오, 어떤 사람들은 그렇게 소리쳤다. 우리를 낫게 해주십시오, 어떤 사람들은 그렇게 호소했다. 예수는 벙어리라서 호소를 하지 못하는 한 사람은 고쳐주었지만, 다른 사람들은 믿음이 부족하다는 이유로 그냥 보냈다. 예수는 그들에게 다음에 다시 와도 되지만, 먼저 죄를 회개해야 한다고 말했다. 우리가 알다시피 하나님의 나라가 가까이 왔고 시간이 곧 끝날 것이기 때문이다. 선생님이 하나님의 아들입니까, 사람들이 물었다. 예수는 알쏭달쏭하게 대답했다, 내가 하나님의 아들이 아니라면, 하나님이 그런 질문을 허락하는 대신 여러분을 벙어리로 만들어버릴 겁니다.

예수는 베다니에 머물면서 이런 놀라운 일을 시작했으며, 다른 한편으로는 아직 먼 땅을 여행하고 있는 제자들과 재결합할 날을 기다렸다. 북쪽에서 기적을 일으키던 사람이 지금 베다니에 와 있다는 말을 듣고 주위의 도시와 마을에서 곧 사람들이 몰려온 것은 말할 필요도 없다. 예수가 나사로의 마을을 떠날 필요는 없었다. 마치 그곳이 순례지나 되는 것처럼 모두 그 집으로 몰려들었기 때문이다. 그러나 예수는 사람들을 그곳에서 맞아들이지 않고 마을 바깥의 언덕에 모이라고 했다. 그는 그곳에서 회개를 설교하고 병자들을 치료했다. 이 소식과 더불어 사람들의 흥분이 곧 예루살렘에도 퍼졌고, 그 바람에 모이는 사람들의 수는 훨씬 늘었다. 마침내 예수는 폭동을 자극할 위험을 무릅쓰면서 그곳에 계속 있어야 하는지 자문하기 시작했다. 사람들이 통제에서 벗어나면 그런 일이 벌어지기 십상이었기 때문이다. 먼저 천한 사람들이 치료를 받으러 예루살렘으로부터 왔다. 그러나 오래지 않아 모든 사회 계급 출신의 사람들이 몰려들기 시작했다. 그 가운데는 바리새인과 서기관들도 많이 있었는데, 그들은 제정신을 가진 사람이라면 스스로 공개적으로 하나님의 아들이라고 고백할 용기를 낼 수 없을 것이라고, 심지어 그런 용기를 내는 것은 자살행위라고 믿었다. 그들은 결국 혼란과 분노를 느끼며 예루살렘으로 돌아갔다. 예수가 그들의 질문에 분명한 대답을 하지 않았기 때문이다. 부모가 누구냐고 물으면 자신은 사람의 아들이라고 대답했다. 하나님을 가리킬 때 혹시 아버지라고 하는 경우에는 자기 자신만의 아버지가 아니라 모든 사람의 아버지라는 뜻으로 하는 말인 것이 분명했다. 사술이나 마법에 의존하지 않고 치유 능력을 발휘한다는 곤혹스러운 문제도 여전히 해결되지 않았다. 그에게는 간단한 말 몇 마디만 필요한 것 같았다. 걸어라, 일어나라, 말하라, 보라, 깨끗해지도록 하라. 예수가 손가락 끝으로 건드리기만 하면 나병환자의 피부가 갑자기 아침 빛을 받은 이슬처럼 빛이 났다. 또 벙어리나 말을 더듬는 사람들은 말에 취한 듯이 중얼거렸고, 중풍환자들은 침상에서 일어나 기뻐서 지쳐 쓰러질 때까지 춤을 추었고, 눈먼 사람들은 눈이 다시 보인다는 것을 도저히 믿지 못하겠다는 표정을 지었고, 절름발이들은 마음껏 뛰어다니다가 다시 절뚝거리는 척 장난을 치기도 했다. 회개하라, 예수는 그렇게 말했다, 회개하라. 그가 원하는 것은 그것뿐이었다. 그러나 선지자와 예언자들의 도발로 일어난 그 시대의 격변과 무질서에 관해 누구보다 잘 알고 있는 성전의 대제사장들은 예수의 말을 곰곰이 생각해 본 뒤에 종교적, 사회적, 정치적 혼란이 앞으로는 없어야 한다고 생각했고, 그래서 이 갈릴리 사람의 모든 말과 행동을 주시하기로 결정했다. 또 필요하다면 악을 뿌리부터 뽑아버릴 생각이었다. 대제사장은 이렇게 말했다, 이 사람은 나를 속이지 못해, 사람의 아들은 곧 하나님의 아들이야. 예수는 예루살렘에 씨를 뿌리러 가지 않았다. 그러나 여기 베다니에서 자신을 베게 될 낫을 만들고 또 갈고 있었다.

이윽고 제자들이 짝을 지어 베다니로 모이기 시작했다. 오늘 두 명, 내일 두 명, 또는 혹시 오는 길에 만났으면 네 명. 세부적인 면에서 약간씩 다르기는 했지만 모두 공통적으로 하는 이야기가 있었다. 사막에서 나와 전통적인 방법으로 예언을 하는 사람에 관한 선포였다. 그는 바위를 옮길 것 같은 목소리와 산을 옮길 것 같은 팔 동작으로 사람들에게 천벌이 그들을 기다리고 있다면서, 메시아가 곧 도착할 것이라고 선포했다. 제자들이 그를 직접 본 것은 아니었다. 늘 이곳저곳으로 옮겨 다녔기 때문이다. 따라서 그들이 모은 정보는 비록

대체로 일관되기는 했지만, 어디까지나 간접적인 것이었다. 제자들은 이 선지자를 찾아서 만나보고 싶기는 했지만, 석 달 기한이 거의 다 되었고 예수와 다시 만나는 날을 놓치고 싶지 않아 그냥 왔다. 예수가 제자들에게 선지자의 이름을 묻자, 그들은 요한이라고 대답했다. 하나님이 떠나면서 예수를 돕기 위해 보내주겠다고 한 사람의 이름이었다. 그러니까 그 사람이 벌써 왔단 말이구나, 예수가 중얼거렸다. 예수의 친구들은 그것이 무슨 말인지 몰랐다. 다만 모든 것을 아는 막달라 마리아만 예외였다. 예수는 요한을 찾으러 나서고 싶었다. 요한도 그를 찾고 있을 것이 틀림없었다. 그러나 열두 사도 가운데 도마와 가룟 유다가 아직 도착하지 않았다. 그들에게 더 많은 정보가 있을지 몰랐기 때문에 그들이 늦어지는 것에 더 짜증이 났다. 그러나 과연 기다릴 만한 값어치가 있었다. 지각을 한 두 사람은 요한을 보았을 뿐 아니라 이야기도 나누어 보았기 때문이다. 다른 제자들도 베다니 바깥에 쳐놓은 그들의 천막에서 나와 도마와 가룟 유다가 해주는 이야기를 들었다. 그들은 나사로의 집 마당에 둥그렇게 앉아 있었고, 마르다와 마리아를 비롯하여 다른 여자들도 있었다. 가룟 유다와 도마는 번갈아 가며 요한이 광야에 있다가 하나님의 말을 들은 뒤 요단 강변으로 가서 세례를 주면서 죄를 용서 받으려면 회개를 하라는 설교를 한다고 말했다. 그러나 그에게 세례를 받으러 수많은 사람들이 몰려오자 요한이 큰 소리로 그들을 꾸짖는 바람에 모두 혼비백산했다는 것이었다. 독사의 자식들아 누가 임박한 진노를 피하라고 너희에게 일러주더냐, 회개에 합당한 열매를 맺고, 속으로 아브라함이 우리 조상이라고 생각하지 마라, 내가 너희에게 이르노니 하나님은 능히 이 돌로도 아브라함의 자손이 되게 하시리라, 이미 도끼가 나무뿌리에 놓였으니 좋은 열매를 맺지 아니하는 나무마다 찍혀 불에 던져지리라. 사람들은 공포에 질려 그에게 물었다, 그럼 우리가 무엇을 해야 합니까. 그러자 요한이 대답했다, 옷 두 벌 있는 자는 옷 없는 자에게 나눠줄 것이요, 먹을 것이 있는 자도 그렇게 해야 할 것이다. 요한은 세리들에게는 이렇게 말했다, 법이 부과하는 것 외에는 거두지 말고, 법을 법이라고 부른다는 이유로 정당하다 생각하지 마라. 군인들이, 우리는 무엇을 하면 될까요, 하고 묻자, 강탈하지 말고, 거짓으로 고발하지 말고, 받는 급료로 족한 줄 알라, 하고 대답했다. 먼저 입을 열었던 도마는 여기까지 이야기하고 입을 다물었다. 그러자 가룟 유다가 이어받았다. 사람들은 요한에게 그가 메시아냐고 물었다. 그러자 요한은 사람들에게 말했다, 나는 물로 너희에게 세례를 베풀어 회개하게 하지만, 나보다 능력이 많으신 이가 오시는데, 나는 그분의 신발 끈을 푸는 일도 감당하지 못한다, 그분은 성령과 불로 너희에게 세례를 베푸실 것이다, 그분은 손에 키를 들고 자기의 타작마당을 깨끗하게 하셔서, 알곡은 모아 곳간에 들이고 쭉정이는 꺼지지 않는 불에 태우실 것이다. 가룟 유다는 거기에서 말을 맺었다. 모두 예수가 말을 하기를 기다렸다. 그러나 예수는 한 손가락으로 땅에 이상한 낙서를 하며 다른 사람이 말하기를 기다리고 있는 것 같았다. 그러자 베드로가 말했다, 그러니까 요한이 오신다고 예언하는 메시아가 바로 너로구나. 예수가 계속 땅에 낙서를 하며 대답했다, 그것은 형님의 말입니다, 나는 그렇게 말한 적이 없습니다, 하나님은 그냥 내가 당신의 아들이라고만 말씀하셨습니다, 예수는 잠시 말을 끊었다가 마무리를 지었다, 요한을 찾으러 가야겠네요. 우리도 함께 갈게요, 역시 요한이라는 이름을 가진 세베대의 아들이 말했다. 그러나 예수는 천천히 고개를 저었다. 도마와 유다만 함께 갈 거야, 두 사람이 그 선지자를 보았으니까, 예수는 유다를 보며 물었다, 그 사람이 어떻게 생겼습디까. 선생님보다 키가 크더군요, 유다가 말했다, 몸무게도 더 나가고요, 아주 뻣뻣한 턱수염이 길게 나 있었습니다, 그리고 낙타 털옷을 입고 허리에는 가죽띠만 둘렀습니다, 사람들 말로는 광야에서 메뚜기와 석청만 먹고 산답니다. 그 사람이 나보다 더 메시아처럼 보이네요, 예수는 그렇게 말하고 앉은 자리에서 일어섰다.

세 사람은 다음 날 아침 일찍 출발했다. 그들은 요한이 절대 한 장소에 며칠 이상 머물지 않는다는 것을 알고 있었다. 따라서 요단 강변에서 세례를 줄 때 찾아가보는 것이 만날 가능성이 가장 높다고 생각하여, 그들은 베다니에서 사해 가장자리에 있는 베다바라라고 부르는 곳으로 내려갔다. 거기에서 갈릴리 바다까지 상류 쪽으로 여행을 하면서, 필요하다면 북쪽으로 더 올라가 원류에까지 가볼 작정이었다. 그러나 그들의 여행은 생각보다 길지 않았다. 베다바라에서 바로 요한을 만났기 때문이다. 그는 마치 그들이 올 것을 예상이나 하고 있었던 것처럼 혼자 있었다. 그들은 멀리서 요한을 처음 보았다. 강변에 사람 형체가 아주 작게 보였다. 그를 둘러싼 울퉁불퉁한 바위는 해골을 닮았고 협곡들은 열린 상처 같았다. 오른쪽으로 해와 하얀 하늘 밑에는 불길한 느낌을 주는 사해가 펼쳐져 있었다. 그 무시무시한 수면은 녹은 구리처럼 번쩍번쩍 빛이 났다. 돌을 던지면 닿을 만한 거리에 이르렀을 때 예수가 동행자들에게 물었다, 저 사람인가요. 제자들은 손으로 눈에 차양을 만들고 자세히 살피더니 대답했다. 그 사람이거나 그 사람 쌍둥이 형제입니다. 내가 돌아올 때까지 여기서 기다려주세요, 가까이 오지 말고요, 예수가 말했다. 그러더니 입을 꾹 다물고 강으로 내려가기 시작했다. 도마와 유다는 바싹 마른 땅에 앉아 예수가 멀어져 가는 것을 지켜보았다. 오르내리는 땅을 따라 예수가 사라졌다 다시 나타나곤 했다. 이윽고 강변으로 내려서자 요한에게 다가가는 것이 보였다. 요한은 내내 꼼짝도 않고 기다리고 있었다. 우리가 틀린 게 아니기를 바라자고, 도마가 말했다. 더 가까이 가봤어야 하는데, 가룟 유다가 말했다. 그러나 예수는 처음 본 순간 확신을 가졌기 때문에, 사실 답이 필요해서 그들에게 물어보았던 것은 아니었다. 저 아래서 요한은 일어나 자신에게 다가오는 예수를 바라보았다. 두 사람이 서로 무슨 이야기를 할까, 가룟 유다가 물었다. 예수가 말해 주겠지, 뭐, 말해 주지 않을 수도 있고, 도마가 말했다. 이제 멀리 있는 두 사람은 마주 보고 있었는데, 각자 지팡이를 흔드는 모습을 볼 때 흥분해서 이야기를 하고 있는 것이 분명했다. 잠시 후 그들은 물가로 갔고, 툭 튀어나온 둑 때문에 시야에서 사라졌다. 유다와 도마는 거기서 무슨 일이 벌어지는지 알았다. 그들도 요한에게 세례를 받았기 때문이다. 그들은 지난번에 왔을 때 물이 허리에 올라올 때까지 강으로 들어갔다. 이제 요한은 두 손으로 물을 퍼서 하늘로 들어 올린 다음 예수의 머리에 부으며 말할 것이다, 이 물로 너에게 세례를 주노니, 이것이 네 불을 기르기를 바라노라. 그 일이 끝나면 요한과 예수는 강에서 나와 지팡이를 챙긴 뒤 포옹을 하며 작별할 것이다. 요한은 북쪽으로 강을 따라 걸어갈 것이고, 예수는 우리에게 돌아올 것이다. 도마와 가룟 유다는 서서 예수를 기다린다. 실제로 예수가 나타나, 아무 말 없이 그들을 지나치더니 앞장서서 베다니로 간다. 제자들은 약간 모욕을 당한 느낌으로 뒤에서 걷는다. 그들의 호기심은 채워지지 않았다. 마침내 도마가 더 참지 못해 유다의 말리는 손짓을 무시하고 물었다, 요한이 한 말을 우리한테 안 해주실 건가요. 때가 되면, 예수가 대답했다. 하나만이요, 선생님이 메시아라고 그러던가요. 때가 되면, 예수는 다시 그렇게 말했다. 제자들은 예수가 그냥 그 말을 되풀이한 것인지, 아니면 아직 메시아가 나타날 때가 안 되었다는 말을 하려는 것인지 알 수가 없었다. 침울하게 뒤를 따르던 두 제자 가운데 가룟 유다는 두 번째 가설을 지지했다. 반면 천성적으로 회의적인 도마는 약간 짜증을 내며 예수가 그냥 한 말을 또 했을 뿐이라고 생각했다.

오직 막달라 마리아만 그날 밤 무슨 일이 있었는지 알게 되었다. 별로 한 이야기가 없어요, 예수가 털어놓았다, 만나자마자 요한은 내가 온다고 한 그 사람인지 아니면 다른 사람을 기다려야 하는지 알고 싶어 하더라고요. 그래서 뭐라고 했어. 눈먼 자가 다시 보게 되고 절름발이가 걷고 나병환자가 깨끗함을 얻고 귀머거리가 듣고 가난한 사람들이 복음을 듣게 되었다고 말했어요. 그랬더니 뭐래. 메시아는 많은 일을 할 필요가 없대요, 그냥 사람들이 자기한테 기대하는 일을 하기만 하면 되는 거래요. 요한이 그렇게 말했어. 네, 정확히 그렇게 말했어요. 그런데 사람들이 메시아한테 기대하는 일이 뭐지. 그게 내가 요한한테 물은 거예요. 그랬더니 뭐라고 대답해. 스스로 찾으라던데요. 그러니까 뭐래. 다른 말은 없었어요, 그냥 강에 데려가 세례를 주고 가버렸어요. 세례를 줄 때는 뭐래. 이 물로 너에게 세례를 주노니, 이것이 네 불을 기르기를 바라노라. 예수는 막달라 마리아와 이런 대화를 한 뒤 일주일 동안 말을 하지 않았다. 그는 나사로의 집을 떠나 베다니 바로 바깥에 제자들이 있는 곳으로 갔다. 그곳에서 다른 천막들과 좀 떨어진 곳에 천막을 하나 치고 하루 종일 혼자 있었다. 막달라 마리아도 천막에 들어가는 것이 허락되지 않았다. 예수는 밤에만 천막을 떠나 산으로 들어갔다. 가끔 제자들이 몰래 뒤를 밟았다. 이 지역에는 야생 동물이 없음에도, 그런 동물로부터 스승을 보호해야 한다는 핑계를 댄 것이다. 그들이 따라가보면 예수는 편안한 자리를 고른 뒤 그곳에 앉아 하늘이 아니라 앞쪽을 똑바로 바라보고 있었다. 협곡의 불길한 어둠이나 비탈로부터 누가 나타나기를 기다리는 것 같았다. 달빛이 있었기 때문에 누가 나타나면 멀리서도 보였을 테지만, 나타나는 사람은 없었다. 아침의 첫 빛이 비치면 예수는 야영지로 돌아왔다. 요한과 가롯 유다가 번갈아 먹을 것을 가져다주었지만 거의 먹지도 않았다. 그들의 인사에 대꾸도 하지 않았다. 한 번은 베드로가 괜찮냐고, 혹시 명령할 것이 없냐고 묻자, 무뚝뚝하게 무시해 버리기까지 했다. 그러나 베드로가 완전히 잘못짚은 것은 아니었다. 그저 너무 일찍 말을 꺼냈을 뿐이다. 여드레가 지나자 예수가 환한 대낮에 천막에서 나오더니 제자들과 함께 먹었기 때문이다. 식사를 마치자 예수는 제자들에게 말했다. 내일 예루살렘으로 올라갈 겁니다. 성전에 가는 겁니다. 가서 제가 하라는 대로 하세요. 하나님의 아들이 아버지의 집이 어떻게 사용되는지 알고, 메시아가 사람들이 자신에게 기대하는 일을 시작할 때가 왔기 때문이에요. 제자들은 더 알고 싶었으나 예수는, 오래지 않아 알게 됩니다, 하는 말 외에는 아무 말도 하지 않았다. 제자들은 이런 식의 말을 듣는 데, 또 그렇게 심각한 얼굴을 보는 데 익숙하지 않았다. 그는 이제 그들이 아는 부드럽고 차분한 예수, 어디든 군말 없이 하나님이 원하는 대로 가던 예수가 아니었다. 어쩌다 이런 변화가 일어났는지 그 이유도 알 수가 없었다. 그동안 제자들과 떨어져 마치 밤의 귀신들에 사로잡힌 듯 아무도 모르는 뭔가를 찾아 혼자서 언덕과 골짜기를 헤매고 다닌 일과 관련이 있는 듯했다. 연장자인 베드로는 예수가 그런 식으로 자기들한테 예루살렘으로 올라가라고 명령하는 것이 부당하다고 생각했다. 마치 아무런 설명을 하지 않아도 가져가거나 가져오고, 오라면 오고 가라면 가는 하인들을 다루는 것 같았기 때문이다. 그래서 이의를 제기했다, 우리는 네 권위를 인정하고, 말로나 행동으로나 너한테 복종할 준비가 되어 있어, 하나님의 아들로서든 사람의 아들로서든, 하지만 우리가 무책임한 아이들 아니면 비실대는 노인들이나 되는 것처럼, 속 이야기는 하지 않고, 우리 의견은 묻지도 않고 명령만 내리는 게 옳은 일일까, 우리 스스로 결정할 기회를 주지도 않고 말이야. 미안합니다, 여러분 모두에게요, 예수가 말했다, 사실 무엇이 저를 예루살렘으로 부르는지 저 자신도 모르기 때문이에요, 제가 들은 말은 가야 한다는 거예요, 그 이상은 없습니다, 굳이 저와 함께 가지 않아도 돼요. 누가 너더러 예루살렘에 가라고 했는데. 머릿속의 목소리가요, 그 목소리가 저한테 이렇게 해야 한다, 하지 말아야 한다 하고 말해 줍니다. 너는 요한을 만난 뒤로 많이 변했어. 그래요, 평화를 가져오는 것만으로는 충분하지 않다는 것을 깨달았어요, 검도 들어야 해요. 하나님의 나라가 가까이 왔는데 왜 검을 들어, 안드레가 물었다. 하나님은 하나님의 나라가 어떤 방법으로 오는지 밝히지 않으셨으니까요, 평화는 시도해 봤으니까 이제 검을 시도해 보는 거죠, 그럼 하나님이 선택하실 거예요, 하지만, 다시 말하지만, 나하고 함께 가지 않아도 돼요. 형님이 어디를 가든 우리가 함께 갈 거라는 걸 알잖아요, 요한이 말했다. 그러자 예수가 대꾸했다, 그런 맹세는 하지 마, 여러분 가운데 나와 함께 가는 사람들은 알게 될 거에요.

다음 날 아침, 예수는 나사로의 집으로 갔다. 나사로와 마르다에게 작별 인사도 하고, 지금은 광야에서 나와 지금은 다시 제자들과 함께 살고 있다고 안심을 시켜주려는 것이었다. 마르다는 동생이 회당에 가고 없다고 말했다. 그러자 예수는 그냥 제자들과 함께 예루살렘으로 가는 길에 나섰다. 막달라 마리아와 다른 여자들은 베다니의 마지막 집들이 있는 곳까지만 동행한 뒤 그곳에서 발을 멈추고 손을 흔들었다. 남자들은 한 번도 뒤를 돌아보지 않았지만, 여자들은 그래도 손을 흔들었다. 하늘에는 구름이 잔뜩 덮여 당장이라도 비가 올 것 같다. 그래서 길에 그렇게 사람이 없는 것인지도 모른다. 예루살렘에 급한 일이 없는 사람들은 집에 머물면서 하늘의 신호를 기다리기로 한 것 같다. 열세 사람은 걷는다. 산 위의 두터운 회색 구름이 우르릉거리는 소리를 낸다. 하늘과 땅이 마침내 곧 합쳐지려는 것 같다. 틀과 틀로 찍은 것, 남성과 여성, 볼록한 것과 오목한 것이 합쳐지려는 것 같다. 그들은 성문에 이르렀을 때, 길에는 사람이 없었지만 그곳에는 평소와 다름없이 사람들이 모여 있다는 것을 알게 되었다. 따라서 성전까지 올라가려면 오래 기다릴 수밖에 없겠다고 체념을 하고 말았다. 그러나 일은 다르게 풀렸다. 거의 모두 맨발에, 큰 지팡이를 들고, 낡은 튜닉 위에 시커먼 망토를 두른 채 턱수염을 휘날리는 열세 사람이 나타나자 놀란 군중이 뒷걸음질을 치며 자기들끼리 묻기 시작했다, 이 사람들은 어디서 온 거지, 앞에 있는 사람은 누구야. 아무도 답을 모르는 것 같았는데, 갈릴리 출신의 한 남자가 나섰다, 저 사람은 나사렛 예수요, 자기가 하나님의 아들이라고 주장하면서 기적을 일으킵디다. 어디로 가는 거지, 다른 사람들이 물었다. 그 답을 아는 유일한 방법은 따라가보는 것이었기 때문에 많은 사람들이 그들 뒤에서 걸어갔다. 그래서 그들이 성전 입구에 이르렀을 때는 그 수가 열셋이 아니라 천으로 불어나 있었다. 사람들은 무슨 일이 일어나는지 보려고 기다렸다. 예수는 환전상들이 있는 곳으로 걸어가 제자들에게 말했다, 이것이 우리가 하러 온 일입니다. 예수는 그 말과 함께 탁자들을 뒤집은 다음 사고파는 사람들을 호되게 야단쳤다. 그 바람에 큰 소동이 벌어져, 그가 목소리를 크게 타고나지 않았다면 그의 목소리도 안 들릴 뻔했다. 기록된 바 내 집은 기도하는 집이라고 불릴 것이라고 하였다, 그런데 당신들은 이곳을 강도들의 소굴로 만들어버렸다. 그러더니 계속 탁자를 뒤집었다. 사방에 동전이 흩어졌다. 그러자 사람들이 기뻐서 큰 소리를 지르며 달려 나와 만나를 줍듯이 돈을 주었다. 제자들도 예수가 하는 대로 따라 했다. 비둘기 장사들의 탁자도 바닥에 나뒹굴었다. 풀려난 새들이 성전 위를 날아, 멀리 제단에서 피어오르는 연기 주위를 힘차게 맴돌았다. 이제 그들은 구원자를 만난 덕분에 거기서 불에 타지 않아도 될 것이다. 폭도를 벌하거나 잡거나 쫓으려고 몽둥이로 무장한 성전 경비병들이 현장으로 달려왔다. 그러나 손에 지팡이를 든, 얕잡아볼 수 없는 갈릴리 남자 열세 명과 맞닥뜨리게 되었다. 그들은 감히 그들을 향해 다가오는 사람들을 모두 옆으로 쓸어버리고 있었다. 자, 너희들, 어서 와봐, 하나님의 힘 맛을 좀 보여줄까, 그들은 경비병들과 마주치자 조롱을 하며, 눈에 보이는 모든 것을 파괴하고 천막에 불을 붙였다. 곧 제단에서 피어오르는 것과는 다른 연기 기둥이 허공으로 똬리를 틀며 올라갔다. 그러자 한 사람이 소리쳤다, 로마 군인들을 불러라. 그러나 아무도 귀를 기울이지 않았다. 무슨 일이 있어도 로마인은 성전에 들어올 수 없다고 법에 정해져 있었기 때문이다. 경비병들이 더 들이닥쳤다. 이번에는 검과 창을 들고 있었다. 거기에 자신의 재산을 낯선 사람들의 손에 빼앗기지 않겠다고 결심한 환전상과 비둘기 장사 몇 명도 가세했다. 경비병들이 차츰 우위를 차지하기 시작했다. 하나님이 미래의 십자군 전쟁처럼 이 싸움도 기뻐했는지는 몰라도, 어쨌든 자기편에 큰 도움을 주는 것 같지는 않았다. 이때 대제사장이 층계 꼭대기에 나타났다. 급하게 불러 모은 제사장, 장로, 서기관이 그를 둘러싸고 있었다. 대제사장은 예수에게 지지 않을 만큼 힘찬 목소리로 소리쳤다, 이번에는 가게 해줘라, 하지만 여기 다시 얼굴을 내밀면, 밀을 자라지 못하게 하는 가라지를 추수 때 잘라내듯이 조각을 내서 갖다 버려라. 안드레가 옆에서 싸우던 예수에게 말했다, 평화 대신 검을 가져오겠다더니 농담이 아니었군, 하지만 지팡이는 검만큼 효과가 없어. 그 말에 예수가 대답했다, 지팡이를 누가 휘두르느냐에 달린 거죠. 이제 어떻게 할까, 안드레가 물었다. 베다니로 돌아갑시다, 예수가 대답했다, 우리한테 필요한 건 검이 아니라 잡고 휘두를 팔이에요. 그들은 지팡이로 조롱하는 사람들을 겨누며 질서 있게 물러났다. 사람들은 야유를 보냈지만 그 이상의 행동은 하지 않았다. 곧 제자들은 예루살렘을 무사히 빠져나와 서둘러 달아났다. 모두 완전히 지쳤다. 몇 명은 부상까지 당했다.

베다니에 도착했을 때 그들은 문간에 나타난 사람들이 그들을 안쓰럽게 바라보는 것을 알았다. 그러나 제자들은 이것을 당연한 일이라고 생각했다. 전투에서 돌아온 자신들의 몰골이 말이 아니었기 때문이다. 그들은 나사로가 사는 거리에 이르고 나서야 모든 사람의 얼굴이 어두운 진짜 이유를 알았고 비극이 일어났다고 생각했다. 예수는 다른 사람들보다 앞서 달려가 마당으로 들어섰다. 마당에 모여 있던 사람들이 슬픈 한숨을 내쉬며 그가 지나가게 길을 비켜주었다. 안에서 울음과 탄식 소리가 들렸다, 아, 사랑하는 내 동생, 마르다가 그렇게 말하면서 흐느끼는 소리가 들렸다. 아, 사랑하는 내 동생, 마리아의 울먹이는 소리도 들렸다. 바닥의 짚 위에 누운 나사로는 자는 것처럼 보였다. 그러나 자는 것이 아니라 죽었다. 그는 거의 평생을 심장이 약해서 고생하다가, 베다니의 모든 사람이 증언을 할 수 있겠지만, 치유가 되었다. 그러나 이제 그는 죽었다. 마치 대리석을 조각해 놓은 것처럼 차분해 보였고, 이미 영원으로 들어간 것처럼 고요해 보였다. 곧 부패의 첫 조짐이 나타나 주검 주위에 있는 사람들은 더 큰 고통을 느끼게 될 것이다. 예수는 다리에서 갑자기 힘이 사라진 것처럼 무릎을 꿇고 신음을 토하며 울먹였다, 어떻게 이런 일이, 어떻게 이런 일이. 그것은 돌이킬 수 없는 일과 마주쳤을 때 우리 입에서 반드시 튀어나오는 말이다. 우리는 어떻게 이런 일이 일어났느냐고 묻는다. 진실을 받아들여야 하는 끔찍한 순간을 미루고자 하는 필사적이지만 헛된 시도다. 우리는 마치 죽음을 생명으로 바꿀 수 있는 것처럼, 이미 일어나버린 일을 다른 가능성으로 바꿀 수 있는 것처럼 어떻게 이런 일이 일어났느냐고 묻는다. 마르다는 깊고 쓰디쓴 슬픔에 잠겨 예수에게 말했다, 제부가 여기 있었으면 우리 동생이 죽지 않았을 거예요, 하지만 나는 하나님이 제부가 원하는 건 뭐든지 다 주신다는 걸 알아요. 하나님은 제부한테 눈먼 사람의 눈을 뜨게 하고, 나병환자를 치료하고, 벙어리가 말을 하게 하는 능력을 주셨어요, 하지만 제부는 그런 것들 말고도 다른 이적들을 제부의 뜻대로 만들어낼 수 있어요, 제부가 말만 하면 돼요. 예수가 말했다, 동생은 죽은 자들 가운데서 일어날 겁니다. 마르다가 대꾸했다, 저 애가 부활의 날에 생명을 얻는다는 건 나도 알아요. 예수가 일어섰다. 무한한 힘이 그를 사로잡았다. 그 순간 예수는 무슨 일이든 할 수 있다는 것을 알았다. 앞에 있는 이 몸에서 죽음을 추방하고, 이 몸을 생명으로 되돌리고, 이 몸에 말, 움직임, 웃음, 심지어 눈물, 그러나 슬픔에서 나오는 것은 아닌 눈물을 줄 수 있었다. 그런 뒤에 진정으로 말할 수 있었다, 나는 부활이요 생명이니 나를 믿는 사람은 죽어도 살 것입니다. 예수는 마르다에게 물었다, 이것을 믿나요. 마르다가 대답했다, 그래요, 나는 제부가 이 세상에 오신 하나님의 아들이라는 걸 믿어요. 그러했기 때문에, 필요한 모든 것이 제자리에 있었기 때문에, 힘과 그 힘을 사용할 의지가 있었기 때문에, 이제 예수가 할 일은 영혼에게 버림받은 그 몸을 향해 돌아와야만 하는 길을 제시하듯이 두 팔을 뻗으며, 나사로, 일어나요, 하고 말하는 것뿐이다. 그러면 나사로는 죽은 자들 가운데서 일어날 것이다. 그것이 하나님의 뜻이기 때문이다. 그러나 마지막 순간에 막달라 마리아가 예수의 어깨에 손을 얹으며 말했다, 살면서 두 번이나 죽어야 할 만큼 죄를 많이 지은 사람은 없어. 그러자 예수는 두 팔을 내리고 밖으로 나가 울었다.

얼음장같이 차가운 돌풍처럼 나사로의 죽음은 요한이 예수의 심장에 붙여놓았던 투쟁적인 열정의 불을 꺼버렸다. 일주일간의 긴 숙고와 짧은 몇 순간의 행동 뒤에 이제 예수의 심장 속에서 하나님을 섬기는 일과 민중을 섬기는 일이 똑같은 것으로 느껴지고 있었던 것이다. 그러나 그 불은 꺼졌다. 며칠 애도하고 나자 일상의 의무와 습관이 점차 되돌아왔다. 베드로와 안드레는 예수에게 이야기를 하러 갔다. 그들은 예수의 계획에 관해 물었다. 다시 돌아다니며 설교를 해야 되는 것인지, 아니면 다시 공격을 하러 예루살렘으로 돌아가야 하는 것인지. 제자들은 뭔가 하고 싶어 안달을 하기 시작했다. 우리는 하루 종일 가만히 앉아 있으려고 재산과 일과 가족을 떠나온 게 아닙니다, 그들은 그렇게 불평을 했다. 예수는 뿌옇게 흐려서 잘 보이지 않는다는 표정으로 그들을 보았고, 한꺼번에 터져 나오는 불협화의 외침들 속에서 그들의 목소리를 알아듣기가 힘들다는 표정으로 귀를 기울였다. 그는 오랫동안 입을 다물고 있다가 인내심을 가져야 한다고, 조금 더 기다려야 한다고, 아직 생각할 것이 있다고, 그들의 운명을 단번에 결정지을 일이 곧 일어날 것 같은 느낌이라고 말했다. 그러면서 곧 그들의 야영지에 합류하겠다고 다독거렸다. 그 말에 베드로와 안드레는 어리둥절했다. 남자들이 아직 무엇을 할 것인지 결정을 하지도 않았는데, 뭐 하러 두 자매만 홀로 남겨둘까. 우리 때문에 돌아올 필요는 없어, 베드로가 말했다. 그는 예수가 두 가지 의무 사이에서 갈등하고 있다는 것을 알 도리가 없었다. 첫 번째 의무는 그를 따르려고 모든 것을 버린 남자와 여자들에 대한 의무였다. 두 번째는 여기 이 집에서, 두 자매를 향한 의무였다. 이 두 의무는 얼굴과 거울처럼 비슷했지만 서로 대립되었다. 그는 이 끈질긴 갈등 때문에 몹시 괴로워했다. 나사로의 유령이 그곳에 남아 떠나려 하지 않았다. 그는 마르다의 거친 말 속에 있었다. 그녀는 동생이 소생하는 것을 막은 마리아를 용서할 수 없었고, 하나님이 준 힘을 사용하지 않은 예수도 용서할 수 없었다. 나사로는 마리아의 눈물에도 있었다. 그녀는 동생을 두 번째 죽음으로부터 구원했으며, 그 때문에 첫 번째 죽음으로부터 구원하지 못했다는 가책을 평생 안고 살아야 했다. 모든 공간을 꽉 채운 거대한 존재처럼 나사로는 예수의 괴로워하는 영혼 속에도 있었다. 예수는 네 가지 모순되는 항들 속에 놓여 있었다. 마리아가 한 말에 동의하면서도 그런 말을 한 것을 비난했다. 마르다의 요구를 너그럽게 받아들이면서도 그런 요구를 한 것을 책망했다. 그가 자신의 비참한 영혼을 들여다볼 때면, 그 속에서 사방으로 끌려가는 말 네 마리, 또는 권양기에 감긴 밧줄 네 개가 그의 영혼을 천천히 갈기갈기 찢고 있었다. 하나님과 악마의 손들 유해를 앞에 두고 성스럽게 또 사악하게 즐기며 게임을 하는 것 같았다. 아프고 병든 자들은 치유를 받으려고 한때 나사로에게 속했던 집의 문을 두드렸다. 가끔 마르다가 나타나 그들을 쫓아버렸다. 마치, 내 동생은 구원을 얻지 못했어, 그런데 왜 너희가 구원을 얻어야 해, 하고 말하는 것 같았다. 그러나 그들은 예수를 만날 수 있을 때까지 계속 다시 찾아왔으며, 예수는 한 번도, 회개하라, 하고 말하지 않고 그들을 치료해서 보냈다. 치유를 얻는 것은 죽지 않고 다시 태어나는 것과 같고, 새로 태어나는 사람은 죄가 없으므로 회개할 필요도 없기 때문이다. 그러니 이런 신체적인 재탄생을 촉진하는 행동, 이것을 그렇게 불러도 좋다면, 이 행동은 아주 자비로운 것이었지만, 예수의 마음에 언짢은 느낌을 남겼다. 이것은 불가피한 쇠퇴를 미루는 것에 불과했기 때문이다. 오늘 건강을 얻고 만족해서 떠난 사람은 내일 치료 방법이 없는 새로운 고뇌를 얻어 다시 올 것이다. 예수가 너무 울적해하자 어느 날 마르다가 말했다, 내 앞에서 죽지 말아요, 그건 나사로를 다시 잃는 것과 똑같으니까. 막달라 마리아는 함께 덮는 이불 밑에서 어둠 속에 숨은, 상처 받은 짐승처럼 울먹였다, 너한테는 지금 그 어느 때보다 내가 필요해, 하지만 네가 인간의 힘으로 열 수 없는 문 뒤로 들어가버리면 내가 너한테 닿을 수가 없잖아. 예수는 마르다에게는 이렇게 대답했다, 내 죽음은 나사로 같은 사람들, 절대 소생하지 못하고 계속 죽어갈 사람들의 모든 죽음을 끌어안을 겁니다. 마리아에게는 이렇게 대답했다, 내가 보이지 않더라도 나를 버리지 말고 손을 뻗어줘요, 안 그러면 나는 삶을 잊을 거예요, 아니면 삶이 나를 잊거나. 며칠 뒤 예수는 제자들에게로 갔다. 막달라 마리아도 함께 갔다. 내가 너를 보는 걸 원하지 않으면 네 그림자만 볼게, 그녀는 그렇게 말했다. 예수는 대답했다, 당신 눈이 내 그림자에 있다면, 나도 어디든 내 그림자가 있는 곳에 있고 싶어요. 이들은 서로 사랑했고 이런 사랑의 말을 나누었다. 그들이 아름답고 진실했기 때문일 뿐 아니라, 그림자들이 몰려와, 두 사람이 함께 있다 해도 최종적인 부재의 어둠에 서서히 익숙해져야 할 때가 되었다고 느꼈기 때문이기도 했다.

세례 요한이 체포를 당했다는 소식이 야영지에 전해졌다. 그러나 그가 체포를 당했고 헤롯이 투옥을 명령했다는 사실 외에는 알려진 것이 없었다. 예수와 그를 따르는 사람들은 다른 이유를 생각할 수 없었기 때문에 헤롯이 메시아가 온다는 요한의 예언에 자극을 받았다고 생각했다. 요한은 어디를 가나 세례를 주는 사이사이에 그 이야기를 했다, 내 뒤에 오시는 이는 불로 세례를 줄 것이다. 또 저주를 퍼붓는 사이사이에 그 이야기를 하기도 했다. 독사의 자식들아 누가 임박한 진노를 피하라고 너희에게 일러주더냐. 예수는 제자들에게 온갖 박해에 대비해야 한다고 말했다. 그들이 요한과 똑같은 설교를 하고 있다는 소문이 얼마 전부터 퍼지고 있었기 때문이다. 헤롯이 조금만 생각을 할 줄 안다면 스스로 하나님의 아들이라고 주장하는 목수의 아들과 그를 따르는 사람들을 추적할 것은 뻔한 일이었다. 이들이 그를 왕좌에서 밀어내겠다고 위협하는 용(龍)의 두 번째이자, 첫 번째보다 강한 머리였기 때문이다. 물론 나쁜 소식이 무소식보다 나을 수는 없다. 그러나 모든 것을 기다리고 바랐지만 최근에는 아무 하는 일 없이 지내야 했던 사람들은 동요 없이 이 소식을 받아들였다. 그들은 서로, 또 예수에게도 물었다. 이제 무엇을 해야 할까, 함께 일어서서 사악한 헤롯에게 저항할까, 여러 도시로 흩어질까, 광야로 들어가 석청과 메뚜기를 먹고 살까, 세례 요한도 예수의 영광을 알리러 나오기 전에 광야에서 그랬다는데, 이제 상황을 보니 비참한 종말을 맞이할 것 같기는 하지만. 그러나 헤롯의 부대가 무고한 사람들을 더 살육하러 베다니로 올 조짐은 보이지 않았다. 그래서 예수와 제자들이 다양한 대안을 조심스럽게 검토하고 있을 때 다른 소식이 전해졌다. 요한이 참수를 당했는데, 그의 투옥과 처형은 메시아나 하나님의 나라가 오는 것과는 아무런 관계가 없다는 것이었다. 그가 헤롯의 진노를 산 것은 간음에 반대하여 목소리를 높였기 때문이라고 했다. 동생이 살아 있는 상황에서 헤롯은 질녀이자 제수인 헤로디아와 결혼을 했던 것이다. 요한이 죽었다는 소식에 남자, 여자 할 것 없이 눈물을 흘렸고, 야영지 전체가 애도를 했다. 그러나 아무도 그가 소문에 전해지는 이유 때문에 죽었다고는 믿지 않았다. 기억하겠지만 가롯 유다는 요한에게서 세례를 받았고, 따라서 격분하여 제정신이 아니었다. 그는 헤롯의 결정에는 더 심각한 동기, 지금은 사라졌거나 중요성을 잃은 것으로 보이는 동기가 있는 것이 틀림없다고 말했다. 이게 말이 됩니까, 그는 여자들을 포함하여 거기 모여 있던 사람들에게 물었다. 요한은 메시아가 와서 사람들을 구원할 것이라고 말했습니다. 그런데 저 사람들은 삼촌과 질녀 사이의 간음에 의한 결혼을 비난했다는 이유로 그를 죽였다고요. 간음이야 첫 번째 헤롯 때부터 그 집안의 일반적인 관행 아닌가요. 어떻게 이럴 수가 있나요. 그는 악을 썼다. 하나님 자신이 요한에게 메시아가 온다고 선포하라고 명령했으니, 이 일은 하나님이 하신 게 틀림없습니다. 사실 하나님의 뜻이 아니고는 어떤 일도 일어날 수 없으니까요. 그러니 나보다 하나님을 잘 아는 여러분이 나한테 설명을 좀 해주세요. 왜 하나님이 당신의 계획이 땅에서 이렇게 뒤틀리도록 내버려두시는지 말이에요. 우리는 몰라도 하나님은 아신다고 말하지 마세요. 분명히 말씀드리는데, 하나님이 아시는 것을 나도 좀 알아야겠습니다. 듣는 모두가 몸을 부르르 떨었다. 이 무례한 사람에게, 또 이런 신성모독을 즉시 벌하지 않는 자신들에게 하나님의 진노가 내릴까 봐 두려웠기 때문이다. 그러나 하나님이 그 자리에서 유다를 처리하지 않았기 때문에 예수가 그 도전에 대처할 수밖에 없었다. 그가 지고의 존재에 가장 가까웠고, 또 지금 그 존재의 지혜에 의문이 제기되었기 때문이다. 다른 종교였고 상황이 달랐다면, 어쩌면 예수의 수수께끼 같은 미소로 일이 끝났을지도 모른다. 이 미소는 희미하고 빠르게 사라졌지만 놀라움, 자비, 호기심 등 많은 것을 보여주었다. 그러나 놀라움은 금방 사라졌고, 자비는 생색을 내는 듯했으며, 호기심은 약간 비꼬는 기색을 띠고 있었다. 미소는 떠나면서 뒤에 죽음 같은 창백함을 남겼다. 얼굴이 갑자기 주검처럼 보였다. 마치 방금 자신의 운명의 모습을 본 것 같았다. 마침내 예수가 아무런 감정 없는 목소리로 말했다, 여자들은 물러나게 하지요. 그러자 막달라 마리아가 제일 먼저 일어섰다. 이윽고 침묵이 서서히 벽과 천장을 만들어 그들을 땅에서 가장 깊은 동굴에 가두자 예수가 말했다, 그런 좋은 소식을 미리 알리는 사람이 그렇게 하찮은 이유로 죽는 것을 왜 하나님이 그냥 내버려두셨는지는 요한이 직접 하나님께 물어보게 하지요. 가룟 유다가 말을 하려 했으나, 예수가 손을 들어 올려 입을 다물게 하고 말을 이어갔다, 이제 내가 하나님으로부터 알게 된 것을 말해야 할 것 같습니다, 하나님이 나를 막지 않으신다면요. 제자들이 자기들끼리 날이 선 목소리로 이야기를 시작했다. 목소리가 점점 커졌다. 그들은 이제 곧 듣게 될 이야기를 두려워하고 있었다. 이 모든 일의 출발점이었던 유다 혼자만 도전적인 태도를 유지하고 있었다. 예수가 그들에게 말했다, 나는 내 미래와 여러분의 미래를 압니다, 또 앞으로 올 세대들의 미래도 압니다, 나는 하나님의 의도와 계획을 압니다, 우리는 이런 문제에 관해 이야기해 볼 겁니다, 이런 것은 우리 모두 관심을 가지는 것이고, 앞으로 더욱더 관심을 가지게 될 테니까요. 베드로가 물었다, 하나님이 너한테 드러낸 것을 우리가 알아야 하나, 그냥 너 혼자 알고 있는 게 더 낫지 않을까. 하나님은 원하시면 지금 당장이라도 제 입을 닫아버릴 수 있습니다. 그럼 하나님은 네가 입을 다물든 말을 하든 상관하지 않으시겠군, 어차피 둘 다 의미가 없으니까, 만일 하나님이 지금까지 너를 통해 이야기를 하시겠지, 계속 너를 통해 이야기를 하시겠지, 네가 하나님의 뜻에 맞선다고 생각해도 말이야, 지금처럼. 베드로, 내가 십자가에 달릴 것을 아세요. 그래, 나한테 말해 주었지. 하지만 형님도, 또 여기 안드레와 빌립도 십자가에 달리게 될 거라는 이야기는 안 했지요, 그리고 바돌로매는 산 채로 살가죽이 벗겨지고, 마태는 야만인들에게 도살을 당하고, 세베대의 아들 야고보는 목이 잘리고, 다른 야고보, 알패오의 아들 야고보는 돌에 맞아 죽고, 도마는 창에 찔려 죽고, 유다 다대오는 두개골이 바스라지고, 시몬은 톱으로 몸이 두 동강 날 거라는 이야기는 안 했지요, 이런 것들은 몰랐지요, 하지만 이제 저는 여러분 모두에게 이야기하고 있습니다. 사람들은 아무 말 없이 그 말을 받아들였다. 일단 드러나면 미래를 더 두려워할 이유는 없다. 마치 예수가 마침내 그들에게, 여러분은 죽을 것입니다, 하고 말을 하고, 그들은 입을 모아, 그래서요, 그건 이미 알고 있는데요, 하고 대답하는 것과 마찬가지다. 그러나 요한과 가룟 유다는 자신들에게 벌어질 일을 듣지 못했기 때문에 묻는다, 우리는요. 그러자 예수가 말했다, 요한, 너는 나이가 들어서 자연스럽게 죽게 될 거야, 그리고 유다, 당신은 무화과나무를 멀리 하세요, 오래지 않아 그 나무에 목을 매게 될 테니까요. 그러니까 우리가 선생님 때문에 죽게 되는 건가요, 한 목소리가 물었다. 그러나 아무도 누가 말을 했는지 알지 못했다. 나라기보다는 하나님 때문이지요, 예수가 대답했다. 하나님은 뭘 원하시는 거죠, 요한이 물었다. 현재 가진 것보다 더 큰 회중을 갖기를 바라서, 온 세상을 원하셔. 하지만 하나님은 우주의 주이신데, 어떻게 세상이 하나님 아닌 다른 누구에게 속할 수 있겠습니까, 어제부터 그랬던 것도 아니고 내일부터 그럴 것도 아니고, 태초부터 그랬던 건데, 도마가 물었다. 그건 말할 수 없습니다, 예수가 대답했다. 그런데 어째서 그런 것들을 이제까지 그렇게 오랫동안 혼자 가슴속에 묻어두고 있다가, 지금 우리한테 이야기하시는 겁니까. 내가 치유했던 나사로가 죽었기 때문입니다, 그리고 내가 온다고 예언했던 세례 요한이 죽임을 당했기 때문입니다, 그리고 이제 죽음이 우리에게 왔기 때문입니다. 피조물은 모두 죽을 수밖에 없잖아, 베드로가 말했다, 사람도 다른 피조물들과 똑같고 말이야. 앞으로 많은 사람들이 하나님과 그의 뜻 때문에 죽을 겁니다. 하나님의 뜻이라면, 어떤 거룩한 대의를 위하여 그렇게 될 수밖에 없겠지. 그들은 그전에 태어나지도 않았고 그 후에 태어나지도 않았다는 이유만으로 죽을 겁니다. 그 사람들이 영생을 얻을까요, 마태가 물었다. 그래요, 하지만 조건이 덜 가혹해야 해요. 하나님의 아들이 지금 그 말을 한 거라면, 그는 자신을 부정한 거나 다름없네, 베드로가 말했다. 잘못 아신 거예요, 오직 하나님의 아들만이 이런 이야기를 할 수 있어요, 형님 입에서 나오면 신성모독이겠지만, 내 입에서 나오면 하나님의 말씀이거든요, 예수가 대답했다. 꼭 우리가 너와 하나님 사이에서 선택을 해야 할 것처럼 말을 하네, 베드로가 말했다. 앞으로 늘 하나님과 하나님 사이에서 선택을 해야 할 겁니다, 나도 형님이나 다른 모든 사람들과 마찬가지로 중간에 있어요. 그러니까 우리가 어떻게 했으면 좋겠어. 내 죽음으로 미래 세대들의 생명을 보호할 수 있도록 도와주세요. 하지만 자네가 하나님의 뜻에 맞설 수는 없잖아. 없지요, 그래도 시도는 해볼 수 있어요. 너는 하나님의 아들이니까 안전하지만 우리는 영혼을 잃게 될 거야. 아니에요, 나한테 복종하면 하나님께 복종하는 것이니까요. 먼 광야의 지평선에 붉은 달의 가장자리가 보였다. 어떻게 할 건지 말해 봐, 안드레가 말했다. 그러나 예수는 달, 거대한 핏빛 원반이 완전히 땅에서 올라올 때까지 기다렸다가 입을 열었다. 하나님의 뜻이 이루어지려면 하나님의 아들은 십자가에서 죽어야 해요, 하지만 우리가 그를 보통 사람으로 바꾸어놓으면, 하나님은 자기 아들을 희생할 길이 막힐 거예요. 우리 가운데 한 사람이 너를 대신하라는 건가, 베드로가 물었다. 아니오, 나 자신이 아들의 자리를 대신할 거예요. 제발 알아듣게 좀 이야기해 봐. 보통 사람, 그러니까 헤롯을 왕좌에서 쫓아내고 로마인을 이 땅에서 쫓아내라고 사람들을 선동하기 위해 자신이 유대인의 왕이라고 선언한 사람이 죽는다는 거죠, 내가 원하는 건 이 가운데 한 사람이 지금 당장 성전으로 가서 내가 그런 사람이라고 말하는 거예요, 저들의 재판이 신속하게 집행되면, 아마 하나님의 정의가 인간의 정의를 막을 시간이 없을 거예요, 요한의 목을 자른 처형자의 도끼를 막지 못했듯이 말이에요. 모두 멍한 표정이었다. 그러나 오래가지는 않았다. 곧 분개한 외침, 항의하는 외침, 믿을 수 없다는 외침이 터져 나왔다. 선생님이 하나님의 아들이면 하나님의 아들로서 죽어야 합니다, 커다란 목소리가 터져 나왔다. 선생님의 빵을 먹었는데 어찌 나더러 선생님을 고발하라 하십니까, 다른 목소리가 흐느꼈다. 우주의 왕이 될 운명을 타고난 사람은 당연히 유대인의 왕이 되기를 바랄 수 없습니다, 어떤 사람이 말했다. 여기서 감히 선생님을 고발하겠다고 나서는 자는 누구든 죽여버리겠어, 다른 사람이 말했다. 그 순간 소란스러운 목소리들 위로 가룟 유다의 목소리가 울려 퍼졌다, 괜찮다면 내가 가겠습니다. 사람들은 유다를 잡고 튜닉에서 단검을 뽑아 들고 있었다. 그때 예수가 말했다, 그냥 놔두세요, 해치지 마세요. 예수는 일어서서 유다를 끌어안고 양쪽 뺨에 입을 맞추었다, 가세요, 나의 때가 당신의 때입니다. 가룟 유다는 아무 말 없이 망토 가장자리를 어깨에 걸치고 어둠에 삼켜지듯 밤 속으로 사라졌다.

동틀 무렵 성전 경비병들이 헤롯의 군인들과 함께 예수를 체포하러 왔다. 그들은 몰래 야영지를 둘러쌌다. 검과 창으로 무장한 소규모 분견대가 빠르게 안으로 침투했다. 지휘관이 소리쳤다, 스스로 유대인의 왕이라고 하는 자가 어디 있는가. 그는 다시 외쳤다, 유대인의 왕이라고 하는 자는 앞으로 나와라. 그러자 예수가 눈물을 흘리는 막달라 마리아와 함께 천막에서 나와 군인들에게 말했다, 내가 유대인의 왕이다. 군인 한 명이 다가가 두 손을 묶으며 귀에 대고 소곤거렸다, 지금은 제가 체포를 하지만, 왕이 되시면 제가 다른 사람 명령에 따라 행동했다는 걸 잊지 말아주세요, 나중에 저더러 그 사람을 체포하라 하시면 복종할 겁니다, 지금 그 사람에게 복종하듯이 말이에요. 예수가 그에게 말했다, 왕은 다른 왕을 체포하지 않고, 신은 다른 신을 죽이지 않는다. 그래서 보통 사람들이 창조된 것이지요, 체포와 처형을 맡길 수 있도록 말입니다. 그들은 예수가 달아나지 못하도록 발에도 밧줄을 묶었다. 예수가 혼잣말을 했다, 너무 늦었구나, 나는 이미 달아났는데. 그 말은 진심이었다. 그러자 막달라 마리아가 심장이 쪼개지는 것 같은 울음소리를 냈다. 예수가 말했다, 당신은 나를 위해 울 거예요, 이런 때가 자신의 남자나 자신에게 다가오면 여러분 여자들은 모두 울 겁니다, 하지만 내가 이렇게 내 뜻대로 죽지 않으면 앞으로 당신이 지금 흘리는 눈물보다 천 배나 많은 눈물이 흘러야 한다는 것을 아셔야 해요. 그러더니 예수는 지휘관을 보고 말했다, 나와 함께 있는 이 사람들은 놓아주어라, 내가 유대인의 왕이지, 저 사람들은 왕이 아니다. 예수는 더 지체하지 않고 그를 둘러싼 병사들 속으로 들어갔다. 해가 올라와 베다니의 지붕들을 비출 때 예수를 앞세운 많은 사람들이 예루살렘으로 가는 길을 오르기 시작했다. 예수 옆에서는 군인 둘이 그의 허리에 묶은 밧줄을 잡고 있었다. 그 뒤에 제자와 여자들이 따라갔다. 남자들은 씨근거렸고 여자들은 흐느꼈다. 그러나 그들의 분노와 눈물은 아무런 소용이 없었다. 이제 어떻게 해야지, 그들은 나지막이 자문했다, 군인들한테 몸을 던져 예수를 구해 볼까, 어쩌면 싸우다가 목숨을 잃겠지, 아니면 우리도 체포하라는 명령이 떨어지기 전에 흩어져야 할까. 이런 고민만 하면서 그들은 아무런 행동도 하지 못하고 계속 거리를 두고 군인들 뒤만 쫓아갔다. 잠시 후 그들은 행렬이 멈춘 것을 보았다. 명령이 취소된 것인지, 예수의 손과 발을 묶은 밧줄이 풀린 것인지 궁금했다. 하지만 이런 생각을 한다면 순진하다고 말할 수밖에 없을 것이다. 그러나 다른 매듭은 풀렸다. 가룟 유다의 목숨의 매듭이었다. 예수가 지나가게 될 길가의 무화과나무에서 벌어진 일이었다. 스승의 마지막 소망을 이행한 제자가 가지에 달려 대롱거리고 있었다. 행렬을 이끌던 지휘관은 다른 군인 두 명에게 끈을 자르고 몸을 내리라고 명령했다, 몸이 아직 따뜻한데요, 한 군인이 말했다. 어쩌면 가룟 유다는 목에 올가미를 걸고 나뭇가지에 앉아 참을성 있게 예수가 나타나기를 기다리다가, 멀리서 그의 모습이 보이자 자신의 의무를 이행했다는 것을 확인한 뒤 마침내 자기 자신과 평화를 이루고 가지에서 뛰어내렸는지도 모른다. 예수는 주검에 가까이 다가갔고, 군인들은 그를 막으려 하지 않았다. 예수는 갑작스러운 죽음으로 일그러진 유다의 얼굴을 물끄러미 바라보았다. 아직 따뜻한데요, 군인이 두 번째로 말했다. 그 순간 예수는 나사로에게 하지 못했던 일을 유다에게는 할 수 있다는, 그를 소생시킬 수 있다는 생각이 들었다. 그러면 유다는 사람들을 따라다니는 배반의 상징이 되지 않고, 언젠가 다른 어떤 곳에서 그만의 불가피한 죽음을 이룰 수 있었다. 외딴 곳에서 조용히. 그러나 우리가 알다시피 오직 하나님의 아들만이 사람을 다시 살리는 힘을 갖고 있다. 여기 기운이 꺾이고 손발이 묶인 채 걸어가는 이 유대인의 왕에게는 그럴 힘이 없다. 지휘관이 부하들에게 말했다, 베다니 사람들이 묻어주게 시체는 거기 그냥 둬라, 그전에 독수리들한테 먹힐지도 모르지만, 귀중품이 있는지나 확인하고. 군인들은 시신을 뒤졌지만 아무것도 찾지 못했다. 동전 한 닢 없는데요, 군인 한 명이 말했다. 그도 당연한 일인 것이 공동체의 재정을 책임진 제자는 마태였다. 마태는 레위라는 이름으로 살던 시절 세리로 일한 적이 있어서 자기 직무를 잘 알고 있었다. 배신의 대가로 돈을 주지 않았나, 예수가 중얼거렸다. 마태가 그 이야기를 옆에서 듣고 대답했다. 저쪽에서는 주고 싶어 했지만, 가롯 유다는 자기가 빚진 건 반드시 갚고 사는 사람이라고 말했습니다. 그래서 그렇게 됐죠, 빚을 깨끗하게 정리한 겁니다. 행렬은 다시 움직였으나 제자들 몇 명은 뒤에 남아 안쓰럽다는 표정으로 주검을 보았다. 마침내 요한이 말했다, 여기 그냥 놔두지, 이 사람은 우리에게 속한 사람이 아니었어. 그러나 다대오라고도 부르던 다른 유다가 서둘러 그의 말을 고쳤다, 우리가 좋아하든 싫어하든, 이 사람은 늘 우리 가운데 하나가 될 거야, 우리는 이 사람을 어째야 할지 모를 수도 있지만, 그는 계속 우리 가운데 하나일 거야. 어서 가지, 베드로가 말했다, 여기는 우리가 있을 곳이 아니야, 여기 가롯 유다의 발치는. 그 말이 맞네요, 도마가 말했다, 우리가 있을 곳은 예수의 옆이죠, 하지만 그 자리는 비어 있네요.

마침내 그들은 예루살렘으로 들어갔다. 예수는 장로, 대제사장, 서기관들이 모인 곳으로 끌려갔다. 대제사장은 예수를 보고 기뻐서 말했다, 내가 충분히 경고를 했는데, 너는 들으려 하지 않았지, 네 자존심은 이제 너를 구하지 못하고, 네 거짓말이 너를 파멸시킬 것이다. 무슨 거짓말인가, 예수가 물었다. 첫째, 네가 유대인의 왕이라는 것. 하지만 나는 유대인의 왕이다. 둘째, 네가 하나님의 아들이라는 것. 내가 하나님의 아들이라고 주장한다고 누가 이야기하던가. 모두 그러던데. 그 사람들 말은 듣지 마라, 나는 유대인의 왕이다. 그럼 네가 하나님의 아들이 아니라는 건 인정한다는 거냐. 몇 번이나 말해야 하는가, 나는 유대인의 왕이다. 말조심해라, 그런 말만으로도 너는 처벌될 수 있다. 나는 내가 한 말을 뒤집지 않는다. 좋다, 너는 로마 총독 앞에 서게 될 것이다. 총독은 자기를 물리치고 이 땅을 로마 황제의 손에서 빼앗으려는 자를 몹시 만나고 싶어 하지. 군인들이 예수를 빌라도의 관저로 데려갔다. 벌써 유대인의 왕이라고 주장하는 사람, 환전상들을 때리고 노점에 불을 지른 사람이 체포되었다는 소식이 퍼져, 사람들은 왕이 어떻게 생겼는지 보려고 몰려들었다. 예수가 거리를 지나갈 때 모두 그가 진짜 왕인지 사기꾼인지 몰라도 어쨌든 보통 도둑처럼 두 손이 묶인 것을 볼 수 있었다. 늘 있는 일이지만, 이 세상 사람이 다 똑같은 것은 아니기 때문에, 예수를 동정하는 사람도 있었고 동정하지 않는 사람도 있었다. 어떤 사람들은 말했다, 그 사람을 풀어줘라, 그 사람은 미친 거야. 그러나 어떤 사람들은 범죄를 처벌하는 것이 다른 사람들에게 경고가 된다고 믿었다. 이런 사람들도 그렇게 생각하지 않는 사람들만큼 많았다. 제자들은 군중과 뒤섞여 괴로워하고 있었다. 그들과 함께 온 여자들은 금방 알아볼 수 있었다. 눈물을 흘리고 있었기 때문이다. 그러나 한 여자는 울지 않았다. 그녀는 막달라 마리아였다. 마리아는 말없이 슬퍼하고 있었다.

대제사장의 집에서 총독 관저까지는 멀지 않았다. 그러나 예수는 결코 거기까지 갈 수 없을 것이라는 생각이 들었다. 군중의 야유와 조롱, 그들은 왕이라는 사람의 이 애처로운 모습에 대한 실망을 그렇게 표현하고 있었는데, 그것 때문은 아니었다. 하나님이 상황을 파악하고, 무슨 일이야, 지금 우리 언약을 깨는 거냐, 하고 말하면서 그가 죽지 못하도록 개입할 것 같았기 때문이다. 그러나 관저 정문에서 로마 군인들이 무사히 죄수를 인계 받았다. 헤롯의 군인들과 성전 경비대는 밖에서 평결을 기다려야 했다. 제사장 몇 명을 제외하면 아무도 예수를 따라 관저로 들어가는 것이 허락되지 않았다. 총독 빌라도는 자리에 앉아 들어오는 사람을 관찰했다. 죄수는 거지처럼 보였다. 턱수염을 잔뜩 기르고 발에는 아무것도 신지 않았다. 튜닉은 오래된 얼룩과 새로운 얼룩으로 더러웠다. 새로운 얼룩은 신들이 증오를 드러내고 수치의 자국을 남기는 일보다는 먹는 데 쓰라고 창조한 잘 익은 과일에 맞아 생긴 것이었다. 죄수는 빌라도 앞에 서서 머리를 꼿꼿이 들고 기다렸다. 눈은 그 자신과 총독 사이의 어떤 지점에 고정되어 있었다. 빌라도는 두 종류의 범죄자밖에 몰랐다. 하나는 눈을 내리까는 범죄자였고 또 하나는 도전적으로 노려보는 범죄자였다. 그는 첫 번째는 경멸했으며, 두 번째에게는 불안을 느꼈다. 그러나 어느 쪽이든 재빨리 선고를 했다. 지금 여기 서 있는 이 사람은 자신의 주변이 전혀 눈에 들어오지 않는 것 같았다. 너무 자신만만하여 왕족이라고 해도 믿을 것 같았다. 실제로나 법적으로나. 지금 당장은 안타까운 오해의 피해자이지만, 곧 왕관, 홀, 망토를 되찾을 것 같았다. 빌라도는 마침내 죄수가 두 번째 범주에 속한다고 판단했다. 그래서 지체 없이 심문을 시작했다. 이름이 뭔가. 요셉의 아들 예수로, 유대 땅 베들레헴에서 태어났지만, 갈릴리 땅 나사렛에서 살았다, 그래서 나사렛 예수라고 알려져 있다. 아버지는 누구인가. 방금 말했잖나, 아버지 이름은 요셉이다. 아버지 직업은 뭐였나. 목수였다. 그럼 요셉이라는 이름의 목수가 어떻게 왕의 아버지가 되었는지 설명을 해주겠나. 왕이 목수가 될 아들을 낳을 수 있는데, 왜 목수가 왕이 될 아들을 못 낳겠는가. 그 말을 듣고 제사장 한 명이 끼어들었다, 잊지 마십시오, 빌라도, 이자는 자기가 하나님의 아들이라는 주장도 했습니다. 그건 사실이 아니다, 나는 사람의 아들일 뿐이다, 예수가 말했다. 그러나 제사장이 다시 말했다, 저자한테 속지 마십시오, 빌라도, 우리 종교에서는 사람의 아들과 하나님의 아들은 하나입니다. 빌라도는 관심 없다는 듯 손을 저었다. 저자가 유피테르의 아들이라고 주장했다면, 그게 뭐 처음 있는 일은 아니지만, 어쨌든 이 사건이 약간은 흥미로울 거요, 하지만 저자가 당신네 신의 아들이냐 아니냐 하는 건 전혀 중요한 문제가 아니오. 그럼 유대인의 왕이라고 주장한 걸로 벌을 내려주십시오, 그러면 우리는 만족해서 떠나겠습니다. 나도 거기에 만족할지는 두고봐야 하지 않겠소, 빌라도가 날카롭게 대꾸했다. 예수는 그 대화가 끝나고 심문이 계속되기를 참을성 있게 기다렸다. 너는 네가 누구라고 말하느냐, 총독이 예수에게 물었다. 나는 나다, 유대인의 왕이다. 유대인의 왕으로서 너는 무엇을 얻으려는가. 왕이 기대할 수 있는 모든 것이다.

예를 들어봐라. 백성을 다스리고 보호하는 것이다. 무엇으로부터 보호하는데. 무엇이든 백성을 위협하는 것으로부터. 그럼 누구로부터. 누구든 백성에게 맞서는 자들로부터. 내가 네 말을 제대로 이해한 것이라면, 너는 로마에 대항해서 백성을 방어하겠구나. 그렇다. 그럼 백성을 보호하기 위해 로마인을 공격하겠는가. 다른 방법이 없다. 또 로마인을 이 땅에서 쫓아내겠는가. 자연스러운 귀결이다. 그럼 너는 로마 황제의 적이로구나. 나는 유대인의 왕이다. 네가 로마 황제의 적이라고 자백하라. 나는 유대인의 왕이다, 그 이상은 말하지 않겠다. 대제사장은 의기양양하여 하늘로 두 손을 들어 올렸다, 보셨습니까, 빌라도, 저자가 고백을 합니다, 공개적으로 총독과 로마 황제에 대한 증오를 드러낸 자의 목숨을 살려줄 수는 없는 일입니다. 빌라도는 짜증이 나서 한숨을 쉬며 제사장에게 말했다, 조용히 좀 하시오, 그러더니 예수를 돌아보며 물었다, 더 할 말이 있느냐. 없다, 예수가 말했다. 그럼 너에게 판결을 내릴 수밖에 없구나. 해야 할 일을 해라. 어떻게 죽고 싶은가. 이미 결정했다. 그러니까 어떻게. 십자가다. 좋다, 너는 십자가에 달릴 것이다. 예수의 눈이 마침내 빌라도의 눈을 찾아가 만났다. 부탁을 하나 해도 되겠나. 내가 방금 내린 판결에 개입하지 않는 것이라면. 내가 누구이고 뭐 하는 사람인지 쓴 글을 내 머리 위에 달아주겠나, 모두 볼 수 있도록. 다른 것은 없나. 다른 것은 없다. 빌라도가 비서를 부르자 비서가 필기도구를 가져왔다. 빌라도는 자신의 손으로, 나사렛 예수,

유대인의 왕이라고 썼다. 대제사장은 만족감에서 깨어나 문득 무슨 일이 벌어지는지 깨닫고 항의를 했다, 유대인의 왕이라고 쓰시면 안 됩니다, 자칭 유대인의 왕 나사렛 예수라고 써야 합니다. 빌라도는 자기 자신에게 짜증이 나, 그냥 주의만 주고 죄수를 풀어주지 않은 것을 후회했다. 아무리 죄를 찾아내는 데 빈틈없는 재판관이라 해도 이 사람이 로마 황제는 물론 누구에게도 위협이 되지 않는다는 것을 알 수 있었기 때문이다. 그는 대제사장을 돌아보며 무뚝뚝하게 말했다, 그만 끼어드시오, 내가 쓸 것을 썼소. 그는 군인들에게 사형수를 데려가라고 신호를 보내고 손 씻을 물을 가져오라고 했다. 그것이 그가 형을 내린 뒤에 지키는 관례였다.

군인들은 예수를 골고다라고 부르는 언덕으로 데려갔다. 예수는 탄탄한 체격임에도 불구하고 십자가의 무게 때문에 곧 다리에 힘이 빠졌다. 백부장이 옆에서 발을 멈추고 구경하던 남자에게 죄수의 짐을 덜어주라고 명령했다. 군중은 계속 야유를 하고 모욕적인 말을 퍼부었다. 그러나 이따금씩 동정의 말을 던지는 사람도 있었다. 제자들은 정신이 멍해서 걸어가고 있었다. 한 여자가 베드로의 앞을 막아서더니 다그쳤다, 당신도 갈릴리 예수와 한 패지. 그러나 베드로는 부인했다, 도대체 무슨 말을 하는지 모르겠네. 그는 군중 속에 숨으려 했으나, 같은 여자를 다시 만났다. 여자는 다시 물었다, 당신 예수와 함께 다니지 않았어. 이번에도 베드로는 맹세를 하며 부인했다, 나는 그 사람을 모른다니까. 그러나 하나님이 좋아

하는 완벽한 숫자는 삼이었기 때문에, 베드로는 그 질문을 세 번째 받아야 했다. 그는 세 번째로, 나는 정말 그 사람을 몰라, 하고 맹세하듯이 말했다. 여자들은 예수와 함께 골고다로 갔다. 몇 명은 양옆에 있었다. 그러나 계속 가장 가까이 있던 막달라 마리아도 예수의 몸에 다가가는 것은 허용되지 않는다. 군인들이 그녀를 밀어버린다. 그들은 이미 세워진 십자가 세 개에도 사람들이 가까이 다가오지 못하게 한다. 두 개에는 이미 사형수들이 매달려 고통 때문에 소리를 지르고 있다. 세 번째 십자가는 이제 주인을 맞을 준비를 끝냈다. 마치 하늘을 받치는 기둥처럼 꼿꼿하게 높이 서 있다. 군인들은 예수에게 누우라고 명령하고 두 팔을 가로대 위에 펼친다. 군인들이 첫 번째 못을 들고 손목의 두 뼈 사이의 살에 박자 예수는 갑자기 어지럼증을 느끼며 시간을 거슬러 올라간다. 아버지가 그보다 먼저 느꼈던 고통을 느낀다. 세포리스에서 십자가에 처형을 당했던 아버지를 보았듯이 자기 자신을 본다. 그때 군인들이 그의 다른 손목에도 못을 박았다. 군인들이 가로대를 십자가 꼭대기로 들어 올리자 예수는 처음으로 살이 찢기는 경험을 했다. 그의 몸무게가 연약한 뼈들로 지탱되고 있었다. 군인들이 두 다리를 위로 올리고 발에 못을 하나 더 박자 안도감이 느껴질 정도였다. 이제 죽음을 기다리는 것 외에 더 할 일은 없다.

예수는 천천히 죽어간다. 생명이 썰물처럼 빠져나가는데, 갑자기 머리 위의 하늘이 활짝 열리며 배에서 보았을 때와 똑같은 차림의 하나님이 나타난다. 그의 말이 땅 전체에 울려 퍼진다, 이는 내 사랑하는 아들이며, 내가 기뻐하는 자다. 예수는 그 순간 자신이 당했다는 것을 알았다. 희생 제단에 가는 양처럼 꾐에 빠진 것이다. 그의 생명이 처음부터 죽음을 위해 계획된 것임을 알았다. 그는 피와 고난의 강이 자신의 옆구리에서 흘러나와 지구를 홍수에 빠뜨릴 것을 기억하며, 미소 짓는 하나님이 보이는 열린 하늘을 향해 소리쳤다, 인간들이여, 하나님을 용서하라, 하나님은 자신이 한 짓을 알지 못한다. 이윽고 예수는 꿈속에서 죽어가기 시작했다. 그는 나사렛에 돌아와 있는 자신을 보았다. 아버지는 어깨를 으쓱하더니 웃음을 지으며 말했다, 내가 너한테 모든 질문을 할 수 없듯이, 너도 나한테 모든 답을 줄 수 없어. 그에게 아직 생명이 약간 남아 있을 때 그는 물과 식초를 적신 해면이 입술을 축이는 것을 느꼈다. 아래를 내려다보니 물통을 들고 막대를 어깨에 걸치고 떠나는 사람이 보였다. 그러나 예수가 땅에서 보지 못한 것이 있었다. 뚝뚝 듣는 그의 피가 고이는 검은 사발이었다.

옮긴이의 말

　예수의 존재와 생애가 많은 사람들에게 영감의 원천이 된다는 사실은 굳이 이야기할 필요도 없다. 기록된 내용으로나 행간으로나 사람의 깊은 곳까지 흔들어놓는 책으로서 복음서와 같은 위치에 놓일 만한 책은 사실 그리 많지 않을 것이다. 그랬기 때문에 작가들을 포함하여 많은 사람들이 자신이 받은 영향을 바탕으로 그 깊디깊은 행간을 메워보려고 노력을 해왔을 것이다. 그러나 예수의 위대한, 그리고 동시에 위험한 점은 그가 제공하는 영감의 영향력이 단지 해석을 자극하는 데 머무는 것이 아니라, 자신과 타인의 목숨을 건 행동을 이끌어내는 데까지 이른다는 것이다. 물론 해석의 방식에 따라 그 행동 또한 지고한 사랑의 행위에서부터 사랑을 빙자한 억압과 강제와 폭력에 이르기까지 다양하게 나타나지만. 이런 행동들은 좋든 나쁘든 과거의 역사로 끝나버린 것이 아니라 지금 이곳에서도 늘 문제가 되는 것이며, 그래서 우리는 다시 예수를 돌아보게 되는 것인지도 모른다.

그렇게 돌아본다고 할 때, 지극히 현대적이면서도 묵시록적 분위기가 물씬 풍기는 『눈먼 자들의 도시』의 작가 사라마구의 눈에 의지해 보는 것도 의미가 있는 일 아닐까. 게다가 그가 자신의 해석에 예수의 입장에 따른 복음이라는 의미로 『예수복음』이라는 제목을 달아놓았다면이야. 그러나 사라마구의 해석 방식 자체에 관해서는 옮긴이는 호들갑을 떨지 않고 입을 다물고 있을 생각이다. 다만, 사라마구가 이 작품의 출간 뒤 포르투갈을 떠나 살게 되었다는 사실, 1998년에 노벨상을 탔을 때 교황청에서 유감을 표명한 이유가 이 작품이었다는 사실, 지금도 사라마구가 최신작을 통해 계속 성경에 문제 제기를 하고 있다는 사실 등 주변적인 정보만 언급해 두겠다.

사실 옮긴이가 사라마구의 예수 해석에 흥미를 느낀 데에는 그의 해석 방식에 대한 호기심 말고도 다른 이유가 있었다. 서양의 작가들치고 어떤 식으로든 성경에 영향을 받지 않은 작가가 몇이나 되겠냐만, 그 가운데도 사라마구의 이른바 마술적 리얼리즘이야말로 성경에 연원을 둔 것이 아닌가 하는 느낌이 들 때가 많았기 때문이다. 만일 그렇다면 스스로 복음사가를 자임하고 나선 『예수복음』이야말로 어떤 면에서는 그의 본령에서 이루어진 작업이라고 생각할 수 있다. 아니나 다를까, 『예수복음』은 사라마구라는 작가의 고갱이가 그대로 드러난 작품이었으며, 이 책을 읽는 과정은 옮긴이의 입장을 떠나 사라마구를 좋아하는 한 독자로서 절대 놓칠 수 없었던 중요한 경험을 하게 되는 시간이었다고 말할 수 있다. 1995년에 나온 『눈먼 자들의 도시』가 신약의 끝인 묵시록의 자리에 놓인다고 볼 때, 1991년에 나온 『예수복음』은 말 그대로 신약의 출발인 복음서의 자리에 놓인다고 하면 지나친 과장이려나.

이 책의 영역본은 하코트 브레이스에서 나온 미국판이 있고, 하빌에서 나온 영국판이 있다. 둘 다 지오반니 폰티에루가 번역한 것인데도 차이가 좀 나는데, 이 책은 미국판을 중심에 두고 영국판을 참고하면서 번역했다. 본문 가운데 인명이나 지명과 더불어 성경에서 인용되는 부분들은 한글 성경의 개역개정판과 표준새번역판 두 가지를 주로 참고하면서 문맥에 맞게 손을 보기도 했다. 특별한 객관적 근거가 있어 그 판본들을 참조한 것은 아니다. 그냥 옮긴이에게 익숙한 느낌을 주었기 때문일 뿐이다. 원래 이 책은 작가가 노벨문학상을 수상한 직후인 1998년에 다른 이에 의해 번역되어 『예수의 제2복음』이라는 제목으로 국내에 출간된 적이 있다. 그러나 많은 분의 노고에도 불구하고 지금은 절판이 되었기 때문에 그냥 묻혀 있는 것이 안타까워 되살리게 된 것이다. 헛된 노력이 아니었기를 바라는 마음이다.

정영목

예수복음

초판 1쇄 2010년 1월 20일
초판 5쇄 2019년 7월 30일

지은이 | 주제 사라마구
옮긴이 | 정영목
펴낸이 | 송영석

주간 | 이진숙 · 이혜진
기획편집 | 박신애 · 정다움 · 김단비 · 심슬기
외서기획편집 | 정혜경
디자인 | 박윤정 · 김현철
마케팅 | 이종우 · 김유종 · 한승민
관리 | 송우석 · 황규성 · 전지연 · 채경민

펴낸곳 | (株)해냄출판사
등록번호 | 제10-229호
등록일자 | 1988년 5월 11일

04042 서울시 마포구 잔다리로 30 해냄빌딩 5 · 6층
대표전화 | 326-1600 **팩스** | 326-1624
홈페이지 | www.hainaim.com

ISBN 978-89-7337-231-7

파본은 본사나 구입하신 서점에서 교환하여 드립니다.